Viktorias Erbe ist der dritte und letzte, in sich geschlossene Band der Familiensaga um das dem Hotel Adlon nachempfundene fiktive Hotel Quadriga am Brandenburger Tor, anhand dessen eindrucksvoll deutsche Geschichte von der Kaiserzeit bis zum Fall der Mauer beschrieben wird.

Der erste Band der Trilogie, *Hotel Quadriga* (rororo 23108), reicht von der Kaiserzeit bis zur Machtergreifung Hitlers. Der zweite Band, *Viktoria* (rororo 23121), erzählt von 1933 bis zum Ende des Zweiten Weltkriegs.

Jenny Glanfield lebt in London und auf ihrem Landsitz in Chatelaine. Sie stellte sich mit ihrem Erfolgsroman *Über die Hügel* (rororo 23581) dem deutschen Lesepublikum vor.

JENNY GLANFIELD

Viktorias Erbe

Die Geschichte einer
Berliner Familiendynastie

Deutsch von
Wolfgang Riehl

Wunderlich Taschenbuch

Neuausgabe März 2004

Veröffentlicht im Rowohlt Taschenbuch
Verlag, Reinbek bei Hamburg, Juli 2000
Lizenzausgabe mit Genehmigung
des Scherz Verlag, Bern, München, Wien

Einzig berechtigte Übersetzung aus dem
Englischen von Wolfgang Riehl
Titel des Originals: »Children of Their Time«

Umschlaggestaltung any.way, Wiebke Buckow
(Abbildung: akg-images/»Frankfurt, Frankfurter Hof«,
Postkarte Frankfurt am Main)
Druck und Bindung Clausen & Bosse, Leck
Printed in Germany
ISBN 3 499 26486 2

TEIL EINS

1945 – 1950

1

Berlin, Samstag, den 18. August 1945

Der amerikanische Militärjeep holperte über von Bombenkratern übersäte Straßen durch rauchgeschwärzte, ausgebrannte Ruinen, die öde in den Himmel starrten. Größere Straßen waren mit Bulldozern geräumt worden, aber überall sonst rückten Menschen, zumeist Frauen, den Trümmern zu Leibe. Aus Brettern, Ziegelsteinen und Planen waren Notunterkünfte errichtet worden. Auf Feuerstellen zwischen den Ruinen wurde im Freien gekocht. Lange Schlangen warteten vor den Läden und an Wasserpumpen. Notdürftig zusammengenagelte Kreuze markierten die Stellen, wo Menschen bei Luftangriffen umgekommen waren. Von Zeit zu Zeit überholte der Jeep einen von Menschen gezogenen Leichenwagen.

Ganz im Bann jener Faszination des Schreckens, die jeden neu ankommenden Berlin-Besucher packte, hielt Mortimer Allen sich an der Windschutzscheibe fest, während Jeff Malone den Jeep routiniert über unsichere Wege ins Stadtzentrum steuerte. Mortimer, zweiundfünfzig Jahre alt, mit grauen Augen und einer leicht ergrauten Strähne, die ihm widerspenstig in die hohe Stirn hing, war ein großgewachsener, stattlicher Amerikaner deutscher Abstammung und mit einer Engländerin verheiratet. Bis 1940, als er sich mit den Nazis angelegt hatte, war er Berliner Korrespondent der *New York News* gewesen. Die letzten fünf Jahre hatte er aus London über den Krieg berichtet.

Mortimer holte ein Päckchen Zigaretten aus der Tasche, bediente sich, bot sie Jeff an, drehte sich dann um und hielt sie Stefan Jochum hin, der hinten im Jeep kauerte.

Stefan, das bleiche Gesicht unter einer britischen Militärmütze, nahm die Zigarette dankend an, wobei er sich bemühte, die zitternden Finger ruhig zu halten. Natürlich hatte er von den Luftangriffen und Feuerstürmen gewußt, die über und in Berlin getobt hatten, und von der letzten Schlacht im April dieses Jahres, als russische Truppen sich zu Fuß bis zur Reichskanzlei und dem Führerbunker vorgekämpft hatten. Aber auf diese schreckliche Stadtwüste war er denn doch nicht vorbereitet gewesen.

Es war sechs Jahre her, seit er Berlin verlassen hatte, voll Verachtung für seine Mutter, Haß auf die Nazis und Angst vor dem Gedanken an einen Krieg zwischen England und Deutschland, den er sich, als er aus brach, nie so lang und verheerend vorgestellt hatte. Während sechs Jahren hatte er sich gegen jegliche Gefühle gewappnet, hatte er an Deutschland nur als den Feind und an Berlin nicht als seine Geburtsstadt gedacht, sondern nur als die Hauptstadt des Nazireichs.

Aber trotzdem war es seine Heimat. Seine Familie wohnte noch in Berlin – falls sie die Zerstörung überlebt hatte. Die letzte Nachricht hatte Stefan 1940 von Mortimer erhalten. Nicht einmal über das Rote Kreuz hatte er irgend etwas erfahren können.

Sie fuhren am Gerippe des Potsdamer Bahnhofs vorbei und kamen zum Potsdamer Platz, auf dem jetzt Panzerwracks und ausgebrannte Militärlaster standen. Ein Militärfahrzeug hupte ungeduldig, und Jeff gab Gas. Links lag der Tiergarten, jetzt kaum noch wiederzuerkennen als der verlockende Park mit Teichen und Rosengärten, wie Stefan und Mortimer ihn in Erinnerung hatten. Er glich vielmehr einem Schlachtfeld – versengter Rasen mit den Narben von Schützengräben und MG-Stellungen, die zerfetzten Bäume überschattet von einem monströsen Flakturm, der trotz der vielen Treffer noch stand.

Der Jeep umfuhr das Brandenburger Tor, an dem ebenfalls zerstörte Laster, Panzer, Panzerwagen und Geschütze lagen. Über den zwölf Säulen thronte die zerschossene Quadriga, der von vier stolzen Rossen gezogene und von der Siegesgöttin Viktoria gelenkte Triumphwagen, der an den Frieden zwischen Frankreich und Preußen von 1795 erinnern sollte. Auf dem Tor flatterte eine große, rote Fahne mit Hammer und Sichel.

Vor ihnen lag Unter den Linden, einst Berlins Prachtstraße, doch die Linden, die dem Boulevard den Namen gegeben hatten, waren verschwunden, und von den Gebäuden zu beiden Seiten standen nur noch die Außenmauern. Die Promenade in der Mitte wurde von einem Riesenplakat beherrscht, das Stalin zeigte.

»Hier beginnt der sowjetische Sektor«, erklärte der Fahrer.

Nichts interessierte Stefan in diesem Augenblick weniger als die politische Teilung Berlins. Er starrte auf die Ruinen und versuchte zu erkennen, wo das Hotel Quadriga gestanden hatte. Plötzlich schrie er auf, so daß Jeff abrupt anhielt und sich fragend umdrehte.

»Hier hat Captain Jochums Haus gestanden«, erklärte Mortimer.

Während Jeff leise durch die Zähne pfiff, war Stefan aus dem Jeep geklettert. Fassungslos schüttelte er den Kopf, das Hotel noch so vor Augen, wie er es zuletzt gesehen hatte: den imposanten Granitsäulengang; die weiße Marmortreppe vor den gläsernen Drehtüren, an denen zwei Portiers in kobaltblauer Livree standen; den Balkon, von dem er und seine Familie so oft Paraden und Aufzüge verfolgt hatten; die elegant eingerichteten Zimmer, Restaurants und Bars . . .

Seine Großeltern Karl und Ricarda Jochum hatten das Hotel erbaut und an dem Tag eröffnet, an dem seine Mutter, Viktoria, im Juni 1894 zur Welt gekommen war. Stefan selbst war vor gut dreißig Jahren am 28. April 1915 dort geboren worden. Er hatte das Hotel immer für unvergänglich gehalten.

Doch jetzt gab es nur noch Berge von Granitbrocken, verkohlte Balkenreste, Trümmer von Marmorbädern und -böden, über denen ein Schleier aus Ruß und Asche lag.

Aus den Ruinen tauchten ein paar Kinder auf, dreckstarrende, zerlumpte Gassenbengel mit schmutzigem Gesicht. Einer kam auf Mortimer zu und bettelte: »Schokolade, Schokolade.«

Mortimer hatte bereits erlebt, welche Macht Schokolade und Zigaretten auf die ausgehungerten Menschen in Deutschland hatten. Er sprang aus dem Jeep und holte einen Schokoladenriegel aus der Tasche. *»Here you are, kid.«* Als der Junge danach griff, fragte er auf deutsch: »Was ist mit diesem Haus passiert?«

»Ham die Russen anjesteckt.«

»Und die Besitzer? Was ist aus denen geworden?«

Doch der Junge, dem Mortimers inquisitorischer Ton angst gemacht hatte, nahm Reißaus. Wie Ratten stahlen sie sich fort in die düsteren Ruinen.

Beruhigend legte Mortimer Stefan die Hand auf die Schulter. »Er hätte ohnehin nichts gewußt. Deine Eltern waren wahrscheinlich gar nicht hier. Dein Vater ist bestimmt mit der ganzen Familie nach Heiligensee gefahren.«

»Vielleicht.« Doch Stefan glaubte es nicht. Das Hotel Quadriga war im Leben seiner Mutter immer das Wichtigste gewesen. Egal, welche Gefahren der Familie gedroht hatten, für Viktoria war immer das Hotel zuerst gekommen. Sie hätte das Quadriga nie verlassen, nicht einmal auf Befehl seines Vaters. Wahrscheinlich hätte sie die übrige Familie in ihr Landhaus am Rand von Berlin geschickt, aber sie wäre im Hotel geblieben.

»Vielleicht sind sie auch zum Café Jochum«, sagte Mortimer. Es war eine vage Hoffnung. Sie gingen zum Auto zurück, und Jeff fuhr sie zum Kurfürstendamm im britischen Sektor.

Obwohl nicht ganz so schwer zerstört wie Unter den Linden, stand auch am Kurfürstendamm kaum noch ein Haus. Biergärten, Straßencafés, Kaufhäuser und Kinos glichen gespenstischen Skeletten.

Plötzlich rief Stefan ungläubig: »Da!« Vor ihnen erhob sich das rußgeschwärzte Gerippe des Cafés Jochum. Verbogene Eisenträger ragten in die Luft. Die Reste einer unfaßbar verdrehten Treppe hingen an nackten, fensterlosen Betonmauern. Mehr war nicht geblieben von einem der umstrittensten Berliner Gebäude des Bauhaus-Architekten Erich Mendelsohn, das einmal Stefans Tante Luise geleitet hatte. Doch an einem freigeräumten Weg durch die Trümmer stand ein handgemaltes Schild: CAFE JOCHUM – FIVE O'CLOCK TEA IS NOW BEING SERVED.

Daneben hing noch ein Blatt: »Entry strictly forbidden to civilians.« Aber Stefan nahm das kaum wahr. Noch bevor der Jeep richtig hielt, war er auf die Straße gesprungen. Gefolgt von Mortimer, ging er ein paar Stufen hinunter und trat in einen verräucherten Raum, in dem sich amerikanische und britische Soldaten drängten. In einer Ecke spielte jemand auf einer total verstimmten Geige. Drei ältere Kellner in schäbigem Gehrock und grauweißen Handschuhen balancierten Tabletts über den Köpfen der Gäste.

Hinten im Raum tauchte eine Frau mittleren Alters auf und blieb einen Augenblick prüfend stehen. Ihr blasses Gesicht war ungeschminkt, der Krieg hatte tiefe Spuren um die blauen Augen hinterlassen; sie war hager und hatte schlohweißes Haar. »Mortimer«, flüsterte Stefan, »sie lebt!«

Mortimer beobachtete sie, wie sie zwischen den vollbesetzten Tischen hindurch zum Eingang kam. Als Viktoria Jochum-Kraus einst in einer scheinbar anderen Welt mit noch goldblondem Haar durch die Marmorhallen des Hotels Quadriga geschritten war, hatte er geglaubt, er liebe sie. Es war jedoch nie etwas zwischen ihnen gewesen: Persönliche Umstände und die Politik hatten sie einander mehr und mehr entfremdet, bis der Krieg für eine endgültige Trennung sorgte. Also ließ er Viktoria und Stefan besser mit ihrer Wiedersehensfreude allein.

Stefan tat ein paar Schritte in den Raum, und Viktoria, die den großen, eleganten Mann mit Sonnenbrille und Schirmmütze nicht erkannte, sagte auf englisch: *»Welcome to Café Jochum.«*

Stefan nahm die Brille ab, und ein Lächeln erschien auf seinem Gesicht, als er die Hände ausstreckte. »Mama, ich bin wieder da.«

Einen Augenblick stand Viktoria sprachlos und ungläubig da, dann warf sie die Arme um ihn und vergrub ihr Gesicht an seinem Hals. »Stefan, o Stefan.«

Viktoria führte ihren Sohn nach hinten in den vollgepackten Lagerraum, der ihr auch als Schlafzimmer und Büro diente, mit Feldbett, altem Küchentisch und Stuhl ausgestattet war und von einer Öllampe erleuchtet wurde, die sie mit zitternden Händen anzündete. »Stefan, ich kann es immer noch nicht glauben. Kein Tag ist vergangen, an dem ich nicht an dich gedacht und gebetet habe, daß du in Sicherheit bist.«

»Ich bin so schnell wie möglich gekommen. Es ist nicht einfach, nach Berlin zu kommen. Mortimer hat schließlich erreicht, daß ich ihn begleiten durfte.«

»Mortimer?« Viktoria nannte seinen Namen wie etwas Unwirkliches. Der amerikanische Journalist hatte ihr einmal viel bedeutet. Jetzt war er nur noch eine Episode aus einer fast vergessenen Vergangenheit.

»Mama, wir waren beim Quadriga. Ein Junge hat uns gesagt, die Russen hätten es niedergebrannt. Was ist passiert?«

Viktoria dachte nicht mehr an Mortimer, sondern sah Stefan an, den Sohn, den sie so geliebt und so verletzt hatte, daß er in den schweren Tagen vor Kriegsausbruch, im August 1939, nach England geflohen war. Und jetzt, wo er wieder da war, mußte sie ihm erneut weh tun mit Nachrichten, die zu erzählen sie fast nicht übers Herz brachte. »Erzähl erst mal von dir«, versuchte sie, Zeit zu gewinnen. »Was hast du . . .?«

Doch Stefan tat ihre Frage ungeduldig ab. Er würde noch Zeit genug haben zu erzählen, wie es ihm seit seiner Flucht aus Berlin ergangen war, von seiner Internierung durch die Briten als »feindlicher Ausländer« auf der Isle of Man zu berichten; davon, wie er später dank Mortimers Hilfe einen Posten im *Political Warfare Executive* bekommen und bei deutschsprachigen Propagandasendungen der Engländer gegen die Nazis mitgearbeitet hatte; davon, daß Mortimer bei Kriegsende angeregt hatte, er solle sich bei der Englischen Kontrollkommission bewerben, um beim Entnazifizierungsprogramm der Alliierten mitzuwirken.

Was er zu berichten hatte, konnte warten. »Wo ist Papa?« fragte er. »Und Tante Luise und Oma? Wo ist Monika – und Christa?«

Viktoria setzte sich auf das Notbett und forderte Stefan auf, neben ihr Platz zu nehmen. Dann nahm sie seine Hand und begann tastend zu erzählen. Manchmal brachte sie zeitlich etwas durcheinander. Manchmal versagte ihre Stimme vor Schmerz, und sie mußte sich räuspern, bevor sie weiterreden konnte. Doch größtenteils sprach sie leidenschaftslos, als wäre das alles gar nicht ihr selbst widerfahren, sondern jemand anderem. Nur so hatte sie mit ihrem Leid leben können.

Stefan hörte ihr benommen zu. Seine Schwester Monika und ihre beiden Kinder hatten während des Krieges bei Monikas Schwiegereltern in Fürstenmark gelebt, einem Dorf ein paar hundert Kilometer nördlich von Berlin. »Monikas Mann, Hans, ist 1942 in Kriegsgefangenschaft geraten«, berichtete Viktoria. »Von Monika habe ich zuletzt im März gehört. Fürstenmark ist jetzt von den Russen besetzt. Ich weiß nicht, wie es ihr geht. Man hört so entsetzliche Dinge.«

Es war ein Totenappell. Viktorias Schwester, Luise, war bei

einem Luftangriff ums Leben gekommen, während ihre kleine Tochter, Lili, überlebt hatte. Luises Mann, Josef Nowak, Flieger bei der Luftwaffe, war in Rußland gefallen.

Die gesamte Familie Biederstedt war tot. Peter Graf von Biederstedt war wegen Beteiligung am Anschlag auf Hitler vom 20. Juli 1944 erschossen worden – Viktorias Geliebter vor ihrer Heirat mit Benno Kraus und Stefans leiblicher Vater, wie sie Stefan hatte offenbaren müssen, als er sich in Peters Tochter Christa verliebt hatte und sie heiraten wollte. Das war auch der Grund für Stefans überstürzte Abreise aus Berlin gewesen. Er hatte die Nazis verabscheut. Vor allem aber hatte er nicht in der Nähe des Mädchens bleiben können, das er liebte und das seine Halbschwester war.

Peters Frau, Ilse, war tot. Jedenfalls nahm Viktoria das an. Sie war ins KZ Ravensbrück gekommen, und man hatte nie mehr von ihr gehört. Und – Viktoria hielt kurz inne, bevor sie tapfer fortfuhr – auch Christa war tot. Sie war von russischen Soldaten vergewaltigt und tot in Heiligensee aufgefunden worden.

Stefan stöhnte auf. Aber es sollte noch schlimmer kommen. Viktorias Mann, Benno, war tot, umgekommen in den letzten Kriegstagen in den Flammen, die das Hotel Quadriga zerstörten, als russische Soldaten das Gebäude geplündert hatten. Viktoria fuhr sich durch das weiße Haar, das erlittene Leid stand ihr im Gesicht geschrieben. »Ich wäre auch tot«, sagte sie, »wenn Hasso Annuschek nicht gewesen wäre, unser Barmann. Erinnerst du dich an ihn? Er hat mich aus den Flammen gezogen und bei seiner Schwester untergebracht.«

Ihre Stimme bebte, doch sie riß sich zusammen. »Ich bin bei Hasso geblieben, bis ich nach Heiligensee konnte, wo deine Oma und Lili waren. Ich war erst ein paar Tage dort, als russische Truppen das Haus beschlagnahmten. Da haben Oma und ich Lili bei Hilde und Fritz Weber gelassen, die nach dem Haus gesehen haben, und sind hierhergekommen. Wir haben unter

Planen geschlafen und tagsüber einen Weg durch die Trümmer zum Keller gegraben.« Abwesend blickte sie auf ihre roten, schwieligen Hände mit den kurzen, abgebrochenen Nägeln. »Wir haben etwa sechs Wochen gebraucht. An dem Tag, als wir zum Keller vorstießen, ist Mama gestorben. Herzschlag.«

Stefan traten Tränen in die Augen. Er hatte das Gefühl, daß alles, was er gekannt und geliebt hatte, zerstört war. Josef und Luise Nowak, sein Lieblingsonkel und seine Lieblingstante; Ricarda Jochum, seine heißgeliebte Oma; Peter von Biederstedt, sein leiblicher Vater; Christa, die er über alles geliebt hatte; Benno Kraus, der ihn wie seinen eigenen Sohn aufgezogen hatte . . .

Viktoria strich ihm wie einem Kind übers Haar, aber obwohl dieses Wiedersehen einer der schönsten Augenblicke ihres Lebens hätte sein sollen, ließ es sie eigenartig kalt. Als sie Stefan am meisten gebraucht hatte, war er nicht dagewesen. Er hatte die Schrecken des Krieges nicht erlebt. Er hatte nicht geholfen, Luises Leiche aus den Trümmern zu ziehen. Er war nicht dagewesen, als die Russen kamen. Er hatte das Quadriga nicht in Flammen aufgehen sehen. Er war nicht bei ihr gewesen in den quälenden Wochen nach Bennos Tod – des Mannes, den sie hintergangen hatte, des einzigen Mannes aber, der sie je wirklich geliebt und durch alle Wirren zu ihr gestanden hatte, bis zum bitteren Ende.

Stefan hatte nicht stundenlang mit schmerzendem Rücken Schutt geräumt. Er war nicht bei ihr gewesen, als ihre Mutter Ricarda starb. Er hatte nicht ihre grenzenlose Einsamkeit und Verzweiflung erlebt, als man Ricardas Leiche abgeholt und öffentlich verbrannt hatte. Er wußte nicht, wie es war, zu erschöpft, zu ausgebrannt, zu voll von Schmerz zu sein, um noch weinen zu können.

Ihr Sohn war zurückgekommen – aber er kam zu spät.

Mehr als sechzig Jahre hatte es in Berlin das Café Jochum gegeben. Karl Jochum hatte das erste 1883 am Potsdamer Platz eröffnet, im Herzen der Stadt in jenen so fernen Tagen, als Berlin die neue Hauptstadt eines neuen deutschen Reichs war. Vierzig Jahre später, 1923, war das Café verkauft und ein neues Café Jochum am Kurfürstendamm eröffnet worden, das zum eleganten Treff für Künstler, Schauspieler und Schriftsteller wurde, die Berlin in den 20er Jahren berühmt machten.

Dann kam 1929 die Weltwirtschaftskrise, die ein Deutschland traf, dessen neuer, noch anfälliger Wohlstand auf amerikanischen Krediten gründete, die abrupt zurückgefordert wurden. Banken brachen zusammen. Arbeitslosigkeit griff um sich. Drei Kanzler in Folge trieben das Land in den wirtschaftlichen Ruin. Am 30. Januar 1933 wurde Adolf Hitler, der Führer der NSDAP, zum neuen Reichskanzler berufen. Goebbels, Reichsminister für Volksaufklärung und Propaganda, inszenierte Ausschreitungen gegen die »dekadenten« Intellektuellen, Kommunisten und Juden. Das Café Jochum verlor rasch seine Kundschaft. Zwölf Jahre später war nur noch der Kellner übrig.

Mortimer Allen saß vor einem Glas Bier an einem kleinen Tisch in einer schummrigen Nische des Kellers. »Mich interessieren im Moment ein paar Geschichten aus Berlin«, hatte Anthony Rutherford, Chef der Nachrichtenagentur, bei einer kurzen Besprechung gesagt. »Als erstes die Besetzung. Ich möchte was über die französischen, amerikanischen, russischen und auch britischen Truppen haben. Wenn's geht, irgendwas Ungewöhnliches.«

In mehreren Gipfelgesprächen, zuletzt im Juli in Potsdam, war über die Zukunft Deutschlands nach dem Krieg entschieden worden. Man einigte sich schließlich darauf, daß Deutschland zwar als Staat untergehen, aber nicht zerstückelt und annektiert werden, sondern als eine wirtschaftliche Einheit weiterbestehen sollte. Es sollte in vier von England, Amerika, Rußland und Frankreich besetzte und verwaltete Zonen eingeteilt werden, wobei die oberste Entscheidungsgewalt beim Alliierten Kontrollrat mit Sitz in Berlin lag.

Berlin, Insel in der sowjetischen Besatzungszone, wurde in vier Sektoren aufgeteilt, und Anfang Juli waren amerikanische und britische Truppen in ihre bis dahin allein von den Russen besetzten Sektoren eingezogen. Einen Monat später hatten die Franzosen ihren Sektor übernommen.

»Zweitens natürlich Kriegsverbrecher«, hatte Anthony erklärt. »Soweit ich das beurteilen kann, haben wir es mit drei Arten zu tun: mit den Politikern und Generälen, die die Befehle gaben; denjenigen, die sie ausführten; und den Zivilisten, die Hitler finanziert und vom Naziregime profitiert haben. Die Weltpresse wird sich auf die beiden ersten Gruppen konzentrieren. Aber Sie haben Verbindungen, die die andern nicht haben. Sie haben Baron Heinrich von Kraus gekannt.«

Ja. Mortimer hatte den Baron gekannt. Er war Viktorias Schwiegervater und Stefans Großvater. Er war außerdem Chef der weltberühmten Kraus-Werke gewesen, die mit der Produktion von Eisenbahnen, Waffen, Schiffen und Chemikalien ein Vermögen verdient hatten. Mortimer wußte, daß Zuwendungen der Kraus-Werke an die Nazis es Hitler ermöglicht hatten, die Macht an sich zu reißen und seine zwölfjährige Schreckensherrschaft in Europa zu errichten. Er wußte, wie sehr die Kraus-Werke von den NS-Gesetzen und vom Krieg profitiert hatten. Er würde mit Vergnügen mithelfen, den Baron vor Gericht zu bringen.

»Und drittens, wie sehen die Deutschen das Dritte Reich heute?« hatte Anthony gefragt. »Was halten sie von den Besatzungsmächten? Wie sieht der Mann auf der Straße die Vergangenheit, Gegenwart und Zukunft? Und was ist mit den Deutschen, die sich gegen Hitler gestellt haben? Pastor Scheer zum Beispiel. Sie kannten ihn doch, oder? Man hat ihn in Tirol entdeckt. Wäre doch vielleicht ganz interessant, etwas über ihn zu schreiben«, schloß Anthony.

Die deutsche Widerstandsbewegung – ein so kleiner Kreis. Stefan hatte ihm angehört, bis er 1939 nach England geflohen war. Bernhard Scheer, der evangelische Pfarrer aus Berlin-Schmargendorf, ebenfalls. 1937 hatte er von der Kanzel gegen die Nazis gepredigt, war von der Gestapo festgenommen worden und hatte die folgenden acht Jahre in Konzentrationslagern verbracht. Pastor Scheer hatte tatsächlich überlebt – anders als die meisten Menschen, die Widerstand gegen Hitler geleistet hatten.

Ein Kellner stand plötzlich neben Mortimer und riß ihn aus seinen Gedanken. »Möchten Sie noch etwas trinken, Sir? Oder eine Kleinigkeit essen?«

Der Kellner blickte Mortimer prüfend an. Schließlich sagte er: »Entschuldigen Sie, Sir, aber sind Sie nicht Herr Allen?«

Erst da erkannte Mortimer Hasso Annuschek, der sich erheblich verändert hatte, seit Mortimer im Hotel Quadriga an der Bar gesessen hatte, während Barkeeper Hasso, ein überzeugter Sozialdemokrat, Whiskey eingeschenkt und ihn mit Hitler-Witzen amüsiert hatte. »Hasso! Das ist lange her ...« Aber er reichte ihm nicht die Hand.

Hasso versuchte seine Enttäuschung über diese frostige Begrüßung zu verbergen und ließ die Hand sinken. Mortimer Allen war also wie alle Amerikaner geworden, die ihm begegnet waren und sämtliche Deutschen für Nazis hielten und sie wie Dreck behandelten. »Ja, Herr Allen, eine dunkle und schreckliche Zeit.«

Mortimer ließ sich in seiner Arbeit nicht durch persönliche Gefühle beirren. »Haben Sie einen Augenblick Zeit, mir darüber zu erzählen?«

Hasso sah sich im Lokal um. »Einen Augenblick schon, Herr Allen, aber das hier ist nicht die Quadriga-Bar.« Die Manschetten schauten unter dem speckigen Gehrock hervor, durchgescheuert und grau, passend zum fahlen Grau seines Gesichts. Er erzählte Mortimer Allen die Geschichte von seinem und Viktorias Krieg.

Als Mortimer auf die Uhr sah, war bereits eine Stunde vergangen. Er machte Anstalten, zu der Tür zu gehen, durch die Viktoria und Stefan verschwunden waren.

»Wohin gehen Sie, Herr Allen?«

»Stefan holen.«

Ein ungläubiges Lächeln huschte über Hassos ausgemergeltes Gesicht. »Der englische Captain bei Frau Jochum ist Stefan?«

Von der Theke rief ein Amerikaner: »Service, you goddam Kraut!«

Hasso zuckte leicht zusammen, doch ohne auf seine Kunden zu achten, schob er Mortimer in den hinteren, dunklen Bereich des Kellers.

Mortimer konnte Viktorias ausgestreckte Hand nicht übergehen. Sein Handschlag war jedoch kurz und seine Stimme ohne jede Regung. »Hasso hat mir erzählt, was passiert ist. Erlaube mir, dir mein Beileid auszudrücken.«

Viktoria sah die Kälte in seinen Augen. »Danke, Mortimer. Und danke, daß du mir meinen Sohn zurückgebracht hast.«

Aus dem Hintergrund trat Hasso vor. »Herr Jochum, ich freue mich, daß Sie wieder da sind.«

Stefan ergriff Hassos Hand. »Hasso! Danke für alles, was Sie für meine Mutter getan haben. Sie haben ihr das Leben gerettet, wie sie mir erzählt hat.«

»Ich wünschte, ich hätte auch Ihren Vater retten können.«

Mortimer unterbrach sie. »Hasso, besteht die Chance, eine Flasche Whiskey zu bekommen?«

»Selbstverständlich, Herr Allen.« Er ging zu einem Schrank hinten im Raum und schloß ihn auf. »Wir haben sogar Ihre Lieblingsmarke, Jack Daniels.«

Doch auf Mortimer machte es keinen Eindruck, daß er das noch wußte. Während Hasso einschenkte und dann zurück ins Lokal eilte, dachte Mortimer mit Bitterkeit an den unaufdringlichen Luxus von einst: Nein, das ist nicht die Quadriga-Bar.

Der Whiskey konnte sie auch nicht aufheitern. Stefan stand noch ganz im Bann der Enthüllungen seiner Mutter, während Mortimer und Viktoria sich wie Fremde gegenübersaßen. Aber Mortimer war unbeeindruckt. »Du hast das Café Jochum also wiedereröffnet, Viktoria. Es war wohl doch nicht so stark beschädigt, wie es den Anschein macht.«

»Nach der Bombardierung 1943 hat Benno alles, was er retten konnte, hier im Keller gelagert – Möbel, Geschirr, Wein, Kaffee, Konserven. Er hat sogar einen Herd hergebracht.«

»Euer Besitz muß doch im Quadriga fast völlig verbrannt sein. Wie kommst du an Geld?«

Automatisch glitt Viktorias Hand zur Taille und dem Gürtel, den sie ständig auf dem Leib trug und der den Familienschmuck barg, von dem sie schon ein, zwei Stücke versetzt hatte, um auf dem Schwarzmarkt wichtige Dinge für das Café zu kaufen. Doch sie antwortete nur: »Benno hat die Wertsachen und Papiere noch vor Kriegsende nach Heiligensee gebracht. Ich habe so viel, daß ich über die Runden komme.«

»Wann hast du das Geschäft wiedereröffnet?«

»Vor etwa sechs Wochen, als die ersten amerikanischen und britischen Truppen kamen. Aber es ist schwer. Deutsche haben zum Beispiel keinen Zutritt.«

Briten und Amerikaner hatten ihre Soldaten angewiesen, nicht mit dem Feind zu fraternisieren, und ihnen eingebleut: »Seinem Wesen nach ist jeder Deutsche ein Hitler. Freundet euch nicht mit Hitler an.« Das würde nicht sehr lange vorhalten, wie Mortimer wußte. Die Soldaten waren weit von zu Hause weg. Für sie hatten die hübschen deutschen Fräuleins nicht viel mit Hitler zu tun, sie waren in erster Linie Frauen.

»Du müßtest eigentlich erstaunt sein, daß Stefan eine britische Uniform trägt«, sagte Mortimer.

»Ich arbeite für die Englische Kontrollkommission«, erklärte Stefan. »Ich muß morgen wieder zurück nach Hamburg.«

Es war Ironie des Schicksals, daß die britischen Militärbehörden in ihrer Weisheit entschieden hatten, Stefan sei ihnen für das Verhören von Flüchtlingen und Vertriebenen in Westerstedt, in der britischen Zone bei Hamburg, nützlicher als in Berlin, obwohl er ihnen viele stichhaltige Gründe genannt hatte, die dafür sprachen, ihn irgendwo in Berlin einzusetzen. Nur dank Mortimers Fürsprache an höchster Stelle war ihm erlaubt worden, kurz nach Berlin zu fahren, um nach seiner Familie zu suchen.

Mit einem Gefühl der Verzweiflung nippte Viktoria an ihrem Whiskey. Sie hatte bei ihrem Bericht eine Menge ausgelassen. Sie hatte von denen gesprochen, die umgekommen waren, aber kaum von denen, die noch lebten. »Wirst du etwas mit dem Internationalen Militärgerichtshof in Nürnberg zu tun haben?« fragte sie.

»Nicht direkt, obwohl vielleicht der eine oder andere, den ich enttarne, in anderen Verfahren abgeurteilt werden wird«, sagte Stefan.

»Bennos Bruder, Onkel Ernst, ist im Ruhrgebiet verhaftet worden. In den Zeitungen steht, daß er vielleicht in Nürnberg angeklagt wird.«

Für Stefan kam diese Nachricht nicht überraschend. »Das wußte ich schon vor meiner Abreise aus England«, sagte er gefaßt. »Ich persönlich halte Industrielle wie ihn und meinen Großvater für in hohem Grad mitverantwortlich, daß Hitler an die Macht gekommen ist und Deutschland den Krieg begonnen hat. Deshalb nenne ich mich auch nicht mehr Kraus, sondern Jochum.«

Das war die Gelegenheit, auf die Mortimer gewartet hatte. »In den Zeitungen wird Ernst Kraus als ›Stahlbaron‹ bezeichnet«, sagte er, »dabei dachte ich, so würde nur sein Vater, Baron Heinrich, genannt. Ist der alte Mann etwa tot?«

Viktoria hatte außer Benno und seinem Neffen Norbert niemanden aus der Kraus-Familie gemocht, am wenigsten ihren Schwiegervater. Allmählich ärgerte sie sich jedoch über Mortimers Haltung. Von der Nähe, die einmal zwischen ihnen bestanden hatte, war nichts mehr zu spüren, und Mortimer war genau wie alle anderen Amerikaner, mit denen sie zusammenkam: haßerfüllt und rachsüchtig. So sehr sie dem Baron mißtraute, Mortimer mißtraute sie noch mehr. Deshalb sagte sie nur: »Soweit ich weiß, lebt er noch.«

»Warum ist er dann nicht verhaftet worden? Warum nur Ernst?«

»Vermutlich wegen seiner schlechten Gesundheit. Er hatte vor zwei Jahren einen Herzinfarkt.«

»Dann hat er Ernst also doch noch die Zügel übergeben.«

Viktoria widersprach ihm nicht, obwohl sie wußte, daß der Baron seinem ältesten Sohn nie die Geschäftsführung übertragen hatte.

»Wo ist der Baron jetzt?«

»Er hat Berlin im Januar verlassen. Er besitzt ein Schloß in der Nähe von Innsbruck. Ich glaube, er hält sich dort auf.«

Mortimers Augen verengten sich. Der Baron mochte sich zurückgezogen haben, aber an seiner Beute, dem Lohn Hitlers, hielt er fest. »Natürlich. Er erwarb das Schloß nach dem Anschluß Österreichs. Vermutlich der Besitz eines jüdischen Bankiers. Er hat ganz schön von der Judenverfolgung profitiert, nicht wahr?«

Viktoria erwiderte nichts. Sie wollte nicht den Baron verteidigen, war aber auch nicht geneigt, Mortimer zu helfen.

»Wenn der Baron so krank war, wie ist er dann nach Österreich gereist? Er war doch sicher nicht allein.«

»Die Hausbediensteten und Werner waren bei ihm«, antwortete sie knapp.

»Werner?«

»Sein Enkel, der Sohn von Ernst. Werner ist nach dem Herzinfarkt des Barons in die Firma eingestiegen.« Sie hatte keine Bedenken, diese Information weiterzugeben. Sie konnte Werner nicht leiden.

»Ja, jetzt erinnere ich mich.« Mortimer hatte Werner Kraus im Quadriga kennengelernt. Aus dem gleichen Holz geschnitzt wie der Baron. »Hatte Ernst nicht zwei Söhne? Wie hat der andere denn dem Führer geholfen?«

Es wurde mehr und mehr zu einem Verhör. »Norbert«, antwortete Viktoria, ihren aufkommenden Unmut zügelnd. Norbert war anders, er war so verschieden von seinem Bruder Werner wie Benno von seinem Bruder Ernst. »Er hatte nichts mit den Kraus-Werken zu tun. Er war Architekt bei der Organisation Todt. Im Krieg verliebte er sich in eine unserer Empfangsdamen. Sie sind, glaube ich, nach Lübeck gegangen.«

Mortimer ging einen Schritt weiter. »Du hast vorhin eure Papiere erwähnt. Weißt du, ob Bennos Anteilscheine darunter waren? Hast du seine Kraus-Aktien geerbt?«

Viktoria fiel aus allen Wolken. Mit keinem Gedanken hatte sie bisher an diese Seite von Bennos Tod gedacht. In einem Land, wo alle Konten gesperrt waren, wo die Industrie am Boden lag, wo nur das Überleben bis zum nächsten Tag zählte, waren Testamente und Anteilscheine bloßes Papier. »Ich nehme es an«, sagte sie langsam.

Mortimer hatte über die Kraus-Familie erfahren, was er wissen wollte. Er blickte auf die Uhr. »Du mußt morgen früh raus, Stefan. Wir sollten gehen.«

Stefan nickte bedrückt, stand auf und nahm die Hand seiner Mutter. »Mama, es tut mir leid.«

In ihr war eine schmerzende Leere, die ihr aber nicht anzusehen war. »Paß auf dich auf, Stefan. Viel Glück bei deiner Arbeit.«

Stefan küßte sie, dann bahnten er und Mortimer sich einen Weg durch das volle Kellercafé, die Treppe hinauf und zurück zu den nackten, schwarzen Ruinen des Kurfürstendamms.

2

Das Landhaus der Jochums in dem alten Fischerdorf Heiligensee im Nordwesten Berlins war seit Generationen in Familienbesitz. Ursprünglich war es ein Bauernhof gewesen, doch das Ackerland war nach und nach an benachbarte Bauern verkauft worden, und als Viktoria geboren wurde, waren nur noch das Haus und etwa 12 000 m^2 Park geblieben, der bis zum Nieder-Neuendorfer-See, einem der Havelseen, reichte.

Als Kinder hatten Viktoria und ihre Schwester Luise die ganzen Ferien in dem Landhaus verbracht und die Familientradition später mit den eigenen Kindern fortgesetzt. Fritz und Hilde Weber, die in der Hauptstraße bei der Kirche wohnten, führten Jochums den Haushalt, wenn sie da waren, und schauten ansonsten nach dem Haus.

Der Krieg hatte Heiligensee praktisch verschont. Nach Luises Tod bei einem Luftangriff war Ricarda mit der achtjährigen Lili sicherheitshalber in das Landhaus gezogen; Christa von Biederstedt war kurz darauf zu ihnen gestoßen.

Dann waren die Russen in den idyllischen Ort eingedrungen. Die Soldaten plünderten und vergewaltigten und brachten neben anderem Leid auch Christa den Tod. Ein russischer Oberst beschlagnahmte das Haus der Jochums. Als Viktoria mit ihrer Mutter zurück nach Berlin ins Café Jochum ging, vertrauten sie Lili den Webers an.

Am Wochenende nach Stefans Rückkehr fuhr Viktoria zum erstenmal wieder nach Heiligensee, seit sie und Ricarda es verlassen hatten. Fritz und Hilde Weber begrüßten sie herzlich, machten sich dann aber sofort Sorgen, ob genug zu essen da wäre. Viktoria hatte das vorausgeahnt. Sie steckte Hilde einen Umschlag mit Devisen und eine Tasche mit Konserven vom Schwarzmarkt zu.

Hilde bedankte sich überschwenglich. »Ich bekomme zwar eine ganze Menge von den Bauern hier«, sagte sie, »aber jedes bißchen extra nehme ich gerne. Bei den Preisen, die die Bauern verlangen, und den Schwierigkeiten, die Sachen aus der Sowjetzone rauszubringen.« Sie berichtete, wie die Russen sich Ende Juli in ihren Sektor hatten zurückziehen und Heiligensee an die Franzosen übergeben müssen, in deren Sektor das Dorf lag. Dennoch blieben die Russen bedrohlich nah.

»Lili ist im Garten«, sagte Fritz. »Ich hol' sie.« Auf eine Holzkrücke gestützt, hinkte er davon, das leere Hosenbein hochgesteckt. Er hatte das Bein in den letzten Kriegsmonaten verloren.

Augenblicke später stürmte Lili ins Zimmer und warf sich Viktoria in die Arme. »Tante Vicki! Ich dachte schon, du hättest mich vergessen.«

»Natürlich nicht, mein Schatz.« Viktoria küßte ihre hagere, lebhafte Nichte, die ihrer Schwester Luise im gleichen Alter so ähnlich war mit ihren kastanienbraunen Locken und den dunkelbewimperten, grünen Augen in dem blassen, herzförmigen Gesicht.

Beim Essen erzählte Viktoria von Stefans Rückkehr und erkundigte sich dann nach dem Haus. »Jetzt sind die Franzosen drin«, sagte Hilde. »Aber ich gehe immer noch zum Putzen hin, und Fritz arbeitet ein bißchen im Garten.«

»Ich habe Papiere dort. Mama und ich haben sie gegen Kriegsende im Keller versteckt. Ich brauche sie.«

»Ich denke, du kannst fragen«, meinte Fritz. »Der französische Oberst ist, glaube ich, ganz in Ordnung.«

Nach dem Essen suchte Viktoria mit Lili das Landhaus auf. Von der Straße aus sah es beschaulich aus vor den hohen Bäumen, hufeisenförmig mit kiesbedecktem Hof, der jetzt voller französischer Militärfahrzeuge stand, und einer zum See gehenden Südveranda.

Ein bewaffneter Posten erkundigte sich energisch nach ihrem Anliegen, und Viktoria erklärte in fließendem Französisch, warum sie hier war. Die Wache führte sie zum Haupteingang, wo sie ein höherer Offizier empfing, dessen Büro im früheren Eßzimmer lag. Die eleganten Möbel und Bilder waren verschwunden. Teilnahmslos vermutete Viktoria, daß die Russen sie mitgenommen hatten.

Der Offizier prüfte ihre Papiere, stellte ihr ein paar Fragen und willigte dann ein, daß sie ihre Papiere haben könne. Zwei Soldaten begleiteten sie in den Keller, wo sie auf den markierten Stein wies, unter dem sie und Ricarda die Kassette versteckt hatten. Während sie den Stein heraushebelten, blickte Viktoria sich um. Der Keller war noch so, wie sie ihn das letzte Mal gesehen hatte. Noch immer lagen ein paar zerlegte Feldbetten herum, Decken, eine Öllampe, ein Bücherstapel, ein Nachttopf – das, was man bei einem Luftangriff brauchte. Schlimme, traurige Erinnerungen . . . Sie fröstelte.

Die Soldaten holten die Kassette heraus und brachten sie nach oben. Viktoria gab dem Offizier einen Schlüssel, und er schloß auf. Er blätterte die Papiere rasch durch, zuckte dann gleichgültig die Schultern.

Sie wußte, was er meinte. Diese Papiere – die Notariatsurkunden für das Haus, das Hotel und das Café, verschiedene Versicherungspolicen, Bennos Aktien, die Testamente von Ricarda, Luise, Benno und ihr – waren nichts als Papier. Im besetzten Berlin waren Papiere keine Besitzdokumente. Sie mochte die rechtmäßige Eigentümerin des Hauses sein, aber die Franzosen hatten es beschlagnahmt und würden so lange bleiben, wie sie wollten.

Sie unterschrieb eine Quittung, dann verließ sie das Haus wieder, die Kassette unter dem Arm und Lili an der Hand.

Lili war auf dem Weg zurück ganz still. Der Besuch im Haus hatte schreckliche Erinnerungen geweckt, an russische Soldaten, die die Sachen durchwühlten, an Christas Leiche, die mit dem Gesicht nach unten im See trieb, die Kleider zerfetzt. Christa, ihre Freundin, die sie so geliebt hatte ...

Kurz vor dem Haus der Webers fragte sie: »Tante Vicki, darf ich heute abend mit zu dir?«

Viktoria überlegte einen Augenblick, dann verwarf sie den Gedanken. Sie hätte Lili gern bei sich gehabt, aber es wäre nicht gut für das Kind. Hier konnte Hilde wenigstens hin und wieder etwas Frisches vom Land besorgen. Die Luft war gesund, und es war einigermaßen hygienisch.

Sie konnte Lili nicht den Entbehrungen, Nöten und Krankheiten aussetzen, die in der Stadt drohten, vor allem nicht den Kinderbanden, die durch die Straßen streiften, in Kellern hausten, bettelten, stahlen oder den Schwarzhändlern zur Hand gingen – Kinder, die ihrem Alter voraus waren, nie ein normales, geordnetes Leben kennengelernt hatten. »Gefällt es dir denn nicht bei Webers?«

Lili biß sich auf die Lippe, eine typische Jochum-Geste. »Doch, aber ...«

Viktoria kniete nieder und legte ihr die Hände auf die Schultern. »Lili, versuch das zu verstehen. Wenn ich das Café wiederaufgebaut habe, kannst du kommen und bei mir wohnen, aber jetzt lebe ich in einem Keller. Es würde dir gar nicht gefallen. Du könntest nirgendwo spielen, nur in Ruinen, und du hättest nicht die schöne Schule und die Freundinnen wie hier.«

»Du bist meine Tante. Ich möchte bei dir sein.«

Viktoria zwang sich, hart zu bleiben. »Nein, Schatz, es ist unmöglich.«

Als Viktoria an jenem Nachmittag gegangen war, lief Lili in den Garten und kroch in ihr Versteck, eine efeuüberwucherte baufällige Hütte. Sie rollte sich zusammen und weinte.

Am nächsten Tag unternahm Viktoria eine weitere mühsame Fahrt – nach Wannsee, wo der Anwalt der Familie, Dr. Oskar

Duschek, wohnte. Er hauste in seiner Garage, da sein Haus von amerikanischen Soldaten besetzt war. Er hatte es sich so wohnlich wie möglich gemacht, mit Feldbett, Brettertisch auf Böcken und altem, gußeisernem Ofen.

Er durfte nicht mehr praktizieren, wie er Viktoria erzählte. Als die Spruchkammer herausfand, daß er für Baron Heinrich von Kraus gearbeitet hatte, erhielt er Berufsverbot als Jurist. Obwohl er die Verbindung zum Baron 1943 abgebrochen hatte, hatte die Kammer das nicht berücksichtigen wollen. »Wäre Kraus zu einer anderen Kanzlei gegangen«, sagte Oskar bekümmert, »hätte ich sie vielleicht von meiner Integrität überzeugen können. Aber der Baron hat die Geschäfte lediglich von Berlin nach München verlegt, von mir zu meinem Sohn Joachim. So enttäuscht ich über Joachim bin, ich habe es doch nicht fertiggebracht, ihn zu denunzieren, obwohl es um meine Existenz ging.«

Als Viktoria von Stefan erzählte, hörte Dr. Duschek interessiert zu, spürte auch die unterschwellige Ablehnung in ihrer Stimme, die er durchaus verstand. Dennoch hätte er sich gewünscht, daß sein eigener Sohn mehr von Stefans Haltung gehabt hätte.

Als Viktoria jedoch auf Mortimer Allen zu sprechen kam, stieg Zorn in ihm auf. »Mortimer hat ganz gezielt gefragt«, sagte sie, »vor allem über die Kraus-Werke. Als ich ihm erzählte, daß Ernst verhaftet worden sei, wollte er wissen, ob der Baron sich zurückgezogen hätte. Er hat auch gefragt, ob ich Bennos Aktien geerbt hätte.«

»Sicher nichts, was ihn angeht«, warf Duschek scharf ein.

»Nein, aber er erinnerte mich an die Papiere, die ich in Heiligensee versteckt hatte. Ich habe sie von den Franzosen zurückbekommen.« Sie reichte ihm den dicken Umschlag.

»Das war klug von Ihnen.« Duschek ging die Papiere sorgfältig durch. »Ja, hier ist Bennos Testament. Sie erben tatsächlich seinen Aktienanteil von zehn Prozent.«

»Ich möchte nichts mit den Kraus-Werken zu tun haben. Ich wollte vor Mortimer Allen nichts sagen, aber ich weiß Bescheid über einige schlimme Geschäfte, in die das Unternehmen verwickelt war. Am liebsten würde ich die Aktien vernichten und mit diesem Teil meines Lebens abschließen.«

Duschek nahm die Brille ab und putzte sie gewissenhaft, um Zeit zum Nachdenken zu haben. Dann sagte er: »Ich rate von einer Überreaktion ab. Ich empfehle Ihnen, die Aktien an einem sicheren Ort zu verwahren und abzuwarten.«

Viktoria nagte an der Lippe. Duschek sah die Dinge aus juristischer, sie aus emotionaler Sicht. »Ich würde auch gern meinen Namen ändern. Ich bin einundfünfzig. Ich werde nicht mehr heiraten. Ich möchte mein Leben mit dem Namen beenden, mit dem ich es begonnen habe, als Viktoria Jochum.«

»Das läßt sich machen. Ich schicke Sie zu einem Kollegen.« Duschek sah die übrigen Papiere durch. »Hm, das Testament Ihrer Mutter ist auch da. Ich weiß noch, wie ich es nach Luises Tod aufgesetzt habe. Ja, das ist alles klar. Ihr gesamtes Vermögen geht zu gleichen Teilen an Lili und Sie, wobei Sie und ich als Lilis Treuhänder fungieren, bis sie einundzwanzig ist. Allerdings« – er sah Viktoria über seine Brille an – »ist das Problem jetzt, woraus dieses Vermögen besteht. Das Haus in Heiligensee ist von den Franzosen besetzt. Das Hotel Quadriga liegt im sowjetischen Sektor . . .«

»Wenn die Besetzung endet, müssen sie an mich zurückfallen.«

»Falls sie endet.« Duschek wiegte bedenklich den Kopf und steckte die Papiere wieder in den Umschlag. »Auf jeden Fall sollten Sie mit den Dokumenten zu den jeweiligen alliierten Behörden gehen und Ihre Ansprüche eintragen lassen.«

Viktoria befolgte Duscheks Rat und stand in den nächsten Wochen stundenlang vor den Militärregierungsbehörden Schlange, um ihre Besitzansprüche beim zuständigen Beamten anzumelden. Weder die französische noch die sowjetische Militärverwaltung gab zu erkennen, wann sie jemals wieder zu ihrem Eigentum kommen würde, und ob überhaupt, doch beide registrierten ihre Ansprüche und gaben ihr eine Bescheinigung mit.

Ernst Kraus saß in einem amerikanischen Lager, in Schloß Kransberg im Taunus, nördlich von Frankfurt am Main.

Solange er lebte, würde Ernst sich an seine Verhaftung im März 1945 und den schwarzen amerikanischen MP-Leutnant erinnern, der ihm eine Pistole in den Bauch gedrückt und auf die zerstörte Stadt Essen gezeigt hatte: »Diese Schornsteine werden nie wieder rauchen, Kraus. Sie werden nie wieder eine Firma leiten. Ihre Zeit ist vorbei. Sie sind erledigt – kaputt.«

Ernst hatte gestammelt: »Sie begehen einen schrecklichen Fehler. Sie suchen nicht mich, sondern meinen Vater, Baron Heinrich von Kraus.«

»Reden Sie keinen Blödsinn!« hatte der Schwarze ihn angefahren. »Sie haben in der ›Festung‹ gewohnt. Sie haben die Waffenfabriken geleitet. Sie sind der ›Stahlbaron‹!«

Doch das war Ernst nicht. Er mochte fast sechzig sein, mochte sein Leben den Kraus-Werken gewidmet haben, aber er hatte das Industrie-Imperium nie wirklich geleitet. Seine Söhne Werner und Norbert hatten sogar mehr Einfluß als er, denn jeder besaß fünfunddreißig Prozent der Unternehmensaktien, während er nur zehn Prozent hielt. Und Werner wußte zweifellos weit mehr über die Kraus-Werke als sein Vater, denn seit dem leichten Schlaganfall des Barons 1943 hatte Werner an der Seite seines Großvaters in Berlin gearbeitet, während Ernst an der Ruhr über alles im unklaren gelassen wurde, was sich im übrigen Deutschland und den besetzten Gebieten tat.

Im Schloß Kransberg war Ernst in Gesellschaft einiger der prominentesten Zivilisten seines Landes, bedeutender Köpfe wie Professor Albert Speer, Wernher von Braun und Dr. Hjalmar Schacht.

Im Gegensatz zu den anderen Lagern, in denen er inhaftiert gewesen war, hatte sein spartanisches Zimmer hier keine Gitter. Er und die übrigen Insassen durften miteinander sprechen, auf dem Schloßgelände herumlaufen, Zeitungen lesen und gelegentlich Radio hören. Sie bekamen das gleiche Essen wie ihre Bewacher und durften sogar zu ihrer Unterhaltung selbst etwas auf die Beine stellen: ein wöchentliches Kabarett, Dichterlesungen und wissenschaftliche Vorträge. In einem Land, in dem Millionen ohne Wohnung waren und Hunger litten, führte Ernst ein fast luxuriöses Leben. Wegen seiner ständigen Unschuldsbeteuerungen wurde er in Kransberg allerdings zu einer Art Zielscheibe des Spotts – seine Bewacher nannten ihn spöttisch »Schneewittchen«.

Jahrelang schon litt Ernst, ein massiger Mann, der viel und gerne aß, an Brustbeschwerden, sichere Vorboten eines Herzinfarkts, wie er meinte, obwohl sein Arzt Dr. Dietrich stets erklärte, er leide lediglich unter chronischen Verdauungsstörungen. Mit dem Herbst verschlimmerten sich diese Schmerzen.

Eines Morgens Ende August, Ernst war eben mit Herzbeschwerden und schweißnaß aufgewacht, stürmte ein Wachposten in sein Zimmer und befahl, ihm in den Verhörraum zu folgen. Er stolperte aus dem Bett, zog sich an und folgte dem Soldaten durch die Korridore.

Er wurde von einem Amerikaner mittleren Alters verhört, der sich als Major Wunsche vorstellte. Wunsche fragte nach Ernsts Rolle in den Kraus-Werken und hörte genau zu, als Ernst von den Produktionsschwierigkeiten und der persönlichen Enttäuschung über die Haltung seines Vaters ihm gegenüber berichtete. Ernst hatte schon gut eine Stunde gesprochen und wurde zusehends zuversichtlicher, als der Major fragte: »Waren Sie für das Ruhr-Geschäft allein verantwortlich?«

»Ja«, antwortete Ernst, obwohl es nicht ganz stimmte. Selbst in Essen hatte er keine Vollmacht gehabt.

Major Wunsche blickte kurz zum Stenografen hinüber, der alles mitschrieb, was Ernst sagte, und schlug dann eine Mappe auf. »Ich habe gestern einen gewissen Dr. Eugen Dietrich vernommen, der tagebuchartige Aufzeichnungen über seine Gespräche mit Ihnen gemacht hat, insbesondere was die Arbeiter betraf. Ich möchte aus seiner beeidigten Aussage zitieren: ›. . . Polnische Zwangsarbeiter kamen waggonweise in Essen an, viele bereits unterernährt und mit ansteckenden Krankheiten. Ich tat, was ich konnte, um ihren Zustand zu verbessern, doch Herr Kraus verweigerte mir eine Krankenstation und die grundlegendsten Medikamente. Die Rationen waren vollkommen unzureichend, oft kaum mehr als eine Wassersuppe und schimmliges Brot. Einmal schlug eine Bombe im Lager der Zwangsarbeiter ein, und mehrere hundert Polen wurden getötet und schwer verwundet.‹ Als Dr. Dietrich Sie um Hilfe bat, erwiderten Sie . . .«

»Sie werden mir kaum britische Bomben anlasten können!« hielt Ernst dagegen.

»Offenbar sagten Sie ›diese verfluchten Polen!‹«

»Ich hatte wohl anderes im Kopf. Mein Werk hatte einen Treffer abbekommen.«

Die Augen Wunsches wurden kalt, hart, eisgrau. »Lassen Sie sich nicht durch meinen Namen täuschen, Kraus. Meine Familie kommt aus Polen. Ich bin polnischer Jude.«

Der Schmerz in Ernsts Brust stellte sich wieder ein, schlimmer denn je. Ernst wand sich. »Dietrich hat Ihnen nicht alles gesagt. Eine solche Entscheidung konnte nur mein Vater treffen. Ich hatte zugesagt, mit ihm zu sprechen . . .«

»Eben haben Sie behauptet, allein für die Kraus-Werke im Ruhrgebiet verantwortlich gewesen zu sein. Jetzt sagen Sie, Entscheidungen über die Zwangsarbeiter konnte nur Ihr Vater treffen.«

Zu spät. Ernst merkte, daß er in eine Falle gegangen war. Er sackte auf seinem Stuhl zusammen und vergrub das Gesicht in den Händen. Major Wunsche klingelte nach dem Posten und gab mit einer geringschätzigen Handbewegung Befehl, Ernst Kraus abzuführen.

Wenn Mortimer nicht bei Pressekonferenzen oder militärischen Besprechungen war, machte er sich wieder vertraut mit Berlin, oft in Begleitung von Gordon Cunningham, einem jungen britischen Fotografen, der zur Zeit der Landung der Alliierten nach Deutschland gekommen und den Alliierten nach Berlin gefolgt und dort geblieben war. Mit Jeff, der Mortimer in sein Herz geschlossen hatte, gaben sie ein gutes Team ab.

Sie sahen sich die zerstörte Stadt an, dann fuhr Jeff sie zum Platz der Republik mit dem ausgebrannten Reichstagsgebäude und der Kroll-Oper gegenüber. Der Platz wimmelte von Menschen, die Sachen tauschten, welche blitzschnell in Taschen verschwanden. »Hier ist der Schwarzmarkt«, sagte Jeff grinsend. »Hier und am Alexanderplatz.«

»Wo kommt die Ware her?« fragte Mortimer.

»Zum Teil geschmuggelt. Zum Teil aus geheimen Beständen der Berliner. Aber das meiste kommt von uns. Es ist ein gutes Geschäft. Jeder kann seinen Lohn dadurch verdoppeln, daß er seine Zuteilung an Zigaretten, Alkohol und Süßigkeiten verkauft, und manch einer treibt hier einen einträglichen Handel, überweist das Geld nach Hause und läßt sich von seinen Leuten Nachschub schicken.«

»Das ist doch verboten, oder?«

»Natürlich. Aber alle machen es. Man muß es so sehen: Wenn wir nicht wären, würden die Berliner verhungern.«

»Wohin jetzt?« fragte Mortimer seinen Fahrer.

»Wie wär's mit dem Stettiner Bahnhof? Da gibt's was zu sehen, was nachdenklich macht.«

Das gab es tatsächlich, und Gordon machte mit seiner Leica

viele Aufnahmen, die zusammen mit Mortimers anschaulichem Text weltweit verbreitet wurden. Die Bahn fuhr wieder, wenn auch nach einem wenig verläßlichen Fahrplan. In der Bahnhofshalle sahen sie sich im Nu inmitten einer unübersehbaren Menge Menschen, die zwischen Bündeln standen, saßen und lagen, ohne jede Hoffnung, krank und entkräftet.

Eine Frau in einem zerfetzten Kleid, ein Baby im Arm, streckte kraftlos die Hand nach ihm aus, die Augen teilnahmslos in tiefen Höhlen, die Stimme kaum mehr als ein Flüstern. »Mein Kind ist krank. Es hat seit Tagen nichts gegessen.« Das Kind war nur in eine schmutzige Windel gewickelt. Sein Bauch war gebläht, das Gesicht eingefallen und verschorft.

Mortimer bemühte sich, seinen Ekel zu verbergen. »Woher kommen Sie?«

»Ostpreußen. Mein Kind war gerade geboren, und meine Mutter war krank, deshalb konnten wir nicht mit den anderen fliehen. Jetzt haben uns die Russen vertrieben. Wir hatten eine halbe Stunde Zeit zum Packen. Meine Mutter ist unterwegs gestorben. Bitte, helfen Sie uns.«

Andere um sie riefen dazwischen. »Ich bin aus Breslau . . .« – »Wir kommen aus dem Sudetenland . . .« – »Was sollen wir tun? Sie lassen uns nicht aus dem Bahnhof . . .«

Eine Rotkreuzschwester trat zu ihnen. Hunderte Arme streckten sich ihr entgegen. Mortimer zeigte ihr seinen Presseausweis. »Was, um Gottes willen, ist hier los?«

Die Schwester zuckte resigniert die Schultern. »Sie sollen von hier in Übergangslager, bevor sie weiter nach Westen kommen, aber die Hälfte der Lager ist wegen Typhus geschlossen. Sie bleiben also, bis Platz für sie gefunden ist. Aber wir haben keinen Platz, keine Lebensmittel, keine Medikamente.«

»Und die Behörden?«

»Die Russen tun gar nichts. Die Westalliierten sagen, die Deportierten sind Sache der Deutschen. Das Sozialamt stellt Genehmigungen aus, mit denen sie in Lager außerhalb von

Berlin wechseln können, aber es dauert lange, so eine Genehmigung zu bekommen. Dann brauchen sie eine weitere Bescheinigung zum Verlassen des russischen Sektors. Bis es soweit ist, sind viele schon tot. Jede Woche kommen hunderttausend Deportierte nach Berlin, vielleicht auch mehr. Und in ganz Deutschland ist es so. Millionen Menschen sind heimatlos. Schreiben Sie das in Ihrer Zeitung. Sagen Sie Amerika, was in Deutschland passiert. Wir wollen kein Mitleid, aber wir brauchen Hilfe.«

Mortimer und Gordon überließen die Rotkreuzschwester ihrer hoffnungslosen Aufgabe, gingen zu ihrem Jeep zurück und fuhren die Friedrichstraße hinunter. Jeff fuhr unter den Linden entlang zum Opernplatz, wo die Nazis einst Bücher verbrannt hatten. Dort hielt er an. »Jetzt geht's zu Fuß weiter.«

Über Trümmer und um ausgebrannte Panzer herum, durch den Lustgarten und am zerstörten Schloß und Dom vorbei strebten sie dem Alexanderplatz zu. Sie waren jetzt im sowjetischen Sektor. Überall hingen Stalinbilder und Plakate mit kommunistischen Parolen. Auf den Straßen sah man viele bewaffnete russische Soldaten in schäbigen Uniformen, verglichen mit denen der Amerikaner und Briten. Widersinnigerweise liefen viele mit normalen Koffern herum.

Als Mortimer das erwähnte, erklärte Jeff bündig: »Schwarzmarkt. Die russischen Truppen haben für mehrere Jahre ausstehenden Sold in Besatzungsgeld bekommen, das sie hier ausgeben müssen. Es sind nämlich zwei Sorten Geld in Umlauf, die alte Reichsmark und das Besatzungsgeld, eins so wertlos wie das andere. Ein GI kann für eine billige Armbanduhr zehntausend Mark Besatzungsgeld kriegen. Zehntausend Mark sind tausend Dollar.«

An den Mauern klebten zwischen Plakaten und amtlichen Bekanntmachungen unzählige kleine Zettel. Beim Nähertreten bemerkte Mortimer, daß es Mitteilungen waren: »Tausche Silberbrosche gegen Damenschuhe.« – »Älteres Paar sucht

Wohnmöglichkeit. Eigenes Haus zerstört.« – »Suche meine Tochter, Lieselotte Braun, 12 Jahre alt . . .«

»Diese Zettel hängen überall«, sagte Jeff. »Jeder sucht in Berlin irgendwas oder irgendwen.« Er warf seine Zigarettenkippe weg; sofort stürzte sich ein kleiner Junge darauf und verschwand triumphierend mit seiner Beute in einer Ruine.

Bei einer anderen Gelegenheit fuhr Mortimer nach Schmargendorf. Sein Besuch galt einem alten Freund.

Pastor Scheer öffnete selbst die Tür des Pfarrhauses. Er hatte sich sehr verändert, seit Mortimer ihn das letzte Mal gesehen hatte, wirkte hager, gebeugt und wesentlich älter als seine zweiundsechzig Jahre. Ungläubig schaute er Mortimer einen Moment an und rief dann: »Herr Allen! Was für eine Überraschung! Klara wird sich freuen, Sie wiederzusehen.«

Im gleichen Moment kam Klara Scheer aus der Küche. Auch sie hatte sich verändert, war nicht mehr die rundliche, immer fröhliche Frau von früher. Sie hatte etliche Zähne verloren und war nur noch ein Schatten ihrer selbst.

»Es ist fast wie in alten Tagen«, sagte der Pastor, als sie sich an den einst so vertrauten Küchentisch setzten. »Da sitzen wir wieder. Wir haben überlebt und sind in unsere Stadt zurückgekehrt.«

Klara stellte Tassen auf den Tisch und setzte sich neben ihren Mann. Aus einem Nebenzimmer klang Kinderlachen herüber. »Unser Enkel«, erklärte sie. »Das Haus unseres Sohns wurde bombardiert. Als Bernhard zurückkam und wir wieder hier einziehen durften, zog er mit Frau und Kind nach. Es ist gut, junge Menschen um sich zu haben.«

»Ja, wir sind glücklich, daß so viele von unserer Familie überlebt haben«, sagte der Pastor. »Aber was werden diese Kinder denken, wenn sie später die Dummheit und Blindheit ihrer Eltern und Großeltern erkennen? Wir hinterlassen ihnen ein schreckliches Erbe, denn sie müssen die Hauptlast unserer Schande tragen. Wir alle tragen eine furchtbare Schuld.«

»Aber Sie haben die Nazis doch bekämpft«, wandte Mortimer ein. »Und viele andere sind bei dem Versuch umgekommen.«

»Wir haben nicht genug getan und deshalb sind wir schuldig.« Der Pastor hob seine Kaffeetasse.

Klara wandte sich an Mortimer. »Wußten Sie, daß Otto Tobisch Kommandant des Lagers war, in dem Bernhard zuerst gefangengehalten wurde?«

»Otto Tobisch.« Mortimer stieß nachdenklich die Luft aus. Er hatte Tobisch nur einmal gesehen, wußte aber einiges über ihn.

Otto Tobisch war der Sohn eines kaiserlichen Offiziers, der erster Direktor im Hotel Quadriga geworden war. Otto selbst hatte als Page dort gearbeitet, aber immer nur ein Ziel gehabt: Soldat zu werden. 1910 war er eingezogen worden und hatte 1914 bis 1918 gedient. Als der Waffenstillstand unterzeichnet wurde, war er an der Ostfront. Nach der Demobilisierung bildete er eine der berüchtigten Freikorpsbrigaden, die 1919 bei der Niederschlagung der Revolution in Deutschland halfen und Keimzelle der SA waren.

1923 hatte Tobisch an Hitlers gescheitertem Putsch in München teilgenommen und Schutz in Österreich suchen müssen. 1930 war er jedoch nach Berlin zurückgekehrt und SS-Offizier geworden.

»Ich habe Tobisch am Tag nach dem Reichstagsbrand kennengelernt«, erinnerte Mortimer sich. »Er stürmte mit seinen Schwarzhemden unter dem Vorwand ins Quadriga, Viktorias Cousine zu suchen, die Kommunistin Olga Meyer. Hat er noch immer seine Narbe?«

Der Pastor nickte. »Mitten auf der Stirn.«

»Die ist von Viktoria. Sie hat sich auf ihn gestürzt und wollte ihm die Augen auskratzen. Sie haßten sich offenbar seit ihrer Kindheit.«

»Haben Sie Viktoria gesehen?« fragte Klara.

»Ja«, antwortete Mortimer kurz.

»Sie läßt sich nicht unterkriegen, das Café hat sie bereits wieder eröffnet.«

»Wirklich?«

Pastor Scheer sah ihn prüfend an. »Ich hatte den Eindruck, Sie und Viktoria waren einmal gute Freunde.«

»Sie hat sich verändert. Sie ist kalt und gleichgültig geworden, herzlos.«

»Berlin hat sein Herz verloren«, stellte der Pastor lakonisch fest. »Ich weiß, was Sie denken. Sie meinen, es ist ihr egal. Doch das stimmt nicht. Sie versucht, ihre Verzweiflung hinter einer Maske zu verbergen, wie viele Berliner. Sie dürfen nicht so vorschnell urteilen. Es ist zu einfach zu denken, wer jetzt noch lebt, hat nichts gegen Hitler unternommen und bedauert nicht, was gewesen ist. Diesen Fehler begehen Ihre Landsleute, wenn sie sagen, nur ein toter Deutscher ist ein guter Deutscher.«

In dem Moment kam ein magerer kleiner Junge mit hellblondem Haar und großen blauen Augen ins Zimmer. Pastor Scheer hob ihn hoch und setzte ihn sich auf den Schoß. »Das ist mein Enkel, Matthias. Er ist zwei, keines Verbrechens schuldig. Wenn Sie über Deutschland schreiben, dann denken Sie an Matthias – und die unzähligen Kinder wie ihn.«

Am 7. September 1945 veranstalteten die Alliierten in Berlin eine Siegesparade. Mortimer betrachtete die Parade nicht von der Pressetribüne aus, sondern mischte sich unter die Menge, wo er unverhofft auf einen Bekannten aus vergangenen Tagen stieß – Dr. Oskar Duschek. Der ehemalige Anwalt war ärmlich gekleidet, die Hand, die er Mortimer reichte, rauh von Arbeit.

In dem Augenblick marschierte eine amerikanische Einheit vorbei. Duschek zog die Schultern hoch. »Ich habe schon viele

Siegesparaden erlebt, aber ich finde auch die hier trotz allem unpassend. Warum müssen die Sieger immer ihre Macht demonstrieren? Sehen die Westalliierten nicht, daß wir Berliner gegen Hitler getan haben, was wir konnten, so wie wir jetzt gegen die Kommunisten tun werden, was wir können?«

»Nein, das sehen sie nicht«, erwiderte Mortimer knapp.

Duschek ließ sich nicht beeindrucken. »Es bedrückt mich, daß wieder einmal fremde Mächte Deutschlands Zukunft bestimmen. Wenn wir nicht aufpassen, sind wir plötzlich wieder in einer Situation wie nach dem Versailler Vertrag.« Er blickte nachdenklich zum Tiergarten hinüber. »Und dann die Nürnberger Prozesse. Kann ein Gericht Recht sprechen, vor dem die Besiegten von den Siegern abgeurteilt werden? Und überhaupt, wer sorgt dafür, daß die Richtigen angeklagt werden?«

Mortimer wurde hellhörig. »Denken Sie da an jemand bestimmten?«

»An Ernst Kraus«, sagte Duschek, ohne zu zögern.

»Wollen Sie etwa behaupten, die Kraus-Werke hätten keine Verbrechen zu verantworten?«

»Natürlich nicht. Aber wenn, dann sollte der Kopf der Firma vor Gericht kommen, also Baron von Kraus.«

»Ich dachte, er hätte einen Schlaganfall gehabt und sich zurückgezogen.«

»Es war ein leichter Anfall. Soviel ich weiß, hat er sich nicht zurückgezogen, auch wenn er den Großteil der Aktien auf seine Enkel übertragen hat.«

Mortimers Augen verengten sich. »Auf seine Enkel?«

»Ja, vor allem Werner war immer sein Liebling.«

»Werner hat also mehr Firmenaktien als sein Vater?«

»Genau.«

»Können Sie das beweisen?«

»Nein. Meine Unterlagen wurden größtenteils vernichtet. Trotzdem glaube ich, daß der Baron bewußt den Anschein erweckte, als ob Ernst die Firmenleitung innehätte, um selbst einer Verhaftung zu entgehen, und gleichzeitig sorgte er dafür, daß Ernst keinen Einfluß auf die Kraus-Werke ausüben konnte, indem er die Aktien auf Werner und Norbert übertrug.«

Mortimer zuckte die Schultern. Baron Heinrich war schon immer ein abgefeimter Widerling gewesen, dem durchaus zuzutrauen war, daß er seinen Sohn ans Messer lieferte, um sich selbst zu retten. »Selbst wenn es so ist, treiben Sie es nicht etwas zu sehr auf die Spitze? Warum einen alten kranken Mann anklagen? Warum soll nicht Ernst für ihn vor Gericht?«

»Das ist so, als würde statt Göring einer seiner Adjutanten angeklagt.«

Mortimer gab sich geschlagen. »Sie haben wahrscheinlich keinen Kontakt zum Baron gehabt seit seiner Abreise?«

»Nein. In den letzten Jahren hat mein Sohn seine Angelegenheiten vertreten.«

Mortimer sah ihn neugierig an. Es klang so, als wäre der Baron nicht der einzige, der wenig für seinen Sohn übrig hatte. »Und wo ist Ihr Sohn jetzt?«

»Der Verkehr zwischen den Zonen ist verboten. Ich nehme an, Joachim ist in München.« Duschek machte eine Pause. Dann fuhr er fort: »Aber Sie dürfen ja ungehindert reisen. Sie könnten Joachim besuchen und selbst mit ihm sprechen. Und wenn Sie erfahren, daß meine Behauptung stimmt, können Sie ja die amerikanischen Behörden verständigen.«

»Warum sollte ich mich darum kümmern?«

»Weil Sie genausogut wie ich wissen, wie wichtig es ist, daß in Nürnberg Recht gesprochen wird.«

Die Parade war noch immer im Gang. Gerade zog schwere russische Artillerie vorbei. Mortimer betrachtete die Geschütze und die daneben paradierenden Rotarmisten, doch in Gedanken war er schon woanders. In London hatte er Anfang des Jahres einen Major des amerikanischen Geheimdienstes kennengelernt, einen Emigranten polnisch-jüdischer Herkunft namens David Wunsche, der vielleicht an Duscheks Geschichte interessiert war. Bedächtig sagte er: »Mal sehn, vielleicht fahre ich nach München.«

Als Mortimers Maschine zwei Tage später vom Flughafen Tempelhof abhob, blickte er auf die Stadtwüste unter sich. Flüchtig ging ihm durch den Kopf, daß es für die Berliner nicht so leicht war wie für ihn, da rauszukommen.

David Wunsche hörte sich Mortimers Informationen mit finsterem Gesicht an. »Ein typischer Fall. Joachim Duschek ist verhört worden und hat bereitwillig Akten früherer Nazis herausgegeben. Aufgrund seiner Kooperationsbereitschaft durfte er seine Kanzlei weiterführen.«

»Hat er zugegeben, für den Baron tätig gewesen zu sein?«

»Da hatte er doch einige Erinnerungslücken. Ich habe Ernst Kraus vor ein paar Wochen befragt. Für mich steht außer Frage, daß er ein Kriegsverbrecher ist. Der Baron wurde im Juni auf Schloß Waldesruh gesehen. Der alte Mann war offenbar in schlechter Verfassung. Seine rechte Seite war völlig gelähmt.«

»Völlig gelähmt? Hört sich nach mehr als einem leichten Schlaganfall an.«

Wunsche nickte. »Die Leute, die ihn gesehen haben, meinten, er werde bald das Zeitliche segnen.«

»Da wäre ich nicht so sicher«, entgegnete Mortimer. »Aber egal, in welchem Zustand er ist, ich finde es empörend, daß er auf einem Schloß wohnt, das von Rechts wegen einem jüdischen Bankier gehört.«

»Einem jüdischen Bankier? In den Unterlagen stand davon nichts.«

»Ich versichere Ihnen, der Baron hat sich Schloß Waldesruh nach dem Anschluß unter den Nagel gerissen.«

Wunsche atmete tief durch. »Suchen wir Duschek.«

Ein Teil der Münchener Innenstadt hatte wie durch ein Wunder das Schlimmste der Bombardierungen überstanden.

Auch die Peterskirche und der Frauendom, in deren Schatten die Kanzlei von Dr. Joachim Duschek lag.

Eine gutgebaute Blondine öffnete ihnen die Tür und führte sie in einen Raum mit geschnitzten Tischen und Stühlen und einem großen Schreibtisch, hinter dem Joachim Duschek sich halb erhob. Er war ein unscheinbarer Endzwanziger, den rechten Arm hielt er seltsam abgewinkelt. »Was kann ich für Sie tun, Major?« fragte er auf englisch.

David Wunsche sprach Deutsch, wie Mortimer wußte, doch der Major antwortete auf englisch: »Ich möchte einige Informationen über Sie und Ihre Klienten.«

»Ich bin bereits eingehend befragt worden.«

»Nicht eingehend genug, wie es scheint«, erwiderte Wunsche ungerührt. »Fangen wir vorne an. Sie sind in Berlin geboren?«

Fast wie einstudiert erzählte Joachim Duschek sein Leben. Er hatte sein juristisches Examen mit Auszeichnung absolviert, war in die Familienkanzlei Duschek & Duschek eingetreten und hatte eine vielversprechende Karriere vor sich, als der Krieg ausbrach und er eingezogen wurde. 1942, mit fünfundzwanzig, war er mit einem komplizierten Armbruch von der Westfront zurückgekommen. Allmählich hatte er wieder Tritt gefaßt und Annelies Schwann geheiratet, die Tochter eines bayrischen Kollegen seines Vaters. Ihr Sohn, Dieter, war zehn Monate später zur Welt gekommen.

In diese zehn Monate fielen die Wendepunkte des Krieges – Stalingrad und El Alamein. Die alliierten Luftangriffe hatten sich verstärkt. Die Berliner Kanzlei Duschek & Duschek wurde in Schutt und Asche gelegt. Er zog mit Annelies nach München.

»Und Sie haben die Tätigkeit für Baron Heinrich von Kraus in München fortgesetzt«, stellte Wunsche fest.

In Joachims Augen flackerte es kurz auf, Überraschung

oder Angst. »Ich habe ein paar persönliche Dinge für den Herrn Baron erledigt«, räumte er vorsichtig ein.

»Ich möchte die Akten sehen.«

»Ich habe keine Akten vom Herrn Baron hier.«

»Duschek, ich bin ein beschäftigter Mann mit sehr wenig Geduld. Lassen wir das also. Entweder machen Sie, was ich sage, oder ich lasse Sie wegen Verdunkelung festnehmen.«

Joachim beschloß einzulenken. »Ich hatte nichts mit den Kraus-Werken zu tun, weiß aber, daß die meisten Papiere des Barons bei einer Zürcher Bank deponiert sind.«

Wunsche verzog das Gesicht. Die Aussicht, daß die Schweizer ihre Tresore öffneten, war gleich Null. »Wann haben Sie den Baron das letzte Mal gesehen?«

»Vergangenen Dezember.«

»Und seitdem haben Sie nichts mehr von ihm gehört?«

»Wie könnte ich? Wie Sie wissen, haben die Besatzungsmächte entschieden, daß Österreich ein souveränes Land ist. Die Amerikaner haben jeden Verkehr zwischen uns und Österreich verboten.« In Joachims Stimme schwang Gekränktsein mit.

»Woher wissen Sie, daß der Baron in Österreich ist?«

»Es ging ihm sehr schlecht, als ich ihn das letzte Mal sah. Er sagte mir, er wolle die Firmenleitung seinem Sohn Ernst übertragen und sich auf Schloß Waldesruh zurückziehen.«

»Warum sollte der Baron die Firmenleitung seinem Sohn übertragen, wenn er seinen ganzen Aktienanteil bereits den Enkeln überschrieben hatte?«

Joachim wand sich. »Es war kein Machttransfer. Nach dem Schlaganfall hat der Baron seinen Enkeln die Aktien geschenkt. So müssen sie keine Erbschaftssteuern zahlen.«

»Der Baron hat also die Kraus-Werke bis Kriegsende selbst geführt?«

Joachim legte umständlich den rechten Arm anders. Bei Anspannung machte sich die alte Verletzung immer wieder bemerkbar. »Ich weiß es nicht. Der Baron hat es mir nicht anvertraut.«

Wunsche wandte sich an Mortimer. »Uns bleibt wohl nichts anderes übrig, als nach Schloß Waldesruh zu fahren.«

»Aber Tirol liegt in der französischen Besatzungszone«, warf Joachim ein.

Wunsche lächelte grimmig. »Die Franzosen haben für die Krauses genausoviel übrig wie wir. Sie werden liebend gern mit uns zusammenarbeiten.«

Joachim sah ihn mit unverhohlenem Haß an. Er hatte bis zuletzt an die Unbesiegbarkeit des Führers geglaubt. Er würde es nie verwinden, daß Deutschland den Krieg verloren hatte und jetzt die Alliierten das Sagen hatten.

3

Schloß Waldesruh war ein ziemlich kleiner turmbewehrter Bau an einem zerfurchten Fahrweg, der zur Hauptstraße Innsbruck-Brennerpaß führte.

Werner Kraus, ein Mann mittlerer Größe mit Brille, kleinen grauen Augen, kleinem Mund unter einem Schnauzbart, bulligem Nacken und starkem Übergewicht, stand am Fenster der Bibliothek und beobachtete zwei französische Lkw und ein amerikanisches Militärfahrzeug, die sich auf dem Fahrweg dem Schloß näherten. Er läutete nach seinem Diener, Gottlieb Linke, und zeigte nach draußen. »Wir bekommen Besuch.«

Gottlieb machte ein ernstes Gesicht. »Ich werde den Herrn Baron darauf vorbereiten.«

Als Gottlieb kurz darauf in das Schlafzimmer im Erdgeschoß trat, saß der Baron ungepflegt gekleidet in seinem Rollstuhl und stieß mit dem Stock auf den Boden.

»Regen Sie sich nicht so auf, Herr Baron«, sagte Gottlieb, während er seinem Arbeitgeber eine Decke um die Knie schlang. »Es ist sicher nur ein Routinebesuch.«

Der Baron verzog das Gesicht. Er mochte fast siebenundachtzig Jahre alt sein und zweieinhalb Zentner wiegen, mochte rechtsseitig teilweise gelähmt sein und nach dem zweiten Schlaganfall ein schiefes Gesicht haben und schleppend sprechen, aber geistig war er noch sehr rege. Weder Gottlieb noch dessen Frau Martha, die sich um die persönlichen Belange des Barons kümmerten, erkannten das. Beide rechneten mit seinem baldigen Tod.

Das tat auch die Schwiegertochter des Barons, Trude, eine nachlässig gekleidete träge Endvierzigerin, die ihren Mann Ernst in den letzten Kriegswochen in Essen gelassen hatte und in das sichere Österreich geflohen war.

Nur Werner schätzte den alten kranken Mann richtig ein. Er wußte, daß noch eine Menge Leben in ihm steckte. So wie in den besten Zeiten galt noch jeder Gedanke den Kraus-Werken, die der Baron praktisch aus dem Nichts aufgebaut hatte, bis sie auf dem Höhepunkt unter Hitler etwa sechshundert Firmen in ganz Europa umfaßt hatten.

Die Fahrzeuge hielten vor dem Schloß, und heraus sprangen mit MGs bewaffnete Soldaten. Die Wagentüren öffneten sich, und vier Männer stiegen aus, die zielstrebig auf das Haus zukamen. Die Augen des Barons verengten sich. Die beiden Offiziere in amerikanischer bzw. französischer Uniform hatte er noch nie gesehen, aber den Journalisten kannte er sehr gut. Und auch die Gestalt Joachim Duscheks. Nein, dies war kein Routinebesuch.

Kurz darauf wurde vernehmlich an die Tür geklopft. Der Baron sank in seinem Stuhl zusammen, und Gottlieb eilte nach einem mitfühlenden Blick auf ihn hinaus, um zu öffnen.

Die Hausbewohner versammelten sich in der Halle. Der amerikanische Major, der Wunsche hieß, forderte sie auf, sich auszuweisen, während sein französischer Kollege die Namen auf einer Liste abhakte. Nur der Baron sagte nichts; seine Augen waren geschlossen, der Unterkiefer hing herunter, und Speichel lief ihm über das Kinn.

Wunsche wandte sich an Werner. »Als wir Ihren Vater festnahmen, hielten wir ihn für den Kopf der Kraus-Werke. Inzwischen wissen wir, daß Sie mehr Aktien besitzen als er. Da Sie eng mit ihm zusammengearbeitet haben und wahrscheinlich genausoviel, wenn nicht mehr Einfluß und Verantwortung hatten als Ihr Vater, nehme ich Sie fest.«

»Sie nehmen mich fest?« wiederholte Werner ausdruckslos. »Weswegen?«

»Wegen Verbrechen gegen den Frieden, Kriegsverbrechen und Verbrechen gegen die Menschlichkeit.«

Entsetzt rief Werner: »Sie irren sich. Ich hatte keinerlei Verantwortung. Ich war wie jeder andere Angestellte.«

»Sie meinen, Sie haben nur die Anweisungen Ihres Vaters ausgeführt?«

Es gelang Werner, Joachims Blick aufzufangen. Der Anwalt neigte den Kopf unmerklich in Richtung Baron, und Werner sah mit einem Mal einen Ausweg. Wie sein Großvater die Schuld auf den Sohn abgewälzt hatte, würde Werner sie jetzt wieder dem Baron zuschieben und so die eigene Haut retten. »Nur die Anweisungen meines Großvaters.«

»Der Baron hat alle geschäftlichen Entscheidungen getroffen?«

»Ja. Mein Großvater hat mir aus steuerlichen Gründen einige Aktien übertragen, aber er hatte die alleinige Verfügungsgewalt in der Firma.«

Wunsche betrachtete den Baron im Rollstuhl. »Er kann die Firma nicht in dem Zustand geleitet haben.«

»Er hatte im Mai einen zweiten Schlaganfall. Davor war er für sein Alter sehr rüstig.«

»Können Sie das beeiden?«

Werner blickte ihm direkt ins Gesicht. »Es ist die Wahrheit.«

Das war es also: Der Baron war für die Aktivitäten der Kraus-Werke Kraus-Werke im Dritten Reich verantwortlich. Aber Wunsche konnte, als er die unbewegliche Gestalt des Barons musterte, keine Befriedigung empfinden. Widerwillig reichte er Dr. Duschek die Anklageschrift.

Der Anwalt nahm das Papier und las die Anklagepunkte laut vor. Gelder der Kraus-Werke hatten den Nazis zur Macht verholfen. Die Kraus-Werke hatten von der Arisierung profitiert und jüdische Unternehmen erworben. Die Kraus-Werke hatten sich an den Plänen für einen Angriffskrieg beteiligt. Die Kraus-Werke hatten durch die Ausbeutung von Zwangsarbeitern unzählige Verbrechen begangen. Als Chef des Unternehmens war Baron Kraus letztlich verantwortlich für die Geschäfte der Kraus-Werke.

Dem Gesicht des Barons war nicht das geringste Verständnis anzumerken. Nachdem Joachim das Schriftstück vorgelesen hatte, sagte er ungehalten: »Sie sehen, er versteht überhaupt nicht, was vor sich geht. Wenn er ins Gefängnis kommt, ist das sein Tod.«

Wunsche sagte lange nichts. Der eventuelle Tod des Barons berührte ihn nicht im geringsten, aber die Umstände konnten entscheidend sein. Schließlich sagte er: »In Anbetracht seines Gesundheitszustands wird der Baron unter Hausarrest gestellt. Allerdings nicht auf Schloß Waldesruh. Er wird zunächst im Gartenhaus wohnen. Dann wird eine medizinische Untersuchung klären, ob er verhandlungsfähig ist.« Er wandte sich an Werner Kraus: »Und Sie kommen in Haft.«

»Ich erhebe Einspruch«, rief Joachim wütend. »Herr von Kraus hat keinerlei Verbrechen begangen.«

Wunsche blickte ihn eisig an. »Sie scheinen nicht zu begreifen. Allein daß er ein Kraus ist, ist ein Verbrechen. Je länger die Mitglieder der Familie Kraus außer Gefecht sind, desto geringer ist die Chance, daß die Kraus-Werke jemals wieder arbeiten.«

Der Major blieb trotz der Proteste Joachims hart. Werner wurde nach kurzen Anweisungen an den Fahrer auf einem der Lkw fortgebracht.

Die übrigen Bewohner mußten das Schloß räumen und wurden in einem Gartenhaus abseits auf dem Grundstück untergebracht. Es war eine trostlose Behausung mit zwei Zimmern, Wasserversorgung vor der Tür und ohne Kochgelegenheit. Sie durften einen Spirituskocher mitnehmen, ein paar Vorräte, das Minimum an Kleidung und Bettzeug sowie das, was der Baron unbedingt brauchte.

Später am Nachmittag suchten zwei französische Militärs das Gartenhaus auf, und Trude mußte dolmetschen, als sie, Gottlieb und Martha verhört wurden. Obwohl Gottlieb protestierte, er habe nur ein Abzeichen getragen und seine Mitgliedsbeiträge gezahlt, wurde er als NSDAP-Mitglied festgenommen. Martha war außer sich.

»Sie kommen auch mit«, erklärte einer der Franzosen. »Sie waren in der NS-Frauenschaft, Sie sind genauso schlimm.«

Fassungslos stand Trude dabei, als die beiden ebenfalls abgeführt wurden. Erst als sie ihren Blicken entschwunden waren, wurde ihr die ganze Tragweite ihrer Festnahme bewußt. Sie hatte immer in gesicherten Verhältnissen und im Überfluß gelebt. Kindermädchen und Bedienstete hatten sich um die Kinder und den Haushalt gekümmert. Sie hatte sich nur darum kümmern müssen, was sie anziehen oder essen wollte. Doch jetzt waren plötzlich ihr Mann, ihr Sohn und die Dienstboten im Gefängnis, und sie mußte allein in einem baufälligen Gartenhaus ihren alten kranken Schwiegervater versorgen.

»Mein Gott«, jammerte sie, als sie zurück in das Häuschen ging, »was soll ich jetzt nur machen?«

Der Baron öffnete ein Auge und überraschte Trude, als er maliziös lächelnd sagte: »Hilf mir an die Kommode.«

Werner kam in das Internierungslager Nattenberg in Bayern. Man brachte ihn über einen von Scheinwerfern erleuchteten Paradeplatz in eine Holzbaracke, in der mehrere Männer zwanglos um einen Tisch saßen. Andere lagen auf Bettstellen. Werner sagte: »Mein Name ist Kraus und ...«

Ein Mann hob die Hand. Er war sehr hager, und die Augen lagen tief in dem bleichen Gesicht, wie bei jemandem, der lange im Gefängnis war. »... und man hat dich zu Unrecht festgenommen. Uns auch, Kamerad. Da drüben ist eine freie Dekke. Nimm sie, bevor es ein anderer tut.«

Schweigend gehorchte Werner. Bald darauf wurde das Licht ausgemacht. Er lag im Dunkeln und lauschte dem Schnarchen seiner Mithäftlinge, den Kopf voll bitterer Gedanken.

Der nächste Tag war wie alle folgenden. Wecken bei Tagesanbruch. Nach dem Waschen mit kaltem Wasser und einem faden Frühstück aus wäßrigem Kaffee und Brot mit Ersatzmargarine mußte Werner unter der Aufsicht eines bewaffneten Aufpassers säckeweise Kartoffeln schälen. Die Wochen vergingen, aber niemand verhörte ihn, und er fragte sich allmählich, ob die Amerikaner sich eine spezielle Strafe für ihn ausgedacht hätten. Verhöre, selbst Prügel hätten zumindest bedeutet, daß man sich seiner Existenz bewußt war. Nicht beachtet zu werden, war Folter der schlimmsten Art.

Seine Mithäftlinge waren ein zusammengewürfelter Haufen. Einige waren überzeugte Nationalsozialisten wie er. Fast alle waren in der Partei gewesen, weil das Voraussetzung für das berufliche Fortkommen gewesen war. Die Reihe reichte vom Briefträger über Lehrer, Ärzte, Bezirksvorsteher, hohe Beamte und Polizisten bis zu Angehörigen der SS, darunter einige Offiziere der SS-Totenkopfverbände.

Schon bald nach seiner Einlieferung bekam diese letztere

elitäre Gruppe Zuwachs durch jemanden, den Werner gut kannte – einen untersetzten Mann mit schütterem aschblondem Haar, blauen Augen, beinahe weiß wirkenden Wimpern und einer blassen Narbe auf der Stirn. Werner erkannte SS-Oberführer Otto Tobisch sofort.

Die beiden Männer hatten sich 1940 nach Ottos Beförderung zum Kommandanten eines KZs bei Krakau kennengelernt, neben dem ein Kraus-Stahlwerk errichtet worden war. Neben der Verantwortung für die schlesische und polnische Zweigstelle war Werner auch noch die Leitung der neuen Werke übertragen worden. Alle Zusammenkünfte mit Otto Tobisch hatten allerdings in Breslau stattgefunden; Werner war nie im Lager gewesen, denn die SS hatte derartige Besuche verboten.

Otto erzählte Werner, daß er Ende Januar aus dem Lager zum Bauernhof seiner Frau in Traunkirchen geflohen war, wo er sich als Deserteur ausgegeben hatte, der auf dem Hof arbeitete.

»Wissen die Amerikaner, wer Sie sind?«

»Sie haben keine Ahnung. Weil so viele SS-Männer ins Salzkammergut gegangen sind, haben sie das Gebiet gründlich durchsucht. Als sie meine SS-Tätowierung sahen, haben sie mich auch festgenommen.«

»Mensch, warum sind Sie denn nicht abgehauen, als es noch ging?«

Otto zögerte mit der Antwort. Er hätte fliehen können. Andere hatten es getan. In den letzten chaotischen Kriegswochen wäre es ihm möglich gewesen, nach Italien zu gelangen, und er hatte genügend Mittel für die Überfahrt in ein fernes Land: einen Beutel mit Edelsteinen, den er aus dem Lagertresor entwendet und im Kuhstall des Hofes vergraben hatte. Aber er hatte sich nicht zu diesem Schritt durchringen können. »Ich glaubte damals, wir würden uns noch einmal aufbäumen«, sagte er schließlich. »Ich dachte zudem, die Westalliierten würden am Ende gemeinsam mit Deutschland gegen die Sowjetunion ziehen.«

Werner nickte. Das hatten er und der Baron auch kurze Zeit gehofft, waren aber rasch eines Besseren belehrt worden. »Und als Sie Ihren Fehler bemerkten, war es zu spät?«

Otto bemühte sich, seine Gedanken auszudrücken. Er war ein Mann der Tat, nicht der Worte. »Der Krieg ist noch nicht vorbei, ich meine den Krieg gegen die Sowjetunion, nicht solange es Männer wie mich gibt, die seit 1917 gegen die Kommunisten kämpfen.« Er griff spontan in die Tasche und holte eine abgegriffene Bleistiftzeichnung heraus. »Das ist mein Sohn, Adolf Alois. Er wird im November fünf. Ihm bin ich schuldig, den Kampf fortzusetzen. Er ist der Hauptgrund, weshalb ich in Österreich geblieben bin.«

Der Junge erfüllte Otto immer wieder mit unfaßbarem Stolz. Anna dagegen, seine dicke, etwas dümmliche Frau, hatte ihm nie viel bedeutet.

Werner betrachtete das Bild und murmelte: »Ein netter Junge.«

Otto steckte die Zeichnung wieder ein. »Er schlägt mir nach.«

»Aber wenn jemand Sie verrät? Ihre Frau kann gezwungen werden, Sie preiszugeben. Ihre Nachbarn könnten Sie erkennen.«

»Meine Frau würde mich nie verraten, und im Dorf war ich nie.«

»Oder einer Ihrer früheren Kollegen?« beharrte Werner.

»Das Lager ist jetzt hinter der russischen Linie. Soviel ich weiß, geben die Russen den Amerikanern kaum Informationen, und außerdem wurden die meisten Lagerunterlagen verbrannt, bevor ich weg bin. Es wird schwer, mich vor Gericht zu bringen und zu belasten.«

Und die Häftlinge, die ihn hätten identifizieren können, sind tot, dachte Werner bei sich. Außer seiner Frau und seinen

Sohn gab es wahrscheinlich nur noch einen Menschen, der wußte, wer Otto Tobisch wirklich war – Werner.

Als hätte Otto seine Gedanken gelesen, sagte er: »Ich rate Ihnen, nichts Unvernünftiges zu tun, um den eigenen Hals zu retten. Ich weiß, daß Sie sehr viel mehr getan haben, als nur eine Fabrik in die Nähe des Lagers zu bauen. Ich habe Unterlagen auf meinem Hof versteckt, die das beweisen. Ich kann mich damit rausreden, nur Himmlers Befehle ausgeführt zu haben. Sie sind da in einer ganz anderen Situation.«

In dem Moment unterbrach ein Posten ihr Gespräch, schickte Werner wieder zu seinen Kartoffeln und brachte Otto zu einer Gruppe Häftlinge, die Postsäcke nahte. Ottos drohende Worte klangen Werner noch im Ohr, als er sich wieder an die Arbeit machte. Er dachte an die Schmalspurbahn, die die Kraus-Bahnwerke zum Lager gebaut hatten, und an die lukrativen wöchentlichen Chemikalienlieferungen der Kraus-Chemie in Krakau. Bis jetzt hatte er geglaubt, nötigenfalls behaupten zu können, sein Großvater hätte ein Abkommen mit der SS getroffen, von dem er nichts wußte. Doch Otto kannte die Wahrheit und hatte ihn in der Hand, wie seine verschleierte Drohung zeigte.

Eins war gewiß. Es war nicht in Werners Interesse, daß die Amerikaner Otto Tobischs wahre Identität entdeckten.

Im Salzkammergut wurden die Kühe von der Sommerweide ins Tal getrieben. Behende wie eine Gemse lief Dolfi Tobisch der Herde voraus. Seine Mutter, Anna, folgte ihm langsam nach.

Anna hatte Polen mit seinen dunklen Wäldern nicht gemocht. Sie hatte versucht, ihr Haus mit Blumenkästen und -körben und geschnitzten Fensterläden zu verschönern, doch das hatte die Heimat im Salzkammergut nicht ersetzen können. Einsam und voller Heimweh hatte sie begonnen, sich für das Lager zu interessieren. Doch Otto hatte das untersagt.

Dann, Anna war schon neunundvierzig, hatte sie das Kind bekommen. Es war wie ein Wunder gewesen, wie ein Zeichen der Gnade. Otto vergötterte den Kleinen, der blond und blauäugig war wie er.

Aber der Junge war ein Problemkind. Er hatte Sprachschwierigkeiten und machte noch mit vier ins Bett, als Otto unvermittelt entschieden hatte, nach Österreich zurückzukehren. Aber seit sie in den Bergen waren, entwickelte sich das Kind zu einem ganz normalen Jungen.

Selbst Ottos Festnahme im Juni, die Anna sehr beunruhigt hatte, hatte den Jungen weniger getroffen als befürchtet. Sie hatte ihm erzählt, sein Vater sei ein bedeutender General mit einflußreichen Freunden in Berlin, und seine Festnahme durch die Amerikaner sei ein Versehen.

In der Zwischenzeit hatte sie jedoch genug Sorgen mit dem Hof, der in ihrer Abwesenheit vernachlässigt worden war. Haus und Scheune mußten dringend ausgebessert werden. Anna hatte allein geheut. Statt drei hatte es nur zwei Heuernten gegeben, und die von schlechter Qualität, was nichts Gutes für den Winter versprach, und auch Brennholz hatte sie nicht viel schlagen können.

Glücklicherweise war das Vieh gesund, und die Hühner legten gut. Mit dem Getreide, das in der baufälligen Scheune lagerte, würden sie wohl durchkommen, vorausgesetzt, der Winter fiel nicht zu streng aus.

Das Kind erreichte den Bauernhof als erster. Plötzlich ertönte aus dem hohen Gras ein bösartiges Knurren, und Wolf richtete sich drohend auf. Adolf blieb verängstigt und mit klopfendem Herzen stehen. Wolf war zwar schon zwölf Jahre alt und ziemlich steif, doch Adolf fürchtete den Dobermann mehr als alles in der Welt.

Vorsichtig wich Adolf zurück, bis der Hund sich wieder hinlegte, und lief dann verängstigt zurück zur Mutter und den Kühen.

In der Nacht hatte er wieder den Alptraum. Es war nicht nur ein böser Traum, sondern etwas, das Adolf in Polen erlebt hatte, als er seinem Vater und Wolf einmal unbemerkt ins Lager nachgeschlichen war. Da war ein Mädchen gewesen, etwa so alt wie er, mit dunklen Haaren und furchtbar dünn. Wolf hatte sie angesprungen, zu Boden geworfen und in Stücke gerissen. Adolf hatte geschrien, und sein Vater war zurückgelaufen, hatte ihn hochgehoben, den Kopf an seine Schulter gedrückt und beruhigend auf ihn eingeredet. Dann hatte er Wolf mit der Peitsche geschlagen, bis dem Hund das Blut über das Fell gelaufen war.

Das Leben in Berlin war ein anderer Alptraum. Und der Winter stand vor der Tür. Viktoria konnte an nichts anderes denken.

Krankheiten grassierten. Die Stadt war verseucht von Flöhen, Mäusen und Ratten, und viele Flüchtlinge hatten Läuse, die Typhus übertrugen. Epidemie folgte auf Epidemie. Die Menschen hausten in schmutzigen Kellern, mußten sich mit mangelhafter Kanalisation und verseuchtem Wasser behelfen und litten in vielen Fällen bereits an chronischer Unterernährung und Ödemen.

Die Behörden taten, was sie konnten. Es gab nur noch halb so viele Krankenhausbetten wie vor dem Krieg und kaum Personal, aber irgendwann waren dann doch die meisten Menschen gegen Typhus geimpft und die meisten Kinder auch gegen Diphtherie.

Es wurde etwas Kohle gefördert, hauptsächlich im Ruhrgebiet, aber sie war von schlechter Qualität und unerschwinglich, und so wurden Bäume gefällt, um Brenn- und Bauholz zu erhalten. Die Strom-, Gas- und Wasserversorgung wurden notdürftig instand gesetzt. Aber man mußte immer noch stundenlang an den Wasserpumpen anstehen, und Strom und Gas waren, wie alles andere auch, rationiert. Viktoria und Hasso hatten ständig Angst, die Zuteilung zu überschreiten und Strom und Gas abgestellt zu bekommen. Soweit wie möglich heizten sie den Kessel mit Holz aus den Ruinen.

Lebensmittel waren ein Problem. Die Ernte war nicht schlecht gewesen, und frische Ware kam auch in die Stadt, aber kaum ein Bauer lieferte alles wie vorgeschrieben an die Besatzungsmächte ab. Die meisten hielten einen Teil für den Schwarzmarkt oder für schlechte Zeiten zurück. In Parks und Vorgärten wurde Gemüse angebaut. Im Tiergarten grasten Schafe und Ziegen, die die schlechte Milchversorgung etwas aufbesserten.

Ein paar kleine Betriebe und Fabriken nahmen die Arbeit wieder auf und produzierten Töpfe, Bettstellen, Schaufeln, Schubkarren und andere Bedarfsartikel.

Die bedeutendste Bezugsquelle blieb jedoch der Schwarzmarkt am Reichstag. Obwohl natürlich verboten, wurde wenig gegen den Schwarzmarkt unternommen. Die Militärpolizei und die Berliner Polizei hatten andere Sorgen. Jeder Sektor hatte seine eigene Polizei, die der jeweiligen Besatzungsmacht unterstand, doch in Tat und Wahrheit wurde die Stadt von der sowjetischen Geheimpolizei beherrscht, deren Chef Oberst Markgraf war, ein in der gesamten Bevölkerung verhaßter und gefürchteter, zum Kommunisten gewandelter Nazi.

Hasso hatte gute Beziehungen zu den wichtigsten Schwarzhändlern aufgebaut, die ihm praktisch alles besorgen konnten, was das Café brauchte, Fleisch, Schokolade, Tee, Kaffee, Wein, Spirituosen, Kohle, Kerzen, Seife, sogar Nylonstrümpfe. Das meiste davon war amerikanischer Herkunft.

Bezahlen konnte man mit allem, außer der schwindsüchtigen Reichsmark – mit Kameras, Uhren, Antiquitäten, Teppichen, Möbeln, Gold, Schmuck, Tafelsilber und Porzellan – alles Sachen, die die Soldaten zu Hause gut verkaufen konnten.

Oder man zahlte mit Zigaretten. Zigaretten wurden bald zur neuen Währung. Eine Leica war zweihundert Chesterfield wert, ein Dresdner Teeservice hundert Camel. Für fünfzig Zigaretten bekam man ein halbes Pfund Butter oder eine Flasche Wein oder eine Flasche Schnaps.

Die eigentliche Schwierigkeit bestand darin, Zigaretten zu bekommen. Es gab kaum ein Stückchen Land, Balkon oder Fensterbank, auf dem nicht auch Tabakpflanzen standen. Um den Verdienst aufzubessern, sammelten die Angestellten des Cafés Jochum die Kippen aus den Aschenbechern und verkauften sie an eine Frau, die in einem Keller ihre eigene Zigarettenfabrik unterhielt; sieben Kippen ergaben eine neue Zigarette. Doch der Umtauschkurs für Zigaretten konnte über Nacht bis zu dreißig Prozent steigen, wodurch sich die Lebensmittel entsprechend verteuerten.

Auf Hassos Anregung hatte das Café Jochum ein eigenes Tauschsystem eingeführt. Die anfänglichen Barrieren zwischen den britischen beziehungsweise amerikanischen Soldaten und den Berlinern fielen rasch, und viele der regelmäßigen Kunden zahlten nur zu gern mit Zigaretten, die sie fast nichts kosteten. Aber obwohl das die Lage besserte, reichte es nicht, das Café Jochum über den Winter zu bringen.

Hasso hatte schließlich eine Idee. Das alliierte Fraternisierungsverbot war aufgehoben worden, die amerikanischen und britischen Soldaten durften also deutsche Freundinnen haben. Hasso riet Viktoria, ein oder zwei kleinere Schmuckstücke zu verkaufen und den Keller in ein gutes Restaurant umzubauen. Außerdem sollten sie ein kleines Orchester und ein paar ausgewählte junge Damen als Begleiterinnen und Tanzpartnerinnen engagieren.

Viktoria war klar, daß die Mädchen Offiziere anlocken sollten, die für einen Abend in weiblicher Begleitung gut zahlen würden. »Aber ein Soldat erwartet mehr als einen Kuß dafür, daß er einem Mädchen in unserem Restaurant ein Essen bezahlt«, wandte sie ein.

»Ich kenne viele Mädchen, die für ein anständiges Essen beträchtlich mehr geben würden«, erwiderte Hasso ungerührt. »Vergessen Sie nicht, daß viele Mädchen heute ihre Eltern, kriegsversehrte Brüder oder Verwandte versorgen müssen. Wer will es ihnen verübeln, wenn sie für eine Schachtel Zigaretten mit einem Ami oder Tommy ins Bett gehen?«

Viktoria seufzte. Es war eine Frage des Überlebens. Wenn sie zwanzig wäre, würde sie sich für ein Essen und eine Packung Zigaretten verkaufen? Wahrscheinlich ja, wenn der Hunger groß genug wäre – oder sie ihre Familie nur so ernähren könnte. Im neuen Berlin zählte nicht, wie man lebte, sondern daß man lebte. Moral war ein Luxus, den sich nur wenige leisten konnten. Aber so verzweifelt war sie noch nicht. »Nein, Hasso! Lieber verkaufe ich den ganzen Schmuck.«

Doch gerade das wollte Hasso verhindern. Diamanten brachten auf dem Schwarzmarkt zwar viel ein, aber er war entschlossen, nicht ihr einzig wirkliches Kapital aufzubrauchen. »Womit sollen wir wiederaufbauen, wenn die Zeit kommt?« fragte er.

»Vielleicht sollten wir den Wiederaufbau ganz vergessen.«

»Frau Jochum, Sie dürfen nicht nur an sich denken. Lili ist auch noch da. Das Café ist auch ihr Erbe.«

Sie spürte, daß sie schwach wurde. »Ein Restaurant bedeutet auch mehr Personal.«

»Die Leute werden Schlange stehen, wenn sie nur was zu essen kriegen.«

»Und die Polizei?«

Hasso zuckte die Schultern. »Sie gehört wahrscheinlich zu unseren Kunden.«

Viktoria schwieg lange. Was ihre Eltern und Benno wohl von Hassos Vorschlag gehalten hätten? Aber war das wirklich noch wichtig? Sie waren tot. »Also gut«, sagte sie, »es gefällt mir nicht, aber wir machen es.«

Noch während sie sprach, hatte sie das Gefühl, jemandem

untreu zu werden, nicht nur dem Café Jochum, ihren Eltern und Benno – auch sich selbst.

Mortimer hatte an einer Sitzung des Alliierten Kontrollrats und der Alliierten Kommandantur Berlins teilnehmen können, an der die vier Militärkommandanten und ihre Mitarbeiter sich um eine Lösung für die Zukunft Berlins bemühten.

Was er dort erfuhr, stimmte ihn nicht zuversichtlicher. Amerikaner und Briten arbeiteten recht gut zusammen und stimmten in den meisten Fragen überein, die Franzosen waren jedoch nicht sehr kooperativ. Und während die Westalliierten sich um Zusammenarbeit mit den Sowjets bemühten, kam von den Russen überhaupt nichts. Die Sowjets hielten sogar Erkenntnisse über NS-Kriegsverbrecher zurück.

Mortimer kam überwiegend mit amerikanischen Besatzungsoffizieren zusammen, unter denen es gärte. Sie wollten wieder nach Hause; Berlin war für sie eine sterbende Stadt. Wenn die Russen sie haben wollten, warum nicht?

Mortimer war unterdessen mit den Verhältnissen in Berlin so gut vertraut, daß er ganz anderer Ansicht war. In seinen Artikeln vertrat er mehr und mehr eine umstrittene Linie und wies auf die strategische Bedeutung der Stadt und die erbärmlichen Lebensverhältnisse ihrer Bewohner hin.

Basilius Meyer war ein Kind des kommunistischen Spartakusaufstands von 1919. Seine Eltern, Reinhardt und Olga Meyer, hatten zusammen mit Karl Liebknecht, Rosa Luxemburg, Karl Radek und anderen zu den Führern gehört. Reinhardt war noch vor der Geburt von Basilius vom Freikorps Tobisch erschossen worden, Olga hatte sich retten können, seinen Sohn zur Welt gebracht und Reinhardts Kampf fortgesetzt.

Nach dem Reichstagsbrand 1933 waren Olga und Basilius von Berlin nach Moskau geflohen, wo Olga dann zur Zeit der Stalinschen Säuberungen auf ungeklärte Weise verschwunden war. Aber Basilius überlebte, getragen vom Traum seiner Eltern, daß eines Tages die Fahne mit Hammer und Sichel über Berlin wehen werde.

Er hatte eine Schule für deutsche Emigranten besucht, wo er sich so gut schlug, daß er am Moskauer Fremdspracheninstitut Englisch und Französisch studieren durfte. Seine Zukunft schien gesichert, bis die Sowjetunion und Deutschland 1941 plötzlich von Verbündeten zu Kriegsgegnern wurden und Basilius mit Tausenden anderer deutscher Emigranten nach Karaganda verbannt wurde. Dort war er jedoch einem Begleiter des deutschen Kommunisten Walter Ulbricht aufgefallen, und er hatte in der Folge die Komintern-Schule in Moskau besuchen können und wurde Mitglied des Nationalkomitees ›Freies Deutschland‹.

Basilius war fast sechsundzwanzig, als der Krieg zu Ende ging. Der Traum seiner Eltern hatte sich erfüllt, die rote Fahne wehte über Berlin. Zusammen mit Walter Ulbricht kehrte er im Gefolge der Roten Armee nach Berlin zurück, um eine sozialistische Verwaltung aufzubauen. Aufgrund seiner Sprachkenntnisse und Erfahrung bei Radio Freies Deutschland bekam er einen Posten in Oberst Tulpanows politischer Informationsabteilung. Wenn die sowjetische Militäradministration etwas auf deutsch zu verkünden hatte, war Basilius einer ihrer Sprecher.

Im Büro von Basilius Meyer saß nun Mortimer Allen, um Informationen über die Sowjetzone zu erhalten.

Basilius, in gutem Anzug, mit glattrasiertem ovalem Gesicht und grauen Augen hinter einer metallgefaßten Brille, saß an einem großen Schreibtisch.

An einem zweiten Schreibtisch tippte ein Rotarmist auf einer vorsintflutlichen Schreibmaschine. Obwohl er sie nicht zu beachten schien, hielt Mortimer ihn für einen Agenten der russischen Geheimpolizei NKWD. Die Russen trauten wahrscheinlich keinem Deutschen, egal welche Referenzen er hatte.

Mortimer begann: »Es muß ein großer Augenblick für Sie gewesen sein, nach so vielen Jahren im Exil Ihren Fuß wieder auf deutschen Boden setzen zu können.« Er sprach Deutsch.

Basilius sah ihn kühl an. »Wir wollen Englisch sprechen, wenn es Ihnen recht ist. Ich habe mich nicht wie im Exil gefühlt. Moskau ist mir zur Heimat geworden. Ich habe mein halbes Leben in der Sowjetunion verbracht.«

Mortimer sprach weiter Deutsch. »Sie sind Mitglied der Kommunistischen Partei?«

Mit einem dünnen Lächeln erwiderte Basilius in seiner Muttersprache: »Ja, Gründungsmitglied der KPD, der neuen Kommunistischen Partei Deutschlands, die diesen Sommer von den sowjetischen Behörden zugelassen wurde.«

»Ich würde gern mehr über die KPD erfahren.«

»Unser erstes Ziel ist die Schaffung einer neuen sozialistischen deutschen Republik.«

»Eine neue Republik?« Mortimer war überrascht. »Das Potsdamer Abkommen sieht eine friedliche Einbindung Deutschlands in das internationale Leben vor, sagt aber nichts von einer neuen Republik.«

Basilius zuckte die Schultern. »Sie sind wie die meisten Westler. Sie haben nur die Entnazifizierung und Aburteilung der Faschisten im Kopf und glauben, daß Deutschland sich irgendwie mit einer Regierung durch die Besatzungsmächte abfinden und nie mehr nach politischer Identität streben wird. Die Sowjetunion ist da realistischer.«

»Sie glauben, die Sowjetunion würde freie Wahlen in Deutschland zulassen?« fragte Mortimer.

»Natürlich. Im Mai sind andere Parteien zugelassen worden: die Liberal-Demokraten, die Christlichen Demokraten und die Sozialdemokraten. Wir reden von einer Demokratie, Herr Allen, in der die gewählten Volksvertreter die Regierung bilden. Wir wollen die Macht mit parlamentarischen Mitteln erlangen. Ich bin überzeugt, daß die Kommunisten und Sozialdemokraten die Mehrheit erringen, wenn zum erstenmal gewählt wird.«

Mortimer bot Basilius eine Zigarette an und steckte sich selbst eine an, wobei er sich die nächste Frage zurechtlegte. »Wie ist es mit den Deportierten? Ihre Behandlung wird Stalin bei den Deutschen kaum besondere Beliebtheit einbringen.«

Basilius zog an der Zigarette und dachte daran, wie er und seine Mutter mit zwei armseligen Koffern hatten aus Berlin fliehen und ihre gesamte Habe zurücklassen müssen. Niemand hatte sich um sie gekümmert. Warum sollte er sich jetzt um die deutschen Deportierten kümmern, die an ihrem Schicksal selber schuld waren?

Er sagte: »Polen und die Sowjetunion haben unter dem Krieg entsetzlich gelitten. Tausende von Städten und Dörfern wurden dem Erdboden gleichgemacht. Millionen hungern. Die Menschen, von denen Sie sprechen, leben auf dem Land und von den Nahrungsmitteln, die die Einheimischen und diejenigen brauchen, die nach ihrer eigenen Deportation durch Hitlers Armeen zurückkehren.«

»Aber die meisten Deportierten sind Frauen, Kinder und alte Menschen.«

»Herr Allen, Sie müssen bedenken, daß *ein* Krieg zwar beendet ist, ein anderer aber weitergeht: der Krieg des Volkes gegen den Kapitalismus. Für die Revolution zählt der einzelne nicht.«

Mortimer seufzte. Die alte Leier. Nichts hatte sich geändert. Er versuchte es von einer anderen Seite. »Die meisten Berliner Fabriken wurden von den Russen geplündert. Ich war kürzlich im Wedding und habe gesehen, was von Kraus-Dorf noch übrig ist. Wie sollen deutsche Arbeiter arbeiten, wenn es keine Industrie gibt?«

»Hätte es keine Unternehmen wie die Kraus-Werke gegeben, hätte Hitler keinen Krieg anfangen können. Kapitalistische Habgier ist für die Zerstörung unseres Landes und die Not unseres Volkes verantwortlich.«

Mortimer beschloß, etwas zu wagen. »Ich war vor dem Krieg im Hotel Quadriga. Ich meine, Viktoria Jochum-Kraus hat mir einmal erzählt, sie sei eine Kusine Ihrer Mutter.«

Basilius wurde steif. »Das ist Verwandtschaft, auf die ich keinen Wert lege.«

»Trotzdem haben Sie vielleicht etwas mit ihrem Sohn Stefan gemeinsam. Auch er hat Deutschland wegen seiner antifaschistischen Haltung verlassen. Er war im Widerstand und hat den Briten im Krieg bei deren Propagandakampagnen geholfen.«

Basilius bezweifelte, daß ihn irgend etwas mit Stefan verband. Er hielt nicht viel vom Widerstand der Mittelschicht gegen Hitler, die seiner Meinung nach nur ihren bürgerlichen Besitzstand hatte retten wollen. »Stefan Kraus gibt vielleicht vor, Antifaschist zu sein, aber ich kenne die Wahrheit. Er kommt aus einer großbürgerlichen kapitalistischen Familie. Er verkörpert all das, was ich verachte.«

»Eigentlich hatte ich deine Tochter Monika erwähnen wollen«, erzählte Mortimer Viktoria am gleichen Abend, als er kurz im Café Jochum vorbeischaute. »Vielleicht hätte er herausfinden können, wie es ihr geht, aber das hätte keinen Sinn gehabt.«

»Nein, Basilius haßt uns. Er war bei mir, als die Russen Berlin noch allein kontrollierten. Er drohte, mir die Lizenz zu entziehen und alles dafür zu tun, daß das Quadriga nie wieder aufmachen könne.«

»Du warst doch mal mit seiner Mutter Olga befreundet. Was ist denn gewesen?«

Ja, Viktoria und Olga waren Freundinnen gewesen. Viktoria hatte ihr sogar ihre kurze Affäre mit Peter von Biederstedt anvertraut.

»Olga hat nach der Ermordung ihres Mannes Zuflucht im

Quadriga gesucht. Wir haben sie in Heiligensee versteckt. Dann suchte Otto Tobisch im Quadriga nach ihr. Mein Vater war so außer sich, daß er Tobisch wie blind auf die Straße nachlief; dabei wurde er unglücklicherweise überfahren, und ich habe Olga die Schuld an seinem Tod gegeben.«

Als wäre es gestern gewesen, erinnerte Viktoria sich an das letzte Zusammentreffen mit Olga an jenem kalten Januartag 1919. »Ich werde mein Kind zu einem echten Kommunisten erziehen, der den Platz einnimmt, den Reinhardt hätte einnehmen sollen«, hatte Olga gesagt. »Die Zukunft Deutschlands hängt von Kindern wie unserm ab, denn sie sind die Kinder der Revolution.«

»Dann tut mir dein Kind leid«, hatte Viktoria geantwortet.

»Und mir tut deins leid«, hatte Olga erwidert, »denn es wird mit einer Lüge groß. Eines Tages werden dein Kind und mein Kind sich begegnen, und dann werden wir sehen, aus wem etwas Besseres geworden ist.«

Viktoria fröstelte. Sie wünschte, Mortimer hätte Basilius nicht getroffen.

Monika König stand am Spülbecken, putzte mehlige Kartoffeln und Rüben, die Hauptnahrung der Familie, und blickte abwesend durch das Küchenfenster des Pfarrhauses über den kopfsteingepflasterten Hof zu den Toren von Schloß Fürstenmark, dem einstigen Zuhause der von Biederstedts und jetzigen Hauptquartier der Roten Armee am Ort.

Wie anders das Leben in Fürstenmark jetzt war gegenüber 1938, als sie Hans König geheiratet und hier eine Familie gegründet hatte. Damals waren Pastor König und seine Familie wichtige Mitglieder der kleinen Gemeinde gewesen. Hans war zum Dorfschullehrer ernannt worden, während Monika Verbindungen zu den von Biederstedts hatte, deren Familienstammbaum sich bis ins dreizehnte Jahrhundert zurückverfolgen ließ. Sie war gerade achtzehn gewesen, unbeschwert und naiv zuversichtlich.

Dann war der Krieg ausgebrochen, und Hans war eingezogen worden. Aber er hatte häufig Heimaturlaub bekommen, und Monika hatte zwei Kinder geboren, Heinrich im September 1939 und Senta ein Jahr später. Eigentlich hatte der Krieg Monika oder Fürstenmark kaum berührt, bis Hans 1942 in Kriegsgefangenschaft geraten war. Seitdem hatte sie nur einen zensierten Brief über das Rote Kreuz erhalten.

Aber noch hatte die schreckliche Wirklichkeit des Krieges Fürstenmark nicht erreicht. Luftangriffe hatte es nicht gegeben. Von der Rationierung waren vor allem Kleidung und Haushaltswaren betroffen, weniger die Lebensmittel. Frisches Fleisch und Gemüse gab es auf dem Lande noch. Auch an Dienstboten war nie Mangel gewesen. Die Königs hatten während des ganzen Krieges polnische oder ukrainische Hausmädchen gehabt. Die Nachricht, daß Peter Graf von Biederstedt zu den führenden Köpfen eines Attentats auf Hitler gehört hatte, hatte Monika tief getroffen. Warum sollte jemand den Führer umbringen wollen, der einen so gerechten und wichtigen Krieg gegen den Bolschewismus führte?

Dann hatten die Flüchtlingstrecks aus dem Osten eingesetzt, und russische Truppen hatten die deutsche Grenze überschritten. Deutschland verlor den Krieg. Entsetzt über die russischen Greueltaten, von denen die Flüchtlinge berichteten, hatte Monika ihre Eltern angefleht, die Kinder nach Berlin zu nehmen, doch sie hatte sich am Ende überreden lassen, daß sie in Fürstenmark sicherer wären.

Russische Polizei zog in das Revier ein, und man munkelte etwas von Geheimpolizei.

Im Lauf des Sommers trafen weitere Neuankömmlinge in Fürstenmark ein. Die meisten waren Deportierte aus dem Osten, die mit wenigen Habseligkeiten kamen, keine Nahrungsmittel und wenig Geld hatten und neue Spannungen in das dörfliche Leben brachten. Die Wohnung mit Nachbarn zu teilen, die von den Russen ausquartiert worden waren, war eine Sache, das Privatleben und die schwindenden Vorräte für völlig Fremde aufzugeben, eine andere. Gerda König, Monikas Schwiegermutter, eine ausgebildete Krankenschwester, widmete sich jedoch aufopfernd den Deportierten, von denen viele chronisch krank waren.

Im übrigen verlief das Leben mit eigenartig anmutender Normalität. Am Tage war das ganze Dorf auf den Feldern, um die mageren Rationen aufzubessern. Ein neuer Lehrer kam und wurde im Pfarrhaus untergebracht, ein hagerer Sozialist namens Günther Rauch, der fließend Russisch sprach und den Krieg überwiegend in einem KZ verbracht hatte.

Arthur und Gerda König versuchten, es ihm gemütlich zu machen, hofften jedoch, die Zuweisung würde nur befristet sein und ihr Sohn Hans könnte seine alte Stelle wieder antreten, sobald er heimkehrte. Heinrich und Senta mußten wegen Günther Rauch ihr Zimmer aufgeben und bei der Mutter schlafen.

Draußen wurden Stimmen laut, und Monika blickte durchs Fenster. Aus der Schule neben der Kirche strömten die Kinder, deren Unterricht für heute beendet war. Heinrich war einer der ersten, er schwang den Ranzen um den Kopf und schleuderte ihn durch die Luft. Die Jungens lachten, und die Mädchen sahen ihn bewundernd an.

Monika lächelte. Sie war stolz auf ihren sechsjährigen Sohn, der ihr viel näherstand als die Tochter. Der blonde, kräftige Heinrich kam ganz nach ihr und Hans; die vierjährige Senta war dagegen ein zartes, sensibles Kind mit rötlichem Haar und blaugrünen Augen. Aber vielleicht lagen die wahren Gründe tiefer. Monika hatte als Kind immer geargwöhnt, ihre Mutter ziehe Stefan ihr vor. Jedenfalls hatte Viktoria sich längst nicht so ereifert, als Monika Hans geheiratet hatte und nach Fürstenmark gezogen war wie bei Stefans Übersiedlung nach England. Statt also bei der eigenen Tochter zu kompensieren, hatte Monika den alten Unmut unbewußt auf sie übertragen.

Heinrich holte seinen Ranzen wieder, verabschiedete sich von seinen Freunden und schlenderte zum Schloß. Monika wußte, daß er Mischa besuchte, einen der Posten am Schloß. Sie hatte keine Ahnung, wie sie sich verständigten, aber offenbar klappte es. Eigenartig, wie kinderlieb die Russen waren. Die Soldaten schenkten ihnen immer wieder Bonbons oder Spielzeug.

Monika wandte sich wieder ihrer Suppe zu, auf der sich eine Fettschicht bildete. Das Leben in Fürstenmark war gar nicht so schlecht, überlegte sie – es hätte noch viel besser sein können. Wenn Hans doch nur zurückkäme.

Noch immer dachte sie daran, nach Berlin zu fahren. Die Leute erzählten, die Stadt läge in Trümmern, aber da Monika nur die wenigen Bilder gesehen hatte, die die Russen für die Zeitungen freigaben, konnte sie das kaum glauben. Sie war sicher, daß ihre Eltern noch recht luxuriös im Quadriga wohnten. Sie litten sicher nicht Entbehrungen wie sie.

Früher war es einfach gewesen, nach Berlin zu reisen. Man fuhr mit dem Bus nach Stettin und von da mit dem Zug. Aber seit Kriegsende lag Stettin in Polen. Jetzt war das fünfunddreißig Kilometer entfernte Prenzlau die nächste Station, aber es schienen kaum Züge zu fahren.

Auf dem Pflaster war Hufgeklapper und das Rumpeln von Rädern zu hören. Monika spähte hinaus und erkannte den Wagen von Gustav Matzke, einem kleinen, untersetzten Mann Mitte Fünfzig, früher Pächter der von Biederstedts, der als Kleinbauer weiterarbeiten durfte. Gustav zeigte Mischa seinen Paß, nickte Heinrich zu und trat auf den Schloßhof. Alle Agrarprodukte gingen an die Russen. Für uns bleibt nichts, dachte Monika bitter.

Eine halbe Stunde später kam der Wagen zurück und hielt vor dem Pfarrhaus. »Jemand zu Hause?« rief Gustav.

Monika verzog das Gesicht. Sie hatte einmal den Fehler begangen, mit dem Bauer in die Scheune zu gehen, wo angeblich frischgelegte Eier liegen sollten. Doch seine wahren Absichten waren rasch klar geworden. »Du vermißt bestimmt deinen Mann«, sagte er mit belegter Stimme, auf ihre Brüste starrend.

»Natürlich vermisse ich Hans«, hatte Monika zur Tür zurückweichend gesagt, die Gustav hinter sich geschlossen hatte.

Er hatte sie gepackt und an sich gezogen und den Mund auf ihre Lippen gepreßt. Sie hatte sich gewehrt, und er hatte gelacht. »Du hast es gern grob, was? Ich mag es, wenn die Frauen was im Kopf haben.« Dann hatte er sie mit einem leichten Stoß aufs Heu geworfen, sich neben sie gelegt, mit einer Hand unter ihren Rock gefaßt und mit der anderen an seiner Hose genestelt.

Die Stimme seiner Frau hatte sie gerettet; sie hatte ungeduldig gerufen: »Gustav, wo bist du? Essen ist fertig.«

Seitdem war sie nicht mehr zu Matzke gegangen.

Gustav lugte durch das Küchenfenster und bildete Worte mit dem Mund, die sie nicht verstand. Mit einem Seufzer wischte sie sich die Hände an der Schürze ab und ging zur Tür.

Er vergewisserte sich, daß niemand in Hörweite war, und sagte: »Ich soll für die Russen was nach Berlin bringen. Ich dachte, du möchtest vielleicht mitkommen.«

Wäre es nicht Berlin gewesen, hätte Monika vehement abgelehnt. Doch die Aussicht auf die Großstadt, auf ein Essen im Quadriga, auf ein Treffen mit den Eltern – besonders mit dem Vater –, und darauf, schwerbeladen nach Fürstenmark zurückzukehren, war zu verlockend. Gustav erwartete bestimmt eine Belohnung, aber sie war sicher, mit ihm fertig zu werden. »Sehr nett von dir«, wählte sie sorgsam ihre Worte. »Ich würde sehr gern mitkommen, um die Eltern wiederzusehen.«

Die Rückkehr nach Berlin sollte Monika ewig unvergeßlich bleiben. Es war noch dunkel, als Gustav Matzke mit einem alten, verrosteten Lkw vorfuhr, der nach Zwiebeln, Mist und Abgasen stank. Die Windschutzscheibe war gesprungen, das

Fenster auf der Fahrerseite fehlte ganz. Die Sprungfedern des Beifahrersitzes drangen durch das brüchige Polster, und Gustav legte einen schmutzigen Sack für sie darüber. Dann rumpelten sie los.

Zu Monikas Beruhigung konzentrierte sich Gustav weniger auf sie als auf den Wagen, der nicht mehr als dreißig Stundenkilometer schaffte, beim Bremsen nach links ausbrach und abzusterben drohte, sobald Gustav den Fuß vom Gas nahm. Außerdem ließ der Krach, den er auf den holprigen Straßen machte, keine Unterhaltung aufkommen. Monika wickelte sich in ihren Mantel. Es wurde bald hell, und sie konnte die vorbeiziehende Landschaft betrachten und von dem vor ihr liegenden Tag träumen.

Schließlich erreichten sie die Außenbezirke Berlins. Ruinen über Ruinen. Mit Schutt gefüllte Krater. Notunterkünfte. Schlange stehende Menschen in zerlumpter Kleidung und mit Eimern an Straßenpumpen. »Was hast du erwartet, Mädchen?« fragte Gustav, der ihr Entsetzen bemerkte. »Von Berlin ist nichts mehr übrig. Die Menschen haben nichts mehr. Keine Wohnung. Keine Arbeit. Nichts zu essen. Deshalb bin ich hier. Die ganze Stadt hungert.«

Er lachte grob. »Nicht daß ich alles an die Rußkis abliefere. Erst geht's zu meinen Kumpels am Alexanderplatz. Auf dem Schwarzmarkt krieg ich mehr als bei den Kommunisten. Was hast du gesagt? Wo willst du hin? Unter den Linden?«

»Du kannst mich am Alexanderplatz absetzen«, sagte Monika matt. »Ich fahre mit der Straßenbahn.«

Aber es fuhr keine Straßenbahn. Und als sie Unter den Linden erreichte, war auch kein Hotel Quadriga da. Es gab überhaupt kaum etwas, was sie von Berlin noch wiedererkannte, das sie vor sieben Jahren zuletzt gesehen hatte, keine feinen Läden, keine Straßencafés, keine Regierungsgebäude, nichts außer den Überresten des Brandenburger Tors, das aus den Trümmern ragte.

Wie Stefan und Mortimer ein paar Wochen vor ihr, machte sie sich zum Kurfürstendamm auf, doch ihre Schritte stockten. Hätte sie sich nicht erst um vier wieder mit Gustav verabredet, wäre sie vielleicht auf der Stelle umgekehrt. Schon jetzt war ihr klar, daß, was immer sie am Café Jochum erwartete, nicht das sein würde, was sie erhofft hatte.

Es war sogar noch schlimmer. Monika hatte sich vor allem darauf gefreut, ihren Vater wiederzusehen, ihren geliebten Papa, der sie immer verwöhnt und gegen die Mutter und den Bruder in Schutz genommen, stets Liebe, Trost und Verständnis für sie empfunden hatte.

Doch im Keller des Cafés Jochum fand sie nur Viktoria, weißhaarig, mager und erschöpft, die umherhetzte, um die Tische für das Mittagessen zu richten, natürlich erleichtert, ihre Tochter zu sehen, aber ungeduldig gegenüber ihren Klagen. »Sei froh, daß ihr ein Dach über dem Kopf habt«, sagte sie immer wieder, als Monika die erbärmlichen Bedingungen zu Hause schilderte. »Das ist mehr, als die meisten Berliner haben.«

»Sie hat mich nie wirklich geliebt«, erzählte Monika ihrer Schwiegermutter Gerda, als sie am Abend wieder in Fürstenmark war, »aber bis heute war mir nicht bewußt, wie hart sie ist. Sie muß doch gewußt haben, wie sehr ich an Papa hing. Mußte sie sagen, ›dein Vater ist tot‹, so als ginge es sie überhaupt nichts an? Und als ich von Hans erzählte, sagte sie nur: ›Wenn er in britischer Gefangenschaft ist, hat er's ja wahrscheinlich ganz gut.‹ Sie schien nur an ihr Café denken zu können und daran, daß Stefan wieder da war.«

Monika erzählte Gerda alles von ihrer Mutter und dem Café, aber sie brachte es nicht über sich, auch das andere zu erzählen. Sie war zu geschockt und schämte sich zu sehr.

Wie vereinbart, war sie um vier am Treffpunkt Nähe Hackescher Markt gewesen. Er wartete auf sie in seinem Wagen, mit gerötetem Gesicht, und er nuschelte, als er fragte: »Schönen

Tag gehabt, Mädchen?« Der Lastwagen setzte sich schlingernd in Bewegung. Als sie die Stadt hinter sich hatten, griff er in die Tasche, holte eine Flasche Wodka heraus, entkorkte sie mit den Zähnen, nahm einen kräftigen Schluck und hielt sie ihr hin.

Monika schüttelte den Kopf und rückte, so weit es ging, von ihm weg.

Er zuckte die Schultern und genehmigte sich selbst noch einen Schluck. Als sie Angermünde erreichten, war die Flasche leer, und es wurde dunkel.

Ohne Vorwarnung bog er von der Straße in einen schmalen Feldweg ab und hielt im Schutz einiger Bäume. Das Land lag kahl und flach da. Weit und breit war kein Mensch und kein Haus zu sehen.

»Und jetzt sagst du danke schön.« Er packte ihre Schulter und zog sie an sich.

Sie wehrte sich und schaffte es, aus dem Fahrerhaus zu springen, doch er holte sie ein und warf sie zu Boden. Er war größer als sie und vom Wodka enthemmt. So sehr sie sich auch wand und mit den Fäusten auf ihn eintrommelte, sie konnte ihn nicht abschütteln Am Ende mußte sie sich ihm ergeben.

Die blauen Flecken nach Gustav Matzkes Mißhandlung verschwanden allmählich, doch das Trauma der Vergewaltigung blieb. In vieler Hinsicht verdrängte es den Schock, den der Anblick Berlins und die Nachricht vom Tod ihres Vaters ihr versetzt hatten.

Mortimer rief Stefan an, um ihm von seinem Treffen mit Basilius Meyer und Monikas Besuch in Berlin zu berichten, von dem Viktoria ihm erzählt hatte. Stefan hatte einen schlimmen Tag hinter sich. Er hatte erschütternde Geschichten von deutschen Deportierten gehört, ihre wirren Forderungen, freigelassen zu werden, und ihre inständigen Bitten herauszufinden, was aus ihren Familienangehörigen geworden war. Und wie immer hatte er in ihren Stimmen etwas gespürt und in ihren Blicken etwas gesehen, das ihn, den Deutschen, der für die Alliierten arbeitete, anklagte, mit schuld an ihrem Los zu sein.

Stefan fühlte sich in Westerstedt letztlich nicht am richtigen Platz. Die meisten Kollegen akzeptierten ihn zwar, aber nicht restlos. Für die Engländer würde er immer ein Deutscher bleiben. Sie wußten nichts von seiner inneren Zerrissenheit: seiner Bewunderung für Englands eisernen Widerstand gegen Hitler, aber auch seinem Wunsch, die Flüchtlinge, Vertriebenen und die deutsche Zivilbevölkerung weniger kolonialistisch und mitfühlender zu behandeln; dem Konflikt, der ihn lange hatte schwanken lassen zwischen Bewunderung für England und Loyalität gegenüber Deutschland.

Noch schwerer zu ertragen war die Gewißheit, von der Ausbildung und Erfahrung her für seine Aufgabe ungeeignet zu sein. Anstatt Unrecht wiedergutzumachen und ein neues Deutschland zu schaffen, war er als eine Art Polizist tätig. »Mortimer, ich bin mit so großen Idealen nach Deutschland zurückgekehrt. Wann werde ich etwas dafür tun können?«

Mortimer hörte ihm zu und versprach: »Etwas Geduld, mein Junge. Ich werde sehen, was sich machen läßt.«

Ende Oktober wurde der Briefverkehr von Berlin nach außerhalb wieder aufgenommen. In eine Decke gehüllt und mit klammen Fingern schrieb Viktoria bis tief in die Nacht hinein an Stefan und Monika, Norbert und Freunde in ganz Deutschland. Oft wußte sie überhaupt nicht, ob die Empfänger noch lebten, ob ihr Haus noch stand oder ob sie an einen Bombentrichter schrieb. Aber das spielte keine Rolle.

Als sie am nächsten Morgen in der Schlange vor dem Postamt stand, empfand sie eine fast kindliche Erregung. Sie hatte wieder Verbindung zur Außenwelt. Die langen Monate der Isolation waren vorbei.

4

Viktorias Brief war die erste private Nachricht von der Außenwelt, die Norbert Kraus erhielt, seit er im Mai nach seiner Flucht aus Berlin nach Lübeck gekommen war.

Er war mit Reinhild Pacher geflohen, einer der Empfangsdamen des Hotels Quadriga, mit der er die letzten zwei Jahre ein lockeres Verhältnis gehabt hatte. Reinhild war eine seiner Freundinnen, die er überall in Europa gehabt hatte, als er für die Organisation Todt gearbeitet hatte. Die dralle, nicht sonderlich intelligente junge Frau Anfang Zwanzig mit dunklem Haar und braunen Augen war zwar nicht seine aufregendste Liebschaft, doch sie hatte im Frühjahr 1945 den entscheidenden Vorteil, Großeltern zu haben, die in Lübeck wohnten. Vor die Wahl gestellt, britischer oder russischer Kriegsgefangener zu werden, hatte Norbert ersteres vorgezogen.

In Lübeck mußten sie jedoch erfahren, daß Reinhilds Großeltern tot waren, ihr Haus dem Erdboden gleichgemacht. Glücklicherweise war der Keller, in dem die alten Leute die letzten Monate ihres Lebens verbracht hatten, noch bewohnbar, und so hatten Norbert und Reinhild sich dort eingerichtet.

Das Leben normalisierte sich ein wenig. Läden machten auf, obwohl sie kaum etwas anzubieten hatten, und das, was sie hatten, war streng rationiert und erforderte stundenlanges Anstehen.

Da Bezugsscheine die Registrierung zur Arbeit voraussetzten, mußte Norbert seine Tätigkeit in der Organisation Todt offenlegen, was ihm eine Vorladung vor ein britisches Entnazifizierungsgericht einbrachte. Das Gericht prüfte die Unterlagen und beschloß, darüber hinwegzusehen, daß er zur Kraus-Familie gehörte, da er nie für die Kraus-Werke gearbeitet hatte. Er kam nicht ins Gefängnis, sondern mußte Trümmer beseitigen. Reinhild hatte etwas mehr Glück; sie bekam eine Stelle als Putzfrau bei den Briten.

Die Lebensmittelrationen waren kärglich und die Arbeit hart, doch Norbert war erst fünfundzwanzig und kräftig. Er war außerdem gelernter Architekt und hatte Erfahrung als Bauarbeiter. In seiner Freizeit räumte er ihr Trümmergrundstück auf und sammelte alle noch intakten Ziegelsteine, von denen er einzeln den Mörtel abklopfte. Es war zeitraubend, und er dachte sehnsuchtsvoll an die vorgefertigten Bauklötze, mit denen er als Kind gespielt hatte.

Seine Bauklötze gingen ihm nicht mehr aus dem Kopf, und langsam nahm eine Idee in seinem Kopf Gestalt an. Man brauchte eine Methode, aus dem Schutt Bausteine herzustellen, die im Freien getrocknet werden konnten statt im Ofen, wie die Ziegel. Mit ein paar Holzstücken baute er eine Form. Dann zerkleinerte er einige Trümmerstücke und mischte sie mit Zement und Wasser. Diese Mischung goß er in die Form und ließ sie trocknen. Als er sie ein paar Tage später aus der Form schlug, hatte er einen Baublock, der sehr viel größer als ein herkömmlicher Ziegelstein war.

Von da an beschäftigte er sich mit Schutt. Vierzehn Tage später hatte er fünfzig gleiche Formen hergestellt, die er mit der Schuttmasse und Zement füllte. Sobald ein Block trocken war, füllte er die Form wieder auf und hatte so eine laufende Produktion. Statt das alte Haus wieder aufzubauen, errichtete er auf dem Grundstück ein neues, vier Zimmer, eingeschossig, mit Flachdach.

Anfang Oktober brachten Norbert und Reinhild ihre Sachen aus dem Keller in ihr neues Heim. Am Abend, als sie ins Bett gingen, schmiegte sie sich an ihn und verriet ihm flüsternd ihr Geheimnis: »Norbert, ich bekomme ein Kind.«

Norbert hatte nur das neue Haus im Kopf gehabt. Reinhilds Überraschung war das letzte, womit er gerechnet hatte.

»Ich weiß es schon eine Woche«, gestand Reinhild, »aber

ich wollte warten, bis wir umgezogen sind. Der Arzt sagt, das Kind kommt im Mai.«

Norbert starrte in die Dunkelheit. Ein Kind war das letzte, was er wollte. Warum hatte Reinhild nicht besser aufgepaßt?

Reinhild fing an zu weinen. »Sag mir, daß du mich liebst, Norbert. Sag mir, daß du dich über das Baby freust.«

Er war in diese Beziehung zu Reinhild hineingeschlittert. Er liebte sie nicht.

»Jetzt, wo wir das Haus gebaut haben, wird alles gut«, schluchzte Reinhild. »Viele Familien kommen mit viel weniger aus als wir.«

Familie – Norbert holte tief Luft, als ihm die ganze Tragweite dieses Wortes dämmerte. Sein erster Gedanke war aufzustehen, sich anzuziehen, seine Sachen zu packen und für immer aus Reinhilds Leben zu verschwinden. Doch das hätte bedeutet, das Haus zu verlassen, das er mit eigenen Händen gebaut hatte. Es hätte vor allem bedeutet, den Plan aufzugeben, der im Sommer in seinem Kopf Gestalt angenommen hatte.

Nach Schätzungen war über die Hälfte aller Häuser in der britischen Zone zerstört, viele davon irreparabel. Die ohnehin bestehende Wohnungsnot wurde durch die ständig steigende Zahl der Ostflüchtlinge weiter verschärft. Die Briten hatten zwar Maßnahmen ergriffen, um den Wiederaufbau zu beschleunigen, doch die Arbeit kam nur langsam voran. Der Winter stand vor der Tür, und Millionen Menschen waren ohne Wohnung.

Im Krieg hatte Norberts Bruder Werner eine Firma gegründet, die Landgut AG, die nichts mit den Kraus-Werken zu tun und nur sie beide als Aktionäre hatte. Die AG erwarb Ruinengrundstücke mit dem Hintergedanken, daß Grund und Boden ihren Wert auf jeden Fall behalten würden. Bei Kriegsende besaß die Landgut AG Ruinengrundstücke in allen größeren Städten Deutschlands. Die Eigentumsurkunden lagen sicher in einem Schließfach der Liegnitzer Bank in Zürich.

Wenn die Briten sahen, was er aus wiederverwertetem Schutt gemacht hatte, gaben sie ihm vielleicht die nötige Ausrüstung, um noch mehr Häuser wie seins zu bauen, und zwar auf Grundstücken der Landgut AG. Wenn er Reinhild jedoch verließ, hatte er keinen Prototyp vorzuweisen.

Reinhild weinte herzzerreißend. Mit schroffer Stimme sagte er: »Ich glaube, es ist am besten, wir heiraten.«

Als Norbert Viktorias Brief beantwortete, schrieb er unter anderem, daß er und Reinhild verheiratet wären und im Frühjahr ihr erstes Kind erwarteten.

Der Fall Kraus erlebte am 12. November 1945 in einer Vorverhandlung vor dem Internationalen Militärgerichtshof im Gerichtssaal des Nürnberger Justizgebäudes seinen Höhepunkt. Der britische Lordrichter Lawrence führte den Vorsitz.

Mortimer verfolgte das Verfahren aufmerksam von der Pressetribüne, als der amerikanische Chefankläger, Robert H. Jackson, und Dr. Eckhardt Jurisch, der Anwalt von Baron von Kraus, dem Gremium aus internationalen Richtern ihre Anträge vortrugen.

Joachim Duschek war nach ihrem Besuch auf Schloß Waldesruh nicht untätig gewesen. Da er sich noch zu jung und unerfahren im Völkerrecht fühlte, hatte er Dr. Jurisch um Beistand gebeten, einen äußerst gewieften Anwalt und Sozius einer großen Kanzlei, der für die Kraus-Werke schon einige Male tätig geworden war.

Eckhardt Jurisch, ein Mittvierziger und auf Wirtschaftsrecht spezialisiert, hatte sofort die Chance erkannt, die er hatte, wenn es ihm gelänge, den Baron vor dem Gefängnis zu bewahren. Er war bereit, den Baron zu vertreten, und auch, Joachim in dem Verfahren als Assistenten fungieren zu lassen.

Jurisch, ein kleiner, korpulenter Mann mit täuschend jovialem rundem Gesicht, das sich nur durch etwas engstehende, harte Augen verriet, erklärte dem Gericht, Ende Oktober hätten Ärzte aller Besatzungsmächte Baron von Kraus untersucht und übereinstimmend festgestellt, sein Gesundheitszustand sei so schlecht, daß die Strapazen eines langen Prozesses und einer Inhaftierung seinen Tod bedeuten könnten.

Richter Jackson, der die ärztlichen Gutachten nicht ignorieren konnte, wollte *in absentia* verhandeln, wogegen Dr. Jurisch energisch protestierte: Das widerspreche nicht nur jeglicher Rechtspraxis, sondern auch den Statuten des Gerichts. Außerdem entziehe sein Klient sich dem Verfahren nicht vorsätzlich, sondern werde durch die Natur daran gehindert.

Nach eingehender Beratung gaben die Richter dem Einspruch Dr. Jurischs statt.

Als nächstes schlug Richter Jackson vor, Ernst Kraus anstelle seines Vaters anzuklagen.

Ruhig fragte Eckhardt Jurisch: »Wollen Sie Ernst Kraus zum Hauptkriegsverbrecher stempeln, nur weil Sie seinen Vater gerichtlich nun nicht belangen können?«

»Ganz und gar nicht«, erwiderte Jackson. »Aber Ernst Kraus war für die Waffenfabriken in Essen verantwortlich. Es gibt Beweise, daß er Kriegsverbrechen und Verbrechen gegen die Menschlichkeit begangen hat.«

»Da Ernst Kraus nicht in der Anklageschrift aufgeführt ist, erhebe ich Einspruch dagegen, daß Sie jetzt einen Namen durch einen anderen ersetzen wollen.«

Nach Abschluß der Anhörung entschied die Kammer zugunsten der Verteidigung und gegen die beiden Anträge der Anklage. Ernst Kraus, so wurde entschieden, sollte jedoch im Gefängnis bleiben und der Baron unter Hausarrest.

Als die beiden Anwälte das Gericht verließen, wandte Eckhardt Jurisch sich an seinen jungen Kollegen: »Jetzt müssen wir an die Zukunft denken. Als erstes müssen wir den Baron aus diesem gottverlassenen Schloß nach Deutschland holen. Dann müssen wir sehen, was sich von den Kraus-Werken retten läßt.«

Auf Schloß Kransberg konnte der farbige Wachposten Ernst Kraus die Nachricht gar nicht schnell genug überbringen. »Schneewittchen, du brauchst nicht nach Nürnberg! Deine Freunde werden den ganzen Ruhm allein einheimsen!«

Ernst reagierte nicht. Regungslos lag er zusammengerollt im Bett. Der Posten sah ihn einen Augenblick erschrocken an, doch dann bewegte sich die Decke. »Hast du gehört, Schneewittchen? Du hängst nicht mehr am Haken!«

Ernst hörte ihn zwar, aber die Worte sagten ihm eigentlich nichts. Er hatte am Rande mitbekommen, daß Speer und Schacht plötzlich nach Nürnberg gebracht worden waren, doch er wußte gar nicht mehr, was Nürnberg bedeutete.

Der Bewacher seufzte. Es war lustig gewesen, Schneewittchen zu scheuchen, doch jetzt schien der alte Sündenbock völlig daneben; es machte keinen Spaß mehr. Als er ein paar Wochen später erfuhr, daß Ernst Kraus in ein anderes Lager verlegt würde, machte er sich Gedanken, ob er das überstehen würde.

Die Franzosen waren erleichtert, Baron von Kraus und seine Schwiegertochter aus Österreich nach Deutschland abschieben zu können. Ein französischer Krankenwagen brachte den Baron und Trude zum Achenpaß, wo sie in einen amerikanischen Krankenwagen umstiegen und nach München fuhren.

Es war nicht einfach gewesen, eine passende Wohnung für die beiden zu finden, doch schließlich hatte Dr. Jurisch eine ältere Krankenschwester am Rand von München aufgespürt, die bereit war, sie in ihrem Häuschen unterzubringen und den Baron zu pflegen.

Der Baron zeigte Dr. Jurisch weder Dankbarkeit noch Freude über die Verbesserung der Lage, aber innerlich jubelte er. Jetzt mußte der nächste Schritt erfolgen: seine langsame Erholung, so daß er, wenn die Alliierten ihre Vergeltung beendet hatten und bereit für den Wiederaufbau waren, ebenfalls bereit war.

Ab sofort betrieb er eine selbst erdachte Physiotherapie, trainierte seine erschlafften Muskeln und versuchte, mit dem Mund die Worte zu sprechen, die er im Kopf hörte. Das war sein letzter Kampf. Ein Kampf, den er gewinnen würde.

Norbert kannte keine Einzelheiten der Entscheidung, seinen Vater oder Großvater in Nürnberg nicht vor Gericht zu stellen. Für ihn war es ein Beweis, daß die Briten im Gegensatz zu den Amerikanern und Russen weniger auf Vergeltung aus waren als auf die Wiederherstellung der Ordnung. Er wußte von mehreren Fällen, in denen sogar NSDAP-Mitglieder von der Säuberung verschont blieben, weil sie für die Verwaltung oder Wirtschaft wichtig waren.

Da er selbst offenbar wenig zu befürchten hatte, bat er um ein Gespräch mit dem britischen Major Peter Graves, der für Wohnungsfragen in Lübeck zuständig war. Die Landgut AG würde er zunächst noch nicht erwähnen. Zuerst mußte er sich als Bauunternehmer profilieren.

Graves, grauhaarig, gutaussehend und von Hause aus Bauingenieur, hörte sich Norberts präzise Bewertung der Wohnungssituation in der britischen Zone und seinen Lösungsvorschlag interessiert an. Trotz eines gewissen Unbehagens, mit einem Kraus zu verhandeln, fand er den großgewachsenen jungen Deutschen mit dem offenen Gesicht sympathisch und war beeindruckt von seinen guten Englischkenntnissen und der Art, wie er eine Ziegelfabrik auf die Beine gestellt hatte. Noch beeindruckter war er, als er Norberts Haus sah und die Kosten- und Zeitplanung überprüfte.

Im November erhielt Norbert den Auftrag, einhundert Häuser auf einem Feld bei Lübeck zu bauen, und die Zusage für weitere Aufträge, wenn er den Zeitplan einhielt. Norbert mußte die Arbeiter stellen, was kein Problem war. Die Briten würden das Gelände für die Erweiterung der Fabrik sowie das Baumaterial, Schutt ausgenommen, und die Maschinen liefern.

Genau das hatte Norbert sich erhofft: Der erste Schritt zum Aufbau der Landgut AG war getan.

Das Café Jochum schloß am Abend des 25. November und machte am 3. Dezember wieder auf. Hasso hatte dank seiner Beziehungen rosa Tischtücher und gleichfarbige Tischlampen organisiert. In der Mitte des Raums war Platz gelassen zum Tanzen. Die Musik machten vier gute, aber hungrige Musiker.

Die Küche war jetzt in den Händen von Carl-Heinz Kaftanski, einem Bekannten Hassos, und zweier Küchenhilfen, Lotte und Inge; sie hatte neben dem alten Kohle- nun auch einen Gasherd. Die neuen Spülbecken hatten Kaltwasseranschluß, und es gab sogar einen gebrauchten Kühlschrank vom Schwarzmarkt.

Vier weitere Kellner waren eingestellt worden, unter ihnen Ulrich Kleinschmidt, früher Kellner im Quadriga, so daß Viktoria sich ganz dem Café und Hasso sich der Bar widmen konnte. Viktoria saß an der Treppe hinter einem Schreibtisch und konnte von dort das Restaurant überblicken. Außer in der Bar, die Hassos Bereich war, schrieb nur sie die Rechnungen und kassierte. Oberkellner war zwar üblicherweise ein Mann, aber sie traute niemandem, nicht einmal Ulrich. Die Versuchung war einfach zu groß.

Nur Hasso durfte sich etwas zu seinem Grundlohn hinzuverdienen. Die intime neue Cocktailbar lag rechts neben der Treppe. Dort saßen die Tanzpartnerinnen, mit altmodischen Abendkleidern und Nylonstrümpfen vom Schwarzmarkt, und lächelten den eintretenden Soldaten aufmunternd zu. Wie Hasso vorausgesagt hatte, herrschte kein Mangel an Mädchen, die sich bewarben.

Hasso war zuständig für die Tanzpartnerinnen und rechnete mit ihnen ab; er bekam Prozente vom Gast und den Mädchen. Es war ein lukratives Zusatzgeschäft, aber Viktoria mißgönnte es ihm nicht, genausowenig wie den Gewinn, den er durch überhöhte Preise an der Bar machte. Hasso war ihr bester Freund. Er verdiente jeden Pfennig, den er einnahm.

Es war bald klar, daß das neue Geschäft ein Erfolg würde. Das gediegene Ambiente zog die höheren Offiziere an, die das Kantinenessen gründlich satt hatten. Sie akzeptierten ohne Murren die Hausregel, daß Getränke nur zusammen mit einem Essen serviert und als Bezahlung Dollars oder Zigaretten bevorzugt wurden.

Weihnachten stand vor der Tür, und es wurde zu aller Freude ungewöhnlich mild. Statt Schnee fiel ein leichter Nieselregen, als Viktoria mit Lili zum Weihnachtsmarkt im Lustgarten ging. Es war Lilis erster Weihnachtsmarkt und ihre erste Kostprobe dessen, wie das Leben gewesen war, bevor Verdunkelungen und Bomben Berlin in eine Stadt der Finsternis verwandelt hatten.

Die großen grünen Augen voller Staunen, blickte sie auf den mit bunten Lämpchen geschmückten Weihnachtsbaum. Sie liefen zwischen den wenigen Buden hindurch, die Süßigkeiten und Spielzeug anboten. Doch am schönsten war das strahlende Karussell mit den farbigen Pferden, die zum fröhlichen Klang der mechanischen Orgel ihre Runden drehten. Lili preßte Viktorias Hand. »Bitte, Tante Vicki, darf ich Karussell fahren?«

Sie mußten sich anstellen, wie für alles in Berlin, zusammen mit trist gekleideten Frauen und Kindern, doch Lilis Gesicht, als sie den blau-rot-gold herausgeputzten Schimmel bestieg, belohnte die Mühe. Das Karussell drehte sich, und Lili war bald nur noch ein vorbeihuschender Schatten, die schmächtigen Schultern in einen zu kleinen, abgewetzten Mantel gezwängt, der Mund verzückt geöffnet, die roten Haare im Fahrtwind flatternd.

Die Orgel brauste noch einmal auf, das Karussell fuhr langsamer, die Musik erstarb, und die Kinder stiegen widerwillig ab. Lilis normalerweise bleiche Wangen glühten. Sie gab ihrem Pferd noch einen Klaps und lief zu Viktoria. »Das war so schön, Tante Viktoria!«

Viktoria nahm sie in die Arme und zog sie an sich. Sie liebte dieses Kind über alles, aber sie konnte so wenig tun, es zu zeigen, außer Hilde etwas Geld für Essen und Kleidung zu schikken und so hart zu arbeiten wie möglich, damit das Kind eine Zukunft hatte.

Als Viktoria sie am Abend zu den Webers zurückbrachte, bettelte Lili erneut, zu ihr ins Café ziehen zu dürfen, aber wieder mußte Viktoria nein sagen. »Bald ist Weihnachten. Dann sehen wir uns wieder.« Mit diesem Versprechen mußte Lili sich zufriedengeben.

Das Café schloß am Heiligabend früh. Hasso ging für ein paar Tage zu seiner Schwester im Wedding, Viktoria fuhr nach Heiligensee und brachte eine magere Gans mit, die Hasso für eine enorme Summe besorgt hatte. Hilde Weber geriet völlig aus dem Häuschen. Dann zeigte sie stolz ihr eigenes Paradestück – einen mit Kartoffeln umlegten Karpfen. »Dieses Jahr werden wir richtige Weihnachten haben«, rief sie. »Und keine Bomben!«

Viktoria hatte gehofft, Stefan würde Weihnachten kommen, aber die Arbeit hielt ihn in Westerstedt fest. Monika hatte einen Brief geschrieben, mit ein paar Zeilen von den Kindern.

Fritz hatte einen großen Kiefernzweig in einen Topf gestellt und mit Glocken und Sternen aus Zeitungspapier geschmückt. Sie standen um den provisorischen Weihnachtsbaum, Hilde und Fritz, Viktoria und Lili, faßten sich an den Händen und sangen »Stille Nacht, heilige Nacht«. Die Nacht draußen, hinter dem gleichmäßig fallenden Regen, war ganz still.

Anna in Traunkirchen hatte Untergewicht, und Dolfi, im Sommer noch ein kräftiger kleiner Bursche, war schmächtig und gereizt, machte wieder ins Bett und grübelte oft schweigend vor sich hin.

Das Heu ging zur Neige, und Ratten fielen über das Getreide und die Eier her. Die Hühner mauserten sich und legten kaum, und das Vieh war abgemagert und gab wenig Milch. Anna und Dolfi ernährten sich von Kartoffeln und Rüben. Teile ihrer Fleischration gingen an Wolf. Wolf hatte immer rohes Fleisch bekommen, Otto hatte darauf bestanden.

Der alte Austerer schaute eines Morgens bei Anna vorbei, als sie dem Hund gerade zu fressen gab. Der Bauer und seine Frau empfanden eine gewisse Verantwortung gegenüber ihrer Nachbarin, die den Hof ohne Mann führen mußte. Ihr eigener Sohn Helmut war 1942 in Gefangenschaft geraten, und sie hatten seitdem nichts mehr von ihm gehört.

Der Bauer stopfte seine Pfeife mit selbst angebautem Tabak. Als er die Pfeife nach mehreren Versuchen schließlich angezündet hatte, sagte er: »Um Gottes willen, Frau Feldmann« – für die Traunkirchner war sie immer noch Bauer Feldmanns Tochter – »warum lassen Sie den Hund sich nicht selbst sein Fressen suchen? Sie haben doch bestimmt genug Ratten in der Scheune.«

»Und Hühner«, erwiderte Anna scharf.

Austerer blickte zum Stall hinüber, der die halbe Hoffläche einnahm. »Tun Sie die Hühner zu den Kühen und lassen Sie den Hund in die Scheune.«

Dolfi hielt sich hinter ihnen, so daß Wolf ihn nicht sehen konnte. Der Bauer erblickte ihn und sagte: »Der Junge könnte mal was Anständiges vertragen.«

Noch Tage später dachte Anna über die Worte des Bauern nach. Es gab noch eine andere Lösung für ihr Problem, von dem er nichts ahnte. Im Stall war ein Beutel mit Schmuck vergraben, den Otto aus Polen mitgebracht hatte. Für den Notfall, hatte er gesagt. Hunger war ein Notfall.

Im Februar 1946 legten die russischen Anklagevertreter dem Gericht in Nürnberg ihre Beweise vor. Die Russen zeigten einen beschlagnahmten Film, den ein deutsches Filmteam im KZ Maidanek gedreht hatte, und präsentierten Zeugen, Überlebende aus den Todeslagern – u. a. Szymon Lewinski, fünfundzwanzig Jahre, mit abgehärmtem Gesicht, um Jahre gealtert.

Szymon Lewinski hatte in einem Stahlwerk gearbeitet, das Bahngeleise und -teile herstellte. Viele seiner Leidensgenossen starben an Hunger, Mißhandlungen, Krankheit und Verzweiflung. Wer zu schwach zum Arbeiten war, verschwand auf Nimmerwiedersehen.

Daß Lewinski überlebte, hatte er nicht nur seiner Widerstandsfähigkeit zu verdanken, sondern auch seiner künstlerischen Ader. Mit Bleistiftstummeln, die er in der Fabrik fand, zeichnete er seine Welt: die Gebäude, die Gefangenen und ihre Bewacher; die Zeichnungen versteckte er in seiner Strohmatratze. Eines Tages wurde er entdeckt, als er einen SS-Mann zeichnete. Doch der war geschmeichelt, sah nur, was er sehen wollte, und deutete die Brutalität, die Lewinski seinen Zügen verliehen hatte, als Männlichkeit. Als er die Zeichnung seinen Kameraden zeigte, wollten auch sie sich porträtieren lassen.

Bald hörte auch der Lagerkommandant von Lewinski und befahl dem jungen Juden, seinen Sohn zu porträtieren. Die Sitzung – das einzige Mal, daß er die Familie des Kommandanten sah, die in einem Haus außerhalb des Lagers wohnte – war eines der aufreibendsten Erlebnisse in seinem Leben. Doch sein Können ließ ihn nicht im Stich. Der Kommandant war offensichtlich mit dem Abbild seines Sprößlings zufrieden.

Bis zum Winter 1944 änderte sich im Lager jedoch vieles, und es bestand kein Bedarf mehr an Zeichnungen von Lewinski. Er wurde von der Stahlfabrik in die Vernichtungsblocks versetzt. Im Gerichtssaal herrschte Totenstille, als Szymon Lewinski über die letzten Wochen im Lager berichtete.

Während Mortimer sich noch fragte, ob dieser Alptraum jemals enden würde, erklärte der russische Anklagevertreter, er habe keine weiteren Fragen. Die Verteidiger verzichteten auf ein Kreuzverhör. Bevor Lewinski ging, wandte er sich noch einmal ans Gericht. Tonlos flüsterte er: »Es wäre besser gewesen, wenn auch ich gestorben wäre. Ich weiß nicht, wie ich weiter leben soll.«

Im Zimmer des Hotels, in dem Szymon Lewinski gewohnt hatte, bis er sich zum Freitod als dem einzigen Ausweg aus seinen Erinnerungen entschied, waren Tisch und Boden übersät mit hastig hingeworfenen Skizzen, auf denen der junge Jude aus dem Kopf Bilder gezeichnet hatte, die er im Lager schon einmal gemalt hatte. Mortimer sah die Blätter durch und stieß auf ein Bild mit dem Titel »Der Kommandant«. Auf dieser Schwarzweißzeichnung hatte Lewinski mit großem Talent sogar das aschblonde Haar des SS-Oberführers eingefangen, seine hellen Wimpern, das eisige Blau seiner Augen, das schwache grausame Kräuseln seiner Lippen und die Spur einer blassen, senkrechten Narbe auf der Stirn.

Mortimer ging zum nächsten Telefon und rief David Wunsche an.

»Ich weiß, wer der Lagerkommandant war«, sagte er nur.

Werner Kraus und Otto Tobisch waren seit sechs Monaten in Nattenberg. Beide hatten einiges an Gewicht verloren, aber sie hatten sich, jeder auf seine Art, angepaßt. Disziplin und Sicherheit wurden inzwischen sehr viel lockerer gehandhabt als bei ihrer Einlieferung. Die Amerikaner waren ihrer Aufgabe überdrüssig und wollten nach Hause. Ein Kriegsgefangenenlager zu leiten, brachte weder Ruhm, noch bot es Aufstiegschancen. Jeder wußte, daß Nattenberg früher oder später dichtgemacht und die Insassen freigelassen würden.

Deshalb versuchte auch kaum jemand zu fliehen. Leuten

wie Werner Kraus und Otto Tobisch bot das Lager jedoch die Sicherheit der Anonymität.

Werner hatte in Nattenberg inzwischen die Kartoffelversorgung unter sich. Er hatte die Säcke vom Wagen abzuladen, zu wiegen, zu prüfen, ob »Kartoffelhans« nicht Erde oder verfaulte Knollen untergeschmuggelt hatte, die Kartoffeln zu lagern, zu schälen und in die Küche zu liefern. Er schaffte immer einiges beiseite, das er auf dem Schwarzmarkt verkaufte, der trotz Verbot auch im Lager funktionierte.

Aber seine Aufgabe brachte einen noch größeren Vorteil mit sich. Die Insassen durften weder Briefe noch Besuch empfangen, nicht Radio hören und keine Zeitung lesen. Kartoffelhans spielte für Werner den Briefträger. Wenn er zum Markt nach München fuhr, steckte Werner ihm beim Entladen einen Brief für Joachim Duschek zu. Die Anwaltssekretärin bezahlte ihn mit Zigaretten und gab ihm einen Brief von Joachim aus Nürnberg, den er später auf dem Abort las. Für Kartoffelhans war das weit einträglicher, als den Amerikanern für wertloses Besatzungsgeld Kartoffeln zu verkaufen. Für Werner war es eine unentbehrliche Verbindung zur Außenwelt.

Joachims Brief, der schon eine Woche alt war, als er Werner Ende Februar erreichte, enthielt die bedrohliche Nachricht von Szymon Lewinskis Aussage vor Gericht und seinen Zeichnungen. Werner brauchte gar nicht zu Ende zu lesen, um sich der Gefahr bewußt zu werden. »Sie kennen den Namen des Kommandanten und haben ein genaues Bild, dessen Kopie der amerikanische Geheimdienst an alle Kriegsgefangenenlager schicken wird. Nach Aussage der Russen wurden die meisten Unterlagen vor ihrer Ankunft verbrannt, aber ich muß Sie warnen: Falls der Kommandant gefunden und verhört wird, wird er versuchen, sich aus der Affäre zu ziehen, indem er die Kraus-Werke belastet.«

Werner zerriß den Brief und warf die Schnipsel in den Abort. Dann lehnte er sich an die Holzwand der Latrine und überlegte, wie er verhindern konnte, daß die Amerikaner Otto Tobischs wahre Identität entdeckten. Er dachte an Bestechung, Erpressung, sogar an Mord. Dann an Flucht.

Otto reagierte ungewöhnlich auf Werners Neuigkeiten. Er holte das Bild seines Sohnes aus der Tasche, betrachtete es und knurrte: »Das Schwein. Ich hab' ihn leben lassen, und er verrät mich.«

Otto mußte von der Notwendigkeit einer Flucht nicht lange überzeugt werden. Der Fluchtausschuß, alles ehemalige Nazis, übernahm die Planung. Ein Ausschußmitglied hatte einen Schwager in München, einen Drucker, der auch Papiere fälschte. Kartoffelhans sollte von ihm gefälschte Papiere für Otto besorgen; das Geld dafür würde Werner über Joachim Duschek beschaffen. Bis die Papiere fertig waren, konnte Otto sich bei Kartoffelhans verstecken. Dann sollte er mit Hilfe einer Organisation, die gesuchte Nazis über Österreich, die Schweiz und Italien außer Landes brachte, nach Ägypten, Südafrika oder Südamerika fliehen.

Nur Werner wußte, warum sich Otto hartnäckig weigerte, ins Ausland zu gehen. Zuerst meinte er, er könnte sich als Waldarbeiter getarnt in den Bergen in der Nähe seines Hofs verstecken. Als er das Aberwitzige dieser Idee einsah, dachte er an den Schwager seiner Frau, der einen Gasthof im Schwarzwald hatte. Hubertus Albers kannte bestimmt jemand, bei dem er sich verstecken konnte, bis sich die Wogen geglättet hatten und er nach Hause zurückkehren konnte. Doch Werner meinte, das wäre zu nah. Otto müsse aus Süddeutschland verschwinden.

Schließlich einigten sie sich darauf, daß Otto nach Lübeck gehen sollte, wo Werners Bruder ihn bestimmt als Bauarbeiter einstellen würde.

Lübeck war immerhin nicht so weit von Traunkirchen und seinem Sohn entfernt wie Kairo, Johannesburg oder Buenos Aires.

Zwei Tage später rutschte Werner auf einer gefrorenen Pfütze aus, und der Kartoffelsack glitt ihm aus der Hand und platzte auf. Mit Geschrei stürzten sich die Gefangenen auf die Kartoffeln. Kartoffelhans fuchtelte mit den Armen und rief den Wachen zu: »Diese Hunde klauen meine Kartoffeln! Tut was!«

Doch die Soldaten schlenderten grinsend weiter. Krauts beklauten Krauts. Abwechslung dieser Art vertrieb ihnen die Langeweile ein wenig.

Niemand bemerkte Otto Tobisch, der sich an die Wand drückte, auf den Wagen kletterte und sich unter den leeren Säcken versteckte.

Eine Viertelstunde später trieb Kartoffelhans, noch immer schimpfend, seinen alten Gaul durch das Tor des Lagers Nattenberg. Erst als sie schon einen Kilometer gefahren waren, rief er nach hinten: »Alles in Ordnung?«

Dolfi wurde krank. Er bekam Fieber und halluzinierte, aß nicht und erbrach auch den Kräutertee, den Anna für ihn zubereitet hatte. Völlig verzweifelt lief Anna ins Dorf und holte den Arzt. Aber der konnte nichts finden. »Kinder haben manchmal so eine Tour«, sagte er. »Geben Sie ihm die nächsten Tage viel Milch. Er wird schon wieder auf die Beine kommen.«

Tatsächlich ging das Fieber am nächsten Tag zurück. Anna zündete vor dem Kreuz in der Küche eine Kerze an und sprach ein kurzes Gebet. Dann tat sie, was der Bauer Austerer gesagt hatte. Sie brachte die Hühner in den Kuhstall und legte Wolf in der alten Scheune an eine lange Kette. Das drohende Knurren des Hundes beachtete sie nicht. Otto war nicht da und konnte keine Befehle geben. Ab jetzt würde Wolf sich sein Fressen selbst fangen. Dolfi bekam nun die ganze Fleischration.

Allmählich kam Dolfi wieder zu Kräften, doch seine Alpträume verschlimmerten sich. Sie kreisten immer um Wolf.

Dolfi sah ihn mit funkelnden Augen lauern. Er sah wieder und wieder das kleine schwarzhaarige Mädchen vor sich. Aber als Wolf auf sie zusprang und ihr die Zähne in die Gurgel grub, war kein Otto da, der ihn hochgehoben und beruhigend auf ihn eingeredet und Wolf zurechtgewiesen hätte.

Nacht für Nacht wachte Dolfi mit einem Schrei auf den Lippen auf, das Bett naß. Aber der Schrei entlud sich nie. Der Junge hielt ihn zurück, aus Angst, seine Mutter könnte sich irgendwie mit dem Vater in Verbindung setzen. Sein Vater, der große General, sollte nicht denken, er wäre feige.

Bauer Austerer, der sich an einem kalten Februarmorgen umständlich die Pfeife anzündete, brachte Dolfi nichtsahnend auf die Idee, wie er dem nächtlichen Alp ein Ende bereiten könnte.

Am Abend zwang Dolfi sich, wach zu bleiben, bis seine Mutter im Nebenzimmer eingeschlafen war und er ihr ruhiges Atmen hörte. Dann schlich er nach unten in die Küche, nahm sich eine Schachtel Streichhölzer und huschte auf den Hof.

Der Mond schien hell, und die alte Scheune hob sich dunkel gegen den Himmel ab; Holz und altes Sackleinen war unter dem überhängenden Dach gestapelt. Mit laut klopfendem Herzen näherte Dolfi sich den Säcken, hockte sich nieder und zündete das erste Streichholz an. Das grobe Gewebe glomm auf und erlosch wieder. Er versuchte es noch einmal. In der Scheune knurrte Wolf.

So wie seine Mutter am Küchenherd legte Dolfi ein paar Holzspäne, Rindenstückchen und Papier aufeinander und strich das dritte Zündholz an. Dolfi wich in den Schutz des Hauses zurück und sah den Flämmchen zu, die am Holzstapel leckten und dann die hölzerne Wand hinaufkrochen.

Funken sprangen auf das trockene Stroh und Heu über, das sich bis zum Speicher stapelte, wo das Getreide lagerte. Wolf heulte auf und sprang gegen das Tor, das jedoch nicht nachgab.

Mit einem plötzlichen »Wuusch« entzündete sich die ganze

Scheune, und eine Riesenflamme schoß durch das mit einer Plane bedeckte Loch im Dach. Wolf stieß ein markerschütterndes Geheul aus, das Anna aus dem Bett und ans Fenster trieb. Doch als sie nach unten kam, war Dolfi schon wieder durch den Kuhstall und die Küche in sein Zimmer geschlüpft. Und Wolf war in den Flammen verendet.

An diesem und allen anderen Morgen war Dolfis Bett trokken, aber Anna war zu sehr mit dem Verlust der Scheune beschäftigt, als daß sie es bemerkt hätte.

In einer dunklen Nacht unternahm sie selbst einen Ausflug in den Kuhstall. Beim Schein einer Öllampe, neugierig beäugt von den Kühen, grub sie ein tiefes Loch in den Boden und holte den wasserdichten Beutel heraus, den Otto vergraben hatte. Er enthielt nicht nur ein Säckchen mit Edelsteinen, sondern auch Papiere. Papiere interessierten sie nicht, und so legte sie sie zurück und bedeckte sie wieder mit Erde. Das Vieh würde den Boden bald wieder festtreten und alle Spuren verwischen.

Im Schlafzimmer ließ sie die kostbaren Steine durch die Finger gleiten. Jetzt würden sie und Dolfi nicht mehr hungern müssen. Sie versteckte das Säckchen unter der Matratze.

Otto Tobischs Fehlen wurde beim Abendappell bemerkt, aber obwohl die Gefangenen drei Stunden auf dem Hof stillstehen mußten und als Strafe kein Abendessen bekamen, gab keiner etwas preis. Einige Tage darauf mußten sie einen weiteren langwierigen Appell über sich ergehen lassen, bei dem amerikanische Militärpolizisten die Reihen abschritten und die Gesichter mit der Kopie einer Zeichnung verglichen. Ein oder zwei Gefangene wurden verhört, aber alle waren am Abend wieder in ihren Baracken. Der Gesuchte war offensichtlich nicht in Nattenberg.

Otto, der über Kartoffelhans von den beiden Vorfällen erfuhr, rechnete sich immer bessere Chancen aus, nicht entdeckt zu werden. Mit neuen Papieren und ein paar äußerlichen Veränderungen würde ihn niemand erkennen.

Otto war stark behaart; Brust und Schultern waren mit einem aschblonden Haarteppich bedeckt. Auch das Kopfhaar war üppig und hatte oft geschnitten werden müssen. Jetzt ließ er es wachsen, dazu einen Backen- und Schnauzbart. In einer schmerzhaften Prozedur entfernte der Bauer mit einem Brenneisen die SS-Tätowierung unter Ottos linker Achsel, die seine Blutgruppe angab. Auch wenn die Narbe nie ganz verschwinden würde, sollte sie doch schon bald von Haaren bedeckt sein.

Schließlich befahl Otto Tobisch Kartoffelhans, ihm einige Male kräftig ins Gesicht zu boxen. Das Ergebnis war ausgezeichnet: Der linke Wangenknochen und die Nase wurden gebrochen. Wenn sie verheilt waren, würde sein Gesicht ganz anders aussehen. Die senkrechte Narbe auf der Stirn wäre kein besonderes Merkmal mehr. Noch eine Brille, und seine Verwandlung war perfekt.

5

Es war ein langer Weg für Hans König, der 1942 von den Briten in Nordafrika gefangengenommen worden war. Die letzten drei Jahre hatte er in England verbracht, zuerst in einem Kriegsgefangenenlager, dann als Landarbeiter in Worcestershire. Wäre seine Familie nicht gewesen, wäre er gerne in Pershore geblieben. Man hatte ihn gut behandelt, und nachdem er die englische Sprache fast perfekt beherrschte, hatte er sich fast wie zu Hause gefühlt.

Er hatte in seiner Naivität angenommen, sobald er in Deutschland wäre, könne er gleich nach Fürstenmark fahren. Doch das war ein Irrtum. Nach seiner Ankunft im Januar hatte er über zwei Monate in Durchgangslagern verbracht und darauf gewartet, über die Grenze in die Sowjetzone reisen zu dürfen.

Die »grüne Grenze« hieß sie im Volksmund. Winston Churchill, der frühere britische Premierminister, hatte ihr einen treffenderen Namen gegeben. Am 5. März 1946 hatte er in einer Rede sein Mißfallen über das Verhalten der Sowjetunion in Europa geäußert und beklagt, »dies ist sicher nicht das befreite Europa, für dessen Aufbau wir gekämpft haben«, und dann gesagt, »ein Eiserner Vorhang ist über dem Kontinent heruntergegangen«.

Es war eine Grenze, an der Panzer und bewaffnete Sowjetsoldaten patrouillierten, die sofort schossen und deren Gefangene in Arbeitslager in die eisigen Weiten Sibiriens geschickt wurden. Hans riskierte trotzdem, sie zu überqueren.

Er floh aus dem Durchgangslager und lief in einer frostigen Nacht über die Grenze. Er orientierte sich an den Sternen, bis er sicher war, in der Sowjetzone zu sein. Doch er brauchte sechs Wochen bis Prenzlau, und das Wetter verschlechterte sich ständig. Auf den letzten dreißig Kilometern peitschte ihm der Schnee ins Gesicht.

Es dunkelte, als er Fürstenmark erreichte. Die Dorfstraße schien verlassen. Nur eine Katze stahl sich davon, und ein Hofhund bellte und war dann plötzlich ruhig. Dann vernahm er das Geräusch eisenbeschlagener Stiefel auf dem Pflaster, den vertrauten Laut von Gewehren, die gespannt wurden. Eine Lampe schien ihm ins Gesicht, und eine fremde Stimme rief: »Hände hoch!«

Hans gehorchte. Zwei russische Soldaten stießen ihn grob gegen eine Wand, ein dritter durchsuchte ihn nach Waffen und zog ihm dann die Papiere aus der Brusttasche. Er überflog sie, gab einen Befehl, und Hans wurde, die Arme auf dem Rücken, zum Schloß geführt. Als sie am Pfarrhaus vorbeikamen, blickte er sehnsüchtig auf die geschlossenen Fensterläden.

Panzer bewachten das Schloßtor. Hans wurde über den Hof ins Innere gebracht. Eine schwere Tür wurde aufgeschlossen, und dann trieben seine Bewacher ihn die Treppe hinunter. Eine weitere Tür schnappte auf. Hans wurde hineingestoßen und stürzte kopfüber zu Boden. Hinter ihm wurde wieder zugeriegelt. Er verbrachte die Nacht erschöpft und vor Kälte zitternd in einem dunklen, feuchten Verlies.

Endlich ging die Tür auf, und er wurde wieder nach oben gebracht. Als sich seine Augen an die Helligkeit gewöhnt hatten, sah er, daß die alten Tapeten abgerissen und die Ahnengalerie der von Biederstedts einem Bild von Stalin Platz gemacht hatte.

Er wurde in das frühere Arbeitszimmer Graf Peters geführt, wo jetzt ein russischer Offizier an dem prächtigen Schreibtisch mit der lederbezogenen Platte saß. Stehend und von einer Lampe angestrahlt, versuchte Hans, die Fragen zu beantworten, die ein Dolmetscher ihm entgegenschleuderte. Fragen über Familie, Ausbildung, politische Haltung, Beruf, Wehrdienst und Kriegsgefangenschaft.

Hans antwortete stockend. Er war in Fürstenmark groß geworden. Hatte immer nur Lehrer werden wollen. War nie Nazi gewesen. War eingezogen worden. Hatte in Nordafrika gedient, bis er in britische Gefangenschaft geriet. Er war vor seiner ordentlichen Entlassung aus dem Durchgangslager geflohen, zu allem bereit, um zurück zu seiner Familie zu kommen.

Pausenlos prasselten die Fragen auf ihn ein, bis sich alles in seinem Kopf drehte und er meinte zusammenzubrechen. Dann, als er am Ende seiner Kräfte war, erklärte der Offizier knapp: »Sie können zu Ihrer Familie gehen. Aber Ihre Lehrerlaubnis ist ungültig. Sie werden in der Landwirtschaft arbeiten.«

Es dunkelte erneut, als er das Schloß verließ. Er stolperte zur Tür des Pfarrhauses, lehnte sich gegen die Wand und klopfte schwach. Nach einer Weile rief eine Stimme: »Wer ist da?« Hans erkannte die Stimme seines Vaters.

»Ich bin's, Hans.«

Ketten rasselten, und die Tür öffnete sich einen Spalt. Hans hörte einen erschreckten Ausruf und spürte eine Hand, die ihn packte, um ihn zu stützen. »Hans! Hans, mein Junge . . .« Sein Vater führte ihn zu einem Stuhl, dann rief er: »Gerda! Monika! Hans ist da!«

Auf dem Steinboden näherten sich Schritte. Hans öffnete die Augen und sah mehrere Menschen, die ihn anstarrten: seinen Vater, kleiner und älter, als Hans ihn in Erinnerung hatte, seine Mutter, die weißen Haare zu einem Knoten aufgesteckt, Monika, mit vor Schreck offenem Mund, und ein kleines Mädchen, vermutlich Senta, die ihn mit großen Augen ansah.

Dann stürmte mit Kriegsgeschrei ein kleiner Junge in Lederhose und mit einem Spielzeuggewehr die Treppe herunter. Er drängte sich an den anderen vorbei, pflanzte sich vor Hans auf und richtete das Gewehr auf ihn: »Hände hoch!«

Einen Augenblick war es still, dann schrie Gerda auf. Senta brach in Tränen aus, und Arthur packte den Jungen und zog ihn weg. »Heinrich, das ist dein Vater!«

Ohne das Gewehr loszulassen, musterte Heinrich Hans verächtlich. »Das ist nicht mein Vater. Mein Vater ist Soldat!« rief er, machte auf dem Absatz kehrt und rannte wieder nach oben.

Hans wurde schwarz vor Augen, und er sank zu Boden.

Am nächsten Morgen, nach tiefem Schlaf, einem heißen Bad und einer Rasur, sah Hans schon wieder mehr wie er selbst aus, doch was ihn von seiner Familie trennte, ging tiefer, das wurde ersichtlich, als sich alle zum Mittagessen zusammensetzten.

Keiner brachte es über sich, Hans nach dem Krieg zu fragen, und Hans wollte ihnen auch nichts erzählen, denn es fiel ihnen bestimmt genauso schwer, sich die Schlachtfelder Nordafrikas und drei Jahre England vorzustellen, wie ihm, sich ein Bild von den letzten sieben Jahren in Fürstenmark zu machen.

Monika war angespannt, Heinrich brütete finster vor sich hin, und Senta stocherte aufgeregt in ihrem Essen herum. Gerda füllte seinen Teller und sagte, wie froh sie wären, daß er wieder da sei, und sein Vater schilderte ihm, wie das Dorfleben zur Zeit ablief, daß sie ganz auf Zuteilungen angewiesen waren und daß noch immer Flüchtlinge über die Grenze strömten, für die inzwischen ein eigenes Lager errichtet worden war. Arthur und Gerda waren die meiste Zeit dort und halfen, doch dadurch wurden ihre Rationen auch nicht größer. Monika ging es etwas besser. Sie erledigte Büroarbeit für die Russen und erhielt dafür eine größere Zuteilung.

An diesem Abend richtete Gerda es so ein, daß Heinrich und Senta bei den Großeltern schliefen. Alle gingen früh zu Bett. Als Monika sich auszog und Hans zum erstenmal seit fast fünf Jahren wieder ihre großen, festen Brüste und ihre verlokkenden weiblichen Rundungen sah, überkam ihn ein vertrautes Verlangen. Er streichelte sie eine Zeitlang, dann überfiel ihn eine unwiderstehliche Müdigkeit, und bevor er sich's versah, war er eingeschlafen.

Monika lag wach neben ihm, versuchte sich daran zu gewöhnen, daß dieser hagere Fremde ihr heimgekehrter Mann war, und fragte sich, wie sie miteinander auskommen würden. Was, wenn er die Sache mit Gustav Matzke erfuhr? Im kleinen Fürstenmark mußten sich die beiden Männer irgendwann begegnen. Wenn Gustav prahlen würde . . .

Am nächsten Tag begann Hans mit der neuen Arbeit auf dem Staatsgut, das einmal den von Biederstedts gehört hatte. Er machte im wesentlichen das gleiche wie in England: Dächer und Scheunen reparieren, Bäume fällen und Zäune flicken. Die Arbeit auf dem Land brachte einige Vorteile, wie er bald feststellte. In den Scheunen rund um das Gut lagerten Nahrungsmittel, die zwar von Rotarmisten bewacht wurden, aber trotzdem in kleinen Mengen herausgeschmuggelt werden konnten. Getreide ließ sich in den zu großen Stiefeln verstekken, Kartoffeln und Rüben unter der Jacke, frische Eier in den Taschen.

Nach einigen Wochen war Hans wieder bei Kräften und konnte all seine und Monikas Sehnsüchte stillen. Inzwischen war Monika Gustav Matzke auf der Dorfstraße begegnet, und er hatte sie beruhigt: »Keine Angst, Mädchen, ich sag deinem Mann nichts über unsern kleinen Abstecher. Aber ich werde dich das nächste Mal wohl nicht mehr mitnehmen können. Kann mir nicht erlauben, die Russen auf mich aufmerksam zu machen.«

Da Gustavs Schwarzmarktgeschäfte stadtbekannt waren, bezog er sich wahrscheinlich darauf. Monika nickte nur kühl und war froh, daß ihr beschämendes Geheimnis offenbar sicher war.

Allmählich lebte Hans sich wieder ein. Arthur und Gerda waren enttäuscht, daß ihr Sohn seine alte Stelle nicht zurückbekam, trösteten sich aber damit, daß die Arbeit in der Landwirtschaft nichts Schimpfliches war. Senta verlor die Scheu vor ihrem Vater, und bald holte sie ihn jeden Abend ab und begleitete ihn heim. Auch Heinrich wurde zutraulich.

Aber Hans konnte niemandem von ihnen sein Herz ausschütten: seine Bitterkeit über die Besetzung des Dorfs und daß die Ländereien der Biederstedts jetzt dem Staat gehörten; die Allgegenwart russischer Panzer und Soldaten; den Unmut, seine Wohnung mit Fremden und das Schlafzimmer mit den Kindern teilen zu müssen; vor allem aber die Demütigung, seine Stelle verloren zu haben.

Eigenartigerweise verstand der neue Lehrer Günther Rauch Hans' Aufgewühltheit am besten. Zuerst hatte er Hans gegenüber die gleiche Abneigung empfunden wie gegen alle Deutschen, die auf seiten der Nazis gewesen waren. Aber Günther vermißte in Fürstenmark das Gespräch mit Gleichaltrigen, und da sie im selben Haus wohnten, blieb es nicht aus, daß die anfänglichen Schranken zwischen ihnen fielen.

Zivilisten durften kein Radio besitzen. Die Zeitungen brachten überwiegend Propaganda. Bücher gab es nicht zu kaufen, und die kleine Bibliothek des Pastors hatte Günther bald gelesen.

Das Schachspielen brachte sie zusammen. Wenn Hans mit der Arbeit und Günther mit der Durchsicht der Hausaufgaben fertig war, trafen sie sich in Günthers Zimmer zum Schach. Beide spielten mäßig, aber das machte nichts. Manchmal wurde sogar den ganzen Abend keine einzige Figur gezogen, so sehr waren sie in ihr Gespräch vertieft.

»Würden Sie gern wieder unterrichten?« fragte Günther etwa einen Monat, nachdem Hans zurückgekommen war.

»Selbstverständlich.«

»Es gibt keinen Grund, es nicht zu tun. In der Sowjetzone herrscht Lehrermangel. Im Gegensatz zu den Amerikanern legen die Russen ehemaligen Nazis, die dem Staat nutzen können, keine Steine in den Weg.«

»Ich war nie in der Partei.«

»Aber Sie müssen doch im NS-Lehrerbund gewesen sein.«

»Wenn nicht, hätte ich meine Stelle verloren.«

»Sie waren in der Armee. Sie haben einen Treueid auf Hitler geschworen.«

»Auch da hatte ich keine Wahl. Es nicht zu tun, hätte Kriegsgericht, Gefängnis oder gar Erschießen bedeutet.«

»Haben Sie nie überlegt, ob das, was Sie getan haben, richtig war?«

Hans sah ihn ehrlich überrascht an. »Das ist schwer zu erklären. Damals dachte ich, es wäre richtig. Aber jetzt sehe ich, daß wir alle getäuscht worden sind.«

Hans König war wie viele Deutsche, dachte Günther: aufgewachsen in totaler politischer Unmündigkeit, blind alles hinnehmend, was ihm vorgesetzt wurde. Er war nie ein überzeugter Nazi gewesen, aber unter Günthers Anleitung konnte er ein überzeugter Sozialist werden. Er wischte sich mit dem Handrücken einen Tropfen von der Nasenspitze. »Würden Sie gern Russisch lernen? Hätten Sie Interesse, etwas über den Marxismus zu erfahren?«

»Ja, ich glaube schon«, sagte Hans und setzte dann zögernd hinzu: »Das heißt, wenn Sie es mir beibringen wollen.«

Günther putzte sich die Nase. »Natürlich. Wir werden Schach spielen und *Das Kapital* lesen – auf russisch. Das gibt hochinteressanten Gesprächsstoff!«

Schon am nächsten Abend hatte Hans seine erste Russischstunde.

Am Freitag verfaßte Günther seinen wöchentlichen Bericht für den örtlichen NKWD-Offizier. Bauer Matzke, schrieb er, verkaufte immer noch die Hälfte seiner Erzeugnisse auf dem Schwarzmarkt in Berlin. Der Schreiner Warrink hatte sich kürzlich gebrüstet, in der SS gewesen zu sein. Grete Kriege besaß ein Radio und hörte mit ihrer Tochter heimlich BBC-Sendungen. Er berichtete auch über sein Gespräch mit Hans König, obwohl er nur ungern über die Dorfbewohner schrieb, aber nur so konnte er dem Staat seine Loyalität beweisen – und hoffentlich bald Karriere machen.

Nirgendwo traten die Auswirkungen des Eisernen Vorhangs stärker zutage als in Berlin, das im Brennpunkt eines Streits über die Zukunft der Sozialdemokratischen Partei stand.

Zwei Parteien drängten in den Westzonen in den Vordergrund: die Christlich-Demokratische Union, die CDU, und die Sozialdemokratische Partei Deutschlands, die SPD. Die CDU wurde vom früheren Kölner Oberbürgermeister Konrad Adenauer geführt. Die SPD dagegen hatte zwei Anwärter auf die Führung: Kurt Schumacher in Hannover und Otto Grotewohl im Sowjetsektor Berlins. Grotewohl wollte einen Zusammenschluß der SPD mit der KPD, der Kommunistischen Partei

Deutschlands – dem Schumacher sich erbittert widersetzte. Schließlich wurde entschieden, eine Urabstimmung unter den SPD-Mitgliedern durchzuführen.

Mortimer fuhr nach Berlin zum Referendum, das am Sonntag, dem 31. März, stattfinden sollte. Am Samstagabend suchte er das Café Jochum auf. Er blieb einen Augenblick auf der Treppe stehen und betrachtete die Szene: ein Quartett, das amerikanische Tanzmusik spielte; eine Bar mit hübschen Mädchen, die ihm aufmunternd zulächelten; Hasso, der Drinks mixte; Viktoria, noch magerer, als er sie in Erinnerung hatte, und in einem altmodischen Kostüm, im Gespräch mit zwei amerikanischen Offizieren.

Mortimer lächelte gequält und ging zu ihr. »Haben Sie noch einen Tisch für heute abend frei?«

Viktoria erkannte seine Stimme und wirbelte herum. »Mortimer!«

»Es hat sich einiges verändert, seit ich das letzte Mal hier war.«

»Man muß mit der Zeit gehen.« Ihre Stimme klang abwehrend. »Man muß vor allem überleben.«

Das Quartett pausierte, und eine attraktive junge Frau trat auf.

Mortimer erwartete, daß sie die üblichen Songs absingen würde, wurde jedoch überrascht. In englischer und deutscher Sprache ging sie auf ihr Thema, das Referendum, ein und ließ keine Gelegenheit aus, den Russen eins auszuwischen. Eine äußerst intelligente Satire. »Sie ist sehr gut«, sagte Mortimer leise zu Viktoria.

»Sie benutzt das Kabarett, um die Menschen auf die Gefahren des Kommunismus aufmerksam zu machen. Es ist die einzige Möglichkeit, solange die Russen in Berlin Rundfunk und Zeitungen kontrollieren.« Viktoria sah ihn zornig an. »Wann werden die Briten und Amerikaner endlich den Mut haben, uns gegen die Russen zu helfen?«

Er war zwar ihrer Meinung, aber nicht alle seine Landsleute teilten seine Ansicht. »Warum sollten wir die Gefahr eines neuen Krieges heraufbeschwören, nur um euch Deutschen zu helfen?«

Viktoria blickte ihm in die Augen. »Um euret- wie um unsertwegen. Die Sowjetunion ist eine noch gefährlichere Macht, als es Nazi-Deutschland jemals war.«

Am nächsten Tag fand die Urabstimmung statt. Trotz Viktorias Bemerkungen über die mangelnde Bereitschaft der Westalliierten, den Berlinern zu helfen, wurden die Wahllokale in den Westsektoren von Briten und Amerikanern bewacht, um russische Einschüchterungen zu unterbinden, und SPD-Mitglieder wie Hasso konnten ihre Stimme unbehelligt abgeben.

Im Sowjetsektor sah es anders aus. Die Russen hatten die Abstimmung im letzten Moment verboten. In den wenigen Bezirken, die das Verbot mißachteten, wurden die Wahllokale nach einer Stunde geschlossen. »Weil die Bestimmungen nicht eingehalten worden sind«, erklärte ein bewaffneter Rotarmist in Friedrichshain barsch, als Mortimer wissen wollte, warum die Wahlurne entfernt worden war. Mehrere russische Militärpolizisten näherten sich ihm drohend, und Mortimer beschloß sich zurückzuhalten. Es waren schon amerikanische Journalisten im Sowjetsektor verhaftet worden. Eilig trat er hinter das Schild zurück, auf dem stand: BEGINN DES DEMOKRATISCHEN SEKTORS VON BERLIN.

Das Ergebnis in den Westsektoren war eindeutig: Zweiundachtzig Prozent der SPD-Mitglieder, die abgestimmt hatten, waren gegen einen Zusammenschluß mit der KPD. Im Café Jochum herrschte an dem Abend großer Jubel.

»Sie müssen zugeben, Herr Allen«, sagte Hasso, »einen klareren Beweis, daß das ›rote Berlin‹ nichts mit dem roten Moskau zu tun haben will, kann es nicht geben.«

Auch Viktoria war erleichtert, aber sie warnte: »Wir haben

noch einen langen Kampf vor uns. Stalin wird nicht so schnell aufgeben.«

Hätten sie diesen Kampfgeist doch nur schon unter Hitler entfaltet, dachte Mortimer. Jedenfalls waren die Menschen hier entschlossen, den gleichen Fehler nicht noch einmal zu begehen. Als er das Café verließ, küßte er Viktoria auf die Wange. Sie nahm die Geste als das, was sie war: als Abbitte für sein bisheriges Mißtrauen, als Zeichen ihrer alten Freundschaft und Bewunderung für ihren Mut.

Am 21. April wurde mit einer eindrucksvollen Feier in Berlin die Gründung einer neuen Partei unter der Führung Grotewohls bekanntgegeben; sie umfaßte die KPD und SPD und hieß SED, Sozialistische Einheitspartei Deutschlands. In den Westzonen und den Westsektoren Berlins blieb die SPD unter der jetzt unangefochtenen Führung Kurt Schumachers. Wie Deutschland waren jetzt auch die Sozialdemokraten durch den Eisernen Vorhang geteilt.

Am 1. Mai stand ganz Fürstenmark an der Dorfstraße und verfolgte eine Parade russischer Panzer, Panzerwagen, Artillerie, Kavallerie und Infanterie. Am Abend nahm das ganze Dorf an einer Feier im Schloßhof teil, auf der der russische Kommandant über die schrecklichen Bedingungen sprach, die noch in anderen Teilen Deutschlands herrschten, und das Glück rühmte, in einer sozialistischen Gesellschaft zu leben. Dank Günther Rauchs Unterricht sprach Hans inzwischen so gut Russisch, daß er keinen Dolmetscher mehr brauchte.

»Dieses Bündnis zwischen SPD und KPD ist eine gute Sache«, sagte Günther, als der Beifall sich gelegt hatte. »Es ist eine feste Basis für den Kampf gegen kapitalistische Einflüsse und für das Streben nach Frieden und Einheit.«

Hans stimmte ihm zu und sagte leise: »Außerdem, wenn die Russen die absolute Herrschaft in Deutschland wollten, würden sie nicht einen Deutschen die neue Partei führen lassen.«

Er hatte mit Günther viele Abende über den dialektischen Materialismus und seine Auswirkungen auf ein neues sozialistisches Deutschland debattiert. Er begriff zwar nicht alles, aber es reichte, um in die SPD aufgenommen zu werden, das heißt, er war jetzt Mitglied der SED. Er war zuversichtlich, mit Günthers Hilfe bald wieder als Lehrer eingesetzt zu werden.

In Nürnberg traf Mortimer Richard Holtom, den Sohn eines alten Freundes, der in Südengland einen kleinen Zeitungsverlag hatte. Richard arbeitete beim britischen Geheimdienst und sollte in Nürnberg über den deutschen Geheimdienst im Krieg aussagen. Sie unterhielten sich über den Prozeß und dann ein wenig über die allgemeineren Folgen der Besatzung.

»Erinnerst du dich an meinen Bruder Graham?« fragte Richard. »Er hat den *Brighton Chronicle* herausgegeben. Arbeitet jetzt für Information Services Control in Hamburg – du weißt ja, angehende Pressezaren ausquetschen, um sicherzustellen, daß Lizenzen nur an Nichtnazis gehen, solche Sachen.«

Mortimer horchte sofort auf. »Braucht er nicht zufällig noch jemand?«

Richard lachte. »Suchst du etwa eine Stelle?«

»Nein, aber ein Freund von mir wäre genau der Richtige für diese Arbeit.«

»Spricht er etwa Deutsch? Graham klagt immer, es sei so schwer, einen Dolmetscher zu finden, dem er trauen könne.«

»Er ist Deutscher.« Mortimer erzählte ihm von Stefan und der Arbeit, die er in Westerstedt machte.

Richard seufzte. »Manchmal bin ich überrascht, daß wir den Krieg gewonnen haben bei den vielen Flaschen da oben. Graham ist seit Monaten hinter so einem Typ her, aber die hohen Herren sagen, solche Leute gäbe es nicht. Ich setze mich mit Graham in Verbindung und sag' ihm, er soll ein paar Fäden ziehen. Jochum muß natürlich verhört werden, aber das dürfte nur eine Formalität sein.«

Mit einer Nickelbrille, einem alten Anzug von Kartoffelhans und festen Stiefeln trat Otto Tobisch seine Reise nach Norden an. Sein übel zugerichtetes Gesicht war verheilt und hatte einen neuen Schnitt, Backen- und Schnauzbart waren gut gewachsen, und die Haare hingen zottig bis über die Ohren. Ausweis und Lebensmittelkarten wiesen ihn als Alfred Tobler aus, neununddreißig Jahre, Metzger von Beruf, geboren in Berlin-Pankow. Eine britische Entnazifizierungsbescheinigung – echt mit vollkommen gefälschten Daten – bestätigte seine saubere Vergangenheit.

Da Otto Tobisch alias Alfred Tobler nicht die nötigen Reisepapiere besaß, lief er über Nebenstraßen, schlief in Scheunen oder unter Hecken, einer unter vielen Flüchtlingen und Vertriebenen, die noch immer durch das Land zogen. Essen beschaffte er sich überwiegend durch Einbrüche in Bauernhäusern. Er kam gut voran, mied die Städte, vor allem Nürnberg, und war nach drei Wochen an der Grenze zwischen der amerikanischen und der britischen Zone.

Er kaufte eine Zeitung, aus der ihm sein altes Gesicht entgegensprang. Aber kein Mensch warf auch nur einen prüfenden Blick in seine Richtung. Bestimmt würde niemand ihn anhalten und seine Papiere sehen wollen. In dieser Nacht schlich er im Schutz der Dunkelheit durch dichten Wald hinüber in die britische Zone.

Drei amerikanische MPs, Military Police, mit blütenweißen Helmen und ein Offizier holperten in einem Jeep den steinigen Feldweg zum Feldmann-Hof über Traunkirchen hinauf. Während zwei der Soldaten das Haus durchsuchten, befahl der Offizier, der Deutsch sprach und sich Major Wunsche nannte, Anna in die Küche. Dann, Dolfi war auf dem Hof, begann der Major mit dem Verhör; der dritte MP schrieb mit.

Es dauerte Stunden. Major Wunsche erzählte Anna entsetzliche Dinge, die sich in Ottos Lager zugetragen haben sollten.

Er bombardierte sie mit Fragen über die Lagerleitung. Wieder und wieder schwor Anna, nichts über Ottos Arbeit gewußt zu haben, nie das Lager betreten zu haben, weil sie es nicht durfte, keine Ahnung gehabt zu haben, daß die Gefangenen in den Tod geschickt wurden. Wenn sie gewußt hätte, was dort geschah, wäre sie keine Sekunde geblieben, schluchzte sie.

Major Wunsche blickte kurz zu seinem Begleiter. Man mußte schon sehr gerissen sein, sich dem Netz seiner Fragen zu entwinden, und es war offensichtlich, daß Intelligenz nicht Annas herausragende Eigenschaft war. Wie hätte die Frau sonst vier Jahre direkt beim Lager leben können, ohne etwas zu merken?

In dem Augenblick kamen die anderen Polizisten zurück, ohne eine Spur von Otto gefunden zu haben. »Sollen wir sie mitnehmen?« fragte einer auf englisch.

Major Wunsche schüttelte den Kopf. Es war sinnlos, Anna Tobisch festzunehmen. Und vielleicht würde Otto ja irgendwann zurückkommen. Er erhob sich. »Das ist alles. Aber wenn sich Ihr Mann zeigt, müssen Sie uns das unverzüglich mitteilen.«

Auf dem Weg zum Jeep sah er zu Adolf hinüber. Der Junge erwiderte den Blick aus hellbewimperten, blaßblauen Augen, dann schlug er sie nieder. David Wunsche empfand unerwartet Mitleid und fragte sich, was die Zukunft wohl Otto Tobischs Sohn bringen würde.

Als die MPs fort waren, ging Anna nach oben ins Schlafzimmer und setzte sich schwer aufs Bett. Ein Todeslager. All diese Menschen waren in den Tod gegangen. Und ihr Mann hatte die Befehle gegeben. Anna schüttelte fassungslos den Kopf. Die Amerikaner hatten bestimmt gelogen. Seit zwanzig Jahren war sie mit Otto verheiratet. Sie kannte ihn. Er war ein großer General gewesen, ein liebevoller Ehemann und vernarrter Vater.

Allmählich wanderten ihre Gedanken in die Zukunft. Otto

war ein intelligenter Mann. Er wußte bestimmt, daß die Amerikaner ihn suchten. Er würde nie nach Traunkirchen zurückkommen.

Adolf trat zu ihr. »Mami, warum waren die Amerikaner da?«

Sie konnte ihm nicht erzählen, was sie gesagt hatten, aber sie mußte ihm beibringen, daß er seinen Vater nie mehr sehen würde. Sie legte den Arm um seine Schultern und zog ihn an sich. »Sie sind gekommen, um mir zu sagen, daß dein Papa wahrscheinlich tot ist.«

Als Adolf den ersten Schock überwunden hatte und wieder hinaus auf den Hof lief, sah Anna unter der Matratze nach, wo sie das Säckchen mit den Edelsteinen versteckt hatte. Es war noch da. Aber was nützte es ihr? Sie konnte nicht ins Dorf gehen und einen Diamanten gegen Lebensmittel tauschen. Vielleicht gab es in Salzburg jemand, der ihr die Steine abkaufte. Aber vielleicht verständigten sie auch die Polizei, und dann würde sie festgenommen. Alles, was sie jetzt machte, war verdächtig.

Reinhild Kraus hatte keine leichte Schwangerschaft. Obwohl Norbert die hundert Häuser vertragsgemäß fertigstellte und einen kleinen Gewinn erzielte, stieg der Lebensstandard bei den Krauses nur langsam. Der Gewinn wurde umgehend in das nächste Bauprojekt gesteckt.

Norbert kümmerte sich kaum um Reinhilds Verfassung. Er ging ganz in seiner Arbeit auf und war nicht zu Hause, als ihre Wehen an einem Tag im Mai einsetzten. Er war in Begleitung eines gewissen Alfred Tobler auf seiner neuesten Baustelle.

Keine Sekunde hatte Norbert Toblers Ammenmärchen von der Flucht aus Berlin in den letzten Kriegswochen und seiner irrtümlichen Verhaftung als geflohener Kriegsgefangener geglaubt. Er hatte genügend Leute vom Schlag Toblers erlebt, um zu wissen, wann er einen ehemaligen SS-Mann vor sich hatte. Tobler war ganz klar auf der Flucht. Doch das berührte Norbert Kraus nicht.

Während sie sich noch unterhielten, brach ein Streit unter den Bauarbeitern aus, die ein Asbestdach aufsetzen sollten. Das kam alle Tage vor zwischen den schlecht ausgebildeten, unterernährten Männern, die unter ständigem Druck arbeiteten. Tobler beobachtete die Situation einen Augenblick, ging dann hinüber und gab ein paar knappe Anweisungen. Die Arbeiter hörten auf zu streiten und führten augenblicklich die Befehle aus. Norbert nickte anerkennend. Tobler war der ideale Polier.

Als er bei Sonnenuntergang nach Hause kam, herrschte große Aufregung. Eine Nachbarin begrüßte ihn an der Tür und wischte sich die Hände an der Schürze ab. »Herr Kraus, Ihre Frau hat das Baby bekommen!«

Norbert blieb stehen und steckte sich eine Zigarette an, um Zeit zu finden und sich zu sammeln.

»Sie hat schrecklich viel mitgemacht, die Arme«, erzählte die Nachbarin weiter. »Es hat mehrere Stunden gedauert. Wir dachten schon, das Baby würde überhaupt nicht kommen. Aber wer kann es dem armen kleinen Kerl verdenken, bei so einer Welt.«

Norbert tat einen tiefen Zug an seiner Zigarette. Dann trat er entschlossen ins Haus, um das Kind zu sehen, das er nie gewollt hatte.

Im Juni hatte Günther Rauchs Fürsprache bei den sowjetischen Behörden Erfolg, und Hans König wurde zu einem Gespräch nach Leipzig bestellt. Es war ein scheußliches Erlebnis vor einem verknöcherten Ausschuß, der ihn lange und ausführlich befragte.

Nach der Unterredung erklärte der Vorsitzende: »Ihnen muß klar sein, daß Lehrer in unserem neuen Deutschland mehr als Lehrer sind, Genosse König. Sie sind Führer, die ihre

Schüler zu körperlich und geistig gesunden Männern und Frauen erziehen, so daß sie sich erfolgreich dem Dienst am Staate widmen können.«

Nach einer gewichtigen Pause fuhr er fort: »Falls Sie wieder Lehrer werden, werden auch Sie anerkennen müssen, daß die Verantwortung für Ihr Land vor allen anderen Überlegungen rangiert – die Beziehung zu Familie und Freunden eingeschlossen. Falls deren Ansichten staatsbedrohend sind, ist es Ihre Pflicht, das zu melden. Verstehen Sie?«

Hans verstand nur zu gut. Bei den Nazis waren die Menschen angestiftet worden, ihre Nachbarn zu bespitzeln, und Kinder sogar ihre Eltern und Lehrer. Jetzt passierte das gleiche bei den Kommunisten. Die neue Gesellschaft leistete allen alten Untugenden Vorschub. Hans gefiel das gar nicht, aber wenn es die Voraussetzung dafür war, wieder Lehrer zu werden, mußte er es schlucken.

»Ihr Vater ist Pastor, Ihre Frau hat Verwandte im Westen«, sagte die einzige Frau im Ausschuß verkniffen. »Sehen Sie die Möglichkeit, in einen Loyalitätskonflikt zu geraten?«

Hans atmete tief durch und erklärte: »Meine Loyalität wird immer zuerst dem Staat gehören.«

Zwei Wochen später wurde Hans König brieflich mitgeteilt, daß er zu einem Umschulungskurs für Lehrer im September zugelassen worden sei.

Major Graham Holtom war Anfang Dreißig, untersetzt und rotblond wie sein jüngerer Bruder Richard. Er nahm seine Aufgabe als »Press Control Officer« sehr ernst. Er vertrat die Auffassung, eine freie Presse müsse auch eine verantwortungsvolle Presse sein, die darauf achtete, daß sorgfältig recherchiert und wahrheitsgetreu berichtet wurde, und er war entschlossen, die unter ihm gegründeten neuen deutschen Zeitungen diesen strengen Grundsätzen zu unterwerfen.

Aber außer der *Welt,* die sich an der Londoner *Times* orientierte und bald eine Million Exemplare täglich verkaufte, waren die Zeitungen, die eine Lizenz bekommen hatten, inhaltlich und in der Aufmachung schlecht.

Major Holtom hegte Argwohn gegen einige Übersetzer, auf die er angewiesen war. Das schwierige Geschäft zu entscheiden, wer Nazi gewesen war und wer nicht, durfte nicht ihnen überlassen werden, wie er meinte.

Nach etwa einer Stunde mit Stefan Jochum wußte er, daß Stefan genau der Assistent war, den er suchte. Richards Empfehlung, das Rhodes-Stipendium, Stefans Kampf gegen Hitler, seine Arbeit für den »Political Warfare Executive«, seine Freundschaft mit Mortimer Allen und sein Posten bei der Kontrollkommission in Westerstedt, all das stand positiv für ihn zu Buche. Er war sprachgewandt und absolut ehrlich. Weil er während des Krieges nicht in Deutschland gewesen war, sah er die Dinge klarer als andere Deutsche.

Eine Woche danach zog Stefan in eine Baracke mit Wohnungen, aus denen die Bewohner vertrieben worden waren. Sein Zimmer war nicht luxuriös, aber gemütlich eingerichtet. Jeden Morgen kam ein Fahrer und brachte ihn im Wagen ins Büro. Stefan stürzte sich in die Arbeit; sie interessierte ihn, und er schätzte es, mit einem Mann zusammenzuarbeiten, der ihm sympathisch war. Endlich machte er etwas Sinnvolles, und er verstand etwas von der Sache.

Alfred Tobler hatte in der Altstadt von Lübeck ein Zimmer gemietet und so unauffällig wie möglich bezogen. Er hatte sofort viele der Aufgaben übernommen, die bis dahin fast ständig Norberts Anwesenheit auf den Baustellen erfordert hatten. Er verschaffte sich nicht nur Respekt bei den Arbeitern, sondern verbesserte auch ihre Leistung. Ein Arbeiter sagte Norbert: »Er ist militärisch. Bei ihm wissen wir, woran wir sind.«

Tobler war kein geselliger Mensch. Offenbar hatte oder wollte er keine Freunde, und Norbert war daher überrascht, als sein neuer Polier eines Sonntagmorgens, nicht lange nach der Geburt seines Sohnes, den Reinhild Tristan getauft hatte, an seiner Tür erschien und fragte, ob er das Baby sehen könnte. Zu Norberts noch größerer Überraschung nahm er Tristan hoch und wiegte ihn sanft auf dem Arm. Alles hätte Norbert von ihm erwartet, nur das nicht.

Als Tobler Norberts ungläubigen Blick bemerkte, gab er Reinhild das Kind zurück und hüstelte verlegen. »Er erinnert mich an meinen Sohn«, erklärte er.

»Wo ist Ihr Sohn denn jetzt?« fragte Reinhild.

Tobler zuckte die Schultern, wie es diejenigen taten, die nicht wußten, ob ihre Lieben tot waren oder noch lebten, und da Tobler nicht mehr der jüngste war, vermutete Norbert, daß sein Sohn gefallen war. Er empfand plötzlich Zuneigung und bot seinem Polier einen Kaffee an. Doch Tobler lehnte ab und verabschiedete sich rasch.

Obwohl Norbert ihn zur Taufe einlud, auf der Reinhild bestanden hatte, kam Tobler nicht. Eine unvermittelte Sehnsucht nach Adolf hatte ihn zu dem Neugeborenen getrieben, nicht der Wunsch, in Norbert Kraus' gesellschaftliche Kreise aufzurücken mit all den Risiken, entdeckt zu werden.

Major Graves dagegen kam nicht nur zur Taufe, sondern erklärte sich auch bereit, Taufpate zu sein. Im Laufe der Monate hatte er fast väterliche Gefühle für Norbert entwikkelt, die er sich mit dem Bedürfnis erklärte, »diesen Deutschen zu helfen, sich selbst zu helfen«. Nach der kirchlichen Feier begaben sich die Gäste wieder in Norberts Haus, wo der Major ein üppiges kaltes Buffet und eine Kiste Sekt gestiftet hatte, um auf den Stammhalter anzustoßen, wie er sagte.

Als die übrigen Gäste gegangen waren und Reinhild Tristan zu Bett brachte, begleitete Norbert den Major zu seinem Wagen. Einen Augenblick standen sie schweigend da und rauchten ihre Zigarren, die der Major mitgebracht hatte.

Dann fragte Norbert: »Kann ich morgen zu Ihnen kommen, um über meine Pläne zu sprechen?«

Graves stieß eine blaue Rauchwolke aus. »Warum bis morgen warten? Jetzt, wo Ihr Sohn da ist, wollen Sie wahrscheinlich Ihr Geschäft expandieren.«

Nie war Norbert so bewußt gewesen, auf welch schmalem Grat er wandelte, aber er nahm sich ein Herz und erzählte dem Major von der Landgut AG, betonte, daß die Firma nichts mit den Kraus-Werken zu tun hätte und mit Geld seines Großvaters gegründet worden sei. Seinen Bruder Werner erwähnte er nicht.

Major Graves rieb gedankenverloren das Kinn zwischen Zeigefinger und Daumen. »Hmmm, wenn Sie an die Besitzurkunden kommen, sehe ich keinen Grund, warum Sie diese Grundstücke nicht wieder bebauen sollten – bis auf das Geld, aber das dürfte kein allzu großes Problem sein.«

»Die Urkunden sind in der Schweiz.«

Zu seiner Überraschung lachte der Major. »Na dann! Ich hatte schon befürchtet, Sie würden mir erzählen, Sie hätten sie bei einem Luftangriff verloren. Kommen Sie morgen vorbei, dann schicken wir einen Brief in die Schweiz und bitten um Übersendung der Urkunden, wegen der notariellen Beglaubigung. Anschließend erstellen Sie am besten eine Übersicht. Legen Sie fest, wo Sie anfangen wollen. Ich besorge Ihnen Bahnkarten und eine Reisegenehmigung.«

Norbert konnte sein Glück kaum fassen. Er ergriff die Hand des Majors. »Danke, Sir. Danke, daß Sie mir diese Chance geben.«

Graves zuckte unter dem kräftigen Händedruck zusammen und sagte rauh: »Nur eins, mißbrauchen Sie mein Vertrauen nicht, Norbert.«

Reinhild hatte nichts dagegen, daß Norbert wegfuhr. Ihre Welt war Tristan. Sie redete von nichts anderem als dem Baby. So unternahm Norbert mit einem Gefühl von Freiheit und Abenteuer und in der Gewißheit, die Arbeiter während seiner Abwesenheit bei Tobler in guten Händen zu haben, seine Fahrt durch die zerbombten deutschen Städte.

Er begann in Hamburg. Drei Tage durchstreifte er die stark zerstörte Stadt und inspizierte Landgut-Grundstücke: mehrere ehemalige Läden in der Altstadt; einige tausend Quadratmeter Trümmer im Vorort Eppendorf, in Hamm, Barmbek und Eilbek; und eine prachtvolle Villa auf einem Riesengrundstück mit Blick auf die Binnenalster. Erstaunlicherweise wies die Villa kaum Bombenschäden auf, war allerdings von den Briten beschlagnahmt worden und bot keine Bleibe für die Nacht, so daß Norbert, wie alle anderen Fremden, einen Schlafplatz in der Bahnhofshalle suchen mußte.

In Köln, Düsseldorf und Essen war es genauso schlimm, nur daß Norbert durch die Straßen von Städten lief, in denen er seine Kindheit verbracht hatte. In Essen stand er alsbald vor der häßlichen roten Backsteinvilla – dem Familiensitz der Kraus seit 1880. Jetzt bewachten britische Soldaten das Tor. Am Flaggenmast wehte der Union Jack, und im Hof standen britische Militärfahrzeuge. Norbert wandte sich ab. Hier war er als Kind zwar zu Hause gewesen, aber er mochte die »Festung« nicht, ein kaltes, freudloses Gebäude, das Geld und schlechten Geschmack verkörperte. Die Briten sollten es haben. Er lief den Hügel hinunter zum Bahnhof und fuhr nach Hamburg zurück. An der Ruhr war kein Geld zu machen. Von den Städten, die er gesehen hatte, war Hamburg die vielversprechendste. Dort würde Landgut mit seinen Aktivitäten beginnen.

6

Ein Angestellter der Liegnitzer Bank kam mit einer dicken Aktentasche nach Lübeck, die die Besitzurkunden aller Grundstücke der Landgut AG enthielt sowie Dokumente, die bewiesen, daß Norbert Kraus im Namen der AG handeln durfte. Norbert ging damit zu einem englischen Notar, der schließlich erreichte, daß die Kontrollkommission Norberts Ansprüche anerkannte.

Major Graves half Norbert bei den Eingaben an den Kontrollrat in Hamburg, und Ende Juli segnete die Kommission Norberts Pläne ab, mehrere Wohnblocks in Eppendorf zu bauen, und vermittelte auch einen Kredit zur Finanzierung des Projekts. Danach teilte Norbert Reinhild mit, daß er nach Hamburg ziehen werde.

»Du gehst doch nicht ohne uns, oder?« fragte sie. »Was soll ich meinen Freundinnen sagen?«

Er hatte mit dieser Reaktion gerechnet. »Sag ihnen, daß es nicht gut wäre, wenn Tristan in einer Hütte wohnt, denn das werde ich tun.«

Beruhigt sagte Reinhild: »Aber wenn deine Häuser fertig sind, kommen wir nach.«

Norbert brummte unverbindlich. Er hatte vor, diesen Augenblick so lange wie möglich hinauszuzögern.

Alfred Tobler schien die Aussicht auf Norberts längere Abwesenheit mehr Unbehagen zu bereiten als Reinhild. Er äußerte Bedenken, direkt mit den Briten verhandeln zu müssen, was Norberts Verdacht bestätigte, daß sein Polier etwas zu verbergen hatte. Norbert überlegte und kam zu dem Schluß, daß es ohnehin an der Zeit war, einen Assistenten oder eine Sekretärin einzustellen. Der Papierkram wuchs ihm bereits jetzt über den Kopf, und wenn Hamburg anlief, würde es noch mehr werden.

Eine Flut von Bewerbungen ging auf seine Anzeige ein, unter anderem von einer ehemaligen Kraus-Angestellten, die jetzt in Lübeck wohnte, einer Frau Anfang Dreißig, Hannelore Hahn.

Zum Einstellungsgespräch erschien eine graue Maus mit strengem Haarknoten und starker Brille. Nach dem Schulabschluß hatte sie bei der Kraus-Werft begonnen und gegenüber der Familie Kraus ein starkes Loyalitätsgefühl entwickelt. Als die Werft hatte schließen müssen, war Hannelore Hahn freiwillig nach Essen umgezogen, wo sie bis Kriegsende geblieben war. Dann war sie nach Lübeck zurückgekehrt. Sie beherrschte Maschinenschreiben, Stenografie, Buchhaltung und vermittelte den Eindruck grenzenloser Tüchtigkeit. Eigentlich stellte nicht Norbert sie ein, das machte sie selbst. Sie nannte ein sehr bescheidenes Gehalt und erklärte: »Ich fange morgen an.«

Binnen einer Woche, in der Norbert in Hamburg das Aufstellen seiner Einzimmer-Fertigbehausung überwachte, die Wohnung und Büro sein würde, hatte Hannelore alles im Griff. Sie hatte auch die übrigen Bewerbungen auf Norberts Anzeige gesichtet. »Herr Kraus, ich habe keine Zeit, zwischen hier und Hamburg, oder wo Sie sonst sind, hin und her zu rennen«, erklärte sie mit Bestimmtheit und reichte ihm einen Brief. »Ich meine, Sie sollten einen persönlichen Assistenten einstellen. Dieser Eduard Wild hat einiges, was für ihn spricht.«

Norbert blickte auf die Bewerbung. »Ein sechzehnjähriger Flüchtling aus Ostpreußen ohne Berufserfahrung? Was soll ich denn mit dem?«

»Ich hatte vorab ein Einstellungsgespräch mit ihm. Er ist ein intelligenter junger Mann und spricht Englisch. Außerdem wäre er sehr günstig. Er wurde mit seiner Familie von den Russen vertrieben. Seine Eltern fanden auf dem Weg hierher den Tod. Er war in einem Vertriebenenlager und ist bereit, nur für Unterkunft und Verpflegung zu arbeiten.«

»Selbst wenn er umsonst arbeiten würde, könnte er eine Belastung sein. Der Junge versteht doch nichts vom Baugewerbe.«

Hannelore sah ihn mit stahlhartem Blick an. »Das haben Sie auch nicht, als Sie angefangen haben.«

Norbert gab nach. Hannelore Hahn war ihm überlegen.

Am nächsten Tag erschien Eduard Wild im Büro, groß, blond und ziemlich schüchtern. Als Norbert ihn fragte, warum er in der Baubranche arbeiten wolle, antwortete er schlicht: »Ich habe genug Zerstörung gesehen. Ich möchte helfen, etwas aufzubauen.«

»Es wird hart. Lange Arbeitszeit, wenig Lohn, schlechte Bedingungen.«

»Es kann gar nicht schlechter werden als das, was ich erlebt habe.«

Norbert mußte plötzlich lächeln. Er wußte nicht wieso, aber er mochte den Jungen. Sie würden ein gutes Gespann abgeben: er selbst und Eduard draußen auf dem Bau; Alfred Tobler als Chef der Arbeiter und Hannelore Hahn im Büro.

Am nächsten Morgen fuhren Norbert und Eduard im Zug nach Hamburg und bezogen ihr neues Zuhause. Es war äußerst spartanisch. Der Wohnbereich mit zwei Matratzen, ein paar Decken und einer alten Truhe für Kleidung war durch einen Vorhang vom Büro abgetrennt, in dem ein Tisch und ein paar Kisten standen, die als Stuhl und Ablage dienten. In einem Anbau befand sich ein Plumpsklo, und Wasser lieferte eine Pumpe im Freien. Die beiden Männer störte der mangelnde Komfort nicht.

Erst als sie mit der Arbeit begannen, erkannte Norbert, daß die Bedingungen in Hamburg noch schlimmer waren, als Graves vorausgesagt hatte. Während die Briten im Luxus lebten, hausten die Hamburger in verseuchten Kellern und Bunkern. Die Briten hatten zwar mit Norbert einen Vertrag abgeschlossen, aber offenbar beabsichtigten sie, ihm Hindernisse in den

Weg zu legen, so daß er nur mit Mühe zu Geld, Materialien und Arbeitskräften kam. Wenn man bedachte, daß der zweite Winter nach Kriegsende vor der Tür stand, erschien ihr Verhalten unmenschlich.

Nach wochenlangem Befragen von Kandidaten, die eine Stelle bei Presse oder Rundfunk suchten und dabei zum Teil dreist logen, war Udo Fabian für Stefan und Major Holtom eine wohltuende Ausnahme. Fabian, fünfunddreißig Jahre alt und bereits ergraut, kam eines Tages Mitte Juli in ihr Büro und bat um Hilfe bei der Gründung einer Zeitschrift.

»Erzählen Sie doch als erstes von sich, Herr Fabian«, sagte Holtom.

Stefan brauchte nicht zu dolmetschen. Udo Fabian sprach fließend Englisch.

»Ich war bis zu meiner Einberufung bei der *Hamburger Morgenpost.* Ich habe gedient und war bei Kriegsende Leutnant.«

»Wo waren Sie damals?«

»An der russischen Front, Auge in Auge mit Schukows Armeen.« Udo Fabian lächelte schwach. »Ein Blick genügte mir. Ich wollte lieber wegen Fahnenflucht vor ein Kriegsgericht gestellt als von der Roten Armee gefangengenommen werden, und so schloß ich mich den Flüchtlingen Richtung Heimat an.«

»Und als Sie dort ankamen?« fragte Holtom.

»Stellte ich fest, daß meine Eltern, Frau und Kind tot waren. Sie sind bei einem britischen Luftangriff ums Leben gekommen.« Udos Stimme verriet keine Regung. Sein persönlicher Schmerz war seine Sache.

Seine Papiere bestätigten alles, was er ihnen erzählt hatte. Holtom und Stefan sahen sich kurz an. Endlich mal jemand, der ehrlich war. Keine erfundenen Geschichten über Hilfe für Juden, kein Selbstmitleid, weil man angeblich von den Nazis getäuscht oder verfolgt worden war.

Udo Fabian fuhr fort: »Ich fand einen Kellerraum zum Wohnen und begann, die Herausgabe einer Zeitschrift namens *Aktuell* zu planen. Ich hoffte anfänglich, ohne fremde Hilfe auszukommen, aber ich habe keine Druckerei, kein Papier, kein Geld. Ich habe nur eine Idee.«

Und die war hochinteressant: ein aktuelles Nachrichtenmagazin, unerschrocken und gut recherchiert, mit dem Ziel, Korruption und Unrecht bei Regierung, Parteien und Privatpersonen aufzudecken. Stefan war von dem Konzept begeistert. »Es könnte die erste überparteiliche, überkonfessionelle Opposition in Deutschland werden«, meinte er.

»Ja«, pflichtete Holtom bei. »Es besteht eine Möglichkeit, daß die Kontrollkommission eine Lizenz für eine solche Zeitschrift erteilt.«

»Auch wenn ich schreibe, daß es meiner Meinung nach unter der alliierten Besatzung genausoviel Korruption und Unrecht gegeben hat wie unter den Nazis?« fragte Fabian.

Holtom schrieb Fabians Verbitterung dem Tod seiner Familie durch britische Bomben zu. »Wenn Sie Ihre Behauptungen beweisen könnten, würden wir die Veröffentlichung nicht behindern«, sagte er. »Wir Briten sind für eine freie Presse.«

Udo kannte einen älteren Drucker, Thomas Hartmann, der nicht nur bereit war, *Aktuell* sehr günstig auf seiner alten Presse zu drucken, sondern ihm auch seinen Keller als Büro zu überlassen. Und Holtom empfahl der Kontrollkommission, *Aktuell* eine Lizenz zu erteilen und zu finanzieren, bis Udo auf eigenen Beinen stehen konnte.

Zur gleichen Zeit erhielt Stefan eine Nachricht von Norbert, der schrieb, er habe von Viktoria gehört, daß Stefan in Hamburg sei, und ihn nach Eppendorf einlud.

Stefan war nicht darauf erpicht, die Beziehung zu den Krauses aufzufrischen, aber er dachte, es könnte für Udo interessant sein, und so schlug er ihm vor mitzukommen.

Das Treffen verlief ganz anders, als sie gedacht hatten. Norbert verlor keine Zeit mit Nettigkeiten, sondern kam gleich auf die Wohnungssituation zu sprechen. »Siebzehntausend Hamburger sind aus der Innenstadt vertrieben worden, damit die Kontrollkommission das Gebiet zu einer Gartenstadt für die Briten machen kann. Zehntausend Menschen arbeiten an diesem Projekt, während ganze dreieinhalbtausend neue Wohnungen für Hunderttausende von Obdachlosen bauen.«

Er erzählte ihnen, daß zehn deutsche Familien aus einem einzigen Haus gejagt werden konnten, damit eine britische Familie einziehen konnte, ohne daß Ersatzwohnraum angeboten wurde; daß die Militärs beschlagnahmen konnten, was sie wollten, auch Möbel und Haushaltsgeräte; daß Siegerclubs und Tanzsäle eröffnet wurden, während man gleichzeitig Fabriken schloß und demontierte. »Es ist ungeheuerlich! Die Produktionsmittel sind da, aber sie überlassen sie uns nicht. Sie machen sogar Zementwerke dicht.«

»Unerhört«, murmelte Udo grimmig. »Das muß *Aktuell* als Aufmacher in seiner ersten Ausgabe bringen.«

»Mit entsprechender Hilfe könnte ich noch vor dem Winter genügend Fertighäuser für mindestens tausend Menschen bauen«, fuhr Norbert fort.

»Das sind die Sachen, die *Aktuell* aufdecken muß«, sagte Udo.

Stefan blickte über das öde Trümmergelände. »Wir erreichen gar nichts, wenn wir Haß auf die Briten predigen«, sagte er langsam. »Das bringt sie nur gegen uns auf, und wir riskieren, daß *Aktuell* verboten wird, noch bevor die erste Ausgabe erscheint. Die Fakten müssen stimmen.« Noch während er sprach, merkte er, daß er sich bereits mit dem Magazin identifizierte.

Am nächsten Tag rief Holtom ihn in sein Büro. »Ich dachte, Sie sollten über die Anweisung Bescheid wissen, die ich gerade vom Kriegsministerium bekommen habe. Alle Unteroffiziere unserer Abteilung sollen Ende des Monats den Dienst quittieren. Sie müßte das eigentlich nicht betreffen. Als Zivilist können Sie weiter für die Kontrollkommission arbeiten.«

»Als deutscher Zivilist?«

»Sie haben nicht die britische Staatsbürgerschaft?« fragte Holtom entgeistert.

»Bei Kriegsausbruch galt ich als feindlicher Ausländer«, erklärte Stefan. »Ich durfte zwar für den ›Political Warfare Executive‹ und die Kontrollkommission arbeiten, aber nicht britischer Staatsbürger werden.«

»Das war ein Kriegsverbot. Jetzt werden Sie problemlos einen britischen Paß bekommen. Wenden Sie sich an den Einbürgerungsausschuß. Bei Ihren Unterlagen ist das eine reine Formalität.«

Aber irgend etwas in Stefan sträubte sich, den offenbar leichten Ausweg zu wählen, sich die Vorrechte zu sichern, die die britische Staatsbürgerschaft ihm bringen würde und die für seine Landsleute unerreichbar blieben. Schließlich vertraute er sich Udo an, der erstaunlich viel Verständnis zeigte. »Eine doppelte Staatsbürgerschaft könnte ganz nützlich sein, aber sie löst Ihre persönliche Lage nicht, stimmt's? Sie werden immer mit einem Loyalitätskonflikt leben müssen.«

Stefan nickte. »Ich habe mein Land immer geliebt. Ich habe mich auf die Seite der Briten geschlagen, weil ich die Nazis haßte – nicht die Deutschen.«

»Sie könnten mir bei *Aktuell* helfen.«

»Vielen Dank«, sagte Stefan geschmeichelt. Er wußte plötzlich, daß er nichts lieber täte.

Major Holtom bedauerte zwar, Stefan als Mitarbeiter zu verlieren, konnte seine Entscheidung aber verstehen. Überrascht war er allerdings, als Stefan ihm erzählte, er wolle bei Norbert und Eduard wohnen.

Udo hatte inzwischen die ersten Obdachlosen und Vertriebenen, Bauarbeiter und Lieferanten befragt, Unterschriften für eine Eingabe gesammelt und sich die Unterstützung des deutschen Bürgermeisters gesichert. Den Anfang für einen vernichtenden Bericht hatte er bereits.

»Wenn ich wieder ein deutscher Zivilist sein will, muß ich wie meine Landsleute leben«, sagte Stefan zu Holtom.

Im Juli begann in Paris die erste Friedenskonferenz, auf der die Außenminister der Siegermächte die Zukunft der Länder diskutierten, die den Krieg verloren hatten. In Nürnberg ging der Prozeß seinem Ende zu. Mortimer nutzte die Gelegenheit, Ferien bei seiner Frau in England zu machen.

Er kam nach Deutschland zurück, als die ersten Gemeindewahlen nach dem Krieg stattfanden. Bald wurde ersichtlich, daß Adenauers Christdemokraten sich in den Westzonen zur größten Partei entwickelt hatten. In der amerikanischen Zone erreichte die CDU mit ihrem bayerischen Verbündeten CSU eine solide Mehrheit. Auch in der französischen und britischen Zone gab es breite Zustimmung für die CDU. Es war zwar noch ein langer Weg, doch Adenauer lag klar vorne im Rennen um die Führung des Landes.

Im September wurde in der sowjetischen Zone gewählt. Beobachter waren nicht gern gesehen, und so mußte Mortimer sich überwiegend auf Berichte von Presseagenturen stützen, denen zufolge die Russen sich nur oberflächlich an ihre Zusage für freie Wahlen hielten, denn in vielen Gemeinden und Städten waren nur Kandidaten der SED zugelassen. Wo sich doch Christ- und Freidemokraten bewarben, wurde die Möglichkeit, die Wahl zu beeinflussen, behindert, weil ihre Kandidaten nicht geschlossen auftraten und die Sitze daher alle an die SED gingen. Ende September blieb nur noch Berlin, wo am 20. Oktober gewählt werden sollte.

Noch vorher kam die erste Ausgabe von *Aktuell* heraus, nicht so flott aufgemacht wie Stefan und Udo Fabian es gern gehabt hätten, denn es war nur ein Bogen von schlechter Papierqualität, der beidseitig eng bedruckt war, doch dank Udos und Thomas' unermüdlichem Einsatz hing das Magazin an den meisten Kiosken in den größeren Städten der britischen Zone aus.

Stefan hatte den Leitartikel geschrieben, ein offener Brief an die Kontrollkommission auf deutsch und englisch. Es war ein ausgewogener Appell, in dem Stefan zunächst die von Udo recherchierten eindrucksvollen Fakten nannte, dann deutlich machte, daß *Aktuell* anerkenne, daß die Briten nicht mutwillig fahrlässig seien, ihre offensichtliche Gleichgültigkeit ihrem Ruf jedoch daheim und in Deutschland schade. Er appellierte außerdem an den Gerechtigkeitssinn der Briten und erinnerte an Churchills Versprechen, beim Umgang mit den Besiegten Menschlichkeit walten zu lassen.

Stefans Vorgehen wirkte. Die Arbeiten an der Gartenstadt wurden rasch eingestellt, und Norbert hatte keine Schwierigkeiten mehr, Geräte, Material und Arbeitskräfte zu bekommen. Alfred Tobler zog nach Hamburg, um die neuen Arbeiter zu beaufsichtigen, die in barackenartigen Fertighäusern auf dem Baugelände wohnten. Die Trümmer waren bald beseitigt, und die ersten Wohnungen entstanden. Die Landgut AG war endlich im Geschäft.

Stefan, beschwingt vom ersten Erfolg, achtete kaum auf das, was um ihn vor sich ging. Wenn Norbert oder Eduard von Alfred Tobler sprachen, sagte ihm das nichts. Und wenn er dem schweigsamen Polier mit der krummen Nase und dem gebrochenen Backenknochen zufällig begegnet wäre, hätte er Otto Tobisch gar nicht erkannt.

Als Otto erfuhr, daß Stefan Jochum mit Norbert zusammenwohnte, reagierte er zunächst mit Panik. Fast wäre er mit dem nächsten Zug nach Traunkirchen gefahren. Doch dann siegte der gesunde Menschenverstand. Sein plötzliches Verschwinden würde Fragen aufwerfen und ihn letztlich enttarnen. Am besten, er blieb.

Norbert, Stefan und Eduard bewältigten ihren Junggesellenhaushalt überraschend gut, wahrscheinlich, weil sie nur selten zusammen waren. Wenn doch einmal alle zu Hause waren, kochte Eduard eine einfache Mahlzeit, Norbert besorgte Bier, Stefan Zigaretten, und sie unterhielten sich den ganzen Abend.

Meistens redeten Stefan und Norbert, während Eduard im Schneidersitz auf seiner Matratze zuhörte. Über dem Glück, ihren Gesprächen beiwohnen zu dürfen, vergaß er die Not der Vergangenheit und seinen knurrenden Magen.

Am besten gefielen Eduard Stefans Geschichten über das Hotel Quadriga. Er hätte den Schilderungen von dem eleganten Ambiente und den prominenten Gästen, von festlichen Bällen und verschwenderischen Banketten die ganze Nacht zuhören können. Da er sich solchen Überfluß kaum vorzustellen vermochte, konnte er Stefans gleichgültige Haltung zum Hotel nicht verstehen, in dem er offenbar nichts als sein Zuhause sah. Aber Eduard hatte schon bemerkt, daß Stefan wenig an materiellen Dingen lag. Er hatte andere Interessen als sie.

Norberts Erinnerungen waren anderer Art und kreisten meistens um seine Liebschaften im Krieg, als er zum Beispiel einmal sechs Freundinnen in sechs Städten hatte, unter anderem Reinhild in Berlin. »Und jetzt?« stöhnte er. »Verheiratet!«

Verheiratet vielleicht, aber keineswegs treu oder besorgt um das Kind. Entgegen Reinhilds Befürchtungen war Tristan, der viel gekränkelt hatte, widerstandsfähiger, als es zunächst schien, und der Arzt war zuversichtlich, daß sich der Junge normal entwickeln würde.

Norbert besuchte sie von Zeit zu Zeit, aber Tristan war noch zu klein, als daß er eine Beziehung zu ihm hätte entwickeln können, und Reinhild war ihm gleichgültig.

Der Internationale Militärgerichtshof in Nürnberg endete am 1. Oktober 1946, und Mortimer betrachtete zum letztenmal die Männer, die die Weltgeschichte dreizehn Jahre beherrscht und ihren Lauf für immer verändert hatten. Die Urteile wurden verlesen. Göring: »Schuldig.« Heß: »Schuldig.« Ribbentrop: »Schuldig.« Und weiter auf der Liste: »Schuldig. Schuldig.« Bis zu Schacht: »Nicht schuldig im Sinne der Anklage . . . wird freigesprochen . . .«

Ein fassungsloses Raunen ging durch den Gerichtssaal, und Mortimer wurde plötzlich klar, daß niemand mit Nachsicht für die Angeklagten gerechnet hatte, auch er nicht.

Am Nachmittag folgte der Schlußakt. Einer nach dem andern betraten die Angeklagten die Anklagebank und hörten von Lordrichter Lawrence ihr Urteil. Göring, in blauer Luftwaffenuniform, war der erste: ». . . das Gericht verurteilt Sie zum Tod durch den Strang.« Dann Heß: »Lebenslänglich.« Ribbentrop: »Tod durch den Strang.« Schließlich waren zwölf Todesurteile gesprochen – gegen Martin Bormann in Abwesenheit –, dreimal lebenslänglich und vier Haftstrafen zwischen zehn und zwanzig Jahren verhängt worden, unter anderem gegen Norberts früheren Chef Albert Speer.

Mortimer gehörte zu den acht Journalisten, die an der Hinrichtung am 16. Oktober teilnehmen sollten, doch er zog es vor, dem schauerlichen Schauspiel nicht beizuwohnen. Er fuhr nach Berlin.

Jeff holte ihn am Flughafen Tempelhof ab und fuhr ihn durch Straßen, die mit roten Fahnen behängt und mit kommunistischen Plakaten beklebt waren. Auf mehreren Plätzen sprachen Redner vor großen Menschenmengen. Über ihnen wehten Hammer und Sichel. Es war ein Wahlkampf, der eines Goebbels würdig gewesen wäre und den Eindruck erweckte, es gäbe nur eine Partei. Aber wie erfolgreich würde er sein?

Jeff war sich nicht sicher. »Jetzt haben wir RIAS, den Rundfunk im amerikanischen Sektor, die Russen beherrschen den Äther nicht mehr allein. Aber sie arbeiten immer noch mit allen möglichen Tricks, mit sogenannten spontanen kommunistischen Protestdemonstrationen, mit Stromabschalten, und sie versuchen sogar, die Berliner auszuhungern, indem sie die Belieferung mit Nahrungsmitteln aus der Sowjetzone blockieren. Wir müssen aus unserer Zone zusätzlich waggonweise Lebensmittel ranbringen.«

Viktoria äußerte sich verächtlich über die Bemühungen der Amerikaner, als Mortimer an jenem Abend ins Café Jochum kam. »Was sind schon ein paar Waggons Lebensmittel für drei Millionen Menschen?«

Vier Tage später, am Sonntag, dem 20. Oktober, ereignete sich etwas, das bewies, daß die Berliner nicht unterzukriegen waren, wie hungrig, obdachlos und entmutigt sie auch sein mochten. An diesem feuchtkalten Tag gaben schätzungsweise neunzig bis fünfundneunzig Prozent der Einwohner ihre Stimme in Wahllokalen ab, die von alliierten Soldaten gesichert und von alliierten Inspektionsteams überwacht wurden – für sie war es die erste freie Wahl seit dreizehn Jahren.

Das Ergebnis war noch erstaunlicher, vor allem angesichts der Einschüchterungsversuche im Wahlkampf. Wie der RIAS am nächsten Morgen triumphierend meldete, war die SPD, auch wenn sie die absolute Mehrheit verfehlt hatte, in allen zwanzig Bezirken stärkste Partei geworden und hatte im Stadtrat 63 Sitze errungen; die CDU erhielt 29 Sitze, die FDP 11 – und die kommunistische SED nur 26. Sogar in der sowjetischen Zone hatten nur einundzwanzig Prozent der Wähler ihre Stimme der SED gegeben. In der letzten Schlacht um Berlin erlitten die Russen eine vernichtende Niederlage.

Überall in der Stadt herrschte am nächsten Morgen eine ausgelassene Stimmung. Wo Mortimer hinkam, sagten die Menschen: »Jetzt werden die Russen abziehen.«

Die Ernüchterung folgte schnell. Noch bevor der Tag zu Ende war, wurde bekannt, daß die Russen im Morgengrauen zu einem überraschenden Gegenschlag ausgeholt hatten. In einer Sonderaktion wurden Zehntausende von Ingenieuren und

Wissenschaftlern, die in Rüstungsbetrieben, Forschung und Entwicklung gearbeitet hatten, mitsamt ihren Familien in die Sowjetunion deportiert.

Am Abend ging Mortimer ins Café Jochum. Hasso bediente seine ziemlich gedämpfte Kundschaft mit ernstem Gesicht, und Viktoria geleitete ihre Gäste mit sorgenvoller Miene zu den Tischen. Mortimer setzte sich an die Bar, bestellte einen Jack Daniels und steckte sich eine Zigarette an.

Kurz darauf erschien Viktoria neben ihm. »Hast du gehört?« fragte sie. Als Mortimer nickte, sagte sie: »Die Russen behaupten offenbar, die Techniker hätten ihre Dienste freiwillig angeboten, aber das haben sie natürlich nicht. Sie sind verschleppt worden. Mortimer, zwölf Jahre haben wir in der Angst gelebt, von der Gestapo aus unseren Betten gezerrt zu werden. Jetzt passiert es bei den Russen wieder. Was wollen die Alliierten dagegen unternehmen?«

Sie würden es wahrscheinlich, wie Mortimer bald merkte, bei einem vergeblichen formalen Protest belassen. Aber es war klar, daß die Flitterwochen mit den Russen ihrem Ende zugingen. Mortimers Bericht über das aufsehenerregende Wahlergebnis und die verschwundenen Techniker erschien auf der Titelseite mehrerer internationaler Zeitungen. Eine Schlagzeile lautete: DER KALTE KRIEG.

Die den NS-Führern auferlegten Strafen trafen Baron Heinrich von Kraus sehr. Noch schlimmer allerdings waren die Neuigkeiten, die Joachim Duschek kurz nach Beendigung des Verfahrens brachte.

Joachim war überrascht, seinen Klienten deutlich erholt vorzufinden. Der Baron sprach verständlich, wenn auch noch sehr langsam, wie Joachim sofort bemerkte, als er eintrat. »Wird verdammt Zeit, Duschek!« Er gab Trude mit dem Stock ein Zeichen. »Mach einen Spaziergang, Frau, ich hab' was Geschäftliches zu besprechen.«

Als sie gegangen war, knurrte der Baron: »Dumme Pute. Hat gehofft, ich würde hopsgehen. Aber ich habe mich kuriert. Kann noch nicht laufen, aber den rechten Arm bewegen. Und mit links schreiben.«

»Ein Wunder«, sagte Joachim staunend.

»Kein Wunder, mein Junge. Reine Willenskraft. Und jetzt erzählen Sie mal.«

Es war offensichtlich, daß Joachim nicht behagte, was er zu berichten hatte. »Ich stehe brieflich mit Werner in Verbindung, der offenbar in ganz guter Verfassung ist. Informationen über Ernst sind etwas schwerer zu bekommen. Er war mehrere Monate im Taunus, ist aber in ein anderes Lager verlegt worden, wohin, weiß ich nicht.« Der Baron brummte nur. »Norbert ist in Hamburg«, fuhr Joachim fort. »Ich kann erfreulicherweise berichten, daß er bereits auf einigen Grundstücken der Landgut AG gebaut hat.«

»Was ist mit den Kraus-Werken?«

Joachim blickte auf seine Aktentasche. »Herr Baron, ich habe sehr schlechte Nachrichten. Die Alliierten haben beschlossen, den Kraus-Werken jegliche geschäftliche Betätigung zu untersagen. Ich habe hier die Unterlagen über die Zwangsveräußerung der meisten Ihrer verbliebenen Firmen nach Maßgabe der alliierten Dekartellierung. Sie sollen Treuhändern übergeben werden, die Anweisung haben, sie an geeignete Interessenten zu verkaufen oder, wie im Fall der Kraus-Munitionswerke, zu liquidieren. Darüber hinaus sollen Ihr gesamter Besitz und Ihre persönlichen Vermögenswerte eingezogen werden.«

Das Gesicht des Barons erschlaffte, und er sank in den Rollstuhl zurück. Nicht nur Schloß Waldesruh, auch die Festung und seine Villa in Berlin würde man ihm nehmen, dazu die wertvollen Antiquitäten, Gemälde und Möbel. Und das nicht unbeträchtliche Vermögen in Übersee würde er ebenfalls verlieren: den Besitz in den Vereinigten Staaten, Südamerika und

England; die Liegnitzer Bank in der Schweiz mitsamt den Wertpapieren, Aktien, Schuldverschreibungen und Goldbarren, die in ihren Tresoren lagerten. Nicht in seinen schlimmsten Träumen hatte er damit gerechnet, daß das Reich, das er aus dem Nichts aufgebaut hatte, einmal so enden sollte.

Dann sagte Joachim: »Dr. Jurisch hat mir jedoch extra aufgetragen, Ihnen zu sagen, daß nach seiner Einschätzung noch längst nicht alles verloren ist. Er steht in Verbindung mit Ihren amerikanischen Anwälten, die von einem allmählichen Wandel in der Politik der USA berichten. Die sogenannte Hoover-Kommission hat sich öffentlich für eine Beendigung der Entnazifizierung ausgesprochen. Und einige Amerikaner meinen bereits, ein starkes kapitalistisches Deutschland könne ein wirksames Bollwerk gegen die ›rote Gefahr‹ Stalins sein.«

Der Baron richtete sich mühsam auf. Sein Gesicht verzog sich zu einer Grimasse, die wohl ein Lächeln sein sollte.

Mit Beginn des zweiten Winters nach Kriegsende wurde das Leben in Berlin noch härter. Im August war den Berlinern verboten worden, Holz zu fällen. Die Zusatzlieferungen an Schuhen, Kleidung, Reifen, Zigaretten, Kohle und Baumaterialien durch die Russen, Amerikaner und Briten während der Wahlkampagne versiegten so schnell, wie sie begonnen hatten. Etwas Hilfe in Form von Paketen mit Lebensmitteln, Kleidung und Decken vom Roten Kreuz und von CARE tröpfelte in die Stadt, aber die Versorgung war völlig unzureichend. Und als hätten es die Berliner nicht so schon schwer genug, begann es, anders als im ungewöhnlich milden Winter des Vorjahrs, stetig zu schneien.

Stefan feierte diese Weihnachten in Berlin. Café Jochum schloß früh am Heiligabend. Hasso verbrachte die Feiertage wieder bei seiner Schwester im Wedding, Viktoria und Stefan fuhren nach Heiligensee. Lili war überglücklich und sehr stolz auf ihren »Weihnachtsbaum«, einen Tannenzweig, den sie und

Fritz mit Papierdekorationen in ein kleines Kunstwerk verwandelt hatten.

Dank den CARE-Paketen fiel Weihnachten nicht so karg aus, wie es hätte sein können, und Hilde vollbrachte mit dem Wenigen wahre Wunder. Stefan schien zufrieden. Die Zahl der Leser von *Aktuell* stieg, und einige seiner Artikel waren sogar in so renommierten Zeitungen wie der *Times* und *New York Times* nachgedruckt worden. Viktoria war glücklich, mit den Menschen zusammenzusein, die ihr am meisten bedeuteten.

Am 1. Januar 1947 kam die »Bi-Zone«. Die britische und amerikanische Zone wurden wirtschaftlich vereinigt, die französische sollte demnächst dazukommen. Es wurde ein neuer Wirtschaftsrat geschaffen, der den wirtschaftlichen Wiederaufbau unter alliierter Aufsicht leiten sollte. Ein wirksamer Schritt zur Bildung einer deutschen Regierung war getan – und wurde von den Russen energisch bekämpft.

Berlin bekam den russischen Widerstand mit aller Härte zu spüren, denn nun ließen die Russen auch den letzten Anschein fallen, als wünschten sie eine Zusammenarbeit mit Briten, Franzosen und Amerikanern. Sie machten unmißverständlich klar, daß sie die Besatzungsmächte aus der Stadt haben und Berlin der Sowjetzone einverleiben wollten. Plötzlich waren die früheren Verbündeten »Imperialisten« und »Aggressoren« und wurden beschuldigt, »die Kooperation zu sabotieren«

Als die Stadt in Schnee und Eiseskälte versank, hielten die Russen sich nicht an ihre Zusage, die Kohle zu liefern, für die sie bereits mit Stahl bezahlt worden waren. Aufgrund der geringen Kohlevorräte mußten die Elektrizitätswerke die Stromversorgung von Berlin auf acht bis vier Stunden täglich reduzieren.

Die Haushalte hatten noch weniger Brennstoff. Sie mußten mit mageren Zuteilungen schlechter Braunkohlebriketts auskommen oder sich das Brennmaterial selbst in Form von Baumstümpfen und Wurzeln in den Parks ausgraben, wofür es pro Familie einen Berechtigungsschein gab.

Das Café Jochum, das warme Gerichte hätte servieren sollen, konnte nur ein kaltes Menü anbieten. Der Kerzenvorrat ging zur Neige, und wer sich durch den Schnee in den dunklen, kalten Keller wagte, mußte sein Licht selbst mitbringen. Das Café schloß um neun Uhr abends, oft schon früher.

Einige der Mädchen und Kellner wurden krank, und Viktoria zog sich eine hartnäckige Erkältung zu und lag nächtelang, von Fieber geschüttelt unter dünnen Decken und in mehrere Schichten Kleidung gehüllt, wach in ihrem Bett. Morgens fühlte sie sich gerädert und mußte ihre ganze Willenskraft aufbringen, um aufzustehen.

Im Februar wurde es noch kälter. Das Wasser fror in den Pumpen. Gläser froren auf dem Tisch fest, Töpfe auf den Regalen. Viktoria, Hasso und die wenigen verbliebenen Mitarbeiter pfiffen auf die herkömmliche Moral, schoben zwei Matratzen zusammen und schliefen angekleidet dicht aneinandergeschmiegt in einem Gemeinschaftsbett.

Viktorias Gemütsverfassung sank auf einen Tiefpunkt. Noch nie hatte sie sich so ausgelaugt gefühlt. Am schlimmsten war das Gefühl, ganz allein zu sein. In den Kriegswirren war wenigstens Benno an ihrer Seite gewesen. Sie waren nicht immer einer Meinung gewesen, aber er war doch immer dagewesen, hatte sie beruhigt und unterstützt. Nach seinem Tod hatte sie ihre Einsamkeit erfolgreich in Arbeit erstickt. Jetzt stand sie mit einem Mal vor der tristen Leere ihres Lebens.

Mortimer besuchte sie und berichtete das Neueste von der Welt draußen. In einen schweren Mantel gehüllt, eine Pelzmütze nach russischer Art auf dem Kopf, stürmte er mit glühenden Wangen in den Keller, wie jemand aus einer anderen Welt. Für seine Unterkunft gab es genug Brennstoff, und die

Offiziersmesse und der Presseclub wurden ausreichend mit Lebensmitteln versorgt.

»Falls das ein Trost ist, Viktoria, nicht nur Berlin leidet«, sagte er. »Ganz Nordeuropa ist im Eis erstarrt. Hamburg, Paris, London. Sogar Big Ben ist eingefroren.«

»Aber die sind nicht so abgeschnitten vom Rest der Welt wie wir«, erwiderte Viktoria bitter.

»Ja, ich weiß, und ich tue, was ich kann.« Er schlug eine Zeitung auf und deutete auf einen Artikel mit der Überschrift BERLINS KALTER KRIEG. Viktoria betrachtete die Bilder: zwanzig Menschen zusammengekauert in einem unbeheizten Raum; von Bomben zerstörte, überfüllte Krankenhäuser; Totengräber, die Löcher in den Boden bohrten, die sie mit Sprengstoff füllten, um das gefrorene Erdreich aufzulockern.

Ihre Augen überflogen den Text: »Es besteht die sehr begründete Furcht, daß die Menschen in Berlin zwar nicht verhungern, aber erfrieren werden ...« Sie gab ihm die Zeitung zurück. »Nichts, was du schreibst, wird irgend etwas ändern. Denen ist völlig egal, ob wir leben oder vor die Hunde gehen.«

Die Niedergeschlagenheit in ihrer Stimme erschütterte Mortimer. Bis jetzt hatte Viktoria immer gekämpft. Jetzt klang sie geschlagen. Er sah sie genauer an: Ihr Kleid war zerknittert und schmutzig, die Haare hingen weiß und glanzlos herab, die Haut war erdfarben, unter den Augen hatte sie große dunkle Ringe, und ihre blutleeren Finger sahen aus, als würden sie brechen, wenn er sie in die Hand nähme.

Er war mit dem Vorsatz nach Berlin gekommen, die Bande der Vergangenheit nicht neu zu knüpfen, und Viktoria das Leid zuzufügen, das die Deutschen anderen angetan hatten. Er hatte sehen wollen, wie sie zerbrach. Aber jetzt, da sie zerbrach, empfand er keinerlei Befriedigung, sondern tiefes Mitleid. »Diese Kältewelle wird bald vorbei sein«, sagte er mit gespieltem Optimismus. »Dann geht es aufwärts.«

Danach kam er, so oft es ging, ins Café Jochum und brachte

jedesmal etwas aus dem PX mit: Lebensmittel, Schokolade oder ein warmes Kleidungsstück, um Viktoria das harte Dasein ein wenig zu erleichtern. Aber er war kaum fort, da hatte sie seine Mitbringsel schon an die Mitarbeiter verteilt und ein Paket für Heiligensee gepackt.

Es wurde nicht besser. Als es Mitte März anfing zu tauen, waren sie nur noch zu sechst im Café: Viktoria, Hasso, Carl-Heinz Kaftanski, Lotte, Inge und Ulrich. Die anderen waren entweder krank oder gestorben. Einer, der der Kälte erlag, war der alte Fritz Weber, wie Viktoria aus einem Brief von Hilde erfuhr. Der beinamputierte Teilnehmer zweier Weltkriege war an einer chronischen Bronchitis gestorben. Viktorias Gedanken gingen zu Hilde und Lili, aber alles, was sie geben konnte, war Mitgefühl und ein kärgliches Essenspaket.

Das Tauwetter brachte keine Erleichterung. Straßen, die durch die extreme Kälte beschädigt worden waren, senkten sich. Mauern, die den Krieg überdauert hatten, stürzten ein. Nach zuwenig Wasser hatte Berlin plötzlich zuviel. Zugefrorene Rohre brachen, und als der Schnee schmolz, drang Wasser in die Keller. Solche Bedingungen wären jederzeit beschwerlich gewesen. In einer Stadt ohne Heizung und Schutz waren sie verheerend.

Das Wasser lief über die Treppe und rann die Wände hinunter ins Café Jochum, wo es gelegentlich bis zu dreißig Zentimeter hoch stand. Selbst als die Sintflut zurückging, gab es keine Atempause. Kleidung, Decken, Matratzen, Möbel und Tischwäsche, alles war durchweicht. Fast noch schlimmer waren die Rückstände der Flut: übelriechender, schmieriger Schutt: eine dreckige, schlammige Ablagerung, die alles verschmutzte und überall eindrang, selbst in Lebensmittel und Getränke.

Die Bewohner des Cafés Jochum rafften die letzten Kräfte zusammen und machten sich an das langwierige, trostlose Aufräumen: eimerweise Wasser ausschöpfen; Kleidung, Decken und Wäsche spülen und auswringen, so gut es ging, und in den

Ruinen aufhängen; die Matratzen zum Trocknen hinaus in die Märzluft stellen; Küche, Café und Bar putzen und scheuern, um den Dreck wegzubekommen.

Einige Mitarbeiter kamen nach ihrer Genesung zurück ins Café Jochum, aber als Viktoria die übrigen ersetzen wollte, war kaum noch jemand an der Stelle interessiert. Einer sah sich geringschätzig im Keller um und sagte: »Für fünfzig Wochenstunden hier zahlen Sie mir fünfundvierzig Mark. Das kann ich auf dem Schwarzmarkt in einer Stunde verdienen.« In der Folge mußten die, die blieben, doppelt so hart arbeiten wie vorher.

Viktoria gab Hasso den Saphirring und das Armband, die sie zum achtzehnten Geburtstag von ihrem Vater bekommen hatte, und er tauschte sie gegen minderwertige, aber notwendige Lebensmittelvorräte ein.

Als das Café Jochum Anfang April wieder gut lief, war von den Verwüstungen des Winters kaum noch etwas zu sehen. Doch Viktorias Sorgen hatten damit noch längst kein Ende.

Eines Nachts wurde sie durch seltsame Geräusche aus der Küche geweckt. Schlaftrunken zündete sie eine Kerze an, stand auf und wankte den Gang entlang.

Die Küche war leer, aber die Tür des Lieferanteneingangs stand offen. Das Schloß war aufgebrochen und der Riegel ausgehebelt. Die Eindringlinge hatten sie vermutlich kommen hören und das Weite gesucht. Aber sie hatten genug Zeit gehabt, um zu finden, was sie suchten, hatten den Raum total verwüstet und den Inhalt der Schubladen – Töpfe, Pfannen und Geräte – in der ganzen Küche verstreut. Am schlimmsten war, daß die kostbaren, knappen Vorräte verschwunden waren.

Viktoria stemmte einen Stuhl gegen die Tür, um sie zu schließen und die kalte Nachtluft abzuhalten, ließ sich am Tisch auf einen Stuhl fallen und vergrub den Kopf in den Armen, von einem Gefühl völliger Sinnlosigkeit befallen. Nach allem, was sie durchgemacht hatte, war dieser Schlag einfach zuviel. Was hatte es für einen Sinn weiterzumachen? So lange hatte sie gegen unüberwindliche Hindernisse gekämpft. Wäre es nicht am besten, den ungleichen Kampf aufzugeben, Lili zu nehmen und aus Berlin in die britische oder amerikanische Zone zu gehen?

Sie hörte Schritte hinter sich, und Hassos Stimme fragte besorgt: »Ist alles in Ordnung?«

»Hasso, schauen Sie, was sie gemacht haben. Es scheint, daß auf jeden Schritt nach vorn zwei Schritte zurück kommen. O Hasso, wie lange soll das noch gehen? Wird das jemals aufhören? Werden wir jemals wieder ein normales Leben führen?«

»Ja«, beruhigte Hasso sie, »das werden wir.«

Aber dann kam der härteste Schlag, und zwar in Form einer Vorladung der sowjetischen Militäradministration. Viktoria mußte sich dort mit den Urkunden vom Hotel Quadriga einfinden und wurde gezwungen, das Grundstück für Besatzungsgeld zu verkaufen, was den Eindruck vermitteln sollte, daß ein reguläres Geschäft stattgefunden hatte, für dessen Erlös sie sich aber bestenfalls ein paar Päckchen Zigaretten kaufen konnte.

Sie war am Boden zerstört. Ihre Eltern hatten das Hotel gebaut, und sie und ihre Kinder waren dort geboren worden. Benno war dort gestorben. Es war nicht einfach ein Gebäude, es war ein Teil von ihr. Es war ein Wahrzeichen gewesen, fast so symbolträchtig wie das Brandenburger Tor. Obwohl das Quadriga im sowjetischen Sektor lag, hatte sie nie die Hoffnung aufgegeben, es eines Tages wieder aufbauen zu können. Jetzt war die Hoffnung dahin. Sie empfand es, als wäre damit auch die letzte Hoffnung für Berlin geschwunden.

Zu einer Zeit, da die meisten Berliner verzweifelt waren, brach ein neuer Sturm los. Der neue Oberbürgermeister, der nach der Oktoberwahl sechs Monate unter starkem Druck der Russen und ständigem Streit mit seiner Partei amtiert hatte, reichte seinen Rücktritt ein.

Aussichtsreichster Kandidat für die Nachfolge war Ernst Reuter. Mortimer hatte Reuter Anfang des Jahres kennengelernt und war von dem Sozialdemokraten angetan. Willy Brandt, ein junger Journalist, der Mortimer vom Aussehen her sehr an Stefan erinnerte, sagte über ihn: »Reuter ist wie ein alter Baum, der schon vielen Stürmen getrotzt hat und unter dem man gern Schutz und Ruhe suchen würde.« Es war eine passende Beschreibung. Auch Reuters energische und kluge Art war genau das, was Berlin in jenen dunklen Tagen brauchte.

Die Russen sahen ihn ganz anders. In seiner Jugend, in Rußland zur Zeit der Revolution, war Reuter Kommunist gewesen, aber die Ereignisse der Folgezeit hatten ihn ernüchtert, und er war zu seinen sozialistischen Wurzeln zurückgekehrt. Jetzt, fünfundzwanzig Jahre nach dem Bruch, betrachtete die Kommunistische Partei ihn noch immer als Verräter, und die Russen widersetzten sich seiner Kandidatur mit allen Mitteln, bis hin zu Lügen und der Unterstellung, er sei ein Feind der Demokratie und gar ein Nazi. Ungeachtet der Tatsache, daß ein Führer der sowjetisch besetzten Länder nach dem andern zum Rücktritt gezwungen, ins Exil geschickt oder gar hingerichtet wurde, behaupteten die Russen, Reuter sei eine Marionette der Amerikaner, die ihn unterstützten, um ihre kapitalistische Politik betreiben zu können.

Zur gleichen Zeit verkündete US-Außenminister Marshall, die Vereinigten Staaten seien bereit, ein Programm zur wirtschaftlichen Erholung Europas finanziell zu unterstützen, und sein britischer und französischer Kollege begrüßten diesen Vorschlag. Obwohl ausdrücklich erklärt wurde, der Marshallplan richte sich nicht gegen ein Land oder ein politisches System, sondern wolle Armut und Hunger mildern helfen, verurteilte die Sowjetunion ihn als kapitalistische Machenschaft zur politischen Beherrschung Europas.

Am 24. Juni 1947 wurde Ernst Reuter trotz unzähliger kommunistischer Störaktionen von 98 der 108 Stadtverordneten zum neuen Oberbürgermeister Berlins gewählt. Die Russen erklärten, daß er sein Amt nur antreten könne, wenn alle vier Siegermächte der Wahl formell zustimmten, und legten ihr Veto gegen seine Ernennung ein. Um die Russen nicht herauszufordern, unternahmen die übrigen drei Mächte nichts, um die Ernennung durchzusetzen.

Reuter gab nicht klein bei. Er ließ Visitenkarten drucken: »Der gewählte, aber nicht bestätigte Oberbürgermeister von Berlin«. Louise Schröder vertrat ihn in der Zeit als geschäftsführender Oberbürgermeister.

Ende des Monats fand ein Außenministertreffen in Paris statt, auf dem die Gründung einer Organisation für wirtschaftliche Zusammenarbeit in Europa besprochen wurde, die die Marshallhilfe durchführen sollte. Die russische Delegation reiste nach ein paar Tagen ab, und die Sowjetunion untersagte allen von ihr beherrschten europäischen Ländern, Hilfe aus dem Marshallplan anzunehmen.

Die Auswirkungen waren am stärksten in Berlin zu spüren, wo die sowjetisch beherrschten Zeitungen ihre antiamerikanische Propagandaschlacht fortsetzten. Täglich kam es zu irgendwelchen Zwischenfällen. Autos aus dem Westteil wurde die Fahrt in die sowjetische Zone verweigert, weil der Fahrer nicht den richtigen Passierschein hatte. Personenzüge wurden stundenlang aufgehalten. Im sowjetischen Sektor gab es eine Flut von Verhaftungen für so harmlose Vergehen wie das Mitführen einer Westzeitung, und im Westteil »verschwanden« mehrere bekannte Antikommunisten.

Als Viktoria wieder einmal in Heiligensee war, lief sie mit Lili an ihrem Haus vorbei, das noch immer von den Franzosen besetzt war, und weiter zur Fähre nach Nieder-Neuendorf.

»Weißt du, daß sie die Fähre bei Kriegsende eingestellt und eine Pontonbrücke errichtet haben?« fragte Lili. »Und jetzt haben die Russen die Brücke gesprengt. Alle Bauern, die Land da drüben besitzen, haben Angst, daß sie ihre Felder verlieren. Können die Russen so was wirklich machen, Tante Vicki?«

Wenn sie sich das Quadriga-Grundstück nehmen konnten, dann auch Land, das Bauern aus Heiligensee gehörte. Sie konnten auch Berlin nehmen, wenn sie wollten. Es hatte den Anschein, als wäre niemand auf der Welt bereit, die Stadt zu verteidigen. Nur die Berliner selbst, Leute wie Ernst Reuter und Louise Schröder.

»Sieh mal!« rief Lili. »Da drüben sind russische Soldaten.«

Viktoria blickte über den Fluß zum Dorf am anderen Ufer, das nur durch einen schmalen silbrigen Streifen Wasser von ihnen getrennt war. Sie kam sich tatsächlich wie auf einer Insel vor.

Doch diese Erkenntnis war für sie nicht niederdrückend, sondern erfüllte sie mit unvermittelter Entschlossenheit. Natürlich konnte sie Berlin verlassen. Niemand würde ihr das verübeln.

Und das war es natürlich, worauf die Russen hofften. Jeder, der Berlin den Rücken kehrte, war für sie ein weiterer Sieg.

Zum Teufel mit ihr, wenn sie sich geschlagen geben sollte! Sie war aus härterem Holz. Sie war Berlinerin, ein Schlag, der sich in schwerer Zeit immer bewährt hatte. Sie legte den Arm um Lilis Schulter und murmelte: »Ich gebe nicht auf. Ich bleibe – und kämpfe.«

7

Im Sommer wurde das erste Wohnhaus der Landgut AG in Hamburg-Eppendorf fertig, ein sechsgeschossiger Zweckbau zwischen anderen identischen Blocks, die auch bald fertig sein würden.

Die Lage in der britischen Zone besserte sich. Noch lagen die Städte weitgehend in Trümmern, litten viele Menschen Hunger und waren ohne Wohnung, noch galoppierte die Inflation und trieben die Schwarzmarktpreise ins Uferlose, doch überall war zunehmend Zuversicht zu spüren.

Nach zwei Jahren Stillstand liefen in der Industrie die ersten Räder wieder. Zahllose Kleinbetriebe waren entstanden. Aus Schrott und Elektroteilen wurden geniale Geräte entwickelt. Man konnte wieder Möbel, Haushaltsgeräte und andere wichtige Dinge kaufen. Geschäfte zwischen britischen und deutschen Firmen galten nicht mehr als Hochverrat, und in Hannover fand die erste Handelsmesse nach dem Krieg statt. Und dann war noch die Aussicht auf die Marshallhilfe.

Auch Norberts Geschick hatte sich geändert. Im April war er zum zweitenmal Vater geworden. Kurz nach Tristans erstem Geburtstag bekam Reinhild ein Mädchen, das sie in einer schwärmerischen Anwandlung Kleopatra nannte.

Wäre es nach Norbert gegangen, er hätte die Familie in Lübeck gelassen. Er selbst führte ein sehr angenehmes Leben in Hamburg, wo es weit mehr Frauen als Männer gab und er öfter in fremdem als dem eigenen Bett schlief. Doch nicht nur Reinhild bestand darauf, mit den beiden Kindern zu ihm zu ziehen, auch seine Assistentin Hannelore Hahn stieß ins gleiche Horn. Und da Landgut jetzt brandneue Wohnungen in Hamburg besaß, zogen Norberts Ausflüchte nicht mehr, es gäbe keine angemessene Wohnung.

Hannelore erklärte ihrem Arbeitgeber, jetzt, wo das Hauptgeschäft sich in Hamburg konzentriere, müsse auch das Firmenbüro dort sein. Sie war bereit, aus Lübeck wegzuziehen. Das Hamburger Büro wäre ideal, und sie würde, wenn nötig, Norberts Zimmer übernehmen, wenn er mit seiner Familie in die neue Wohnung zöge.

Angesichts dieser Offensive blieb Norbert nichts anderes übrig, als eine der Erdgeschoßwohnungen zu beziehen, in der er, Reinhild, Tristan und Kleo ein Schlafzimmer nahmen, Stefan und Eduard das andere. Hannelore bekam ein möbliertes Zimmer im Keller, ihre »Kellerwohnung«, wie sie es nannte.

So weit gab Norbert nach, weiter aber nicht. Nachdem die Familie untergebracht war, Hannelore sich im Büro eingerichtet und die Landgut-Verwaltung einen neuen Firmensitz hatte, fühlte sich Norbert von vielen alten Pflichten befreit. Er nutzte nun jede Gelegenheit, seinen Geschäften und dem Vergnügen außerhalb von Hamburg nachzugehen.

Hans König hatte seine erste Bewährungszeit als Lehrer hinter sich. Da in der Sowjetzone westliche Zeitungen und der Empfang westlicher Rundfunksendungen verboten waren, wußte er kaum, was im übrigen Deutschland vor sich ging. Ihm lag aber auch wenig daran, etwas in Erfahrung zu bringen; er wollte um keinen Preis Aufsehen erregen.

Seine Zukunft war noch längst nicht gesichert, wie er wußte. Ein kleiner Fehler, und er arbeitete wieder auf dem Feld oder kam gar in ein russisches Internierungslager.

Doch diese Gefahr war gering. Wie schon bei den Nazis, war der Lehrplan genau ausgearbeitet, und die Lehrer erhielten Anweisungen über Form und Inhalt des Unterrichts. Hans besaß die seltene Gabe, den Stoff so darzustellen, daß die Kinder begriffen, was er lehrte.

Nicht daß er mit allem konform ging, was ihm vorgesetzt wurde. Als Christ würde er sich nie mit dem materiellen Atheismus anfreunden, wie ihm auch gar nicht gefiel, Weihnachten durch die Feier von Stalins Geburtstag zu ersetzen. Aber er wurde durch andere Seiten des Sozialismus versöhnt: etwa dadurch, wie die Behörden alles in ihrer Macht Stehende taten, den benachteiligten, kranken und älteren Menschen zu helfen; durch die Einrichtungen, die es Witwen ermöglichten zu arbeiten, während auf ihre Kinder aufgepaßt wurde; und durch das Gefühl, daß in dieser sich neu entwickelnden Gesellschaft alle gleich waren, wenn im Moment auch nur alle gleich arm und hungrig.

Der Lohn kam in Gestalt der Mitteilung, daß die Schule in Fürstenmark erweitert und er als zweiter Lehrer eingestellt würde. Hans war überglücklich.

Im Spätherbst 1947 stieg ein Mann in Traunkirchen aus dem Zug, verharrte einen Moment im Anblick des Traunsteins, wandte sich dann um und lief an den wenigen Höfen am Ortsrand vorbei. Der Waldweg stieg stetig an, und der Mann mußte öfter haltmachen, um Atem zu holen. Jedesmal, wenn er stehenblieb, blickte er sich staunend um und sog in tiefen Zügen die würzige Luft ein. Nach sechs Monaten Kampf an der Ostfront und fünf Jahren russischer Kriegsgefangenschaft war er wieder daheim!

Der Austerer-Bauer stand wie jeden Abend vor der Haustür, rauchte Pfeife, blickte den Weg ins Dorf hinunter und hoffte immer noch, daß Helmut plötzlich auftauchte.

Er stopfte die Pfeife mit dem Daumen nach und wollte gerade ins Haus gehen, als ein Laut zu ihm drang, den er seit Jahren nicht gehört hatte: der unverkennbare Jodler, mit dem Helmut als Bub das Vieh auf die Sommerweide getrieben hatte. Am Waldrand tauchte ein Mann auf. Dem Austerer-Bauer fiel die Pfeife aus dem Mund. »Maria!« rief er. »Der Helmut ist wieder da!« Dann lief er seinem Sohn entgegen.

Nach ein paar Wochen mit heimischer Kost und viel frischer Luft setzte Helmuts abgemagerte Gestalt wieder Fleisch an, er gewöhnte sich wieder an das Leben auf dem Hof, und die Erinnerungen an die Gefangenschaft verblaßten allmählich. Am meisten wurde seine Erholung jedoch dadurch gefördert, daß Elfi Zimmer, seine Jugendliebe, nicht dem Charme eines anderen erlegen war, sondern auf ihn gewartet hatte.

Im November wurden Helmut und Elfi in Traunkirchen in

der Kirche mit dem Zwiebelturm getraut, und fast das ganze Dorf war dabei.

Anna und Dolfi waren nicht auf der Hochzeit. Für Anna war dieser Herbst die letzte Chance. Die Heuernte war noch dürftiger ausgefallen als in den Vorjahren, und auch das Getreide hatte schlecht getragen. Die Behörden hatten ihren sogenannten Überschuß eingezogen, so daß es nicht einmal für das eigene Vieh gereicht hatte. Da die Scheune abgebrannt war, gab es ohnehin kaum Speicherplatz.

Die Hühner hatte es zuerst getroffen. Bald jeden Morgen fand sie eins tot. Dann starb ihr das Vieh an einer seltsamen Krankheit weg. Am Morgen von Helmuts Hochzeit lag ihre beste Färse mit grotesk aufgeblähtem Bauch tot im Stall.

Den ersten Nachmittag als Ehemann verbrachte Helmut Austerer damit, eine Grube zu graben, in die er die tote Färse zog und dann mit Kalk bestreute. Anna und Dolfi sahen zu. Als er fertig war, ging er in den Kuhstall. Er untersuchte das restliche Vieh und schüttelte finster den Kopf. »Da ist nichts mehr zu machen. Am besten alle notschlachten.«

Anna sah ihn verzweifelt an. »Aber wovon sollen wir leben?«

Helmut ging hinaus auf den Hof. Sein Vater hatte ihm etwas von der Not der Feldmanns erzählt. Er blickte zu den Weiden hinauf, auf denen schon Schnee lag. Es war einmal gutes Land gewesen, als der alte Feldmann noch gelebt hatte. Er betrachtete das Haus, das verwahrlost, aber solide gebaut war. Er und Elfi sollten ihr eigenes Zuhause haben. Was wäre besser geeignet als dies hier, in der Nähe der Eltern, aber doch nicht zu nah? Der Anfang würde sicher schwer sein.

Einer plötzlichen Eingebung folgend und ohne richtig zu überlegen, was er sagte, meinte er: »Sie könnten mir den Hof verkaufen. Ich würde Ihnen einen vernünftigen Preis zahlen. Mein Vater hat etwas Geld beiseite gelegt, und Elfis Eltern würden bestimmt auch helfen.«

Eine ganze Weile dachte Anna über diesen ungewöhnlichen Vorschlag nach, so lange, daß Helmut sich schon fragte, ob sie ihn überhaupt verstanden hatte. Dann nickte sie langsam. »Wir könnten zu meiner Schwester in den Schwarzwald gehen.«

Nachdem Anna sich entschieden hatte, empfand sie große Erleichterung. Sie schrieb an ihre Schwester Theresia und erhielt postwendend Antwort, daß sie und Adolf willkommen seien. Mit Hilfe der Austerers wurde alles in die Wege geleitet, und ein Notar in Bad Ischl regelte die Auflassung. Der Notar setzte sich in Annas Namen auch mit den amerikanischen Behörden in Verbindung, um eine Genehmigung für ihren Umzug zu erhalten. Nach einigem Hin und Her waren sie einverstanden, unter der Auflage, daß sie sich wöchentlich bei der örtlichen Militärpolizei meldete.

Zwei Monate später verließen Anna und Adolf Traunkirchen. Helmut Austerer hatte den Hof mit dem gesamten Inventar übernommen. Als der Zug über die Grenze nach Deutschland fuhr, durchsuchte der Zöllner nur flüchtig die billigen Pappkoffer, die offenbar nur alte Kleidung und persönliche Dinge enthielten. Den kleinen, in Dolfis Reisenecessaire versteckten Lederbeutel bemerkte er nicht.

Theresias Mann, Hubert, holte Anna und Adolf am Bahnhof ab. Mit Pferd und Wagen, mit dem er normalerweise Vorräte holte, brachte er sie durch den verschneiten Tannenwald zum Gasthof Waldblick.

Bergtal war ein netter kleiner Ort und das Waldblick ein gemütlicher Gasthof mit mächtigem, überhängendem Dach. Theresia Albers, eine dralle, warmherzige Frau und ihr freundlicher Mann hielten Wort und taten alles, damit Anna und Adolf sich wie zu Hause fühlten. Mutter und Sohn bekamen je ein Zimmer mit Blick über eine verschneite Wiese und den Wald. Anna half in der Küche, und ohne die Sorgen um den Hof und Dolfi wurde sie allmählich gelöster. Bis auf die wöchentliche Meldung bei der Militärpolizei genoß sie ihr neues Dasein.

Auch Adolf lebte sich schnell ein. Sein Vater, der große General, blieb eine für sein Leben beherrschende, wenn auch ferne Gestalt, und schon bald hatte er ein neues Idol. Der vierzehnjährige Vetter Freddy, sportlich, gut in der Schule, fröhlich und offen, nahm ihn unter seine Fittiche, brachte ihm Rodeln, Skilaufen, Radfahren, Auf-Bäume-Klettern und Indianerspielen bei und zeigte ihm eine völlig neue Welt. Zum erstenmal in seinem Leben hatte Adolf einen richtigen Freund.

Helmut und Elfi saßen am Küchentisch und betrachteten die Papiere, die vor ihnen lagen, das meiste Geschäftsbriefe über die Lieferung von Chemikalien, Geräte für Erdarbeiten, Bahnzubehör, Hochöfen und Treibstoff.

Helmut hatte sie gefunden. Während Elfi im Haus Frühjahrsputz gemacht hatte, hatte er den Kuhstall ausgemistet, das verseuchte Stroh verbrannt und den festgetretenen Boden und Mist gelockert, die so hart gewesen waren, daß er eine Spitzhacke hatte nehmen müssen.

Dabei hatte sich die Hacke in irgend etwas verfahren. Sackleinen, hatte er gedacht und es herausgeholt. Aber dann hatte er gemerkt, daß es ein versiegelter, wasserdichter Beutel war.

»Was machen wir damit?« fragte Elfi.

»Ich weiß nicht.« Helmut blickte erneut auf die Anschrift einiger Briefe und die Unterschriften: *O. Tobisch, Kommandant.*

Und plötzlich ergab alles einen Sinn. Die versteckten Hinweise seines Vaters, die Gerüchte im Dorf, die Zeitungsartikel, die er überflogen hatte.

Er schob die Papiere zusammen und steckte sie wieder in den Beutel. »Am besten, wir bringen sie zur Polizei.«

Im Februar 1948 begann der Prozeß »Vereinigte Staaten von

Amerika gegen Ernst Kraus und Werner Kraus«. Zum erstenmal seit Jahren sahen Vater und Sohn sich unter den wachsamen Blicken amerikanischer Bewacher in einer Nürnberger Gefängniszelle wieder. Sie hatten sich nie nahegestanden: Dafür hatte das »Teile und Herrsche« des Barons gesorgt. Jetzt, wo die Erfahrungen der Haft und die Angst um die Zukunft sie hätten zusammenbringen sollen, waren sie sich noch fremder als je zuvor.

Werner erkannte seinen Vater fast nicht wieder und konnte kaum glauben, daß der weißhaarige, bleiche alte Mann der gleiche war, der einmal über eine Viertelmillion Arbeiter geherrscht hatte. Ernst Kraus war nie eine beeindruckende Gestalt gewesen, aber doch jemand mit Statur. Jetzt war er nur noch ein trauriges Häuflein Elend.

Vor ihrem ersten Auftritt vor Gericht durften Dr. Jurisch und Joachim Duschek sie sehen. Auch Joachim erschrak beim Anblick des alten Mannes, war aber erleichtert, daß Werner körperlich und geistig einen guten Eindruck machte.

Dr. Jurisch war weniger um ihre Gesundheit oder Moral besorgt, als um den bevorstehenden Prozeß. »Die Briten und offenbar auch die Russen und Franzosen wollen nichts mehr mit einem Fall zu tun haben, bei dem ihrer Meinung nach die Sünden des Großvaters an Sohn und Enkel vergolten werden«, erklärte er. »Deshalb ist es ein rein amerikanisches Gericht. Die Amerikaner wollen an den Kraus-Werken ein Exempel statuieren. Da der Baron ihnen entwischt ist, stehen Sie vor Gericht. Sie haben dazu sogar neue Gesetze erlassen und eine neue Prozeßordnung eingeführt.«

»Ich glaube nicht, daß man Sie für die Firmenpolitik verantwortlich machen wird, aber es könnte durchaus bedeuten, daß Sie für Entscheidungen in Ihrem Bereich verantwortlich sind.« Jurisch sah Ernst kurz an. »Zum Beispiel die Behandlung der polnischen Zwangsarbeiter.« Er wandte sich an Werner. »Oder Ihre Zusammenarbeit mit der SS. Man hat auf dem Hof von Otto Tobisch Papiere gefunden, die offenbar beweisen, daß Kraus die Kristalle für die Gaskammern geliefert hat.«

Joachim rieb sich den versehrten Arm. »Wir raten Ihnen, sich in diesen Anklagepunkten für schuldig zu bekennen.«

»Schuldig?« fragte Werner fassungslos.

»Das bringt Ihnen vielleicht eine geringere Strafe.«

»Geringer als was?«

»Es rettet Sie vielleicht davor, gehängt zu werden.«

Werner sank auf seinem Stuhl zusammen. Das Wort hallte in ihm wider. Gehängt . . . gehängt . . . gehängt.

»Diese verdammten Polen«, murmelte Ernst. »Nichts als Ärger. Und jetzt? Jetzt sitzen sie in Schlesien. Auf deutschem Boden.«

»Um Himmels willen«, fuhr Werner ihn an, »halt um Himmels willen den Mund! Hast du nicht gehört, was Joachim gesagt hat? Wir können gehängt werden!«

»Wir müssen alle irgendwann sterben.«

Werner traten fast die Augen aus dem Kopf. »Irgendwann vielleicht, aber jetzt noch nicht! Ich jedenfalls nicht. Du bist ein alter Mann, aber ich bin erst dreißig. Ich bin zu jung zum Sterben!«

Diese Worte lieferten Dr. Jurisch den Schlüssel, wie er die Verteidigung am erfolgversprechendsten aufziehen könnte. Kein Tag verging, an dem er nicht Werners Jugend und das fortgeschrittene Alter von Ernst erwähnte. Der Baron habe Sohn und Enkel ausgenutzt, erklärte er, und sie bedenkenlos für die eigenen Zwecke manipuliert. Auch wenn sie sich in einigen Punkten für schuldig erklärten, müßten doch mildernde Umstände berücksichtigt werden. Der Prozeß dauerte zwei Monate. Ernst und Werner wurden zu je zwölf Jahren Haft verurteilt.

Unter den Journalisten, die über den Kraus-Prozeß berichteten, war auch Mortimer Allen. Ihm entgingen nicht die vielen

Hinweise auf die Papiere, die auf dem Feldmann-Hof gefunden worden waren, und mit der Hilfe von David Wunsche spürte er Anna und Adolf Tobisch im Schwarzwald auf. Ein Interview mit ihnen bekam er nicht, das verhinderte Hubert Albers. Aber seine Fotos vom Dorf erschienen in mehreren Zeitungen.

Publizität dieser Art behagte Hubert Albers nicht. Er hatte mit den Nazis sympathisiert und tat es immer noch. Für ihn, genau wie für Anna und Adolf, war Otto ein Held, und er versprach Anna, alles Menschenmögliche für seinen Schwager zu tun, falls er doch noch eines Tages auftauchen sollte. Aber bei aller Wertschätzung wollte er die eigene gute Existenz doch nicht gefährden. Er riet Anna, sich von Otto wegen Verlassens scheiden zu lassen, was Anna als strenge Katholikin jedoch ablehnte. Selbst wenn Otto tot war, blieb sie in den Augen der Kirche verheiratet. Dann meinte Hubert, sie solle durch eine einseitige Erklärung ihren Namen ändern, womit sie schließlich einverstanden war. Als Dolfi in die Schule kam, hieß er Adolf Feldmann.

In Hamburg kaufte Otto an einem Kiosk Zigaretten, als er bei einem Blick auf eine Zeitung seinen Namen sah. Beiläufig kaufte er ein Exemplar und las es in der Mittagspause. Er freute sich, auf diese Weise den Aufenthaltsort seiner Frau und seines Sohnes zu erfahren. Wenn die Zeit reif war, zu ihnen zurückzukehren, mußte er also nicht mehr über die österreichische Grenze. Das Schicksal hatte ihm wieder einmal in die Hände gespielt.

Die Alliierten betrieben die Auflösung des Kraus-Imperiums – Berg- und Stahlwerke, Rüstungsbetriebe, Schiffswerften, Chemieunternehmen und hundert andere Firmen kamen unter treuhänderische Verwaltung, damit sich nie wieder soviel Macht in den Händen eines einzigen Mannes ballen würde.

Ein anderer als Heinrich von Kraus wäre vielleicht zerbrochen, hätte er die Haft von Sohn und Enkel und die Zerstörung seines Lebenswerks miterleben müssen. Nicht jedoch der Baron.

»Ich meine, daß mit Kohle und Stahl und ganz bestimmt mit Rüstung kein Geld mehr zu machen ist«, sagte Dr. Jurisch ihm bei einem Besuch im Mai. »Sie müssen sich damit abfinden, daß die Zeit des ›Stahlbarons‹ vorbei ist. Eine Ausnahme würde ich jedoch machen. Sie sollten versuchen, die Kraus-Hütte zu halten.«

Der Baron sah ihn fragend an, und der Anwalt erklärte: »In den letzten Monaten habe ich mit den meisten Ihrer Führungskräfte gesprochen, auch mit Dr. Runge, dem Chef der Kraus-Hütte. Von ihm weiß ich, daß man im Krieg dort Uran entdeckt hat, das für Experimente zum Bau einer Atombombe gebraucht wurde.«

»Das ist eine streng vertrauliche Information«, fuhr der Baron auf.

»Und das wird sie auch bleiben«, beruhigte Dr. Jurisch ihn. »Damit dieses Uran bei Ihnen bleibt, rate ich dringend, nicht durch eine Anfechtung der Dekartellierung darauf aufmerksam zu machen, vor allem da ich den Alliierten die Zusage entlockt habe, daß Sie, vorbehaltlich der alliierten Zustimmung, die Treuhänder benennen dürfen, die die Unternehmen veräußern. Ich habe bereits mit Dr. Schulte, dem Präsidenten der Hessischen Landesbank, und Dr. Abs, dem Sprecher der Deutschen Bank, gesprochen. Ich würde mich selbst als dritten Treuhänder vorschlagen. Die Alliierten haben dem Vorschlag im Prinzip zugestimmt.«

Dr. Jurisch erklärte weiter, daß er und Joachim mit Hilfe ehemaliger Kraus-Manager Berechnungen angestellt hätten, die bewiesen, daß die Zukunft alles andere als düster sei. Der Baron rückte die Brille zurecht und studierte die Zahlen, die Jurisch ihm vorlegte. Die Bergwerke an der Ruhr arbeiteten bereits wieder, und die Schmelzhütten verarbeiteten Schrott zu brauchbarem Stahl, was den Wert beider Unternehmen für potentielle Käufer erhöhte.

Bankkredite waren nur an die Liegnitzer Bank zurückzuzahlen, die dem Baron gehörte, und da die Unternehmen nicht mehr in seine Verantwortung fielen, hatte er Geschäftsgläubigern gegenüber keine Verbindlichkeiten mehr. Und die Aktionäre waren ausschließlich Familienmitglieder.

Bewundernd, wenn auch widerwillig, denn der Baron hatte sich stets als den alleinigen Drahtzieher hinter allen Geschäftstransaktionen gesehen, hörte er Jurisch zu. Dann fragte er: »Und wenn ich auf Ihre Anregungen eingehe, was erwarten Sie dann?«

Der rundliche kleine Anwalt lächelte versonnen: »Einen Sitz im Aufsichtsrat des neuen Unternehmens, das wir anstelle der Kraus-Werke gründen.«

Norbert verfolgte die Berichte über den Prozeß gegen seinen Vater und Bruder und die Zerschlagung des Konzerns mit mehr Neugier als Anteilnahme. Er hatte beiden nie nahegestanden, und sie hatten ihn immer, genau wie Onkel Benno, als das schwarze Schaf der Familie behandelt. Aber auch wenn er kein typischer Kraus war, besaß er doch den Krausschen Geschäftssinn.

Er hatte seine Aktivitäten auf Essen ausgedehnt, wo der Stadtrat die Landgut AG beauftragt hatte, mehrere hundert Wohnungen zu bauen. Das Ruhrgebiet bot den Vorteil billiger Arbeitskräfte, denn die Industrie, die so lange der Rückhalt dieser Gegend gewesen war, lag noch am Boden. Aber ob die Menschen Arbeit hatten oder nicht, eine Wohnung brauchten sie auf jeden Fall.

Häufig fuhr Norbert nicht einmal an den Wochenenden heim. Hannelore hatte das Büro im Griff. Und er war sieben Tage die Woche zwölf Stunden täglich oder länger auf der

Baustelle. Er war da, wenn morgens der erste Arbeiter kam, und ging erst, wenn die Dunkelheit ein weiteres Arbeiten unmöglich machte.

Daß er sich fast nur noch in Essen aufhielt, hatte auch noch einen anderen Grund. Er wohnte im Haus eines früheren Kraus-Managers, der eine hübsche Tochter hatte, Christel. Für die kleinen Besonderheiten, die er vom Schwarzmarkt mitbrachte, gab sie sich ihm in aller Heimlichkeit bereitwillig hin – eine seiner vielen kleinen und größeren Amouren und Affären.

Jetzt hielt Norbert es jedoch für an der Zeit, sich die Grundstücke der Kraus-Werke in Berlin anzusehen. Er kannte sie natürlich, war aber seit seiner Flucht bei Kriegsende nicht mehr in der Stadt gewesen. Vor dem »Ausverkauf« wollte er sie sich zumindest einmal ansehen.

Es war eine furchtbare Fahrt mit endlosen Aufenthalten; zuerst in Helmstedt-Marienborn beim Übergang von der britischen in die sowjetische Zone, dann vor Berlin. Bewaffnete russische Soldaten ließen alle Reisenden aussteigen, auf einem Nebengleis stehen, durchsuchten derweil den Zug und prüften Gepäck und Papiere. Es war ein naßkalter Tag, und es gab weder ein schützendes Dach noch Toiletten. Als sie schließlich wieder einsteigen durften, waren alle durchgefroren, verängstigt und erschöpft.

Nach dieser Fahrt genoß er die freundliche Gesellschaft seiner Tante Viktoria und die gastliche Atmosphäre des Cafés Jochum. Das Abendgeschäft lief gerade an, so daß Viktoria nur für eine kurze Begrüßung Zeit hatte und ihn aufforderte, sich an die Bar zu setzen, was Norbert nur zu gern tat. Hassos Mädchen hatten ihn bereits im Visier.

Es wurde ein unterhaltsamer Abend, wenngleich Norbert enttäuscht war, nur Beobachter, nicht Beteiligter zu sein. Es ging lebhaft zu, das Restaurant war bald besetzt und die Nachfrage nach den Tanzpartnerinnen groß. Norbert verfolgte, wie

Hasso leise mit mehreren Kunden verhandelte, woraufhin die meisten das Café mit einem Mädchen am Arm verließen.

Als einmal etwas Luft war, fragte Norbert Hasso erwartungsvoll: »Meinen Sie, ich hätte auch eine Chance?«

Der Barmann schüttelte den Kopf. »Herr Kraus, ich rate Ihnen ab, sich in Berlin mit einem Mädchen einzulassen. Die meisten haben was. Den Amerikanern macht das nichts. Die kommen an Penicillin ran. Wir nicht.«

»Auch nicht auf dem Schwarzmarkt?«

»Auf dem Schwarzmarkt können Sie alles bekommen. Aber als kleiner Hinweis auf den Preis, Penicillin wird auch ›weißes Gold‹ genannt.«

Am nächsten Tag streifte Norbert durch die Stadt, sah sich das Gelände der Kraus-Chemie und andere Kraus- und Landgut-Grundstücke an und war schockiert über das Ausmaß der Zerstörung. Zum erstenmal sah er die deutlichen Vorzeichen der Teilung der Stadt. Die Überreste des Hotels Quadriga, das Kraus-Haus, die Hauptverwaltung der Kraus-Werke in der Behrensstraße und die Liegnitzer Bank lagen im sowjetischen Sektor.

Wie überall hatten die Militärs die intakten Gebäude beschlagnahmt, auch die Villa in Grunewald, die Baron Heinrich zur gleichen Zeit wie die Liegnitzer Bank 1932 erworben hatte. Den Stimmen aus dem Garten nach zu urteilen war das elegante Anwesen jetzt das Zuhause einer amerikanischen Familie. Es war alles sehr bedrückend.

Als er zurück ins Café kam, konnte Viktoria ihn auch nicht aufheitern. »Du solltest es dir genau überlegen, bevor du in Berlin investierst. Wenn du Pech hast, hast du für die Russen gebaut.«

»Ich muß gestehen, mir war bis jetzt nicht klar, wie schlimm es hier aussieht«, räumte Norbert ein.

»Es ist gar keine Frage«, sagte Hasso, »die Russen wollen die Westalliierten hier rausekeln, und sie werden sich durch nichts davon abhalten lassen.« Norberts Besuch erinnerte Viktoria daran, daß sie noch Bennos Anteilscheine der Kraus-Werke hatte, und sie fragte Norbert, was sie damit machen solle.

»Sie sind bestimmt nicht mehr das Papier wert, auf dem sie gedruckt sind«, sagte Norbert. »Du kannst sie wahrscheinlich in den Papierkorb schmeißen.«

Viktoria sah ihn skeptisch an. »Nein, das wäre falsch. Ich werde sie Dr. Duschek schicken und ihn bitten, sie Joachim zu geben. Ich trete meine Rechte daran ab.«

»Du trittst deine Rechte an nichts ab«, lachte Norbert.

»Mir ist wohler, wenn alle wissen, was ich denke.«

Nach Norberts Abreise tat sie wie angekündigt und bekam von Joachim ordnungsgemäß eine Bestätigung der Transaktion.

Das bei weitem angenehmste Erlebnis während Norberts Aufenthalt in Berlin war ihr Ausflug nach Heiligensee. »Es macht dir hoffentlich nichts aus«, sagte sie, »aber ich habe Lili versprochen zu kommen, bevor ich von deinem Besuch wußte.«

Lili wartete schon an der Haustür und eilte ihnen entgegen, als sie Viktoria erblickte. Sie trug ein altes, sorgfältig geflicktes, zu kurzes Kleidchen, dessen Taille zu hoch saß und ihr knabenhaftes Äußeres noch unterstrich. Ihr Anblick gab Norbert einen Stich.

Unvermittelt wurde sie sich seiner Anwesenheit bewußt, errötete und sah ihn mit großen, grünen Augen an. Norbert lächelte und nahm ihre Hand. »Hallo, Lili. Ich bin Norbert.«

Sie betrachtete ihn mit plötzlichem Ernst, seine großgewachsene Gestalt, das unregelmäßige Gesicht, die lustigen Augen und den leicht schiefen Mund, dann seine Hand, die noch immer die ihre hielt, sonnengebräunt und rauh von der schweren Arbeit. Eine schöne Hand, entschied sie. Dann erst sagte sie: »Ich freue mich, dich kennenzulernen, Norbert.«

Es gab ein einfaches Mittagessen bei Hilde, die geehrt und aufgeregt war, Besuch zu haben. Bei Tisch fragte Lili: »Tante Vicki, ist Norbert mein Cousin?«

Norbert antwortete selbst. »Nicht ganz. Viktoria ist deine und meine Tante, aber nur durch Heirat. Deine Mutter war ihre Schwester. Onkel Benno war der Bruder meines Vaters.«

Lili bemühte sich zu folgen, dann seufzte sie. »Na ja, ich glaube, wir müssen schon Freunde sein.«

»Hör sich einer das Kind an«, sagte Hilde. »Sie hätte so gern eine Familie.«

Nach dem Essen sonnten sie sich in Liegestühlen in Hildes kleinem Garten. Hilde war bald eingeschlafen, und auch Viktoria fielen die Augen zu.

»Bist du auch müde?« fragte Lili Norbert.

»Überhaupt nicht.«

»Kommst du mit spazieren? Ich zeig' dir das Häuschen. Es ist nicht weit.«

Viktoria öffnete ein Auge. »Laß dich von dem Kind nicht stören.«

»Ich bin kein Kind«, empörte sich Lili. »Ich bin fast elf.«

Norbert sprang lachend auf. »Sie stört mich nicht. Im Gegenteil.«

Im Nu, so schien es, waren Norbert und Lili wieder zurück. »Der Posten hat uns in den Garten vom Häuschen gelassen«, erzählte Lili. »Er hat gesagt, der Oberst sei nicht da, da mache es nichts.«

»Häuschen scheint mir ein bißchen untertrieben«, lachte Norbert. »Das ist ein richtiges Landhaus.«

Viel zu schnell war der Nachmittag vorüber. Als sie sich verabschiedeten, fragte Lili Norbert: »Kommst du bald wieder?«

Lächelnd betrachtete er das reizende Gesicht, dann hob er Lili hoch und gab ihr einen Kuß. »Ganz bestimmt, Engelchen.«

»Die wird noch einige Herzen brechen«, sagte Norbert zu

Viktoria, als sie auf die Straßenbahn warteten, um nach Tegel zurückzufahren.

»Das glaube ich auch.« Es war eigenartig sich vorzustellen, daß Lili großwerden und sich verlieben würde. Impulsiv drehte Viktoria sich zu Norbert und küßte ihn auf die Wange. »Danke, daß du mitgekommen bist und so nett zu Lili warst.«

Noch lange, nachdem Norbert wieder in Hamburg war, blieb ihm der Zauber dieses Tages in Erinnerung. Und auch das Landhaus der Jochums. Alt und unverfälscht, bis auf die allgegenwärtige Präsenz des Militärs, mit den Bäumen, dem Rasen und dem Wasser im Hintergrund, erschien ihm dieses Haus wie einer der schönsten Orte auf Erden.

Dr. Erwin Schulte war der neuernannte Präsident der neuen Hessischen Landesbank, die ihre Zentrale in Frankfurt hatte. Er war verheiratet und hatte eine fünfundzwanzigjährige Tochter, Else, und war bis Kriegsende Direktor bei der Deutschen Bank gewesen. Als Mitglied der NSDAP war er dann von den Amerikanern interniert worden. Aber obwohl er schon nach sechs Monaten wieder freigelassen wurde, hatte er einige Zeit nach einer neuen Stelle suchen müssen. Dann war die Marshallplanhilfe angelaufen, und man hatte erfahrene Banker gebraucht, die die Verteilung der ins Land fließenden Mittel regelten. Dr. Schulte war einer von ihnen.

Wenn die Marshallplanhilfe greifen sollte, mußte man allerdings die galoppierende Inflation stoppen, die bereits das Ausmaß der 20er Jahre anzunehmen drohte. Der Schwarzmarkt mußte verschwinden. Die deutsche Wirtschaft mußte auf eine gesunde finanzielle Grundlage gestellt werden. Der einzige sichere Weg dahin, und die einzige Garantie, daß alle die gleichen Startchancen hatten, war eine Währungsreform; Reichsmark und Besatzungsgeld mußten aus dem Verkehr gezogen und eine neue Währung eingeführt werden, die Deutsche Mark. Und so kehrte Dr. Schulte im Juni 1948, an einem der wichtigsten finanzgeschichtlichen Augenblicke Deutschlands, in eine einflußreiche Position zurück.

Die Vorbereitungen für die Währungsreform erfolgten unter höchster Geheimhaltung und nicht ohne Schwierigkeiten. Die Banknoten wurden im Ausland gedruckt, mußten aber nach Deutschland transportiert, verteilt und gezählt werden, bevor sie bei den Banken deponiert werden konnten. Der Umtauschwert der Reichsmark zur neuen DM lag bei zehn zu eins, am Stichtag aber, dem 21. Juni, sollte pro Person ein sogenanntes Kopfgeld von vierzig DM im Verhältnis eins zu eins bar ausgegeben werden. Die Banken müßten genügend Bargeld bereithalten. Als die Amerikaner die Währungsreform am 18. Juni auf einer Pressekonferenz verkündeten, war immer noch nicht sicher, ob alles nach Plan verlaufen würde.

An jenem Wochenende, als Dr. Schulte und seine Mitarbeiter die neuen Banknoten und Münzen zählten, die anschließend in die Banktresore wanderten, kauften die Frankfurter, was das Zeug hielt, um ihre fast wertlosen Reichsmark loszuwerden, die am nächsten Tag gar nichts mehr wert sein würden. Nicht daß es viel zu kaufen gegeben hätte: bestenfalls einen Haarschnitt, ein Päckchen Camel oder ein paar Flaschen Bier.

Am Montagmorgen war alles anders. Die Läden waren wie durch ein Wunder mit Waren gefüllt. Als Dr. Schulte zum Mittagessen durch die zerstörte Stadt nach Hause lief, erlebte er den Wandel, der über Nacht eingetreten war. Bisher leere Geschäfte boten plötzlich eine verwirrende Warenvielfalt an. Diejenigen, die keine Schaufenster hatten, legten ihr Angebot auf Fensterbänken, dem Gehweg oder in Kellern aus. Es gab Schuhe und Handtaschen aus Leder, Glühbirnen, Stoff ballenweise, Möbel, Küchenbedarf, Waschpulver, Medikamente, sogar Lebensmittel – Brot, Butter, Fleisch, Kaffee und Zigaretten.

Das deutsche Bankgewerbe war endlich wieder ganz in

deutschen Händen. Die Alliierten hatten ihre Kontrolle aufgegeben. Dem Schwarzmarkt war endgültig das Wasser abgegraben worden. Die Menschen wußten jetzt, was das Geld, das sie verdienten, wert war, und würden bereit sein, noch härter zu arbeiten, um den Lebensstandard zu erreichen, der ihnen vorschwebte. Die Wirtschaft würde davon profitieren, die Arbeitslosigkeit zurückgehen. Hypotheken für neue Häuser konnten vergeben werden. Die meisten verdienten noch nicht viel, im Durchschnitt gut zweihundert DM monatlich, und die Löhne würden in absehbarer Zeit wohl kaum steigen.

Dr. Schultes Zukunftsaussichten waren äußerst gut. Er hatte ein Monatsgehalt von zweitausend DM und eine steuerfreie Aufwandszulage von fünfhundert DM. Er würde mit Sicherheit in den Aufsichtsrat mehrerer Unternehmen geschickt, denen die Hessische Landesbank Kredite gewährte, und das bei entsprechender Bezahlung. Am verlockendsten war jedoch Dr. Jurischs Angebot, Treuhänder der Kraus-Werke zu werden. Sein Stern war offensichtlich im Steigen.

In diesem Bewußtsein ging er am nächsten Wochenende mit Frau und Tochter einkaufen. Jede bekam ein neues Kleid und ein Paar Schuhe. Hildegard wählte ein olivgrünes Kostüm, Else bestand jedoch auf einem buntgemusterten Kleid mit großen Blumen, das ihrer molligen Figur wenig schmeichelte und ihr plumpes Gesicht noch blasser machte. Doch die Eltern bemerkten das nicht. In ihren Augen konnte Else gar nichts falsch machen.

Sie waren katholisch, und Else war ihr einziges Kind, das sie mit all der Liebe überschütteten, die sie einmal einer sehr viel größeren Familie hatten zukommen lassen wollen. Obwohl Else schon fünfundzwanzig war und nie einen festen Freund gehabt hatte, träumten sie davon, daß ihre Tochter einmal heiraten und selbst eine Familie gründen würde.

Die Russen reagierten prompt auf die Währungsreform. Sie

blockierten den gesamten Verkehr in die Westsektoren Berlins und erklärten, daß die DM in der Sowjetzone und Berlin nicht als Zahlungsmittel zugelassen werde. Am 20. Juni wurde bei Marienborn ein amerikanischer Militärzug gestoppt, vor dem man die Gleise aufriß. Am 21. Juni verkündeten die Russen, sie würden eine eigene Währungsreform mit einer neuen Ostmark durchführen. Am 23. Juni erklärten die Westmächte, in Berlin mit einem B gestempelte spezielle DM-Noten ausgeben zu wollen.

Um sechs Uhr am nächsten Morgen stoppten die Russen den gesamten Straßen- und Kanalverkehr nach West-Berlin und stellten alle Lieferungen aus dem sowjetischen Sektor ein, auch die von Lebensmitteln, Milch und Kohle. West-Berlin war eine belagerte Insel.

Da das zentrale Elektrizitätswerk im sowjetischen Sektor lag, konnten die Russen die Stromlieferungen in die Westsektoren kontrollieren, und damit auch den Rundfunk und Telefonverkehr. Selbst wenn es Strom gab, waren keine zuverlässigen Nachrichten zu bekommen. Das Rundfunkhaus lag ebenfalls im sowjetischen Sektor, ein Vorteil, den die Russen weidlich nutzten.

Der amerikanische Sender RIAS war so stark, daß die Russen ihn nicht stören konnten. Ebensowenig konnten sie die Lautsprecherwagen des RIAS stoppen, die in den Westsektoren patrouillierten. Doch die über RIAS ausgestrahlten Erklärungen der westlichen Behörden beruhigten die Berliner keineswegs, schon gar nicht das Versprechen des britischen Stadtkommandanten, man werde nicht zulassen, daß die Berliner verhungerten – denn er sagte mit keinem Wort, wie die Lebensmittel in die belagerte Stadt kommen sollten.

Mobile Sender von Radio Berlin verbreiteten Schreckensmeldungen; etwa daß es wegen »technischer Schwierigkeiten« bald nicht mehr genug Kohle für das kleine E-Werk, die Wasserwerke und das Klärwerk in West-Berlin geben werde. In den Westsektoren sei es schon zu Plünderungen gekommen und Babys stürben wegen Milchmangel. Binnen weniger Tage müßten Fabriken schließen, und der öffentliche Verkehr werde lahmgelegt. Aber nicht ein einziges Mal gaben die Russen zu, daß sie Berlin blockierten. Sie wollten bei den Berlinern als Wohltäter dastehen, nicht als Übeltäter.

Von Zeit zu Zeit kamen Leute von sich aus mit Hiobsbotschaften ins Café Jochum. Die Läden seien leer. Vor den Bäkkereien und Metzgereien ständen lange Schlangen. Um Berlin würden russische Panzer zusammengezogen. Einige behaupteten, Schüsse gehört zu haben. Häufig fiel tagsüber der Strom aus. Der Gasdruck war so niedrig, daß ein Wasserkessel eine Stunde brauchte, um zu kochen.

Eines Abends nahm Hasso Viktoria mit zu einer Kundgebung von Ernst Reuter im Stadion von Hertha. Das Stadion war überfüllt, selbst auf den umliegenden Straßen standen die Menschen. Die Zuhörer kamen aus allen politischen Lagern, Schichten und Lebensbereichen, aber eins hatten sie gemeinsam: Sie waren Berliner.

Reuter, mit seiner unverkennbaren Baskenmütze, sprach ruhig und überlegt und erklärte, daß die russische Reaktion wohl weniger mit der Währungsreform als mit der Stadt an sich zu tun habe. Er beschwor die Menschen, in der vor ihnen liegenden schweren Zeit tapfer zu sein, und rief die Weltöffentlichkeit auf, ihnen in dieser entscheidenden Phase des Freiheitskampfes zu helfen.

Als er zu Ende gesprochen hatte, skandierte die Menge: »Freiheit! Freiheit! Freiheit!«

Am nächsten Morgen stand Viktoria Schlange, um sich ihre Währungszuteilung abzuholen. Als sie über den Kurfürstendamm zurücklief, lag neue Ware in den Geschäften, verlokkend und mit den neuen Preisen in DM. Aber wie lange konnte das gutgehen? Wann würden die Engpässe wieder einsetzen? Eine schöne Schachtel mit Buntstiften erregte ihre

Aufmerksamkeit. Sie kostete nur zwei Mark. In einer Anwandlung von Leichtsinn kaufte sie sie für Lili.

Auf der Treppe des Cafés blieb sie stehen. Der Strom war wieder einmal ausgefallen. Der Keller wirkte dunkel und ungastlich. Die rauhe Wirklichkeit hatte sie wieder. Berlin war eine Insel. Es gab keinen Weg hinein und keinen hinaus. Sie waren Gefangene der Russen.

Plötzlich drang durch den Verkehrslärm und die Stimmen der Fußgänger ein fremdes Geräusch an ihr Ohr. Unwillkürlich blickte sie zum Himmel. Und dann sah sie es – ein amerikanisches Transportflugzeug, das tief über den Ruinen Tempelhof anflog.

Im Lauf des Tages landeten noch zweiunddreißig Maschinen in Tempelhof, und drei Tage später lief eine britische Luftbrücke nach Gatow an. Am 28. Juni flogen die Amerikaner fast vierhundert Tonnen Lebensmittel ein, die Briten vierundvierzig. Zwei Wochen später waren es schon über zwölfhundert Tonnen. Das waren bei weitem nicht die geschätzten zwölftausend Tonnen Lebensmittel und sonstige Güter, die Berlin zum Leben brauchte, aber für die Russen war es ein Denkzettel.

Basilius Meyer amüsierte sich. Der Gedanke, daß der Westen Rußland wegen Berlin den Krieg erklären würde, war so aberwitzig, daß man ihn gar nicht weiter zu verfolgen brauchte – genauso aberwitzig wie die Vorstellung, Berlin könnte durch die Luft versorgt werden. Alles sprach für die Russen, sogar das Wetter. Tagelang sorgten Gewitter, Wolkenbrüche und tiefe Wolken dafür, daß die Flüge wegen schlechter Sicht verschoben werden mußten.

Währenddessen wurde aus dem Osten weiter Brennstoff, Gemüse und Fleisch in den sowjetischen Sektor gebracht. Die Amerikaner und Briten konnten vielleicht die eigenen Leute eine Zeitlang versorgen, aber nicht die Zivilbevölkerung. Die

Luftbrücke hatte keine Chance – weshalb die Russen sich gar nicht erst die Mühe gemacht hatten, dagegen zu protestieren. In ein paar Wochen würden die Alliierten ihre Truppen ausfliegen, und der Sieg im Kampf um Berlin würde den Kommunisten gehören.

Basilius hatte inzwischen jemanden, mit dem er seine Gedanken austauschen konnte, eine junge Russin namens Irina Wolodja, die vor kurzem nach Berlin gekommen war und am zweiten Schreibtisch in seinem Büro saß. Sie war ein Jahr jünger als Basilius und hatte mit dem offenen Gesicht und dem braunen Haar, das im Nacken zu einem Knoten zusammengefaßt war, eine eigenartige Ähnlichkeit mit seiner Mutter Olga.

Keiner von ihnen sprach darüber, aber beide wußten, warum Irina da war. Sie sollte Basilius überwachen, damit er nicht von der Parteilinie abwich. Sie hatte Anweisung, auch die kleinste oder scheinbar belanglose Verfehlung an Oberst Tulpanow zu melden.

Irinas Achtung vor ihrem Kollegen stieg jedoch täglich. Zunächst hatte sie ihm mißtraut, weil er ein Deutscher war. Inzwischen war sie sicher, daß sein Glaube an den Kommunismus stärker als jedes nationalistische Gefühl war. Er sprach fließend Russisch. Er war in der Sowjetunion aufgewachsen. Er war wirklich ein Mann in Stalins Geist.

Abends begleitete er Irina durch die dunklen Straßen zu ihrer Wohnung. Er tat es nicht, weil er meinte, Kavalier sein zu müssen, oder aus Sorge um sie. Irina konnte durchaus selbst auf sich aufpassen. Er begleitete sie, weil er gern in ihrer Gesellschaft war. Und als sie eines Abends nicht einfach »gute Nacht« sagte, sondern »ich schätze deine Freundschaft, Vasili«, da wußte er, daß seine Gefühle erwidert wurden.

Einen Monat nach Beginn der Luftbrücke erklärten die Russen, sie wären bereit, ganz Berlin mit Lebensmitteln zu versorgen, vorausgesetzt, die Menschen würden sich in Zuteilungsämtern im sowjetischen Sektor registrieren lassen.

Die Westalliierten hatten keine Bestandsgarantie für die Luftbrücke gegeben; es war immer noch ungewiß, ob sie die Zivilbevölkerung versorgen würden oder konnten, und es war auch nicht sicher, ob sie sich nicht doch noch mit den Russen arrangieren und Berlin seinem Schicksal überlassen würden; doch ihre Flugzeuge erfüllten die Berliner mit so viel Vertrauen, daß sie das russische Angebot mit Verachtung straften. Viktoria sagte: »Lieber würde ich verhungern.«

Tag und Nacht drang aus Richtung Tempelhof das unentwegte Dröhnen startender und landender Flugzeuge. Wenn man zum Himmel blickte, sah man sie einschweben oder abfliegen. Solange die Luftbrücke währte, gab es Hoffnung. Die Berliner bemerkten den Lärm der Maschinen überhaupt nicht mehr. Sie horchten nur auf, wenn er ausblieb.

8

Während der Blockade war die Luftbrücke West-Berlins einzige Verbindung mit Westdeutschland und der übrigen Welt. Nicht im Traum hatten die Berliner gedacht, daß das Geräusch näher kommender alliierter Flugzeuge, das sie im Krieg mit soviel Angst erfüllt hatte, ihnen ein paar Jahre später soviel Mut einflößen würde. Einst hatten die Flugzeuge Tod und Zerstörung gebracht. Jetzt bedeuteten sie Überleben.

Aber obwohl die Luftbrücke täglich perfektioniert wurde, brachte sie keine unmittelbare Verbesserung der Lebensbedingungen in Berlin. Die meisten Menschen lebten noch in Behelfsunterkünften und hatten noch weniger zu essen als bei Kriegsende. Die Berliner führten ein seltsames, fast surreales

Leben, aßen, wuschen, bügelten und öffneten die Läden zu völlig ungewöhnlichen Tages- und Nachtzeiten, je nachdem, wann es Strom und Gas gab. Berlin war eine Stadt, die nie schlief. Wenn in einem Bezirk Kälte und Dunkelheit einzogen, gab es in einem andern wieder Strom – aber nur jeweils zwei Stunden. Kerzen waren, sofern man überhaupt welche bekam, die übliche Beleuchtung.

Die meisten Lebensmittel gab es nur in Trockenform: Trokkenmilch, Trockengemüse, Eipulver und Kartoffelpüree in Pulverform – in einer Stadt, in deren Küche die Kartoffel nicht wegzudenken war, war letzteres besonders schwer zu ertragen. Diese Nahrungsmittel waren zwar leicht und transportfreundlich, aber geschmacklos, ohne Vitamine und Eiweiß, und viele mußten länger gekocht werden, als es Strom gab.

Das Widersinnigste an der Berliner Situation in jenem Herbst war, daß eigentlich genug geliefert wurde. Auf dem Schwarzmarkt konnte man alles kaufen, Kaviar und Krabben, Nylonstrümpfe und Autoreifen, französisches Parfum und Benzin, Kohle und Penicillin.

Die Waren gelangten auf unterschiedlichsten Wegen in die Stadt. Einige wurden nachts aus den Westzonen über die Sowjetzone und den sowjetischen Sektor Berlins in die Westsektoren geschmuggelt. Andere kamen direkt aus der Sowjetzone von Bauern, die sich kostbare DM beschaffen wollten. Wieder andere kamen aus den Westzonen auf Lkw, die angeblich für die Russen bestimmt waren, die Sowjetzone jedoch immer nur mit stark geschwundener Ladung erreichten. Es gab auch amerikanische Produkte, die Angehörige der tschechischen, polnischen und jugoslawischen Militärmission in Berlin für Dollar kauften und für DM wieder verkauften. Bei anderen Lieferungen hatten russische Offiziere die Hand im Spiel, die mit DM bestochen wurden, damit sie private Schmuggelfahrzeuge über die Zonengrenze ließen. Noch mehr aber brachten die Luftbrückenpiloten, die privaten Nebengeschäften nicht abgeneigt waren und zusätzlich Zigaretten, Schokolade und Kaffee einflogen.

Wie sehr die Russen auch versuchten, die Blockadebrecher zu stoppen, es gelang ihnen nicht; aber je schwieriger der Schmuggel wurde, desto stärker stiegen die Preise.

Wäre Hasso nicht so findig gewesen, hätte das Café Jochum diese Zeit wahrscheinlich nicht überstanden, zumindest nicht, ohne daß Viktoria ihren restlichen Schmuck hätte verkaufen müssen. In den letzten drei Jahren hatte Hasso seine Beziehungen auf Leute aus praktisch allen Branchen in beiden Teilen Berlins ausgeweitet. Wenn in Lichtenberg ein für die Russen bestimmter Zug mit schlesischer Kohle eintraf, kannte Hasso den für die Lagerung verantwortlichen Mann, der dafür sorgte, daß ein paar Säcke im Tausch gegen Zigaretten beiseite geschafft wurden, die Hasso von jemand anderem bekam, der in einer Zigarettenfabrik arbeitete und den Hasso mit Frischfleisch bezahlte, das ein Metzger aus Niederschönhausen lieferte, dessen junge Frau Hasso mit Nylonstrümpfen versorgte; die wiederum beschaffte Lottes Schwester, die als Hausmädchen bei einer amerikanischen Offiziersfamilie arbeitete. Die Kohle erreichte das Café Jochum in einem Müllwagen, den ein junger Mann aus Pankow fuhr und den Hasso in Westmark entlohnte.

Manchmal war bei den Geschäften überhaupt kein Geld im Spiel, sondern nur Waren. Hassos Hauptlieferant von Paraffin, einem Ersatzstoff für Kerzenwachs, erwartete Bezahlung in Form von frischem Kaffee, den Hasso von einem amerikanischen Kantinenbediensteten erhielt, für den es im Café Jochum Freibier gab, wann immer er kam. Das Bier stammte von einer Brauerei im Wedding, bei der ein Freund von Hassos Schwager Vorarbeiter war. Der Vorarbeiter war Diabetiker, und Hasso besorgte ihm Saccharin, das von einer älteren Dame kam, deren Tochter in einer Saccharinfabrik in Leipzig arbeitete. Die alte Dame transportierte den Süßstoff in ihren

Mantelärmeln, und ein anderer Verbindungsmann Hassos holte ihn bei ihr zu Hause ab.

Hasso tat auch sehr viel für Hilde und Lili, denen es plötzlich schlechter ging als vorher. Hatte Hilde früher noch Hamsterfahrten aufs Land unternehmen oder in nahen Dörfern einkaufen können, so waren die sowjetischen Wachen an der Grenze nördlich von Heiligensee jetzt verstärkt worden, und Volkspolizisten schikanierten Einkäufer aus West-Berlin und nahmen ihnen häufig die Waren ab. Hilde wurde alt, und die mageren Rationen, schlechter Schlaf und ungenügende Heizung setzten ihrer Gesundheit zu.

Lili, die sie früher oft über die »grüne Grenze« begleitet hatte, hätte an ihrer Stelle gehen können, doch das ließ Hilde nicht zu. Lili war zu hübsch und ein zu anfälliges Opfer für die brutalen Blockadebrecher und Grenzposten. Außerdem war Lili selbst auch nicht in guter körperlicher Verfassung; sie schoß zwar in die Höhe, hatte aber nicht genug zu essen.

Viktoria fuhr in diesem Herbst öfter als sonst nach Heiligensee, häufig mit dem Fahrrad, weil Busse, U-Bahn und S-Bahn nur sporadisch fuhren, wenn überhaupt. Sie brachte CARE-Pakete und kleine Besonderheiten mit, die Hasso auf dem Schwarzmarkt ergattern konnte. Wenn Viktoria zum Essen blieb, schlang Lili die Mitbringsel gierig hinunter. Aber Hilde schüttelte den Kopf. »Für mich ist das zu schade, ich habe keinen Appetit mehr.«

Am 1. Oktober 1948 feierte die Luftbrücke ihr hunderttägiges Bestehen. Rollbahnen, Abfertigung, Entlade-, Lager- und Verteilungseinrichtungen, Wetterdienst und GCA-Anflug wurden ständig verbessert. Für Tempelhof war eine neue Rollbahn geplant. Gatow wurde vergrößert. Im französischen Sektor in Tegel wurde ein weiterer Flughafen gebaut. Obwohl man um die bevorstehenden Gefahren und Schwierigkeiten wußte, sollte die Luftbrücke auch im Winter aufrechterhalten werden.

Als Viktoria am 4. Oktober zu Lilis elftem Geburtstag nach

Heiligensee fuhr, lag Hilde mit Bronchitis im Bett. »Tante Hilde wird sterben, nicht wahr?« fragte Lili leise.

»Aber nicht doch, Liebes«, widersprach Viktoria. »Es wird ihr bald wieder bessergehen.«

Lili schüttelte den Kopf. »Alle, die ich gern habe, sterben.«

Für die internationale Presse wurden Deutschland und die Berlin-Blockade uninteressant und unbedeutend, verglichen mit dem, was in anderen Teilen der Welt geschah. Die Zahl der Journalisten in Berlin ging zurück, bis nur noch Mortimer und ein paar alte Haudegen blieben, und Mortimer gehörte mit seinen fünfundfünfzig Jahren zu den ältesten.

Als der Winter nahte, wünschte auch Mortimer sich, er könnte gehen. Er hatte es über, das Grau der dachlosen Häuser, die blassen, mageren Kinder, die leeren Läden, die Kontrollpunkte und das ständige Dröhnen der Flugzeuge. Auch er war der Widrigkeiten überdrüssig, die das ganze Leben erfaßten: Schwarzmarkt, politische Anschläge und Gegenanschläge, Entführungen und Morde. Berlin wurde eine Stadt der Schieber und Spione.

Der Schwarzmarkt störte ihn weniger als der Handel mit Menschen und Informationen. Kein Tag verging, an dem nicht irgend jemand an ihn herantrat, um ihm Informationen aus dem sowjetischen Sektor zu verkaufen, über das Leben mit den Russen, kommunistische Funktionäre oder die Arbeit der Militärregierung. Geheimdienstoffiziere löcherten ihn, seine Bekanntschaft mit Basilius Meyer aufzufrischen, um herauszufinden, was in den Köpfen von Ulbricht und seinen Leuten vorging. Andere baten ihn nachzuforschen, was aus Freunden oder Verwandten geworden sei, die vermutlich im sowjetischen Sektor verschwunden waren. Mortimer wies alle ab, erklärte ihnen, daß er keine Lust habe, sein Leben oder das anderer Menschen aufs Spiel zu setzen, indem er die Linie zwischen Ost und West, zwischen Journalismus und Spionage überschritt.

Doch die Wahrheit war, daß er sich plötzlich alt und ausgelaugt fühlte. Der Schwung, der ihn so lange getragen hatte, ließ nach. Auch wenn die Suche nach NS-Kriegsverbrechern nie zu Ende sein würde, waren die großen Prozesse doch vorbei. Und Mortimer bezweifelte, daß die Probleme um Berlin jemals gelöst würden.

Die Haltung der Sowjetunion hatte die Umwandlung der Westzonen zu einer nationalen Einheit begünstigt, und die ersten Schritte zur Bildung einer neuen demokratischen Republik waren schon erfolgt. In Bonn war ein Parlamentarischer Rat gegründet worden, der aus Vertretern der elf Länder in den Westzonen bestand und vor allem eine neue Verfassung schaffen sollte. Die Vertreter Berlins durften zwar an den Sitzungen teilnehmen, hatten aber kein Stimmrecht. Offensichtlich beabsichtigten weder die Westalliierten noch die Politiker der CDU und SPD, der früheren Hauptstadt eine aktive Rolle im neuen System zuzuweisen.

Im November demonstrierten die Russen, daß sie noch einen Trumpf im Ärmel hatten. Es ging das Gerücht, die Volkspolizei solle auf vierhunderttausend Mann verstärkt werden und damit weniger eine Polizei als eine Armee sein. Das konnte nur eins bedeuten. Da die Russen die Westalliierten mit der Blockade nicht aus Berlin hatten vertreiben können, bereiteten sie offenbar einen Angriff zu Lande vor.

In den folgenden angespannten Tagen rollten erneut russische Panzer Richtung Berlin und nahmen in einem Halbkreis Aufstellung um die westliche Peripherie der Stadt. Ein Gerücht jagte das andere. Es hieß, Ulbricht habe verlangt, die Panzer bis in die Stadt weiterfahren zu lassen, Stalin habe jedoch angeordnet, es nicht zum Schußwechsel kommen zu lassen. Dann hieß es, ein sogenannter spontaner Aufstand würde gegen die Alliierten organisiert, so daß die Russen die Westsektoren unter dem Vorwand besetzen könnten, die Ordnung wiederherzustellen. Doch am Ende geschah gar nichts. Man konnte nur mutmaßen, daß Stalin Angst hatte, einen neuen Krieg vom Zaun zu brechen.

Anfang Dezember 1948 wurde in Dahlem eine neue Universität gegründet, unter dem Eindruck der Blockade Freie Universität genannt; sie war das Westberliner Gegenstück zur alten Humboldt-Universität. Die Stadträte verlegten ihre Büros vom sowjetischen in den britischen Sektor. Trotz kommunistischem Störfeuer wurden Wahlen für einen neuen Stadtrat abgehalten, und am 7. Dezember, achtzehn Monate nach seiner eigentlichen Wahl, übernahm Ernst Reuter das Amt des Oberbürgermeisters von Berlin. Im sowjetischen Sektor wurde Fritz Ebert, Sohn des ersten deutschen Reichspräsidenten, ebenfalls zum Oberbürgermeister gewählt. Berlin hatte zwei Universitäten, zwei Polizeien, zwei Stadträte und zwei Oberbürgermeister.

Niemand brauchte mehr die Schilder an den Sektorengrenze, um zu wissen, daß Berlin eine geteilte Stadt war.

Lili kroch aus dem Bett und ging, wie immer, seit der Flughafen Tegel eröffnet worden war, zum Fenster, wo sie in eine Decke gewickelt stand und die Flugzeuge beobachtete. Ihr Atem schlug sich an den vereisten Scheiben nieder, und sie rieb mit der Hand, um das Eis aufzutauen, so daß die graue Landschaft draußen unwirklich weiß leuchtete. Im November und Anfang Dezember waren die Tage so neblig gewesen, daß die Flugzeuge nicht hatten landen können, schreckliche Tage, an denen alle gefürchtet hatten, die Luftbrücke würde vielleicht nicht wieder aufgenommen und Berlin würde verhungern. Aber inzwischen hatte sich das Wetter wieder gebessert, und der Himmel über Berlin war wieder erfüllt vom ständigen fernen Brummen.

Lili fröstelte und schlüpfte rasch in ihre Kleider. Mit einem kurzen Blick auf Hilde, die zusammengerollt im anderen Bett lag, tappte sie durch das dunkle Zimmer und goß etwas Wasser in einen Topf. Dann zündete sie eine der kostbaren Kerzen an und balancierte den Topf auf ein kleines Gestell darüber. Behutsam tat sie einen Teelöffel Ersatzkaffee in einen Krug und wartete, daß das Wasser heiß würde.

Dieses morgendliche Ritual hatte begonnen, als Hilde krank geworden war. Egal, ob es Brennmaterial für den Herd gab, ob Strom da war oder nicht, Lili stand um sieben Uhr auf und machte Hilde einen Kaffee. Es war ihrer beider Versuch sich einzureden, daß sich nichts geändert habe, und in einer immer unsicherer werdenden Welt ein Gefühl der Normalität zu bewahren.

»Ach, mein Muckefuck«, sagte Hilde immer.

Der Kaffee war fertig. Lili goß ihn in eine Tasse und trug sie zum Bett. »Guten Morgen, Tante Hilde.« Die alte Frau rührte sich nicht. Lili faßte sie an der Schulter. »Tante Hilde.« Die Schulter wirkte ungewöhnlich steif. Kein Atemgeräusch, keine Bewegung der Bettdecke. »Tante Hilde!« Lilis Stimme klang hoch und drängend.

Hildes linke Hand hing aus dem Bett. Lili ergriff sie. Sie war kalt und leblos. Lili stieß einen erstickten Schrei aus und fing an zu zittern. Sie ließ Hildes Hand los und sank neben dem Bett zu Boden, zusammengekauert zu einem Häuflein Elend wurde sie von einem heftigen, krampfartigen Schluchzen gepackt.

Sie lag immer noch so da, als Viktoria ein paar Stunden später kam.

Es war Heiligabend.

Mortimer und Lili verließen Berlin an einem frostigen Tag Anfang Januar. Viktoria und Hasso begleiteten sie nach Gatow. Mortimer sollte Lili nach Hamburg bringen, bevor er selbst heim nach Oxford flog, um wohlverdiente Ferien zu machen und einen Londoner Verleger zu treffen, der gefragt hatte, ob er nicht ein Buch über seine Erfahrungen in Deutschland schreiben wolle.

Es war Mortimers Idee gewesen, Lili zu Norbert zu schicken. Die Luftbrücke war keine Einbahnstraße mehr. Die Flugzeuge brachten nicht mehr nur Güter in die Stadt, sondern flogen auch Fracht aus: Post, leere Säcke, Fertigprodukte und Passagiere. Viele Kinder und ältere Menschen waren schon in die britische Zone evakuiert worden. Während Viktoria sich um Hildes Beerdigung gekümmert hatte, hatte Mortimer sich mit Stefan und Norbert in Verbindung gesetzt und die notwendigen Reiseformalitäten erledigt. Ihm und Viktoria erschien die Entscheidung sinnvoll. Jetzt, wo Hilde nicht mehr lebte, konnte Lili nicht in Heiligensee bleiben. Bei Viktoria konnte sie auch nicht wohnen. Das Café Jochum war nicht die passende Umgebung für ein junges Mädchen.

Am Abfertigungsschalter drängten sich die Menschen. Draußen auf dem Flugfeld herrschte hektische Geschäftigkeit beim Be- und Entladen der Maschinen. Viktoria, Mortimer und Hasso unterhielten sich betont fröhlich.

Die Schultern hochgezogen und in einem unförmigen grauen Mantel, der ihr blasses Gesicht, die schmalen Schultern und dünnen Beine hervorhob, stand Lili da und blickte hinaus auf das Flugzeug, mit dem sie gleich fliegen sollte.

Viktoria legte den Arm um sie. »Onkel Norbert und Tante Reinhild freuen sich schon auf dich. Du wirst bestimmt viel Spaß mit Tristan und Kleo haben. Und da ist es warm. Und du hast mehr zu essen . . .«

Lili reagierte nicht.

Ihr Flug wurde aufgerufen. Mortimer schüttelte Hasso die Hand, umarmte Viktoria kurz und nahm dann seinen und Lilis Koffer. Hasso gab Lili einen flüchtigen Kuß, und Viktoria kauerte sich nieder, nahm sie in die Arme und drückte sie fest an sich. »Es ist nicht für lange, Liebes. Du wirst bald wieder hier sein.«

Lili sah ihr mit leerem Blick über die Schulter, und als Viktoria sie losließ, folgte sie Mortimer wortlos zum Abflugausgang.

Der Flug war ganz anders, als Lili ihn sich vorgestellt hatte. Er war weder beängstigend noch toll, sondern einfach kalt, ruppig und unbequem, und einigen Leuten wurde schlecht. Sie fragte sich, wieso ihr Vater Flieger geworden war. Aber das war, wie so viele Dinge, die sie gern gewußt hätte, eine Frage, auf die ihr offenbar niemand eine Antwort geben konnte. Keiner wollte über die Vergangenheit reden. Hilde und Viktoria hatten ihr zwar oft versichert, daß ihr Vater ein tapferer Luftwaffenpilot gewesen sei, aber mehr erzählten sie ihr nicht von ihm. Sein Tod war in ein mysteriöses Dunkel gehüllt, wie so vieles, das mit dem Krieg zu tun hatte und worüber die Erwachsenen sich gedämpft unterhielten und oft unterbrachen, wenn sie ins Zimmer kam. Sie schienen nicht zu erkennen, daß diese Ereignisse Lilis Leben verändert hatten und sie ein Recht hatte, etwas darüber zu erfahren.

Mortimer saß neben ihr und war ganz in seine eigenen Gedanken versunken. Da sie zu klein war, aus dem Fenster zu sehen, saß sie still da und bemühte sich, die anderen Passagiere und die Luftlöcher nicht zu beachten, die Erinnerung an Tante Hildes leblosen Körper zu vergessen, so zu tun, als spürte sie keinen Schmerz darüber, wie Tante Viktoria sie abschob.

Von Wunstorf nahmen sie den Zug nach Hamburg, und dort holte Stefan sie spätabends ab. Sie fuhren mit der Straßenbahn durch hellerleuchtete Straßen mit Geschäften, deren Auslagen überquollen von Waren, zur Wohnung, wo Norbert, Reinhild, Eduard und Hannelore sie erwarteten.

Wie in Trance folgte Lili Reinhilds Anweisungen: brachte den Koffer in Hannelores Kellerzimmer, wo sie schlafen würde; wusch Hände und Gesicht; setzte sich an den Tisch. Norbert forderte sie auf, sich mit Brot, Wurst und Schinken zu bedienen. Eduard goß ihr eine Tasse echten Tee ein und fragte, wieviel Zucker sie nehme. Aber Lili hatte trotz dieser lang entbehrten Leckereien keinen Appetit.

Die Erwachsenen bemerkten es gar nicht. Sie waren damit beschäftigt, Mortimer mit Fragen über Berlin zu bestürmen und ihn mit ihren Ansichten zu beeindrucken. Bald wurde in dem warmen Zimmer angeregt diskutiert.

»Wie lange können die Alliierten Berlin noch halten?« fragte Norbert. »Natürlich verstehe ich Leute wie Tante Vicki, aber ich werde das Gefühl nicht los, daß es das beste wäre, Berlin den Russen zu lassen und meinetwegen Frankfurt zur neuen Hauptstadt zu machen. Adenauer liegt, meine ich, richtig. Es hat was für sich, mit einer Hauptstadt in der Nähe des Ruhrgebiets neu zu beginnen.«

»Und wir Deutschen müssen für Berlin zahlen«, monierte Hannelore.

»Die Briten und Amerikaner begleichen den größten Teil«, hielt Mortimer ihr entgegen.

»Wir müssen für Berlin zwei Pfennig Zusatzporto auf jeden Brief zahlen«, beschwerte Hannelore sich, »und eine Sondersteuer auf Einkommen und Firmengewinne. Warum sollen wir die Berliner aushalten? Ich hab' sie nie gemocht. Die haben sich immer für was Besseres gehalten.«

Reinhild nahm sich zufrieden noch etwas Brot und Wurst und kaute mit vollen Backen. Unter der Schürze wölbte sich ihr Bauch. Sie erwartete das dritte Kind in vier Jahren.

Mortimer schob den Teller weg und steckte sich eine Zigarette an; der Egoismus der Menschen und ihr Mangel an Großmut enttäuschten ihn zunehmend.

Norbert bemerkte schließlich, daß Lili auf ihrem Stuhl eingeschlafen war. Er hob sie hoch und trug sie, leicht wie eine Feder, in Hannelores möbliertes Zimmer, wo er sie auf das für sie bestimmte Feldbett legte und sie mit ein paar Decken zudeckte. »Gute Nacht, mein Engel«, murmelte er. »Schlaf gut.« Eine Träne lief langsam über ihre blasse Wange. Behutsam wischte Norbert sie mit dem Finger ab. Ein mattes Lächeln erschien auf Lilis Lippen.

Am nächsten Morgen wachte Lili auf und erblickte Hannelore, die sich in ein unförmiges Korsett zwängte. Als Hannelore ihren neugierigen Blick bemerkte, fuhr sie sie an: »Glotz nicht so, Kind. Steh auf und mach dich nützlich.« Als Lili zum Frühstück nach oben kam, war Norbert schon nach Essen gefahren.

Auch Mortimer war fort. Er hatte im Presseclub geschlafen und flog am nächsten Tag nach England. Seine Stimmung stieg nicht gerade, als er die britische Öffentlichkeit, seine Familie eingeschlossen, in heller Aufregung vorfand, weil die Rationierung von Brot wieder eingeführt worden war, damit Berlin mit Getreide versorgt werden konnte.

Lili hatte in ihrem kurzen Leben schon manche Tragik erlebt, aber noch nie hatte sie sich so verlassen gefühlt wie in den ersten Wochen in Hamburg. Alles war anders als in Heiligensee. Die Wohnung war warm, sie hatten elektrisches Licht und reichlich zu essen. Aber so sehr Reinhild Lili auch zuredete, Lili brachte nichts hinunter. Zu Reinhilds Entsetzen stocherte sie nur in ihrem Essen herum. Aber wenn sie abends im Bett lag, sehnte sie sich nach Brot und Marmelade und konnte nicht einschlafen.

Sie verabscheute die Wohnung, in der alles neu war und Reinhild pausenlos putzte und räumte. Lili, die Hildes altes Haus in Heiligensee gewohnt war, wo Bequemlichkeit vor Sauberkeit gegangen war, konnte sich nicht damit abfinden, ständig aufgefordert zu werden, die Dinge »an ihren Platz« zu legen. Sie fand Reinhilds Möbel und Ausstattung häßlich und konnte nicht verstehen, wieso sie so stolz darauf war.

Hannelore Hahn war Lili der größte Dorn im Auge. Lili konnte sich noch so sehr bemühen, Hannelore hatte immer etwas auszusetzen. War etwas kaputt oder unauffindbar, gab sie Lili die Schuld. Der dreijährige Tristan konnte einen Trotzanfall kriegen und die zweijährige Kleo herumschreien – Hannelore flötete Koseworte und redete ihnen zu, bis sie wieder ruhig waren. Aber gegen Lili schien sie vom ersten Augenblick an eine irrationale Abneigung entwickelt zu haben. Daß Lili mit Hannelore im selben Zimmer wohnte, machte alles nur noch schlimmer.

Es war schon eine eigenartige Familie. Norbert war selten zu Hause, und wenn er einmal heimkam, versuchte er, sein langes Fernbleiben durch Geschenke für alle wettzumachen. Nach der Begrüßung seiner Familie wirbelte er Lili mit einem »Und was macht mein kleiner Engel?« herum und gab ihr einen dicken Kuß. Und nach ein paar glücklichen Stunden war er wieder fort.

Auch Stefan war selten da. *Aktuell* mauserte sich zu einer der bekanntesten Zeitschriften der britischen Zone und wurde von Tausenden gelesen. Major Holtom würde Ostern nach England zurückgehen und vorher alles in die Wege leiten, damit Stefan und Udo die Zeitschrift von den Briten kaufen konnten. Sie planten bereits, in neue Räume zu ziehen und mehr Leute einzustellen.

Glücklicherweise mußte Lili nicht ihre ganze Zeit mit Reinhild, Hannelore und den Kindern verbringen. Da war noch die Schule, in der sie mit ihrer netten Art bald Freunde fand.

Ihre eigentliche Rettung stellte jedoch Eduard Wild dar. Eduard war zwanzig, sah gut aus, hatte ein offenes Gesicht und ein liebenswertes Wesen. Selbst Waise, wußte er, was Lili mitmachte. Wann immer er Zeit fand, machte er mit Lili lange Spaziergänge an die Alster oder auf die Hügel, von wo aus sie auf die Elbe und nach Blankenese blicken konnten.

Beim Laufen unterhielten sie sich, und schon bald verband

sie trotz des Altersunterschieds eine echte Freundschaft. Eduard bestürmte Lili mit Fragen über das Café Jochum und das Quadriga, und Lili stellte überrascht fest, daß sie sich an mehr erinnerte, als sie gedacht hatte. Obwohl sie erst vier gewesen war, als sie das Hotel zum letztenmal gesehen hatte, konnte sie sich noch an den blauen Savonnerieteppich erinnern, der im Foyer auf dem weißen Marmorboden gelegen hatte; an die blau-gold-gesprenkelte Tapete im Restaurant; an die tiefen Ledersofas in der Bar; an die in die Kopfteile der Betten geschnitzte Gestalt eines tänzelnden Pferdes; an die Marmorwannen mit den vergoldeten Hähnen; an das weiß-goldene Mobiliar im Palmengarten.

Eduard erzählte ihr, was er in den vier Jahren Arbeit für Norbert alles gelernt hatte, und räumte ein, daß er bei aller Liebe zu seiner Arbeit nicht damit rechnen konnte, es jemals zum Architekt zu bringen.

Lili schrieb Viktoria Briefe, die eher steif und gewollt tapfer klangen; daß ihr Berlin fehle, ihr Hamburg aber sicher bald gefallen werde. Auch Stefan schrieb, daß Lili sich offenbar gut einlebe, aber dann berichtete er nur von seinen und Udos Plänen zur Auflagensteigerung von *Aktuell*, von dem er ein Exemplar mit einem beißenden Artikel über die Haltung der Menschen in den Westzonen zur Blockade beilegte. Viktoria las mit einiger Fassungslosigkeit und Trauer, daß die Not in Berlin die Herzen ihrer Landsleute so verbitterte.

Anders als im Vorjahr gab es in diesem Januar wenig Schnee, und obwohl die Berliner kaum etwas Genaueres über die Luftbrücke erfuhren, deutete doch alles darauf hin, daß immer mehr Vorräte eingeflogen wurden. Jene dunklen Tage im November und Dezember, als es so ausgesehen hatte, als könnte die Luftbrücke am Nebel scheitern, gehörten der Vergangenheit an.

Fast ebenso erfreulich war die Wirkung der Gegenblockade

auf die Russen, die offiziell im Januar verkündet worden war und den Export von Gütern aus dem Westen verbot. Die Industrie in der Sowjetzone war auf hochwertige Steinkohle und Stahl angewiesen, die aus dem Ruhrgebiet gekommen waren, aber jetzt nicht mehr geliefert wurden. Werkzeugmaschinen, Kugellager, Motoren und optische Instrumente waren weitere wichtige Produkte, bei denen die Sowjetzone von den Westzonen abhing. Ohne sie kam die ohnehin schon kranke Wirtschaft in noch größere Schwierigkeiten.

Gerüchten zufolge zogen immer mehr Menschen aus der Sowjetzone in den Westen, weil die Läden leer waren, Brennstoff fehlte und die Arbeitslosigkeit stieg. Im Dezember hatte die Polizei damit begonnen, Menschen zu überprüfen, die mit der U-, S- und Straßen-Bahn vom Osten in den Westen fuhren. Im Februar wurde in Treptow zwischen dem sowjetischen und amerikanischen Sektor eine Barriere errichtet. Im Verlauf des Winters wurden weitere Straßen gesperrt, obwohl niemand wußte, ob das die Westberliner vom Osten oder die Ostberliner vom Westen fernhalten sollte.

Viktorias schleppende Korrespondenz mit Monika schlief in diesem Winter ganz ein. Viktoria hatte das Gefühl, auf einem anderen Kontinent als ihre Tochter zu leben, nicht nur ein paar hundert Kilometer entfernt, so groß war die Distanz zwischen ihnen.

Viktoria hatte immer mehr das Gefühl, ganz allein zu sein. Wäre Hasso nicht gewesen, sie wäre vielleicht in eine tiefe Depression verfallen. Doch Hasso konnte selbst dem Schlechtesten noch etwas Gutes abgewinnen und hatte für jede Gelegenheit einen Scherz oder ein aufmunterndes Wort parat – wie der Kabarettist Günther Neumann, wenn er sang: »Der Insulaner verliert die Ruhe nich . . .« Was auch an Schwierigkeiten auf sie einstürmte, Hasso blieb unermüdlich, wendig und stets fröhlich.

Es hatte in den letzten neun Monaten Augenblicke gegeben, in denen Basilius Meyers anfängliches Vertrauen in die Blockade und sein Glaube an die Maßnahmen der Russen geschwankt hatten. Ihm war jetzt klar, daß die Sowjetunion den Westalliierten entweder den Krieg erklären oder klein beigeben mußte. Frankreich, Großbritannien und Amerika würden Berlin nicht fallenlassen.

Basilius war noch etwas anderes klar: daß die Russen ihre Besatzungszone nicht schützten, sondern rücksichtslos ausbeuteten. Während die Westalliierten Marshallplanhilfe gewährten und die Industrie unterstützten, nahm die Sowjetunion ihre Zone und Ost-Berlin aus. Und während die Westalliierten die Westberliner mit der Luftbrücke zu retten versuchten, brachten die Russen die Ostberliner an den Rand des Verhungerns.

Der Lebensstandard sank. Die Läden wurden immer leerer. Die Fabriken konnten noch nicht betrieben werden. Die Ostmark verlor gegenüber der Westmark an Wert. Basilius hatte sogar SED-Mitglieder sagen hören: »Heute kannst du als Kommunist nur in einem kapitalistischen Land anständig leben.«

Basilius dachte nie daran, sich ihnen anzuschließen, und er vertraute auch niemandem seine persönlichen Zweifel an, selbst Irina Wolodja nicht. Die russische Politik in der Sowjetzone zielte, wie er glaubte, auf den kapitalistischen Westen, aber unglücklicherweise traf das die Deutschen am stärksten. Stalin würde bald erkennen, was geschah, und seine Taktik ändern. Als General Schukow im März neuer Militärgouverneur von Deutschland wurde und Wyschinski Molotow als Außenminister ablöste, meinte Basilius, der Wandel zum Guten stehe unmittelbar bevor.

Er hatte recht. Ende April 1949 deutete Stalin an, eventuell zur Aufhebung der Blockade bereit zu sein – auch wenn die Russen die Blockade nie zugegeben hatten: Bis zum Schluß hatten sie die Version von »technischen Verkehrsproblemen« aufrechtzuerhalten versucht.

Die Nachricht kam unmittelbar nach dem millionsten Flug und einer großartigen Osterparade. In vierundzwanzig Stunden waren in mehr als tausend Flügen Schokolade, Bohnenkaffee und gefrorenes Schweinefleisch sowie über zwölftausend Tonnen Kohle in die Stadt gekommen. Nach Berichten aus den Westsektoren verfolgte praktisch die gesamte Bevölkerung das Schauspiel und säumte jubelnd die Straßen. Der amerikanische Militärgouverneur General Clay erklärte, die Alliierten könnten nun auf dem Luftweg mehr Nahrungsmittel transportieren, als sie vor der Blockade auf Straße und Schiene nach Berlin gebracht hatten.

Es sah wie eine Niederlage aus, aber wenn man genauer hinsah, war es doch keine. West-Berlin war noch immer eine Insel. Die Zugangswege konnten jederzeit wieder gesperrt werden, aber zunächst einmal würde die Gegenblockade eingestellt, und die Sowjetzone konnte sich mit Vorräten aus dem Westen eindecken. Die Westalliierten waren den Russen so lange auf Gedeih und Verderb ausgeliefert, wie diese wollten.

Noch eine andere wichtige Entwicklung fand statt. Am 20. März 1949 hatte der 1. Deutsche Volksrat einstimmig eine Verfassung für eine »Deutsche Demokratische Republik« mit Berlin als Hauptstadt gebilligt. Am 9. Mai billigte der Parlamentarische Rat in Bonn mehrheitlich das neue Grundgesetz, das zur Gründung einer Bundesrepublik im Westen erforderlich war. Berlin wurde indessen nicht als zwölftes Bundesland der neuen Republik zugelassen, und es sollte auch nicht Sitz des Parlaments sein. Das sollte Bonn werden.

Diese sogenannte Bundesrepublik würde sich nicht halten, davon war Basilius überzeugt, denn sie war aus Verzweiflung geboren und das Produkt eines Kompromisses. Kein Wunder, daß Stalin sich nicht einmal die Mühe machte, sich gegen sie zu schützen. Sie würde rasch wieder zusammenbrechen, und dann würde sich die Bevölkerung der Westzonen der Deutschen Demokratischen Republik anschließen.

Bis dahin hätte Stalin erkannt, daß er den deutschen Genossen trauen konnte, und würde ihnen erlauben, ihr Land ohne russische Überwachung selbst zu führen. Aber mit der starken Sowjetunion im Rücken. Und Berlin würde wieder die Hauptstadt eines vereinten Deutschland werden.

Es waren überschwengliche Tage, die der Aufhebung der Blockade um Mitternacht des 11. Mai folgten. Die ersten Personen- und Lastwagen trafen nach ihrer Fahrt über die Autobahn Helmstedt-Berlin am amerikanischen Kontrollpunkt ein. Und aus den Westzonen kamen die ersten Züge. Die ersten Autos verließen Berlin in Richtung Westen mit Wimpeln, auf denen »Hurra! Wir leben noch!« stand.

Die schrecklichen Tage waren vorbei, an denen man bei Kerzenlicht essen mußte. Berlin war keine Stadt der Dunkelheit mehr. Nur ein Griff zum Schalter, und das Licht ging an. Und das neue, nach Ernst Reuter benannte Kraftwerk, das kurz vor Ende der Blockade fertig geworden war, machte West-Berlin ein für allemal von russischen Stromlieferungen unabhängig.

Die öffentlichen Verkehrsmittel fuhren wieder. Es gab Kleidung und Schuhe. Die Preise purzelten. Zigaretten waren nicht mehr rationiert.

Dann bahnte sich neuer Ärger an. Am 20. Mai traten die Berliner S-Bahn-Angestellten in den Streik. Das gesamte S-Bahn-Netz stand unter sowjetischer Kontrolle, und die Angestellten wurden in Ostmark bezahlt. Viele von ihnen wohnten jedoch in West-Berlin, wo ihr Lohn nur ein Fünftel wert war. Der Streik hatte enorme Auswirkungen. Er lähmte nicht nur den öffentlichen Verkehr der Stadt, sondern auch den Bahnverkehr von und nach Berlin. Zwei Wochen nach Beendigung der Blockade hatte Berlin sich selbst blockiert.

Am 23. Mai 1949 wurde die Bundesrepublik Deutschland mit Bonn als provisorischer Hauptstadt gegründet. Die Russen weigerten sich, den neuen Staat anzuerkennen; Berlin unterlag weiterhin dem Viermächteabkommen.

Mitte Juni erklärten die Russen sich bereit, sechzig Prozent der Löhne der S-Bahn-Angestellten in Westmark zu zahlen, und der Streik wurde beendet. Aber ein weiteres Mal schoben die Russen »technische Schwierigkeiten« auf den Autobahnen und Schienenwegen nach Berlin vor. Die Stadt blieb halb blokkiert. Die Luftbrücke lief weiter.

Mortimer Allens Aufenthalt in Berlin ging zu Ende. Seinen letzten Abend in Berlin verbrachte er im hellerleuchteten Café Jochum. Viktoria aß mit ihm, aber statt sich vollzustopfen, wie es die meisten Berliner offenbar taten, nahm sie nur kleine Portionen. »Ich kann mich nicht daran gewöhnen, soviel zu essen zu haben«, sagte sie entschuldigend.

»Was willst du jetzt machen?« fragte Mortimer.

Sie schwieg eine Weile und gab dann zu: »Ich weiß es, ehrlich gesagt, nicht. Vielleicht sollte ich Lili aus Hamburg zurückholen. Aber was für ein Leben kann ich ihr hier bieten? Zu allem Überfluß haben mich vor kurzem die Franzosen benachrichtigt, daß sie unser Haus in Heiligensee räumen und ich bald wieder einziehen kann. Aber ich kann nicht jeden Tag nach Heiligensee und zurück fahren, und Lili könnte ich nicht allein dort lassen. Wahrscheinlich ist es am besten, das Haus zu vermieten.«

»Du könntest doch selbst nach Hamburg ziehen«, meinte Mortimer.

»Was soll ich denn da?«

Das war die Gretchenfrage. Viktoria war nie Hausfrau gewesen, der es genügt hätte, für ihre Kinder dazusein. Sie war immer eine selbständige Frau gewesen.

Nachdem Mortimer sich von Hasso und den anderen Angestellten verabschiedet hatte, gingen sie die Stufen hinauf und traten auf den Kudamm. Mortimer nahm sie in die Arme, und sie legte das Gesicht gegen seine Schulter. Seine Lippen berührten ihr Haar, und leise sagte er: »Ich werde dich nie vergessen, Vicki. Du bist eine tapfere, außergewöhnliche Frau.«

Dann war er rasch weggegangen, schlenderte den Kudamm hinunter, und Viktoria stand allein an der Treppe zum Café Jochum.

Das dritte Kind wurde Norbert und Reinhild im August dieses Jahres geboren, wieder ein Mädchen. Reinhild griff erneut auf ihre beschränkten mythologischen Kenntnisse zurück und nannte es Helena. »War sie nicht der Anlaß für den Trojanischen Krieg?« fragte Norbert.

»Sie war außergewöhnlich schön«, erklärte Hannelore bissig.

Helena zeigte keine besonderen Anzeichen einer großen Schönheit. Sie war ein ziemlich häßliches Baby, das andauernd schrie. Ihre Ankunft machte das Leben in der überfüllten Wohnung noch beschwerlicher.

Ebenfalls in jenem August fanden die ersten Bundestagswahlen statt, die eine Koalition der Christ- und Freidemokraten brachten. Im September wurde Konrad Adenauer zum Bundeskanzler gewählt und der kultivierte und hochangesehene Freidemokrat Theodor Heuss zum Bundespräsidenten der neuen Republik. Die NATO, der aus elf Staaten bestehende Nordatlantikpakt, war im Frühjahr gegründet worden.

Da sich die Dinge langsam zu normalisieren schienen, hielt Stefan es für an der Zeit, sich eine eigene Wohnung zu suchen. *Aktuell* warf unterdessen erste bescheidene Gewinne ab. Ende September zog er mit Udo in eine neue Wohnung in der Nähe der Universität.

Nach und nach ging die Zahl der alliierten Truppen in den Westzonen zurück, und die verbleibenden Soldaten zogen in eigene Unterkünfte. Im September räumten die Briten das

Landhaus an der Hamburger Binnenalster, den letzten Landgut-Besitz in der Stadt, der noch zu erschließen war.

Gemeinsam mit Eduard Wild konnte Norbert sich die Villa erstmals ansehen. Lili begleitete sie.

Das Gebäude stammte aus dem frühen 19. Jahrhundert und hatte unter anderem einen wohlhabenden Hamburger Kaufmann als Besitzer gehabt, der in den 20er und 30er Jahren des 20. Jahrhunderts mehrere Flügel angebaut hatte. Trotz der Kriegsschäden an der Fassade und am Dach war es immer noch ein stattliches Anwesen mit einer halbkreisförmigen Auffahrt und einer Freitreppe, die zu einem säulengefaßten Eingang führte. Sie traten in eine geräumige Eingangshalle, an deren einem Ende eine geschwungene breite Treppe in den ersten Stock führte. Es war warm und hell, obwohl nur die Nachmittagssonne durch die offene Tür fiel.

Sie sahen sich die Räumlichkeiten an und diskutierten die Möglichkeiten. Als Privatvilla konnte sich das niemand mehr leisten, und es würde viel Arbeit erfordern, daraus Wohnungen zu machen. »Wie wär's mit einem Hotel?« meinte Eduard, der noch immer Stefans und Lilis Schilderungen vom Quadriga im Kopf hatte.

»Das wäre eine Idee«, sagte Norbert nachdenklich. »Aber oben sind nur dreißig Zimmer. Das hieße, maximal sechzig Betten. Ich weiß nicht, ob es nicht doch besser wäre, hier einen modernen Bau hinzusetzen.«

Eduard wußte, daß Norbert für Hochhäuser als der wirtschaftlichsten Methode zum Unterbringen von Menschen schwärmte, aber er fand es jammerschade, ein so schönes, altes Haus abzureißen. Zögernd meinte er: »Man könnte ein oder zwei Etagen aufstocken. Das Quadriga hatte vier Stockwerke.«

»Das könnte man allerdings«, räumte Norbert ein und kam, als er die äußeren Proportionen studierte, zu dem Schluß, daß der Bau mehr Höhe gebrauchen könnte.

So ging es weiter: Jeder von Norberts Anregungen zur Modernisierung hielt Eduard etwas entgegen, das eher dem klassizistischen Stil des Quadriga entsprach. Und das Eigenartige war, daß Eduard recht hatte. Trotz fehlender Ausbildung hatte er ein sicheres Gespür für das, was notwendig war. Am Ende des Tages lachte Norbert. »Du würdest gut zu Tante Viktoria passen. Ihr denkt beide gleich.« Und dann schnippte er mit den Fingern. »Großer Gott! Das ist es! Landgut besitzt das Hotel, und Tante Vicki führt es!«

Die nächsten Tage verbrachten sie ausschließlich in der Villa. Norbert skizzierte Pläne und überschlug die Kosten, und Eduard träumte. Lili konnte ihre Begeisterung kaum zügeln. Wenn Tante Vicki nach Hamburg käme, müßte sie nicht mehr bei Reinhild und Hannelore wohnen.

9

Anfang Oktober 1949 wurde es am Himmel über Berlin still. Die Stadt hatte genügend Vorräte für den Winter gelagert, selbst wenn die Russen noch einmal eine Blockade verhängen sollten. Die Luftbrücke hatte ausgedient.

Am 7. Oktober erklärten die Russen die Deutsche Demokratische Republik zum souveränen Staat. Eine Wahl fand nicht statt. Otto Grotewohl war der neue Ministerpräsident, Wilhelm Pieck der neue Präsident. Aber kaum jemand zweifelte daran, daß der eigentliche starke Mann Walter Ulbricht war, ein leidenschaftlicher Verfechter der Moskauer Linie. Der Westen bezeichnete diese sogenannte Republik als ungesetzlich und undemokratisch. Doch sie hielt, anders als die Bundesrepublik, an Berlin als Hauptstadt fest. West-Berlin war nun eine Enklave in der Deutschen Demokratischen Republik.

Norberts Brief mit den Plänen für ein neues Hotel in Hamburg erreichte Viktoria kurz nach diesen Ereignissen. Als Mortimer ihr vor ein paar Monaten geraten hatte, nach Hamburg umzuziehen, hatte sie den Gedanken sofort verworfen. Jetzt prüfte sie den Vorschlag eingehend.

»Folgen Sie Ihrem Kopf, nicht Ihrem Herzen«, sagte Hasso, als sie mit ihm darüber sprach.

»Was würde aus dem Café Jochum?«

»Darum würde ich mich kümmern. Was auch kommt, die Berliner werden immer ein Plätzchen zum Kaffeetrinken und Zeitunglesen brauchen.«

Obwohl noch große Gebiete von Hamburg in Trümmern lagen, war Viktorias erster Eindruck der einer geschäftigen, pulsierenden Stadt. Überall wuchsen neue Häuser aus dem Boden. Die Menschen gingen entschlossen ihren Geschäften nach. Sie klangen zuversichtlich. Ihr Äußeres spiegelte den neuen Wohlstand. Hamburg war ganz anders als Berlin.

Norbert und Lili holten sie mit Norberts neuem Mercedes am Flughafen ab. Sie fuhren zuerst zu Stefans Wohnung, wo Viktoria während ihres Aufenthalts bleiben sollte, dann zur Binnenalster, wo Eduard sie vor der Villa erwartete. Lili beugte sich im Wagen von hinten vor, redete in einem fort, zeigte die Besonderheiten der Stadt und die Landgut-Bauten und flocht immer wieder ihre Pläne für das neue Hotel in ihre Schilderungen ein.

Als Viktoria die Villa betrat, wußte sie gleich, daß Norbert mit seiner Einschätzung richtig lag. Sie blickte sich um, stellte sich ankommende Gäste in einem Hotel vor. Portiers, die an der Eingangstreppe warteten. Den Hausdiener. Empfang und Büro. Die Empfangshalle. Ja, bei sorgfältiger Planung ließe sich das alles einrichten. Das Wichtigste aber war, daß die Atmosphäre stimmte. Sie fühlte sich bereits wie zu Hause.

Norbert stieß eine Tür auf. »Schau dir das hier an. Wir meinen, wenn man die Mauer zwischen diesen beiden Räumen wegnimmt, gäbe das ein wunderbares Restaurant. Die Küche liegt direkt dahinter. Und sieh mal diesen Blick!«

Der Blick über eine Straße und eine breite Promenade auf den geschützten Hafen der Binnenalster war tatsächlich überwältigend. Das Wasser glitzerte in der Sonne, und die neu gepflanzten Bäume an der Promenade standen noch in vollem Laub.

In ihrer Ungeduld, Viktoria auch die anderen Räumlichkeiten zu zeigen, waren Norbert und Eduard schon in ein anderes Zimmer gegangen. Lili war ihnen gefolgt. »Wäre das nicht ideal als Bar?« rief Norbert. »Erinnert dich das nicht ans Quadriga?« Viktoria schloß zu ihnen auf. Der Raum ähnelte der Bar im Quadriga tatsächlich sehr.

Viktoria sah aus dem Fenster auf ein Stück zerfurchten Rasen. Ein Garten . . . Für jemanden, der die letzten vier Jahre im Keller gelebt hatte, überstieg das fast alles Vorstellbare.

Sie gingen in den ersten Stock, und Norbert erklärte, wie in die meisten Zimmer ohne großen Platzverlust ein Bad eingebaut werden könnte. »Gegenwärtig gibt es nur dreißig Zimmer, aber wir könnten ein paar Etagen aufstocken. Es ist sogar Platz für einen Aufzug.«

Als Stefan an dem Abend in Norberts Wohnung kam, war der Eßzimmertisch mit Planskizzen bedeckt, und seine Mutter, Norbert, Eduard und Lili redeten aufgeregt durcheinander, ohne sich von der in ihrem Bettchen plärrenden Helena stören zu lassen. Tristan und Kleo spielten Verstecken, und Reinhild lauschte einem Hörspiel.

Stefan verzog das Gesicht über den Trubel, gab seiner Mutter einen Kuß und fragte: »Na, was hältst du von der Sache?«

»Es ist ein sehr schönes Haus. Und Norbert hat tolle Ideen, wie man ein zweites Quadriga daraus machen könnte.«

»Norbert?« rief Stefan lachend. »Mama, Ehre, wem Ehre gebührt. Norbert wollte es abreißen und neu bauen. Du mußt dich bei Eduard bedanken. Er hat sich dafür eingesetzt, daß das neue Hotel ganz im Stile des Quadriga gehalten werden soll.«

Viktoria drehte sich zu Eduard um. »Ich danke Ihnen, Eduard«, sagte sie ernst. »Meine Eltern wären glücklich, wenn sie wüßten, daß ihre Ideen fortleben.« Und im selben Augenblick war ihr klar, daß sie sich entschieden hatte. Sie würde aus der alten Villa ein elegantes Hotel im Geiste des Quadriga machen.

Am Abend legte Viktoria in ihrem Zimmer in Stefans Wohnung den Gürtel ab, den sie immer auf dem Körper trug, und schüttete auf das Bett, was ihr an Schmuck geblieben war – unter anderem Rubine zu ihrem vierzigsten Geburtstag und ein goldenes Halsband mit Diamanten zu ihrem fünfzigsten und zum goldenen Jubiläum des Hotels 1944.

Am nächsten Morgen sprach sie mit Norbert in der Villa über die Finanzierung. »Wenn wir das Grundstück als Sicherheit bieten, müßten wir eigentlich einen Kredit kriegen«, meinte Norbert zuversichtlich.

»Ich möchte nicht mehr als unbedingt nötig von dir abhängig sein«, erklärte Viktoria bestimmt. »Ich habe noch Schmuck, den ich verkaufen kann.«

»Das solltest du nicht tun!«

»Warum nicht? Ich trage doch nie mehr etwas davon. Außerdem sind viel zu viele Erinnerungen damit verbunden.«

Norbert sah sie forschend an. »Bist du sicher?«

»Absolut. Ich habe genug Erfahrung aus unserer Verschuldung bei den Krauses. Wenn ich könnte, würde ich dir das Gebäude sofort abkaufen. Aber außer dem Schmuck habe ich nur noch das Café Jochum und das Haus in Heiligensee. Das Café will ich nicht verkaufen, und daß jemand das Landhaus kaufen möchte, kann ich mir beim besten Willen nicht vorstellen.«

»Du hast das Landhaus wieder?«

»Ja, von den Franzosen. Im Moment vermiete ich es. Es sind drei Familien drin, die auf eine neue Wohnung warten.«

Im Geist sah Norbert das Landhaus vor sich, ein Ort des Friedens am See, das einzige Haus, zu dem er sich je sofort hingezogen gefühlt hatte, obwohl er nie einen Fuß hineingesetzt hatte. »Denkst du wirklich an Verkauf?«

Wenn ihre Mutter, Benno und Luise noch lebten, wenn Christa nicht dort gestorben wäre, wenn die Russen und Franzosen es nicht beschlagnahmt hätten, wenn Monika mit ihren Kindern in Berlin lebte, wenn Stefan verheiratet wäre und selbst Kinder hätte – dann hätte Viktoria das Haus in Heiligensee bestimmt behalten, aber sie würde nie wieder dort wohnen, so wie sie nie wieder ihren Schmuck tragen würde. »Wenn der Richtige käme, würde ich es verkaufen«, sagte sie.

Impulsiv sagte Norbert: »Ich mach' dir einen Vorschlag. Du verkaufst deinen Schmuck, ich gebe dir, was du darüber hinaus als Startkapital brauchst, und bekomme dafür das Landhaus.«

»Du? Aber warum willst du es haben?«

Er lächelte etwas verlegen. »Ich mag es. Es ist alt, wie das hier. Es hat Charakter und Tradition.«

Ja, dachte Viktoria, einem jungen Mann, der in der seelenlosen »Festung« des Barons aufgewachsen war und jetzt in einer überfüllten Wohnung lebte, konnte das Landhaus so erscheinen. Aber – »es liegt in Berlin, Norbert«.

»Berlins Zukunft ist jetzt sicherer als vor der Blockade.«

»Ja, vielleicht . . .«

»Überleg es dir, Viktoria, du brauchst dich nicht sofort zu entscheiden. Aber ich werde meine Meinung nicht ändern. Und außerdem, wenn es dir wirklich ernst ist, laß ich meinen Anwalt einen Pachtvertrag aufsetzen, der dir die Option auf Rückkauf des Hotels nach zehn Jahren einräumt.«

»Nein, Norbert. Das ist zu großzügig.«

»Das kann man wirklich nicht zu vielen Krauses sagen!

Aber was ich dir vorschlage, macht kaufmännisch schon Sinn. Wenn wir so verfahren, hast du in zehn Jahren wieder ein Hotel, und ich habe das Geld für den Grundbesitz und das Landhaus und noch ein Einkommen für die nächsten zehn Jahre.«

Viktoria nickte bedächtig. »In Ordnung. Und danke, Norbert.«

Dann überschlugen sich die Ereignisse. Die Baugenehmigung wurde erteilt. Norbert bekam einen Kredit. Viktorias Schmuck wurde verkauft. Notare in Hamburg und Berlin arbeiteten die Pachtunterlagen für das neue Hotel und den Kaufvertrag für das Haus in Heiligensee aus. Anfang November bezog ein Heer von Bauarbeitern die Villa, und es wurde mit dem Umbau begonnen.

Kurz darauf kam es zu einem eigenartigen Zwischenfall. Viktoria sah ein paar Arbeitern zu, die unter der Aufsicht des Poliers ein Gerüst errichteten, der mit leichtem Berliner Akzent Befehle brüllte und zwischendurch fluchte. Von der Nordsee blies ein eisiger Wind. Viktoria fröstelte, sie zog den Mantel enger um sich und ging, als das Gerüst den zweiten Stock erreicht hatte, ins Haus. In dem Augenblick krachte es, und ein Balken schlug dort auf, wo sie eben noch gestanden hatte.

Aschfahl und zitternd blickte sie durch das Gewirr der Stangen nach oben und sah den Polier, der zu ihr hinunterschaute. Er entschuldigte sich mit keinem Wort.

Als sie Norbert später von dem Zwischenfall erzählte, sagte sie: »Wäre ich nicht in dem Augenblick zur Seite gegangen, hätte mich der Balken erschlagen können. Und wie der Mann mich angesehen hat, man könnte meinen, er hätte es beabsichtigt.«

»Alfred Tobler ist ein komischer Kauz. Aber warum sollte er dich umbringen wollen?«

Viktoria machte ein nachdenkliches Gesicht. »Ich habe das Gefühl, ihn von irgendwoher zu kennen. Die Stimme und die Augen kommen mir irgendwie bekannt vor.«

Die Erkenntnis, daß er indirekt für Viktoria Jochum arbeitete, war zuviel für Otto Tobisch gewesen. Nicht nur, daß er sie seit seiner Kindheit haßte, weil er als Sohn des Hoteldirektors des Quadriga in seinen Augen zahllose Demütigungen durch die Familie Jochum hatte erdulden müssen; sie war dazu eine der wenigen, die ihn so gut kannte, daß sie ihn hätte identifizieren können. Sein erster Gedanke war gewesen, sie umzubringen. Als der Balken sein Ziel verfehlte, war ihm klar, daß er Hamburg verlassen mußte.

Noch am selben Abend packte er seine wenigen Habseligkeiten und lief im selben abgetragenen Anzug, in dem er in Hamburg angekommen war, zum Bahnhof. Der erste Zug ging nach Köln, und so nahm er den. Niemand beachtete ihn in der dritten Klasse, die alte Reisetasche im Gepäcknetz über sich und das Gesicht, wenn er vor sich hindöste, mit einer Zeitung abgeschirmt. Kein Polizist kontrollierte den Zug. Niemand wollte seinen Ausweis sehen. Von Köln nahm er einen Zug nach Frankfurt, von dort fuhr er mit mehrmaligem Umsteigen nach Triberg im Schwarzwald. Die letzten Kilometer nach Bergtal ging er im Schutz der Felder und des Waldes zu Fuß. Am Rand des Dorfes fand er eine verlassene Scheune, wo er die Nacht abwartete.

Als die Uhr im Kirchturm Mitternacht schlug, glaubte er, den Weg zum Waldblick wagen zu können. Das Dorf lag verlassen da, alle Fensterläden waren geschlossen, und die Menschen schliefen. Otto schlich sich von hinten an den Gasthof, und sofort schlug ein Hund an. Eine Tür ging auf, und Licht fiel auf den Hof. Otto erstarrte im Schatten einer großen Abfalltonne. »Ist da jemand?« rief eine Stimme, und die Silhouette eines großgewachsenen Mannes mit einem Bierbauch erschien schlurfend in der Tür.

»Hubert.« Ottos Stimme war kaum mehr als ein Flüstern.

»Komm raus da, sonst laß ich den Hund los!«

»Ich bin's, Otto Tobisch.« Er trat vor, damit Hubert ihn sehen konnte.

»Allmächtiger Gott – Otto!« Hubert zog ihn durch die Tür in die leere Küche. »Ja, sag mal, du bist ja kaum wiederzuerkennen!«

Die beiden Männer saßen bis in den Morgen zusammen und redeten, während Otto einen riesigen Teller mit Bratwurst und Kartoffeln verspeiste und mehrere Humpen Bier dazu trank. Nachdem sie ihre Nachkriegserlebnisse ausgetauscht hatten, sagte Otto schließlich: »Mir ist egal, was ich mache, aber ich will in Adolfs Nähe sein. Ich könnte im Wald arbeiten. Wenn ich weiß, ob diese Jochum mir die Polizei auf den Hals gehetzt hat, kann ich entscheiden, wie es weitergeht.«

Hubert nahm einen großen Schluck. »Ich bin bereit, dir zu helfen, soweit ich kann, aber du mußt verstehen, daß ich nicht meine Familie und meine Existenz dadurch aufs Spiel setzen kann, daß ich einen gesuchten Kriegsverbrecher verstecke. Anna muß sich jede Woche bei der Militärpolizei melden. Und du weißt ja, daß sie nicht die hellste ist. Sie könnte dich sehr schnell verraten.«

Ottos Augen verengten sich. »Und Adolf?«

Hubert zögerte. »Er glaubt, du bist tot.« Als in Ottos Augen Zorn aufblitzte, fuhr er rasch fort: »Der Junge brauchte irgendeine Erklärung, nachdem du weg warst. Anna hat ihm immer erzählt, du wärst ein mächtiger General, und er bewundert dich maßlos. Er will so wie du werden. Und er sieht dir sehr ähnlich, Otto. Ist ein feiner Bub. Aber er ist erst acht. Du kannst von ihm nicht erwarten, daß er den Mund hält.«

Da Nachsaison war, logierten keine Gäste im Waldblick, und Otto konnte die Nacht in einem Gästezimmer im ersten Stock bleiben. Als er erwachte, schien die Wintersonne, und draußen hörte er Kinderstimmen. Vorsichtig spähte er durch das Fenster auf die Straße. Vor dem Gasthof standen eine Frau und ein Kind. Es war Anna – der Ausdruck ihres Gesichts dümmlich wie eh und je. Der Junge mit den hellblonden Haaren und der gesunden Farbe wirkte dagegen aufgeschlossen. Adolf . . .

Menschliche Beziehungen hatten in Ottos Leben kaum eine Rolle gespielt. An die Tausende, die unter seinem Befehl gestorben waren, hatte er nie einen Gedanken verschwendet. Das waren Objekte gewesen, keine Menschen.

Nur Adolf hatte jemals das Gefühl von Liebe in ihm erweckt. Otto hatte nie gefragt, wie das kam. Er wußte einfach, daß sein Sohn seinem Leben einen Sinn gab. Adolf war seine Hoffnung für die Zukunft. Der Junge war ein Teil von ihm.

Hubert brachte ein Tablett mit Frühstück aufs Zimmer und setzte sich zu Otto an den Tisch. »Ich habe mit Theresia gesprochen. Du kannst ein paar Tage bleiben, aber wir können dich nicht hierbehalten, Otto.«

»Im Wald gibt es Hütten. Ich könnte mich in einer verstekken.«

Hubert schüttelte den Kopf. »Das ist zu gefährlich. Du brauchst Vorräte, Kleidung, eine Heizung. Es gibt Waldarbeiter und Wanderer, die dich entdecken würden. Nein, ich hab einen anderen Vorschlag. Ich kenne jemand in Baden-Baden, Parteimitglied, war früher Drucker bei einer Zeitung. Jetzt druckt er Informationsblätter für die Franzosen. Er ist auch ein hervorragender Fälscher, aber das wissen sie nicht. Er kann dir neue Papiere machen. Weil du es bist, kostet es dich nichts. Dann kannst du irgendwohin gehen.«

Otto schwieg eine Weile. Bergtal war etwas anderes als der abgeschiedene Hof über Traunkirchen. Hubert hatte recht. Wenn er länger hier blieb, würden zwangsläufig Spekulationen über ihn aufkommen. Selbst wenn Anna ihn nicht verriet, konnte ein anderer es tun.

Vielleicht sollte er doch das tun, was der Fluchtausschuß von Nattenberg ursprünglich geraten hatte, und ins Ausland gehen. Bis jetzt hatte er Glück gehabt, aber das Glück würde nicht ewig währen. Er dachte an das Säckchen mit Edelsteinen, das er im Kuhstall vergraben hatte. Ob es noch dort war? Oder hatte Anna es an sich genommen? Mit diesen Steinen sähe seine Zukunft gleich ganz anders aus. Mit ihnen könnte er ein neues Leben beginnen, wo er wollte.

»Du hast recht«, sagte er schließlich zu Hubert. »Ich will dir nicht zur Last fallen. Aber erst muß ich Anna sehen.«

Widerstrebend willigte Hubert ein.

Annas Bestürzung darüber, daß ihr Mann, dessen Tod sie sich eingeredet hatte, noch lebte, war offenkundig. »Wo bist du gewesen?« fragte sie vorwurfsvoll. »Warum hast du dich nicht gemeldet? Die Amerikaner haben schreckliche Dinge erzählt. Sie haben gesagt, du hättest Millionen Menschen getötet.«

Dich hätte ich auch töten sollen, dachte Otto, aber er sagte: »Ich habe Befehle befolgen müssen wie jeder Soldat, Anna. Und das bedeutete manchmal auch, jemand zu töten.«

Er erzählte ihr, daß die Amerikaner ihm furchtbares Unrecht getan hätten, er aber, solange die Alliierten Deutschland besetzt hielten, keine Chance hätte, seine Unschuld zu beweisen. »Das bedeutet, daß ich auch hier bald wieder weg muß«, erklärte er. »Aber vorher möchte ich ein paar Erinnerungen an das Leben auffrischen, wie ich es gekannt habe.« Er kniff ihr in den massigen Schenkel.

Am Abend, als Anna sicher war, daß alle schliefen, schlich sie, so leise ihr massiger Körper das zuließ, aus ihrer Mansarde nach unten. Wenn sie nicht zu Otto ging, kam er vielleicht zu ihr, und Adolf, der nebenan schlief, konnte wach werden. Sie war auch Huberts Ansicht, daß Adolf zu jung war, ein so bedeutendes Geheimnis wie Ottos Rückkehr für sich zu behalten.

Ottos Tür war angelehnt, und ihr Mann lag nackt auf dem Bett. »Wo bleibst du denn?« herrschte er sie an. Nachdem er aufgestanden war und die Tür verschlossen hatte, schob er ihren Morgenmantel und das Nachthemd bis zur Taille hoch, drängte sie auf das Bett und nahm sie von hinten.

Die nächsten Tage herrschte große Anspannung im Waldblick. Da die Polizei nicht auftauchte, wurde immer wahrscheinlicher, daß Viktoria ihn nicht gemeldet hatte, aber sicher war das nicht. Otto blieb in seinem Zimmer, von wo er tagsüber durch das Fenster schaute, um so oft als möglich einen Blick von seinem Sohn zu erhaschen. Abends kam Anna und gab sich ihm willig hin. Hubert suchte den befreundeten Drukker auf und organisierte Ottos neue Papiere. Am Samstag kam er mit einem Ausweis zurück, der Otto als den Tschechoslowaken Rudolf Tatschek auswies, unverheiratet, sechsundfünfzig Jahre alt, römisch-katholisch und Bauingenieur von Beruf.

»Hör auf mich und geh ins Ausland«, riet er Otto. »Mein Freund hat mir Anlaufadressen von NS-Zellen in Österreich und Italien gegeben. Von dort helfen dir Sympathisanten weiter in den Nahen Osten oder nach Südamerika.«

Zu seiner Erleichterung widersprach Otto nicht. Hubert hatte befürchtet, Otto könnte darauf bestehen, Anna und Adolf mitzunehmen. Er kannte im Gasthof jedes knarrende Dielenbrett, und Annas nächtliche Besuche bei Otto waren ihm nicht entgangen. Aber offenbar hatte Otto sich dazu durchgerungen, allein zu gehen.

Als Anna am Abend in Ottos Zimmer kam, war er komplett angezogen. An der Tür stand ein Rucksack, den Hubert ihm gegeben hatte.

»Otto, was ist los?« rief sie. »Wo willst du hin?«

Er gab ihr keine Antwort und fragte statt dessen: »Als wir aus Polen zurückgekommen sind, habe ich im Kuhstall in Traunkirchen ein paar Sachen vergraben. Erinnerst du dich?«

Sie sah ihn ausdruckslos an. Nach ihrer Ankunft in Bergtal hatte sie das Säckchen mit den Edelsteinen wieder unter ihrer Matratze versteckt und jeden Abend nachgesehen, ob es noch da war. Solange es da war, fühlte sie sich sicher. Inzwischen war es für sie eine Art Talisman geworden.

»Erinnerst du dich?« Ottos Gesichtsausdruck und Stimme waren ganz anders als an den Abenden vorher. »Was ist mit den Steinen? Sind sie noch da?«

Er ließ ihr keine Zeit zu antworten und kam drohend auf sie zu. »Wo sind sie?«

Sie schüttelte den Kopf und versuchte, das Gefühl aufkommender Panik zu unterdrücken.

Fachmännisch legte Otto ihr die Hände um den Hals und drückte mit den Daumen auf die Luftröhre. »Sag mir, wo sie sind.«

Noch nie in ihrem Leben hatte Anna solche Angst und Schmerzen empfunden. »In meinem Schlafzimmer«, keuchte sie. Otto lockerte den Griff ein wenig. »Unter der Matratze.«

»Zeig's mir.«

Am ganzen Körper zitternd, führte sie ihn zu ihrem Zimmer, machte die Tür auf, kniete sich neben das Bett und holte den kleinen Beutel aus seinem Versteck.

Otto wurde von einer zügellosen Wut gepackt. Wie konnte sie es wagen, seine Steine zu stehlen? Angewidert blickte er auf den plumpen Leib, an dem er in den letzten Nächten seine sadistische Lust ausgelassen hatte, dann auf die voluminöse Unterwäsche, die auf einem Stuhl neben dem Bett gehäuft war. Obenauf lag, völlig unpassend, ein Paar Nylonstrümpfe.

Sollte sie ihre Nylons tragen, aber nicht so, wie sie sich das vorstellte. Während sie noch unter der Matratze suchte, nahm er einen Strumpf, wickelte sich die Enden sachkundig um die Hände, trat vor und zog ihn ihr blitzschnell vor dem Gesicht vorbei um den Hals. Er hatte für sie keine Verwendung mehr. Solange sie lebte, war sie eine Belastung.

Sie zappelte einige Augenblicke schwach, dann sackte sie schlaff auf das Bett. Otto zog noch einmal fest zu. Anschließend ließ er ihren leblosen Körper auf den Boden gleiten.

Er nahm die Steine und verließ das Zimmer. Vor der Tür des Nebenzimmers blieb er einen Moment stehen. Er vermutete Adolf dort und war versucht, den Jungen aus dem Bett zu holen und mitzunehmen. Aber es war zu gefährlich. Später, wenn Adolf älter wäre, würde er ihm schreiben, dann könnte der Junge zu ihm kommen. Vielleicht könnte er auch eines Tages, wenn die Hexenjagd vorbei war, selbst nach Deutschland zurückkehren.

So leise er konnte, ging er wieder nach unten, um seinen Rucksack zu holen. Das Bett war am Morgen frisch bezogen worden und sah unbenutzt aus. Nichts deutete darauf hin, daß er jemals hier gewesen war. Er öffnete die Haustür, trat hinaus und knurrte »Halt's Maul!«, als Huberts Hund bellte. Er machte sich durch das schlafende Dorf auf nach Süden.

Im Morgengrauen bot ihm ein Bauer, der zum Markt fuhr, an, ihn mitzunehmen. »Sie sind aber früh unterwegs«, bemerkte er erstaunt. Otto gab sich als Spätheimkehrer aus, der zu seiner Familie zurückwolle. Sein unrasiertes Gesicht, die schäbige Kleidung und die verstaubten, abgelaufenen Schuhe ließen seine Geschichte glaubhaft klingen. Der Bauer machte einen Umweg und brachte ihn nach Donaueschingen. Als er Lindau am Bodensee erreichte, suchte er die erste Adresse auf, die ihm Huberts Freund genannt hatte.

Von da an erwies sich seine Flucht als lächerlich einfach. Als Rudolf Tatschek, ein in Pilsen geborener tschechoslowakischer Flüchtling, passierte er zuerst die deutsche, dann die österreichische Grenzkontrolle. Die Zöllner, die allen mit Wohlwollen begegneten, die den Russen entkommen waren, wünschten ihm sogar viel Glück.

Adolf fand die Leiche seiner Mutter. Als Anna ihn nicht wie jeden Morgen weckte, lief er in ihr Zimmer, wo er sie auf dem Bettvorleger liegend fand. Seine Schreie gellten durch das ganze Haus, so daß alsbald Hubert, Theresia und ihr Sohn Freddy ins Zimmer stürmten. Bald heulten Sirenen durch die Ortschaft, und der Gasthof füllte sich mit Polizisten. Annas Leiche wurde fotografiert, mit einem Tuch zugedeckt und weggebracht. Fassungslos saß die Familie unter den wachsamen Augen eines Polizeiwachtmeisters in der Küche und wartete darauf, vernommen zu werden.

Für Hubert bestand nicht der geringste Zweifel, daß Otto der Mörder war. Aber warum? Eine ganze Woche hatten er und Anna wie Mann und Frau miteinander geschlafen. Warum hatte er sie umgebracht?

Aber das war bei weitem nicht die dringlichste Frage, die Hubert beschäftigte. Das Wichtigste war seine eigene Verstrickung in die Sache und die seiner Familie. Wenn er nicht aufpaßte, würde genau das eintreten, was er unter allen Umständen hatte vermeiden wollen. Die Polizei würde dahinterkommen, daß er einem berüchtigten Kriegsverbrecher Unterschlupf gewährt hatte. Aber wenn er Ottos Auftauchen verschwieg, würden er oder Theresia vielleicht plötzlich des Mordes angeklagt.

Die Polizei nahm sie zwar ins Kreuzverhör, doch es wurde bald klar, daß man weder Theresia noch Hubert des Mordes an Anna verdächtigte. Aus dem Dorf wurde bezeugt, daß die Albers Anna und ihren Sohn immer gut behandelt hatten. Und es fehlte ein Motiv. Anna war mittellos gekommen und hatte gegen Kost und Logis für sie gearbeitet, eine für beide Seiten vorteilhafte Abmachung.

Jedes Zimmer im Gasthof wurde durchsucht, aber man fand nichts Verdächtiges, wenn auch festgestellt wurde, daß die Küchentür nicht verschlossen war. Freddy und Adolf konnten bestätigen, daß seit gut vierzehn Tagen keine Gäste über Nacht geblieben waren. Annas Zimmer wurde auf Fingerabdrücke untersucht, aber es fanden sich nur ihre Abdrücke, auch auf der Türklinke. Offenbar war nichts gestohlen worden. Selbst das silberne Kruzifix stand noch auf dem Nachttisch.

Freddy erinnerte sich schließlich, den Hund nachts bellen gehört zu haben, und ein Dorfbewohner entsann sich, eine Gestalt mit Rucksack auf der Straße gesehen zu haben, als er früh aufgewacht war und auf dem Weg ins Bad aus dem Fenster gesehen hatte.

Es folgte eine gerichtliche Untersuchung, nach der auf Mord durch Unbekannt erkannt wurde. Der Mord an Anna Feldmann ging schließlich als ungelöst in die baden-württembergische Kriminalstatistik ein.

Otto fuhr über Österreich nach Italien, wo er in einem Flüchtlingslager des Roten Kreuzes etwas zu essen, ein Bett für die Nacht und Geld für die Weiterreise bekam. Nach einer Woche fand er in Mailand bei einem Franziskanerpater Unterschlupf.

Pater Hofer war ein gewandter, gebildeter Mann, der ein großes Haus führte, Deutsch so gut wie Italienisch sprach und großen Anteil an Ottos mißlicher Lage nahm. Von der Persönlichkeit und Herkunft her waren sie so grundverschieden, daß Otto sich in der Gesellschaft seines Gastgebers nie wohl fühlte. Aber er erfuhr immerhin, warum der Pater ihm half.

Pater Hofer stammte aus Meran in Südtirol, das bis zur Abtretung an Italien 1919 zu Österreich gehört hatte. In Hitler hatte er einen, wenn auch gestrauchelten, Landsmann und Katholiken gesehen, der als einziger europäischer Führer gegen die Ausbreitung des Bolschewismus gekämpft hatte. Er verachtete die Juden genauso wie die Kommunisten und sprach sich entschieden gegen den neuen Staat Israel aus, das, wie er sagte, als Geburtsstätte des Christentums nie Heimat der Juden hätte werden dürfen.

Der Pater schlug Otto vor, in den Nahen Osten, nach Ägypten oder Syrien zu gehen. Die arabischen Staaten, deren Einfall in Israel 1948 zurückgeschlagen worden war, bauten seitdem ihre Armeen auf, so daß der nächste Schlag wohl erfolgreich sein würde. Ottos besondere Fähigkeiten könnten, da war der Pater sich sicher, den Arabern in ihrem ständigen Kampf gegen Israel von Nutzen sein.

Dank eines Schreibens des Paters an das vatikanische Hilfszentrum für Vertriebene erhielt Otto einen Flüchtlingspaß und eine Einreisegenehmigung für Syrien. Im Dezember machte er sich auf die letzte Etappe seiner Reise; er fuhr zum Hafen von Bari und von dort mit dem Schiff nach Syrien.

In Damaskus traf er Männer aus allen Bereichen des deutschen Heeres einschließlich der SS und Gestapo, deren Spezialwissen ganz gezielt zum Aufbau eines Militärsystems nach NS-Muster eingesetzt wurde. Er erhielt einen syrischen Paß zum Schutz seiner wahren Identität, für den Fall, daß ihm doch noch jemand auf der Spur war. Von einigen alten Kameraden wurde Otto trotzdem erkannt und bekam sofort seinen früheren Tätigkeitsbereich zugeteilt – den Aufbau syrischer Armee-Einheiten im Stil der SS-Einsatztruppen.

Der Verkehr zwischen Deutschland und Syrien erfolgte keineswegs nur in einer Richtung. Die NSDAP war zwar verboten, doch die Sozialistische Reichspartei hielt die NS-Ideale in Deutschland hoch. Zwischen Syrien und der Bundesrepublik verkehrte regelmäßig ein Kurier, der Geld, Unterstützungsbriefe und Artikel für die rechtsextreme deutsche Presse überbrachte. Falls Otto mit seiner Familie und Freunden daheim in Verbindung bleiben wollte, konnte auch er den Kurierdienst benutzen. Ein ehemaliger Mitarbeiter des Reichspropagandaministeriums leitete das SRP-Büro in Stuttgart und würde dafür sorgen, daß Ottos Briefe seinen Sohn erreichten.

Die Hitze war für Otto das größte Problem in Damaskus. Ansonsten sagte ihm die Stadt zu. Er verkaufte die Edelsteine und deponierte den Erlös unter seinem Decknamen bei einer Bank. Wenn Adolf etwas älter war, konnte mit dem Geld seine Überfahrt nach Syrien und sein Start in ein neues Leben finanziert werden. Bis dahin lebte Otto angenehm unter Landsleuten und machte das gleiche, was er die meiste Zeit seines Lebens getan hatte – er plante die Vernichtung der Juden.

Zu Weihnachten schenkte Onkel Hubert Adolf einen jungen Hund, einen braunen kurzhaarigen Pointer mit weißer Zeichnung, den er Prinz nannte. Prinz zeigte Adolf vom ersten Moment an seine große Anhänglichkeit. Der intelligente, treue Hund schlief in einem Korb neben Adolfs Bett und hätte den Jungen bis in die Schule begleitet, wenn man ihn gelassen hätte. Adolf konnte endlich seine Angst vor Hunden überwinden, die ihn seit den Schrecken seiner Kindheit mit Wolf verfolgt hatte, und er liebte Prinz über alles.

Um die gleiche Zeit fand er einen weiteren Freund. Tobias Müller war zwanzig und half seinem Vater in der Tankstelle und Autowerkstatt, die sich in einem alten Holzhaus am Dorfrand befand. Der Hof war sauber und aufgeräumt, aber hinten gab es ein wahres Paradies aus Ölfässern, Karosserie- und Motorteilen und anderen verrosteten Gegenständen, die »eines Tages vielleicht noch mal gebraucht werden«, wie Herr Müller sagte. In den Räumen über der Werkstatt hatten die Müllers gewohnt, als Tobias noch klein gewesen war. Aber noch vor dem Krieg waren sie in das Haus beim Waldblick gezogen, und die Räume über der Werkstatt, wo es nach altem Öl roch, wurden als zusätzliches Lager genutzt.

Der autovernarrte Tobias konnte stundenlang über Getriebe, Nockenwellen und Vergaser reden, und Adolf und Prinz waren bereitwillige Zuhörer. Wenn ein Wagen zur Reparatur gebracht wurde, paßte Adolf genau auf und reichte Tobias und seinem Vater Werkzeug an. Er lernte schnell, und Herr Müller sagte lachend: »Keine Frage, was du mal wirst, wenn du mit der Schule fertig bist, Dolfi: Kfz-Mechaniker.«

Adolf hatte zwar gleichaltrige Freunde, fühlte sich aber zu Älteren hingezogen. Die Müllers, Freddy und Hubert, traten mit der Zeit an die Stelle der Eltern, die er verloren hatte, und mit ihrer Hilfe überwand er den Schock über den Mord an seiner Mutter, wenngleich das Bild ihrer entstellten Züge und der Schlinge um ihren Hals ihn noch jahrelang in seinen Träumen verfolgte.

Der Brief kam am 14. November, Adolfs zehntem Geburtstag. Adolf schlenderte über die Dorfstraße zur Tankstelle, als ein Wagen ein paar Meter vor ihm hielt. Da er annahm, der Fahrer wolle nach dem Weg fragen, trat er näher. Doch der Mann, die Augen hinter einer Sonnenbrille versteckt, fragte: »Bist du Adolf Feldmann?« Als Adolf nickte, drückte er ihm einen Umschlag in die Hand. »Das ist für dich. Aber keinem was sagen, verstanden?« Dann preschte er davon.

Adolf steckte den Umschlag in die Tasche und ging statt zu Tobias in den Wald, um ungestört zu sein. Dort las er den Brief. Er war offenbar an einem Ort geschrieben worden, der Damaskus hieß, und traf ihn wie ein Blitz aus heiterem Himmel.

»Lieber Adolf

ich war im Krieg ein Kamerad Deines Vaters. Er war ein tapferer Soldat und großer Führer. Ich habe unter ihm gedient, als Du geboren wurdest. Ich erinnere mich an den Tag, als wäre es gestern gewesen. Es gab eine große Feier in der Offiziersmesse. Der General war sehr stolz auf Dich. Ich schreibe Dir, um Dir herzlich zum Geburtstag zu gratulieren.

Vielleicht können wir uns eines Tages kennenlernen. Bis dahin darfst Du keinem Menschen von diesem Brief erzählen, den Du sofort vernichten mußt. Aber Du kannst an die unten genannte Adresse schreiben, von wo Dein Brief an mich in Syrien weitergeleitet wird. Ich würde gern alles über Dich und Dein Leben in Bergtal erfahren. Aber ich betone noch einmal, daß unser Briefwechsel aus Sicherheitsgründen geheim bleiben muß.

Herzliche Grüße, Rudolf Tatschek.«

Darunter war postlagernd eine Stuttgarter Anschrift genannt.

Wieder und wieder las Adolf den Brief und versuchte sich klarzuwerden, was er wirklich bedeutete. Hieß es, daß sein Vater noch lebte? Oder wollte Rudolf Tatschek ihm sagen, daß sein Vater tot war? Es war nicht klar. Aber eins stand fest: Rudolf Tatschek hatte seinen Vater, den großen General, gekannt.

Widerstrebend kam er dem Befehl nach. Wenn er den Brief behielt, würde er ihn bestimmt seinem Onkel und seiner Tante, Freddy und Tobias zeigen. Er trennte die Stuttgarter Adresse ab, zerriß den Brief und vergrub die Schnipsel unter einem Haufen Laub.

Schon am nächsten Tag antwortete er, schrieb Herrn Tatschek über sich, Prinz, Tobias und die anderen Freunde im Dorf und bat darum, mehr über seinen Vater zu erfahren.

Aber Rudolf Tatschek erwies sich als schlechter Briefpartner. Erst zu seinem nächsten Geburtstag sollte Adolf wieder einen Brief erhalten. Doch diese wenigen Zeilen hatten genügt, sein Herz mit Hoffnung zu erfüllen. Seine Mutter mochte tot sein, aber es bestand die vage Möglichkeit, daß sein Vater noch lebte!

TEIL ZWEI

1950 – 1961

10

Das Hotel Jochum-Hamburg öffnete seine Tore am 15. Juni 1950, Viktorias sechsundfünfzigstem Geburtstag. Sie wollte das neue Haus im Stil des Quadriga führen. Andere Hotels waren vielleicht größer, aber ihr Haus sollte das beste sein.

Unter dem Bundeskanzler Adenauer, seinem Finanzminister Schäffer und dem Wirtschaftsminister Erhard erlebte die Wirtschaft einen anhaltenden Aufschwung. Später sprach man von den frühen 50er Jahren als der Zeit des deutschen »Wirtschaftswunders«.

Die Exporte stiegen rasant, brachten die so wichtigen Devisen ins Land und lockten ausländische Geschäftsleute an, die von den niedrigen deutschen Preisen profitieren wollten.

In der Nähe des Bahnhofs gelegen und mit guter Verkehrsverbindung zum Flughafen, war das Jochum-Hamburg das Hotel, wo die Geschäftswelt abstieg. Mit der intimen Atmosphäre eines reichen Privathauses und seinen geschmackvoll eingerichteten Zimmern und Suiten, wurde es bald als das exklusivste Hotel der Stadt gehandelt.

Unter den Papieren, die Benno vor Kriegsende aus dem Quadriga ins Haus nach Heiligensee geschafft hatte, war auch die von Viktoria geführte Kundenkartei gewesen. Sie leistete unschätzbare Dienste, als Viktoria die ehemaligen Kunden anschrieb und zum ersten Silvesterball im Jochum-Hamburg einlud.

Die Neujahrsbälle im Hotel Quadriga, von Karl und Ricarda Jochum aus der Taufe gehoben und dann von Viktoria und Benno gepflegt, waren einer der Höhepunkte des gesellschaftlichen Jahres in Berlin gewesen. Unter den noch beschränkten Umständen des Jahres i950 war es unmöglich, den gleichen Luxus zu bieten. Trotzdem unternahm Viktoria alles, um diesen Start in ein neues Jahrzehnt zu einem unvergeßlichen Ereignis zu machen.

Schlank, aufrecht, im eleganten Abendkleid, das weiße Haar in einer Dauerwelle, begrüßte Viktoria die Gäste.

Im Hintergrund achtete Eduard Wild darauf, daß alles nach Plan lief und nichts im letzten Moment vergessen worden war. Eduard arbeitete nicht mehr für Norbert, sondern war inzwischen Assistent des Hotelgeschäftsführers Dirk Kaiser. Es sei unvermeidlich, hatte Norbert lachend gesagt, daß Eduard, der sich so für den Bau des Hotels eingesetzt hatte, auch dort bleiben wolle.

Seine Freundschaft mit Lili war enger denn je. Tatsächlich sah Eduard Lili mehr als kleine Schwester denn als Freundin. Ihr Wandel, seit Viktoria in Hamburg war und sie im Hotel wohnte, war erstaunlich. Sie war zwar nach wie vor dünn und zuwenig entwickelt für ihr Alter, doch in ihren grünen Augen war jetzt viel häufiger das Leuchten eines Lachens zu sehen.

Viktoria förderte diese Beziehung. Ja, sie behandelte Eduard wie ein Familienmitglied und redete mit ihm wie mit Stefan und Norbert, nicht wie mit einem Angestellten.

Monika und Hans hatten den erforderlichen Interzonenpaß für die Fahrt nach Hamburg nicht bekommen, und Viktoria hatte sich damit begnügen müssen, ihnen ein Lebensmittelpaket zu schicken. Aber Norbert und Reinhild waren da, ohne die Kinder, auf die ein Babysitter aufpaßte, und auch Stefan, Loli und Hannelore. Obwohl Ernst und Werner noch im Gefängnis saßen, waren Baron Heinrich und Trude aus München angereist; es war das erste Mal, daß sich der Baron nach dem Krieg wieder in Gesellschaft zeigte.

Eduard und Viktoria hatten an dem Abend alle Hände voll zu tun und konnten nicht mit der Familie essen. Nach der Begrüßung der Gäste im Foyer reichte es nur für einen kleinen Happen in der Küche, bevor sie sich in den Ballsaal begaben. Sie kamen gerade, als das Orchester »Ted Starr« aufspielte.

»Ich verstehe nicht, was Viktoria sich dabei denkt«, monierte Trude. »Ein englisches Orchester, amerikanische Musik und schreckliche Tänze. Was ist mit Strauß?«

»Es ist empörend«, murmelte Hannelore. »Man kann die Schlüpfer der Frauen sehen.«

Viktoria, die gerade in diesem Moment am Tisch Platz nahm und diese Bemerkung mitbekam, seufzte. Sie hielt diese neuen Tänze für einen Riesenspaß und wünschte, noch einmal so jung zu sein, Jive und Jitterbug tanzen zu können.

»Was kann man schon von einem Tanz erwarten, der aus Amerika kommt?« nörgelte Hannelore weiter. »So was von aufdringlich, diese Amerikaner. Versuchen, uns ihre geschmacklosen Sitten aufzudrängen, ihre unanständigen Tänze, ihr Kaugummi, ihr Coca-Cola.«

»Und so reich«, beschwerte Trude sich. »Die Engländer sind ja schon schlimm genug, aber die Amerikaner wissen gar nicht, was Not ist.«

Viktoria verkniff sich eine bissige Bemerkung. Die Welle england- und vor allem amerikafeindlicher Gefühle in der Bundesrepublik empörte sie. Jetzt, wo sie dabei waren, wieder auf eigenen Füßen zu stehen, neigten die Menschen dazu zu vergessen, wieviel sie den Alliierten verdankten.

Sogar Stefan wurde amerikafeindlich, wenn auch aus anderen Gründen. Er war entsetzt über Senator McCarthys Feldzug gegen amerikanische Intellektuelle, die er ohne oder mit läppischen Beweisen beschuldigte, Kommunisten zu sein. Stefan, der eine ähnliche Kampagne unter Hitler miterlebt hatte, verurteilte den McCarthyismus in einem Leitartikel der Dezembernummer von *Aktuell* aufs schärfste.

In seinem Rollstuhl am Kopf des Tisches dozierte Baron Heinrich mit einer dicken Zigarre in der Hand vor Stefan über den Koreakrieg, der vor genau sechs Monaten ausgebrochen war.

»Dieser Krieg kann Europa erreichen«, meinte der Baron. »Wenn die Amerikaner in Korea verlieren, und im Moment sieht es nicht gut für sie aus, könnten die Russen die Gunst der Stunde nutzen und die Bundesrepublik überrennen.«

Das wäre ein neuer Weltkrieg, dachte Stefan bitter, aber dies wäre ein Krieg, der mit keinem anderen vergleichbar wäre. Trotz des Friedenskongresses in Stockholm letzten März, auf dem ein Verbot aller Atomwaffen gefordert worden war, bestand die Bedrohung durch die Atombombe weiter.

»Die Amerikaner wissen genau«, fuhr der Baron fort, »daß sie in Korea deutsche Waffen brauchen.«

Der Streit um die deutsche Rüstungsproduktion tobte schon seit letztem Herbst, als die Außenminister Großbritanniens, Frankreichs und der Vereinigten Staaten einen Rüstungsbeitrag der Bundesrepublik empfohlen hatten. Gleichzeitig hatte die NATO den Gedanken einer integrierten europäischen Verteidigungsmacht unter Einbeziehung der Bundesrepublik aufgegriffen.

»Es freut mich, daß die Russen in Korea gewinnen«, sagte Trude. »Es wird Zeit, daß die Amerikaner lernen, daß sie nicht allein auf der Welt sind.«

Diesmal konnte Viktoria nicht an sich halten. »Wenn du die letzten Jahre in Berlin gelebt hättest, würdest du nicht so dummes Zeug reden, Trude. Wann werdet ihr endlich erkennen, daß die Amerikaner unsere besten Freunde sind?«

»Schöne Freunde!« erwiderte Trude verbittert. »Dank denen sitzen mein Mann und mein Sohn im Gefängnis, und dank den Briten darf ich nicht einmal in meinem eigenen Haus wohnen.«

»Ich bin dagegen, daß wir die Besatzung bezahlen müssen«,

erklärte Hannelore, »und die Kosten für den Unterhalt der alliierten Truppen auf deutschem Boden tragen.«

»Die Marshallplanhilfe kommt uns zugute«, stellte Viktoria klar, »und wir profitieren von dem Geld, das die alliierten Truppen ausgeben. Seid froh, daß ihr nicht in der Sowjetzone lebt. Die Menschen dort haben gar nichts.«

Das Gespräch drohte feindselig zu werden, doch glücklicherweise war es Zeit für Viktoria, auf das Podium zu treten: »Meine Damen und Herren, es ist Mitternacht! Im Namen des Hotels Jochum wünsche ich Ihnen allen ein glückliches und gesundes neues Jahr.«

»Ein glückliches neues Jahr!« – »Prost Neujahr!« Männer umarmten ihre Frauen. Diplomaten, Politiker und Geschäftsleute schüttelten Kollegen und alten Freunden die Hand. Der Baron wünschte ein »erfolgreiches« neues Jahr. Stefan dachte an Freunde, die nicht da waren. Trude und Hannelore stießen auf das Ende der Besatzung an. Lili gab Eduard einen übermütigen Kuß auf den Mund, woraufhin er rot anlief. Reinhild drehte sich zu ihrem Mann um, doch der war nicht an seinem Platz. Norbert stand auf der Tanzfläche und hielt eine attraktive Blondine an sich gedrückt, die zehn Jahre jünger und zwanzig Pfund leichter als Reinhild war.

Ende Januar 1951 erließ der amerikanische Oberkommissar John McCloy eine allgemeine Amnestie. Die Anordnung, Baron von Kraus' Besitz einzuziehen, wurde aufgehoben und Dr. Jurisch informiert, daß auch das persönliche Vermögen seines Klienten freigegeben werde. Die einzige Anordnung, die aufrechterhalten wurde, war die Zerschlagung der Kraus-Werke, doch selbst da sah es nicht so düster aus, denn gerade die Firmen, die die Amerikaner unbedingt hatten schließen wollen, brauchten sie jetzt am dringendsten für die Produktion von Panzern und Munition für den Krieg im Osten.

Für den Baron war es eine der größten Genugtuungen seines Lebens. Er war wieder im Besitz der Mittel, ein neues Vermögen zu schaffen. Und er, Eckhardt Jurisch und Joachim Duschek wußten sehr genau, wie das zu bewerkstelligen war.

Der Baron würde nicht mehr Industrieller sein, sondern Investor. Aus den Trümmern des alten Kraus-Imperiums würde ein neues erstehen – mit dem unbezwingbaren Baron Heinrich von Kraus an der Spitze.

Der Baron würde jedoch nicht allein herrschen, sondern erneut von seinem Enkel Werner unterstützt werden. Unter die von McCloy verkündete Amnestie fielen auch zahlreiche Kriegsgefangene, unter ihnen Ernst und Werner Kraus. Am 4. Februar holte Joachim Duschek sie vor den Gefängnistoren ab.

Werner war erst dreiunddreißig, er hatte die Haft gut überstanden. Ernst dagegen war fast fünfundsechzig und sah jetzt aber zwanzig Jahre älter aus: Das schüttere Haar war schlohweiß, und die Hände zitterten krampfartig.

Der Baron ließ seinen Sohn in Trudes Obhut und ging daran, Werner in die neueste Entwicklung einzuweihen. Gedämpft sprachen er, Joachim, Eckhardt Jurisch und Werner über die Zukunft, während Ernst am anderen Ende des Raums fragte: »Wann werden wir wieder in die Festung einziehen?«

»Gar nicht mehr«, entgegnete Trude mürrisch. »Das ist jetzt unser Zuhause.«

»Und die Kraus-Werke?«

»Die gibt es nicht mehr.«

Ernst holte seinen Rosenkranz aus der Tasche und schüttelte verwirrt den Kopf.

Der Baron unternahm keinen Versuch, ihn aufzuklären. Er hatte nicht vor, Ernst oder Norbert über seine Pläne zu unterrichten. Sie mochten Aktionäre der Kraus-Werke sein, aber noch hatte er allein das Sagen.

Im April wurde in Paris der Vertrag über die Errichtung der

Europäischen Gemeinschaft für Kohle und Stahl, der EGKS, unterzeichnet, deren Gründungsmitglieder Westdeutschland, Frankreich, Italien und die Beneluxstaaten waren.

Kurz darauf traf Werner sich mit Norbert in Hamburg. Die beiden Brüder hatten sich nie nahegestanden und begegneten sich jetzt, nach Jahren der Trennung, praktisch wie Fremde. Sie aßen im Hotel Jochum. Norbert bemühte sich, es Werner angenehm zu machen, bestellte einen besonders guten Wein zum Essen und erkundigte sich eingehend nach dem Befinden seiner Familie.

Aber Werner war nicht zum Plaudern aufgelegt, er kam direkt auf den Zweck seines Besuch zu sprechen. »Großvater sagt, Landgut entwickle sich sehr gut.«

Norbert legte sich ein Stück Lachs auf die Gabel. »Ich bin zufrieden. Mein neustes Projekt ist in Frankfurt, in einer äußerst begehrten Wohngegend am Zoo.«

»Dir ist doch klar, daß ich als der andere Aktionär Anspruch auf die Hälfte des Gewinns habe, oder?«

Norbert führte gerade die Gabel zum Mund, hielt inne und stotterte: »Die Hälfte des Gewinns? Mann, Werner, du hast doch überhaupt nichts gemacht!«

»Weil ich nicht in der Lage dazu war, nicht weil ich nicht willens gewesen wäre.«

»Egal, Landgut ist durch mein Engagement zu dem geworden, was es heute ist. Ohne mich würde das Unternehmen gar nicht existieren. Im übrigen gibt es keinen Gewinn, der zu verteilen wäre. Alles, was ich heraushole, geht gleich wieder in die Firma.«

Werner blickte sich anzüglich im Restaurant um. »Du schaffst es aber dennoch, in einem nicht schlechten Stil zu leben, im Gegensatz zu deiner übrigen Familie in Essen. Und wie ich höre, kannst du dir neben deiner Frau und drei Kindern auch noch Freundinnen leisten.«

Norbert legte die Gabel auf den Teller und lehnte sich zurück. »Komm zur Sache, Werner. Was willst du?«

»Ich bin bereit, dir ein Geschäft vorzuschlagen: meine Anteile an Landgut gegen deine Anteile an den Kraus-Werken.«

»Du bist verrückt! Großvater hat mir gesagt, daß Kraus zwei Milliarden verloren hat. Egal, was der Verkauf der verbleibenden Firmen bringt, das reicht nie, um diese Verluste auszugleichen!«

Werner klärte ihn nicht auf, wie falsch er lag. Er sagte nur: »Bist du einverstanden? Deine fünfunddreißig Prozent an den Kraus-Werken für meine fünfzig Prozent an Landgut?«

Norbert zuckte die Schultern. »Ich glaube, du bist bekloppt, aber ich wäre noch bekloppter, wenn ich nein sagen würde.«

Die Kraus-Werke wurden liquidiert, das Kapital neu bewertet und eine neue Gesellschaft gegründet, die Werner Kraus Holding. Eckhardt Jurisch war zwar Gesellschafter, aber alle hundert stimmberechtigten Anteilscheine waren im Besitz von Werner.

Der neue, sehnlich erwartete Reichtum ermöglichte es der Kraus-Dynastie, ihre Lebensweise endlich zu ändern. Werner und Ernst, die beide lange in einem bayrischen Gefängnis gesessen hatten, wollten möglichst weit weg von München. Sie waren für Essen, wie der Baron. Dort war er geboren. Und in Essen wollte er auch sterben, wenn die Zeit käme. Die Briten verweigerten ihnen zwar den Einzug in die Festung, aber Norbert konnte in Zentrumsnähe Landgut-Wohnungen beschaffen, die voll eingerichtet und ganz modern ausgestattet waren. Die Wohnung des Barons lag zu ebener Erde, so daß sie gut mit dem Rollstuhl zugänglich war, und bot auch Unterkunft für eine Betreuerin.

Der Baron und Werner lebten in bescheidenem Rahmen, als sie den Aufbau des zweiten Kraus-Imperiums in Angriff nahmen. Nachbarn und Bekannte konnten da keine Rückschlüsse auf ihren wahren Reichtum ziehen.

Stefan gehörte zu den Reportern von Zeitung, Film und Rundfunk, die im August 1951 eine Einladung zu den Weltjugend-Festspielen in Ost-Berlin erhielten. Sie boten Stefan die Gelegenheit, Berlin wiederzusehen. Da Bonn Regierungssitz war und Frankfurt am Main sich zum neuen Finanz- und Handelszentrum der Bundesrepublik entwickelte, schien Berlin seine Daseinsberechtigung irgendwie verloren zu haben.

»Berlin gerät in Vergessenheit«, klagte Viktoria Stefan gegenüber immer. Nach knapp zwei Jahren in Hamburg fühlte sie sich hier immer noch als Fremde. Die Menschen redeten über Berlin wie über eine Stadt in einem fremden Land. Sie fühlten sich New York und London näher als ihrer eigenen Hauptstadt. »Wann wirst du den Lesern klarmachen, daß Berlin entscheidend ist für so viele Fragen, die Deutschland und die ganze Welt betreffen?«

Zu diesem Zweck müßte *Aktuell* einen ständigen Korrespondenten in Berlin beschäftigen, der regelmäßig von dort berichtete. Udo Fabian stimmte Stefans Vorschlag zu. »Und wer wäre dafür besser geeignet als ein Berliner wie du?« sagte er zu Stefan. »Außerdem lebt deine Schwester noch drüben.«

»Kein Problem, ein Büro in Berlin zu eröffnen oder den sowjetischen Sektor von Berlin zu besuchen, wie ich von meiner Mutter weiß«, erwiderte Stefan. »Aber wenn du glaubst, ich könnte ungehindert in der Sowjetzone rumreisen, täuschst du dich. Westliche Journalisten werden da nicht gerade mit offenen Armen empfangen, wie du weißt.«

»Du bist nicht wie die meisten Westjournalisten. Du bist ganz schön links, Stefan.«

»Ganz sicher nicht! Ich sehe mich selbst als neutral.«

Udo grinste. »Du bist ein Idealist.« Er steckte sich eine Zigarette an und sah sinnend dem aufsteigenden Rauch nach. »Betrachte dich mal wie ein Außenstehender. Du bist gegen Krieg, gegen die Atombombe und gegen die Wiederaufrüstung. Du hältst nicht viel von der Bonner Regierung und von bestimmten Aspekten der aktuellen amerikanischen Politik noch weniger. Man könnte meinen, du wärst prokommunistisch.«

»Ich respektiere den Kommunismus als Theorie, aber ich verabscheue die Praxis. Mir sind sämtliche Formen der Diktatur ein Greuel, ob Nazismus oder Stalinismus.«

»Natürlich«, besänftigte Udo ihn. »Aber worauf ich hinaus will, ist, daß die Russen und die deutschen Kommunisten dich aufgrund deiner Artikel in *Aktuell* durchaus für einen Sympathisanten halten könnten, was dir gewisse Vorteile verschaffen könnte.«

»Ich verstehe, was du meinst«, nickte Stefan bedächtig. Seine Kampagne gegen Kriegsverbrecher würde nicht leiden, wenn er von Berlin aus arbeitete, und er hatte unter Umständen eine noch bessere Position für seine Angriffe gegen die kapitalistischen und militaristischen Maßnahmen des Westens. Von wo konnte man besser gegen den Terror der kommunistischen Diktatur angehen als aus der Stadt, über deren eine Hälfte Stalin bereits herrschte? Von wo besser für den Frieden werben, als aus einer Stadt der Bombenkrater und Ruinen?

Als Viktoria hörte, daß Stefan nach Berlin gehen wollte, beschloß sie, ihn zu begleiten. Das Jochum-Hamburg lief glänzend, und sie konnte es beruhigt der Obhut Dirk Kaisers und Eduards überlassen.

Mitte Juli flogen Viktoria, Lili und Stefan nach Berlin. West-Berlin hatte sich inzwischen enorm verändert. Überall schossen neue Häuser aus dem Boden, und auf den Schildern an den Baugerüsten stand unter dem Berliner Bär: »Notprogramm Berlin mit Marshallhilfe«.

Auch das Café Jochum hatte eine Veränderung erlebt. Die Trümmer waren restlos beseitigt, und ein Teil der breiten Front wurde jetzt von einem eingeschossigen Fertigbau eingenommen. Eine mit gußeisernen Tischen und Stühlen ausgestattete, glasgeschützte Veranda war gut mit Gästen besetzt, die bei Bier, Kaffee, Kuchen und Eis saßen.

Es war ein sonniger Nachmittag und kaum eine Wolke am Himmel, als sie aus dem Taxi stiegen und einen Augenblick stehenblieben, um das Bild aufzunehmen: Frauen in Sommerkleidern, Männer mit kurzen Ärmeln und Kellner, die mit den Tabletts in Schulterhöhe zwischen den Tischen hindurcheilten.

Am Abend aßen sie Berliner Spezialitäten und tranken dazu Berliner Bier. Lili putzte ihren Teller vollkommen leer und hatte die Lacher auf ihrer Seite, als sie sagte: »Endlich wieder richtiges Essen. Ist das schön, wieder zu Hause zu sein.«

Hasso war auch dabei, und erst jetzt erfuhr Viktoria, daß er die Umbauten am Café aus den eigenen Ersparnissen bezahlt hatte, mit Geld, das er auf dem Schwarzmarkt verdient hatte. Überwältigt von Zuneigung zu diesem alten Mann, der ein ums andere Mal eine weit über Freundschaft hinausgehende Treue bewiesen hatte, dankte sie ihm und bestand darauf, ihm die Kosten umgehend zu erstatten.

Aber er schüttelte den Kopf. »Was soll das Geld auf der Bank? Die beste Art der Erstattung wäre, ein neues Hotel zu bauen – das Hotel Jochum-Berlin. Die Industrie faßt wieder Tritt. Geschäftsleute kommen wieder nach Berlin, aber es gibt keine anständigen Hotels. Die Menschen im Westen halten Berlin für ein Faß ohne Boden und ärgern sich über die Zuschüsse, die sie an uns zahlen müssen, aber wir sind entschlossen zu überleben – und auf eigenen Füßen zu stehen. Mit dem Bau eines Erstklaßhotels könnten wir uns dem Niveau der übrigen Republik anpassen.«

Er hatte recht. Viktoria sah Berlin nach fast zwei Jahren Abwesenheit mit den Augen einer Außenstehenden. Es war, als wäre West-Berlin fünf Jahre hinter der Bundesrepublik zurück.

Doch der Geist Berlins war geblieben, jene einzigartige Entschlossenheit, trotz scheinbar unüberwindlicher Hindernisse zu überleben, und Viktoria wurde während ihres Aufenthaltes immer wieder daran erinnert. Kurz nach ihrer Ankunft enthüllte der Regierende Bürgermeister Reuter am Flughafen Tempelhof eine Gedenkstätte für die Helden der Luftbrücke, ein Denkmal, dessen drei Zinken die drei Luftkorridore symbolisierten. Viktoria, Lili, Stefan und Hasso standen unter den Tausenden, die gekommen waren, Reuter zu hören.

Hasso führte sie auch zum Rathaus Schöneberg, dem Sitz der Westberliner Stadtregierung und Standort der Freiheitsglocke, die General Clay im letzten Jahr vor über vierhunderttausend Menschen eingeweiht hatte, ein Geschenk der Bürger der USA zur Erinnerung daran, daß die Verteidigung der Freiheit die Grundlage des menschlichen Daseins ist.

»Die Russen erzählen uns jeden Tag, wir hätten die Wahl zwischen Brot oder Freiheit, aber das stimmt nicht«, sagte Hasso hart. »Jedesmal, wenn wir rübergehen, sehen wir mit eigenen Augen, daß die Russen kein Brot anzubieten haben. Die kriegen nicht mal ihre eigenen Leute satt.«

Es gab Gerüchte, die Russen planten eine neue Blockade. Immer wieder wurden Züge und Lastwagen angehalten, und manchmal dauerte es Wochen oder gar Monate, bis in Berlin produzierte Waren ihren Bestimmungsort erreichten.

Täglich strömten Flüchtlinge aus der Sowjetzone nach West-Berlin, allein im letzten Jahr schätzungsweise hunderttausend. Viele von ihnen hatten nichts als eine Reisetasche bei sich und bereiteten den Westberliner Behörden enormes Kopfzerbrechen, da sie keine Einreiseerlaubnis für die Bundesrepublik bekommen konnten und die begrenzten Reserven der Stadt zusätzlich strapazierten.

Stefan war fassungslos, als er einige Westdeutsche hörte, die die Flüchtlinge für Russen hielten. Stand es schon so schlecht um das Verhältnis der beiden Teile Deutschlands, daß Deutsche ihre Landsleute als Ausländer betrachteten?

Stefan blieb in Berlin. Hasso besorgte ihm eine möblierte

Zweizimmerwohnung in der Nähe des Kurfürstendamms. Und noch bevor Stefan sich recht versah, hatte *Aktuell* nicht nur einen Berliner Korrespondenten, sondern auch ein Berliner Büro.

Viktoria und Lili fuhren nach Hamburg zurück. Bei der ersten Gelegenheit sprach Viktoria mit Norbert über den Bau eines neuen Hotels in Berlin. »Mein Vater hat das erste Luxushotel in Berlin überhaupt gebaut«, sagte sie. »Ich möchte das erste nach dem Krieg bauen.«

Norbert lächelte. »Du willst also das tun, wovor du mich gewarnt hast – in Berlin investieren? Na ja, du brauchst wenigstens kein Grundstück zu kaufen. Ich bin bereit, etwas Zeit für ein paar Pläne zu opfern. Die Wohnblocks hängen mir zum Hals raus. Ich würde gern mal was ganz Modernes bauen.«

»Wie steht es mit der Finanzierung?« fragte Viktoria.

»Über das Notbauprogramm müßtest du eigentlich Unterstützung bekommen, entweder eine Beihilfe oder einen zinsgünstigen Kredit. Ich mach mal ein paar Rohskizzen, und die legen wir den Planungsbehörden vor. Einverstanden?«

Viktoria war begeistert. Trotz aller Mängel und Probleme, Berlin war ihr Zuhause. Dort wollte sie den Rest ihres Lebens verbringen.

In Ost-Berlin verdeckten riesige Plakate mit sporttreibenden Kindern aller Völker und Hautfarben die Ruinen. Zwischen den Schuttbergen standen Spruchbänder: »Die Jugend der Welt kämpft für den Frieden. Wir begrüßen die Teilnehmer der Weltjugend-Festspiele in Berlin«.

Unter den Linden marschierte sie, die Jugend der kommunistischen Welt – Hunderttausende, die revolutionäre und sozialistische Arbeiterlieder sangen und große Fotos von Stalin, Mao Tse-tung, Wilhelm Pieck und anderen kommunistischen Führern trugen. Wie anders diese Prachtstraße jetzt doch aussah als in ihrer Glanzzeit. Nur die sowjetische Botschaft war wiederaufgebaut worden. Vom Hotel Quadriga war nichts mehr zu sehen. Das Grundstück war geräumt und ein neues Ministeriumsgebäude im Bau. Auch von dem vierrädrigen Triumphwagen, nach dem das Hotel benannt war, fehlte jede Spur. Die Bronzestatue auf dem Brandenburger Tor war heruntergeholt worden. Der Osten hatte kein Geld, sie zu restaurieren, und die Westberliner Behörden weigerten sich, die Originalgußformen von Schadow herauszugeben, damit ein Duplikat hätte hergestellt werden können. Nur die rote Fahne wehte noch.

Der lange Zug bewegte sich zum flaggengeschmückten Zentralstadion, wo auf einem hohen Podium die Spitzen des russischen Militärs und der SED saßen. Unter den Teilnehmern stachen besonders die Mitglieder der FDJ hervor, der Freien Deutschen Jugend. Sie erinnerten Stefan, der auf der Pressetribüne saß, fatal an die Hitlerjugend.

Es gab Ansprachen, Aufrufe zum Frieden, Hetztiraden gegen »westliche Kriegstreiber«, und die im Stadion angetretenen Jungen und Mädchen jubelten gehorsam. Dann folgten einige lebende Bilder. Bei einem bildeten mehrere tausend Jugendliche in Badeanzügen einen überdimensionalen Kopf. »Dem größten Freund der Kinder der Welt, dem großen Jossif Wissarionowitsch Stalin. Hurra! Hurra! Hurra!« riefen sie.

Dann waren die Paraden und Demonstrationen zu Ende. Die westlichen Journalisten wurden wieder in den Bus geladen, der sie aus West-Berlin hierher gebracht hatte. Sie hatten gesehen, was sie nach dem Willen der Ostberliner Behörden sehen sollten.

Mehrmals beantragte Stefan einen Interzonenpaß, um seine Schwester Monika besuchen zu können, aber er wurde jedesmal abgewiesen. Er war nicht sehr unglücklich darüber. Selbst als Kinder hatten er und seine Schwester sich nicht nahegestanden. Als Monika nach Fürstenmark gegangen und Stefan nach England geflohen war, war der Kontakt zwischen ihnen abgerissen. Nach dem Krieg waren sie über Viktoria in Verbindung geblieben. Inzwischen bezweifelte Stefan, daß sie sich noch irgend etwas zu sagen hätten. Wenn er ehrlich war, wollte er in Fürstenmark hauptsächlich die Bedingungen kennenlernen, unter denen seine Schwester lebte.

Die Behörden konnten Reisen zwischen dem Westen und der Ostzone verhindern, aber nicht den Verkehr zwischen den Westsektoren Berlins und dem Ostsektor. Noch immer wohnten viele Menschen in einem Sektor und arbeiteten in einem anderen, und man konnte ohne weiteres vom einen Teil der Stadt in den anderen fahren.

Hasso ging im sowjetischen Sektor zum Friseur. »Warum die Kudamm-Preise zahlen, wenn du drüben einen Haarschnitt sechsmal billiger kriegst?« fragte er. Er nahm Stefan mit zu seinen Abstechern nach Ost-Berlin und machte ihn mit Leuten bekannt, die ihm bereitwillig Auskunft über das Leben im Osten gaben. »Berlin ist eine Stadt der Spione«, erklärte Hasso. »Informationen zu verkaufen ist der beste Weg, hier an Geld zu kommen. Die Spionage ist an die Stelle des Schwarzmarkts getreten.«

Einer von Hassos Freunden, den Stefan auf Anhieb mochte, war Paul Drescher, ein sechzigjähriger ehemaliger Antiquariatsbuchhändler. Nach der Bücherverbrennung 1933 war er als Kommunist eingesperrt worden. Unterernährt und chronisch rheumakrank war er nach dem Krieg nach Berlin zurückgekehrt, wo er erfuhr, daß seine Frau bei einem Luftangriff ums Leben gekommen und Haus samt Laden zerstört worden war. Jetzt wohnte Paul Drescher, gebeugt und mit steifen Gelenken, in der alten Wohnung seiner achtundzwanzigjährigen Tochter Erika am Frankfurter Tor. Erika zahlte die Miete von ihrem Lohn als Stenotypistin im Außenministerium.

Der tägliche Spaziergang führte Paul zur Stalinallee, wo er den Bau der neuen Gebäude verfolgte. »Die Dinger fallen zusammen, noch bevor die Straße fertig ist«, prophezeite Paul. »Aber bis dahin ist Stalin hoffentlich tot, die Russen weg und wir wieder frei.«

Aber Paul Drescher glaubte den eigenen Worten nicht so recht. Wenn er ehrlicher zu sich war, räumte er ein: »Die Russen werden nie abziehen.«

Stefan fragte ihn einmal, warum er im Sowjetsektor bleibe, wo er doch ohne weiteres in den Westen ziehen könnte. »Wenn Erika nicht wäre, würde ich gehen«, antwortete Paul. »Aber Erika besteht darauf, daß wir bleiben.«

Als Stefan nach dem Warum forschte, sagte Paul nur: »Sie hat ihre Gründe.«

Nach und nach trug Stefan umfangreiches Material über das Leben in Ost-Berlin zusammen, aber er achtete sorgsam darauf, was er davon in *Aktuell* verwendete. Er hatte auch nie eine Kamera bei sich. Die Ostberliner Behörden wollten nicht, daß Bilder ihrer wachsenden militärischen Stärke, vom mangelnden Fortschritt beim Wiederaufbau ihres Teils der Stadt oder den Schlangen vor den Läden in den Westen gelangten. Mehr als achthundert Menschen waren inzwischen von den Ostberliner Behörden wegen angeblicher Spionage oder antikommunistischer Aktivitäten festgenommen, entführt oder gar getötet worden. Von vielen hörte man nie wieder etwas.

11

Erst als Paul Drescher ihn zum Sonntagsessen einlud, lernte Stefan Erika kennen. Paul öffnete an jenem Sonntag die Tür, ganz ungewohnt in seinem besten Anzug, der an Knien und Ellbogen ziemlich glänzte. Stefan reichte ihm seinen Beitrag zum Essen, eine prall gefüllte Einkaufstasche.

Paul spähte in die Tasche, und seine Augen leuchteten auf. »Nicht nur Kasseler, auch Bier! Und was ist das? Kaffee! Orangen und Bananen! Wenn Erika das sieht!« Laut rief er: »Erika, komm mal her und schau, was Stefan mitgebracht hat!«

Die Küchentür ging auf, und Erika erschien. Sie war mittelgroß und hatte eine gute Figur, die selbst ihre unförmige Schürze nicht verbergen konnte. Das blonde Haar lockte sich an den Ohren und umrahmte ein etwas spitzbübisches, rundliches Gesicht. Das Auffallendste an ihr aber waren die Augen, von langen Wimpern beschattet und strahlendblau.

Stefan stand wie angewurzelt, völlig überrascht. Erika hatte eine beinahe starke Ähnlichkeit mit Christa von Biederstedt. Gut, sie war größer als Christa und nicht so zierlich. Aber das Gesicht und vor allem die Augen ähnelten denen Christas sehr.

Sie ging durch das Zimmer auf ihn zu und gab ihm die Hand. »Ich freue mich sehr, Sie kennenzulernen, Herr Jochum. Papa hat mir schon soviel von Ihnen erzählt.« Ihre Stimme klang anders, tiefer als die von Christa, und sie sprach mit Berliner Akzent.

Stefan ergriff ihre Hand und murmelte irgend etwas zur Begrüßung.

Paul lachte amüsiert. »Du hast wohl nicht gedacht, daß ich eine so hübsche Tochter habe, was?« Dann sagte er: »Erika, setz Wasser auf! Stefan hat echten Bohnenkaffee mitgebracht.«

Erika bereitete das Kasseler perfekt zu und reichte dazu Rotkohl und Kartoffelpüree. Beim Essen ging es fröhlich zu. Sie war auf geistreiche Weise humorvoll und amüsierte die beiden Männer mit Geschichten von ihrem Arbeitsplatz.

Stefan lachte, aber er wußte gar nicht worüber. Er aß, aber er wußte kaum was. Er redete, aber es war, als ob die Worte von jemand anderem kämen. Mit Erika war die Vergangenheit mit einem Schlag zurückgekehrt. Erinnerungen an Christa, die er verdrängt geglaubt hatte, waren plötzlich wieder quälend da. Erika war nicht Christa. Je mehr er sie betrachtete, desto klarer wurde ihm, daß die Ähnlichkeit der beiden jungen Frauen doch nur oberflächlich war, aber sie reichte, um in ihm ein Gefühl zu wecken, das er lange nicht mehr empfunden hatte. Liebe konnte es nicht sein. Das war unmöglich. Sie kannten sich erst seit wenigen Stunden. Aber er fühlte sich auf jeden Fall stark zu ihr hingezogen.

Es war ein ungewöhnlich milder Herbsttag, und Erika machte den Vorschlag, am Nachmittag nach Treptow zu fahren. Der Treptower Park mit seinen vielen Gartenlokalen und der Möglichkeit, Boot zu fahren, war seit jeher ein beliebtes Ausflugsziel. Der Park war von den Russen früh wiederhergestellt worden und wurde jetzt von einem sowjetischen Denkmal beherrscht.

Paul blickte voller Abscheu auf das Denkmal, als sie durch das Tor liefen. »So'n Ding zu bauen, kann auch nur den Russen einfallen. Na ja, sobald die weg sind, werden wir das wieder wegputzen.«

Erika hakte sich bei ihm ein. »Papa, es ist so ein schöner Tag. Laß mal die Russen und sieh dir den Fluß an.« Bevor er etwas erwidern konnte, wandte sie sich an Stefan und sagte: »Das war einer meiner Lieblingsplätze. Als ich klein war, sind wir oft nach Treptow gefahren. Da drüben war ein astronomisches Museum mit dem längsten Teleskop der Welt. Es war einundzwanzig Meter lang.«

Stefan nickte. »Ich weiß. Wir sind auch oft nach Treptow gekommen. Am Karpfenteich gab's ein Restaurant, da haben wir Kaffee getrunken. Manchmal sind wir mit dem Dampfer die Spree runtergefahren.«

»Wir auch! Einmal sind wir bis zum Spreewald gefahren!«

Nachdem Stefan die Dreschers am Abend verlassen hatte, ging er nicht sofort in seine Wohnung zurück, sondern suchte

Dahlem auf. Genau in dieser Jahreszeit hatten er und Christa sich verliebt, vor dreizehn Jahren. Sie war achtzehn gewesen. Er dreiundzwanzig. Hand in Hand waren sie damals durch einen verzauberten Herbst gegangen.

Das Haus der von Biederstedts sah unverändert aus, doch die hohen Hecken, die es vor den neugierigen Blicken der Passanten geschützt hatten, waren ausgerissen worden. In der Auffahrt stand ein Chevrolet mit amerikanischer Militärnummer. Durch das Fenster sah er das fahle Leuchten eines Fernsehers.

Er versuchte sich Christas Gesicht vorzustellen, das ihm zu einem Gutenachtkuß zugeneigt war. Er versuchte sich an ihre Stimme zu erinnern, die ihm sagte, daß sie ihn liebe. Aber er sah nur Erikas Gesicht und hörte nur Erikas Stimme.

Domke, der Hausmeister im Wohnblock der Dreschers, grinste Stefan schon bald anzüglich an, wenn er kam. Der Mann, um die Fünfzig, hatte im Krieg ein Auge verloren und trug eine schwarze Klappe, doch trotz der Behinderung geschah kaum etwas im Haus, das seiner Aufmerksamkeit entging, und er hatte bald bemerkt, daß Stefan, der Paul Drescher sonst immer am Tage besucht hatte, jetzt abends oder an den Wochenenden kam, wenn Erika zu Hause war.

»Sie ist vor fünf Minuten nach Hause gekommen«, empfing er Stefan. Oder »sie muß heute länger arbeiten. Normalerweise ist sie um diese Zeit schon zu Hause«.

»Domke ist ein aufdringlicher Schnüffler«, schimpfte Paul Drescher. »Er muß überall seine Nase reinstecken. Wenn man vom Apparat im Hausflur telefoniert, ist seine Tür offen. Ich bin sicher, daß er unsere Post über Wasserdampf öffnet, und ich weiß nicht, ob er nicht sogar in den Wohnungen rumschnüffelt, wenn wir weg sind. Er hat einen Generalschlüssel.«

Erika war nachsichtiger. »Der arme Domke. Er kann sich

doch mit nichts anderem beschäftigen als mit dem, was hier im Haus passiert. Zu mir ist er immer sehr nett.«

Stefan, der in einem Hotel groß geworden war, wo die Mitarbeiter jederzeit wissen mußten, welcher Gast im Haus war und wer nicht, machte sich wegen Domke keine Gedanken. Wäre nicht die Augenklappe gewesen und die Tatsache, daß Paul sich ständig über ihn beklagte, er hätte den Hausmeister wahrscheinlich überhaupt nicht beachtet.

Erika ging ihm nicht mehr aus dem Kopf. Es verging kein Augenblick, in dem er nicht an sie dachte. Wo immer er war, er hatte sie im Sinn. Was immer er schrieb, sie war in seinen Gedanken.

Die Zuneigung war keineswegs einseitig. Erika zeigte ihm bald, daß auch sie sich zu ihm hingezogen fühlte. Nachdem er sie einige Male ausgeführt hatte, reagierte sie auf seine etwas zaghafte Umarmung mit einem leidenschaftlichen Kuß. Schon bald führten sie sich eher wie Teenager als wie Erwachsene auf und nutzten jede Gelegenheit, wenn Paul das Zimmer verließ, sich zu küssen.

Eines Abends ging Erika nicht nach Hause, sondern zu Stefan. Er hatte den ganzen Nachmittag aufgeräumt. Der Tisch war für das kalte Essen gedeckt, das er vorbereitet hatte, in der Mitte mit weißen und gelben Chrysanthemen geschmückt. Im Kühlschrank lag eine Flasche Weißwein. Das Zimmer wurde nur von einer Tischlampe erleuchtet, die einen goldgelben Schein verbreitete.

Sie hatten kaum die Tür hinter sich geschlossen, als sie sich schon in den Armen lagen. Zitternd nahm Stefan Erikas Gesicht zwischen die Hände. »Bist du sicher, daß du das willst?«

Fest sahen ihre blauen Augen ihn an. »Ja«, hauchte sie, »ich war mir noch nie in meinem Leben so sicher.«

Sie zog sich ohne Scheu aus, legte ihre Sachen mit einer natürlichen Anmut ab und hängte sie ordentlich über einen Stuhl, als ginge sie in ihrem Zimmer ins Bett. Stefan entledigte sich seiner Sachen mit unbeholfener Hast. Erika legte sich auf das Bett und streckte die Arme nach ihm aus. »Ich sehne mich nach dir, Stefan, ich sehne mich so.«

»Ich weiß. Ich auch.« Seit Christa hatte er kein solches Verlangen mehr gespürt, jemanden in den Armen zu halten und gehalten zu werden, zu berühren und berührt zu werden, zu lieben und geliebt zu werden. Es hatte nur wenige Frauen in seinem Leben gegeben in jener trostlosen Zwischenzeit, und ganz sicher keine, die in ihm eine solche Sehnsucht geweckt hatte.

Später saßen sie, die Daunendecke um die Schultern, im Bett und tranken Wein.

»Warum warst du nie verheiratet?« fragte Erika.

Einen Augenblick überlegte Stefan, ob er ihr von seiner verhängnisvollen Verbindung mit Christa erzählen sollte, doch das war zu kompliziert. »Ich war verlobt«, sagte er. »Meine Verlobte ist im Krieg umgekommen.«

»Das tut mir leid.« Erika blickte auf ihr Glas. Nach einer langen Pause sagte sie: »Es gibt da etwas, das du von mir wissen solltest. Ich bin verheiratet. Mein Mann war Soldat. Er mußte 1943 an die russische Front. Wir waren nur sechs Monate verheiratet. Ich habe ihn nicht wiedergesehen.«

»Verheiratet? Ich hatte keine Ahnung. Dein Vater hat kein Wort gesagt.«

»Papa weigert sich, über ihn zu sprechen. Er war im KZ, als ich Kurt kennenlernte. Er sagt, er hätte die Heirat abgelehnt, wenn er es gewußt hätte. Kurt war gerade einberufen worden. Er war schön – und tapfer. Es war zu der Zeit, als die Briten anfingen, Berlin richtig zu bombardieren. Meine Mutter war kurz vorher bei einem Luftangriff ums Leben gekommen. Ich war allein und hatte Angst. Ich wollte leben, bevor ich starb.«

»Ich verstehe das. Du brauchst dich nicht zu entschuldigen.«

»Papa meint, er wäre bestimmt tot. Aber ich weiß nicht. Es

sind noch Tausende von deutschen Soldaten in russischer Gefangenschaft. Kurt vielleicht auch. Deshalb muß ich im sowjetischen Sektor bleiben. Falls Kurt noch lebt und jemals entlassen wird, muß er mich finden können.«

Stefan steckte zwei Zigaretten an und gab ihr eine. »Dann liebst du ihn noch?«

»Ich weiß es nicht. Ich habe ihn acht Jahre nicht mehr gesehen. Wir haben uns sicher beide in der Zwischenzeit sehr verändert. Aber er ist immer noch mein Mann.« Sie tat einen tiefen Zug an ihrer Zigarette und seufzte dann: »Ich nehme an, jetzt, wo du die Wahrheit kennst, wirst du mich nicht mehr sehen wollen.«

»Warum nicht?«

»Weil ich nicht glaube, daß du zu der Sorte von Männern gehörst, die ein Verhältnis mit verheirateten Frauen haben. Deshalb habe ich es dir nicht vorher erzählt. Aber du hättest es früher oder später doch erfahren, und ich wollte dir selber erzählen, auch wenn es bedeutet, daß ich dich verliere.«

Sie hatte recht. Er hatte Norberts Affären immer mißbilligt. Doch das hier war etwas anderes. Erikas Mann konnte durchaus tot sein, und selbst wenn er noch lebte, konnte sie nach acht Jahren Trennung von Gesetzes wegen die Scheidung beantragen. Es sprach für ihre hohe Moral, daß sie bereit war, ihre Freiheit einem Mann zu opfern, von dem sie nicht wußte, ob sie ihn noch liebte. Er legte den Arm um ihre Schulter. »Solange du mich sehen möchtest, möchte ich es auch«, sagte er sanft.

Paul machte keinen Versuch, seine Freude darüber zu verbergen, wie sich ihre Beziehung entwickelte. »Niemand könnte mir lieber sein als du, Stefan«, sagte er. »Ich nehme an, Erika hat dir von dieser unsinnigen Heirat mit Kurt Quanz erzählt. Jetzt hat sie eine zweite Chance, glücklich zu werden. Das haben nicht viele Leute.«

Es war Erika, die anregte, daß Stefan nicht nach Fürstenmark fahren, sondern sich bei den Dreschers mit Monika und ihrer Familie treffen sollte. Für die Königs wäre es sicher nicht schwierig, nach Ost-Berlin zu reisen, um alte Freunde zu besuchen, und ihre und Pauls Anwesenheit würde bestimmt jede Verlegenheit zwischen den Geschwistern mildern. Nicht, daß sie überhaupt damit rechnete, sagte sie lächelnd. Die sechs Jahre, die sie als Kinder getrennt hatten, würden jetzt, wo beide in den Dreißigern waren, kaum noch ins Gewicht fallen.

Sie sollte recht behalten, und das Wiedersehen Anfang Dezember war weit erfreulicher, als Stefan erwartet hatte. Monika war nicht mehr das dumme, bösartige kleine Mädchen, das er in Erinnerung hatte, sondern eine reife Frau und Mutter. Hans, den Stefan nur einige wenige Male getroffen hatte, erwies sich zu seiner Überraschung als England-Fan, der sich freute, endlich mit jemandem über das Land reden zu können.

Den Neffen und die Nichte sah Stefan zum erstenmal. Heinrich, inzwischen zwölf, erinnerte Stefan sehr an Monika im gleichen Alter, nicht nur äußerlich, auch vom Temperament her. Er wolle in die FDJ, sobald er alt genug sei, erzählte er, und dann Soldat werden.

Monika erklärte: »Das ist sein ganzer Ehrgeiz, seit er als kleines Kind seinen Vater in Uniform gesehen hat. Es wird sich legen, wenn er älter wird.«

»Hoffentlich, denn wir haben ja keine Armee mehr«, sagte Hans.

Senta war ganz anders. Sie hatte, wie Lili, Ricarda Jochums rotblondes Haar und grünblaue Augen geerbt. Sie war schüchtern in Gegenwart Fremder und sagte kaum etwas, sammelte jedoch Punkte bei Stefan und Paul, als sie bat, sich Pauls Bücher ansehen zu dürfen. »Sie ist wie du, Stefan«, seufzte Monika, »ein richtiger Bücherwurm. Sie würde die ganze Nacht lesen, wenn wir sie ließen.«

Erika ging am Nachmittag mit den Kindern spazieren, damit die Erwachsenen sich unterhalten konnten. Hans und Monika brauchten keinen großen Anstoß, von ihrem Leben zu erzählen. Günther Rauch war, wie Hans berichtete, kürzlich nach Dresden versetzt worden, und er selbst rechnete auch mit seiner baldigen Beförderung.

»Ich habe gerade eine Stelle in der neuen Kinderkrippe für Kinder berufstätiger Mütter bekommen«, erzählte Monika stolz.

»Meine Eltern finden das Leben eher schwieriger«, räumte Hans ein. »Mein Vater wird immer desillusionierter über den sogenannten ›christlichen Realismus‹, mit dem die Regierung den Kommunismus mit dem Christentum aussöhnen möchte. Meine Mutter ist Vorsitzende des örtlichen Rotkreuzausschusses, und sie hat wegen seiner unverblümten Art immer wieder Unannehmlichkeiten mit dem lokalen Parteibüro. Die Dorfbewohner finden sie hervorragend. Wir haben keinen Arzt, und da ist eine Rotkreuzschwester Gold wert. Doch die Partei ist der Ansicht, eine solche Position sollte nicht mit der Frau eines abweichlerischen Pastors besetzt sein, der darüber hinaus noch nicht einmal SED-Mitglied ist.«

»Mein Gott!« rief Paul Drescher. »Seit wann ist das Rote Kreuz denn eine politische Organisation?«

»Am meisten haben die Bauern zu leiden«, erzählte Hans weiter. »Viele sind schon geflohen. Matzke ist mit seiner Frau letzte Woche gegangen. Sie sind nach Berlin gefahren, um Kunstdünger zu kaufen, und nicht wiedergekommen. Dabei machen diese Leute es denen, die bleiben, noch schwerer. Wenn genügend Bauern gehen, werden die Russen einfach ihre Drohung wahr machen und landwirtschaftliche Produktionsgenossenschaften einführen, und das wäre verheerend. So wie es ist, wüßte ich nicht, wie wir ohne die Lebensmittelpakete auskommen könnten, die Viktoria jeden Monat schickt.«

Monika fühlte sich sehr erleichtert darüber, daß Gustav Matzke sich abgesetzt hatte. Endlich war sie von der Schuld und Angst befreit, die seit ihrem verhängnisvollen Besuch in Berlin und der Rückkehr von Hans auf ihr gelastet hatten.

»Habt ihr jemals daran gedacht wegzugehen?« fragte Stefan.

Monika schüttelte den Kopf, aber Hans sagte: »Natürlich. Aber zunächst war das sinnlos. Auf dem Weg von England hierher hatte ich erlebt, wie es im übrigen Deutschland aussah. In Fürstenmark hatten wir wenigstens ein Dach über dem Kopf. Und dann sind da noch meine Eltern. Mein Vater fühlt sich der Gemeinde verpflichtet und meine Mutter dem Dorf.«

»Als Lehrer sollst du wahrscheinlich einiges an russischer Propaganda vermitteln. Hast du da keine Schwierigkeiten?«

Hans nickte. »Vor allem wenn Stalin glorifiziert werden soll. Aber ich konzentriere mich meistens auf die positiveren Seiten des Sozialismus. Er ist sicher dem westlichen Militarismus und Kapitalismus vorzuziehen. Angst machen mir die Amerikaner. Ich bin sicher, sie streben die Weltherrschaft an, und dabei ist ihnen jedes Mittel recht.«

»Und wenn alles nichts nützt, werden sie die Atombombe einsetzen«, meinte Monika.

»Die Russen haben die Bombe auch«, bemerkte Stefan.

»Die Sowjetunion mußte zur Selbstverteidigung eine eigene Atombombe entwickeln«, erwiderte Hans. »Hätte Amerika das Wettrüsten nicht begonnen, hätte die Sowjetunion nicht nachziehen müssen.«

»Ich persönlich meine, daß die eine Seite so schlecht ist wie die andere«, sagte Stefan. »Aber wenn abgerechnet wird, sitzen wir Deutschen in der Mitte.«

Kurz darauf kam Erika mit den Kindern zurück, und die Unterhaltung wandte sich alltäglicheren Dingen zu, bis es Zeit für die Königs wurde, ihren Zug zu nehmen. Sie gingen bepackt mit westlichen Vorräten und einigen Büchern aus Pauls Schrank für Senta.

»Es war ein herrlicher Tag«, schwärmte Monika, als sie sich verabschiedeten.

»Sie müssen unbedingt wiederkommen«, sagte Erika.

»Sie ist reizend«, flüsterte Monika Stefan zu. »Warum heiratest du sie nicht?«

Basilius Meyer war einer der wenigen in der DDR, die *Aktuell* zu lesen bekamen. Er hatte Irina Wolodja im letzten Jahr geheiratet und wohnte jetzt in einer Villa mit vom Staat bezahlten Bediensteten und Wachen vor der Tür.

Basilius verfolgte Stefans Artikel in *Aktuell* mit großem Interesse. Er war überrascht, daß Stefan sich weder zu einem Sproß der imperialistischen Familie Jochum noch der Kapitalisten Kraus entwickelt hatte. Seine Beiträge machten deutlich, daß er die Politik der Bonner Regierung sehr kritisch betrachtete, daß er zum Wohl des Friedens ein vereintes Deutschland wollte, und, am wichtigsten, daß er gegen die Amerikaner war. Selbst Basilius mußte zugeben, daß Stefans letzter Artikel in *Aktuell* eine ausgewogene und sehr faire Bilanz der Vor- und Nachteile des Lebens in der DDR war.

Wenn er noch weitere Artikel in einer etwas positiveren Art schreiben würde, wäre er von unschätzbarem propagandistischem Wert, nicht nur im Westen, auch in der DDR. Wenn die Menschen im Osten sähen, daß ein Westler mit dem Ruf von Stefan Jochum die Politik ihrer Regierung guthieß, würden sie die Härten, die ihnen ihr sozialistischer Staat in den Anfängen zumutete, geduldiger hinnehmen.

Basilius kannte Stefans Lebensgeschichte. Nun ging er daran, alles über seine jetzigen Aktivitäten in Erfahrung zu bringen. Er ließ ihn bei seinen Besuchen in Ost-Berlin beschatten und fand einen sehr entgegenkommenden Genossen Domke. Schon bald wußte Basilius alles über Stefans Beziehung zu Erika und über den jüngsten Besuch der Königs in Ost-Berlin. Außerdem schickte ihm das Parteibüro Fürstenmark einen genauen Bericht über die Familie König.

Für Basilius kam die Situation wie gerufen. Ihm stand eine ganze Besetzung mit Darstellern zur Verfügung, die er nach Belieben einsetzen konnte – für seine propagandistischen Ziele und seine weitere politische Karriere.

Als Erika Quanz eines Abends von der Arbeit kam, wartete ein Polizeifahrzeug auf sie und brachte sie ins Polizeipräsidium am Alexanderplatz. Basilius saß im Hintergrund des Verhörzimmers, während ein Beamter der Staatssicherheit die von einer Tischlampe geblendete Erika beschuldigte, eine westdeutsche Agentin zu sein, die vertrauliche Informationen aus dem Außenministerium an den Journalisten Stefan Jochum weitergebe.

Erika hatte zwar Angst, aber an Mut fehlte es ihr nicht. Mit leiser, aber fester Stimme sagte sie: »Meine Beziehung zu Stefan Jochum ist rein persönlicher Art.«

Der Stasi-Beamte schonte sie nicht. Sie mußte alles, auch die intimsten Einzelheiten ihrer Beziehung, schildern.

»Sie sind eine verheiratete Frau. Wie rechtfertigen Sie den Betrug an Ihrem Ehemann?«

Ruhig antwortete sie: »Ich liebe Stefan Jochum. Falls mein Mann aus Rußland zurückkommt, werde ich ihn um die Scheidung bitten.«

»Weiß Jochum von Ihrem Entschluß?«

»Das ist nicht aktuell, nicht, solange ich nicht weiß, ob mein Mann tot ist oder noch lebt.«

»Sie lieben Jochum. Was wissen Sie über ihn?«

Was sie über Stefans Leben wußte, erwies sich als lückenhaft. Sie hatte, wie sie sagte, nie ein Exemplar der Zeitschrift in Händen gehabt, für die er schrieb. Von seiner Familie hatte sie Monika kennengelernt und wußte, daß seine Mutter ein Hotel leitete, aber ansonsten hatte er ihr wenig von sich erzählt.

»Sie wissen also nichts über seinen Großvater?«

Erika schüttelte den Kopf.

»Es ist der ehemalige Rüstungsfabrikant Baron von Kraus.«

Sie war offensichtlich schockiert.

Nach etwa einer Stunde zog Basilius seinen Stuhl zum Tisch. Die Lampe schien ihr noch immer in die Augen, so daß sie sein Gesicht nicht sehen konnte. »Sie können Ihre Beziehung zu Jochum fortsetzen. Sie können sogar noch mehr Zeit mit ihm verbringen. Ihr Aufgabenbereich im Außenministerium wird erweitert, so daß Sie ihn bei verschiedenen Reisen innerhalb der DDR begleiten können.«

Erika blickte ihn verständnislos an.

»Sie haben die Aufgabe, dafür zu sorgen, daß nichts, was er schreibt, etwas für den Staat Abträgliches enthält.«

Erikas Gesichtsausdruck änderte sich nur langsam, als ihr die ganze Tragweite dessen bewußt wurde, was er sagte.

»Außerdem werden Sie von Jochum Informationen über die gegenwärtigen Aktivitäten von Baron Kraus und anderen westlichen Industriellen und Politikern beschaffen, mit denen er zusammenkommt. Wöchentlich wird jemand Sie in Ihrem Büro aufsuchen und Ihnen Anweisungen geben.«

Erika verharrte regungslos.

»Sollten Sie Ihren Verpflichtungen nicht nachkommen, hätte das äußerst schwerwiegende Konsequenzen, nicht nur für Sie und Jochum, auch für Ihre Familien. Soll ich sie im einzelnen schildern?«

Erika schüttelte den Kopf. Sie konnte sich nur zu gut vorstellen, wie sie aussahen.

»Nehmen Sie den Auftrag an, Genossin Quanz?«

Mit einer Stimme, die kaum mehr als ein Flüstern war, antwortete Erika: »Ja.«

Stefan wollte Weihnachten mit Erika verbringen, doch sie überredete ihn, dieses Familienfest mit seiner Mutter und Lili zu feiern. Typisch für ihre großherzige Art, dachte er, als er am

Morgen des 24. Dezember nach Hamburg flog, auch wenn er sich sehnlichst wünschte, daß sie dabeigewesen wäre. Aber solange sie die DDR nicht endgültig verließ, war das unmöglich.

Heiligabend wurde nach alter Jochum-Art gefeiert. Lili schmückte den Baum, sie sangen Weihnachtslieder und beschenkten sich. Nach dem Essen erzählte Stefan von Erika. »Sie scheint eine wunderbare junge Frau zu sein«, rief Viktoria. »Ich freue mich wirklich, sie kennenzulernen.«

Lili fand seine Geschichte ungeheuer romantisch. »Ich möchte nicht, daß ihr Mann tot ist«, meinte sie, »aber ich hoffe, daß er sich in eine andere verliebt hat. Dann kannst du Erika heiraten. Darf ich dann eure Brautjungfer sein?«

Während der Feiertage kam Norbert zum Essen zu ihnen. Er hatte gerade einen Besuch in Essen gemacht und war außer sich über Werners Hinterhältigkeit. »Vater hat eine halbe Million für seine Kraus-Aktien bekommen!« erklärte er. »Und sein Anteil an der Firma betrug nur zehn Prozent. Ich hatte fünfunddreißig Prozent. Hätte ich meinen Anteil an Kraus nicht gegen Werners Anteil an Landgut getauscht, stände ich heute eindreiviertel Millionen besser da! Ich hätte wissen müssen, daß die Sache einen Haken hat, als Werner mir das Geschäft vorschlug.«

Stefan stutzte und wandte sich an Viktoria. »Was ist denn aus Papas Aktien geworden? Du hast sie doch geerbt, oder?«

»Ich habe die Zertifikate schon vor Jahren an Joachim Duschek zurückgeschickt und auf alle Ansprüche verzichtet.«

Norbert stöhnte auf. »Auf mein Anraten, wenn ich mich richtig erinnere! Es tut mir leid, Tante Vicki.«

»Das braucht es nicht. Ich würde lieber verhungern, als von Geld zu leben, das mit dem Verkauf von Waffen und der Vergasung von Juden verdient worden ist.«

»Ich begreife das nicht«, sagte Stefan langsam. »Wenn die Kraus-Werke liquidiert worden sind, woher kommt dann das Geld?«

Norbert zuckte die Schultern. »Anscheinend hat Kraus nur auf dem Papier Pleite gemacht. Der Verkauf der verbliebenen Firmen hat unter dem Strich Millionen erbracht. Werner läßt sich ja nicht in die Karten schauen, aber Großvater konnte nicht dichthalten. Das neue Unternehmen, die Werner Kraus Holding, investiert weltweit in alles mögliche von Radios bis zu Panzern. Bevor er stirbt, will der Baron unbedingt wieder der reichste Mann Europas sein.«

Bevor Stefan wieder nach Berlin flog, führte er ein langes Gespräch mit Udo Fabian, bei dem er ihm seine umfangreichen Notizen aus Berlin übergab, ihm von Erika erzählte und wiederholte, was Norbert von den jüngsten Entwicklungen bei Kraus berichtet hatte. »Es ist einfach unmoralisch, daß die Krauses schon wieder soviel Geld und Macht haben«, erklärte er. »Soviel über die Rechtschaffenheit der Bonner Regierung! Hans König hat schon recht, den Sozialismus dem Kapitalismus vorzuziehen.«

Udo sah ihn prüfend an. »Unmoral ist nicht das alleinige Vorrecht kapitalistischer Regierungen, Stefan. In der sogenannten demokratischen Republik ist sie genauso häufig.«

Trotzdem versuchte Udo, die Aktivitäten der Werner Kraus Holding zu untersuchen, aber er kam nicht sehr weit. Da das Unternehmen eine Personengesellschaft war, brauchte es seine Geschäfte nicht offenzulegen. Welche Spur Udo auch verfolgte, jedesmal stieß er auf den allgegenwärtigen Anwalt Dr. Eckhardt Jurisch.

Stefans Unmut erhielt weitere Nahrung, als er nach Berlin zurückkehrte und den sich entfaltenden Überfluß Hamburgs mit der Armut verglich, die ihm in den östlichen Teilen der Stadt begegnete. Erika feierte mit ihm Silvester im Café Jochum, aber er konnte der Feierei nicht viel abgewinnen. Kurz nach Mitternacht brachen sie zu seiner Wohnung auf. »Was ist los, Stefan?« fragte sie.

Erika stand ihm inzwischen so nahe wie sonst niemand. Sie war nicht nur seine Geliebte, sondern auch seine beste Freundin. Er konnte mit ihr sogar besser reden als mit seiner Mutter oder Udo. Während Berlin ringsum bis in die frühen Morgenstunden feierte, erzählte Stefan ihr vom Baron.

Sie zeigte sich nicht überrascht, als sie erfuhr, daß er mit den Krauses verwandt war, und schien auch nicht sonderlich betroffen über seine Enthüllungen über die aktuellen Aktivitäten des Barons. »Es gibt Menschen, die unter dem Zwang stehen, Geld und Macht anzuhäufen«, sagte sie ernst. »Der Baron ist so ein Mensch. Ich bin nur froh, daß du nicht nach ihm kommst.«

Am nächsten Tag erschien in Erikas Büro ein Fremder, zeigte seinen Stasi-Ausweis vor und fragte: »Sie haben Informationen für mich, Genossin?«

Sie gab alles preis, was Stefan ihr über die Krauses erzählt hatte. Sie haßte sich dafür, daß sie Stefans Vertrauen mißbrauchte, tröstete sich jedoch mit dem Gedanken, daß er vielleicht sogar erfreut wäre zu wissen, daß das, was ihn so sehr umtrieb, auch andere zutiefst beunruhigte.

Eine Woche später wurde er zur Aufführung einer russischen Balletttruppe eingeladen. Diese Ehre war bisher noch keinem westlichen Journalisten widerfahren, wie er von seinen Kollegen erfuhr. »Wieso ich?« fragte er Erika.

»Ich weiß es nicht. Für Journalisten ist das Politische Informationsbüro zuständig. Aber ich freue mich, denn ich gehe auch hin. Meine Abteilung hat sehr viel mit kulturellen Belangen zu tun.«

Es war tatsächlich ein berauschender Abend, nicht zuletzt weil Erika neben ihm saß. Die Aufführung war ausgezeichnet, und auf dem anschließenden Empfang in der sowjetischen Botschaft lernte Stefan einige ihrer Kollegen kennen, die ihm alle äußerst zuvorkommend begegneten. Einer lud sie sogar zu seiner Geburtstagsfeier am kommenden Wochenende ein.

Stefan zögerte, aber Erika antwortete freudig: »Wir kommen gerne.« Und an Stefan gewandt: »Franz hat ein altes Landhaus am Müggelsee. Franz, ist das Eis dick genug zum Schlittschuhlaufen?«

Das Eis war dick genug, allerdings gab es nicht genug Schlittschuhe für alle Gäste, so daß sich die meisten mit einer zünftigen Schneeballschlacht begnügten. Als die Dunkelheit hereinbrach, wurde ein Lagerfeuer angezündet, um das sie sich Suppe löffelnd und plaudernd versammelten. Es war eine gemischte Gesellschaft: einige Künstler und Schriftsteller und ein hochbegabter Musiker, der früher bei den Philharmonikern gespielt hatte. Die Unterhaltung begann zwangsläufig bei der Politik, wandte sich jedoch bald Kunst, Literatur, Religion und Philosophie zu.

Das Feuer brannte nieder. Irgend jemand warf neue Scheite hinein, und Funken stoben in die frostige Nacht. Eine junge Frau fing an zu singen, und die anderen fielen ein. Stefan wurde bewußt, daß er seit vielen Jahren keine so unverfälschte Freude mehr erlebt hatte.

Auf dem Heimweg fragte Erika beiläufig: »Hast du vor, über den heutigen Abend in deiner Zeitschrift zu schreiben?«

»Ich möchte dich oder deine Freunde nicht in Unannehmlichkeiten bringen«, erwiderte er.

»Du brauchst ja keine Namen zu nennen«, meinte sie. »Aber könnte das deinen Lesern nicht zeigen, daß das Leben hier nicht so trist ist, wie sie meinen, auch wenn wir nicht ihren materiellen Wohlstand haben?«

»Glückwunsch, Genossin Quanz«, sagte ihr Besucher vom SSD bei seinem nächsten Besuch in ihrem Büro. »Der Artikel Ihres Freundes war genau im richtigen Ton und ein Lob unserer kulturellen Bemühungen. Am nächsten Wochenende können Sie ihn nach Weimar begleiten, ins Goethehaus und in die Oper.«

»Aber er hat keine Reisegenehmigung.«

»Das wird geregelt. Er kriegt eine offizielle Einladung. Und wenn Sie ihn das nächste Mal sehen, finden Sie raus, wie weit sein Partner mit den Nachforschungen im Fall der Werner Kraus Holding ist. Wir wollen die Namen der Firmen, in die sie investiert hat.«

Stefan nahm Erika die Geschichte ab, sie habe es bei ihrem Chef deichseln können, daß sie Weimar gemeinsam besuchen könnten und sie seine Führerin sei.

Der Winter wich dem Frühling, und sie unternahmen weitere Reisen durch die DDR, auf denen Stefan vieles sah und hörte, was ihn mit Sorge erfüllte. Ihm wurde klar, daß er durch Erika Freiheiten und Privilegien genoß, die kaum einem anderen westdeutschen Journalisten gewährt wurden, und er achtete darauf, in seinen Artikeln nie etwas zu schreiben, was sie in Bedrängnis bringen könnte.

Er fand nichts Verdächtiges an den Fragen, die sie ihm über seine Arbeit und seine Familie stellte. Sie liebten sich und hofften, eines Tages heiraten zu können. Was konnte selbstverständlicher sein, als daß sie sich für sein Leben interessierte?

Im Januar reiste Norbert nach Berlin zu einem Sondierungsgespräch mit den Westberliner Baubehörden. Er hätte bei Hasso oder Stefan wohnen können, ging jedoch nach Heiligensee. In den letzten zwei Jahren, in denen seine Wege ihn nie in die Nähe von Berlin geführt hatten, hatte er sich oft gefragt, ob jener schnelle Handel mit Viktoria richtig gewesen war, aber er hatte sich mit dem Gedanken getröstet, daß der Besitz eine langfristige Investition darstellte und ihm, solange er vermietet war, wenigstens etwas Geld einbrachte.

Aber in dem Maß, in dem in Berlin und anderswo Neubauten errichtet wurden, zogen die Menschen aus den vorübergehenden Unterkünften in eigene Wohnungen, und so waren die Bewohner, an die Viktoria das Haus vermietet hatte, vor kurzem ausgezogen.

Die Schlüssel für Norbert lagen bei Alfons und Waltraud Breschinski, die jetzt – wie früher Fritz und Hilde Weber – nach dem Haus sahen. Das Ehepaar war froh, daß das Haus wieder einen richtigen Besitzer hatte, auch wenn Norbert wissen ließ, er werde nicht lange bleiben können.

Heiligensee sah noch schöner aus als an jenem Sommertag 1947, als Lili ihn zu dem Landhaus geführt hatte. Schnee bedeckte den Boden. Der See war zugefroren. Bevor die Breschinskis Norbert in seinem neuen Reich allein ließen, heizte Alfons den Herd in der Küche ein und legte im Kamin im Wohnzimmer Holz nach. »Wenn Se irjend was brauchen, melden Se sich«, sagte Waltraud.

Norbert versprach es, goß sich einen Whiskey aus der Flasche ein, die er mitgebracht hatte, und machte sich mit dem Glas in der Hand auf Erkundungstour. Das Haus verriet kaum noch etwas von den ersten Besitzern. Flecken auf den Tapeten deuteten an, wo einmal Bilder und Spiegel gehangen hatten. Einige wenige wuchtige Möbelstücke ließen Rückschlüsse auf das einstige Mobiliar zu. Nur im Keller, der immer noch wie ein Luftschutzkeller ausgestattet war, war die Zeit stehengeblieben.

Aber trotz des schlechten Zustands wirkte das Haus heimelig, und Norbert fragte sich unwillkürlich, warum Viktoria es so bereitwillig hergegeben hatte. Dann fiel ihm ein, daß die meisten Menschen, mit denen sie hier glückliche Stunden verbracht hatte, tot waren. Wahrscheinlich war das der Grund.

Er blieb nur zwei Nächte, aß in einer Gaststätte im Dorf und stellte in der übrigen Zeit eine Liste mit den notwendigen Reparaturen auf, die er vor seiner Abreise den Breschinskis gab, zusammen mit der Anweisung, das Haus streichen zu lassen.

Seine Gespräche mit den Baubehörden verliefen äußerst zufriedenstellend. Die Stadtplaner waren auch seiner Meinung, daß ein erstklassiges Hotel in Berlin dringend gebraucht werde, und Norberts Rohskizzen überzeugten sie, daß er die Kreativität und Fähigkeiten besitze, ein Hotel zu entwerfen, das Berlin als »das Fenster der freien Welt« auswies.

Den ganzen Winter über widmete er jede freie Minute den Entwürfen für das neue Hotel, und allmählich nahm es, zumindest auf dem Papier, Gestalt an.

Pfingsten 1952 fuhren Norbert, Viktoria und Lili, die sich geweigert hatte, in Hamburg zu bleiben, nach Berlin, um die Pläne vorzulegen. Norbert bestand darauf, daß sie in Heiligensee wohnten. Aus Angst, zu viele alte Erinnerungen aufzuwärmen, hatte Viktoria nicht im Landhaus logieren wollen, aber die Breschinskis hatten seit Januar wahre Wunder mit Schrubber und Farbe vollbracht. Die eher düsteren Farben von früher waren verschwunden. Innen und außen leuchtete das Haus strahlend weiß, so daß es eine völlig neue Atmosphäre bekommen hatte. Viktoria hatte das Gefühl, an einem Ort zu sein, den sie schon einmal besucht oder von dem sie vielleicht auch nur geträumt hatte, aber nicht an einem Ort, der je ihr gehört hatte.

Als sie jedoch durch den Garten zum See schlenderten, sagte Lili: »Gehen wir zurück zum Haus.« Ihr würde immer eine Erinnerung an das Landhaus bleiben: die an Christas Leiche im See.

Glücklicherweise gab es genügend andere Dinge, die sie beschäftigten, nicht zuletzt das Hotel. Lili hatte erwartet, daß die Baubehörde sofort eine Entscheidung treffen werde, doch Norbert war realistischer. »Bis die Pläne dem Ausschuß vorgelegt werden, der dann mit Änderungswünschen kommt, die wiederum besprochen werden, dauert es bestimmt ein halbes Jahr, Lili.«

»Aber sie nennen es ein Notbauprogramm!«

Er lachte. »Auch in Notfällen müssen Beamte ihr Geld verdienen!«

Am ersten Abend aßen sie mit Stefan und Erika im Café Jochum. Viktoria war, genau wie Stefan, sprachlos über ihre Ähnlichkeit mit Christa von Biederstedt. Lili widersprach. »Sie sieht nur ein bißchen wie Christa aus«, sagte sie später, als Viktoria in ihr Zimmer kam, um ihr gute Nacht zu sagen. Sie saß im Bett und hatte die Arme um die angezogenen Knie gelegt. »Hast du bemerkt, wie nervös sie war?« fragte sie.

Es war Viktoria nicht besonders aufgefallen, doch als sie sich das nächste Mal sahen, mußte sie Lili recht geben: Erika war nervös. Sie stocherte in ihrem Essen herum, sie rauchte zuviel, und ihr fröhliches Plaudern hatte etwas Gezwungenes. Aber sie führte das darauf zurück, daß die junge Frau ein beträchtliches Risiko einging, nach West-Berlin zu fahren und sich mit der Familie ihres westdeutschen Freundes zu treffen.

Viel besorgter war sie darüber, wie Stefan sich verändert hatte, seit er Erika kannte. Seine Meinung über Adenauer war negativer denn je; er beschuldigte ihn, die deutschen Interessen nach innen und außen total zu mißachten und sich bedingungslos auf die Seite der Westalliierten zu schlagen. Adenauer glaubte, daß Deutschland nur in einem vereinten Europa wiedervereinigt und von den Besatzungsmächten befreit werden könnte. Stefan behauptete, Adenauer sei ein vereintes Europa wichtiger als ein vereintes Deutschland; er hielt nichts von Adenauers Ansicht, daß ein vereintes Europa, unterstützt von Amerika, die einzige Möglichkeit wäre, die Sowjetunion von einer Aggression abzuhalten.

Als die Sowjetunion im März erklärt hatte, sie sei bereit, eine Wiedervereinigung Deutschlands unter der Bedingung zu erwägen, daß Deutschland neutral werde, hatten sowohl die Westalliierten wie auch Adenauer den Vorschlag abgelehnt.

»Ich sage nicht, wir sollten bedingungslos mit den Kommunisten kooperieren«, erklärte Stefan, »sicher nicht, solange sie die Menschenrechte unterdrücken und einen totalitären

Staat führen. Aber ich bin nach wie vor entschieden gegen jede Art von Wiederaufrüstung Deutschlands – und genau das will Adenauer letzten Endes.«

»Bei der Kritik, die Adenauer von seinen Gegnern und gelegentlich sogar den eigenen Parteimitgliedern einstecken mußte, hat er in sehr kurzer Zeit eine Menge erreicht«, entgegnete Viktoria.

Als sie mit Lili in Berlin war, kam Monika mit Familie zu einem weiteren Besuch aus Fürstenmark. Norbert war schon wieder nach Hamburg gefahren, aber alle anderen trafen sich bei den Dreschers. Viktoria hatte ihre Tochter mehrere Jahre nicht gesehen und war schockiert über das schäbige Äußere der Königs.

Sie empfand plötzlich so etwas wie Gewissensbisse. Weil Monika nach dem Krieg nie die Not und Entbehrungen erlitten hatte wie sie und Lili, hatte Viktoria sich eingeredet, es gehe Monika doch relativ gut. Jetzt entnahm sie Bemerkungen von Monika und Hans, wie bitter nötig die Lebensmittelpakete gewesen waren, die sie geschickt hatte.

Lili fand es spannend, Senta kennenzulernen und in ihr ein Stück von sich selbst zu entdecken. »Es ist nicht zu glauben«, sagte sie ein ums andere Mal, »du könntest meine Schwester sein!«

Paul Drescher war hingerissen von den beiden Mädchen, vor allem als er feststellte, daß beide gern lasen. Gelangweilt von den Gesprächen der Erwachsenen, stöberten sie in den Bücherschätzen. »Wartet, bis ich meine neue Buchhandlung in West-Berlin aufmache«, sagte er zu ihnen, »dann werdet ihr euch wie im Paradies vorkommen.«

»Willst du nach West-Berlin ziehen?« fragte Lili.

Paul blickte verstohlen zu Erika hinüber, die mit den anderen am Tisch saß und sich unterhielt, und dämpfte die Stimme: »Ich hoffe, ja. Wenn Erika und Stefan heiraten, gehen wir in den Westen.«

Am Nachmittag unternahm er mit den drei Kindern einen Spaziergang zur Stalinallee, die noch im Bau war. Heinrich war tief beeindruckt. »Ich hab' noch nie so eine breite Straße gesehen«, rief er. »Die wird sechs Fahrbahnen breit – und kuckt mal, die Gehwege! Die sind breiter als bei uns Straßen.«

»So was gibt's doch im Westen bestimmt nicht, oder?«

Nüchtern entgegnete Paul: »Nein, wahrscheinlich hast du recht.«

Während sie spazierengingen, fragte Viktoria Monika: »Warum geht ihr nicht von Fürstenmark weg? Ihr könntet alle bei mir in Hamburg bleiben, bis ihr eine Wohnung gefunden hättet.«

Doch Monika wollte nicht nach Hamburg ziehen, und auf keinen Fall wollte sie ihrer Mutter verpflichtet sein.

»Wieso gehen Sie nicht?« fragte Erika Monika ungewöhnlich eindringlich. »Im Westen hätten Sie genug zu essen, Ihre Kinder müßten keine alten Sachen tragen, sie könnten in eine gute Schule gehen und hätten Möglichkeiten, die sie in der DDR nie haben werden. Sie sollten es sich wirklich überlegen, bevor es zu spät ist!«

»Wenn Sie dieser Ansicht sind, warum bleiben Sie dann?« hielt Monika ihr entgegen.

Das Blut wich aus Erikas Gesicht. »Ich bin in einer etwas anderen Lage. Mein Mann ist russischer Kriegsgefangener.«

Viktoria wußte, daß das stimmte, doch eine Ahnung sagte ihr, daß dies nicht die ganze Wahrheit war. Irgend etwas Geheimnisvolles umgab Erika. Aber so sehr sie darauf brannte, mehr zu erfahren, sie übereilte nichts. Statt dessen sagte sie zu Monika: »Falls du deine Meinung doch noch änderst, denk dran, daß ich tun werde, was ich kann, um euch zu helfen.«

Monika bedankte sich zwar bei ihrer Mutter für das Angebot, war aber überzeugt, daß sich die Dinge in der Sowjetzone bald bessern würden und sie Fürstenmark nie würde verlassen müssen.

Am 1. Juni 1952, unmittelbar nach Viktorias und Lilis Rückkehr nach Hamburg, verkündeten die Sowjets, daß ab Mitternacht alle Westdeutschen eine Sondergenehmigung für die Einreise in die Ostzone benötigten. Ein fünf Kilometer tiefer Sicherheitsgürtel war angelegt worden, um die bestehenden Grenzübergänge zu verstärken, außerdem ein zehn Meter breiter Streifen, in dem »ohne Warnung geschossen« werde. Der Straßen- und Schienenverkehr zwischen West-Berlin und Westdeutschland war nicht betroffen, aber da die Fahrt durch die Ostzone von Helmstedt nach Berlin schon lange ein abenteuerliches Unterfangen war, sagte das kaum etwas. Die gleichen Beschränkungen galten selbstverständlich für Ostdeutsche, die in den Westen reisten.

Das wurde eindeutig als Vergeltungsmaßnahme gegen die westliche Ablehnung der kommunistischen Wiedervereinigungsvorschläge gesehen. Falls die Sowjetunion jedoch gehofft hatte, die Amerikaner und Adenauer damit zu einem Meinungswandel bewegen zu können, irrte sie sich. Pazifistische, neutralistische und sozialistische Bewegungen verurteilten lautstark die Aktionen beider Seiten. Das Ergebnis war letztlich, daß noch mehr Menschen aus dem Osten in den Westen flüchteten – über Berlin, das einzige noch offene Loch im Eisernen Vorhang.

Stefan erhielt eine der neuen Sondergenehmigungen, die ihm ermöglichte, sich ziemlich ungehindert in der DDR zu bewegen, solange Erika ihn begleitete. Täglich telefonierte er mit Udo, und häufig schickte Udo Artikel, die er für eine Veröffentlichung in *Aktuell* vorschlug – in denen westdeutsche Politiker, Industrielle und einflußreiche Organisationen kritisiert, Skandale, Bestechungen und Mauscheleien aufgedeckt wurden. Diese Beiträge waren das Ergebnis monatelanger Recherchen und durch eindeutige Fakten belegt. Stefan zeigte sie Erika, ohne je im Traum daran zu denken, daß sie vieles davon an den SSD weitergab.

Erika verabscheute das Doppelleben, das sie führte, am meisten jedoch den Betrug an Stefan. Aber sie war gefangen in einem Netz, aus dem es kein Entrinnen gab. Auch ein Selbstmord, an den sie zuweilen ernsthaft dachte, war keine Lösung. Der Tod würde sie zwar aus ihrer aussichtslosen Lage befreien, aber die Königs, ihren Vater und Stefan noch mehr gefährden. Nie hätte sie sich, als sie sich in Stefan verliebte, träumen lassen, daß ihre Beziehung solch schreckliche Auswirkungen haben könnte.

12

Wie Norbert vorhergesehen hatte, verlangte die Berliner Baubehörde einige Änderungen an seinen Plänen für das Jochum-Berlin.

Im November 1952, sechs Monate, nachdem die Pläne erstmals vorgelegt worden waren, kam die Zusage. Mit dem Notbauprogramm im Rücken erhielt Viktoria von ihrer Bank einen sehr günstigen Kredit. Viktoria und Norbert waren zugegen, als die Bulldozer kurz vor Weihnachten anrückten, und die Arbeit begann. Das Café Jochum mußte natürlich geschlossen werden; Hasso und die anderen Angestellten bekamen im Anfangsstadium der Bauarbeiten bezahlten Urlaub. Viktoria und Norbert blieben in Heiligensee.

Erst als Viktoria dabeistand und zusah, wie der Bagger die Baugrube aushob, wurde ihr klar, wieviel dieses Vorhaben ihr bedeutete. Als Norbert beiläufig erwähnte, sie dürfe gern im Landhaus bleiben, nahm sie das Angebot ohne Zögern an. Dies war ihr Hotel, weit mehr als das Jochum-Hamburg. So sehr sie sich rechtfertigte, das eigentliche Motiv hinter allem war emotionaler Art. Wie einst das Quadriga war das Jochum-

Berlin mehr als nur ein Bau. Es war ein Symbol für die Treue und Hoffnung in die Zukunft ihrer Stadt. Ihr war der Gedanke unerträglich, irgend etwas bei seinem Entstehen zu verpassen.

Dirk Kaiser, der sich als verläßlich und erfolgreich erwiesen hatte, wurde Direktor des Jochum-Hamburg, und Eduard wurde zum Geschäftsführer befördert. Viktoria setzte große Hoffnungen in Eduard. Trotz seiner Jugend wurde er vom Hotelpersonal respektiert, nicht zuletzt, weil es keine Arbeit gab, bei der er nicht bereit gewesen wäre, mit anzupacken. Dabei war er aufgeweckt und freundlich, was ihn bei Mitarbeitern wie Gästen beliebt gemacht hatte. Viktoria hatte ihn nie unbeherrscht erlebt. Vor allem aber war er ein fähiger Verwalter. Sobald das Jochum-Berlin fertig war, wollte sie ihn dorthin holen.

Lili hatte angenommen, sie würde mit Viktoria nach Berlin gehen, doch ihre Tante hatte anders entschieden. Lili hatte noch knapp zwei Jahre Mittelschule vor sich, bevor sie auf die Berufsschule gehen sollte. Ein Schulwechsel in einem so wichtigen Stadium könnte verhängnisvoll sein. Lili bestürmte Viktoria, ihren Entschluß zu ändern, doch Viktoria blieb hart. Lili konnte in den Ferien nach Berlin kommen, aber die Schulzeit würde sie in Hamburg absolvieren.

»Du wirst nicht viel verpassen«, tröstete Eduard sie, der annahm, daß Lili enttäuscht darüber war, den Bau des Jochum-Berlin nicht verfolgen zu können. »Es dauert eine Ewigkeit, bis das fertig ist.«

Aber diesmal lag Eduard falsch. Es war nicht das erste Mal, daß Viktoria Lili den eigenen Plänen unterordnete. Als Lilis Mutter gestorben war, hatte Viktoria sie nicht bei sich im Quadriga behalten, sondern zu Ricarda und Christa nach Heiligensee geschickt. Nach dem Krieg hatte Lili bei den Webers wohnen müssen statt im Café Jochum. Während der Blockade war sie nach Hamburg geschickt worden. Und jetzt wurde sie wieder zurückgelassen. Ihr kam es wie ein besonders schwerer Vertrauensbruch vor.

Bis dahin hatte Lili geglaubt, ihre Tante liebe sie wie ihr eigenes Kind, und nur die Umstände hätten die immer neuen Trennungen erzwungen. Nun glaubte sie, daß es Viktoria trotz aller Beteuerungen, sie baue die Hotels für Lili und zur Sicherung ihrer Zukunft, in Wahrheit mehr um die Hotels als um ihre Nichte ging.

Lili wurde teilnahmslos und zog sich zurück. Ihre Schulleistungen ließen nach, was Viktoria gerade hatte verhindern wollen. Sie hatte keinen Appetit mehr und verlor Gewicht. Besorgt nahm Eduard Dr. Mehring zur Seite, als der Arzt einen der Gäste im Hotel aufsuchte. Er untersuchte Lili gewissenhaft, konnte aber keine körperliche Ursache finden. Er notierte sich, daß sie zwar schon fünfzehn war, aber noch keinen Busen entwickelt hatte und noch nicht menstruierte, was allerdings nichts Ungewöhnliches für Mädchen war, die mit Kriegsrationen groß geworden und in vielen Fällen für ihr Alter unterentwickelt waren. Es war durchaus denkbar, daß Lilis Zustand mit der einsetzenden Pubertät zusammenhing. Er verschrieb ihr ein Stärkungsmittel und ermahnte sie freundschaftlich, »tapfer zu sein«.

Doch Lilis Zustand besserte sich nicht. Bald sah sie wieder wie das vernachlässigte Mädchen aus, als das sie nach Hamburg gekommen war. Nichts und niemand konnte sie aus ihrer Apathie reißen. Eduard war mit seinem Latein am Ende und dankbar, als Norbert zu einem seiner regelmäßigen Besuche ins Hotel kam und bei Lilis Anblick erklärte: »Tante Vicki muß auf der Stelle herkommen. Das Kind geht ja vor unsern Augen zugrunde!«

Viktoria war entsetzt, als sie Lili sah. Sie sprach mit Dr. Mehring und Lilis Lehrern, und man kam überein, daß es das beste für Lili wäre, zu ihr nach Berlin zu ziehen, wo Viktoria ein Auge auf sie haben konnte.

Viktorias Haltung machte Lili jedoch nur noch unglücklicher. Sie spürte, wie unmutig ihre Tante darüber war, daß sie ihre Pläne durchkreuzt hatte. Viktoria holte sie nach Berlin, nicht weil sie sie bei sich haben wollte, sondern weil man sie nicht allein lassen konnte. Lili war eine Verpflichtung, eine Last, ein Klotz am Bein.

Ostern 1953 war das Hotel Jochum-Berlin im Rohbau fertig. Ein neues Café Jochum hatte Gestalt angenommen und glich dem ursprünglichen Café, mit verglaster Terrasse und großen Fenstern, die das halbe Erdgeschoß des neuen Gebäudes einnahmen. Das Hotel selbst erhob sich darüber und ringsum. Und im Keller hatte die Bar wieder geöffnet.

Obwohl das Hotel noch im Bau war, zogen Viktoria und Lili in eine kleine Wohnung im ersten Stock. Zum erstenmal hatte Lili ein eigenes Zimmer, das zur Linderung ihres seelischen Kummers beitrug. In ihrem kleinen Reich konnte Lili die Außenwelt ausschließen, die Bücher lesen, die ihr gefielen, die Musik hören, die sie am liebsten hatte, und Tagträumen nachhängen.

Auch Hasso zog vom Wedding in eine Einzimmerwohnung neben Viktoria und Lili. Er war dem Hotel nur noch innerlich verbunden. Viktoria hatte die Kellerbar auf seinen Namen umgetauft, um ihm auf diese Art für alles zu danken, was er in den vergangenen Jahren für sie getan hatte.

Hasso war von ihrer Geste tief gerührt. Er war fast siebzig, und die letzten Jahre hatten ihren Tribut gefordert. Er hielt Viktoria entgegen, er sei zu alt, noch einmal eine eigene Bar zu eröffnen, und zu altmodisch, um mit den neuen Nachtclubs konkurrieren zu können, die den Kurfürstendamm zu einer zweiten Reeperbahn machten. Viktoria weigerte sich zu glauben, daß die Jahre ihn eingeholt hätten, aber im zweiten Punkt stimmte sie ihm zu. Eine neue Ära der Freizügigkeit hatte begonnen. Wie in den 20er Jahren gab es Bars für jede sexuelle Spielart. Aber nicht jeder Berlin-Besucher war auf sexuellen Kitzel aus. Es bestand nach wie vor der Bedarf an einer ruhigeren, intimen Bar, die feinere und stilvollere Unterhaltung bot und von einem aufmerksamen Gastgeber geleitet wurde.

Hasso hatte seine Beliebtheit tatsächlich unterschätzt. Lange bevor das Jochum-Berlin eröffnet wurde, hatte sich »Hassos Bar« bei einer wählerischen Klientel als eine der elegantesten Nachtbars herumgesprochen. Aber Hasso führte sie nicht allein. Sein Neffe Detlev Schulze half ihm, ein Mittvierziger, der voll Energie ausdauernd und hart arbeitete und Hasso die nötige Entlastung brachte.

Wieder kam Lili in eine neue Schule, aber Viktorias Befürchtungen erwiesen sich als grundlos. Lilis Leistungen hielten mit denen der übrigen Klasse Schritt.

Lili hatte außerdem das Glück, eine äußerst verständnisvolle Klassenlehrerin zu bekommen, Ursula Krickow. Als Lili in ihre Klasse kam, erkannte sie sofort, daß das Mädchen viele verborgene Fähigkeiten besaß, um deren Förderung sich bisher niemand gekümmert hatte. In Mathematik und den naturwissenschaftlichen Fächern war sie vielleicht nicht so gut, aber sie konnte zeichnen, hatte ein gutes Ohr für Musik, schrieb phantasievolle Aufsätze und war sprachbegabt.

Bisher hatte Lili die Schule als ein notwendiges Übel betrachtet. Dank Ursula Krickow bekam der Unterricht plötzlich einen Sinn. Die Lehrerin lieh ihr eigene Bücher, Romane, die Lili fesselten und anregten.

Lili wollte andere an ihrer Freude teilhaben lassen und legte, wenn Viktoria ein Lebensmittelpaket an Monika schickte, ein paar Bücher für Senta bei, klassische Romane, die das wachsame Auge der Zensur passierten.

Am Morgen des 15. Juni 1953, einem Montag, fuhr Stefan mit der U-Bahn zum Frankfurter Tor und lief zur Wohnung der Dreschers. Erika war bei der Arbeit, aber Paul hatte ihm am Tag zuvor, als Erika das Essen zubereitete, erzählt, daß er ihn mit einem Schreiner namens Max Finkemayer bekannt machen wolle. »Er hatte ein eigenes Geschäft, war Möbelschreiner, mußte aber schließen«, hatte Paul erklärt. »Jetzt arbeitet er an der Stalinallee.« Er machte eine Pause und sagte dann: »Du weißt, daß die Regierung am 28. Mai eine Erhöhung der Normen verkündet hat? Ja, und jetzt am Freitag haben die Arbeiter ihr Geld gekriegt.«

»Und?«

»Für die meisten war es schon vor der Erhöhung schwer, die Normen zu erfüllen. Jetzt ist es unmöglich. Weil Max seine Norm nicht erfüllt hat, wurde sein Lohn um dreißig Prozent gekürzt. Er will seine Kollegen zum Streik auffordern.«

Nach Stalins Tod im März war eine Welle der Zuversicht durch die Ostzone gegangen. Es war die Rede von einem »neuen Kurs« in der Wirtschaftspolitik gewesen, und einige besonders rigide Zwangsbestimmungen waren gelockert worden. Aber wie Paul sagte, waren die Läden noch immer leer, die Löhne niedrig, die Preise hoch und rationierte Waren nur zu bekommen, wenn man der Parteielite angehörte. Ein größerer Teil der landwirtschaftlichen und gewerblichen Produktion der DDR ging nach wie vor in die Sowjetunion. Angeblich waren zwei Millionen Menschen die Lebensmittelkarten entzogen worden, und die Zahl derer, die in den Westen flohen, war weiter gestiegen.

Stefan hatte an diesem Morgen den Eindruck, daß mehr Kontrolleure als sonst in der U-Bahn waren und auf den Straßen auch mehr Vopos als üblich.

Paul wartete schon abmarschbereit, als Stefan ankam. »Gehn wir«, sagte er. Domke blickte ihnen neugierig nach, als sie vorbeigingen. »Heute ham wa's aber eilig«, bemerkte er, »nich mal Zeit fürn Kaffee.«

»Ich traue Domke nicht«, murmelte Paul, als sie auf die Straße traten.

Auf der Stalinallee wurde kaum gearbeitet, als sie hinkamen. Arbeiter standen in Gruppen zusammen und diskutierten erregt, was sie tun sollten. Ein stämmiger Mann sprach zu einer größeren Ansammlung. »Das ist Max«, flüsterte Paul und stellte sich mit Stefan zu der Gruppe.

»Der Regierung muß klargemacht werden, daß wir das Normensystem nicht länger hinnehmen«, rief Finkemayer. »Aber wir wollen nicht nur die Abschaffung der Normen. Wir wollen freie Gewerkschaften! Wir wollen gerechte Löhne! Unterstützt den Streikausschuß der Bauarbeiter! Legt die Arbeit nieder! Streikt für die Freiheit!«

Laute Zustimmung erscholl aus der Menge. Über die Stalinallee hallten die Worte: »Streik! Streik! Streik!«

Finkemayer stieg vom Tisch und kam durch die Menge zu Paul und Stefan. »Sie sind also der Journalist, von dem Paul mir erzählt hat. Wenn Sie mitkommen, werden Sie einiges sehen, worüber Sie schreiben können.«

Den ganzen Tag streiften Stefan und Max Finkemayer durch Ost-Berlin und sahen viele Versammlungen wie die auf der Stalinallee. »Und solche Versammlungen finden in der ganzen Sowjetzone statt«, sagte Finkemayer. »Die Regierung hat die Arbeiter zu weit getrieben.«

Viktoria hatte an dem Tag Geburtstag, aber Stefan schaffte es nicht zu dem kleinen Fest, das sie am Abend veranstaltete. Er rief an, um zu sagen, daß er aufgehalten worden sei, und gab dann telefonisch an Udo einen langen Bericht über die Ereignisse des Tages durch, auch über die Festnahme von drei Mitgliedern einer Arbeiterdelegation vom Krankenhaus Friedrichshain, die eine Eingabe an die Regierung vorgelegt hatten.

Am nächsten Tag nahm Stefan, wie ein Arbeiter gekleidet, eine frühe U-Bahn und war bereits um sieben Uhr auf der Stalinallee. Es waren noch mehr Vopos unterwegs als am Vortag, und auch viele Mitglieder der Freien Deutschen Jugend. »Sie haben FDJler hergebracht, die Lkw entladen, und versuchen, den Streik zu brechen«, erklärte Max Finkemayer.

»Wird wirklich gestreikt?« fragte Stefan.

»Ja«, erklärte Finkemayer befriedigt, »wir streiken.«

Über die ganze Breite der Stalinallee mit den halbfertigen Gebäuden auf beiden Seiten marschierten die Arbeiter aus Ost-Berlin. Es wurden immer mehr, je näher sie dem Strausberger Platz kamen. Als sie den Alexanderplatz erreichten, waren es mehrere tausend. Vopos versuchten, sie aufzuhalten, doch die aufgebrachten Demonstranten schoben sie beiseite. Sie marschierten über den Marx-Engels-Platz und Unter den Linden entlang und skandierten: »Nieder mit den Normen! Nieder mit den Normen!«

Vor den Ministerien in der Wilhelmstraße machten sie halt, eine brodelnde, aufrührerische Menschenmenge, die Ulbricht und Grotewohl aufforderte herauszukommen. Doch es zeigte sich nur ein Minister, der die Menge mit abgedroschenen Phrasen zu beschwichtigen suchte, was die Arbeiter noch mehr aufbrachte. Am Ende wurde der Regierungsvertreter von dem Behelfspodium geschoben, und Mitglieder des Arbeiterstreikkomitees nahmen seinen Platz ein.

Auch Max Finkemayer stieg auf das Podium und las aus einem maschinengeschriebenen Manifest die Forderungen seiner Gruppe vor. Er prangerte die Ungerechtigkeit des Normensystems an und rief dann: »Wir fordern Rede- und Pressefreiheit! Wir fordern die Abschaffung aller Zonengrenzen! Wir fordern den Abzug der Besatzungstruppen! Wir fordern die Beendigung der Kriegsreparationen!«

Die Demonstranten stimmten frenetisch zu, doch die glatten Mauern der Wilhelmstraße antworteten nicht.

Allmählich strömten die Massen dorthin zurück, woher sie gekommen waren, und als die Menschen die Stalinallee erreichten, dröhnte es aus den Lautsprechern, über die wichtige öffentliche Mitteilungen verkündet wurden, daß Ministerpräsident Grotewohl auf einer außerordentlichen Parteiversammlung die Anweisung zur Erhöhung der Normen aufgehoben habe. Alle Arbeiter sollten ihre Tätigkeit wieder aufnehmen.

»Sie scheinen gesiegt zu haben«, sagte Stefan zu Finkemayer.

Doch der stämmige Schreiner sah ihn mit finsterem Blick an. »Wenn die meinen, sie könnten uns beschwichtigen, indem sie eine Anweisung zurücknehmen, haben sie sich getäuscht. Der Streik geht weiter!«

Um sieben Uhr am Morgen des 17. Juni marschierten die Arbeiter wieder über die Stalinallee, den Strausberger Platz, den Marx-Engels-Platz und die Linden, trotz des Regens waren es noch viel mehr als am Vortag. Von einem Ende der Linden bis zum anderen reichte die Menge, Zigtausende, und skandierte: »Nieder mit den Normen!« – »Wir wollen freie Wahlen!« – »Wir wollen freie Gewerkschaften!« – »Wir wollen Freiheit!« – »Freiheit!« – »Freiheit!«

Vopos stellten sich ihnen entgegen, schossen aber zu Stefans Überraschung nicht. Viele schlossen sich vielmehr den Demonstranten an, und einen Augenblick glaubte Stefan, die Revolution hätte eine Chance zu siegen. Die ostdeutsche Volkspolizei schoß nicht auf das deutsche Volk.

Aber die aufgebrachte Menge war nicht unter Kontrolle zu bringen. Die Menschen gaben sich nicht länger damit zufrieden, Slogans zu rufen. Sie wollten handeln. Fensterscheiben gingen in die Brüche. Stimmen wurden laut: »Nieder mit der Regierung!« Ein Gebäude ging in Flammen auf. Rauchschwaden stiegen in den regnerischen Himmel.

Stefan war längst nicht mehr an Max Finkemayers Seite. Er befand sich zwar noch nah am Geschehen, aber am Rand des Demonstrationszuges. Von seinem Standort aus hatte er einen guten Blick auf das Brandenburger Tor. Einige Jugendliche kletterten einen Mast hoch, rissen die rote Fahne herunter und schleuderten sie in die Menge unter sich.

Die Demonstranten zogen zum Potsdamer Platz, wo ebenfalls dichter Rauch aufstieg. Wie ein Lauffeuer machte es die Runde. »Sie haben das Polizeipräsidium gestürmt!« – »Sie haben das Gefängnis gestürmt!« – »Die HO brennt!« Die Zuversicht wuchs, als auch aus anderen Stadtteilen Erfolgsmeldungen kamen. Die kommunistischen Bastionen fielen.

Dann rasselten russische Panzer auf den Potsdamer Platz. Lautsprecher forderten die Menschen auf, an ihre Arbeitsplätze zurückzukehren. Doch die Arbeiter hatten schon zuviel erreicht, um noch klein beizugeben. Sie stürmten vorwärts, warfen mit Steinen, hämmerten mit Fäusten auf die Panzer ein und schrien: »Iwan, hau ab!« – »Iwan, hau ab!«

Als die Panzer in die Menge fuhren, konnte Stefan sich gerade noch in einen Hausflur retten. Dann erblickte er Max Finkemayer, der sich mit erhobener Faust einem anrollenden Panzer in den Weg stellte. Und er mußte mit ansehen, wie Finkemayers Körper unter den Ketten des Panzers verschwand.

Unbewaffnete Menschen gegen die Rote Armee. Als die Panzer rücksichtslos in die Menge fuhren, hatten die Arbeiter keine andere Wahl, als zurückzuweichen. Zögernd zuerst, dann mit hastigen Schritten und schließlich rennend wichen sie zurück, eine wutentbrannte, verängstigte Menge. Überall verkündeten Lautsprecher, daß das Kriegsrecht verhängt worden sei und von neun Uhr abends bis sieben Uhr morgens Ausgangssperre herrsche.

Schüsse hallten durch die Straßen Ost-Berlins, als Stefan dem Strom der Menschen nach Osten folgte und sich dann nach Norden wandte. Der gesamte öffentliche Verkehr war unterbrochen, alle Brücken blockiert. Zu Fuß durch Gassen und Ruinen konnte Stefan zurück in den Westen gelangen.

Ein ums andere Mal meinte er, Schritte hinter sich zu hören. Er wartete auf den Schuß eines Gewehrs. So muß es für einen Verbrecher auf der Flucht sein, dachte er. Aber er hatte Glück. Erfolgreich umging er die Grenzwachen und kam sicher nach West-Berlin.

In Ost-Berlin blieb das Kriegsrecht über drei Wochen in

Kraft, und der Verkehr zwischen den beiden Teilen der Stadt war in dieser Zeit stark eingeschränkt. Da die Telefonverbindungen zwischen Ost und West im Vorjahr unterbrochen worden waren, amtliche Gespräche und Notfälle ausgenommen, konnte Stefan Paul oder Erika nicht erreichen und erfahren, wie es ihnen ging.

Die Reaktion aus Bonn entsetzte Stefan. Am 1. Juli erklärte der Bundestag den 17. Juni zum Nationalfeiertag, zum »Tag der deutschen Einheit«. In West-Berlin wurde ein Staatsakt zu Ehren der Opfer des Aufstands gehalten. Bundeskanzler Adenauer nahm daran teil und erklärte, man habe der ganzen Welt gezeigt, daß die Deutschen keine Sklaven sein wollten, und gelobte, daß Deutschland nicht ruhen werde, bis es in Frieden und Freiheit wiedervereint sei.

Wie Stefan erkennen mußte, machten sich im Westen nur wenige Menschen wirklich Gedanken um das, was jenseits des Eisernen Vorhangs geschah. Sie waren bestürzt, sie hielten viele Reden, aber letzten Endes waren ihnen die Ereignisse des 17. Juni nicht so wichtig wie die bevorstehende Wahl. Einige westdeutsche Unternehmen stornierten wegen der Unruhen sogar ihre Aufträge an Westberliner Firmen, weil sie Lieferschwierigkeiten befürchteten.

In einer Rundfunkansprache fragte der Regierende Bürgermeister Reuter verbittert: »Was ist das für eine nationalpolitische Einstellung? Manchmal kann man wirklich verzweifeln. Sind wir Deutschen wirklich eine Nation oder sind wir ein Haufen von materiell und egoistisch interessierten Menschen?«

Auf Anregung Reuters wurde die Charlottenburger Chaussee, die breite Prachtstraße vom Am Knie durch den Tiergarten zum Brandenburger Tor, in »Straße des 17. Juni« umbenannt.

In seinem Artikel für *Aktuell* nahm Stefan kein Blatt vor den Mund, prangerte nicht nur den Materialismus des Westens an, sondern auch den sogenannten Sozialismus des Ostens. Die Arbeiter in der Sowjetzone, schrieb er, haben sich gegen ein System erhoben, das ihnen nicht nur die nationale, sondern auch die soziale Freiheit vorenthalten hat.

Er war recht zuversichtlich, daß sein Artikel keine negativen Auswirkungen für seine Freunde und Familienangehörigen in der Sowjetzone haben würde. Keiner von ihnen hatte sich an den Ereignissen des 17. Juni beteiligt, und er hatte die Schuld an diesen Ereignissen bewußt nicht Ulbricht angelastet, sondern dem jetzt toten Stalin.

In den Wochen nach dem 17. Juni lebte die Bevölkerung der DDR in einem Zustand des Terrors, denn Tausende von Streikenden und Demonstranten wurden verhaftet.

Die Angst beschränkte sich nicht auf das Volk. Auch in Regierungskreisen mußten nach dem Arbeiteraufstand Köpfe rollen. Wenn Ulbricht sich behaupten wollte, mußte er die Arbeiter besänftigen und der Sowjetunion beweisen, daß er das Land unter Kontrolle hatte.

Ulbricht handelte schnell. Die Anweisung zur Erhöhung der Normen wurde zurückgenommen, und es wurde verkündet, daß Erhöhungen künftig freiwillig erfolgen sollten und entsprechend entlohnt würden. Sobald das Kriegsrecht aufgehoben werde, sollten auch die Reisebeschränkungen zwischen Ost und West wieder wegfallen. Den Arbeitern, die sich am Aufstand beteiligt hatten, wurde zugesichert, daß sie nicht verfolgt würden; außerdem sollte das Streikrecht in die Verfassung aufgenommen werden.

Für den Aufstand am 17. Juni wurden westliche Agenten verantwortlich gemacht, die angeblich in die Fabriken und auf die Baustellen eingedrungen seien und die Arbeiter aufgehetzt hätten. Man erzählte den Menschen, die Rote Armee sei gerufen worden, um einen versuchten Sturz des Regimes der DDR durch den Westen zu verhindern.

Basilius Meyer zweifelte kaum daran, daß Ulbricht alle Versuche, ihn zu stürzen, überstehen würde. Ihm war jedoch durchaus bewußt, daß nicht nur Ulbrichts Position gefährdet war, sondern auch seine eigene, vor allem als er Stefan Jochums Artikel in der neuesten Ausgabe von *Aktuell* las und erkennen mußte, wie kläglich er damit gescheitert war, Erika Quanz auf den Journalisten anzusetzen und ihn von den sozialistischen Idealen der SED zu überzeugen. Falls das Außenministerium oder das Ministerium für Staatssicherheit sich für die Privilegien des westdeutschen Journalisten interessieren sollte, für die Basilius sich so stark gemacht hatte, saß auch er vielleicht bald trotz lebenslanger Parteimitgliedschaft auf der Straße.

Er besprach die Angelegenheit mit Irina, die im vierten Monat mit ihrem ersten Kind schwanger war und ihm riet, Erika verhaften zu lassen. Doch dann lächelte sie plötzlich. »Nein, warte mal, ich habe eine bessere Idee. Wenn Stefan Jochum sie wirklich so liebt, wie du meinst, gibt es noch eine andere Art, ihn auf unsere Seite zu bringen.«

Das Kriegsrecht wurde am 12. Juli aufgehoben. Am selben Abend kam Erika zu Stefan in die Wohnung. »Sie haben Papa verhaftet.« Sie war blaß und hatte dunkle Schatten unter den Augen.

Bestürzt sagte Stefan: »Aber Paul hat sich doch gar nicht am Aufstand beteiligt. Er ist unschuldig. Nur weil er ein Freund von Finkemayer war . . .«

»Das ist nicht der Grund für seine Verhaftung. Sie haben ihn geholt als Vergeltung für das, was du in deiner Zeitschrift geschrieben hast.«

»Woher weißt du das?«

Erika holte tief Luft und beichtete ihm die ganze Geschichte, von ersten Verhör in der Zentrale der Sicherheitspolizei bis zum letzten Besuch vom SSD am gestrigen Tag.

»Sie haben gesagt, wenn du mit mir kämst, würden sie Papa freilassen.«

Stefan schüttelte ungläubig den Kopf. »Ich kann es nicht fassen. Warum bin ich für die so wichtig?«

»Gestern war noch ein Mann dabei. Ich glaube, es war derselbe, der auch beim erstenmal dabei war, als sie mich geholt haben. Ich habe ihn nicht erkennen können, aber einer der Stasi-Leute hat ihn Genosse Meyer genannt. Sagt dir der Name etwas?«

Stefan stieß vernehmlich die Luft aus. »Meyer . . . Ja, ein gewisser Basilius Meyer ist entfernt verwandt mit mir. Das letzte, was ich von ihm gehört habe, war, daß er ein ziemlich hohes Tier in der politischen Verwaltung ist.«

Mit plötzlicher Hoffnung sagte Erika: »Vielleicht hat er versucht zu helfen.«

»Nein«, erwiderte Stefan kurz. »Wenn es Basilius Meyer war, hat er nicht helfen wollen. Gott, warum war ich so dämlich? Ich hätte es doch merken müssen! Wir sind vom ersten Moment an manipuliert worden!« Er nahm ihre Hand. »Erika, du darfst nicht zurückgehen. Du bleibst hier.«

Sie schüttelte den Kopf. »Ich kann nicht, Stefan. Die Stasi-Leute haben mir gesagt, wenn ich in West-Berlin bliebe, würden sie all ihre Drohungen gegen dich und die Königs wahrmachen.«

»Dann müssen Monika und ihre Familie Fürstenmark verlassen.«

Wieder schüttelte Erika den Kopf. »Du hast sie doch selbst gehört. Sie werden nicht gehen. Außerdem geht es ja nicht nur um sie. Da ist ja auch noch Papa. Oh, ich fühle mich so schuldig. Er hat schon bei den Nazis jahrelang im KZ gesessen.«

Stefan schwieg lange und überdachte alles, was sie gesagt hatte. Ein Punkt war noch zu klären, wie ihm bewußt wurde. »Wissen die, daß du jetzt bei mir bist?«

Mit ganz schwacher Stimme sagte sie: »Ja. Sie haben mir gesagt, daß Kurt tot ist. Sie haben mir den Totenschein gezeigt. Sie haben gesagt, wenn ich dich überreden könnte, mit mir zurückzukommen, würden sie nicht nur Papa freilassen, sondern wir könnten auch heiraten.«

Er öffnete den Mund, um etwas zu sagen, doch sie kam ihm zuvor. »Nein, Stefan. Auch wenn du bereit bist, deine Grundsätze zu opfern, ich nicht.«

»Erika, ich liebe dich.«

»Und ich liebe dich. Aber es gibt Dinge, die wichtiger sind als Liebe. Wir sind nicht die einzigen, denen so etwas widerfährt. Um anderer und um unsertwillen müssen wir zeigen, daß wir uns der Angst und Einschüchterung nicht weiter beugen. Ich habe so vieles getan, das ich jetzt bitter bereue, aber ich werde keine Fehler mehr machen.«

Verzweifelt umarmten sie sich ein letztes Mal, dann löste Erika sich von ihm. »Was immer mit mir geschieht, kämpfe weiter für die Gerechtigkeit. Versprich mir das.«

Stefan nickte. »Ich verspreche es dir.«

Stefan ging in jener Nacht nicht ins Bett. Er lief in seinem Zimmer auf und ab und versuchte, zu einer Entscheidung zu kommen. Waren Monika und ihre Familie in so großer Gefahr, wie Erika fürchtete? Er konnte es nicht recht glauben. Was Paul betraf, er war ein alter Mann. Der Stasi hatte ihn nur verhaftet, um Erika einzuschüchtern. Wenn Erika ihnen entkäme, würden sie ihn bald laufen lassen.

Ganz früh am nächsten Morgen fuhr er nach Ost-Berlin, entschlossen, Erika umzustimmen und zu sich nach West-Berlin zu holen. Doch auf Domkes Gesicht lag unverhohlene Befriedigung, als er ihm mitteilte, daß Frau Quanz festgenommen worden sei.

Stefan nutzte die Lockerung der Reisebeschränkungen zwischen Ost und West und fuhr nach Fürstenmark, um Monika und ihre Familie in einem letzten Versuch zu bewegen, in die Bundesrepublik zu gehen.

Monika war zwar entsetzt, als sie von Erika und Paul hörte, glaubte aber nicht, daß ihre Festnahme irgendwelche Auswirkungen auf die eigene Familie haben werde. »Und auch nichts, was du schreibst, Stefan«, beharrte sie. »Hier bekommt niemand westliche Zeitungen in die Hand.«

»Die Behörden schon«, erwiderte er grimmig.

Monika zuckte die Schultern. »Ich kann es immer noch nicht glauben, daß wir in Gefahr sind.« Für Monika, die im provinziellen Fürstenmark lebte, war Stefan nur der Bruder, keine bekannte Persönlichkeit.

Ihr Schwiegervater nahm Stefan ernster. Nach dem Essen spazierten die beiden Männer über die Felder, und Pastor König schüttete ihm sein Herz aus. »Ich denke oft daran, in den Westen zu fliehen«, gestand er. »Aber jedesmal hält mich etwas zurück. Gerda meint, das sei mein Pflichtgefühl gegenüber meinen Gemeindemitgliedern. Aber das ist es nicht allein.« Er machte eine Pause und blickte über das flache Land, ein kleiner, unbedeutend aussehender Mann mit grauem, schütterem Haar.

»Ich habe das schreckliche Gefühl, daß sich die Geschichte in meinem Leben wiederholt. In den 30er Jahren habe ich erlebt, wie mein Sohn die braune Uniform der Hitlerjugend angezogen und dabei viele christliche Werte über Bord geworfen hat. Damals tröstete ich mich mit dem Gedanken, daß es gut für Deutschland sei. Ich war ja selbst in vielem mit den Nazis einverstanden. Ich wurde ein Mitläufer. Zu spät erkannte ich meinen Irrtum. Und jetzt passiert das gleiche wieder. Nur die Hemden haben eine andere Farbe.

Ich meine vor allem die FDJ. Heinrich wird im September vierzehn, kommt also in das Alter, in dem man normalerweise konfirmiert wird. Aber er weigert sich, am Konfirmandenunterricht teilzunehmen. Er findet es lustig, alles Religiöse abzuwerten. Wenn er tatsächlich mal in die Kirche kommt, versuchen er und seine Freunde, die übrige Gemeinde abzulenken. Sie stehen beim Beten nicht auf und ballen die Fäuste, statt die Hände zu falten. Sie singen absichtlich falsch und stampfen mit den Füßen, als ob die Kirchenlieder Märsche wären. Als ich Heinrich einmal vorgeworfen habe, er habe keine Achtung vor Gott, sagte er: ›Wer ist Gott? Hast du ihn schon mal gesehen? Der existiert doch gar nicht.‹«

Stefan sah ihn nachdenklich an. »Wer gibt ihm denn solche Ideen ein?«

»Klaus Gutjahr, der neue Lehrer an der Oberschule.«

»Und was hält Hans davon?«

Pastor König seufzte. »Ihm gefällt nicht, was geschieht, aber er ist nicht bereit, seine Stelle durch Widerstand zu gefährden. Gutjahr hat schließlich den Staat hinter sich.«

»Und Monika?«

Der Pastor lächelte müde. »Soviel ich weiß, wart ihr in eurer Familie nie große Kirchgänger. Monika stellt sich auf den Standpunkt, daß allein zählt, wenn Heinrich glücklich ist. Aber Gerda und ich wissen, daß viel mehr auf dem Spiel steht. Wie deine Freundin Erika gesagt hat, geschehen diese Dinge überall in der Sowjetzone. Wenn wir nicht aufpassen, wird die Kirche erneut zur Unterwerfung unter den Staat gezwungen. Ich werde denselben Fehler nicht zweimal in meinem Leben machen. Diesmal werde ich nicht weichen und mich wehren.«

»Egal, was es für Folgen hat?«

»Egal, was es für Folgen hat«, sagte Pastor König ernst.

In der Augustausgabe von *Aktuell* schilderte Stefan einfach und wahrheitsgetreu seine Liebesbeziehung zu Erika und das tragische Ende. Er beschloß den Artikel mit den Worten: »Das kommunistische Regime muß angeben, weswegen Erika Quanz und ihr Vater festgehalten werden, sie vor Gericht stellen und neutrale Beobachter zu dem Verfahren zulassen.«

Der Artikel bewirkte in der Bundesrepublik nicht das, was

sich Stefan erhofft hatte. Von seiten der DDR-Regierung gab es keine Reaktion, aber irgendwie kamen Menschen in der Sowjetzone an *Aktuell*-Ausgaben, und bald darauf strömten Männer und Frauen in sein Büro, die Geschichten von Freunden und Verwandten erzählten, die unter ganz ähnlichen Umständen wie Erika und Paul verschwunden waren.

»Man muß sich der Tyrannei unter allen Umständen widersetzen«, schrieb Stefan in der nächsten Ausgabe von *Aktuell*. »Wir dürfen uns durch nichts aufhalten lassen, die Freilassung all jener zu erlangen, die zu Unrecht im Gefängnis sitzen. Wir müssen an die Gefängnistüren klopfen, bis sie aufgehen.«

Zur gleichen Zeit zündete die Sowjetunion ihre erste Wasserstoffbombe und verkündete ein paar Tage später, daß die DDR ab dem 1. Januar 1954 keine Kriegsreparationen mehr zahlen müsse. Im September fanden in der Bundesrepublik Wahlen statt, die Adenauer einen überwältigenden Sieg brachten. In Moskau wurde Chruschtschow Erster Sekretär der Kommunistischen Partei.

Aus Fürstenmark schrieb Monika, daß Heinrich seine Aufnahme in die FDJ bestanden habe und jetzt Mitglied sei. Stefan dachte voller Mitgefühl an Pastor König.

Dann, am 29. September, geschah das gänzlich Unerwartete, eine Tragödie, die ganz Berlin erschütterte, Ost wie West. Ernst Reuter erlitt einen Herzanfall und starb.

Stefan saß am Schreibtisch, als jemand von der Presseagentur Reuter anrief und es ihm mitteilte. Unmittelbar darauf meldete sich Udo und bat ihn, einen Nachruf zu schreiben. Dann rief Viktoria an. »Reuter ist tot«, sagte sie mit bebender Stimme. »Stefan, Reuter ist tot.«

Stefan verstand ihren Schmerz. Reuter war der Mann, der Berlin in seinem Freiheitskampf geführt hatte, der während der Blockade durchgehalten und die Arbeiter beim Aufstand im Juni beflügelt hatte. Für die Berliner war er weit mehr als ihr Bürgermeister gewesen.

Die Dämmerung brach herein, und Stefan erinnerte sich an etwas, das Reuter letztes Jahr an Weihnachten gesagt hatte. Er hatte alle Berliner aufgefordert, Kerzen in die Wohnungsfenster zu stellen, um ihr Mitgefühl mit den vielen deutschen Gefangenen in den Händen der Russen zu bekunden und als Beweis der Treue und Solidarität mit denen, die einem am nächsten standen. Stefan nahm eine Kerze, zündete sie an und trug sie zu seiner Fensterbank.

Tag und Nacht, bis zu Reuters Begräbnis, brannten in ganz Berlin Kerzen in den Fenstern. Reuters Sarg wurde vor dem Rathaus aufgebahrt, und Stunde für Stunde, Tag für Tag zogen Berliner aus West und Ost daran vorbei, um Reuter die letzte Ehre zu erweisen. Selten hat die Stadt in ihrer Geschichte ein größeres Begräbnis erlebt. Zu Ehren Reuters wurde der Platz Am Knie in Ernst-Reuter-Platz umbenannt.

Als Erika Quanz festgenommen wurde, hatte Basilius gehofft, daß Stefan Angst haben werde, besondere Aufmerksamkeit auf ihren Fall zu lenken, um ihre und Pauls Haftbedingungen nicht zu erschweren und seinen in der DDR lebenden Familienangehörigen nicht zu schaden. Aber offenbar war das Gegenteil der Fall.

Als Folge von Stefans Artikel in *Aktuell* war Basilius von seinem Minister und hohen SSD-Offizieren über seine Rolle in der Angelegenheit Quanz befragt worden. Man kam überein, Erika Quanz und ihren Vater möglichst schnell wegen Spionage und staatsgefährdender Hetze anzuklagen. Die Prozesse fanden im November in Potsdam statt, die Urteile lauteten auf je sechs Jahre Haft. Erika kam ins Gefängnis Halle, Paul Drescher nach Jena.

Obwohl die Prozesse unter Ausschluß der Öffentlichkeit stattfanden, erfuhr Stefan Jochum auf Umwegen von den Urteilen, was ihn veranlaßte, die Willkür des Rechtssystems in der Sowjetzone in schärfster Form anzuprangern. Mehrere angesehene internationale Zeitungen übernahmen seinen Artikel.

Basilius geriet erneut unter Beschuß nicht nur durch seinen Minister und den SSD, sondern auch durch das Justizministerium. Er entschloß sich zu dem Schritt, der Stefan Jochum mit Sicherheit zum Schweigen bringen würde.

Am 29. November machte sich Stefan früh von seiner Wohnung in Wilmersdorf auf den Weg zum üblichen Sonntagsbesuch bei seiner Mutter. Als er in die Paulsborner Straße einbog, tippte ihm ein Mann von hinten auf die Schulter und bat um Feuer. Als Stefan in seiner Tasche nach dem Feuerzeug suchte, packte der Unbekannte ihn an den Schultern, stieß ihm das Knie in den Unterleib und drängte ihn zu einem wartenden Auto. Stefan wehrte sich, doch der Mann war zu stark und zu schnell. Die hintere Tür des Opels öffnete sich, Hände griffen heraus und packten ihn. Stefan wurde auf die Sitzbank gezogen, bekam einen fürchterlichen Schlag auf den Kopf und verlor das Bewußtsein.

Der Fahrer eines Volkswagens, der den Zwischenfall beobachtet hatte, gab Gas, aber obwohl er wie ein Verrückter fuhr und mehrere Ampeln bei Rot passierte, vergrößerte sich der Vorsprung des Opels ständig. Plötzlich ertönte eine Polizeisirene, und der VW-Fahrer deutete wild gestikulierend auf den Wagen vor ihm, in der Hoffnung, die Polizisten würden ihn verstehen. Offensichtlich taten sie es, denn statt ihn anzuhalten, wie er befürchtet hatte, überholten sie ihn.

Das Rückfenster des Opels zerbarst, und die Verfolger wurden mit einer Maschinenpistole unter Feuer genommen. Eine Kugel traf die Windschutzscheibe des Volkswagens auf der Beifahrerseite. Der Fahrer riß das Steuer herum. Mehrmals wurden aus dem Polizeiwagen Pistolenschüsse abgegeben.

Aber der Polizeiwagen konnte nicht nah genug an den Opel herankommen, um ihn in Bedrängnis zu bringen. Unbehelligt erreichte er die Grenze zum sowjetischen Sektor. Vopos hoben den Schlagbaum, um ihn durchzulassen, und senkten ihn dann wieder vor dem Polizeiwagen und dem Volkswagen, die mit quietschenden Reifen bremsen mußten.

Der VW-Fahrer erzählte den Polizisten, was passiert war, und gab, so gut er konnte, eine Beschreibung des Mannes, dessen Entführung er miterlebt hatte. Noch bevor der Tag vorüber war, war die Identität Stefan Jochums geklärt, und sein Name machte rund um die Welt Schlagzeilen.

Stefan wurde in das Gefängnis des sowjetischen Hauptquartiers in Karlshorst gebracht, wo er in eine feuchtkalte, unterirdische Einzelzelle kam, die nur von einer schwachen Glühbirne erleuchtet war, die immer wieder ausging und ihn in völliger Dunkelheit ließ. Sein Bett bestand aus einer dünnen Strohmatratze, die Toilette aus einem Eimer, der oft tagelang nicht geleert wurde. Das Essen war grauenhaft: ungenießbarer Kaffee, schimmliges Brot, Kartoffelsuppe mit undefinierbarer Einlage.

Von Zeit zu Zeit wurde er in einen Raum nach oben gebracht, wo man ihn aufs schwerste beschuldigte und scharf verhörte. Aus Angst um die Gefahr, in die er nicht nur Erika und Paul, sondern auch die eigene Familie bringen konnte, ging er nicht auf die Provokationen seiner Entführer ein und schwieg, was zur Folge hatte, daß seine Befrager zu immer härteren Methoden psychischer und physischer Folter griffen, um ihm die Informationen zu entlocken, die sie hören wollten. Schließlich konnte er dem ungeheuren Druck nicht mehr standhalten und gab nach.

Er nannte seinen Peinigern die Informationen, die sie haben wollten, weigerte sich jedoch, andere Menschen hineinzuziehen. Die Verbrechen, derer man ihn beschuldigte, nahm er auf sich. Hatte er nicht die Antworten, die man verlangte, erfand er Geschichten. Er tat alles, um am Leben zu bleiben und die ihm nahestehenden Menschen zu schützen.

Irgendwie lernte er, sich von einem Tag zum nächsten durchzuschlagen und die leeren, trostlosen Stunden auszufüllen. Er zwang sich, geistig rege zu bleiben, rezitierte Gedichte, beschäftigte sich mit schwierigen mathematischen Aufgaben und rief sich die Handlung von Büchern und Theaterstücken ins Gedächtnis zurück, die er gelesen oder gesehen hatte.

Reinhardt Meyer kam am 1. Dezember 1953 in einem für Parteifunktionäre und ihre Frauen reservierten Privatzimmer der Charité zur Welt. Basilius nannte seinen Sohn nach seinem Vater, der beim Spartakusaufstand 1919 ums Leben gekommen war. Damals hatte der deutsche Kommunismus eine bittere Niederlage erlitten. Heute war Basilius überzeugter denn je, daß die Zeit reif war für den Sieg.

Irina erholte sich rasch von der Geburt, und Reinhardt erwies sich als kräftiges, gesundes Baby. Nach einer Woche konnte Basilius beide nach Hause holen. Mit Tschaika und Chauffeur fuhren sie zu ihrem neuen Haus in der Funktionärssiedlung in Pankow, wo die führenden Politiker der Republik wohnten.

Dieser Umzug und seine Beförderung in eine hohe Stellung im Außenministerium waren der Lohn dafür, daß er den Fall Jochum so versiert abgewickelt hatte. Es war ein langer und gefahrvoller Weg gewesen, doch am Ende hatte er Stefan zum eigenen Vorteil einsetzen können. Sobald die Beweise beisammen waren und man den Journalisten davon überzeugt hatte, seine Schuld einzugestehen, würde Stefan vor dem Obersten Gericht der Prozeß gemacht, bei dem nachgewiesen würde, wie er versucht hatte, die sozialen und wirtschaftlichen Errungenschaften der Deutschen Demokratischen Republik zu sabotieren.

Holger Busko, sechsundzwanzig Jahre alt, war Anwalt, Sozialist und ein entschiedener Gegner des Militarismus und der Atombombe. Er teilte sich mit seinem jüngeren Bruder Volker, einem Kunststudenten, eine kleine Wohnung in einem Kreuzberger Altbau.

Holger war ein begeisterter Leser von *Aktuell;* Stefan Jochums Artikel machten großen Eindruck auf ihn, und er war sehr bestürzt über seine Verschleppung. Stefans Verschwinden beherrschte noch ein paar Tage die Schlagzeilen. Seine Mutter gab einige Interviews und appellierte an die Entführer, ihren Sohn freizulassen, dann, als andere Ereignisse in den Vordergrund rückten, stand über Stefan nichts mehr in der Zeitung, nicht einmal in *Aktuell.* Es sah ganz so aus, als hätten ihn außer seiner Familie und den Freunden schon alle vergessen.

Deshalb schrieb Holger an Udo Fabian und fragte, warum *Aktuell* nicht mehr über Stefans Fall schreibe. Udo antwortete ihm, das Außenministerium habe ihm geraten, Zurückhaltung zu üben, um nicht die schwierigen Verhandlungen zu gefährden, die zur Vèrbesserung der Beziehungen zwischen der Bundesrepublik und der Sowjetunion im Gang seien und am Ende vielleicht einc Erlcichterung von Stefans Haftbedingungen bewirken könnten oder sogar eine Verkürzung der Haftstrafe.

Holger war davon nicht überzeugt. Er befürchtete, daß Stefan, wenn nicht weiterhin auf ihn aufmerksam gemacht würde, das gleiche Schicksal erleiden werde wie zahllose andere, die in den letzten Jahren verschwunden waren: seine Entführer würden ihn entweder umbringen oder einfach sterben lassen. »Ich werde den Namen Stefan Jochum zu einem der bekanntesten in Deutschland machen«, erklärte er Volker entschieden, nachdem er Udo Fabians Brief erhalten hatte.

»Warum? Du kennst den Mann doch überhaupt nicht.«

»Durch seine Artikel hab' ich das Gefühl, ich kenne ihn«, erwiderte Holger.

Die beiden Brüder waren sich äußerlich ähnlich, groß, schlaksig, mit dunklen, etwas mandelförmigen Augen und dichten Brauen, doch Volker war verträumt, leichtsinnig und ziemlich faul. Er verließ sich auf seinen Charme und auf Holger, um sich durchs Leben zu schlagen. Jetzt seufzte er. »Dich kennt niemand, Holger. Warum sollte man dir zuhören?«

»Wieso glaubst du, daß jemand mal deine Bilder kaufen wird?«

»Weil sie anders sind.«

Holger nickte. »Genau das bin ich auch.«

Doch trotz seines offenkundigen Selbstvertrauens war ihm etwas mulmig zumute, als er im Café Jochum anrief und um eine Unterredung mit Viktoria Jochum bat. Sie war zu seiner Erleichterung sogleich bereit, sich am nächsten Tag mit ihm zu treffen.

Als er ihr behelfsmäßiges Büro betrat, registrierte er, wie sie ihn musterte, seine etwas ab getragene Kleidung, die ausgetretenen Schuhe und die etwas zu langen Haare. Aber was immer sie dachte, sie forderte ihn freundlich auf: »Bitte, setzen Sie sich, Herr Busko.« Nachdem sie ihm einen Kaffee angeboten hatte, fragte sie: »Sie haben am Telefon meinen Sohn erwähnt. Sind Sie mit ihm befreundet?«

»Eigentlich nicht, aber ich weiß viel von ihm, aus seinen Artikeln in *Aktuell* und Mortimer Allens Buch.«

Sie nickte. »Mortimer Allen hat Stefan immer wie einen Sohn betrachtet. Er ist sofort gekommen, als er es erfahren hat.«

»Darf ich Sie fragen, Frau Jochum, ob das Außenministerium Ihnen auch, wie Udo Fabian, erklärt hat, daß Schweigen das beste für die Sicherheit Ihres Sohns wäre?«

»Sie behaupten es. Man hat auch darauf hingewiesen, daß meine Tochter mit ihrer Familie in der Sowjetzone lebt und daß ihr Leben gefährdet sein könnte, wenn zuviel über Stefan berichtet wird.«

»Können Sie Ihre Tochter nicht überreden, in den Westen zu ziehen?«

Viktoria sah ihn fragend an. »Liege ich aufgrund Ihres Akzents richtig in der Annahme, daß Sie aus der Sowjetzone kommen?«

»Aus Leipzig. Mein Bruder Volker und ich sind nach dem 17. Juni gegangen. Meine Eltern sind geblieben. Trotz der brutalen Vergeltungsmaßnahmen gegen die streikenden Arbeiter haben sie immer noch geglaubt, daß sich die Lage nach Stalins Tod ändern würde. Sie konnten nicht verstehen, daß das System sich halten würde.«

»Vielleicht denken meine Tochter und ihre Familie genauso. Monikas Schwiegervater ist der Dorfpfarrer. Ihr Mann ist Lehrer. Sie sind tief mit ihrer Gemeinde verbunden.«

»Aber warum begreifen sie es nicht?« fragte Holger ungeduldig. »Sie haben das doch alles unter den Nazis schon mal erlebt. Und warum unternehmen andere Länder nichts?«

Viktoria seufzte. »Das alles hat Mortimer Allen auch gefragt.«

»Und Ihr Sohn würde es auch tun! Er hat erkannt, was bei Beschwichtigung und Unterwerfung herauskommt. Deshalb hat er den Aufstand vom 17. Juni unterstützt. Deshalb hat er sich für Erika Quanz und ihren Vater eingesetzt. Er hatte keine Angst vor den Folgen. Er würde mir zustimmen, daß Stillschweigen aus Angst, schwierige Verhandlungen zu gefährden, sich in der deutschen Geschichte schon zu oft als verheerend erwiesen hat.«

Viktoria schwieg lange. Dann sagte sie: »Wenn ich nur wüßte, daß Sie recht haben. Ich liebe Stefan über alles, Herr Busko. Und ich wage nicht, etwas zu tun, was ihn in noch größere Gefahr bringen könnte.«

Mortimer Allen, mit dem Viktoria Holger nach ihrem Gespräch bekannt machte, war jedoch ganz auf Holgers Seite. »Ich verstehe Frau Jochum«, sagte er, als sie gegangen war und die beiden im Café allein gelassen hatte. »Sie ist in einer vertrackten Lage und sehr tapfer. Aber sich zurücklehnen und den Dingen ihren Lauf lassen, bringt Stefan überhaupt nichts. Der beste Weg, Stefan zu helfen, ist, wenn möglichst viele Menschen an in- und ausländische Politiker schreiben und sie auffordern, sich bei der Sowjetunion für Stefan einzusetzen. Und nicht nachlassen. Den Leuten richtig auf die Nerven gehen. Nur so kriegt man die Leute dazu, etwas zu tun.«

Stefans Verschwinden war nicht der einzige Schicksalsschlag, den Viktoria in diesem Winter zu verkraften hatte. Der Dezember war noch relativ mild, der Januar dafür bitterkalt. Als Hasso erstmals über Unwohlsein klagte, führte Viktoria das auf das Wetter zurück, aber als sich sein Zustand nicht besserte, befürchtete sie etwas Ernsthafteres. Er bewegte sich sehr unstet, stocherte lustlos in seinem Essen herum und verlor an Gewicht. Trotz seiner Einwände rief Viktoria ihren Hausarzt, Dr. Blattner.

Drei Generationen der Familie Blattner hatten sich schon um die Gesundheit der Jochums und ihrer Angestellten gekümmert. Dr. Blattner kam mit ernstem Gesicht aus Hassos Zimmer. Er nahm Viktoria beim Arm. »Es sieht leider nicht gut aus, Frau Jochum. Natürlich müssen wir noch einige Tests machen, aber ich fürchte, er hat Krebs.«

Ein Krankenwagen brachte Hasso am Nachmittag ins Krankenhaus, wo er das bißchen Zeit verbrachte, das ihm noch blieb. Sein Neffe Detlev besuchte ihn fast jeden Nachmittag, Viktoria am Abend. Sie plauderte mit ihm und las ihm vor, half ihm beim Essen und Trinken und sah voll Trauer, wie er zusehends verfiel. Hasso selbst blieb optimistisch. Er habe einen Tumor, erzählte er ihr, den sich der Chirurg bald vornehmen werde. Dann werde es ihm wieder bessergehen.

Viktoria schlief, ihre Kleider auf einem Stuhl zurechtgelegt und mit einem Ohr immer auf das Telefon lauschend, in banger Erwartung des Anrufs, der sie ins Krankenhaus rufen würde, damit sie in Hassos letzter Stunde bei ihm sein konnte.

Eine Woche später starb Hasso. Das Krankenhaus hatte Detlev und Viktoria verständigt. Sein Atem ging rasselnd und schwer. Viktoria saß neben ihm in dem Einzelzimmer, in das man ihn gelegt hatte, hielt die Hand, die schlaff auf der Decke lag, die Augen besorgt auf sein Gesicht gerichtet. Plötzlich setzte Hassos Atem aus. Viktoria beugte sich über ihn und küßte ihn.

Mit der für ihn typischen Sorgfalt hatte Hasso alles hinterlassen. Alle Rechnungen waren bezahlt. Eine Lebensversicherung kam für die Beerdigungskosten auf. In seinem Testament vermachte er Detlev die Bar und seine bescheidenen Ersparnisse. Viktoria hatte er einen Brief geschrieben. »Nach meinem Tod zu öffnen« stand auf dem Umschlag. Viktoria las ihn, als sie allein war. »Meine liebste Viktoria«, schrieb er – zum erstenmal redete er sie nur mit ihrem Vornamen an –, und er gebrauchte das vertrauliche »Du«, was er in den fünfunddreißig Jahren, die sie zusammengearbeitet hatten, nie getan hatte.

»Solange ich zurückdenken kann, bist Du der wichtigste Mensch in meinem Leben gewesen, und wir waren uns in den letzten Jahren, seit dem Tod Deines Mannes, näher denn je. Deine Familie ist meine Familie geworden. Die Not, die Du gelitten hast, war auch meine Not.

Oft habe ich mir gewünscht, ich könnte meine Zuneigung ausdrücken, doch ich wußte, daß es nicht nötig war. Und jetzt bin ich froh, daß ich nichts gesagt und getan habe, was das Gleichgewicht unserer Beziehung hätte stören können. Es genügt, daß ich Dir einmal das Leben retten konnte und danach in der Lage war, das zu tun, was ich getan habe, um Dir zu helfen.

Ohne Dich wäre mein Leben ganz arm gewesen. Du hast es unendlich reich gemacht. Meine liebe Viktoria, ich danke Dir von ganzem Herzen. Ich hoffe, wir werden uns eines Tages wiedersehen. Und ich sage jetzt, was ich vorher nie zu sagen wagte: Ich liebe Dich.

Hasso.«

Lange saß Viktoria da und starrte auf das Blatt Papier. Dann verschwammen die Buchstaben, Tränen liefen ihr über das Gesicht, und sie weinte, wie sie seit dem Tod von Benno und ihrer Mutter nicht mehr geweint hatte. Sie weinte nicht nur um Hasso, sie weinte auch aus Schmerz über Dinge, die ungetan geblieben waren, über Worte, die auszusprechen jetzt zu spät war: Worte an Hasso, an Stefan, an all die Menschen, die sie verloren hatte oder von denen sie in ihrem Leben getrennt worden war. Sie weinte, nicht weil der Tod Schmerzen bereitete, sondern das Leben Qualen.

Doch als sie wieder unter Menschen kam, wirkte sie völlig gefaßt. Ihr Kummer saß tief und ging nur sie etwas an.

13

Die Jahre, die Ernst Kraus im Gefängnis gesessen hatte, hatten ihm einen hohen Preis abverlangt. Im kalten Januar 1954 zog er sich eine Erkältung zu, die sich zu einer doppelseitigen Lungenentzündung auswuchs, an deren Folgen er starb.

Unter den wenigen Trauernden bei Ernsts Beerdigung war niemand, der seinen Tod beweinte. Nicht einmal Trude empfand echte Trauer. Ernst war ihr Vetter gewesen: Ihre Ehe war von den Eltern eingefädelt worden, um die Interessen der von Biederstedts und Krauses zu vereinen. Sie hatte ihre Pflicht getan, indem sie ihm zwei Söhne geboren, das Haus geführt und sich seiner in Gesundheit und Krankheit angenommen hatte. Selbst in den letzten drei Jahren hatten sie sich nicht nahegestanden. Ernst hatte die Gesellschaft von Pater Johannis der ihren vorgezogen.

Der Baron bewegte sich in seinem Rollstuhl ungeduldig an den Trauergästen vorbei. Er war fast taub und weigerte sich, sein Hörgerät zu benutzen, außer zur eigenen Annehmlichkeit, doch dazu gehörte der weitschweifige Hokuspokus katholischer Priester ganz sicher nicht. Beide Söhne waren in seinen Augen Versager gewesen. Beide waren jetzt tot.

Was die Söhne von Ernst betraf, wirkte sich sein Tod vor allem darin aus, daß sie an der Beerdigung teilnehmen mußten. Nach der Trauerfeier begaben Pater Johannis und die Familie sich in Trudes Haus, wo es Erfrischungen gab und das Testament verlesen wurde.

Joachim Duschek nahm das Dokument zur Hand und begann, es vorzulesen. Die Gesichter der Anwesenden wurden länger und länger. Ernst hatte sein gesamtes Vermögen der katholischen Kirche vermacht. Er sah, wie er schrieb, darin den einzigen Weg, für seine Sünden zu büßen.

Trude schluchzte mit belegter Stimme: »Das kann doch nicht wahr sein!«

Werner preßte wütend die Zähne zusammen. »Er war senil«, sagte er. »Er wußte nicht, was er tat.«

Joachim holte tief Luft. »Nach meiner Einschätzung und der von Dr. Uthoff, der bei der Unterzeichnung des Testaments zugegen war, war Herr Kraus im Vollbesitz seiner geistigen Kräfte. Dies war sein erklärter Wille.«

»Meine Mutter wird das Testament anfechten«, erklärte Werner.

»Ich bin sicher, die Kirche wird ein Einsehen mit ihrer Notlage haben«, sagte Joachim und blickte erwartungsvoll zu Pater Johannis hinüber. »Pater, ich nehme an, daß Frau Kraus weiter hier wohnen darf.«

Mit ergebenem Gesichtsausdruck murmelte der Geistliche: »Es war der Wille von Herrn Kraus, aus der Villa ein Waisenhaus zu machen.« Er blickte bedeutungsvoll in die Richtung des Barons, Werners und Norberts. »Ich hatte angenommen, daß ihre Familie in der Lage wäre, Frau von Kraus zu versorgen.«

Das Hörgerät des Barons war ausgeschaltet, sein Kopf nach hinten gegen die Rückenlehne des Rollstuhls gekippt. Werner wurde von einem überraschenden Hustenanfall heimgesucht. Norbert war klar, an wem es hängenbleiben würde, sich um die Mutter zu kümmern.

Er hatte recht. Am Ende war es Norbert, der ihr in einem ruhigen Vorort von Wiesbaden eine Wohnung besorgte, wo sie den Rest ihres Lebens verbringen sollte.

Ernsts Tod und sein Vermächtnis an die katholische Kirche hatten allerdings noch etwas völlig Unvorhergesehenes zur Folge.

Einige Tage nach der Beerdigung lud Dr. Schulte, Präsident der Hessischen Landesbank, Werner zu einer kleinen Abendgesellschaft in sein Haus in Frankfurt ein, wo Werner erstmals seine Tochter Else kennenlernte.

Erwin und Hildegard Schulte hatten die Hoffnung fast aufgegeben, daß Else noch heiraten würde. Dreißig Jahre alt, wenig anziehend und übergewichtig, schien sie dazu bestimmt, ein Dasein als alte Jungfer zu fristen. Weil ihr Vater es sich leisten konnte, sie finanziell zu unterstützen, arbeitete sie nicht, und ihr Leben kreiste überwiegend um die Kirche. Als sich ein einziges Mal ein möglicher Freier gezeigt hatte, hatte Else ihn kurzerhand abgewiesen, weil er nicht katholisch war. Manchmal dachten ihre Eltern, sie hätte Nonne werden sollen.

Das letzte, was Dr. Schulte erwartet hatte, war, daß Werner Kraus irgendein Interesse an ihr zeigen würde. Werner war zwar schon siebenunddreißig und noch Junggeselle, aber Dr. Schulte nahm an, daß er das aus freien Stücken war. Ein Mann in seiner Stellung konnte sich seine Frau aussuchen. Warum sollte er sich in Else vergucken? Hätte er so etwas für möglich gehalten, er hätte Werner schon längst einmal eingeladen.

An dem Abend, an dem Werner Else kennenlernte, beschloß er, sie zu heiraten. Nicht daß er sich in sie verliebt hätte. Das war eine Empfindung, die ihm immer fremd bleiben würde. Nein, es war nur so, daß Dr. Schultes Einladung in einem Augenblick kam, als er an seine Familie dachte und zum Schluß gekommen war, es sei nun an der Zeit, zu heiraten und einen Sohn zu haben.

Die Ehe mit der Tochter eines deutschen Topbankiers bot darüber hinaus weitere ungeahnte Vorteile. Eine Zeitlang hatte Werner mit dem Gedanken gespielt, in Deutschland wieder einen Ableger der Liegnitzer Bank zu eröffnen, um die Diskretion seiner geschäftlichen Transaktionen zu sichern. Aber wer eignete sich dazu besser als sein künftiger Schwiegervater?

Der Abend begann vielversprechend für ihn, als er, in Kenntnis der religiösen Überzeugung seiner Gastgeber, mit demonstrativer Trauer die Beileidsbekundungen zum Tod seines Vaters entgegennahm und dann salbungsvoll von Ernsts Vermächtnis an die katholische Kirche erzählte. Er hätte keinen sichereren Weg zum Herzen Else Schultes finden können.

Das Hotel Jochum-Berlin wurde im Mai 1954 fertig. Mit seinen vierzehn Stockwerken überragte es eindrucksvoll die umliegenden Gebäude am Kurfürstendamm, ein ganz anderer Bau als sein elegantes Pendant in Hamburg und sein Vorgänger, das Quadriga.

Es hatte dreihundert Zimmer und war für Gäste jeder Art gedacht, vom Geschäftsmann mit Spesenkonto bis zum Touristen mit Normalbudget.

Auf das Dach hatte Norbert etwas gesetzt, das Viktoria wie der Kontrollturm eines Flughafens erschien, Lili jedoch für das Beste am ganzen Hotel hielt und sofort das »Glashaus« taufte. Es enthielt ein Restaurant, eine Cocktailbar und einen Ballsaal, und in der Mitte befand sich die Küche.

Im »Glashaus« wurde am 15. Juni, Viktorias sechzigstem Geburtstag, auch die Eröffnung des Hotels gefeiert.

Nie war Viktoria weniger zum Feiern zumute gewesen als bei dieser Gelegenheit. Anfang Mai hatte das *Neue Deutsch-*

land berichtet, daß Stefan gestanden habe, Agent des britischen Geheimdienstes gewesen zu sein, und daß er bald wegen antikommunistischer Aktivitäten vor Gericht gestellt werde.

Lili nahm die Nachricht, daß er vor Gericht komme, mit Erleichterung auf. Da er nichts verbrochen hatte, war sie überzeugt, daß er freigelassen werden müsse. Viktoria war realistischer. Sie befürchtete, und Mortimer, mit dem sie am Telefon darüber sprach, war der gleichen Meinung, daß Stefan wahrscheinlich ein Schauprozeß gemacht würde. Aber wenigstens hatte die DDR-Regierung erkannt, daß sie es sich nicht leisten konnte, Stefan einfach in der Versenkung verschwinden zu lassen – wahrscheinlich ein Erfolg der vielen Aktionen, die Mortimer, Holger Busko und ihre Freunde für Stefan durchgeführt hatten.

Obwohl mit Stefans Entführung und Hassos Tod ein Funke in Viktoria erloschen war, konnte sie nicht einfach aufgeben. Die Familie, Freunde, Kollegen und Gäste, sie alle rechneten mit einem Fest zu ihrem sechzigsten Geburtstag, und das sollten sie auch bekommen.

Trotzdem war sie dankbar, als Lili ihr anbot zu helfen, und Viktoria konnte die Organisation größtenteils ihr und Eduard anvertrauen, den sie aus Hamburg geholt und zum stellvertretenden Geschäftsführer befördert hatte.

Allmählich machte Viktoria sich mit dem Gedanken vertraut, daß Lili in die Hotelbranche einsteigen könnte, wenn sie auch noch nicht wußte, in welcher Eigenschaft. Mit ihren sechzehn Jahren war sie ein Ausbund an Energie. Sie hatte, ganz wie Luise, etwas Flatterhaftes, konnte nicht lange bei einer Sache bleiben und war schnell gelangweilt, wenn etwas sie nicht fesselte. Der Reiz des Hotelgewerbes bestand für sie darin, daß es ständig etwas Neues bot. Sie fühlte sich am wohlsten unter Menschen und liebte die Betriebsamkeit am Empfang, auch wenn sie für Büroarbeit nichts übrig hatte. Bestimmt würde ihr ihre Sprachbegabung nützen in einer Stadt, in der Deutsch, Englisch, Französisch und Russisch zum Alltag gehörten.

Mit der Fertigstellung des Hotels legte sich auch Lilis Groll gegen Viktoria. Voller Begeisterung stürzte sie sich in die Vorbereitung der Feier. Mindestens sechsmal am Tag fand sie einen Vorwand, Eduard aufzusuchen und ihn zu informieren, was sie für ihre jüngsten Änderungen brauchte. Das Hotel war vom 14. auf den 15. Juni rasch ausgebucht, und Lili mußte Gäste abweisen.

Als Star des Abends wollte sie Emmy Anders einladen; spielen sollte das Orchester Ted Starr. Lili kannte Emmy Anders nicht, hatte aber viel von ihr gehört. Emmy, eine der berühmtesten Jazzsängerinnen Amerikas, war in Berlin geboren und hatte als Küchenhilfe im Quadriga angefangen. Ihr Debüt als Sängerin hatte sie bei der Eröffnung des Cafés Jochum am Silvesterabend 1924 gefeiert. Fünf Jahre später hatte sie die Hauptrolle in dem Musical *Café Berlin* gespielt, das sie international bekannt machte und ihr schließlich die Überfahrt nach Kalifornien ermöglichte. Viktoria hatte Zweifel, doch Lili war sicher, daß Emmy gern nach Berlin kommen würde, um die Eröffnung des Hotels Jochum zu feiern.

Ted Starr schickte ihnen die Anschrift eines gewissen Harper Miller, Emmys Agenten in Amerika, der schließlich antwortete, daß Emmy die Einladung gern annähme. »Ich hätte nicht gedacht, daß Emmy jemals zurückkommt«, sagte Viktoria langsam, »so wie sie behandelt worden ist. Aber die Zeit heilt offenbar alle Wunden.«

Als Lili in sie drang und mehr wissen wollte, sah Viktoria sie betreten an. »Sie hat Berlin wegen der Nazis verlassen.«

Es war das erste Mal, daß Lili den wahren Grund für Emmys Weggang erfuhr, und es war ein weiterer jener Hinweise auf die Vergangenheit, die sie so sehr interessierten und zugleich erzürnten. Manchmal hatte sie das Gefühl, als ob das

Leben in Deutschland zwischen 1933 und 1945 ein versiegeltes Buch wäre, über das alle Erwachsenen zum Stillschweigen verpflichtet worden waren.

Den ganzen Tag trafen Gäste ein, die die Eröffnung des Jochum-Berlin und Viktorias sechzigsten Geburtstag feiern wollten, zu Viktorias großer Freude auch Mortimer Allen. »Wenn ich nicht wüßte, daß du ein Jahr jünger bist als ich, würde ich dich nie für sechzig halten«, begrüßte er sie liebevoll.

»Ich fühle mich auch nicht so alt«, erwiderte sie, »außer wenn ich in den Spiegel schaue und die Falten und das weiße Haar sehe.«

Mortimer schien sich überhaupt nicht verändert zu haben. Noch immer fiel ihm die vorwitzige – inzwischen ergraute – Strähne in die Stirn. Die Augen hatten noch immer den leicht zynischen Ausdruck.

»Wenn man bedenkt, was du für ein Leben geführt hast, siehst du bemerkenswert gut aus«, meinte er. »Die Sorgen, mit denen du zu kämpfen hattest, hätten so manchen ins Grab gebracht.«

Viktoria seufzte. »Eigentlich wollte ich dieses Fest gar nicht. Es kommt mir so unpassend vor zu feiern, während Stefan im Gefängnis sitzt. Ich frage mich immer, was er Schreckliches durchmacht, während ich mich vergnüge.«

Mortimer sagte ihr, was sie sich selbst schon sooft gesagt hatte: »Das Leben geht weiter. Er würde es bestimmt verstehen.«

Reinhild, die Kinder und Hannelore kamen ohne Norbert aus Hamburg. »Ich weiß nicht, was die Leute denken sollen«, beklagte Reinhild sich. »Norbert nimmt keinerlei Rücksicht auf mich. Alles muß ich selbst machen.« Letzteres traf offensichtlich nicht zu. Reinhild war keineswegs allein gereist, sondern in Begleitung von Dirk Kaiser, Udo Fabian und Thomas Hartmann von *Aktuell*.

Eine weit schwierigere Fahrt hatten die Königs aus Fürstenmark hinter sich. Nach Umarmungen und Küssen zur Begrüßung erklärte Monika: »Wir sind zuerst nach Neu-Brandenburg gefahren und von da nach Berlin. Es gibt einen großen Bahnhof da. Kein Mensch hat uns beachtet, wie das in Prenzlau der Fall gewesen wäre.«

»Ich dachte, die Reisebeschränkungen seien gelockert worden«, sagte Mortimer scharf.

Pastor König lachte bitter auf. »Nur wenn man Minen an der grünen Grenze als Lockerung bezeichnet. Was unsere Nachbarn betrifft, sind wir heute auf einer Beerdigung in Neu-Brandenburg. Man kann gar nicht vorsichtig genug sein. Da drüben denunziert jeder jeden.«

Die Essener trafen als letzte ein, der Baron mit Krankenschwester und eingeschaltetem Hörgerät, das ständig ein Pfeifen von sich gab. Werner war in Begleitung einer unscheinbaren jungen Frau, die besitzergreifend seinen Arm hielt und die er als Else Schulte vorstellte, seine Verlobte. Lili tat sie sofort als langweilig ab und reihte sie in dieselbe Kategorie wie Trude, die gewichtsmäßig um einiges zugelegt hatte.

Weder der Baron noch Werner konnte ohne Anwalt irgendwohin reisen, so daß auch Eckhardt Jurisch und Joachim Duschek erschienen, letzterer mit seiner Frau, Annelies, und dem elfjährigen Sohn, Dieter.

Außer dem Baron und Werner fanden alle ein paar mitfühlende Worte über Stefan, und etwas überrascht stellte Viktoria fest, daß Stefan und sie bei vielen offensichtlich sehr beliebt waren.

Viktoria freute sich ganz besonders, einen Gast aus früheren Zeiten wiederzusehen: Bruno Graf von der Eschenbach war vor und während dem Krieg häufig Gast im Quadriga gewesen. Der Endvierziger sah blendend aus, mit dunklem Haar, das an den Schläfen etwas grau wurde, einer Adlernase und Augen, deren Winkel sich entwaffnend in Falten legten, wenn er lachte. Trotz großer Verluste während des Krieges war er noch immer sehr wohlhabend, besaß große Ländereien in Franken und Beteiligungen an Grundbesitz, Brauereien und Finanzinstituten einschließlich einer Privatbank aus dem 18. Jahrhundert.

Bruno von der Eschenbach hatte sich von der Politik der Nazis ferngehalten. Der hervorragende Flieger mit eigenem Flugzeug war Offizier in der Luftwaffe gewesen und hatte bei Lilis Vater, Josef Nowak, gedient. Zur Zeit der Schlacht um England waren beide in Frankreich stationiert gewesen. Josefs Tod war dem Grafen sehr nahegegangen.

Viktoria hatte ihn zuletzt im Frühjahr 1944 gesehen, als er aus Paris zu einem Besuch nach Berlin gekommen war. Viktoria vermutete damals aufgrund von Andeutungen, daß er wegen der Verschwörung gegen Hitler Verbindung mit Peter von Biederstedt, Claus von Stauffenberg und anderen Offizieren hatte aufnehmen sollen. Später, als der Anschlag fehlschlug, erfuhr sie, daß er von der SS nach Deutschland zurückgebracht worden war und die nächsten zehn Monate im Gefängnis verbracht hatte. Nach der Befreiung durch die Alliierten war er zu seiner Frau und den beiden erwachsenen Söhnen auf sein Schloß in Franken zurückgekehrt.

Von Zeit zu Zeit hatte Viktoria seinen Namen in der Zeitung gesehen, manchmal in geschäftlichen Angelegenheiten, öfter jedoch in Zusammenhang mit karitativen Anlässen. Anders als die Krauses war Bruno von der Eschenbach ein Mann von Format, der wußte, daß er der Gesellschaft verpflichtet war.

Der letzte Hinweis auf ihn lag nur ein Jahr zurück; seine Frau war plötzlich gestorben, und der unerwartete Schicksalsschlag hatte ihn hart getroffen.

»Erst wenn einem selbst so etwas widerfährt, weiß man, wie andere fühlen«, sagte er zu Viktoria. »Als ich Ihre Einladung bekam, hatte ich das Gefühl, kommen zu müssen, um Ihnen zu sagen, wie sehr ich Ihren Mut bewundere, trotz dem Tod Ihres Mannes und der Entführung Ihres Sohnes weiterzumachen. Ich habe zwei Söhne und mag gar nicht daran denken, wie es wäre, auch sie zu verlieren.«

Lili machte sich weniger Sorgen um Bruno von der Eschenbach als um Norbert, der um sechs Uhr immer noch nicht da war. Unten am Empfang fragte sie Eduard, der mit Lotte die Gästeliste durchging: »Was kann denn nur passiert sein?«

In dem Augenblick ging die Drehtür, und Norbert erschien. Lachend breitete er die Arme aus, als Lili ihm mit wehendem Rock entgegenstürmte. Er hob sie hoch und fragte. »Hallo, mein Engelchen! Wie geht es dir? Hast du mich vermißt?«

Wie immer gab Lili ihm einen Kuß, vergrub ihr Gesicht in seine Jacke und atmete den geliebten, vertrauten Duft Norberts nach Tweed, Tabak, Rasierwasser und Ziegelstaub ein. Als er sie wieder absetzte, sagte sie tadelnd: »Du kommst spät.«

»Tut mir leid. In letzter Minute ist noch was dazwischengekommen.«

Lili nahm seine Hand und führte ihn durch das Foyer zum Aufzug.

Eduard, der am Empfangsschalter stand, sah, wie sich die Lifttüren schlossen. Er verspürte einen eigenartigen Krampf in der Brust, als ob sein Herz sich plötzlich zusammenzöge. Viele Male schon hatte er Lili Norbert so begrüßen sehen – es war zu einer beiderseitigen Gewohnheit geworden –, ein kleines Mädchen, das seinen Lieblingsonkel empfing. Aber Norbert war nicht Lilis Onkel. Und Lili kein kleines Mädchen mehr. Irgendwann, Eduard wußte nicht einmal genau, wann die Verwandlung erfolgt war, hatte sie sich verändert – und war eine junge Frau geworden. Und mit dieser Verwandlung hatten sich auch Eduards Gefühle für sie geändert.

Eduard war vierundzwanzig, mit den Wünschen eines ganz normalen jungen Mannes, die in Berlin leicht zu befriedigen waren, vor allem wenn man so gut aussah wie er. Aber keine der hübschen Berlinerinnen, die er getroffen hatte, konnte sein Herz erobern. Sie waren keß und sexy gewesen. Aber nach ein paar Wochen hatte er das Interesse an ihnen verloren. Erst als er mit Lili Viktorias Fest organisiert hatte, war ihm klargeworden warum. Lili mochte ihn noch immer als eine Art älteren Bruder betrachten und ihn mit der gleichen unbekümmerten Kameradschaftlichkeit behandeln, die stets zwischen ihnen bestanden hatte, doch Eduard sah in ihr nicht länger eine kleine Schwester. Er hatte sich in sie verliebt.

»Jetzt, wo Norbert Kraus da ist, sind wir komplett«, sagte Lotte.

Jetzt, wo Norbert Kraus da war, war für Eduard alle Freude verflogen.

Solange sie lebte, würde Emmy Anders nicht vergessen, unter welchen erniedrigenden Umständen sie Berlin verlassen hatte: die verwüstete Wohnung, die mit Hakenkreuzen beschmierten Wände und das über ihr Bett gekrakelte *Emmy Anders! Verschwinde aus Deutschland! Geh wieder nach Afrika!* Nur weil sie nicht rein »arisch« war, sondern auch afrikanisches Blut in den Adern hatte. Sie war ins Hotel Quadriga geflohen, überzeugt, daß Luise Jochum ihr helfen würde, aber statt Luise hatte sie Benno Kraus angetroffen. In einem der Empfangsräume hatte ein Nazitreffen stattgefunden, und Benno hatte ihr erklärt, er könne ihr keine Zuflucht gewähren.

Emmy war über Paris nach Amerika emigriert, wo sie einen beträchtlich älteren Hollywood-Regisseur heiratete, der sich einige Jahre später von ihr scheiden ließ, nachdem er sie mit einem jungen Filmstar im Bett überrascht hatte. Inzwischen war Emmy Anders vierundvierzig und immer noch eine attraktive Frau; sie hatte nichts gegen eine gelegentliche Affäre, war aber, wie sie ohne weiteres zugab, eigentlich mit ihrer Karriere verheiratet.

Ihre letzte Affäre war gerade geplatzt, als sie die Anregung ihres Agenten zu einer Europatournee aufgriff, wenngleich sie vor dem Gedanken zurückschreckte, wieder nach Deutschland zu gehen. »Mir ist es egal, ob ich Deutschland wiedersehe, auch wenn Luises Tochter mich eingeladen hat«, sagte sie entschieden.

»Aber die Deutschen lieben dich, Honey«, entgegnete ihr Agent. »Deine Platten verkaufen sich dort besser als irgendwo sonst.«

»Aber ich liebe die Deutschen nicht.«

»Du kannst doch nicht ewig davonlaufen, Emmy. Einmal mußt du die Gespenster der Vergangenheit verjagen. Berlin ist noch immer deine Heimatstadt.«

Heimat, hatte einmal jemand gesagt ist, wo man Erinnerungen hat. Aber würde sie stark genug sein für alle Erinnerungen? Würde sie die Rückkehr in die Stadt ertragen, die sie abgewiesen hatte?

»Wir müssen ja nicht bleiben«, meinte Harper Miller. »Nach der Feier fahren wir gleich weiter nach Paris.«

Äußerst widerstrebend ließ Emmy sich schließlich umstimmen. Aber selbst als sie zusagte, schwor sie sich insgeheim, sich bei dem Besuch in irgendeiner Form für das zu rächen, was ihr vor so langer Zeit angetan worden war.

Harpers Behauptung über Emmys Beliebtheit in Deutschland bestätigte der Chauffeur des Hotels Jochum, der sie und Harper Miller am Flughafen abholte. Er erkannte sie sofort wieder und schüttelte ihr begeistert die Hand. »Willkommen in Berlin, Frau Anders.« Als sie hinten im Wagen Platz genommen hatte, sagte er: »Ich hab Sie in *Café Berlin* jesehn und hab immer noch 'n paar Platten von Ihnen. Unter Hitler durften wir Ihre Musik ja nich hörn, aber meine Frau und ick, wir ham's trotzdem jemacht. Meine Frau war 'ne jroße Anhängerin von Ihnen.« Er seufzte. »Sie sind lange wegjewesen.«

»Ich bin 1932 gegangen.«

Mit der für die Berliner so typischen Schlagfertigkeit erwiderte der Fahrer: »Zweiundzwanzig Jahre. Na ja, ville versäumt ham Se nich.«

Viktoria genoß die Feier weit mehr, als sie erwartet hatte. Nach einem Champagnercocktail begab man sich ins Restaurant, wo die Familie und gute Freunde an einem hufeisenförmigen Tisch saßen, die übrigen Gäste an langen Tischen zu beiden Seiten. Nur Emmy fehlte. Sie war müde von dem langen Flug und hatte gebeten, auf ihrem Zimmer essen zu können.

Die Kinder saßen zusammen unter der Obhut von Lili, die dafür sorgte, daß sie aufaßen und sich anständig benahmen. Tristan, der inzwischen acht war, kam mit seinem schelmischen Augenausdruck schon jetzt ganz nach Norbert. Von den Erkältungen und dem Husten, die ihn den Winter über geplagt hatten, war nichts mehr zu merken. Kleo ähnelte niemandem von den Eltern; sie erinnerte Viktoria mit ihrem runden Gesicht und dem dunklen Lockenschopf an Julia, die Frau des Barons, die schon lange tot war. Dieter Duschek saß neben ihr und wurde von Kleo angestrahlt. Auf der anderen Seite saß Matthias Scheer, inzwischen elf, aber immer noch so hellblond wie als kleiner Junge. Die Kinder bildeten ein fröhlich plauderndes Quartett.

Nur Helena, Norberts jüngste Tochter, schien nicht dazuzupassen. Helena hatte das kantige Gesicht ihres Vaters und das feine, glatte Haar ihrer Mutter geerbt. Sie machte keinen Versuch, sich am Gespräch der anderen Kinder zu beteiligen, sondern musterte alle Anwesenden finster und unbewegt.

Wenn Lili nicht gerade die Kinder ermahnte, erzählte sie Senta von ihren Zukunftsplänen. »Ende des Monats hab' ich wieder Schule«, sagte sie. »Am liebsten würde ich sofort anfangen zu arbeiten, aber Tante Vicki meint, ich brauche einen Abschluß. Deshalb mach' ich einen dreisprachigen Sekretärinnenkurs. Das Maschineschreiben ist vielleicht ganz nützlich, aber Briefe diktieren wird mir niemand! Wenn Tante Vicki glaubt, ich würde Sekretärin, irrt sie sich!«

Senta staunte sie mit großen Augen an und beneidete sie um die Fähigkeit, so selbstsicher über die eigene Zukunft sprechen zu können. Ihre Eltern und Großeltern hatten entschieden, daß sie auf die Universität gehen und Lehrerin werden sollte.

Heinrich saß neben seinem Urgroßvater. Der Baron döste nach den Strapazen des Tages in seinem Rollstuhl vor sich hin, wurde jedoch, als er Heinrichs neugierigen Blick spürte, plötzlich wach und schaltete sein Hörgerät ein. »Wer bist du?« fragte er. »Dich kenne ich, glaube ich, noch nicht.«

»Nein«, antwortete Heinrich, »aber ich bin nach dir genannt. Ich bin dein Urenkel, Heinrich König.«

»Ah«, machte der Baron. »Hab' mir gleich gedacht, daß du Kraus-Blut in den Adern hast.«

An einem anderen Tisch formierte sich ein anderes unerwartetes Bündnis. Mortimer Allen, Bruno von der Eschenbach und Holger Busko – ein amerikanischer Autor, ein wohlhabender deutscher Adliger und ein sozialistischer Flüchtling – hatten eine Gemeinsamkeit entdeckt: Alle drei waren Verfechter der Freiheit, und alle drei wollten Stefans Freilassung.

Holger war klug genug zu erkennen, daß der Name und das Ansehen Bruno von der Eschenbachs seiner Kampagne zur Freilassung Stefans Gewicht verleihen konnten. Bis dahin hatte er Eschenbach nur vom Hörensagen gekannt. Er empfand ihn als einen fesselnden und etwas widersprüchlichen Menschen, den er gerne näher kennengelernt hätte.

Nach dem Essen begaben sich alle in den Ballsaal, und erst gegen elf verstummte die Musik, wurde das Licht gedämpft, und die Tänzer gingen zurück zu ihren Plätzen. Erwartungsvolle Stille legte sich über den Raum, als Ted Starr ans Mikrophon trat: »Meine Damen und Herren, es ist Zeit für unseren speziellen Gast heute abend – Emmy Anders!«

In einem feuerroten, enganliegenden Kleid trat Emmy ins Rampenlicht. Das schwarze, krause Haar umrahmte ihr olivfarbenes Gesicht mit den dunkelfunkelnden Augen. Sie verbeugte sich, blickte zu Ted Starr hinüber, und er gab seinem Orchester den Einsatz zu Gershwins *Lady be good.* Emmy warf den Kopf zurück und fing an zu singen.

Ihre Stimme hatte schon immer ein unglaubliches Volumen gehabt. Inzwischen hatte das Alter ihre Virtuosität undefinierbar noch weiter reifen lassen. Die Zuhörer saßen wie gebannt da und brachen in frenetischen Beifall aus, als sie endete.

Ihr nächstes Stück zeigte eine ganz andere Seite. *Love for sale* ... Ihre großen, dunklen Augen glitten über das Publikum und lockten unter langen Wimpern die Männer.

Norbert betrachtete sie hingerissen und ließ ihr ausdrucksvolles Gesicht und den verführerischen Körper keine Sekunde aus den Augen. Emmy Anders war vielleicht über zehn Jahre älter als er, doch das erhöhte nur noch ihren Reiz. Das war eine Frau, wie er sie liebte, sinnlich und erfahren.

Als Schlußnummer sang Emmy den erfolgreichsten Titel aus *Café Berlin:* »Jetzt, was tu ich jetzt?« Mit zwanzig hatte sie ihn zum erstenmal gesungen. Jetzt war sie vierundvierzig, aber noch immer konnte sie den Ausdruck eines kleinen, verlassenen, knabenhaften Mädchens vermitteln. »Du gabst mir alles, was ich wollte, nur nicht dich selbst«, sang sie. »Und ohne dich, da bin ich nichts.« Sie machte eine Pause, breitete die Arme weit aus und klagte: »Sag mir, was tu ich jetzt?«

»Ich weiß, was du jetzt tust«, ging es Norbert durch den Kopf, als er aufstand und ihr zujubelte. »Du wirst mit mir ins Bett gehen.«

Emmy trat an den Familientisch. Ihr Agent setzte sich fürsorglich neben sie. »Ich möchte Ihnen aufrichtig danken, daß Sie gekommen sind«, sagte Viktoria. »Ein schöneres Geburtstagsgeschenk hätten Sie mir nicht machen können.«

»Ich bin auch so froh, daß Sie gekommen sind«, erklärte Lili.

»Ich auch«, murmelte Norbert. Von nahem, ihr Knie aufreizend dicht neben ihm, war Emmy noch attraktiver als auf der Bühne. der Noch nie hatte er eine Frau so begehrt wie sie. Er ignorierte Reinhild völlig, konzentrierte sich ganz darauf, Emmy zu beeindrucken, schenkte ihr nach, gab ihr Feuer und hing förmlich an ihren Lippen.

Erst in den frühen Morgenstunden brach die Gesellschaft schließlich auf. Die Kinder waren schon vor Emmys Auftritt ins Bett geschickt worden, und der Baron hatte sich etwa um die gleiche Zeit verabschiedet. Jetzt zogen sich nach und nach die übrigen Gäste auf ihre Zimmer zurück oder begaben sich zu ihren wartenden Autos.

Während Viktoria ihren Gästen eine gute Nacht wünschte, war Emmy ans Fenster getreten und blickte hinaus auf die Skyline von Berlin, die Lichter West-Berlins, die an der Grenze zum Osten abrupt erloschen.

»Müssen Sie morgen schon nach Paris abreisen?« fragte Norbert sie leise. »Warum bleiben Sie nicht noch und lassen mich Ihnen die Stadt zeigen? Berlin hat sich gewaltig verändert, seit Sie das letzte Mal hier waren.«

Sie war nicht überrascht, daß er noch da war. Es war unmöglich gewesen, seine Aufmerksamkeiten zu übersehen, und sie war erfahren genug, sich keinerlei Zweifel über seine Absichten zu machen. Norbert Kraus, überlegte sie, war der Typ Mann, mit dem es recht amüsant werden konnte. Er war groß, gut gebaut und fast hübsch, wenn er lächelte. Für einen Geschäftsmann besaß er ungewöhnlich viel Charme, und seine Jugend versprach körperliche Vitalität. Daß er verheiratet war, störte sie nicht.

Allerdings war Norbert ein Deutscher und außerdem ein Kraus. Emmys Vater hatte bei der Kraus-Chemie gearbeitet und war während der Rezession Anfang der 20er Jahre als einer der ersten auf die Straße gesetzt worden, und Benno Kraus hatte sie im Quadriga an jenem schrecklichen Abend 1932 abgewiesen. Den Jochums verdankte Emmy viel, aber für die Familie Kraus hatte sie nichts übrig.

Ihre weißen Zähne leuchteten herausfordernd hinter den vollen, roten Lippen, als sie gurrte: »Ich würde gern noch ein paar Tage bleiben.«

Am nächsten Morgen erfuhr der überraschte Agent von Emmy, daß sie noch ein paar Tage anhängen wolle. Mortimer, Bruno und Norbert blieben ebenfalls in Berlin. Mortimer und Bruno suchten wegen Stefan Willy Brandt und andere führende Männer Berlins auf – Holger hatte die Treffen arrangiert. Norbert sagte, er habe Geschäftliches zu erledigen.

Was immer das für Geschäfte waren, sie waren schnell erledigt, denn in den folgenden drei Tagen war er kaum einen Augenblick nicht in Emmys Gesellschaft. Überall tauchten sie gemeinsam auf: in Restaurants, im Theater, im Kino und in Nachtbars. Die Klatschreporter witterten bald eine gute Story. Über Emmys Rückkehr nach Berlin war ausführlich berichtet worden. Und nun hatte sie offenbar eine heiße Affäre mit einem der prominentesten, aufstrebenden Immobilienmagnaten Deutschlands, der dazu noch deutlich jünger als sie war – ganz zu schweigen davon, daß er verheiratet war. Fotos von beiden erschienen zuerst in Berliner Zeitungen, dann in der Inlandspresse.

Viktoria war sehr verärgert, aber Emmy und Norbert waren keine Kinder mehr, und es war nicht ihre Aufgabe, ihnen Vorschriften zu machen.

Lili war furchtbar enttäuscht. Als Emmy verkündet hatte, daß sie noch bleibe, hatte Lili gehofft, mit ihr etwas über die Vergangenheit reden zu können. Doch Emmy hatte keine Zeit für Lili. Und was noch schlimmer war, Norbert hatte sie, seit er Emmy kennengelernt hatte, überhaupt nicht beachtet. Lili wünschte fast, sie hätte Emmy nicht eingeladen.

Nur Eduard empfand Erleichterung. Seine Befürchtungen hinsichtlich Norbert und Lili waren offenbar unbegründet.

Bis zum Freitag, Emmys letztem Tag in Berlin, war Norbert bei Emmy noch nicht weiter als zu einem Kuß gekommen. Aber er war sicher, daß sie seine Gefühle erwiderte und genauso nach ihm verlangte wie er nach ihr. Sie konnten nicht einfach so auseinandergehen, ohne das Verlangen zu stillen, das sie beide erfüllte.

Am Abend aßen sie bei Kerzenlicht in einem gemütlichen Restaurant im Grunewald und schlenderten anschließend noch die Havel entlang. Sie gingen schweigend; Norbert hatte den Arm um sie gelegt, sie hatte den Kopf an seiner Schulter.

Dann fuhren sie zum Jochum zurück, holten am Empfang ihre Zimmerschlüssel und nahmen den Aufzug in den ersten Stock. Diesmal gab Emmy ihm vor ihrer Zimmertür keinen Gutenachtkuß, sondern forderte ihn mit einer Kopfbewegung auf einzutreten.

Die Suite war nur von einer Tischlampe erleuchtet. Emmy setzte sich auf die Couch. Das dämmrige Licht betonte den Einschnitt zwischen ihren Brüsten in dem schulterfreien Kleid. Nie war sie ihm begehrenswerter erschienen.

Norbert konnte sich nicht länger beherrschen. Er kniete neben ihr nieder und zog sie an sich, bedeckte sie mit Küssen, zerrte an ihrem Kleid und zerriß den zarten Stoff. Wie er gehofft hatte, trug sie nichts darunter.

»Hast du nicht zuviel an?« hauchte Emmy.

Er war ganz sicher, was als nächstes passieren würde, denn er war sich seiner Männlichkeit und seiner Erfahrung wohl bewußt. Wie all seine Freundinnen bisher würde auch Emmy außer sich sein, wenn sie gleich sah, was er zu bieten hatte. Sie würde vor ihm liegen, kirre und stöhnend vor Lust – und betteln, daß er sie endlich nähme. Er würde es ihr besorgen wie noch nie.

Als er die Unterhose abstreifte, erhob sie sich von der Couch, aber statt sich ganz auszuziehen, wie er erwartet hatte, raffte sie das zerrissene Oberteil zusammen und lief, den Arm vor die Brust haltend, zur Zimmerklingel, mit der der Zimmerservice gerufen werden konnte. »Wenn du nicht auf der Stelle mein Zimmer verläßt, drücke ich auf den Knopf«, sagte sie mit schneidender Stimme.

Norbert traute seinen Ohren nicht. »Was ist denn . . .«

»Wenn du nicht auf der Stelle mein Zimmer verläßt, drücke ich auf den Knopf«, wiederholte sie.

Er spürte seine Erektion schwinden und zog die Unterhose wieder hoch. »Emmy, ich dachte, du wolltest mich.«

»Warum sollte ich dich wohl wollen?« fragte sie verächtlich. »Was sollte ich von einem Deutschen wollen, dem Sohn eines Nazis und Kriegsverbrechers?« Ihr Finger schwebte über dem Klingelknopf. »Ich meine, was ich sage. Ich werde dem Zimmerkellner sagen, daß du mich vergewaltigen wolltest. Er wird die Polizei rufen.«

Norbert merkte, daß sie es ernst meinte. Ihm war auch klar, daß alles gegen ihn sprach, wenn sie ihre Drohung wahr machte. Entsetzlich hilflos und lächerlich kam er sich vor, wie er in Hemd, Hose und Socken dastand. »Nimm deine Sachen mit«, sagte sie. »Zieh dich woanders an.«

Aus Erfahrung wußte er, daß der Zimmerservice in einem Jochum-Hotel spätestens zehn Sekunden nach dem Klingeln an die Tür klopfte. Er raffte seine Sachen zusammen und schlich zur Tür. Mit triumphierendem Hohn verfolgte Emmy seinen Abgang.

Glücklicherweise lag sein Zimmer ganz in der Nähe auf derselben Etage, und es war niemand auf dem Flur, der ihn halb bekleidet aus Emmys Suite kommen sah – niemand, der Zeuge seiner demütigenden Niederlage wurde.

Reinhild war mit den Kindern kaum nach Hamburg zurückgekehrt, als Tristan erneut eine Erkältung mit trockenem Husten bekam und das Bett hüten mußte. Am Donnerstag erschien Hannelore Hahn in der Wohnung und hielt eine Zeitschrift hoch. »Bisher hat er wenigstens noch versucht, diskret zu sein!« rief sie empört.

Reinhild blickte entgeistert auf das Foto auf der Titelseite: Norbert und Emmy, eng aneinandergeschmiegt tanzend, sich mit den Lippen fast berührend. Ihr Herz schien still zu stehen. »Was meinst du?«

Hannelore sah sie ungläubig an. »Erzähl mir bloß nicht, du hast von nichts gewußt. Dein Mann zieht doch seit Jahren mit anderen Frauen rum. Aber das geht zu weit! Jetzt bekennt er sich auch noch ganz schamlos zu seiner Untreue!«

Mit fahrigen Bewegungen steckte Reinhild sich eine Zigarette an.

»Ich wüßte, was ich an deiner Stelle täte«, fuhr Hannelore fort. »Ich würde mich scheiden lassen. Sein Sohn ist krank – und wo ist er? Treibt sich mit einem Flittchen rum! Ich würde nicht wollen, daß so ein Mann etwas mit *meinen* Kindern zu tun hätte! Ich werde jedenfalls kündigen.«

In Selbstmitleid versunken, verbrachte Reinhild die Nacht an Tristans Bett, kühlte seine fiebernde Stirn und versuchte, seinen Husten mit einem Gemisch aus Butter und Zucker zu lindern. Hannelores Worte gingen ihr nicht aus dem Kopf. Wie konnte Norbert sie so behandeln? Wie konnte er sich derart unverschämt verhalten? Und das, wo Tristan krank war. Die Lokalzeitung hatte vor kurzem von einer Keuchhustenepidemie geschrieben, und in der *Bildzeitung* hatte ein Artikel über Tuberkulose gestanden. Je mehr Reinhild darüber nachdachte, desto sicherer wurde sie, daß Tristan eins von beiden hatte.

Als erstes rief sie am Morgen den Arzt an. Der fühlte Tristans Puls und hörte mit dem Stethoskop Brust und Rücken ab. »Ich sehe im Moment keinen Grund zur Besorgnis«, sagte er dann. »Die Lunge ist ein wenig angegriffen, aber das liegt an der Erkältung.«

»Sie glauben nicht, daß er Keuchhusten oder Tuberkulose hat?« fragte Reinhild verzagt.

»Ich glaube nicht. Aber es schadet nichts, die eine oder andere Vorsichtsmaßnahme zu ergreifen, falls er wirklich eine Infektion hat. Lassen Sie sein Zimmerfenster weit offen, damit er freier atmen kann. Und halten Sie die Mädchen von ihm fern. Was immer es ist, wir wollen ja nicht, daß sie es auch bekommen, oder?«

»Aber wenn er doch Tuberkulose hat? Ist das nicht unheilbar?«

»Heute nicht mehr. Die meisten Fälle können in einem deutschen Sanatorium behandelt werden. Und Sie könnten es sich auch leisten, ihn in die Schweiz zu schicken. Gebirgsluft und Sonne sind die beste Medizin. Aber keine Angst. Ich bin sicher, wir haben es hier nur mit einer normalen Erkältung zu tun. Ich komme morgen noch mal vorbei und seh ihn mir an.«

Als Norbert schließlich am Samstagabend wieder nach Hamburg kam, hatte Reinhild sich in einen schrecklichen Zustand hineingesteigert. Norbert traf sie im Wohnzimmer an, im Morgenmantel, unfrisiert und mit roten, geschwollenen Augen. Aus dem einen Schlafzimmer drang das Weinen von Helena, aus dem anderen das Husten von Tristan.

Das hat mir gerade noch gefehlt! dachte Norbert. Die verdammten Blagen sind schon wieder krank.

Dann bemerkte er, daß Reinhild eine Zeitschrift mit einem Foto von ihm und Emmy auf dem Schoß liegen hatte. »Wie konntest du so etwas tun?« fragte sie. »Tristan ist schwer krank, und du treibst dich mit einer anderen Frau rum.«

»In Berlin machte er einen ganz normalen Eindruck«, erwiderte Norbert ungerührt.

»Das ist fünf Tage her. Denk an deinen Vater. Der war

von einer auf die andere Minute tot! Norbert, wie konntest du mir das antun? Ich habe gedacht, du bist noch geschäftlich in Berlin.«

Es war schwer zu erkennen, was sie mehr beunruhigte, Tristans Krankheit oder Norberts Fehltritt. Tristan hustete erneut, und Norbert fragte: »Was hat er denn?«

»Tuberkulose«, flüsterte Reinhild schicksalsschwer.

Norbert spazierte ins Schlafzimmer. Obwohl das Fenster offen stand, roch es nach Eukalyptus. Tristan war wach und lag von Kissen unterstützt im Bett. Seine Nase war vom Putzen gerötet, aber zu Norberts Erleichterung lag kein fiebriger Glanz in seinen Augen, und auch seine Wangen wirkten nicht bleich und schwindsüchtig. Er sah aus wie immer, wenn er erkältet war. »Na, wie geht's denn unserm armen Kleinen?« fragte er seinen Sohn und beugte sich über ihn, um ihm einen Kuß zu geben.

»Nicht küssen!« kreischte Reinhild. »Auf diese Art kann sich die Infektion ganz schnell ausbreiten.«

Tristan blickte seinen Vater angstvoll an, und Norbert wurde von einem solchen Haß auf Reinhild gepackt, daß es ihn größte Überwindung kostete, sich nicht umzudrehen und ihr ins Gesicht zu schlagen. Er richtete sich langsam auf und strich Tristan mit der Hand über die Stirn. »Tut mir leid. Muß den Anweisungen des Arztes folgen.«

Tristan nickte schwach.

Helenas Weinen aus dem anderen Zimmer steigerte sich zu einem Schreien. »Was ist denn mit ihr los?« erkundigte Norbert sich.

»Sie hat Angst, daß ihr Bruder stirbt«, erklärte Reinhild vorwurfsvoll.

Norbert ging zu den Mädchen ins Zimmer. Kleo saß auf dem Bettrand ihrer kleinen Schwester und hatte den Arm um Helenas Schulter gelegt. Als sie ihren Vater erblickte, war sie sichtlich erleichtert. »Oh, Papa, sag ihr bitte, sie soll aufhören zu weinen. Sie macht sich noch ganz krank. Sag ihr, daß Tristan wieder gesund wird.«

»Natürlich wird er das«, erklärte Norbert. »Helena, hier hast du ein Taschentuch, jetzt putz dir die Nase und hör mir zu. Tristan ist erkältet . . .«

Es wurde eine lange Nacht, unterbrochen von Tristans Hustenanfällen, Helenas Schluchzen und Reinhilds Tränenergüssen. Schließlich zwang Norbert seine Frau zuzugeben, daß der Arzt gar keine Tuberkulose diagnostiziert hatte. »Das ist dir doch egal«, jammerte sie. »Dir ist doch alles egal außer dir selbst. Sonst hättest du kein Verhältnis mit dieser Nutte Emmy Anders.«

Das war also des Pudels Kern, erkannte Norbert. Nachdem sie gemerkt hatte, daß er sie betrog, hatte sie gehofft, Tristans Krankheit ausnutzen und ihm noch mehr Schuldgefühle aufladen zu können. Sie wollte ihn in eine Falle locken, so wie sie ihn in die Ehe gelockt und dazu gebracht hatte, ihr ein paar Kinder zu machen.

»Hannelore sagt, ich sollte mich scheiden lassen.«

Hannelore steckte also hinter allem. Nachdem sie das Büro unter sich hatte, wollte sie jetzt offenbar sein Privatleben reglementieren. Wahrscheinlich hatte sie Reinhild die Zeitung unter die Nase gehalten. Aber egal, was Hannelore bezweckte, sie hatte recht. Er war aus völlig falschen Gründen in die Ehe geschlittert. Es hatte keine Leidenschaft, keine Verzauberung, keine Ekstase gegeben. Und jetzt gab es überhaupt nichts mehr, kein Schuldgefühl, keine Reue, nichts, nur ein Gefühl des Angeödetseins – und ein plötzliches, heftiges Verlangen, Reinhild loszuwerden. Emmy konnte er nicht bekommen. Reinhild wollte er nicht. »Das wäre vielleicht die beste Lösung.«

»Aber Norbert, was werden die Leute denken?«

»Auf jeden Fall das, was du ihnen erzählst.«

Dann packte Norbert seine Sachen und ging. Er stieg in den

Wagen und fuhr zum Jochum-Hamburg. Unterwegs wurde ihm mit einem Gefühl der Erleichterung klar, daß ein Teil seines Lebens endgültig vorbei war. Und er schüttelte den Kopf über die Ironie des Schicksals: In diesem speziellen Fall wurde ihm eine Affäre angelastet, die er nie gehabt hatte.

Norbert und Reinhild trafen sich zwei Tage später im Krankenhaus wieder. Tristans Erkältung hatte sich zwar weder zu einem Keuchhusten noch einer Tuberkulose entwickelt, hatte aber dennoch ernste Folgen, denn ein Lungenflügel kollabierte. Die Ärzte beruhigten die Eltern; der Zustand sei zwar ernst und schmerzhaft, aber nicht gefährlich und wahrscheinlich die Folge von Schleim, den Tristan nicht hatte abhusten können. Reinhild bestand auf einer Behandlung und Kur in der Schweiz.

Sobald Tristan für reisefähig erklärt wurde, fuhren er, Reinhild und die beiden Mädchen ins Berner Oberland. Tristan blieb einen Monat in einem teuren Sanatorium, die übrige Familie logierte in einem Hotel in der Nähe.

Reinhild schickte allen Freundinnen, Nachbarn und Verwandten Ansichtskarten mit entsprechend unheilvollen Zeilen, die so gar nicht zu den abgebildeten herrlichen Berglandschaften paßten. Auch Kleo verschickte eine Karte, ließ ihre Mutter aber nicht sehen, an wen, weil sie Angst hatte, ihre Mutter würde sie auslachen. Kleo hatte sich auf Tante Viktorias Geburtstagsfeier verliebt. Er hieß Dieter.

Die Kinder sahen ihren Vater bald nach ihrer Rückkehr nach Hamburg wieder, an Helenas fünftem Geburtstag, als er sie mit ins Jochum nahm. Die Gebirgsluft hatte Tristan kuriert, und er war, wie die Mädchen, braun gebrannt und begeistert vom Aufenthalt in den Bergen.

Anfangs verhielten sie sich ihrem Vater gegenüber ziemlich verkrampft, und Norbert vermutete zu Recht, daß Reinhild schlecht über ihn geredet hatte, um ihn bei den Kindern anzuschwärzen, doch am Ende des Nachmittags hatten zumindest Tristan und Kleo ihre Nervosität überwunden und erzählten drauflos, während Helena sehr still blieb. Er kaufte ihnen Unmengen Eis, schenkte jedem zehn Mark und machte einen kurzen Abstecher über die Autobahn, bevor er sie nach Hause brachte. Als er sie an der Wohnung in Eppendorf absetzte, umarmten Tristan und Kleo ihn fröhlich und liebevoll, nur Helena brach in Tränen aus.

»Was hast du mit dem Kind gemacht?« fragte ihre Mutter gereizt auf Helena blickend.

Norbert zuckte ungeduldig die Schultern. »Bis jetzt war sie guter Dinge.«

Kleo legte den Arm um Helena, doch Helena stieß sie weg und lief weinend in die Wohnung.

Reinhild reichte ordnungsgemäß eine Scheidungsklage gegen Norbert wegen Ehebruch und seelischer Grausamkeit ein, und die Mühlen der Justiz begannen zu mahlen. Norbert machte nicht einmal den Versuch, die Tat abzustreiten. Statt sich mit endlosen Unterhaltszahlungen zu belasten, überließ er Reinhild auf Anraten seiner Anwälte den Wohnblock, in dem sie wohnte, als einmalige Abfindung.

Die Trennung und anschließende Scheidung ihrer Eltern berührte die Kinder ganz unterschiedlich. Tristan war der Meinung, es könnte sich als recht gut erweisen, wenn Vater ihnen jedesmal, wenn sie ihn sahen, zehn Mark schenkte. Kleo war innerlich sehr aufgewühlt, auch wenn sie versuchte, erwachsen zu erscheinen und sich nichts anmerken zu lassen. Der Vater hatte immer mehr Zeit außer Hause als mit ihnen verbracht, aber er war ein verläßlicher Faktor in ihrem Leben gewesen.

Helena traf es am härtesten, wenn das auch niemand merkte, denn sie war ein eigenartiges, in sich gekehrtes Kind. Sie begriff nicht, warum ihr Vater sie verlassen hatte, aber weil ihre Mutter sie so anfuhr, hatte sie das Gefühl, mit schuld an der Scheidung zu sein. Wäre Tristan nicht krank gewesen und hätte sie nicht so viel geheult, wäre Vater nicht immer so wütend gewesen, wenn er nach Hause kam. Wenn er ihr nur die Gelegenheit gegeben hätte zu erklären, daß sie nicht absichtlich immer so geheult hatte, um ihn zu ärgern – aber das hatte er nicht, er war einfach gegangen . . .

Als Norberts Eheleben endete, fing das von Werner an. Er ließ den Baron mit der Krankenschwester in der Wohnung in Essen und kaufte für sich und Else eine Wohnung in Frankfurt. Die katholische Trauung, bei der nur die engsten Familienangehörigen zugegen waren, fand Anfang September 1954 statt. Es erschien unsinnig, viel Geld für einen großartigen Empfang für Leute auszugeben, die sich gerade erst bei Viktorias Geburtstagsfeier gesehen hatten.

Seit der Trennung von Norbert und Reinhild war die Spannung zwischen Hannelore Hahn und ihrem Arbeitgeber gestiegen. Jetzt, wo Werner verheiratet war und ein Büro in Frankfurt eröffnet hatte, schrieb Hannelore ihm und bot ihre Dienste als Büroleiterin an. Werner, der keine Gelegenheit ausließ, seinem Bruder eins auszuwischen, sagte bereitwillig zu. Sie erwies sich schnell als äußerst tüchtig, und Werner vertraute ihr schon bald geschäftliche Informationen an, von denen nicht einmal seine Frau wußte.

Hannelore fand ihre neue Stellung nicht nur sehr viel interessanter und anspruchsvoller als die bisherige Arbeit bei Landgut, sondern entdeckte dabei auch die Möglichkeit, ihre finanzielle Situation zu verbessern. Ohne daß Werner es wußte, investierte sie jeden Monat einen Teil ihres bescheidenen Gehalts in die Unternehmen, in die auch die Werner Kraus Holding und ihre zahllosen Tochtergesellschaften investierten. Zufrieden registrierte sie die Entwicklung ihres kleinen Wertpapierportefeuilles.

Norbert stellte einen neuen jungen Mann ein, Oskar Stallkamp. Er war entschlossen, keine Frauen mehr zu beschäftigen.

Das Wiedersehen zwischen Lili und Senta auf Viktorias Geburtstagsfeier besiegelte die Freundschaft der beiden Mädchen. Lilis Briefe und monatliche Bücherpakete waren seit langem die Höhepunkte in Sentas Leben. Monika erwartete Viktorias Lebensmittelpakete immer sehnsuchtsvoll, und solange Senta ihren knurrenden Magen besänftigen konnte, war ihr egal, was sie aß. Sie verschlang geistige Nahrung, und die lieferte Lili.

Wenn Senta sich die Bücher zu Gemüte geführt hatte, lasen die Großeltern sie, und manchmal sah sie auch ihren Vater mit einem traurigen Ausdruck in den Augen darin blättern.

An solchen Tagen spürte Senta oft eine große Schwermut bei ihrem Vater, die sie an die Zeit erinnerte, als er aus dem Krieg zurückgekommen war. In ihm war eine Bitterkeit, die sich in gelegentlichen Wutausbrüchen entlud, meistens gegen ihre Großeltern oder ihre Mutter, selten gegen sie selbst, aber nie gegen Heinrich. Ihre Mutter entschuldigte das damit, daß er zuviel arbeite und enttäuscht sei über die ausbleibende erhoffte Beförderung. Doch Senta glaubte, daß mehr dahintersteckte. Ihr Vater haderte mit seinem Gewissen.

In dieser Zeit gingen Sentas Eltern selten in die Kirche. Heinrich weigerte sich seit langem, das Gotteshaus auch nur zu betreten, so daß nur Senta ihre Großmutter zum sonntäglichen Gottesdienst begleitete. Sie ging aus Liebe zu ihrer Großmutter und aus Rebellion gegen ihren Bruder und Herrn Gutjahr. Im Oktober würde sie vierzehn werden und entwickelte sich zu einem eigensinnigen Teenager. Sie mochte nicht, wenn man ihr vorschrieb, was sie tun sollte. Sie wollte unabhängig sein und ihren Eingebungen folgen. Sie ging auch aus dem einfachen Grund in die Kirche, weil sie an Gott glaubte.

Unmittelbar nach ihrem vierzehnten Geburtstag begann sie mit dem Konfirmandenunterricht und sah mit Freude dem Tag entgegen, an dem sie ein vollwertiges Kirchenmitglied sein würde.

Im November verfügte der Staat jedoch eine neue Maßnahme, um sich die Seelen der jungen Menschen selbst zu sichern: die Jugendweihe. Sentas Klasse besuchte Fabriken und landwirtschaftliche Produktionsgenossenschaften und nahm an besonderen Jugendkursen zur Vorbereitung für die Aufnahmefeier teil, die am Ende des Schuljahrs stattfinden und auf der sie schwören sollten, ihr Leben dem Dienst am Staat zu weihen.

Pastor König wurde auf die letzte Probe gestellt. Er konnte sich wie bei den Nazis verhalten, sich dem Staat beugen und zulassen, daß die Bedeutung der Konfirmation in der Kirche herabgesetzt wurde. Er konnte aber auch standhaft bleiben und den Kindern und ihren Eltern die Wahl zwischen Konfirmation und Jugendweihe bieten.

Den ganzen Winter hielt die Diskussion an, nicht nur in der Gemeinde Fürstenmark, sondern in den Familien der gesamten DDR und auf den höheren Kirchenebenen. Am Ende erklärten einige Kirchenbehörden es für zulässig, daß Konfirmation und Jugendweihe kurz hintereinander stattfinden könnten, andere dagegen, daß mindestens ein Jahr zwischen beiden liegen müsse. Eine dritte Gruppe, eine Minderheit, der auch Pastor König sich am Ende anschloß, hielt Konfirmation und Jugendweihe für unvereinbar. Wer an der Jugendweihe teilnahm, konnte nicht konfirmiert werden.

Sein Entschluß wurde zum Teil durch Senta beeinflußt, die erklärte, ihren Glauben an Gott und das, was sie im Konfirmandenunterricht lernte, nicht mit den materialistischen Lehren vereinbaren zu können, die Herr Gutjahr in der Schule verkündete. Sie könne ihre Seele nicht Gott und einem gottlosen Staat weihen. Pastor König sagte sich, wenn Senta den Mut zu dieser Haltung hatte, dann mußte auch er ihn haben.

Ostern erhielten nur einige wenige Schüler aus Sentas Klasse die Jugendweihe. Die meisten wurden konfirmiert.

Die örtlichen Parteibüros meldeten die Namen der Pfarrer, die sich gegen die Jugendweihe wandten, nach Ost-Berlin. Einige wurden verhaftet, doch Arthur König war nicht unter ihnen. Die Gemeinde Fürstenmark galt als zu klein, als daß ihrem Pfarrer größere Bedeutung beigemessen worden wäre.

Basilius Meyer war zu beschäftigt mit anderen Dingen, um der Aufsässigkeit der Geistlichen groß Beachtung schenken zu können. Seine Aufmerksamkeit galt dem bevorstehenden Prozeß gegen Stefan Jochum vor dem Obersten Gericht.

Der Prozeß fand im April 1955 statt, unmittelbar vor Stefans vierzigstem Geburtstag und siebzehn Monate nach seiner Entführung. Ausländische Beobachter waren nicht zugelassen, nur Journalisten staatlich genehmigter Zeitungen waren anwesend. Auch Basilius Meyer war da, er sah Stefan zum erstenmal persönlich. Endlich trafen die beiden aufeinander, wie Olga vor so langer Zeit vorausgesagt hatte. »Dann werden wir sehen, aus wem etwas Besseres geworden ist«, hatte sie Viktoria entgegengeschleudert.

Stefan war zwar sehr blaß, aber glatt rasiert und trug einen gutsitzenden Anzug. Er begab sich zur Anklagebank und sprach deutlich, wenn auch leise, als er vereidigt wurde. Zeichen einer Mißhandlung während seiner Inhaftierung waren nicht zu erkennen.

Die Staatsanwaltschaft faßte sich kurz und erhob Anklage gegen Stefan nach Artikel 6 der Verfassung. Jochum, so der Staatsanwalt, habe im Krieg für den britischen Geheimdienst gearbeitet und sei mit der Kontrollkommission nach Deutschland zurückgekehrt. Er sei mit bekannten Kapitalisten aus den Westzonen verwandt, unter anderem mit dem berüchtigten Baron von Kraus. Er habe das Vertrauen von Erika Quanz mißbraucht, einer jungen Mitarbeiterin des Außenministeriums, um sich Staatsgeheimnisse zu beschaffen, die er an den Westen weitergegeben habe. Er habe mitgeholfen, die Unruhen vom 17. Juni zu schüren. Die Informationen aus der DDR habe er in Westzeitungen zur Gefährdung und Verleumdung des Staates benutzt. Er habe außerdem gestanden, Informationen an den britischen Geheimdienst weitergegeben zu haben.

Der Verteidiger verfolgte eine wirre Strategie und erklärte, sein Klient sei ein Opfer der Liebe. Erika Quanz und ihr Vater hätten sich in den Westen absetzen wollen und in Stefan Jochum das Werkzeug gesehen, ihre Ziele zu erreichen und an etwas Geld zu kommen. Jochum, so der Verteidiger, glaube an die sozialistischen Ideale, sei aber zu vernarrt und willens schwach gewesen, sich ihren Forderungen zu widersetzen. In seinem Geständnis, das dem Gericht laut vorgelesen wurde, äußerte er sein Bedauern über seinen Verrat am Staat.

Der Prozeß dauerte zwei Stunden, in denen Stefan nichts zur eigenen Verteidigung sagen durfte, aber mehrere Zeugen, die ihn kannten, einem intensiven Kreuzverhör unterzogen wurden. Der glaubwürdigste war Domke, der einäugige Hausmeister, der aussagte, daß der Angeklagte vor dem 17. Juni mehrmals in der Stalinallee gewesen und an jenem Tag unter den Demonstranten gesehen worden sei. Auszüge aus Stefans Artikeln in *Aktuell* wurden verlesen und im Gericht herumgereicht.

Das Urteil stand fest, lange bevor der Prozeß zu Ende war. Stefan Jochum wurde zu fünfundzwanzig Jahren Haft verurteilt. Mit Handschellen an einen Wachbeamten gefesselt, wurde er aus der Anklagebank geführt und ins sowjetische Militärgefängnis in Lichtenberg gebracht.

Basilius hätte sich keinen befriedigenderen Ausgang wünschen können. Sein Lohn war ein zweijähriger Lehrgang in Moskau. Im Juli fuhren Basilius, Irina und der kleine Reinhardt in die Sowjetunion.

14

Im Mai 1955, genau zehn Jahre nach der Kapitulation Deutschlands, wurde das Statut, unter dem die Alliierten das Land besetzt hatten, endgültig aufgehoben; nur Berlin blieb unter der sogenannten Viermächtekontrolle. Die Bundesrepublik Deutschland wurde ein souveräner Staat und trat fast sofort der NATO bei. Die Regierung traf behutsam Vorbereitungen für die Schaffung einer Bundeswehr.

Nach Holger Buskos erstem Zusammentreffen mit Viktoria hatten er, Volker und einige andere junge Leute, darunter mehrere Studenten der FU, im Café Jochum einen Stammtisch gegründet, bei dem sie sich abends zu einem Bier trafen. Manchmal gesellten sich Viktoria und Lili zu ihnen. Lili fand die politischen Diskussionen, zu denen es zwangsläufig kam, langweilig und unterhielt sich viel lieber mit Volker über Kunst, aber Viktoria liebte die Debatten.

Holger hatte einen Artikel in *Aktuell* veröffentlicht, und Viktoria sprach ihn darauf an: »Es ist eigenartig. Sie schreiben über genau die Empfindungen, über die auch Stefan geschrieben hätte. Sie haben offenbar Talent zum Schreiben. Warum wollen Sie nicht Journalist werden?«

Holger schüttelte den Kopf. »Nein, ich möchte Ereignisse nicht nur kritisieren. Ich möchte sie beeinflussen. Ich habe die Absicht, Politiker zu werden.«

Sie sah ihn prüfend an. »Ich glaube, Sie wären ein sehr guter Politiker. Sie haben eine sehr wichtige Eigenschaft – Integrität.«

Holger war überrascht und auch geschmeichelt.

Die Antwort der Sowjets auf das Vorgehen der Bundesrepublik kam prompt. Sie verkündeten den »Vertrag über Freundschaft, Zusammenarbeit und gegenseitigen Beistand«, besser als Warschauer Pakt bekannt. Gleichzeitig gab es aber auch Kontakte zwischen der Sowjetunion und der Bundesrepublik, um Verhandlungen zur Aufnahme diplomatischer Beziehungen in Gang zu bringen.

Im Juni des Jahres trafen sich die Außenminister der sechs Mitgliedstaaten der Europäischen Gemeinschaft für Kohle und Stahl in Messina und kamen überein, die Möglichkeit einer europäischen Wirtschaftsgemeinschaft und die Bildung einer Europäischen Atomgemeinschaft zu erkunden, deren Mitgliedstaaten in der Entwicklung der Atomforschung und der Produktion von Atomenergie zusammenarbeiten sollten.

Die Öffentlichkeit in der Bundesrepublik reagierte auf all diese Ereignisse mit spontaner Ablehnung. Friedenskundgebungen, bei denen Holger zum Teil mitmarschierte, fanden überall im Land statt, unterstützt von Mitgliedern der evangelischen Kirche, der Gewerkschaften, der SPD und auch Adenauers eigener Partei, der CDU.

Auf einer dieser Kundgebungen lernte Holger Pastor Scheer und seinen dreizehnjährigen Enkel Matthias kennen. Die Demonstration schloß sich an eine Sitzung des Bundestags an, auf der die Abgeordneten für die Wiederbewaffnung gestimmt hatten und die SPD sich zum Entsetzen aller Pazifisten auf die Seite der Regierung geschlagen hatte. »Adenauer sagt, unser Platz in der Welt ist an der Seite der freien Völker«, rief Pastor Scheer in seiner Rede. Er wirkte alt und sehr gebrechlich, doch seine Stimme war immer noch erstaunlich kräftig. »Er behauptet, das sei der Grund, warum die Bundesrepublik der NATO beitritt. Doch er hat für viele seiner eigenen Landsleute unwiderruflich die Chance auf Freiheit vertan. Und daß die Sozialdemokraten mit ihm gestimmt haben, macht sie eines noch schlimmeren Betrugs schuldig.«

Er legte den Arm um die Schultern seines Enkels. »Bei allem, was wir tun, sollten wir an Kinder wie Matthias denken. Wir sollten nicht nur die Ereignisse der Gegenwart berücksichtigen, sondern auch die Wirkungen unseres Handelns auf die Zukunft.«

Nach der Kundgebung stellte Holger sich dem Geistlichen vor, der ihm herzlich die Hand schüttelte. »Sie sind also der Mann, der sich so vehement für Stefan einsetzt. Ich freue mich, Sie kennenzulernen, Herr Busko. Stefan ist ein sehr lieber Freund von mir.«

Sie unterhielten sich eine Zeitlang, dann sagte der Pastor: »Besuchen Sie uns in Schmargendorf, wann immer Sie mögen. Meine Frau Klara und ich sind gern mit jungen Menschen zusammen. Und es ist gut für Matthias. Seine Eltern sind im Ausland, arbeiten für eine Missionsgesellschaft der evangelischen Kirche in Afrika.«

Holger sah den Jungen kurz an. Er blickte starr geradeaus, die klaren, blauen Augen wie versteinert.

Im September nahm Bundeskanzler Adenauer die sowjetische Einladung nach Moskau endlich an. Das Treffen hatte die Aufnahme diplomatischer Beziehungen zwischen der Bundesrepublik und der Sowjetunion zur Folge, den Beginn von Verhandlungen zur Entwicklung von Handelsbeziehungen zwischen den beiden Ländern, und die Freilassung Tausender deutscher Kriegsgefangener, die noch immer festgehalten wurden.

Kurz nach Adenauers Besuch erklärte die Sowjetunion die DDR zum souveränen Staat, unter anderem mit dem Ergebnis, daß es in Moskau jetzt zwei deutsche Botschafter gab. Um ähnlichen Vorkommnissen in anderen Ländern vorzubeugen, was den Eindruck der Gleichrangigkeit der beiden Deutschlands hätte aufkommen lassen können, verkündete die Bonner Regierung die Hallsteindoktrin, die besagte, daß Bonn die diplomatischen Beziehungen zu jedem Land abbrechen werde, das die DDR anerkannte und damit zur Teilung Deutschlands beitrug. Was wie ein diplomatischer Durchbruch erschienen war, endete erneut in einer Sackgasse.

Im Januar 1956 wurde die erste Ausbildungskompanie der Bundeswehr aufgestellt. Die Ausrüstung lieferten die Vereinigten Staaten. Zwei Wochen später verkündete die DDR die Gründung der Nationalen Volksarmee. Sie rekrutierte sich aus der Volkspolizei und wurde von der Sowjetunion ausgerüstet. Die schlimmsten Befürchtungen Holger Buskos und Pastor Scheers waren eingetreten. Jetzt bestand die Möglichkeit, daß sich eines Tages vielleicht zwei deutsche Armeen bekämpften.

Im Februar kam Bruno von der Eschenbach wieder ins Jochum-Berlin. Am Abend des Ankunftstages lud er Viktoria ein, mit ihm zu essen. Während des Essens machte er ihr einen unerwarteten Vorschlag.

»Mein ältester Sohn, Konstantin, ist gerade mit dem Studium fertig«, erzählte er ihr. »Er nimmt sein Erbe sehr ernst und hat eine Übersicht unseres gesamten Grundbesitzes erstellt. Unser Stammschloß Burg Eschenbach ist das größte Anwesen, aber keineswegs das einzige. Wir besitzen beträchtliche Ländereien im übrigen Bayern und anderen Gegenden, unter anderen in Hessen und Baden-Württemberg, die zum Teil etwas vernachlässigt worden sind.

Ich muß gestehen, daß ich die Führung meiner Geschäfte und des Grundbesitzes ganz meinen Angestellten und Beratern überlassen habe, während ich mich selbst um soziale Belange gekümmert habe – mich beschäftigen besonders die Probleme der Obdachlosen, Flüchtlinge und Kriegswaisen. Aber Konstantin hat mir klargemacht, daß ich mich etwas mehr um die Geschäfte kümmern muß.«

Das Lächeln in seinen Augen verriet Viktoria, daß er nicht ganz so lax gewesen war, wie er vorgab.

»Wir besitzen ein Haus auf der Zeil in Frankfurt, in dem die Eschenbach-Bank untergebracht ist, und Konstantin meint, wir sollten die oberen Stockwerke nicht vermieten, sondern dort die Aktivitäten der Eschenbach-Immobilien konzentrieren.« Er drehte sein Champagnerglas in der Hand und betrachtete die glitzernden Facetten fast wie ein Hellseher eine Kristallkugel. »Wahrscheinlich hat er recht. Frankfurt entwickelt sich in rasantem Tempo zur Finanzmetropole Deutschlands, und wenn Adenauer sich durchsetzt, ist es bald die Finanzmetropole Europas.«

Er blickte von seinem Glas auf und Viktoria in die Augen. »Der Grund für diese etwas langatmige Geschichte ist: Wir haben am Rand von Frankfurt, ganz in der Nähe des Flughafens, ein altes Jagdhaus inmitten eines größeren Waldgebiets. Ich habe es mir mal angesehen – das ideale Gelände für ein Hotel.« Er machte eine Pause, um seine Worte wirken zu lassen, und sagte dann: »Für ein weiteres Jochum.«

Viktorias erste Reaktion war, nein zu sagen. Ganz abgesehen von persönlichen Überlegungen konnte sie sich eine Expansion nicht leisten. Das Jochum-Hamburg lief zwar gut, aber das Jochum-Berlin warf noch längst keinen Gewinn ab, trotz der Steuervorteile, die in Berlin galten, um die Wirtschaft anzukurbeln.

Bruno legte ihr Zögern richtig aus. »Wir erwarten keinen Kapitaleinsatz von Ihnen.«

»Aber wie – warum ...?«

»Erstens weil die Jochum-Hotels einen ausgezeichneten Ruf haben, und zudem glaube ich, daß eine Verbindung für beide Seiten von Vorteil wäre. Vergessen Sie nicht, wir haben nicht nur Grundbesitz, sondern auch eine der größten Brauereien in Bayern. Vor allem aber, weil ich Sie sehr bewundere und Ihnen so weit wie möglich helfen möchte.«

»Vielen Dank«, erwiderte Viktoria gerührt. »Aber ich halte es doch für richtig, Ihnen zu sagen, daß der Gedanke einer Pacht, auch wenn Sie sie vergeben, mich nicht reizt.«

»Ich verstehe das. Ich möchte vorschlagen, eine neue Gesellschaft zu gründen, in der wir beide jeder fünfzig Prozent der Anteile halten. Eschenbach-Grundbesitz würde das Kapital stellen, Sie das Management.«

Viktoria machte ein nachdenkliches Gesicht. »Aber das hieße, daß ich nicht mehr Herr im eigenen Haus wäre.«

»Wenn ich richtig informiert bin, sind Sie das jetzt eigentlich auch nicht. Ich glaube, Landgut hat die Eigentumsrechte am Jochum-Hamburg.«

»Ich muß sie in diesem Jahr von Landgut erwerben.«

»Was Ihre gesamten Reserven aufzehren wird«, behauptete Bruno auf Verdacht, auch diesmal korrekt. »Viktoria, wir kennen uns schon lange. Wir sind alte Freunde. Ich will Ihnen nichts wegnehmen. Ich bin kein Kraus. Ich sähe Sie vielmehr gern aus den Klauen der Krauses befreit.«

»Norbert ist nicht typisch für seine Familie. Er war immer sehr gut zu mir.«

»Schön zu hören«, bemerkte Bruno trocken. »Aber trotzdem bleibt die Tatsache: wenn Eschenbach-Grundbesitz das Eigentumsrecht am Grundbesitz des Hamburger Hotels erwirbt, sind Sie Ihre Schulden los und können neue Hotels eröffnen. Der beste Weg, meinen Vorschlag zu verwirklichen, ist der einer Fremdinvestition. Sie haben das Fachwissen. Eschenbach-Grundbesitz hat das Geld, Ihnen die Verwirklichung Ihrer Ziele zu ermöglichen.«

Viktoria schwieg lange. Dann fragte sie langsam: »Von wem stammt diese Idee? Von Ihnen oder von Konstantin?«

Ein Lächeln zauberte Fältchen in seine Augenwinkel. »Das mit dem Hotel ist Konstantins Idee. Das übrige kommt von mir. Ich bin nicht ganz so dumm, wie er mich manchmal macht. Wollen Sie es sich wenigstens überlegen?«

»Ja«, sagte Viktoria. »Das werde ich.«

»Und kommen Sie sich das Gelände ansehen?«

Viktoria nickte.

Mit einer Handbewegung rief Bruno einen Ober herbei und bestellte noch eine Flasche Champagner.

Bruno von der Eschenbach hatte geschäftlich in Berlin zu tun und blieb mehrere Tage im Hotel, in denen er seine Bekanntschaft mit Holger Busko auffrischte und dessen jüngeren Bruder Volker und auch Lili etwas besser kennenlernte.

Lili war inzwischen achtzehn und im zweiten Jahr auf der Sekretärinnenschule, ein Alter, in dem Leute wie Bruno von der Eschenbach, der dreißig Jahre älter war, ihr unheimlich alt und gesetzt vorkamen. Bruno wiederum erschien Lili, die jünger als seine Söhne war, sehr jung und unreif. Trotzdem fand er sie engagiert, und sie erinnerte ihn mit den grünen Augen und dem kastanienbraunen Haar an ihre Mutter Luise, die er sehr geschätzt hatte.

Während Bruno noch in Berlin weilte, wurden in der Akademie der Künste einige von Volkers Bildern ausgestellt, und Lili überredete ihn und Viktoria, mit ihr dorthin zu gehen.

»Findet ihr nicht, daß sie gut sind?« fragte sie leicht errötend vor einem halben Dutzend halb abstrakter Bilder, alles weibliche Akte in kräftigen Farben.

Viktoria machte ein skeptisches Gesicht. Sie mochte herkömmliche Bilder und hielt außerdem das Thema nicht ganz passend für ein junges Mädchen.

Bruno betrachtete die Bilder eingehend. Sie stachen sofort ins Auge, und ihre scheinbare Einfachheit täuschte über die Sorgfalt der Komposition und der rhythmischen Anordnung der Muster und Farben hinweg. »Ich finde sie gut«, sagte er schließlich. »Ihr Freund hat Talent.«

Lili stieg etwas Röte ins Gesicht. »Würden Sie eins kaufen? Wissen Sie, Volker hat nicht viel Geld. Er bekommt nur eine kleine Beihilfe, und seine Eltern leben in der Sowjetzone und können ihn finanziell nicht unterstützen.«

Bruno lächelte nachsichtig. »Ich denke, das läßt sich machen.«

Als er später am Abend mit Viktoria allein war, sagte er:

»Gehe ich recht in der Annahme, daß die kleine Lili sich in Volker Busko verguckt hat?«

»Nicht daß ich wüßte«, erwiderte Viktoria brüsk. »Volker Busko ist nicht der Umgang, den ich mir für Lili wünsche.«

»Sein Bruder tut sehr viel für Stefan.«

»Holger und Volker sind grundverschieden«, erklärte Viktoria.

Als Bruno nach Frankfurt zurückflog, begleitete Viktoria ihn. Ein Wagen mit Chauffeur holte sie am Flughafen ab. Nach einer kurzen Fahrt Richtung Stadtzentrum bogen sie in einen holprigen Waldweg ein, der zu dem alten Jagdhaus führte, von dem Bruno gesprochen hatte. Etwas abseits lag ein kleiner, mit Schilf bewachsener See.

Langsam schritt Viktoria über den zerfurchten Rasen auf das Haus zu. Im Wind wiegten sich Gruppen von Osterglocken und Narzissen. Im Wald gurrten Tauben. Irgendwie erinnerte der Ort sie an Heiligensee.

»Stellen Sie sich das Haus renoviert und vergrößert vor«, sagte Bruno, »und ringsum gepflegter Park und Tennisplätze. Eine Oase auf dem Land, zehn Minuten vom Flughafen und vom Stadtzentrum entfernt.«

»Ich weiß nicht recht«, schwindelte sie etwas. Aber so wie sie instinktiv gewußt hatte, daß die Villa an der Hamburger Binnenalster das Richtige für ihr erstes Hotel war, wußte sie im Innersten, daß dieses Jagdhaus der ideale Platz für ein weiteres Jochum-Hotel war.

Während Viktoria sich in Frankfurt aufhielt, fragte Volker Busko Lili, ob sie ihm Modell sitzen wolle. Holger war nicht zu Hause, und sie waren allein in der kleinen Kreuzberger Wohnung. Halb hoffend, halb bangend wartete sie, seit sie ihn kannte, darauf, daß er sie darum bat. Sie fand den gutaussehenden, etwas bohemienhaften Maler mit dem sanften Temperament nicht nur sehr begabt, sondern auch äußerst anziehend.

Doch jetzt, da er sie gefragt hatte, verließ sie der Mut. Es war nicht Schamhaftigkeit, die sie zurückhielt, oder die Gewißheit, daß Viktoria außer sich sein würde, wenn sie erfuhr, daß Lili ihm Modell saß. Sie hatte Angst davor, daß Volker enttäuscht sein würde, wenn er den unterentwickelten, schmächtigen Körper sah, den sie unter weiten Pullovern und Röcken verbarg.

»Warum bist du so aufgeregt?« fragte Volker. »Du kennst mich doch. Ich tue dir nichts.«

Lili schüttelte den Kopf. »Es ist nur . . .«

Volker deutete ihre Scheu falsch und meinte, sie hätte Angst, daß er sie überrumpelte. »Sieh mal, Kleines, nicht alle Männer sind Tiere. Ich gebe dir mein Wort, daß ich dich nicht anfasse, wenn du nicht willst. Ich bin Künstler, kein Verführer.«

Am Ende überredete er sie, Hemmungen und Kleidung abzulegen, und sie posierte vor einer Wand im einfallenden Sonnenlicht. Volker betrachtete sie lange, bevor er zum Pinsel griff. Unsicher sagte Lili: »Ich bin zu mager, stimmt's?«

Volker schüttelte den Kopf. »Nicht jeder Künstler ist ein Rubens. Saskia hat mich nie gereizt.« Und dann zeichnete er die ersten Linien auf die leere Leinwand.

Drei Samstage hintereinander kam Lili wieder, und jedesmal schien Volker in ihrem Körper nur eine Vorlage für sein Bild zu sehen. Er sprach wenig, und wenn, dann nur Anweisungen, ihre Position etwas zu ändern. Doch Lili merkte, daß in diesen langen, schweigsamen Perioden eine Beziehung zwischen ihnen entstand. Jeder sah den andern unverfälscht. Sie betrachtete ihn, wenn er ganz in seiner Arbeit aufging. Er malte sie völlig schutzlos.

Es wurde spät an diesem dritten Samstag und das Licht schon schwächer, als er den Pinsel aus der Hand legte und fragte: »Willst du mal sehen?«

Sie kam und stand neben ihm. Das Bild war nicht so abstrakt wie seine bisherigen Werke und gab das Wesen ihrer knabenhaften Figur wieder. Die Beine wirkten länger, das Schamhaar buschiger, die Lippen schmaler und die winzigen Brüste flacher, als sie in Wirklichkeit waren. Ihr Gesicht sah elfenhafter aus und war von einem leuchtenden Haarkranz umrahmt, hatte aber noch keinen Ausdruck.

Er sah sie an. »Weißt du, was noch fehlt?«

Sie nickte.

»Weißt du auch warum?«

»Ich glaube, ja.«

»Ich habe dir versprochen, dich nicht anzufassen, bis du mich darum bittest.«

»Tu's«, hauchte sie. »Ich möchte, daß du mich liebst.«

Volker war sehr rücksichtsvoll. Liebevoll und behutsam ließ er sie seinen Körper entdecken und entlockte ihr gleichzeitig die Freuden, die in ihr verborgen waren. Lili bekam bei dieser langen, verzehrenden Entdeckungsreise Vertrauen, vergaß ihre Ängste, verlor ihre Anspannung und fand zunehmend Lust, so daß sie sich mit ihm bewegte, sich seinem Rhythmus anglich, getragen von einem Verlangen und dann von einer Erfüllung, die sie nie in sich vermutet hätte.

Später, als sie in seiner Armbeuge lag, warm und glücklich und ganz, wie sie sich noch nie gefühlt hatte, betrachtete Volker ihr Gesicht. »Das ist der Ausdruck, den ich suche.«

Als Lili schließlich das fertige Bild sah, wußte sie, was er meinte. Ihre Augen hatten etwas Sanftes, ihr Lächeln etwas Selbstsicheres. Es war das Gesicht einer Frau, die gerade geliebt hatte.

Nachdem Viktoria sich entschieden hatte, Bruno von der Eschenbachs Angebot anzunehmen, hatte sie alle Hände voll zu tun. Als erstes mußte sie mit Norbert sprechen, der sich in München mit Blick über den Englischen Garten niedergelassen hatte. Er nahm ihren Entschluß gelassen hin und räumte sogar ein, daß sie seiner Meinung nach das Richtige tue.

»Wenn du die finanzielle Seite Eschenbach-Grundbesitz überläßt, bist du aller Geldsorgen enthoben«, sagte er. »Ich weiß, du meinst, du könntest alles selber tun, aber du wirst auch nicht jünger. Wenn du so weitermachst wie bisher, machst du dich nur kaputt. Ich habe auch lernen müssen zu delegieren. Oskar Stallkamp und Erwin Hoffmann kümmern sich heute für mich um die Alltagsarbeit, und ich konzentriere mich auf neue Projekte.«

Den offenkundigen Anzeichen einer neuen weiblichen Mitbewohnerin nach vermutete Viktoria, daß es bei seinen neuen Projekten nicht nur um Arbeit ging.

Norbert empfahl ihr einen Architekten für die Umbauplanung und anerbot sich, für sie mit den Frankfurter Baubehörden zu verhandeln.

Es folgten zahllose Treffen mit Bruno und Konstantin von der Eschenbach sowie Anwälten in Berlin und Frankfurt. Man mußte sich nicht nur über den Bau, den Aktienbesitz und die Finanzierung der neuen Gesellschaft einigen, auch Lilis Anteil von fünfzig Prozent, den sie 1958 erben würde, wenn sie einundzwanzig wurde, mußte abgesichert werden.

Bei ihrem Aufenthalt in Frankfurt fühlte Viktoria sich verpflichtet, Werner und Else zu besuchen, worauf sie gerne verzichtet hätte. Sie hatten keinen leichten Abend zusammen. Else war im neunten Monat und so mächtig, daß sie sich kaum noch bewegen konnte. Die Wohnung war kärglich eingerichtet, das Essen aus billigsten Zutaten, und während Werner sich ein Bier genehmigte, mußten Viktoria und Else sich mit Tee begnügen.

Bruno lachte, als Viktoria ihm davon erzählte. »Seine Knauserigkeit ist berühmt. Wissen Sie, daß er vor kurzem die Liegnitzer Bank in Frankfurt wiedereröffnet hat? Sein Schwiegervater leitet sie. Alle sagen, daß das der Grund für seine Heirat war – einen Bankier als Schwiegervater zu haben.«

Im Mai brachte Else durch Kaiserschnitt zwei Mädchen zur

Welt. Ihr Leben hing während der Operation buchstäblich am seidenen Faden.

Viktoria, die sich über Elses Zustand auf dem laufenden gehalten hatte, besuchte sie im Krankenhaus. Trotz der schwierigen Geburt sah sie recht gut aus. Sie saß im Bett, die Zwillinge in einem Bettchen neben sich. »Werner sagt, ihm ist es egal, wie sie heißen, und so habe ich sie Margarete und Brigitta genannt«, erzählte sie.

»Wie meinst du das, Werner ist es egal?« fragte Viktoria.

»Er ist wütend, daß es keine Jungens sind. Er hat mich seit der Geburt noch nicht einmal besucht. Aber alle andern waren sehr nett. Die Schwestern und Ärzte sind reizend, und meine Eltern haben mir alle Unterstützung zugesagt. Mein Vater zahlt ein Kindermädchen, das mir hilft, wenn ich nach Hause komme. Ich hoffe, daß Werner die beiden liebgewinnt, wenn er seine Enttäuschung erst mal überwunden hat. Der Chirurg hat mir nach der Operation gesagt, daß ich keine Kinder mehr bekommen kann.« Und betrübt fügte sie an: »Ich glaube, Werner würde sich am liebsten scheiden lassen. Aber das kann er nicht. Ich bin katholisch, und in unserer Kirche gilt die Ehe das ganze Leben.«

Viktoria empfand tiefes Mitleid mit Else Kraus.

Lilis Freundschaft mit Volker war bald allgemein bekannt. Lili hätte sich gern Eduard anvertraut, doch er war ihr gegenüber sehr seltsam geworden und wechselte jedesmal das Thema, sobald sie Volker erwähnte. Volker lachte, als sie es ihm erzählte. »Was hast du anderes erwartet? Er ist eifersüchtig.«

»Eduard eifersüchtig? Sei nicht albern.«

»Das sieht doch jeder, daß er in dich verliebt ist. Was ist daran albern?«

»Er kann gar nicht in mich verliebt sein. Er kennt mich schon seit Jahren.«

Volker zuckte die Schultern. »Was hat das damit zu tun?«

Weil Eduard nicht erkennen ließ, daß er in sie verliebt war, sich sogar so verhielt, als ob das Gegenteil der Fall wäre, beschloß Lili, ihn zu ignorieren.

Seit Lili Volker kannte, hatte sie die Schule sträflich vernachlässigt. Die Prüfung Ende Juni und ihr Sekretärinnendiplom schaffte sie nur knapp. »Ist doch egal«, sagte sie unbekümmert, als Viktoria ihr Abschneiden kritisch kommentierte. »Du stellst mich ja doch ein.«

»Warum sollte ich dich den Mädchen deiner Klasse vorziehen, die viel besser abgeschnitten haben?« wollte Viktoria wissen.

Das Mädchen war zu sehr verwöhnt worden, das war der Fehler. Sie war in der Überzeugung aufgewachsen, daß ihr alles, was sie wollte, auf einem silbernen Tablett serviert würde. Aber das Leben war nicht so, und je eher Lili das erkannte, desto besser. Lili konnte eine Stelle haben, aber nicht in Berlin. Sie konnte im Jochum-Hamburg anfangen.

Lili tobte und weigerte sich rundweg zu gehen. Sie führte mehrere Bewerbungsgespräche bei anderen Firmen, aber niemand wollte sie nehmen. Bei der recht hohen Arbeitslosigkeit in West-Berlin konnten die Arbeitgeber es sich leisten, unter den Schulabgängern zu wählen.

Schließlich erklärte Lili: »Dann arbeite ich eben überhaupt nicht. Ich heirate Volker einfach. Wir kommen schon irgendwie durch.«

»Du bist erst achtzehn. Ich bin dein gesetzlicher Vormund. Und wenn du meinst, ich würde zulassen, daß du einen mittellosen Künstler heiratest, irrst du dich.«

Äußerst widerwillig erklärte Lili sich schließlich bereit, nach Hamburg zu gehen. »Aber mich und Volker bringst du nicht auseinander. Er wird mitkommen.«

»Das bezweifle ich sehr«, sagte Viktoria nur.

Auch Volker hatte seine Ausbildung gerade beendet, seine Prüfung im Gegensatz zu Lili jedoch mit Bravour bestanden und bereits eine Stelle als Illustrator in einem Berliner Verlag angenommen. Lili sah darin kein Hindernis. Er würde in Hamburg bestimmt eine noch bessere Stelle finden.

Lili ließ dabei außer acht, was sich um sie her ereignete, sie selbst zwar kaum direkt berührte, für ihre Freunde jedoch sehr bedeutsam war. Im Juli des Jahres war die allgemeine Wehrpflicht für alle Achtzehn- bis Fünfundvierzigjährigen eingeführt worden – ausgenommen die Westberliner, da die Stadt alliiertem Besatzungsrecht unterlag. Volker hatte keineswegs die Absicht, nach Hamburg zu gehen, wo er Gefahr lief, einberufen zu werden.

»Und das ist dir wichtiger als ich?« fragte Lili entgeistert.

Er hob ihr Kinn und küßte sie. »Lili, es gibt in der Welt noch andere Dinge als Liebe.«

Lili war verzweifelt. Nicht nur Viktoria hatte sie erneut im Stich gelassen, auch ihre erste Liebe erwies sich als Illusion, und das war noch schlimmer.

Selbst Eduard enttäuschte sie. In dieser so kritischen Phase ihres Lebens zeigte er keinerlei Mitgefühl, sondern erklärte nur kühl, ihre Tante werde schon wissen, was am besten sei. Als Lili spontan die Arme um ihn schlang und in Tränen ausbrach, schob er sie barsch von sich und sagte, sie solle sich zusammennehmen.

Lili fuhr Anfang August mit dem Gefühl nach Hamburg, von niemandem in der Welt mehr geliebt zu werden.

Wie Lili bald merkte, war es etwas ganz anderes, in einem Hotel zu arbeiten, als darin zu wohnen. Da Viktoria keine genauen Anweisungen gegeben hatte, was Lili tun solle, setzte Dirk Kaiser sie in Viktorias Büro und sagte vage, sie solle sich nützlich machen. Binnen einer Woche brachte es Lili fertig, drei Zimmer zu reservieren, ohne den Empfang zu verständigen, was drei Doppelbuchungen und verärgerte Gäste zur Folge hatte, für die woanders Zimmer gefunden werden mußten. Als ein anderer Gast sich beschwerte, daß sein Zimmer zu laut sei, gab sie ihm eine Suite auf der Rückseite des Hotels, versäumte jedoch zu erwähnen, daß sie doppelt so teuer war.

So ging es nicht. Als sich die Klagen von Gästen und Mitarbeitern häuften, war Dirk Kaiser drauf und dran, sie nach Berlin zurückzuschicken. Nach einigem Überlegen entschied er aber, daß er ihr wahrscheinlich zu freie Hand gelassen hatte, und setzte sie zu seiner Sekretärin, Angela Avermann, einer Witwe mittleren Alters, die im Haus »der Drachen« hieß und den Auftrag bekam, Lili die Grundlagen des Hotelgewerbes beizubringen und sie so zu beschäftigen, daß sie kein Unheil anrichten konnte.

Lili war nicht in der Lage, sich länger als fünf Minuten zu konzentrieren; oft konnte sie das eigene Stenogramm nicht lesen; sie schrieb schnell, aber fehlerhaft Maschine und verließ bei der geringsten Ermahnung das Büro und lief durch das Hotel, um jemanden zu suchen, mit dem sie sich unterhalten konnte.

Am meisten aber empörte Frau Avermann Lilis Verhalten, als Norbert Kraus nach längerer Abwesenheit wieder im Hotel abstieg. Frau Avermanns Gefühle für Norbert waren zwiespältig. Einerseits war er ein bekannter Geschäftsmann, andererseits ein berüchtigter Schürzenjäger.

Lili blickte gerade verständnislos auf ihr Stenogramm, als Norbert in das Zimmer trat, ihr über die Schulter schaute und laut las: »Sehr geehrter Herr Berger, vielen Dank für Ihren Brief vom 17. des Monats. Gern bestätigen wir Ihnen . . .«

»Norbert!« Lili sprang so ungestüm auf, daß sie ihren Stuhl umwarf. Sie schlang die Arme um seinen Hals. »Norbert, wie schön, dich wiederzusehen!«

Er lachte, hob sie hoch und wirbelte sie herum, daß ihr Kleid sich höchst unschicklich bauschte. »Ich kann es nicht glauben. Monatelang hast du nicht an mich gedacht.«

»Doch, das hab' ich.« Lili barg ihr Gesicht an seiner Schulter. »Ich war so unglücklich. Wenn du hier gewesen wärst, wäre es längst nicht so schlimm gewesen.«

Frau Avermann hämmerte ostentativ auf ihre Schreibmaschine ein. Norbert setzte Lili ab und nahm sie bei der Hand. »Komm, wir trinken ein Glas, und du erzählst mir alles.«

Als sie das Büro verlassen hatten, ließ Frau Avermann die Hände in den Schoß sinken. Noch nie hatte sie ein so ungeniert schamloses Verhalten erlebt. So ein Flittchen! Sich Herrn Kraus buchstäblich an den Hals zu werfen. Und noch nicht einmal das bißchen Höflichkeit zu besitzen und Frau Avermann zu fragen, ob sie das Büro verlassen dürfe. Es war eine Schande!

An der Bar schüttelte Lili ihm bei einem Glas Wein ihr Herz aus. »Ich hasse es, in einem Büro zu arbeiten. Es langweilt mich. Und alle sind so widerwärtig zu mir, weil ich Tante Vikkis Nichte bin. Die wissen gar nicht, daß sie mich hergeschickt hat. Ich weiß nicht, wie lang ich das noch aushalte, bevor ich ganz überschnappe.«

Norbert mußte lachen. »Vielleicht hättest du dich etwas weniger um Volker Busko und etwas mehr um die Schule kümmern sollen.«

Lilis Augen wurden schmal. »Woher weißt du von Volker?«

»Tante Vicki hat's mir erzählt.«

»Sie hat kein Recht, meine Privatangelegenheiten überall herumzuerzählen.«

»Sie macht sich Sorgen um dich.«

»Quatsch! Es ist ihr schnurzpiepe. Sonst hätte sie mich nicht so weggeschickt. Norbert, versteh mich doch – ich liebe Volker.«

Norbert wurde mit einem Mal klar, daß sie immer noch ein Kind war, so erwachsen sie auch scheinen mochte. »Das wäre nie gutgegangen. Dein Volker mag ja ein guter Künstler sein, aber er wäre sicher ein lausiger Ehemann. Die meisten interessanten Männer sind so.«

Tränen drängten in Lilis Augen. Sie wischte sie mit der Hand weg. Im Innersten spürte sie, daß er recht hatte, doch sie ertrug es noch nicht, sich die Wahrheit einzugestehen.

Norbert bestellte noch etwas zu trinken und fragte sich, während er wartete, bis nachgefüllt worden war, was er an Lilis Stelle täte. Wenn bei ihm eine Affäre zu Ende ging, stürzte er sich sofort in die nächste. Auf diese Weise ersparte er sich die Qual zu analysieren, was schiefgelaufen war. »Nach meiner Erfahrung«, sagte er, als der Kellner gegangen war, »ist ein Tapetenwechsel das beste Mittel gegen die meisten Wehwehchen. Du kannst doch Englisch. Warum gehst du nicht nach London? Mortimer Allen würde dir bestimmt helfen, eine Stelle zu finden.«

Der Vorschlag überraschte Lili, aber nach kurzem Nachdenken sagte er ihr bereits zu. Sie mußte weg von Hamburg und Berlin. »Gut«, sagte sie mit plötzlicher Entschlossenheit, »ich gehe nach London.«

Norbert stieß mit ihr an. »Auf die Zukunft, Engelchen.«

»Auf die Zukunft«, sagte Lili und lächelte schwach.

So wie die Dinge lagen, hätte der Augenblick gar nicht besser gewählt werden können. Mortimers verheiratete Tochter, Libby Ashbridge, war gerade in ihren alten Beruf als Grafikerin in eine Londoner Werbeagentur zurückgekehrt und brauchte jemanden, der sich tagsüber um ihre zehnjährige Tochter Julie kümmerte. Sie war sofort bereit, Lili einzustellen. Mitte September packte Lili ihre Sachen und fuhr mit dem Schiff von Hamburg nach England. Norbert war in München und Viktoria in Frankfurt, wo gerade grünes Licht für den Bau des Hotels gegeben worden war. Magda war die einzige, die sie am Hafen verabschiedete.

Das Schiff tuckerte die Elbe hinaus auf die Nordsee, und Lili stand noch an Deck, als Magda längst ihren Blicken entschwunden war, den Mantel eng um sich gezogen, die Augen tränenverschleiert. Dann drehte sie Deutschland entschlossen den Rücken zu und blickte nach vorn, nach England und auf ihr neues Leben.

Mortimer, Libby und Julie holten sie an Victoria Station ab. Libby und Julie sahen sich erstaunlich ähnlich, hatten glattes, dunkles Haar und große, braune Augen. »Im Auto war nicht Platz für alle«, erklärte Julie, nahm sie an der Hand und führte sie zur Zollabfertigung, während Libby und Mortimer einen Gepäckträger suchten, »deshalb sind Oma und Daddy zu Hause geblieben. Oma und Opa übernachten bei uns. Oma macht das Essen. Hoffentlich magst du Roastbeef und Yorkshire-Pudding. Gibt es extra deinetwegen. Und ich habe eine Siruptorte zum Nachtisch gemacht.«

Lili betrachtete ihren neuen Schützling und lächelte. »Siruptorte habe ich noch nie gegessen.«

»Ist sehr süß«, erklärte Julie.

»Dann mag ich sie bestimmt.«

»Warum hat Lili zwei ›i‹?«

»Es ist ein Kosename. Die Kurzform für Elisabeth.«

»So ein Zufall! Mami heißt auch Elisabeth. Aber alle nennen sie Libby.«

Bald darauf saßen sie in Mortimers Jaguar und fuhren durch die City von London mit ihren noch immer deutlich sichtbaren Ruinen, vorbei an Sehenswürdigkeiten, von denen Lili erst vor kurzem Fotos gesehen hatte.

Im Nu, wie es schien, parkten sie vor dem Haus der Ashbridges, eine Doppelhaushälfte von vor dem Krieg in einer ruhigen Vorortstraße. Julie stürzte aus dem Wagen. »Daddy! Oma! Wir sind da!« rief sie.

Joyce Allen öffnete die Haustür und ging Lili mit offenen Armen entgegen. »Wie schön, noch jemanden von der Familie Jochum in England begrüßen zu dürfen. Ich habe Stefan sehr liebgewonnen, als er vor dem Krieg bei uns war.«

Geoffrey, Libbys Mann, tauchte neben ihr auf, gutaussehend, etwa vierzig, mit sportlicher Tweedjacke und Flanellhose und einer Pfeife im Mund. »Ich hoffe, du hattest eine gute Überfahrt und wirst dich hier wohl fühlen.«

»Julie, begleite Lili nach oben in ihr Zimmer«, sagte Libby, »und zeig ihr das Bad. Sie möchte sich sicher etwas frisch machen.«

Julie sprintete die Treppe hoch. »Du hast das hintere Schlafzimmer, direkt neben mir«, erklärte sie und stieß eine Tür auf. »Oh, kuck mal, Tabitha liegt auf deinem Bett. Ich hoffe, du magst Katzen. Wir haben zwei. Sie sind beide getigert. Die andere heißt Tigger.«

Die ersten Wochen war Lili sehr glücklich. Geoffrey und Libby gingen früh zur Arbeit, und Lili brachte Julie zur Schule. Dann konnte sie bis Viertel vor vier, wenn die Schule zu Ende war, tun, was sie wollte. Obwohl Libby ihr sagte, daß es nicht von ihr erwartet werde, machte Lili täglich den Haushalt und fand sogar unerwartet Freude an der einfachen Hausarbeit und der Dankbarkeit, die Libby beim Heimkommen zeigte. Sie ging einkaufen und genoß die neue Erfahrung, andere Dinge mit anderen Gewichten und Maßen mit anderem Geld zu kaufen.

Bei schönem Wetter erkundete Lili den Richmond und den Bushy Park, ging an der Themse spazieren und entdeckte Kew Gardens. Sie fuhr mit der U-Bahn in die City und sah sich die Stadt an. Sie besuchte Museen und Galerien. An den Wochenenden fuhren die Ashbridges mit ihr aufs Land, oder sie waren mit Mortimer und Joyce zusammen.

Lili genoß diese Wochenenden in vollen Zügen. Sie liebte den großen Garten und die sanfte Landschaft von Oxfordshire. Ihr gefiel die Atmosphäre des Hauses, das anheimelnde Durcheinander, die Zimmer, in denen sich Zeitungen, Zeitschriften und Bücher stapelten, und das Arbeitszimmer von Joyce mit all ihren Landschaftsbildern, das so anders als Volkers Atelier in Kreuzberg war und trotz des Geruchs nach

Farbe und Terpentin keine traurigen Erinnerungen in ihr weckte.

Vor allem zu Joyce fühlte sie sich mehr und mehr hingezogen, und schon bald bestand ein liebevolles Einvernehmen zwischen ihr und der älteren Frau. »Denk daran, ich bin nicht weit weg«, sagte Joyce ihr einmal. »Wenn du dich einmal allein oder unglücklich fühlst, kannst du immer mit mir reden. Du brauchst nur zum Telefon zu greifen.«

Lili ging so in ihrem neuen Leben auf, daß sie sich wenig dafür interessierte, was in der Welt passierte, etwa im Nahen Osten oder in Ungarn. Selbst als praktisch gleichzeitig die Suezkrise und der Ungarnaufstand ausbrachen, nahm sie nur vage auf, was vor sich ging. Geoffrey, der für eine Erdölfirma arbeitete, studierte dagegen besorgt die Zeitungen und verfolgte gebannt die Fernsehnachrichten, schien sich aber mehr um die Benzinrationierung und die Abwertung des Pfunds Gedanken zu machen als um Ungarn.

Lili sah in der Zeitung zwar die Fotos von britischen und französischen Flugzeugen, die Port Said angriffen, und von russischen Panzern in Budapest, doch das schien im sicheren Richmond-upon-Thames alles weit, weit weg. Für sie war viel spannender, mit Julie Halloween und Guy Fawkes Night zu feiern, Kerzen in ausgehöhlten Kürbissen anzuzünden, Feuer im Freien zu machen und Feuerwerk abzubrennen.

Die Schatten von Suez lagen auch Weihnachten über den Britischen Inseln, doch das beeinträchtigte Lilis Freude nicht. Heiligabend schmückten sie und Julie den Weihnachtsbaum, und Julie hängte vor dem Zubettgehen einen Strumpf ihres Vaters an den Kaminsims. Nach einigen Sherrys mit Libby und Geoffrey spielte Lili Christkind und füllte den Strumpf mit kleinen Geschenken. Den Weihnachtstag verbrachten alle vier in Richmond. Am zweiten Weihnachtstag fuhren sie mit dem Zug nach Oxford.

Erst da, als Lili Mortimer Allen zum erstenmal seit Anfang

November wiedersah, realisierte sie etwas von dem, was in der Welt passiert war. Sein Gesicht wirkte angespannt und plötzlich alt.

Nach dem Essen fragte er Lili: »Hast du noch Kontakt mit deiner Kusine in Fürstenmark, Senta hieß sie, glaube ich?«

Lili biß sich schuldbewußt auf die Lippe. Nachdem sie Volker kennengelernt hatte, hatte sie es mit den Briefen und Paketen nicht mehr so genau genommen, und in Hamburg war sie so mit ihrem eigenen Kummer beschäftigt gewesen, daß sie nicht mehr an Senta gedacht hatte. »Ich fürchte, nicht«, sagte sie.

Mortimer seufzte. »Der Ungarnaufstand wirkt sich auch in Ostdeutschland aus. Als Chruschtschow an die Macht kam, dachte ich einen Augenblick, die SED könnte nachgiebiger werden und vielleicht sogar Stefans Strafe verringern, aber ich habe kaum Hoffnung. Chruschtschow muß hart durchgreifen, wenn er überleben will.«

Lili nahm sich vor, Senta ein nachträgliches Weihnachtsgeschenk zu schicken, doch kurz darauf war Silvester, und es geschah etwas, was sie Senta völlig vergessen ließ. Der Chef der Werbeagentur, wo Libby arbeitete, gab eine Silvesterparty, zu der auch Geoffrey und Lili eingeladen waren. Und auf dieser Party lernte Lili Jeremy Harrison-Browne kennen.

Lili sah sich in dem überfüllten Raum um und erblickte einen Mann Mitte Zwanzig mit dem Aussehen eines Filmstars und lachenden blauen Augen. »Wer ist das?« fragte sie Libby. »Ein Schauspieler?«

Libby lachte. »So wie er aussieht, müßte er eigentlich einer sein. Aber er ist Fotograf. Heißt Jeremy Harrison-Browne. Er hat viel für unsere Agentur gearbeitet, fotografiert aber jetzt überwiegend für Modezeitschriften. Sozusagen eine Augenweide aus bestem Hause. Seine Familie ist wohlhabend – sie besitzen große Ländereien oben in Lincolnshire –, und die

Mütter aller Debütantinnen wollen ihn für ihre Töchter einfangen. Aber um gerecht zu sein, er ist wirklich gut.«

Lili seufzte und studierte die übrigen Gäste. Nach fast sechs Monaten Trennung von Volker hatte ihr Gefühl für ihn das Stadium erreicht, wo ein anderer Mann für sie schon interessant sein konnte, aber sie konnte sich nicht vorstellen, daß Jeremy Harrison-Browne und sie irgend etwas gemeinsam haben könnten.

Jeremy sah sich in dem Raum um und erblickte ein großes, schmächtiges Mädchen mit kastanienbraunem Haar, das ein blasses, herzförmiges Gesicht mit feinen, hohen Wangenknochen und großen, grünen Augen umgab, im Gespräch mit Libby Ashbridge. Er stellte sie sich mit einer anderen Frisur und richtig geschminkt vor und war plötzlich ganz aufgeregt. Seit Monaten suchte er nach einem neuen Gesicht.

Er ließ das Model, das er mitgebracht hatte und das sich offenbar ohnehin mehr für einen reichen amerikanischen Geschäftsmann mit beginnender Glatze zu interessieren schien, stehen und drängte sich durch die Gäste. »Ich bin Jeremy Harrison-Browne«, stellte er sich vor und ergriff Lilis Hand.

»Lili Nowak. Ich freue mich, Sie kennenzulernen, Mr. Harrison-Browne.«

»Sie sind keine Engländerin?«

»Ich bin Deutsche.«

»Machen Sie Urlaub in London?«

»Nein, ich arbeite bei Mrs. Ashbridge. Ich kümmere mich um ihre Tochter Julie.«

An Libby gewandt, fragte er mit gespielter Förmlichkeit: »Erlauben Sie, daß Ihr Kindermädchen mit mir tanzt, Mrs. Ashbridge?«

Sie tanzten zusammen, aßen zusammen, sprachen zusammen, und als der Abend vorbei war, fuhr Jeremy sie in seinem roten Sportwagen Austin Healey zurück nach Richmond. »Fahrt nicht zu schnell! Und erkälte dich nicht!« rief Libby. »Jeremy, Sie machen doch das Verdeck zu, bitte? Es friert ja.«

»Soll ich das Verdeck zumachen?« fragte Jeremy Lili, öffnete den Kofferraum und holte eine mollig gefütterte lederne Fliegerjacke heraus.

Lili schüttelte den Kopf. Sie hatte ziemlich viel Champagner getrunken und war in aufgekratzter Stimmung. »O nein. Bitte, lassen Sie es so.«

Er lachte sie an. »Ich wußte, Sie sind ein Mädchen nach meinem Herzen.«

In jener Nacht verliebte sie sich. Weniger in Jeremy als in seinen Wagen, empfand ein berauschendes Gefühl der Freiheit, als sie durch die praktisch leeren Straßen Londons brausten und der eisige Wind ihr in die Wangen stach und ihre Augen tränen ließ. Jeremy mißachtete jegliche Geschwindigkeitsbegrenzungen. Mehrmals blickte Lili kurz zu ihm hinüber. Auf seinem Gesicht lag ein Lächeln.

Sie waren lange vor Libby und Geoffrey da. Jeremy stellte den Motor ab, und es war plötzlich ganz still. »Sie haben einen Schlüssel, nehme ich an.«

Lili kam abrupt wieder in die Wirklichkeit zurück. »Ja, natürlich.«

Er griff an ihr vorbei und öffnete die Wagentür, und sie schwang die Beine so elegant sie konnte nach draußen. Als sie stand, wollte sie sich aus der Jacke schälen. »Lassen Sie«, rief Jeremy. »Die brauchen Sie morgen abend, wenn ich mit Ihnen essen gehe.«

Er begleitete sie bis vor die Tür. Als sie den Schlüssel ins Schloß steckte, nahm er sie in die Arme und küßte sie. Bevor sie Zeit hatte, sich zu fangen, sagte er: »Ein gutes neues Jahr, Lili Nowak«, und weg war er, den Weg zurück und im Auto.

Am Wochenende darauf ging Jeremy mit Lili in den Richmond Park und fotografierte sie, ihre Haare zu einem Pferdeschwanz zusammengebunden und in seiner Fliegerjacke. Sie fuhr mit ihm in sein Studio, einen umgebauten Stall in Kensington, und sah zu, wie er die Fotos entwickelte und abzog. Bald hingen zwei Dutzend Schwarzweißaufnahmen zum Trocknen an der Wand.

Anders als Volkers Porträt zeigten sie sie, wie sie wirklich war, jung, raffiniert und attraktiv in einer ungewöhnlichen Art. Doch als sie die Bilder mit denen anderer Models verglich, die an der Wand der Dunkelkammer hingen, fühlte sie sich klein. »Die sind alle so elegant. Sieh mal das hier. Da ist jedes Haar an seinem Platz. Und ich seh aus wie eine Schlampe!«

Jeremy erwiderte nichts. Er hatte eins mit Volker gemeinsam: Bei der Arbeit hatte er keine Zeit zum Plaudern, da war er ganz bei der Sache. Jetzt prüfte er kritisch die Abzüge. Lili hatte nicht die eben aktuelle Sanduhrfigur; sie konnte nicht richtig stehen oder sich bewegen; aber sie hatte eine natürliche Anmut. Mit der richtigen Ausbildung konnte sie Model werden. Zufrieden sagte er: »Gehen wir was essen.«

Er ging mit ihr in ein Gasthaus an der Themse, wo sie sich nicht umziehen mußten, einen ruhigen Tisch bekamen und ungestört reden konnten. Nach einigen Sherrys wurde Lili lockerer, und bald hatte er ihr die Geschichte mit Volker entlockt. Am Abend hatte er ihr klargemacht, daß ein Model für Modeaufnahmen etwas ganz anderes war, als einem Maler als Aktmodell zu sitzen.

Als Jeremy das nächste Mal nach Richmond kam, brachte er die Fotos mit und zeigte sie Libby, die sie fachkundig betrachtete und bestätigte, daß Lili fotogen sei. »Sie sollte zu Lucy Clayton oder Jean Bell gehen«, meinte Jeremy.

»Warum nicht?« pflichtete Libby bei. »Sie hat tagsüber Zeit, solange Julie in der Schule ist.« Sie befürchtete zwar, daß sie sich am Ende nach einem neuen Kindermädchen würde umsehen müssen, wollte Lilis Zukunft aber nicht im Weg stehen. Und sie freute sich über die Freundschaft zwischen Lili und Jeremy. Sie sah Lili bereits ganz oben und mit einem der begehrtesten Junggesellen des Landes verheiratet.

Bevor Lili richtig wußte, wie ihr geschah, war sie bei der Modellagentur Lucy Clayton angemeldet. Wenn sie Julie zur Schule gebracht hatte, ging sie in die Bond Street, wo man ihr Körperhaltung, Etikette, Pflege und Make-up beibrachte. Ihre Kolleginnen kamen überwiegend aus der Mittel- und Oberschicht. Einige wollten Mannequin oder Fotomodell werden, aber viele waren einfach nur da, um feine Lebensart zu lernen. Viele kannten Jeremy und schienen überrascht, daß er angeblich Interesse an Lili hatte. Nach ihren Schilderungen führte Jeremy ein wildes Leben mit Partys, Tanz, Dinners, Wochenenden auf dem Land und in einem gesellschaftlichen Umfeld, in dem anerkannt zu werden für sie keine Chance bestand.

Falls sie sie hatten verletzen wollen, hatten sie Pech. Lili war mehr als dankbar für die kleinen Aufmerksamkeiten von Jeremy, für seine Anrufe, in denen er ankündigte, er käme in einer halben Stunde, um mit ihr in einem Landgasthof oder einem italienischen Restaurant in Soho zu essen. Am liebsten waren ihr die Sitzungen in seinem Studio, wo sie ihm zeigte, was sie bei Lucy Clayton gelernt hatte, und die fertigen Aufnahmen das bestätigten.

Auf Jeremys Drängen ging sie zu André Bernard, in dessen Salon die meisten von Claytons Schülerinnen sich frisieren ließen. Beklommen trat sie ein und fürchtete schon das Zetern des berühmten Friseurs über ihr schulterlanges Lockengewirr. Sie hätte sich keine Sorgen machen müssen. Bernard sah sie nur kurz an und erklärte, daß er sich selbst um sie kümmern werde. Er verehrte Audrey Hepburn und sah in Lilis knabenhafter Art eine Gelegenheit, eine zweite Audrey aus ihr zu machen. »Wenn ich fertig bin, werden Sie sich nicht wiedererkennen«, sagte er, als er mit klappernder Schere ans Werk ging.

Er steckte ihre Haare hoch und beriet sie, während er mit

geschickten Fingern ihre Locken in Form brachte, wie sie sich schminken sollte. »Betonen Sie die Augen und die Brauen, und nehmen Sie ein wenig, nur ganz wenig Rouge, um Ihre Wangenknochen hervorzuheben.«

Lili betrachtete sich im Spiegel, kaum fähig, die Verwandlung zu glauben, die da stattfand.

Jeremy holte sie nicht mit dem Kabrio vom Friseur ab, sondern mit einem Taxi. Er nickte anerkennend, und sie fuhren in sein Studio. Im Umkleideraum zeigte er ihr ein schwarzes, tunikaartiges Kleid. »Das ist Balenciagas neueste Schöpfung, die ich ausleihen durfte.«

Schon bevor sie es anprobierte, wußte Lili, daß die gerade, schlichte Linie des Kleides eine schlanke Figur erforderte, damit es richtig zur Geltung kam. Es war das genaue Gegenteil der engen, körperbetonten Kleider, die jetzt Mode waren. Dies war Mode wie eigens für sie geschaffen.

Die Doppelseiten, die *Vogue* nach dieser Testsitzung bestellte, etablierten nicht nur Balenciagas neuen Modetrend, Jeremy als Fotografen und Lili als Model, sondern hatten noch weit größere Auswirkungen.

Bis dahin hatte Jeremy Lili von seinen Freunden ferngehalten, und nur wenige Leute seiner Umgebung wußten überhaupt von ihrer Existenz. Plötzlich war sie die Sensation. Berühmte Modeschöpfer wollten ihre neuesten Entwürfe von ihr vorführen lassen. Große Fotografen baten sie, für sie zu arbeiten. Doch Lili wußte, daß sie all das Jeremy verdankte – sie würde nur mit ihm arbeiten.

Jeremy war nicht so dumm, sein Licht unter den Scheffel zu stellen, und nutzte die Gelegenheit, Lili in die Gesellschaft einzuführen. Libby mußte in aller Eile ein neues Kindermädchen suchen, als Lili sich auf eine gesellschaftliche Parforcetour einließ. Was anfänglich ein reines Arbeitsverhältnis gewesen war, entwickelte sich zu einer persönlicheren Beziehung, und bald hieß es, die beiden hätten ein Verhältnis. Aus dem Gerücht wurde zwangsläufig Wirklichkeit. Als Lili eines Morgens nach einer herrlichen Jazzsession bei Ronny Scott's mit in Jeremys Wohnung über seinem Studio ging, liebten sie sich.

Es war der Beginn der glücklichsten Zeit in Lilis Leben. Jeremy sah nicht nur gut aus, er hatte auch als Mensch etwas zu bieten. Liebenswürdig, charmant und weltoffen, wirkte er mit seiner lockeren Art ansteckend. Er war außerdem sehr großzügig. Lili brauchte nur einen Wunsch zu äußern, schon kaufte er es ihr. Sie selbst verdiente mehr Geld, als sie je für möglich gehalten hatte, und konnte es nur für sich ausgeben. Sie kaufte einen weißen Morris Minor und mietete mit Libbys Segen eine kleine Wohnung in Chelsea. Nicht daß sie oft dort gewesen wäre. Wenn sie nicht arbeitete oder einkaufte, war sie auf Partys, im Kino, beim Tanzen oder in Jazzclubs. Und die Nächte verbrachte sie in Jeremys Bett.

Der Bau des Jochum-Frankfurt stand kurz vor der Vollendung, und die ständige Anwesenheit eines Fachmanns vor Ort war erforderlich, um die Fertigstellung der Inneneinrichtung und Ausstattung nach den Plänen des Architekten zu überwachen. Viktoria dachte gleich an Eduard, der zu ihrer Erleichterung sofort zusagte.

Für Eduard hätte die Gelegenheit, einen Schlußstrich zu ziehen unter Berlin und seine Erinnerungen an Lili, zu keinem besseren Zeitpunkt kommen können. Vor über einem Jahr war sie nach England gegangen und hatte ihm in dieser Zeit nicht ein einziges Mal geschrieben. Er hörte von ihr nur aus eiligen Briefen und Zeitschriften, die sie an Viktoria schickte. Lili war offenbar ein gefeiertes Model und liebte einen adligen englischen Fotografen.

Erst Volker Busko, jetzt Jeremy Harrison-Browne. Aber selbst wenn diese Beziehung zerbrach, stand sicher schon jemand bereit, in Jeremys Fußstapfen zu treten. Binnen Jahresfrist würde Lili einundzwanzig werden und das halbe Jochum-

Imperium erben. Als reiche Erbin würde sie eine noch verlokkendere Partie sein, und Eduards Aussichten, sie für sich zu gewinnen, würden weiter schwinden. Schließlich fügte er sich der bitteren Erkenntnis, daß seine Liebe wohl nie erwidert werden würde.

Das Jochum-Frankfurt wurde an Weihnachten eröffnet. Es war mit dreißig Zimmern das kleinste der drei Jochum-Hotels, aber erlesen ausgestattet. Im Foyer, der Lounge und der Bar brannten offene Kaminfeuer. Die holzgetäfelten Zimmer waren klassisch möbliert, hatten ein eigenes Bad, Radio, Fernsehen und Telefon. Es gab einen Ballsaal, einen Fitneßraum mit Sauna, ein Hallenschwimmbad und im Tiefgeschoß Tennisplätze und Ställe, und natürlich den See mit eigenem Terrassenrestaurant. Wenn Eduard sich nicht so einsam gefühlt hätte, wäre er dort sehr glücklich gewesen.

Weihnachten lernte Lili Jeremys Eltern kennen, denn Jeremy lud sie nach Tilbridge Manor ein, dem Familiensitz in Leicestershire. Sie verließen London erst spät am Heiligabend, und das Herrenhaus lag im Dunkeln, als sie ankamen. Nur in der Halle und der Bibliothek brannte noch Licht. Jeremys Vater machte ihnen auf, und von dem Moment an, wo Lili ihn in der Tür stehen sah, großgewachsen, leicht ergraut, mit militärisch akkuratem Schnauzbart und militärisch akkurater Haltung, einen Setter an seiner Seite, hatte sie das dumpfe Gefühl, daß der Besuch nicht gut ausgehen werde.

»Hatte gedacht, du würdest rechtzeitig zum Essen da sein«, bellte er. »Deine Mutter hatte die Buckleys und Lyttons zum Weihnachtssingen eingeladen.«

»Tut mir leid, Vater«, erwiderte Jeremy, während er den Kofferraum seines Sportwagens öffnete und ihre Koffer herausholte. »Wir sind etwas aufgehalten worden. Du weißt ja, wie das ist.«

Lili stand verlegen da und wartete darauf, daß Jeremy sie

vorstellte. Als Jeremy keine Anstalten machte, ging sie die grauen Steinstufen hinauf und streckte die Hand aus. »Hallo, Mr. Harrison-Browne, ich bin Lili Nowak. Vielen Dank für Ihre Einladung, Weihnachten bei Ihnen zu verbringen.«

Jeremys Vater beachtete ihre Hand nicht, sondern musterte sie mit stahlgrauen Augen. »Generalmajor Harrison-Browne. Zum Teufel, Jeremy, wie lange machst du denn noch an dem Wagen herum? Es ist höchste Zeit zum Schlafengehen.«

Sie gingen durch eine große Halle, in der ein geschmückter Weihnachtsbaum stand, eine Treppe hinauf in den ersten Stock. Der Generalmajor wartete, als Jeremy Lili ihr Zimmer zeigte. Unter seinen kritischen Blicken hatte sie nicht das Herz, Jeremy einen Gutenachtkuß zu geben. Durch die geschlossene Tür ihres eiskalten Schlafzimmers hörte sie, wie die Schritte sich entfernten und der Generalmajor knurrte: »Du hast mir nicht gesagt, daß sie eine Ausländerin ist, Junge!«

Daß sie Deutsche war, wurde beim Frühstück offenbar, als Jeremys Mutter, eine nette, etwas fahrige Frau, Lili fragte, woher sie komme. »Berlin«, antwortete Lili nur.

Dem Generalmajor stieg das Blut in die Wangen. »Eine Deutsche!« polterte er. »Was soll das, Jeremy, eine Deutsche in dieses Haus zu bringen?«

»Lili kann doch nichts dafür«, murmelte seine Frau. »Ich bin sicher, sie wäre viel lieber woanders geboren, nicht wahr, meine Liebe?«

Alle vier gingen am Morgen in die Kirche, wenngleich der Generalmajor Lilis Anwesenheit im Hause Gottes offenbar für eine Entweihung hielt. Die Haushälterin bereitete in ihrer Abwesenheit das Essen vor, das ungewöhnlich förmlich eingenommen wurde. Dann lauschten sie der Rundfunkansprache der Königin, an deren Ende die Nationalhymne erklang, die der Generalmajor stehend hörte.

Gerettet wurde der Tag durch die Ankunft der Buckleys und Lyttons, der einzigen Nachbarn in der näheren Umgebung, zu Madeira, Weihnachtskuchen und Bridge. Da zu Recht angenommen wurde, daß Lili das Spiel nicht kannte, wurde sie nicht dazu eingeladen. Pünktlich um halb elf verabschiedeten sich die Buckleys und Lyttons, und die Familie Harrison-Browne ging zu Bett.

Am zweiten Weihnachtstag traf sich die Jagdgesellschaft beim Tilbridge Manor, und Jeremy und der Generalmajor nahmen an einer Parforcejagd teil. Nach dem Mittagessen entführte Jeremy Lili in den Wintergarten. Es war das erste Mal seit ihrer Ankunft, daß sie allein waren. »Ich muß noch etwas bleiben und mit Vater ein paar Sachen besprechen«, sagte er. »Ich bring' dich nach Lincoln. Von da kannst du mit dem Zug zurück nach London fahren.«

»Jeremy, ich versteh' das nicht. Warum hat dein Vater etwas gegen mich? Sicher nicht nur, weil ich Deutsche bin.«

Er machte ein betretenes Gesicht. »Nun ja, er hat im Krieg einiges mitgemacht. Seine Schwester und ihre Kinder sind bei einem deutschen Luftangriff umgekommen. Er hat an der Landung in der Normandie teilgenommen und war später einer von den Offizieren, die Bergen-Belsen befreiten. Sein bester Freund ist in Colditz gefallen.«

»Ich habe im Krieg meine Familie verloren«, erklärte Lili.

»Das hab' ich ihm erzählt, aber er sagte, das sei ihm egal. Er haßt die Deutschen. Es tut mir leid, Lili. Ich hätte dich nicht herbringen sollen.«

»Dann ist es wohl am besten, wenn ich gehe«, sagte Lili verzagt.

Silvester kam und ging, und sie hörte nichts von Jeremy. Als sie schließlich im Studio anrief, sagte seine Assistentin, er sei noch in Tilbridge. Silvester feierte sie bei den Ashbridges. Mitte Januar rief Jeremy schließlich an und bat sie zum Tee ins Ritz. Dort, in Gesellschaft vornehmer Engländer, die Tee tranken und Sandwiches aßen, eröffnete er ihr, daß sein Vater ihm ein Ultimatum gestellt hatte. Entweder brach er die Beziehung zu ihr ab, oder er würde enterbt. »Weißt du, ich schulde dem alten Herrn bereits ziemlich viel Geld«, erklärte er. »Er hat mir beim Aufbau des Studios geholfen und fast die ganze Ausrüstung bezahlt. Und auch so sind noch einige Schulden aufgelaufen.«

Lucy Claytons Ausbildung kam Lili gut zustatten. In perfekter Haltung verließ sie das Ritz und stieg in ihren Morris. Erst in ihrer Wohnung in Chelsea brach sie in Tränen aus.

Erst sehr viel später wurde ihr klar, daß sie immer noch nicht wußte, wo ihre Schuld lag, außer daß sie Deutsche war. Sie hatte den Krieg zwar erlebt, hatte aber keine Ahnung, warum er ausgebrochen war. Sie war in der Schule in Geschichte bis 1888 gekommen, dem Tod Wilhelms I. Von dem, was sich danach ereignet hatte, hatte sie nur rudimentäre Kenntnisse, und von Bergen-Belsen oder Colditz hatte sie noch nie gehört.

Zwei Wochen später verbrachte sie mit den Ashbridges ein Wochenende in Oxford. Sie war mit Joyce im Garten, während die übrige Familie Radio hörte. »Mrs. Allen«, bat Lili, »würden Sie mir etwas über Hitler und das erzählen, was die Deutschen im Krieg gemacht haben?«

Joyce bemerkte die Kränkung in Lilis großen, grünen Augen. »Haben die Leute dir Dinge gesagt?«

Lili nickte. »Es würde mir nicht soviel ausmachen, wenn ich wüßte, was geschehen ist. Aber zu Hause hat nie jemand über diese Zeit gesprochen. Und ich muß es wissen.«

Es war ein milder Winternachmittag, der zu verheißen schien, daß der Frühling vor der Tür stand. Unter den Birken am Ende des Gartens bildeten Schneeglöckchen einen weißen Teppich. Die grünen Spitzen der Osterglocken bohrten sich durch den Rasen. Der Krieg kam Joyce plötzlich wie eine ferne Erinnerung vor. Mußte Lili wirklich davon wissen? Ja, erkannte sie schließlich. Wenn diese Greuel sich nie wiederholen sollten, durfte es kein Vergessen geben. »Komm, machen wir einen Spaziergang«, sagte sie. »Ich werde mein Bestes versuchen.«

Die Vorhänge waren schon zugezogen, als sie heimkamen, und vor der Tür brannte das Licht. »Ihr wart aber lange weg«, rief Libby. »Wir wollten schon einen Suchtrupp losschicken. Lili, du siehst erschöpft aus. Komm ans Feuer. Ich hol' dir einen Tee.«

Wie benommen setzte Lili sich und sah blind auf die aufsteigenden Funken im Kamin. Die Unterhaltung ringsum ging weiter, doch sie nahm es nicht wahr. Die schrecklichen Ereignisse, von denen Joyce erzählt hatte, hallten ihr noch in den Ohren. Jetzt war ihr alles klar.

Jetzt wußte sie, warum Viktoria über bestimmte Themen nicht hatte reden wollen und Emmy Anders Deutschland verlassen hatte. Vage Erinnerungen an Menschen, die sie als Kind gekannt hatte, tauchten unvermutet wieder auf, Menschen, die spurlos verschwunden waren. Am schlimmsten aber war die Erkenntnis über die Rolle ihres Vaters im Krieg. Obwohl sie ihn kaum gekannt hatte, hatte sie ihn immer in liebevoller Erinnerung gehalten. Jetzt war ihr klargeworden, daß er vielleicht beteiligt gewesen war an Luftangriffen auf Warschau, Rotterdam – und London. Joyce hatte zwar betont, daß kein vernünftiger Mensch Lilis Generation für die Scheußlichkeiten der Vergangenheit verantwortlich machte und die Reaktion von Generalmajor Harrison-Browne lächerlich sei, aber Lili wußte, daß sie sich nicht von der Schuld ihres Landes freimachen konnte. Sie war eine Deutsche, ein Kind der Nazizeit. Sie verdiente, gehaßt zu werden.

15

In London sprach sich schnell herum, daß die Beziehung zwischen Lili und Jeremy zerbrochen war, und Lili wurde mit Angeboten überschüttet. Sie griff zu, doch die Aufnahmen wirkten hölzern, und die Fotografen gaben ihr die Schuld. Sie hatten recht. Jeremy und sie hatten unnachahmlich gut zusammengespielt und -gearbeitet. Ohne ihn war sie wertlos.

Als das Telefon nicht mehr klingelte, verfiel Lili in eine Depression. Hätte sie das gewußt, was sie jetzt wußte, wäre sie nie nach England gegangen und hätte nicht darunter leiden müssen, Jeremy zu verlieren. Es wäre nicht Joyces Aufgabe gewesen, sie darüber aufzuklären, was unter Hitler geschehen war. Das hätte Viktoria ihr sagen müssen. Ihre Tante hätte sie nicht völlig ahnungslos in die Welt hinauslassen dürfen.

Sie hatte keinen Appetit mehr, war nicht dazu zu bringen, sich etwas zu kochen, und lebte bald nur noch von Keksen, Zigaretten und Pulverkaffee. Tagelang ging sie nicht aus dem Haus. Sie öffnete ihre Briefe nicht. Sie verlor jegliches Interesse an ihrem Äußeren. Sie lief in Jeans und weiten Pullovern herum und schminkte sich nicht. Die Haare fielen glatt und stumpf bis auf die Schultern.

So fand Joyce sie, als sie nach London kam, weil sie lange nichts von ihr gehört hatte und sich Sorgen machte. Nach einem Blick auf Lilis heruntergekommenes Aussehen und die verwahrloste Wohnung erklärte sie energisch: »Du kommst sofort mit, mein Kind.«

In dem heiteren Haus in Oxford erholte Lili sich in jenem Sommer langsam wieder und fand ihr Selbstvertrauen zurück. Sie gab ihre Londoner Wohnung auf und verkaufte den Wagen. Auf Joyces Rat fing sie an zu aquarellieren und malte mit großer Freude im Garten der Allens. Sie unternahm häufig lange Spaziergänge in die Umgebung, auf denen Mortimer sie manchmal begleitete.

Er war erstaunlich gut zu Fuß für einen Mittsechziger und geistig außerordentlich rege, ganz anders als der bigotte Generalmajor. Auch wenn Mortimer Joyces Meinung teilte, daß man die Vergangenheit nicht vergessen dürfe, beschäftigte er sich doch vorwiegend mit der Gegenwart und sprach stundenlang über aktuelle Ereignisse mit Lili, in der er eine aufgeschlossene Zuhörerin fand, die zudem sein Berlin kannte. Er erzählte so lebendig, daß Lili sich die Ereignisse genau vorstellen konnte, die er beschrieb.

Allmählich erkannte sie, wie weltfremd sie geworden war. Einige der Leute, die sie auf Partys kennengelernt hatte, waren in der Antiatomkampagne aktiv gewesen und hatten sich an den Ostermärschen beteiligt, während sie nur darauf aus gewesen war, ein angenehmes Leben zu führen. Jetzt erklärte Mortimer ihr das Für und Wider der Atomwaffen und vor allem, was sie für Deutschland bedeuteten, wo der Bundestag sich kürzlich dafür ausgesprochen hatte, daß die Amerikaner auf bundesrepublikanischem Boden atomare Marschflugkörper stationieren können, was einen Proteststurm ausgelöst hatte.

Sie begriff jetzt die Teilung ihres Landes besser, und wie gering die Hoffnung auf eine Wiedervereinigung war. Zum erstenmal hörte sie etwas über das sogenannte Paßgesetz, das letzten Dezember in der DDR erlassen worden war und das Verlassen der Sowjetzone unter Strafe stellte. »Bis dahin hatte die ostdeutsche Regierung zumindest die Illusion aufrechterhalten, daß die Menschen ungehindert auswandern könnten«, erklärte Mortimer. »Aber jetzt, wo schon Hunderttausende geflohen sind, bekommen die Kommunisten Angst, die Arbeitskräfte zu verlieren, die für das Gedeihen des Landes unentbehrlich sind.«

Er setzte auch seinen Feldzug für die Freilassung Stefans fort und war immer mit Holger Busko in Kontakt geblieben.

»Willy Brandt hat Holger Busko in seinen Stab geholt, als er im Oktober zum Regierenden Bürgermeister von Berlin gewählt wurde«, berichtete er Lili. »Es würde mich nicht wundern, wenn Busko schon bald SPD-Abgeordneter würde.«

Erstaunt stellte Lili fest, daß der Name Busko sie nicht mehr berührte. Sie konnte völlig ungerührt auf ihre Affäre mit Volker zurückblicken.

Schwerer fiel es ihr, sich damit abzufinden, daß Jeremy sie nicht nur vergessen, sondern eine andere geheiratet hatte. Joyce hielt es zwar vor ihr verborgen, doch Lili sah beim Friseur Fotos von der Hochzeit in einer Zeitschrift. Seine Braut war offenbar die Tochter eines Lords.

Anfang September bekam sie einen langen Brief von Viktoria, die sie bat, zu ihrem einundzwanzigsten Geburtstag nach Deutschland zurückzukommen. Sie schrieb ihr, in den Statuten der Jochum Hotels KG, der neuen Gesellschaft, die sie zusammen mit der Eschenbach-Grundbesitz gegründet hatte, sei vorgesehen, daß Lili mit Erreichen der Volljährigkeit in den Vorstand aufrücke. »Ich weiß, daß es eine Überreaktion war, Dich nach Hamburg zu schicken«, schrieb sie. »Jetzt, da Eduard in Frankfurt ist, frage ich mich, ob du nicht seine ehemalige Stellung in Berlin übernehmen möchtest.«

Selbst Lili erkannte, wieviel Überwindung dieses Angebot Viktoria gekostet haben mußte. »Aber Tante Vicky braucht keine Angst zu haben«, sagte sie zu Joyce, »ich werde ihr das Jochum-Berlin nicht wegnehmen. Meine Erfahrungen in Hamburg haben genügt, um mir klarzumachen, daß die Hotelbranche für mich nicht das richtige ist.«

»Deine Tante wird nicht jünger«, erwiderte Joyce. »Sie muß sich Gedanken darüber machen, wer das Hotel einmal übernehmen wird.«

Lili blieb ungerührt. Auch wenn Mortimer und Joyce sie zu überzeugen suchten, daß Viktoria immer ihr Bestes im Sinn gehabt habe, sie ließ sich nicht umstimmen. Nach ihrer Meinung hatte Viktoria sie im Stich gelassen, nicht nur einmal, sondern immer wieder.

»Dirk und Eduard können das viel besser als ich«, sagte sie. »Und jetzt hat sie ja auch noch die Eschenbachs.«

»Aber das ist nicht die eigene Familie«, entgegnete Joyce.

»Ja, seltsam ist das schon, weder Stefan noch Monika wollten in die Hotelbranche – und jetzt ist es bei mir das gleiche.«

»Du mußt auf jeden Fall etwas mit deinem Leben anfangen. Das Geld, das du dir jetzt verdient hast, ist schnell weg. Du kannst dich nicht immer nur treiben lassen.«

Lili sah sehr wohl, daß sie nicht endlos bei den Allens bleiben konnte, und war schließlich bereit, zu ihrem Geburtstag nach Deutschland zurückzukehren und sich mit Viktoria auszusprechen.

Als sich das Leben Baron Heinrichs von Kraus unaufhaltsam dem Ende näherte, beherrschte ihn nur noch ein Gedanke – er wollte hundert Jahre alt werden.

Nur noch vage nahm er wahr, was sich in der Welt tat. Er wußte, daß die Russen einen Sputnik mit einer Hündin an Bord ins All geschossen hatten. Er hatte vom erbitterten Streit um die Atomwaffen gehört. Er wußte, daß das Vermögen der Werner Kraus Holding inzwischen in die Milliarden ging. Doch all das bedeutete ihm wenig.

Selbst seine Familie zählte nicht mehr viel. Else besuchte ihn regelmäßig mit den Zwillingen, aber er hatte nie Geduld mit Kleinkindern gehabt. Und die drei von Norbert waren kaum besser, obwohl sie älter waren. Aus irgendeinem mißverstandenen Pflichtgefühl heraus, oder vielleicht weil sie hoffte, sie würden etwas erben, brachte Reinhild sie gelegentlich zu ihm.

Wenn sie gegangen waren, wußte er nicht einmal mehr die Namen der Kinder. Er beschäftigte sich nur noch mit sich selbst, mit seinem Körper, dem, was er aß und trank, und mit seiner Verdauung.

Im Geiste plante er schon die Feier zu seinem Hundertsten im Oktober. Das neue Jochum-Frankfurt würde einen idealen Rahmen abgeben. Seine Familie, Adlige, Wirtschaftsbosse und die führenden Politiker des Landes würden erscheinen ...

Doch seinen letzten ehrgeizigen Plan konnte er nicht mehr ausführen. Am Abend des 15. September 1958, genau einen Monat vor seinem hundertsten Geburtstag, erlitt er einen schweren Herzanfall. In den frühen Morgenstunden tat Baron Heinrich von Kraus den letzten Atemzug.

Es gab weder eine aufwendige Beerdigung noch übertriebene Trauerfeierlichkeiten. Dafür hatte Werner gesorgt. Ihm waren die Ausgaben für die Geburtstagsfeier zum Hundertsten erspart geblieben, und er hatte nicht vor, Geld für einen Leichenschmaus zu vergeuden. Nach der Beerdigung mußten die Trauergäste selbst für ihr leibliches Wohl sorgen. Werner hatte den Löwenanteil des Vermögens seines Großvaters geerbt und war in der Werner Kraus Holding jetzt unumschränkter Herrscher. Er hatte nicht die Absicht, sein Erbe zu verschleudern.

Nach der Beerdigung des Barons war Norbert mit Viktoria zum Essen in ein kleines Restaurant am Baldeneysee gegangen, das er kannte. Obwohl ihre Wege sich getrennt hatten, waren sie gute Freunde geblieben. Sie sprachen über den Baron, Werners Geiz und die geringe Chance, daß Norbert etwas erbte, dann wechselte Viktoria das Thema und kam auf ihre Sorgen wegen Lili zu sprechen.

»Wann ist denn ihr Geburtstag?« fragte Norbert.

»Samstag, vierter Oktober.«

»Das letzte Wochenende vom Oktoberfest! Das ist gut! Kommt doch zu mir!«

Norbert hatte in München seine Heimat gefunden. Der wohlhabende, ledige Enddreißiger war schnell von der Münchener Gesellschaft aufgenommen worden.

Viktoria machte ein ablehnendes Gesicht. »Das ist zwar nett gemeint, aber nicht gerade das, was mir vorschwebte.«

»Tante Vicki, sei keine Spielverderberin. Es ist Lilis Geburtstag. Laß sie ein bißchen Spaß haben, bevor ihr euch auf die ernsten Dinge stürzt.«

Viktoria sah zwar den Vorteil, sich mit Lili auf neutralem Boden zu treffen, hatte aber Bedenken wegen des Treffpunkts. Gegen ihre Überzeugung stimmte sie zu.

Zwei Wochen später, am Donnerstag vor Lilis Geburtstag, fand sie sich bei Norbert ein. Da sie müde von der Reise war, begleitete sie ihn nicht aufs Oktoberfest. Er kam spät und stark angetrunken nach Hause und war immer noch sehr angeschlagen, als sie ihn mittags mit einem schwarzen Kaffee weckte und ihm ziemlich kühl mitteilte, daß Lilis Zug in einer halben Stunde käme.

Schwer verkatert stand er auf dem Bahnsteig und sah zu, wie der Zug die Fahrgäste ausspie. »Da ist sie!« rief Viktoria und lief los. »Wo denn?« fragte Norbert verständnislos. Da englische Modezeitschriften nicht zu seiner Lektüre gehörten, war sein Bild von Lili immer noch das der leidvollen zarten Gestalt im Jochum-Hamburg. Keine der Frauen hier ähnelte der Lili, die er kannte.

Dann sah er sie, groß und elegant, in einem marineblauen Kleid, das Haar nach hinten aus dem makellos geschminkten Gesicht gekämmt. Sie ließ sich von Viktoria umarmen, küßte die Luft neben den Wangen ihrer Tante und deutete dann mit einer anmutigen Bewegung ihrer behandschuhten Hand auf ihr Gepäck.

Viktoria zeigte in Norberts Richtung, und Lilis erfreutes »Norbert!« übertönte fast das Lärmen des Bahnhofs. Aber während sie ihm bisher entgegengelaufen war, wenn sie sich sahen, blieb sie jetzt stehen und wartete, daß er zu ihr käme.

Benommen ging Norbert den Bahnsteig entlang. Dann war Lili in seinen Armen, er roch ihr Parfum und spürte kurz, viel zu kurz, ihre Lippen auf seinem Mund. »Oh, Norbert, wie schön, dich wiederzusehen!« Dann trat sie einen Schritt zurück und betrachtete ihn kritisch. »Bei genauerem Hinsehen machst du keinen berauschenden Eindruck. Deine Augen sind unterlaufen, und du bist nicht rasiert.«

Ein schwarzer Kaffee und eine kalte Dusche vertrieben Norberts Kater, und am Abend gingen die drei zum Oktoberfest auf der Theresienwiese. Norbert hatte befürchtet, die neue verwandelte Lili könnte das hemdsärmelige Fest für unter ihrer Würde halten, doch sie machte begeistert mit. Sie bewunderte seinen bayrischen Lodenanzug und Hut und machte ihm das Kompliment, wie gut er seine Figur zur Geltung bringe. Höflich begrüßte sie seine Freunde und die vielen Bekannten, die sie im Bierzelt trafen. Sie fuhr Karussell, Autoskooter und Achterbahn. Sie sang und schunkelte, eingehakt bei Norbert und Viktoria, zu den ihr vertrauten Liedern. Sie trank so viel Bier, daß sie lustig war, aber nicht betrunken. Und Norbert hatte den ganzen Abend die Befriedigung, daß immer wieder Leute neidisch in seine Richtung blickten.

Auf Lilis Bitten verbrachten sie ihren Geburtstag nicht in München, sondern auf dem Land. Sie standen früh auf, frühstückten in einem Gasthof am Ammersee, fuhren dann durch das herbstlich vergoldete Land nach Garmisch, wo sie im Schatten der Zugspitze zu Mittag aßen und dann mit der Seilbahn hinauffuhren und oben im Schnee zur Wetterstation auf dem Gipfel liefen.

Lili lehnte am Geländer, blickte auf das Alpenpanorama und atmete die frische, klare Luft. »Es muß herrlich sein, hier oben zu leben und jeden Tag diesen Blick zu haben«, sagte sie leise.

»Im Winter etwas unpraktisch«, meinte Norbert.

»Mir wäre das egal. Es ist so herrlich, fast unwirklich.«

»Bist du schon mal Ski gelaufen?«

Lili sah ihn an. »Wie denn? Das ist das erste Mal, daß ich einen Berg sehe.«

Auf der Rückfahrt nach München war sie sehr still, blickte immer wieder zurück, bis die Berge in der Dunkelheit verschwanden. Es war, als hätte man sie kurz etwas sehr Kostbares probieren lassen, um es ihr gleich wieder wegzunehmen. Sie wußte es damals noch nicht, aber sie war einem Zauber verfallen, der sie ihr ganzes Leben nicht mehr loslassen sollte.

»Vielen Dank für einen wunderbaren Tag«, sagte Lili gähnend, als sie wieder bei Norbert waren.

Viktoria war zu Bett gegangen, und Lili stand am Fenster und blickte in die Nacht.

»Einen Cognac?« fragte Norbert. »Oder noch einen Schluck Champagner?«

»Mm, bitte noch etwas Champagner.«

Norbert öffnete eine Flasche und füllte zwei Gläser. »Auf dein Wohl, Geburtstagskind.«

Lili lächelte ihm zu und stieß mit ihm an.

»Wie fühlt man sich nun mit einundzwanzig?«

»Es ist eigenartiger, wieder in Deutschland zu sein, auch wenn ich fast das komische Gefühl habe, noch im Ausland zu sein. Mir gefällt München.«

»Du bereust also nicht, gekommen zu sein?«

Sie schüttelte den Kopf und blickte unter langen Wimpern zu ihm auf, die Lippen leicht geöffnet.

Norbert konnte ihr nicht länger widerstehen. Er nahm ihr das Glas aus der Hand und legte die Arme um sie. Sie wirkte zerbrechlich, zarter als alle Frauen, die er je im Arm gehabt hatte. Sie legte den Kopf an seine Schulter, und er küßte ihr glänzendes Haar. Dann hob er behutsam ihr Kinn an und küßte sie auf den Mund. Weich ergaben sich ihm ihre Lippen.

Norbert hatte schon zig Frauen geküßt, aber noch nie einen Kuß gespürt, der ihn mit soviel Zärtlichkeit und Liebe durchdrungen hatte wie dieser. Er hatte das Gefühl, daß alles in seinem Leben auf diesen Augenblick zugesteuert war, daß die vergangenen achtunddreißig Jahre nur eine Probe gewesen waren und sein Leben jetzt endlich begann.

Eine Woge ganz fremder Empfindungen durchschauerte ihn. Er war aufgeregt, wie ein Teenager vor dem ersten Rendezvous, und hatte Angst, etwas Falsches zu tun oder zu sagen, das alles zerstören würde.

Lili löste sich von seinem Mund und vergrub das Gesicht an seiner Brust. »Oh, Norbert, ich bin so unglücklich gewesen.«

»Ich weiß.« Er wußte es nicht, aber ihm war, als wüßte er es. »Ich werde dich nie unglücklich machen, Liebes. Das verspreche ich dir. Ich liebe dich, Lili.«

Und als er die Worte sprach, die er schon hundertmal hundert anderen Frauen gesagt hatte, wußte er, daß sie diesmal endlich wahr waren. Was er für Lili empfand, war nicht einfach Verlangen oder Lust, sondern Liebe. Er hatte sie seit ihrer ersten Begegnung in Heiligensee geliebt, als sie noch eine reizende kleine Zehnjährige in einem ausgelassenen Kleidchen gewesen war, und wenn er seine Gefühle auch nicht als das erkannt hatte, was sie wirklich waren, hatte er sie doch in den Jahren, als sie heranwuchs, immer geliebt. Und dann, wie im Märchen vom häßlichen Entlein, war sie fortgegangen und zurückgekehrt – als Schwan.

Sie hob den Kopf und sah ihn fragend an, dann lächelte sie glücklich. »O Norbert, was war ich dumm. Ich hab' es nie gemerkt. Die ganze Zeit warst du da.«

Er verschloß ihr mit einem Kuß den Mund, noch länger und zärtlicher als der erste. Dann faßte er ihre Hand und führte sie durch den Gang in sein Schlafzimmer.

Ein paar Stunden später erwachte Viktoria und hatte das Bedürfnis, ins Bad zu gehen. Leise ging sie durch den Gang. Die Tür zu Lilis Zimmer, das neben dem ihren lag, stand etwas auf. Die Vorhänge waren zurückgezogen, und sie erkannte beim Licht der Straßenlaterne, daß das Bett unberührt war.

Aus Norberts Zimmer drangen leise Geräusche und dann ein rasch erstickter Schrei.

Viktoria ging ins Bad, verschloß die Tür, setzte sich auf den Rand der Wanne und vergrub das Gesicht in den Händen. »Oh, nein«, murmelte sie, »bitte, laß es nicht wahr sein. Nicht Norbert und Lili.«

Am nächsten Morgen ging Norbert früh aus dem Haus, so daß Viktoria und Lili in Ruhe frühstücken und sich aussprechen konnten. Als sie mit dem Frühstück fertig waren, sagte Lili: »Ich habe gründlich über deinen Vorschlag nachgedacht, Tante Vicki, aber ich möchte aufrichtig zu dir sein: Ich möchte nicht in einem Jochum-Hotel arbeiten.«

Viktoria seufzte. »Die meisten jungen Menschen in deiner Lage würden alles für eine solche Gelegenheit geben.«

»Vielleicht bin ich anders als die meisten jungen Menschen.«

»Jetzt, mit einundzwanzig, bist du am Unternehmen beteiligt. Du solltest wissen, was dort vor sich geht.«

»Ich will es nicht wissen. Ich möchte nichts damit zu tun haben.«

»Lili, mach keine Dummheit. Aufgrund der testamentarischen Bestimmungen deiner Großmutter hast du rechtlichen und moralischen Anspruch auf das halbe Unternehmen.«

»Als Großmutter ihr Testament gemacht hat, war ich ein Baby. Sie hatte keine Vorstellung davon, was bis zu meinem einundzwanzigsten Geburtstag alles passieren würde. Sie konnte sich ganz bestimmt nicht vorstellen, daß du bei Null wieder anfangen mußtest. Die Jochum-Hotels sind nicht mein Erbe. Du hast sie aufgebaut. Sie gehören dir. Ich habe nichts dazu beigesteuert. Wenn du möchtest, unterschreibe ich ein Papier und verzichte auf mein Erbe.«

Viktoria schüttelte verständnislos den Kopf. »Was ist geschehen, daß du so abwehrend reagierst? Oder hat dich jemand beeinflußt?«

Lili hätte es erklären können, hatte aber keine Lust, sich auf eine lange Diskussion einzulassen, die zu nichts geführt hätte. »Tante Vicki, deine Verpflichtungen mir gegenüber sind beendet. Du hast mich ernährt, erzogen und gekleidet. Jetzt bin ich einundzwanzig, und es ist meine Sache, was ich mit meinem weiteren Leben mache.«

»Und was willst du machen?«

Lili steckte sich eine Zigarette an. »Ich bin mir noch nicht sicher. Zunächst werde ich in München bleiben.«

Viktoria holte tief Atem. »Hast du vor, hier bei Norbert zu bleiben?«

»Möglich.«

»Ja«, sagte Viktoria, »dann gibt es wohl nichts mehr zu besprechen.« Sie wirkte plötzlich alt, fing an, das Frühstücksgeschirr zusammenzuräumen, und trug es in die Küche.

Nach ihrer Rückkehr aus München tat Viktoria, was sie in früheren Lebenskrisen auch getan hatte: Sie stürzte sich in die Arbeit, stand jeden Morgen bei Tagesanbruch auf und ging erst ins Bett, wenn die letzten Gäste sich zurückgezogen hatten. Fünf Jahre lang hatte Arbeit sie davor bewahrt, aus Angst und Schmerz um Stefan wahnsinnig zu werden. Jetzt hielt Arbeit sie davon ab, sich den Kopf zu zermartern, wo und wie sie bei Lili versagt hatte.

Dann, am 10. November, ereignete sich etwas, das ihre Sorgen wegen Norbert und Lili in den Hintergrund drängte. In Moskau erklärte Chruschtschow in einer Rede, es sei an der Zeit, sich von den überholten Verpflichtungen aus dem Potsdamer Abkommen zu befreien und in Berlin, der Hauptstadt der DDR, eine »normale Situation« herzustellen.

Genau zehn Jahre waren seit der Blockade vergangen, zehn Jahre, seit Berlin gespalten worden war, zehn Jahre, seit die ersten Barrieren zwischen den geteilten Hälften der Stadt errichtet worden waren. Siebzehn Tage mußten die Berliner ausharren, bis sie erfuhren, was Chruschtschow vorhatte.

Am 27. November stellte Chruschtschow den drei Westmächten sein Ultimatum. Er forderte, innerhalb von sechs Monaten alle Besatzungstruppen aus West-Berlin abzuziehen und West-Berlin von der Bundesrepublik zu lösen. Berlin werde dafür den Status einer »Freien Stadt« erhalten, in deren Leben kein Staat, auch die beiden deutschen Staaten nicht, eingreifen dürften.

Er brauchte nicht zu erklären, was geschehen würde, wenn die Westmächte seine Forderungen nicht annähmen. Die Panzer, die den Aufstand vom 17. Juni und den in Ungarn niedergewalzt hatten, waren Antwort genug.

Eigenartigerweise schwand die Angst, nachdem die Wahrheit einmal heraus war. Ein paar Leute verließen die Stadt, doch die meisten blieben. Das Leben ging größtenteils normal weiter, obwohl Westberliner Unternehmen wieder einmal Schwierigkeiten mit ihren westdeutschen Handelspartnern bekamen, die zum Teil Aufträge stornierten oder auf Westberliner Banken ausgestellte Schecks verweigerten. Die Zahl der Berlinbesucher ging zurück.

Doch wie schon sooft bewiesen die Berliner im Angesicht von Schwierigkeiten innere Stärke. Das erste Teilstück der Stadtautobahn wurde dem Verkehr übergeben. In Charlottenburg wurde feierlich eine große neue Wohnsiedlung eingeweiht. Im Rundfunk sagte der Regierende Bürgermeister Willy Brandt: »Hier in unserem Berlin sprechen die Tatsachen für sich . . . Das, was wir in diesen letzten Jahren erreicht haben, ist für jeden sichtbar, selbst für diejenigen, die heute auf der Schattenseite des wirtschaftlichen Aufstiegs leben.«

Erst Ende Dezember teilten die Westmächte Moskau mit, die Forderung, Berlin zu einer »Freien Stadt« zu machen, sei unannehmbar. Da waren Norbert und Lili schon verheiratet.

Das Hauptbüro von Landgut blieb in Hamburg, aber trotzdem hatte Reinhild Norbert seit der Scheidung nicht mehr gesehen. Wenn sie etwas brauchte, schrieb ihr Anwalt an Norbert, der als Antwort immer einen Scheck schickte. Sie und die Kinder wohnten nicht mehr in Eppendorf. Der Wohnblock, den Norbert ihr anstelle von Unterhalt gegeben hatte, war im Wert so gestiegen, daß sie ihn vor kurzem verkauft und eine Wohnung direkt am Alsterufer erworben hatte, in einer viel feineren Gegend mit weit besser gestellten Nachbarn.

Reinhild hatte sehr darauf geachtet, sich mit der Familie ihres Exehemanns gut zu stellen. Sie hatte den Baron bis zu seinem Tod regelmäßig besucht, obwohl er ihr angst gemacht hatte. Jede Weihnachten besuchte sie mit den Kindern deren Großmutter. Sie hatte sich mit Else angefreundet, besonders nach der Geburt der Zwillinge, und die beiden Frauen schrieben sich vertrauliche Briefe und telefonierten stundenlang miteinander.

Auch sonst hatte Reinhild ihre Beziehung zu den Krauses ausgebaut. Sie blieb mit Hannelore Hahn in Verbindung und sorgte dafür, daß die Kinder zum Geburtstag und zu Weihnachten Geschenke schickten. Und sie förderte die Freundschaft zwischen Kleo und Dieter Duschek, die seit Viktorias sechzigstem Geburtstag bestand. Als Rechtsberater von Werner Kraus war Joachim Duschek ein wohlhabender und einflußreicher Mann geworden. Kleo war zwar erst elf, aber Reinhild dachte bereits an die gar nicht mehr so ferne Zeit, wo sie Freunde haben würde. Das hübsche Mädchen mit den prächtigen Locken und lebhaften Augen würde schon bald Verehrer haben. Reinhild gefiel der Gedanke, ihre älteste Tochter mit Dieter Duschek verheiratet zu sehen.

Obwohl ihr das Leben übel mitgespielt hatte, wie Reinhild meinte, schien sie ihre Kinder recht gut großzuziehen. Tristan war zwölf und entwickelte sich zu einem hübschen, fröhlichen Jungen. Seine Lehrer klagten zwar über mangelnden Lerneifer, aber Reinhild befürchtete einen Rückfall in das Kränkeln seiner frühen Jahre, wenn sie ihn zu sehr unter Druck setzte.

Als Tristan aufs Gymnasium gekommen war, hatte er darauf bestanden, Kris gerufen zu werden. Tristan war in seinen Augen ein blöder Name, und seine Freunde zogen ihn damit auf. Reinhild gab nach, wie immer. Er war ein Autonarr, und als er erklärte, er wolle Rennfahrer werden, versprach sie es ihm unbekümmert. Norbert mochte sich um die Erziehung seines Sohnes gedrückt haben, aber er hatte Geld genug, seine Wünsche zu erfüllen.

Von den Kindern machte Reinhild nur Helena Sorgen. Kris und Kleo, nur ein Jahr auseinander, waren fast wie Zwillinge und unternahmen viel gemeinsam. Sie versuchten ab und zu, Helena mit einzubeziehen, doch die blieb lieber in ihrem Zimmer und las. Anders als Kris und Kleo, die in ihrer Klasse beliebt waren, hatte sie keine richtige Freundin. Anders auch als ihre Geschwister, war sie aufbrausend und bekam schreckliche Wutanfälle, nach denen sie stundenlang schmollte.

Reinhild gab natürlich Norbert die Schuld an Helenas Unausgeglichenheit. »Es war eine Ungeheuerlichkeit, einfach drei kleine Kinder allein zu lassen«, erzählte sie jedem, häufig im Beisein der Kinder. »Kris und Kleo waren alt genug, damit fertig zu werden, aber Helena war erst fünf. Sie begriff nicht, was passierte.«

Als Reinhild erfuhr, daß Norbert Lili heiraten werde, kannte ihre Entrüstung keine Grenzen. »Das ist der Dank!« rief sie, während sie den Zeitungsklatsch verschlang. »Während der Blockade habe ich Lili aufgenommen und wie meine eigene Tochter behandelt. Und so zahlt sie es zurück. Wenn ich es mir richtig überlege, hat sie ihm schon damals schöne Augen gemacht. Und was euren Vater angeht, beweist das nur, was ich schon immer geahnt habe. Er ist einer der eigensüchtigsten und rücksichtslosesten Männer, die herumlaufen.«

Norbert und Lili heirateten am 6. Dezember 1958. Viktoria flog nach München, war aber zu mitgenommen vor Sorge um die Zukunft ihrer Stadt, vor Kummer um die möglichen Auswirkungen des Chruschtschow-Ultimatums auf Stefan und die zwangsläufig verhängnisvolle Heirat eines achtunddreißigjährigen Casanovas mit einer naiven Einundzwanzigjährigen, um sich freuen zu können.

Von beiden Familien war nur sie anwesend. Für Lili war sie die einzige nahe Verwandte, und die Krauses standen geschlossen hinter Reinhild und boykottierten das Ereignis. Es machte nichts. Norbert hatte einen so großen Bekanntenkreis, daß ihre Abwesenheit kaum auffiel.

Lili schwebte in einem Traum aus Spitze und strahlend vor Glück durch ihre Hochzeit. Noch am Abend fuhren sie und Norbert nach Garmisch und am nächsten Tag weiter ins österreichische Lech am Arlberg.

Während Oskar Stallkamp sich um die Landgut AG kümmerte, verbrachten Norbert und Lili vier herrliche Wochen in Lech. Lili lernte Ski fahren und fühlte sich unbeschreiblich glücklich, wenn sie und Norbert unter einem strahlendblauen Himmel auf einem Gipfel standen, bereit, im Pulverschnee ins Tal zu schwingen. Das war vollkommenes Glück – und Glück war etwas, das es in Lilis Leben bisher kaum gegeben hatte.

Senta erhielt rechtzeitig eine Hochzeitsanzeige, die Norberts Sekretärin in seinem und Lilis Namen verschickt hatte. Sie nahm eine Karte, beklebte sie mit getrockneten Blumen und gratulierte mit herzlichen Wünschen. Wie gern hätte sie etwas zur Hochzeit geschenkt, aber obwohl die Rationierung in der DDR im letzten Jahr aufgehoben worden war, waren Dinge des täglichen Lebens immer noch knapp, und im Genossenschaftsladen von Fürstenmark gab es nichts Geeignetes. Es gab überhaupt kaum etwas zu kaufen, sofern man nicht Parteifunktionär war.

Einige Zeit danach schickte Lili Senta eine Ansichtskarte aus Österreich, die ein Bergdorf inmitten tiefverschneiter Berge zeigte. »Hier haben Norbert und ich unsere Flitterwochen verbracht«, schrieb sie, »und sind jetzt für ein paar Tage zum Skifahren hier. Wir sind unendlich glücklich. Auch wenn ich scheinbar nie Zeit zum Schreiben habe, denke ich doch oft an Dich. Liebe Grüße, L.«

Der Vater sagte Senta zwar, sie solle die Karte verbrennen, wie es die Familie mit allen Briefen aus dem Westen machte, doch Senta benutzte sie als Lesezeichen, bis die Ecken umgeknickt waren und die Tinte verblaßte.

Trotz des langen Schweigens war Lili eine Anregung für Senta geblieben, die wie sie sehr sprachbegabt war. Senta war im letzten Schuljahr und büffelte für den Abschluß und den erhofften Studienplatz an der Humboldt-Universität in Berlin.

Sie war zweifellos intelligent genug. Doch als Enkelin eines Geistlichen, als praktizierende Christin und als Mädchen, das die Gesellschaft von Büchern der von FDJ-Mitgliedern vorzog, hatte sie viele Minuspunkte gesammelt. Es sprach aber auch einiges für sie. Ihr Vater war Lehrer. Ihre Mutter arbeitete in einem Kindergarten. Und Heinrich hatte gerade das erste Jahr in der Nationalen Volksarmee in Ost-Berlin hinter sich. Als Senta daher ins Abitur ging, war sie nicht nur sicher, glänzend zu bestehen, sondern auch überzeugt, den begehrten Studienplatz zu bekommen.

Es sollte anders kommen. Der Schulausschuß teilte ihr knapp mit, daß sie für ein Studium ungeeignet sei. Sie hatte ihr Schicksal mit vierzehn besiegelt, als sie sich für die Konfirmation statt die Jugendweihe entschieden hatte.

Die Studienverweigerung traf sie weniger, als sie erwartet hatte. Es hatte immer als selbstverständlich gegolten, daß sie einmal Lehrerin würde, wie ihr Vater, aber Senta hatte ihre Zweifel gehabt. Jetzt, wo es nicht so gekommen war, konnte sie andere Wege beschreiten. Enttäuscht war sie, nicht nach

Berlin zu kommen, wo sie gehofft hatte, vielleicht über die Grenze gehen und Großmutter Jochum, eventuell sogar Lili wiedersehen zu können.

Pastor König brachte nicht Sentas Gleichmut auf. Er machte eine schwere innere Krise durch und warf sich vor, Senta zur Konfirmation ermuntert und ihr dadurch die Gelegenheit zum Studium verbaut zu haben. Als Senta ihn schließlich überzeugte, daß es nicht seine Schuld war, richtete sich sein Zorn gegen den Staat.

»Ich kann nicht länger schweigen«, sagte er zu seiner Frau Gerda eines Abends. »Was immer es für Folgen hat, ich darf kein Blatt mehr vor den Mund nehmen. Es ist unrecht, ein Kind zu verfolgen und sein Leben zu ruinieren, weil es sich weigert, sein Leben dem kommunistischen Staat zu verschreiben.«

Gerda nickte. »Aber wenn du festgenommen wirst, was nützt das?«

Am nächsten Morgen ging der Pastor früh in die Kirche und kniete sich in eine Bank. Lange verharrte er in stillem Gebet und dachte nach. Als er die Kirche verließ, wußte er, was er zu tun hatte.

Obwohl es nach dem Paßgesetz verboten war, konnten die Bewohner der Sowjetzone noch immer nach Ost-Berlin fahren und über die Sektorengrenze in den Westen fliehen.

»Ich habe mich entschieden«, sagte er zu Gerda. »Wir müssen in den Westen und Senta mitnehmen. Ich hoffe, daß Hans und Monika auch mitkommen.«

Gerda nickte. Sie war nach reiflicher Überlegung zum gleichen Schluß gekommen. »Und Heinrich?« fragte sie.

Der Pastor seufzte. »Ich weiß es nicht. Möglich, daß er nicht mitkommt. Aber wir müssen es ihm sagen. Er muß die Chance haben.«

Ihre Blicke trafen sich. »Wie furchtbar«, murmelte Gerda, »dem eigenen Enkel nicht trauen zu können.«

Hans mußte überraschenderweise kaum überredet werden. Senta war sein Liebling, und er war erbost, daß man ihr einen Studienplatz verweigert hatte, nur weil sie an Gott glaubte. Monika mußte dagegen intensiver bearbeitet werden. Seit zwanzig Jahren wohnte sie inzwischen in Fürstenmark. Flucht bedeutete, alles hinter sich zu lassen, was ihr lieb war: das Zuhause, den Besitz und die Freunde. »Und wofür?« fragte sie Hans. »Welche Garantie haben wir, daß es drüben besser ist? Woher wissen wir, ob Senta an einer Universität angenommen wird – oder ob du eine Stelle bekommst? Und was ist mit Heinrich? Er kann nicht einfach aus der Kaserne marschieren. Nein, Hans, es ist zu gefährlich.«

»Wir müssen das Risiko eingehen«, erwiderte Hans. Aber obwohl er es ihr nicht sagte, war er doch einer Meinung mit seinen Eltern, daß das größte Risiko sein würde, Heinrich in die Pläne einzuweihen. Heinrich war ein Kind seiner Zeit: Er fühlte sich nicht seiner Familie verpflichtet, sondern dem Staat.

In den folgenden Monaten bereiteten die Königs ihre Flucht vor. Der Pastor schrieb einem alten Freund, einem Anwalt in Leipzig, ob er Senta eine Stelle in seiner Kanzlei geben könne. Der Anwalt antwortete, er würde sich gern mit Senta unterhalten, und schlug Freitag, den 16. Oktober, vor. Da Hin- und Rückfahrt an einem Tag nicht zu schaffen waren, erbot er sich, für sie und ihren Vater eine Übernachtungsmöglichkeit zu finden. Hans nahm sich zwei Tage frei, um seine Tochter zu begleiten.

Am 1. Oktober 1959 wurde die schwarz-rot-goldene Fahne der Weimarer Republik, die die Bundesrepublik und die DDR übernommen hatten, durch die Fahne mit Hammer und Zirkel im Ährenkranz ersetzt. Am Samstag, dem 17. Oktober, feierte die Republik ihr zehnjähriges Bestehen im ganzen Land. Gerda erfuhr, daß die Staatsoper Berlin aus diesem Anlaß ihre Lieblingsoper aufführte, und bestellte Karten für sich und Monika. Da es nach der Aufführung zu spät war, noch zurückzufahren, buchte sie ein Zimmer in einer Pension und schrieb Heinrich, er könne sich hoffentlich freinehmen, um sich mit ihnen zu treffen. Heinrich schrieb zurück, er werde um Mitternacht im Café vor der Staatsoper sein, habe an dem Nachmittag aber Dienst.

Um keinen Verdacht zu erwecken, wollte Pastor König in Fürstenmark bleiben. Sonntagmorgen würde Gerda ihn jedoch aus Ost-Berlin anrufen, daß Monika erkrankt sei, und ihn bitten, zu kommen und sie nach Fürstenmark zurückzubringen. Das sollte auch das Signal sein, daß die Familie sicher in West-Berlin im Hotel Jochum angekommen war.

Dann kam der Tag, an dem Hans und Senta abreisten. Beide hatten ihre besten Sachen angezogen und eine kleine Reisetasche bei sich. Mit einem letzten Blick auf das Pfarrhaus, die Kirche, die Schule und das Schloß bestiegen sie den Bus nach Prenzlau. Von dort fuhren sie mit dem Zug nach Berlin, wo sie umsteigen mußten. Nachmittags kamen sie in Leipzig an. Senta stellte sich, wie vereinbart, vor, und der Anwalt versprach, ihre Bewerbung zu prüfen. Am nächsten Morgen fuhren sie wieder nach Berlin.

Da der Zug sehr voll war, konnten sie nicht zusammen sitzen, was ein Glück war, denn sonst wäre Senta, wie sie fürchtete, in ihrer Aufgeregtheit vielleicht anderen Fahrgästen oder Zivilstreifen im Zug aufgefallen. Hans las eine Zeitung, Senta vertiefte sich in ein Buch, aber wenn jemand sie gefragt hätte, was sie läsen, sie hätten es nicht sagen können.

Sie gingen getrennt, nachdem sie den Zug verlassen hatten. Senta folgte ihrem Vater in einigem Abstand durch die Bahnhofshalle, dann hinunter in die U-Bahn. Das gehörte zum Plan. Eine Person fiel nicht so auf wie zwei. Sie mußten jede Vorsicht walten lassen, um die Leute der Stasi nicht mißtrauisch zu machen.

»Gib dich natürlich, verhalte dich normal.« Wieder und wieder ging Senta die Mahnung ihres Vaters durch den Kopf, als sie auf die Bahn warteten, die sie in die Freiheit bringen sollte. Er hatte ihr erzählt, daß in der U-Bahn ständig Stasi-Leute in Zivil mitfuhren und nach Personen Ausschau hielten, die aus dem Osten fliehen wollten.

Die Bahn hielt viermal. Beim letztenmal, an der Station Friedrichstraße, verkündete der Lautsprecher, »letzte Station im demokratischen Sektor«. *Gib dich natürlich, verhalte dich normal.* Senta schlug das Herz bis zum Hals. Sie hielt ihre Reisetasche umklammert und blickte starr über die Schultern der Umstehenden auf die Plakate auf dem Bahnsteig. Nach einer Ewigkeit, wie ihr schien, setzte die Bahn sich wieder in Bewegung. Mehrmals bremste sie ab, als wollte sie halten, nahm aber dann immer wieder Fahrt auf, bis sie schließlich in den ersehnten Bahnhof einfuhr, der voller Menschen und Plakate war, die für in der Sowjetzone gänzlich unbekannte Produkte warben. Hans stieg aus und wartete, bis Senta bei ihm war. Er faßte ihre Hand und drückte sie ganz fest.

Oben auf der Straße fielen sie sich in die Arme. Sie waren in West-Berlin. Sie hatten es geschafft! Sie waren frei!

Am nächsten Morgen brachen Gerda und Monika auf, auch beide mit Reisetaschen, in denen sich neben Übernachtungszeug auch Abendgarderobe für die Oper befand, für den Fall, daß sie durchsucht würden. Der Pastor begleitete sie zur Bushaltestelle, gab beiden einen Abschiedskuß und rief: »Viel Vergnügen! Bis morgen!« als der Bus losfuhr.

»Ich wünschte, er hätte mitkommen können«, sagte Gerda leise und blickte zurück durch das Fenster.

Heinrich war pünktlich vor der Staatsoper Unter den Linden. Er kam etwas großspurig über den Platz in seiner feldgrauen Uniform, von manch ängstlichem und feindseligem Blick verfolgt. »Heinrich!« rief Monika und lief mit ausgestreckten Armen auf ihn zu, während Gerda den Tisch freihielt. Aber Heinrich hatte nicht vor, sich durch mütterliche

Zuneigung in Verlegenheit bringen zu lassen. »Hallo, Mutter«, sagte er gelassen und vermied ihre Umarmung.

Gerda bestellte drei Bier, und Heinrich sah auf die Uhr. »Ich hab' in einer Stunde wieder Dienst.«

»Heinrich, wir müssen etwas mit . . .« begann Monika.

»Trinken wir erst mal einen Schluck«, unterbrach Gerda sie. »Erzähl mal, was du in der Armee machst, Heinrich.«

Der Schock kam, als Heinrich nichtsahnend erzählte, daß er vor kurzem als Grenzposten an die Bernauer Straße zwischen Wedding und Berlin-Mitte versetzt worden sei, und mit den Flüchtlingen aus dem Osten prahlte, die er schon abgefangen hatte. Glücklicherweise waren ihm die Zigaretten ausgegangen. Während er sich neue holte, flüsterte Gerda Monika zu: »Wir brauchen es ihm ja nicht zu sagen.«

Auch Monika war unsicher. Aber sie bestand darauf: »Das müssen wir. Vielleicht möchte er ja mitkommen. Wenn nicht, ohne ihm auf Wiedersehn zu sagen, kann ich nicht gehen.«

»Er wird uns melden«, sagte Gerda gepreßt.

»Das wird er nicht. Er würde nicht die eigene Familie verraten.«

Es war nicht der Ort zu streiten. Gerda mußte hoffen, daß Monika recht behielt. Sie tranken ihr Bier aus und schlenderten die Linden hinunter zum Brandenburger Tor, auf dem die Quadriga wieder ihren alten Platz bekommen hatte. Aber die Siegesgöttin Viktoria blickte nicht mehr nach Westen, wie seit dem Deutsch-Französischen Krieg, um den in den Krieg ziehenden preußischen Armeen Sieg zu bringen. Jetzt blickte sie nach Osten, um der Stadt Frieden zu bringen, wie die Kommunisten meinten.

Mit leiser Stimme berichtete Monika Heinrich von ihren Plänen und bat ihn mitzukommen.

Heinrich blieb stehen, und einen Augenblick dachte Monika, er werde sie öffentlich denunzieren. Statt dessen fragte er: »Und Vater und Senta?«

»Sie sind schon in West-Berlin.«

»Und Großvater?«

Bevor Gerda sie bremsen konnte, sagte Monika: »Er kommt morgen nach.«

Heinrich schwieg lange, dann sagte er: »Die U-Bahn-Station Friedrichstraße ist gleich da drüben. Geht schnell, bevor ich es mir anders überlege.«

»Heinrich, komm mit«, flehte Monika.

Doch ihr Sohn entfernte sich schon Richtung Marx-Engels-Platz.

Gerda nahm sie am Arm. »Monika, mach kein Theater. Wir müssen tun, was er gesagt hat. Wir müssen gehen, schnell.«

Vielleicht half Monikas Verstörung ihnen, als sie die Wachen in der U-Bahn passierten und den Zug bestiegen. Kaum jemand, der vom Osten in den Westen flüchtete, tat das in einem so verstörten Zustand.

Am nächsten Morgen fuhr Gerda nach Ost-Berlin zurück und rief Arthur wie vereinbart von der Post aus an. Dann wartete sie am Bahnhof auf seinen Zug. Sie fühlte sich ziemlich sicher. Alte Frauen von siebzig, wie sie, waren in der DDR-Gesellschaft das fünfte Rad am Wagen. Sie arbeiteten nicht und bekamen keine Kinder mehr; sie lagen dem Staat nur noch auf der Tasche.

Bevor Pastor König Fürstenmark verließ, hielt er eine letzte Predigt. Von der Kanzel, auf der er rund fünfzig Jahre Stellung bezogen hatte, verkündete er: »Der Marxismus-Leninismus ist nicht die Wahrheit. Gott ist die einzige Wahrheit.« Die wenigen treuen, vertrauten Mitglieder seiner Gemeinde folgten aufmerksam seinen Worten.

Der Pastor kam ohne Schwierigkeiten nach Berlin, wo er seine Frau in der Bahnhofshalle warten sah. Sie ließ sich nicht anmerken, daß sie ihn kannte, und ging zum U-Bahnhof voraus. In sicherem Abstand folgte er ihr. Eine Bahn fuhr in die Station, aber sie stieg nicht ein. Auch die beiden nächsten ließ

Gerda durchfahren und sah sich verstohlen um. Als die vierte Bahn einfuhr, nickte sie unmerklich und stieg ein. Arthur stieg hinten in denselben Wagen.

Bis zur Friedrichstraße ging alles gut. Dort hielt die Bahn endlos lange, Polizisten kamen herein und überprüften die Fahrgäste und ihre Papiere peinlich genau. Arthur König gehörte zu denen, die aus dem Zug geholt wurden. Bevor die Stasi-Leute zu ihr kamen, stieg Gerda aus. Die Kinder waren im Westen in Sicherheit.

Man brachte sie zum Ostbahnhof, wo sie getrennt wurden. Gerda blieb ein kurzer Augenblick, ihren Mann noch einmal zu umarmen, bevor sie abgeführt wurde. Sie wurde mit mehreren anderen festgenommenen Flüchtlingen in einen Zug gesetzt und landete schließlich in einem Altenheim in Dresden. Obwohl sie nie aufgab herauszufinden, was aus Arthur geworden war, hörte sie nichts mehr von ihm. Anfang 1961 bekam sie Krebs, dem sie sechs Monate später erlag. Pastor König kam wegen staatsfeindlicher Propaganda und versuchter Republikflucht ins Gefängnis. Er starb an Lungenentzündung, noch bevor ein Prozeßtermin festgelegt war.

Monika, Hans und Senta blieben mehrere Wochen im Jochum-Berlin. Tag für Tag gingen sie ins Flüchtlingsaufnahmezentrum in Berlin-Marienfelde, in der Hoffnung, Gerda und Arthur zu finden. Doch nach einiger Zeit mußten sie einsehen, daß irgend etwas schiefgelaufen war. Entweder hatten die beiden Alten ihre Meinung geändert und waren nach Fürstenmark zurückgekehrt, oder sie waren von Grenzposten gefaßt worden. Insgeheim fürchtete Monika, daß Heinrich sie verraten hatte.

Senta schrieb sich an der Freien Universität für Deutsch, Französisch und Englisch ein. Viktoria bot ihr zwar Lilis altes Zimmer an, doch Senta empfand ihre Großmutter und das Hotel einschüchternd nach dem einfachen Leben, das sie gewohnt war, und erklärte taktvoll, sie wolle lieber im Studentenheim wohnen, wo sie ihre Kommilitonen besser kennenlernen könne.

Es dauerte nicht lange, bis sie sich eingewöhnt hatte. Berlin war ein Durcheinander von Nationalitäten. Die Studentenschaft war genauso kosmopolitisch, und obwohl Senta anfangs etwas darunter litt, in der Sowjetzone aufgewachsen zu sein, lebte sie sich bald ein.

Die Westberliner Behörden ermunterten Studenten, in der Stadt zu bleiben, rieten Erwachsenen jedoch wegen der hohen Arbeitslosigkeit, sich in der Bundesrepublik nach Arbeit umzusehen, wo das »Wirtschaftswunder« schon einen Arbeitskräftemangel befürchten ließ. Hans bekam eine Stelle als Lehrer an einer Grundschule in Worms, wo er und Monika sich niederließen, wenn auch mit Anfangsschwierigkeiten.

Weil Viktoria sie finanziell unterstützte, waren sie besser dran als die meisten anderen Flüchtlinge. Aber sie sprachen pommerschen Dialekt und hatten altmodische, ländliche Gewohnheiten und Vorstellungen, die sie von ihren gewandten neuen Nachbarn und Kollegen unterschieden. Das und die Angst um Hans' Eltern und um Heinrich bewirkten, daß sie sehr viel länger brauchten, sich in ihrem neuen Leben zurechtzufinden als Senta.

Heinrichs militärische Laufbahn litt nicht unter der Flucht seiner Familie in den Westen. Der Staat bestrafte die Angehörigen republikflüchtiger Familien nicht, vor allem dann nicht, wenn erstere die eigenen Verwandten verrieten. Heinrich Königs Hinweis war zwar zu spät gekommen, um noch seine Eltern und die Schwester zu fassen, aber doch noch zeitig genug, daß die Polizei seinen Großvater festnehmen konnte. Dafür wurde er zum Unteroffizier befördert.

Im November 1959 wurde Erika Quanz nach Verbüßen der vollen sechsjährigen Haftstrafe entlassen. Sie bekam die Sachen zurück, die sie bei ihrer Festnahme getragen hatte, ihre Handtasche mit einigen persönlichen Dingen und ihre Papiere. Das war alles, was sie hatte. Im Gefängnis hatte sie über Mithäftlinge von Stefans Entführung und Prozeß erfahren, und im Oktober 1956 hatte ihr die Gefängnisleitung Jena den Tod ihres Vaters mitgeteilt. Weil sie weder Familie noch ein Zuhause hatte, wurde sie angewiesen, sich im Rathaus zu melden, wo man ihr eine Unterkunft zuweisen und bei der Arbeitssuche helfen würde.

Für Erika Quanz bewies das sozialistische System in den ersten Wochen ihrer Freiheit seinen Vorzug. Sie bekam ein Zimmer, Essen und Geld, um sich über Wasser halten zu können. Nach einer Woche hatte sie eine Stelle im Archiv des Krankenhauses erhalten. Gutausgebildete Frauen wurden in der DDR dringend gebraucht, auch wenn sie vorbestraft waren. Weil mehrere Mitarbeiter in den Westen geflohen waren, war das Archiv total unterbesetzt, wie im übrigen das ganze Krankenhaus. Erika wurde herzlich begrüßt.

Wohl wissend, daß sie nach wie vor überwacht würde, lebte sie sehr zurückgezogen und arbeitete gut und gewissenhaft. Obwohl ihre Arbeit in vielem eintönig war, fand sie eine schlichte Freude daran, genau wie an der neuen Situation, daß sie die Kleider anziehen konnte, die sie wollte, allein ins Bad gehen und sich die Haare waschen konnte, wann sie wollte, und Radio hören, Bücher lesen und spazierengehen, wann immer sie Lust dazu hatte. All das hatte sie einmal für selbstverständlich gehalten. Jetzt war es etwas sehr Kostbares.

»Wenn du rauskommst, geh in den Westen, sobald du kannst«, hatte Anja Nuschke, ihre Zellengenossin der letzten sechs Monate, sie beschworen, als sie darüber gesprochen hatten, was sie nach ihrer Freilassung tun würden. Obwohl Anja bei einem Fluchtversuch geschnappt worden war, hatte sie Erika zur Flucht geraten. »Such dir 'ne Stelle, verdien dir das Geld für die Fahrt, und dann geh nach Berlin.«

Doch Erika hatte sechs lange Jahre an kaum etwas anderes als die schrecklichen Folgen ihres Verrats an Stefan gedacht. Ihretwegen war ihr Vater tot und Stefan im Gefängnis. Sie mochte gar nicht daran denken, was passieren würde, wenn sie jetzt versuchte, die DDR zu verlassen. Wenn man sie schnappte, würde sie weit härter bestraft werden als das letzte Mal. Aber noch schlimmer würde es Stefan ergehen. Sie wagte nicht, seine Chancen auf Freilassung zu gefährden.

So blieb sie in Halle und begann allmählich ein neues Leben aufzubauen. Dabei half ihr die Freundschaft des Mannes aus der Wohnung nebenan. Karsten Schwidinski war ein verwitweter Mittfünfziger, der bei den Stadtwerken arbeitete. Dank Karstens Hilfe bekam Erikas Wohnung langsam das Aussehen eines Daheims, und als Gegenleistung kochte sie des öfteren für ihn. Manchmal saßen sie abends zusammen, spielten Karten oder lasen sich etwas vor. Es war ein einfaches, ereignisloses Dasein, aber ein Dasein, das frei war von Gefahr.

Basilius Meyer war 1957 aus Moskau zurückgekommen und stellvertretender Leiter des Ministeriums für Staatssicherheit geworden. 1958 war er ins Zentralkomitee der SED gewählt und Vollmitglied des Politbüros geworden. 1960 erhielt er einen Sitz im neugegründeten Nationalen Verteidigungsrat, dessen Vorsitz Walter Ulbricht innehatte. Der Sekretär war Erich Honecker, ein Mann Mitte Vierzig, nur ein paar Jahre älter als Basilius. Meyer und Honecker gehörten der neuen, jüngeren Generation an, Aufsteiger, die die Nachfolge der alten Männer der Partei antreten würden, wenn diese in den Ruhestand gingen oder starben.

Was sein Privatleben betraf, war Basilius nie glücklicher gewesen. Er, Irina und der siebenjährige Reinhardt hatten eine schöne Wohnung in Pankow, mit Garten, in dem Reinhardt spielen konnte. Der Junge war ein guter Schüler, und Irina setzte sich in ihrer Freizeit für die Deutsch-Sowjetische

Freundschaftsgesellschaft und die Demokratische Frauenliga ein. Sie waren eine intakte, geschlossene Familie.

Für die DDR sah es dagegen düster aus. Trotz der Paßgesetze flohen Bauern, Facharbeiter und Spezialisten weiter nach West-Berlin – zwei Millionen Menschen hatten der Republik seit 1948 den Rücken gekehrt. Im März 1960 wurde die Zwangskollektivierung der Landwirtschaft eingeführt. 1961 hob ein neues Gesetz die freie Wahl des Arbeitsplatzes auf und führte die Arbeitslenkung ein. Doch der Flüchtlingsstrom nach West-Berlin hielt an und erreichte nach Schätzungen zwanzigtausend am Tag, als die Schulferien im Juli begannen.

Ein Treffen im Juni 1961 in Wien zwischen Chruschtschow und dem amerikanischen Präsidenten Kennedy hatte das Patt in Berlin nicht ausräumen können. Chruschtschow bestand auf seiner freien Stadt, Kennedy auf ungehindertem Zugang nach Berlin, der weiteren Präsenz westlicher Truppen und einer engen Bindung zwischen West-Berlin und der Bundesrepublik.

Für den Verteidigungsrat gab es nur eins: West-Berlin mußte von der DDR abgeriegelt werden. Die Blockade war fehlgeschlagen, und man mußte einen anderen Weg finden, der darüber hinaus den Exodus durch Flucht unterband. Das Loch im Eisernen Vorhang, die Sektorengrenze zwischen Ost- und West-Berlin, mußte gestopft werden.

In der Nacht vom 12. auf den 13. August 1961 wurde das Pflaster an den Übergangsstellen zwischen Ost- und West-Berlin aufgerissen, die U-Bahn-Verbindungen unterbrochen, Häuser an der Grenze von der Stasi besetzt und Stacheldrahtzäune entlang der Grenze errichtet.

Drei Tage später begannen Arbeiter mit dem Bau einer Mauer. Basilius ging mit Reinhardt zur Bernauer Straße, um den Arbeitern zuzusehen. Die Demarkationslinie verlief in der Straßenmitte, und genau dort wurde die Mauer errichtet. Auf beiden Seiten hatten sich kleine Menschengruppen gebildet, in den Gesichtern Angst und Verzweiflung. Selbst Basilius spürte einen Anflug von Trauer. Er war im Wedding aufgewachsen, gleich auf der anderen Straßenseite, doch jetzt würde nicht einmal er mehr die Plätze seiner Kindheit aufsuchen können.

»Warum wird die Mauer gebaut, Vater?« fragte Reinhardt.

»Sie soll uns vor den Kapitalisten und Faschisten im Westen schützen«, erklärte Basilius ihm.

Reinhardt nickte vage. Er war zu jung, um zu verstehen, was Kapitalisten und Faschisten waren. Aber auch wenn die Leute auf der anderen Seite harmlos aussahen, mußten sie doch wohl gefährlich sein, denn die Soldaten, die an der Grenze patrouillierten und die Arbeiter bewachten, waren schwer bewaffnet.

Jedes Wochenende verfolgten er und sein Vater nun den Aufbau der Mauer, die sich in erstaunlich kurzer Zeit quer durch die Stadt zog und West-Berlin ringsum gegen die DDR abschottete. Sie wuchs rasch, und bald konnte Reinhardt nicht mehr hinübersehen.

TEIL DREI

1961 – 1972

16

Zum erstenmal seit Stefans Entführung vor acht Jahren kam Mortimer nach Berlin und schloß sich den Tausenden an, die mit entsetzten und ratlosen Gesichtern an der Westseite der Mauer zusammenströmten.

Ein paar Tage danach forderte die Mauer ihr erstes Opfer: ein Student, der aus dem Fenster eines Hauses auf der Ostseite sprang, verfehlte das im Westen aufgehaltene Sprungtuch. Im Gedenken an seinen Tod und aus Protest gegen die Mauer marschierten vierzigtausend Demonstranten schweigend durch West-Berlin.

Einer der Organisatoren war Holger Busko. Sein beruflicher und politischer Weg führte stetig nach oben. Er und Wolfgang Herzog, ein DDR-Flüchtling, hatten eine eigene Kanzlei eröffnet. Er saß im Vorstand der Berliner SPD und hoffte, eines Tages in den Bundestag zu kommen. Daneben las er an der Freien Universität Jura und politische Wissenschaften.

Zu Holgers Studenten gehörten auch Dieter Duschek und Matthias Scheer, beide im ersten Semester. So wie Dieter noch mit Kleo Kraus befreundet war, war er mit Matthias Scheer in Verbindung geblieben.

Es waren zwei ganz unterschiedliche Freundschaften. Zum einen war Kleo fünf Jahre jünger als er. Als sie angefangen hatte, ihm zu schreiben, hatte Dieter sich belästigt gefühlt, doch seine Mutter hatte darauf bestanden, daß er antwortete und Kleo nach Essen einlud, worauf Reinhild ihn nach Hamburg eingeladen hatte. Inzwischen war er neunzehn und hatte Mädchen gegenüber eine ganz andere Einstellung. Kleo war erstaunlich reif für ihr Alter und entwickelte sich zu einer attraktiven jungen Frau.

Die Freundschaft mit Matthias hatten seine Eltern nicht in gleicher Weise gefördert. Joachim nannte Pastor Scheer verächtlich den »Friedenspastor« und spottete über seine Aktionen gegen die Wiederaufrüstung und die Atombombe, doch in dieser, wie in manch anderer Hinsicht war Dieter nicht gleicher Meinung wie sein Vater.

Annelies und Joachim Duschek mußten ihre Worte über die Scheers allerdings sorgsam abwägen. Pastor Scheer wurde allgemein geachtet, und sein Sohn und die Schwiegertochter leisteten immer noch Missionsarbeit in Südafrika. Als Krankheit den Pastor gezwungen hatte, das Predigen aufzugeben, hatte die Kirche ihm und seiner Familie eine geräumige Wohnung in Schmargendorf zur Verfügung gestellt. Nach seinem Tod 1960 waren aus aller Welt Menschen zu seiner Beerdigung gekommen. Annelies und Joachim mochten die Freundschaft ihres Sohnes mit dem Enkel eines solchen Mannes mißbilligen, verbieten konnten sie sie kaum.

Als Matthias ihm eröffnete, er werde an der FU politische Wissenschaften studieren, entschloß sich Dieter, es ihm gleichzutun, und schrieb sich ebenfalls ein. Seine Eltern trösteten sich damit, daß er wenigstens die Familientradition hochhielt und Jura studierte, und ließen ihn widerwillig nach Berlin gehen.

Die meisten Studenten, die nicht in Berlin wohnten, waren zu Hause, als die Mauer gebaut wurde, da das Sommersemester schon zu Ende war. Dieter war jedoch noch bei Klara und Matthias Scheer in Berlin.

Nach dem Schweigemarsch gingen die meisten Demonstranten wieder auseinander. Etwa tausend Studenten aber zogen zur Mauer und skandierten: »Nieder mit der Mauer! Weg mit Ulbricht!«

Nicht Ostberliner Wachposten trieben die Demonstranten auseinander, als sie die Mauer zu stürmen versuchten, sondern Westberliner Polizisten, die Gummiknüppel und Tränengas einsetzten. Matthias und Dieter kehrten wutentbrannt zu Scheers nach Hause zurück. »Auf welcher Seite steht eigentlich die Polizei?« fragte er herausfordernd.

»Wir brauchen Taten!« meinte auch Matthias. »Die quatschen alle nur. Mit Worten kriegt man die Mauer nicht weg. Wenn Regierung und Alliierte nichts unternehmen, müssen wir die Mauer in die Luft jagen.«

Doch noch vor Ablauf der Woche schickte Präsident Kennedy einen persönlichen Abgesandten, Vizepräsident Johnson, nach Berlin, mit der Botschaft, daß Berlin wichtiger denn je sei und seine Bürger nicht nur ein Vorposten der Freiheit seien, sondern ein Bestandteil der freien Welt. Johnson und Brandt fuhren im offenen Wagen durch Berlin, und bei einer Rede vor den Menschen wiederholte Johnson Roosevelts berühmte Worte: ». . . das einzige, was wir zu fürchten haben, ist die Furcht.« Allmählich wich die Panik, die beim Bau der Mauer aufgekommen war.

Bevor Mortimer Berlin verließ, traf er sich mit Holger Busko im Jochum. »Was meinen Sie, wie stehen Stefans Chancen jetzt?« fragte Holger ihn am Ende ihres Gesprächs.

Mortimer konnte ihm nur das sagen, was er schon Viktoria auf die gleiche Frage geantwortet hatte: »Ich wünschte, ich wüßte es. Aber eins ist sicher, wir dürfen nicht aufhören, uns für seine Freiheit einzusetzen.«

Otto Tobisch war achtundsechzig, als die Berliner Mauer errichtet wurde. Die Jahre und die Wüste hatten ihren Tribut gefordert. Er hatte nicht mehr die stämmige Gestalt wie bei seiner Ankunft in Syrien. Er war zusammengefallen, das spärliche Haar und der Bart waren grau und das Gesicht zerfurcht, so daß die Narbe auf der Stirn kaum noch zu erkennen war. Nur die Augen waren die alten, noch immer eisigblau, allerdings brauchten sie jetzt die Brille, mit der er sich einmal getarnt hatte.

Er wurde zwar noch gelegentlich zu Rate gezogen, hatte aber aus dem aktiven Dienst in der syrischen Armee ausscheiden müssen. Jetzt taten jüngere Männer, die er ausgebildet hatte, seine Arbeit, schleusten Terrorkommandos nach Israel, beschossen israelische Siedlungen. Die meiste Zeit verbrachte Otto in einer deutschen Bar, trank, hing mit anderen Nazis Erinnerungen nach und träumte vom Erfolg der Neonazis in Deutschland, nach dem sie ruhmreich heimkehren und die sowjetischen Invasoren zurück bis nach Moskau jagen würden.

Es war inzwischen ziemlich einfach, in die Heimat zu fahren. Mehrere mit Otto im Exil lebende Deutsche hatten die Reise gemacht, einige sogar auf Treffen der Neonazis in der Bundesrepublik gesprochen.

1958 hatte die Regierung in Ludwigsburg eine Zentralstelle zur Verfolgung von Kriegsverbrechern eingerichtet, und mehrere ehemalige Nazis waren verhaftet und angeklagt worden. Doch die Richter hatten in allen Fällen außerordentlich milde Urteile verhängt, und Otto vermutete, daß die Zentralstelle weniger der Überführung von Nazis als der Besänftigung der Amerikaner und Israelis diente.

Die Israelis waren eisern entschlossen, die Täter des Holocaust, wie sie es nannten, zur Verantwortung zu ziehen. Eine ihrer spektakulärsten Aktionen war 1960 die Entführung Adolf Eichmanns aus Argentinien gewesen, der in Israel vor Gericht gestellt, zum Tode verurteilt und gehängt wurde. Solange die Israelis ihre mitleidlose Jagd fortsetzten, wagte Otto sich nicht aus Syrien heraus. Wenn er den Israelis jemals in die Hände fiele, würde sein Schicksal besiegelt sein.

Nur ein einziger Wunsch gab ihm noch Kraft: Er wollte seinen Sohn noch einmal sehen. Jedes Jahr, an Adolfs Geburtstag, schrieb er ihm, und jedesmal antwortete Adolf. Doch zu Ottos Leidwesen hatte der Junge noch immer nicht durchschaut, daß Rudolf Tatschek sein Vater war.

Auf jeden Fall gaben seine Briefe Otto Einblick in das Leben seines Sohnes. Mit sechzehn war er von der Schule abgegangen und hatte eine Mechanikerlehre in der Autowerkstatt des Dorfes gemacht. Mit achtzehn war er einberufen worden. »Ich bin stolz«, hatte er Rudolf Tatschek geschrieben, »den gleichen Weg zu gehen wie mein Vater, der General.« Kurze Zeit hatte Otto gehofft, er würde beim Militär bleiben, doch diese Hoffnung hatte sich bald zerschlagen.

Adolf hatte die Bundeswehr Spaß gemacht, doch seine Liebe galt den Autos. Sein Freund, Tobias Müller, leitete inzwischen die Werkstatt, in der Adolf arbeitete, und baute sie langsam aus. In der Werkstatt stand eine Ansammlung unterschiedlich weit reparierter Fahrzeuge, unter anderem ein klappriger VW Käfer, der Adolf gehörte und an dem er in jeder freien Minute herumbastelte.

Zu Adolfs einundzwanzigstem Geburtstag am 14. November 1961 konnte Otto endlich den Brief schreiben, den er seit seiner Flucht aus Deutschland vor über elf Jahren hatte schreiben wollen. Adolf war volljährig, stand nicht mehr unter der Vormundschaft von Hubert und Theresia und konnte nach Syrien kommen.

Adolf sah den jährlichen Briefen aus Syrien inzwischen fast mit Angst entgegen. Die kurze Hoffnung nach dem ersten Brief war längst dahin, auch wenn er weiterhin zurückschrieb, weil Rudolf Tatschek seine einzige Verbindung mit der Vergangenheit war. Er sagte sich, wenn sein Vater noch lebte, müßte er mittlerweile einen Weg gefunden haben, selbst Kontakt zu ihm aufzunehmen, und das nicht Tatschek überlassen. Sein Vater war bestimmt tot.

Der Brief zu Adolfs einundzwanzigstem Geburtstag begann wie üblich mit Tatscheks Erinnerungen an den Tag, an dem Adolf geboren worden war, und den Hoffnungen, die »der General« auf ihr gemeinsames Leben setzte. Dann fuhr er fort: »Ich habe etwas Geld gespart, das ich gern für den Sohn meines alten Kameraden ausgeben würde. Ich bin inzwischen ein alter Mann und würde Dich vor meinem Tod gern noch einmal sehen. Ich würde mich sehr freuen, wenn Du mich in Damaskus besuchen würdest. Natürlich bezahle ich den Flug . . .«

Adolf schüttelte den Kopf. Tatschek hatte wohl eine Schraube locker. Anders war diese verrückte Einladung nicht zu erklären. Das ging nun doch zu weit. Es war an der Zeit, diesen heimlichen Briefwechsel zu beenden.

Er antwortete auf der Stelle, bevor er Zeit hatte, es sich anders zu überlegen, dankte Tatschek für sein Angebot, erklärte aber, daß er sich in Bergtal sehr wohl fühle. »Ich danke Ihnen für Ihre Anteilnahme, die Sie mir die ganzen Jahre entgegengebracht haben«, schloß er, »möchte Sie aber bitten, nicht mehr zu schreiben.« Dann vernichtete er wie üblich Tatscheks Brief und ging zur Tagesordnung über.

Kurz nach seinem Geburtstag lernte Adolf Gabriele Müller kennen. Von den Mädchen im Dorf war er immer ziemlich umschwärmt worden, aber zu Theresias Bedauern hatte er sich mehr für Autos interessiert. Aber Gabi war anders. Sie war die Kusine von Tobias, ein Jahr jünger als Adolf, konnte über Autos fachsimpeln wie er und, laut Tobias, auch Reifen oder Zündkerzen wechseln. Ihr Vater hatte bis vor kurzem eine Autowerkstatt in Frankfurt am Main betrieben, das Geschäft aber aus Krankheitsgründen aufgeben müssen, und hatte sich entschlossen, in die Nähe seines Bruders in den Schwarzwald zu ziehen.

Gabi, mittelgroß, leicht mollig, mit hellbrauner kurzer Ponyfrisur, die ihrem etwas langen Gesicht nicht gerade schmeichelte, war keineswegs eine Schönheit, doch ihr Wesen machte das mehr als wett.

Am nächsten Sonntag kam Gabi wieder nach Bergtal und reparierte den ganzen Tag mit Tobias und Adolf die Auspuffanlage des Käfers. »Ich wünschte, ich wäre ein Mann«, seufzte sie, als sie mit einer verschmierten Arbeitshose von Tobias unter dem Wagen hervorgekrochen war, »dann könnte ich Mechaniker werden.«

Tobias blickte grinsend zu Adolf. »Ich kenne da jemand, der froh ist, daß du keiner bist.« Adolf wurde rot, was ihm gar nicht paßte.

Unter Tobias' sachkundigem Blick brachten die beiden den Käfer wieder zum Laufen. Wenig später waren sie ein Paar, verabredeten sie sich sooft als möglich und fuhren zu einer abgelegenen Stelle, wo sie auf dem Rücksitz und bei beschlagenen Fenstern innig schmusten.

Im Februar 1962 gab es in den Ost-West-Beziehungen eine neue Entwicklung, als der amerikanische Pilot Gary Powers, den die Sowjets wegen Spionage festgenommen hatten, gegen den KGB-Spion Oberst Rudolph Abel ausgetauscht wurde. Der Austausch fand auf der Glienicker Brücke statt, dem Grenzposten zwischen West-Berlin und Potsdam, und war von dem ostdeutschen Anwalt Dr. Wolfgang Vogel eingefädelt worden.

Viktoria hatte die Hoffnung, daß Dr. Vogel vielleicht auch Stefans Freilassung bewerkstelligen könnte, rief Holger an und fragte ihn, ob er nicht Kontakt zu ihm aufnehmen könnte.

»Ich fürchte, nein«, erwiderte er. »Seit dem Mauerbau durfte Dr. Vogel nicht mehr nach West-Berlin. Aber ich kenne hier einen Anwalt, Dr. Stange, der mit Vogel studiert hat. Er hat mir bereits gesagt, daß er sich bei Vogel, falls er mit ihm Kontakt hat, erkundigen will, ob die Möglichkeit besteht, Stefan entweder gegen einen politischen Gefangenen auszutauschen oder freizukaufen. Er hält einen Freikauf für das wahrscheinlichste. Seit die DDR sich vom Westen abgekapselt hat, braucht sie dringend Devisen.«

Viktorias Gedanken überschlugen sich, und sie überlegte schon, wie schnell sie die Summe auftreiben könnte, die die DDR verlangte. Doch als könnte er ihre Gedanken lesen, sagte Holger: »Dr. Stange meint, daß die Regierung wahrscheinlich das Lösegeld zahlen würde.«

»Ich würde alles zahlen, um Stefan zurückzubekommen«, beteuerte Viktoria.

»Ich weiß. Aber das wird man nicht zulassen. Dann würden Stefan und andere westdeutsche Geiseln zu politischen Faustpfändern.«

Am Wochenende besuchte Senta ihre Großmutter, was sie öfter tat, und Viktoria erzählte ihr die letzten Neuigkeiten wegen Stefan. »Erzähl besser niemandem was davon«, sagte sie, »aber ich dachte, du wüßtest gern, was los ist.«

Sie und Senta waren sich in den vergangenen drei Jahren sehr viel nähergekommen, und für Senta stand bereits fest, daß sie nach dem Studium gern in einem der Jochum-Hotels arbeiten würde. Zu Viktorias großer Freude wollte Monikas Tochter offenbar die Gelegenheit ergreifen, die Lili abgelehnt hatte.

Senta drückte ihre Hoffnung aus, daß die beiden Anwälte etwas für Stefan tun könnten, und fragte dann: »Meinst du, dieser Dr. Vogel könnte auch etwas über meine Großeltern herausfinden?«

»Das habe ich Holger auch schon gefragt«, erwiderte Viktoria. »Aber er hat mir erklärt, daß Stefan als Westdeutscher eine andere Kategorie von Gefangener ist als deine Großeltern.« Sie machte eine Pause, dann sagte sie mitfühlend: »Senta, du darfst auf keinen Fall die Hoffnung aufgeben, aber wenn nicht ein Wunder geschieht, wirst du deine Großeltern, glaube ich, nicht wiedersehen.«

Senta blinzelte, nickte dann tapfer. »Das schlimmste ist die

Ungewißheit. Wenn ich nur wüßte, ob sie noch leben oder schon tot sind.«

Mindestens zweimal im Jahr, in den Semesterferien, fuhr Senta zu ihren Eltern nach Worms, aber so gern sie sie hatte, sie empfand ihre Gesellschaft als anstrengend. Ihre Mutter klagte über die kleine Wohnung, mehr konnten sie sich bei Hans' Gehalt nicht leisten, und jammerte ständig, sie wünschte, sie wäre in Fürstenmark geblieben; und ihr Vater sah die materialistische Haltung der Westdeutschen immer nüchterner und klagte über die hohen Lebenshaltungskosten und die teuren Sozialleistungen, die in der DDR selbstverständlich gewesen waren.

Im Grunde ging es ihnen sehr gut. Sie hatten Waschmaschine und Fernseher und ein Auto. Der eigentliche Grund ihrer Unzufriedenheit war, wie Senta erkannte, ihre Sorge um Heinrich und Hans' Eltern. Aber deswegen waren sie trotzdem nicht leichter zu ertragen.

Sie war viel lieber bei Lili in München. Lili und Norbert gaben Senta nie das Gefühl der armen Verwandten, wenngleich sie sie hemmungslos verwöhnten. Lili machte es großen Spaß, ihrer »kleinen Schwester« Kleider zu kaufen, und Norbert ging mit ihnen in teure Restaurants und genoß das Aufsehen, das er mit seinen »rothaarigen Schönheiten« erregte, wie er sie nannte. Die beiden, die altersmäßig nur drei Jahre auseinander waren, sahen aus wie Zwillinge.

Norbert war in den letzten Jahren immer noch wohlhabender geworden, und Landgut gehörte zu Deutschlands größten Baugesellschaften. Norbert hatte jedoch nur noch wenig mit der Alltagsarbeit zu tun, die er seinen Führungskräften in Hamburg überließ. Das Paar wohnte in einer sehr schönen Villa am Isarufer, und sie führten ein großes Haus. Sie unternahmen teure Reisen. Obwohl Norbert in der Presse »der Playboy-Unternehmer« genannt wurde und die Fotoreporter ihn bevorzugt im Kreis schöner Mädchen ablichteten, schienen ihre versteckten Andeutungen doch grundlos zu sein. Norbert und Lili waren Glückskinder und lebten offenbar in einer glücklichen Ehe.

Daß der Augenschein trügen konnte, bemerkte Senta erst Ostern 1962, als Lili sie anrief und fragte, ob sie die Ferien mit ihr verbringen wolle, Norbert sei nicht da.

Als Senta ankam, führte sie Lilis gedrückte Stimmung darauf zurück, daß Norbert ohne sie weggefahren war. Es war wunderschönes Sommerwetter in München, doch selbst die Sonne konnte Lili nicht aufheitern. Am Samstag sahen sie sich Geschäfte an, aber Lili war nicht nach Bummeln zumute. Am Sonntag gingen sie in die Pinakothek, doch die Touristen störten Lili. Auf dem Heimweg wurden sie durch einen Friedensmarsch aufgehalten. »Diese blöden Demonstranten gehen mir auf den Geist! Man sollte sie verbieten, nicht die Atombombe!« giftete Lili. Am Montag nahmen sie ein Sonnenbad im Garten, doch Lili konnte sich nicht auf ihr Buch konzentrieren und starrte kettenrauchend Löcher in die Luft.

Am Dienstag schlug Lili vor, aufs Land zu fahren. Normalerweise fuhr sie schnell, aber sicher und unterhielt ihre Mitfahrer mit launigen Monologen. Diesmal sprach sie kaum ein Wort. Erst als die Alpen in Sicht kamen, sagte sie: »Ich muß unbedingt die Berge sehen.«

Sie fuhren nach Mittenwald. Lili parkte den Wagen und nahm das Kopftuch ab. Einen Augenblick stand sie da, groß und schlank, in einem ärmellosen türkisfarbenen Kleid, einen Pullover um die Schultern gelegt, und sah hinauf zu den schneebedeckten Gipfeln des Karwendel. Dann lief sie los, einen harten Zug um den Mund, an einem kleinen schäumenden Bach entlang bis zu einem See, wo sie sich setzte, die Arme um die Knie geschlungen.

»Norbert hat ein Verhältnis«, sagte sie. »Ein englisches Mannequin. Sie hat schwarze Haare und blaue Augen und heißt Jill Grenville. Norbert hat sie Anfang des Jahres in Mailand kennengelernt. Er ist im Moment in London – bei ihr.« Lili starrte blicklos auf den See. »Sie ist sehr hübsch.«

»Das bist du auch«, entgegnete Senta. Sie begriff nicht, was bei den beiden schiefgelaufen sein konnte. Was fand Norbert an dieser schwarzhaarigen Jill, was er bei Lili nicht schon hatte?

»Ich habe zuviel von ihm erwartet«, sagte Lili, ohne auf Sentas Unterstützung einzugehen. »Ich wollte, daß er etwas ist, was er nicht ist. Ich wollte ein richtiges Zuhause und eine richtige Familie für uns. Ich wollte die Sicherheit, die ich als Kind nie gehabt habe. Vor allem aber wollte ich Kinder, viele Kinder.«

Das konnte Senta verstehen. Wenn sie einmal heiraten würde, was sie für sich noch nicht so bald sah, wollte sie auch Kinder haben. Aber Norbert hatte aus seiner ersten Ehe schon drei Kinder. »Wollte Norbert keine?« fragte sie.

»Nein, das war nicht das Problem. Am Anfang unserer Ehe hat er sogar selbst von einer Tochter gesprochen, die wie ich aussähe. Das Problem war, daß ich nicht schwanger wurde. Und je öfter wir es versucht haben und gescheitert sind, desto verkrampfter wurde ich. Es war klar, daß es an mir liegen mußte. Und da habe ich mir eingeredet, ich würde Norbert verlieren, weil ich nicht schwanger werden konnte. Ich wurde eifersüchtig. Sobald er eine andere Frau nur ansah, machte ich ihm eine Szene. Wir bekamen immer wieder schrecklichen Streit.«

»Warst du mal bei einem Arzt?«

»Ja, Norbert hat mich zu einem Frauenarzt geschickt.« Lili gab ein etwas unsicheres Lachen von sich. »Du wirst es wahrscheinlich nicht glauben, aber ich hielt es bis dahin für normal, nur etwa alle drei Monate meine Tage zu haben.«

»Alle drei Monate?« wiederholte Senta verblüfft.

»Der Arzt sagte, es gäbe in meinem Alter ziemlich viele Frauen mit dem gleichen Problem. Er meinte, wenn ich mich entspannte, müßte der Körperrhythmus sich eigentlich wieder einstellen. Außerdem wäre ich viel zu dünn und sollte mindestens zehn, fünfzehn Pfund zunehmen, aber meine Hüften seien so schmal, daß eine Geburt auf jeden Fall schwierig würde. Schließlich sagte er, es wäre am besten für mich, nicht schwanger zu werden, und verschrieb mir die neue Antibabypille, die die Periode regelt und eine Schwangerschaft verhütet.«

»Norbert war der gleichen Meinung«, fuhr sie tonlos fort. »Jetzt nehme ich also die Pille, und tatsächlich kommt die Periode, pünktlich wie ein Uhrwerk. Aber die Hoffnung auf Kinder ist dahin. Und am schlimmsten ist, daß genau das eingetreten ist, wovor ich am meisten Angst hatte – ich habe Norbert verloren.«

»Aber wieso? Er kann dir doch nicht die Schuld für etwas geben, wofür du nichts kannst.«

»Norbert gibt nie jemand die Schuld. Er wird seiner nur überdrüssig. So war es mit all seinen Freundinnen. Sobald der Reiz des Neuen vorbei war, schob er sie ab. Jetzt hat er mich satt. Wir haben schon Monate nichts mehr zusammen gemacht, keine Reisen, kein Theater – nicht einmal zusammen geschlafen.« Tränen traten Lili in die Augen. »Schon als kleines Mädchen habe ich Norbert geliebt. Ich war so glücklich, als ich aus England zurückkam und merkte, daß auch er mich liebt. Der Gedanke, ohne ihn zu leben, ist unerträglich. Was soll ich nur tun?« Ihre Selbstbeherrschung fiel in sich zusammen. Tränen liefen ihr über die Wangen, und sie vergrub das Gesicht in den Armen.

Hilflos legte Senta den Arm um ihre schmächtigen Schultern und redete tröstend auf sie ein, bis Lilis Weinkrampf nachließ. Als Lili sich wieder gefangen hatte, gingen sie ein Weilchen weiter. Doch Lili war zu unruhig, und so fuhren sie nach München zurück.

Zu Hause legte Lili sich ins Bett. Senta saß bei ihr und hielt ihre Hand, bis sie eingeschlafen war. Aufgewühlt lief sie danach durch das Haus. Es hatte, wenn sie ehrlich war, Augenblicke gegeben, in denen sie Lili um ihr Luxusleben beneidet hatte. Doch jetzt erkannte Senta, daß diese Äußerlichkeiten nicht gleichbedeutend mit Glück waren. Norbert hatte Lili gegeben, was sie brauchte, bis auf das, was sie sich am sehnlichsten wünschte: sich selbst.

Und in dem Augenblick schwor Senta sich: nie würde sie zulassen, daß ein Mann sie so verletzte wie Norbert Lili. Sie würde ihr Herz mit einem so starken Schutzwall umgeben, daß niemand ihn durchbrechen und feststellen könnte, wie verletzlich sie wirklich war.

Senta wurde in den darauffolgenden Tagen einiges über sich klar. Sie war zwar drei Jahre jünger als Lili, aber doch die stärkere, und ihrer Willenskraft und Sachlichkeit war es zu verdanken, daß Lili nicht wieder in eine Depression verfiel wie in London. Senta ließ nicht zu, daß Lili einfach im Bett blieb, wo sie sich sonst bestimmt verkrochen hätte, sondern zwang sie, sich unter Menschen zu begeben. Aus Erfahrung wußte Senta, daß Probleme nicht verschwanden, wenn man sie ignorierte; man mußte sie anpacken und lösen.

Nach dem, was Lili ihr erzählt hatte, schien die Situation alles andere als ausweglos. Da es Norbert egal war, ob sie Kinder hatten oder nicht, gab es offenbar keinen Grund, warum sie es nicht noch einmal versuchen sollten.

Aber Lili wirkte entschlußlos. Als Senta sie drängte, alles daranzusetzen, Norbert zurückzugewinnen, sagte sie apathisch: »Er ist seit zwei Wochen in London, und ich habe nicht ein Wort von ihm gehört. Senta, unsere Ehe ist kaputt. Ich habe sie zerstört.«

Senta versuchte etwas anderes. »Vielleicht täte dir ein Tapetenwechsel gut. Warum kommst du nicht mit mir nach Berlin?«

»Um Tante Vicki die Genugtuung zu geben, daß sie recht hatte? Nie!« Zu Sentas Überraschung sprudelte die ganze Abneigung gegen Viktoria, die sich in Lili angesammelt hatte, heraus, das Gefühl, daß Viktoria sie nie geliebt, sie nur benutzt, sie angelogen und immer etwas an ihr auszusetzen gehabt hatte, so sehr Lili sich auch bemüht haben mochte. »Um mein Glück hat sie sich nie gekümmert, immer nur um ihres. Sie ist vollkommen selbstsüchtig – und rücksichtslos.«

»Lili, du bist ungerecht. Ich weiß, daß sie dich sehr liebt.«

»Du bist nicht bei ihr aufgewachsen«, erwiderte Lili teilnahmslos. »Du weißt nicht, wie sie wirklich ist.«

Einen Monat nach Sentas Rückkehr nach Berlin schickte Lili ihr ein Telegramm: »Alles vorbei stop will mir eine hütte in den bergen suchen stop grüsse lili.« Mitte Juli kam eine Karte mit einer Adresse und Telefonnummer in Riezlern im Kleinen Walsertal. Lili hatte ihren Mädchennamen wieder angenommen.

Gleich nach Schluß des Sommersemesters fuhr Senta zu ihr. Viktoria, die vom Scheitern der Ehe nicht überrascht war, aber doch betroffen, wollte sie begleiten, aber Senta redete ihr das sehr diplomatisch aus.

Lili holte sie in Oberstdorf ab, und sie fuhren nach Riezlern, wo sie ein reizendes Häuschen gemietet hatte. Nach außen schien sie die alte zu sein.

Das Wetter zeigte sich die ganze Zeit von seiner besten Seite, und sie unternahmen lange Wanderungen in der herrlichen Bergwelt. Lili, mit leicht gebräuntem Gesicht, hatte Bundhosen und Bergschuhe und trug einen Rucksack. Das Haar hatte sie zu einem Pferdeschwanz zusammengebunden. »Mir geht es so gut wie seit Jahren nicht«, erzählte sie immer wieder aufgekratzt. »Ich liebe alles hier. Die Luft ist gut, und die Menschen sind so freundlich. Zum erstenmal im Leben fühle ich mich wirklich daheim.« Aber ihre Stimme hatte einen abwehrenden Unterton, als wolle sie Senta zum Widerspruch herausfordern.

»Was hast du für weitere Pläne?« fragte Senta am Abend vor ihrer Abreise.

»Warum soll ich Pläne machen? Norbert hat erklärt, daß er mir ein großzügiges Scheidungsangebot machen will. Ich brauche nichts zu tun.«

»Du wirst dich langweilen und sehr einsam hier sein, vor allem im Winter. Und hast du nicht das Gefühl, daß die Berge ringsum dich bedrängen?«

Einen Augenblick schien Lilis mühsam aufrechterhaltenes Selbstvertrauen zu bröckeln. »Mein Leben ist in einer Sackgasse«, erklärte sie. »Wo könnte ich den Rest besser verbringen als hier?« Und nichts, was Senta sagte, konnte sie von dieser Einstellung abbringen.

An Adolfs zweiundzwanzigstem Geburtstag im November, die Kubakrise war eben abgewendet worden, gaben er und Gabi ihre Verlobung bekannt und nannten den kommenden Juni als Termin für die Hochzeit. Tobias zeigte sich großzügig und erklärte, das junge Paar könne die Räume über der Werkstatt für einen Spottpreis mieten, falls es sie vorher ausräume und renoviere. Mit Geschick und Freude strich, schmückte und möblierte Adolf die Wohnung unterm Dach.

Obwohl Adolf in seinem letztjährigen Brief erklärt hatte, er wolle die Korrespondenz nicht fortsetzen, schrieb Rudolf Tatschek ihm zum Geburtstag und wiederholte seine Einladung nach Damaskus. Adolf wollte den Brief zunächst einfach nicht beachten, antwortete dann aber doch kurz, daß er heiraten werde. Das würde Tatschek sicher zum Schweigen bringen.

Während der Weihnachtstage zog er mit seinem Hund Prinz in die neue Wohnung. Gabi würde noch bis zur Hochzeit bei ihren Eltern in Triberg wohnen, aber nach Werkstattschluß schlüpfte sie oft die Außentreppe hoch, um zu sehen, wie Adolf mit der Arbeit vorankam.

Alle waren glücklich. Das heißt alle bis auf Prinz, der sich ziemlich vernachlässigt vorkam. Aber der Hund konnte sich auch selbst beschäftigen, und wenn sein Herrchen anderweitig zu tun hatte, streifte Prinz auf ausgedehnten Jagdzügen durch die Wälder.

Anfang Februar kam Prinz zerzauster als sonst von einem dieser Streifzüge zurück. Das am Morgen schöne Wetter war gegen Mittag in einen garstigen Schneeregen umgeschlagen. Sein Fell triefte, und die Pfoten waren dreckverschmiert. Er humpelte etwas, und als Adolf ihn untersuchte, entdeckte er eine tiefe Wunde an der Schulter und eine Verletzung an einer Vorderpfote. Es sah aus, als hätte der Hund gekämpft. Trotz offensichtlicher Schmerzen heilten die Wunden rasch, und Prinz war bald wieder so unternehmungslustig wie früher.

Im April weigerte Prinz sich plötzlich, im Korb neben Adolfs Bett zu schlafen. Er lief lustlos in seinem neuen Heim hin und her und verkroch sich schließlich in einer dunklen Ecke. Er ließ sich zwar von Adolf untersuchen, aber Adolf konnte nichts Ungewöhnliches feststellen. Der Hund hatte eine trokkene Nase und keinen Appetit. Er hatte offenbar Schwierigkeiten beim Schlucken, und Adolf beschloß, den Tierarzt in Triberg aufzusuchen, wenn es nicht besser würde.

Am nächsten Morgen wurde Adolf durch wütendes Kratzen von Prinz an der Türmatte geweckt. Er machte die Tür auf und ließ den Hund hinaus. Prinz stürzte die Stufen hinunter und verschwand im nahen Wald. Adolf war erleichtert. Der Hund hatte sich offenbar erholt, was immer er gehabt hatte.

An jenem Tag kam der Anruf. Gabi nahm ab und rief aus dem kleinen Büro: »Dolfi, Telefon für dich!« Dann stand sie wartend da und überlegte, wer das wohl sein mochte, der ausdrücklich nach ihm gefragt hatte.

Das Gespräch war sehr kurz. Adolf sagte: »Ja, ich verstehe.« Dann, nach mehrmaligem »Ja«, sagte er: »Ja, ich weiß, wo das ist. Ist gut, wir treffen uns dort« und legte auf. Einige

Augenblicke stand er wie benommen da, drehte sich dann um und verließ das Büro.

»Dolfi, wer war das?« fragte Gabi ihm nachlaufend.

Mit fast leerem Gesicht, als wäre er sich der Anwesenheit von Gabi gar nicht bewußt, antwortete Adolf: »Ich muß mich mit jemand treffen. Es kann spät werden. Du fährst am besten mit dem Bus heim.« Noch bevor sie etwas fragen konnte, nahm er seinen Mantel, stieg in den Käfer und fuhr los.

Die Werkstatt schloß um sechs, aber Adolf war noch nicht zurückgekommen. Gabi ging über die Außentreppe zur Wohnung, um dort auf ihn zu warten, doch als sie zur Tür kam, lag Prinz schwer japsend und das Fell voller Dreck und Grassamen davor. Sie kauerte sich zu ihm. »Prinz, du armer Kerl, was ist denn los?« Aber als sie ihn streicheln wollte, fletschte er die Zähne und knurrte tief und drohend. Gabi stand auf und wich zurück. Sie konnte das nur so deuten, daß er während der Abwesenheit seines Herrchens seinen Besitz bewachte. Zitternd ging sie die Treppe hinunter und tat, was Adolf ihr gesagt hatte – sie fuhr mit dem Bus nach Hause.

Als Adolf spät am Abend nach Bergtal zurückkam, war er immer noch wie benommen. Der Anruf von Rudolf Tatschek, der ihm mitteilte, daß er in Deutschland sei und ihn treffen wolle, war schon überraschend genug. Dann aber zu erfahren, daß Tatschek sein Vater war, das hatte ihn vollkommen aus der Fassung gebracht. Sie hatten sich auf dem Parkplatz am Triberger Wasserfall getroffen, aber Otto hatte darauf bestanden, den beliebten Touristentreff schnellstens zu verlassen und einen ruhigeren Ort aufzusuchen.

Adolf war mit ihm zu einem abgelegenen Weg gefahren, der zu einem verlassenen Bauernhof führte, wo er und Gabi zur Zeit ihrer jungen Liebe des öfteren gewesen waren. Dort hatte sein Vater ihm erklärt, daß er Deutschland nach dem Krieg habe verlassen müssen, einen anderen Namen angenommen und ein neues Leben begonnen habe. Er hatte sich als Rudolf Tatschek ausgeben müssen, selbst seinem Sohn gegenüber. Adolf wisse bestimmt, warum.

Adolf hatte keine Ahnung, warum sein Vater sich als jemand anders hatte ausgeben müssen, aber zumindest im Moment war ihm das egal. Die Hauptsache war, daß er noch lebte. Er war ganz anders, als er ihn aus der Kindheit in Erinnerung hatte, doch seither waren zwanzig Jahre vergangen.

Lange nachdem die Dunkelheit hereingebrochen war, erging Otto sich in Erinnerungen an die Feier in der Offiziersmesse an dem Abend, als Adolf geboren wurde, und daran, wie er das Ereignis jedes Jahr mit deutschen Kameraden in Syrien feierte, die ähnliche Erinnerungen und Erfahrungen hatten.

Irgendwann fröstelte er. »Es ist kalt hier, und ich hab Hunger. Kann ich mit zu dir nach Hause kommen, ohne daß mich jemand sieht?«

Adolf nickte. Die Werkstatt lag am Rande des Dorfs, mit Blick direkt auf die Berge und den Wald. Nachts, wenn sie geschlossen hatte und nur gelegentlich ein vorbeifahrender Wagen zu hören war, war es, als wohnte er fernab jeder Zivilisation.

Er fuhr zurück nach Bergtal. »Eine ziemlich klapprige Kiste«, meinte Otto. »In Damaskus könntest du einen Mercedes fahren.«

Im Waldblick und in ein, zwei Häusern brannte noch Licht, doch das übrige Bergtal schlief. Adolf parkte in einer dunklen Ecke und führte seinen Vater über die Außentreppe nach oben, schloß die Tür auf und ließ ihn eintreten. Aus einem Schrank holte er zwei Flaschen Bier, Brot, Wurst und Käse und stellte alles auf den selbstgebastelten Tisch.

Sein Vater machte eine Flasche auf, nahm einen großen Schluck, sah sich dann um. »Nicht gerade toll hier. Mein Sohn sollte nicht über einer Werkstatt in einem Nest wie Bergtal wohnen. Ich könnte dir in Damaskus was weit Besseres bieten.«

In dem Augenblick war an der Tür ein seltsam schlurfendes Geräusch zu hören. Blitzschnell griff Otto nach dem Brotmesser und sprang auf. Aber es war nur Prinz. Er kam hereingetrottet, lief ziellos ein paar Minuten herum, ging dann zum Wassernapf und trank durstig, die Hinterläufe leicht eingeknickt.

Otto ließ sich wieder auf den Stuhl fallen. »Ich hatte ganz vergessen, daß du einen Hund hast. Ziemlich heruntergekommen, der Köter.«

»Er fühlt sich nicht gut«, erklärte Adolf. »Ich dachte, es würde heute besser sein, aber das ist offensichtlich nicht der Fall.«

»Er sieht alt aus«, meinte Otto. »Ich würde ihn einschläfern lassen.« Als hätte er es verstanden, knurrte Prinz und schlich in eine Ecke.

Otto schnitt sich eine Scheibe Brot und Käse ab und aß gierig. Ohne großen Appetit folgte Adolf seinem Beispiel. Als sein Vater fertig war und sagte, er sei müde, war Adolf erleichtert. Eine innere Stimme sagte ihm, daß sein Vater nicht so war, wie er ihn sich insgeheim vorgestellt hatte, aber er brauchte Zeit, seine Eindrücke zu ordnen. Er überließ Otto sein Schlafzimmer und machte sich im Wohnzimmer behelfsmäßig ein Bett.

Er schlief nicht gut, war noch völlig im Bann der Ereignisse des Tages und wurde auch durch seinen unruhigen Hund gestört. Der Tag dämmerte gerade, da scharrte und kaute Prinz schon wieder an der Türmatte. Adolf stand auf und ließ ihn hinaus. Eigenartig laufend verschwand der Hund im Wald. Adolf zog die Stiefel an und folgte ihm, aber als er ihn rief, beachtete Prinz ihn nicht.

Otto war auf den Beinen und angezogen, bevor Adolf zur Arbeit aufbrach. »Kein Mensch darf wissen, daß ich hier bin«, sagte er. »Ich meine das ganz ernst, Adolf – kein Mensch. Wenn du jemand von mir erzählst, bringst du uns beide in Lebensgefahr.«

Adolf nickte, aber nicht ohne sich zu fragen, warum der Aufenthalt seines Vaters so geheimgehalten werden mußte.

Die beiden ersten Werkstattkunden an diesem Morgen waren zwei Ausländer, die in einem gemieteten Mercedes eine Rundreise machten. Der Wagen tuckerte die Anhöhe hoch und hielt vorn auf dem Hof. »Er hat gestern immer Fehlzündungen gehabt«, erklärte der Fahrer Tobias in akzentgefärbtem Deutsch. »Heute morgen wollte er nicht anspringen. Können Sie mal nachsehen?«

Neue Zündkerzen und das Reinigen des Verteilerkopfes brachten nichts, und so schlug Tobias den Fremden vor, im Waldblick einen Kaffee zu trinken und in ein paar Stunden wiederzukommen. Froh, etwas zu tun zu haben, was ihn davon abhielt, an seinen Vater und Prinz zu denken, ging Adolf an die Arbeit, aber der Fehler war nicht leicht zu finden, und als die Männer gegen Mittag wiederkamen, hatte er ihn noch nicht entdeckt. Der Fahrer nahm es gelassen. Er unterhielt sich mit Tobias und Gabi und lobte die herrliche Unberührtheit des Dorfes. »Kommen viele Touristen her?« fragte er beiläufig.

Adolf erstarrte, aber Tobias sagte: »Nein, Sie sind die ersten Fremden, die wir dieses Jahr haben.«

»Mein Freund und ich wandern gern. Wir sehen uns ein bißchen die Gegend an, solange Ihr Mechaniker noch arbeitet.« Sie holten Rucksäcke aus dem Kofferraum und liefen los.

Adolf war an diesem Tag sehr still, und nicht einmal Gabi konnte viel aus ihm herausholen. Als sie nach dem Fremden fragte, den er gestern nachmittag getroffen hatte, gab er keine Antwort, sondern machte sich wieder am Motor zu schaffen. Um sechs hatte er den Fehler behoben. Aber als er die Werkstatt am Abend abschloß, saßen die beiden Männer noch rauchend auf einer Mauer und genossen die letzten Sonnenstrahlen.

Als Adolf nach Hause kam, waren Ottos erste Worte: »Wer sind diese Männer?« Adolf erklärte, es seien Touristen, doch sein Vater schüttelte den Kopf. »Das sind israelische Agenten. Die suchen mich.«

»Warum sollen die dich suchen?«

Otto war ehrlich erstaunt. »Willst du etwa sagen, du weißt von nichts?«

»Woher denn? Herr Tatschek – ich meine, du, du hast in den Briefen ja nie was gesagt. Und hier hat nie jemand von dir geredet. Außer daß du General in der Armee warst und uns verlassen hast, als ich noch klein war, weiß ich gar nichts von dir.«

Otto lachte rauh auf. »Ich war nicht in der Armee. Ich war in der SS. Und niemand soll dir von den Verbrechen erzählt haben, die ich angeblich begangen habe?«

Bevor er jedoch fortfahren konnte, kratzte es wieder an der Tür, wie am Vorabend. Wieder griff Otto zum Brotmesser, als Adolf aufstand, um zu öffnen. Prinz taumelte herein, zerzaust und mit speicheltriefendem Maul. Adolf kniete sich hin und streichelte den Hund. »Prinz.«

Mit glasigen, unsteten Augen blickte Prinz zu ihm hoch. Seine Nackenhaare sträubten sich, und er schnappte nach ihm.

Bevor Adolf wußte, was geschah, hatte Otto ihn beiseite gestoßen. Mit dem Messer in der Hand näherte er sich dem Hund.

Prinz knurrte drohend, stürzte sich auf den Angreifer, grub die Zähne tief in den Arm, der sich gegen ihn erhob, und ließ nicht einmal los, als die Klinge ihm in die Kehle fuhr. Dann fiel er krampfartig zuckend auf den Boden.

Otto befreite seinen Arm aus den Kiefern des Hundes, zerrte sich die Jacke vom Leib und riß den Hemdsärmel auf. Die Zähne hatten sich tief in das Fleisch gebohrt. Er trat nach dem Hund und rannte zum Waschbecken, um den Biß auszuwaschen.

Adolf kauerte sich nieder und blickte entsetzt auf den sich windenden Prinz und das aus dem Hals ragende Messer. Der

Todeskampf seines geliebten Hundes dauerte nicht lange. Nach wenigen Minuten war er verblutet und lag ausgestreckt und leblos auf dem Küchenboden. Langsam drehte Adolf sich zu seinem Vater um. »Warum hast du das getan? Warum mußtest du ihn töten?«

»Menschenskind!« rief Otto. »Der war doch gemeingefährlich. Der hätte dich umgebracht, wenn ich ihn nicht vorher erwischt hätte.«

»Das hätte er nicht. Prinz hat noch nie jemandem was getan.«

»Ich hab' dir gerade das Leben gerettet und bin dabei gebissen worden, und du verteidigst diesen Köter!« brauste Otto auf. »Soll das heißen, daß dir dieser Hund mehr bedeutet als dein eigener Vater?«

Ja, wollte Adolf sagen. Prinz war die letzten zehn Jahre sein treuer und ständiger Begleiter gewesen. Prinz hatte ihm nähergestanden als dieser Mann, der ihn und seine Mutter allein gelassen hatte, als er gerade vier gewesen war.

Er wickelte Prinz in eine Decke und trug ihn nach draußen. Im Morgengrauen ging er in den Wald und beerdigte seinen alten Freund, dessen Grab er mit einem schlichten Holzkreuz schmückte.

Adolfs Leben bekam alptraumhafte Züge, weit schlimmer noch als nach dem Mord an seiner Mutter. Die Wunde an Ottos Handgelenk verheilte ohne Komplikationen, doch die Wunden, die Otto seinem Sohn mit den Enthüllungen über seine Vergangenheit zufügte, würden sehr viel länger brauchen, bis sie verheilt waren.

Jetzt wußte Adolf, warum sein Vater nach Syrien hatte fliehen müssen und dort unter falschem Namen lebte. Jetzt wußte er, warum sein Vater zum Messer gegriffen hatte, als Prinz an der Tür gekratzt hatte.

Nachdem Adolf an jenem Abend den toten Prinz nach unten getragen hatte, schilderte Otto ihm die Umstände, die zu seinem Exil in Syrien geführt hatten. »Als du geboren wurdest«, erzählte er, »beherrschte Deutschland den größten Teil von Europa. Das Reich erstreckte sich von Frankreich bis Polen. Unsere Armee lag schon vor Moskau. Wären die Amerikaner nicht gewesen, hätten wir Rußland erobert. Es würde keine Bolschewisten und Juden mehr geben. In meinem Lager wurden fünftausend täglich ausgemerzt. Ich bin von Himmler belobigt worden. Es war immer mein Ziel, Adolf, seit du geboren bist. Ich wollte, daß du in einer Welt ohne Bolschewisten und Juden groß wirst.«

Adolf sah ihn betäubt an. Ganz dunkel regte sich in ihm eine Erinnerung an Wolf, der ein kleines Mädchen zerfleischte.

»Ich habe der Welt einen großen Dienst erwiesen. Du bist mein Sohn, du mußt das verstehen.«

Adolf hörte seine Worte kaum. Er hörte nur den grausamen, arroganten Klang seiner Stimme. Er sah nur das kalte, böse Glimmen in seinen Augen.

Als er in jener Nacht auf seinem behelfsmäßigen Bett lag, versuchte er, das, was sein Vater ihm erzählt hatte, einzuordnen, doch er sah immer nur seinen toten Hund vor sich. Sein Vater hatte Prinz ohne jedes Zögern und ohne Skrupel getötet. Kein Zweifel, daß er mit der gleichen Brutalität Menschen töten würde.

Daß Otto sich bei ihm versteckte, belastete Adolf auf mehr als nur eine Art. Er mußte nicht nur mit dem Wissen leben, daß sein Vater ein kaltblütiger Massenmörder war, sondern auch Ausflüchte gegenüber Tobias, Gabi und den Albers erfinden. Er sehnte sich danach, das furchtbare Geheimnis mit ihnen zu teilen, aber er wagte es nicht. Sie würden höchstwahrscheinlich darauf bestehen, daß er zur Polizei ginge. Aber seinen Vater zu verraten, dazu konnte er sich nicht durchringen.

Noch schlimmer war die Angst, den Charakter seines Vaters

geerbt zu haben. Seine Mutter hatte ihm immer erzählt, wie sehr er seinem Vater gleiche. Da er seinen Vater für den Kriegshelden und großen General gehalten hatte, als den sie ihn beschrieben hatte, war Adolf immer stolz auf den Vergleich gewesen und hatte sich bemüht, ihm noch mehr zu gleichen. Jetzt verabscheute er diesen Gedanken.

Noch nie im Leben hatte er sich so völlig hilflos und allein gefühlt.

Aus Angst, daß Gabi ihm die Wahrheit irgendwie entlocken könnte, ging er nach der Arbeit nicht mehr mit ihr weg, und natürlich konnte sie auch nicht mehr in die Wohnung kommen. Er konnte ihr nicht die Wahrheit über Prinz' Tod sagen und mußte sie anschwindeln, der Hund sei im Schlaf gestorben. Gabi konnte sein so plötzlich verändertes Verhalten nur so deuten, daß er sie nicht mehr liebte und nicht den Mut aufbrachte, die Hochzeit abzusagen.

Abend für Abend versuchte Otto, Adolf zu überreden, mit ihm nach Damaskus zu kommen. Er schützte Einsamkeit vor. Er versuchte, Adolf einzureden, daß es seine Pflicht als Sohn sei, bei seinem Vater zu sein. Doch Adolf weigerte sich beharrlich.

Otto wußte nicht mehr weiter. Seine Pläne waren im Begriff, kläglich zu scheitern. Mit jedem Tag, den er in Bergtal blieb, stieg die Gefahr für ihn. Die beiden Fremden waren zwar inzwischen abgefahren. Wenn es Israelis waren, wie er fürchtete, dann waren sie auf jeden Fall noch irgendwo da draußen. Manchmal meinte er, am Waldrand etwas in der Sonne blinken zu sehen, und fragte sich, ob sie ihn mit einem Fernglas beobachteten.

Aber er brachte es nicht über sich abzureisen. Er brachte es nicht fertig, sich die Niederlage einzugestehen. Er würde nicht nach Syrien zurückgehen, wenn sein Sohn nicht mitkäme.

Er versuchte alles Mögliche, Adolf zu überzeugen. Er zog über das Leben her, das Adolf führte, machte sich über seine

Ziele lustig und spottete über seine Freunde. Er stellte seine einflußreichen Beziehungen in Syrien und sein Ansehen bei der syrischen Regierung heraus. Aber vergeblich. Dann spielte er seinen letzten Trumpf aus. »Als ich Polen verließ, habe ich einen Beutel Edelsteine mitgenommen, die ich in Damaskus verkauft habe. Es wartet ein Vermögen auf dich, Adolf, wenn du mitkommst.«

»Wem haben das Gold und die Edelsteine gehört?« fragte Adolf matt.

»Juden«, sagte Otto schulterzuckend. »Aber da, wo die hingingen, hätten sie es doch nicht brauchen können. Und jetzt gehört alles dir.«

Das Gesicht seines Sohnes verzog sich voll Abscheu. »Ich will es nicht haben.«

Tag für Tag fragte Adolf sich bei der Arbeit in der Werkstatt verzweifelt, wie lange er dieses Doppelleben noch würde ertragen können. Die Gefühle für seinen Vater waren in abgrundtiefen Haß umgeschlagen, der alles vergiftete, seine Arbeit, seinen Schlaf, seine Freunde und sein Zuhause.

Als Otto erneut einen Versuch unternahm, ihn zum Mitkommen zu überreden, war Adolf mit seiner Geduld am Ende. »Verdammt noch mal!« schrie er. »Warum verschwindest du nicht aus meinem Leben und läßt mich in Ruhe? Ich habe dich nicht gebeten herzukommen. Ich will weder dich noch dein Geld. Hau ab!«

Ottos durch die Enge bedingte Anspannung und die Angst, beobachtet zu werden, machten sich allmählich bemerkbar. Er war immer ein Hitzkopf gewesen. Jetzt hob er jähzornig die Hand gegen seinen Sohn.

Adolf sah den Schlag kommen. Die Jugend und Kraft auf seiner Seite, packte er den Arm seines Vaters und hielt ihn wie in einem Schraubstock. Lange starrten sich die beiden Männer an. Dann senkte Otto den Blick, und Adolf lockerte den Griff. Otto wußte, daß er verloren hatte.

Die nächsten Tage brachten eine beachtliche Veränderung bei Otto. Die Niederlage lastete schwer auf ihm. Er wurde trübsinnig, ihm war heiß und fiebrig. Der Hals tat weh, wenn er schluckte, und er hatte wahnsinnigen Durst, aber wenn er versuchte zu trinken, verursachte der Kaffee ihm Brechreiz. Er hatte keinen Appetit, und wenn er etwas essen wollte, blieb es ihm im Hals stecken. Er spürte das dringende Verlangen, Bergtal zu verlassen, war aber unfähig, sich auf etwas zu konzentrieren; er fühlte sich nicht in der Lage, irgend etwas zu planen, und nahm die Gewohnheit an, rastlos in der Wohnung auf und ab zu laufen.

Sein Zustand verschlechterte sich zusehends. Er wurde immer depressiver und reizbarer. Als er sich einmal im Spiegel erblickte, nahm er einen Stock und zertrümmerte ihn. Das ihm nun entgegenstarrende entstellte Gesicht erfüllte ihn mit grenzenlosem Entsetzen. Er rollte sich auf dem Bett zusammen, vergrub das Gesicht im Kissen und brach in Tränen aus.

Als Adolf von der Arbeit nach Hause kam und seinen Vater im Bett fand, hielt er es zunächst für einen Trick, sein Mitleid zu wecken. Doch später am Abend merkte er, daß Otto schwer krank war. Er hatte hohes Fieber, große Schwierigkeiten beim Essen, und als Adolf ihm ein Glas hinhielt, verursachte der bloße Anblick des Wassers ihm Krämpfe, bei denen er nach Luft rang und fast am eigenen Speichel erstickte.

Im Verlaufe der Nacht verschlechterte sich sein Zustand, und die Krämpfe kamen häufiger. Er redete wirres Zeug und schlug so wild um sich, daß Adolf ihn festhalten mußte, damit er nicht aus dem Bett fiel. Licht und der bloße Anblick von Wasser bereiteten ihm offenbar Todesängste und versetzten ihn in einen Zustand fast irrsinniger Erregung. Wenn er sich vorübergehend von diesen Anfällen erholte, war er so erschöpft, daß er nicht einmal ohne Hilfe sitzen konnte.

Wenn er redete, dann vom Tod. Plötzlich war aller Schwulst von ihm gewichen, und die Greueltaten, mit denen er sich bei seiner Ankunft gebrüstet hatte, erfüllten ihn jetzt mit schrecklicher Angst. Er hatte furchtbare Angst zu sterben und noch mehr Furcht vor Vergeltung.

»Sie haben mich gezwungen, es zu tun«, murmelte er einmal mit starr blickenden, tief in den Höhlen liegenden Augen. »Glaub mir, Adolf, ich wollte niemand töten. Aber ich mußte die Befehle befolgen. Sie haben nicht zugelassen, daß ich aufhöre.«

Es war, als glaubte er, durch das Bekennen seiner Sünden in letzter Minute Vergebung zu finden. Jedesmal, wenn er das Bewußtsein wiedererlangte, kamen weitere Horrorgeschichten über seine schleimbedeckten Lippen.

Und dann kam die schlimmste Enthüllung. »Anna hat mich gezwungen . . . Sie hatte die Steine versteckt. Sie gehörten dir, Adolf. Ich hatte keine andere Wahl, als sie zu töten. Ich wollte dich damals mitnehmen, aber es war nicht möglich.« Seine verruchte Hand kam unter der Decke hervor und tastete nach Adolf.

So deutlich, als wäre es gestern gewesen, sah Adolf die Leiche seiner Mutter vor ihrem Bett liegen, einen Strumpf um den Hals geknotet, das Gesicht blau und aufgebläht. Er empfand einen solchen Abscheu, daß er fürchtete, sich zu übergeben. »Du hast meine Mutter umgebracht?« fragte er stockend.

Ein neuer Krampf überfiel Otto mit solcher Heftigkeit, daß es schien, als würde er ersticken. Adolf hoffte es, nur wäre selbst der Tod ein zu gnädiges Schicksal für ihn gewesen.

Draußen breitete sich das erste Morgenrot über den Himmel. Eine Amsel sang. Lange saß Adolf reglos da. Dann stand er auf und ging durch das Zimmer.

»Geh nicht, Adolf«, bettelte Otto, die Zunge dick, die Lippen geschwollen und das Kinn tropfend vor Speichel. »Adolf, erbarme dich.«

Adolf achtete nicht auf ihn. Das Herz voll bitterem Haß,

ging er nach unten in die Werkstatt, um einen Krankenwagen zu rufen.

In einem Freiburger Krankenhaus kam Otto Tobisch auf eine Isolierstation und erhielt eine Beruhigungsspritze. Tests wurden gemacht, um die Krankheit zu bestimmen. Die körperliche Untersuchung ergab eine alte Narbe auf der Stirn, eine Narbe an der Stelle, wo die SS-Tätowierung unter der Achsel gewesen war, und eine frischere Narbe am Arm.

In einem kleinen Büro in der Nähe hörte ein Polizeiinspektor sich etwas ungläubig Adolfs zusammenhanglose Geschichte an, während ein Wachtmeister seine Aussagen mitstenografierte. »Warum, um Himmels willen, haben Sie nicht schon eher was gesagt?« fragte er, als Adolf fertig war.

»Er war trotz allem immer noch mein Vater. Ich konnte ihn doch nicht verraten. Aber als er sagte, daß er meine Mutter getötet hat . . .«

Der Inspektor griff zum Telefon und führte mehrere kurze, präzise Gespräche. Der Revierbeamte in Bergtal wurde angewiesen, sich in Adolfs Wohnung zu begeben, nach Papieren zu suchen, die Rudolf Tatschek gehörten, und sie umgehend zum Krankenhaus zu bringen. Ein Beamter in der Freiburger Polizeizentrale bekam den Auftrag, die Mordakte Anna Feldmann, frühere Tobisch, herauszusuchen. Ein Kollege in Ludwigsburg wurde gebeten, im Archiv sämtliche Unterlagen über Otto Tobisch zu besorgen.

Plötzlich holten die Ereignisse der letzten Wochen Adolf ein. Das Blut wich ihm aus dem Gesicht, kalter Schweiß brach ihm aus, und er fing an zu zittern. Der Inspektor sprang auf und packte ihn, bevor er vom Stuhl sinken konnte. »Holen Sie eine Schwester, Wachtmeister, schnell!«

Adolfs Ohnmacht dauerte nur wenige Sekunden, aber die Ärzte meinten, er sollte ins Bett und unter Beobachtung bleiben.

Gegen zehn Uhr ließ die Wirkung des Beruhigungsmittels nach. Otto öffnete die Augen und sah sich auf einer weißen, nüchternen Krankenstation. Neben dem Bett standen zwei Polizisten.

»Wer sind Sie?« fragte einer von ihnen.

Er war zu krank und erschöpft, auch nur den Versuch zu unternehmen, seine wahre Identität zu verleugnen. »Ich bin Otto Tobisch«, flüsterte er.

Es waren seine letzten Worte. Um Mitternacht starb Otto Tobisch.

Adolf blieb einen ganzen Monat im Krankenhaus. Die klassischen Symptome einer Hydrophobie bei seinem Vater weckten bei den Ärzten den Verdacht auf Tollwut, was durch seine Beschreibung der plötzlichen Erkrankung von Prinz erhärtet wurde. Nach einer tierärztlichen Untersuchung von Prinz, der in Bergtal ausgegraben wurde, stand fest, daß Prinz Tollwut gehabt hatte.

Man befürchtete sofort, daß auch Adolf sich infiziert haben könnte. Er war zwar nicht, wie Otto, gebissen worden, hätte sich aber über den Speichel des Hundes anstecken können. Er bekam mehrere Spritzen gegen Tollwut, aber die Ärzte mußten eingestehen, daß es keine sichere Methode zur Immunisierung und auch kein Mittel gäbe, falls sich herausstellen sollte, daß Adolf sich infiziert hatte. Die Inkubationszeit für diese Krankheit beim Menschen betrug normalerweise sechs bis acht Wochen, konnte aber auch nur zehn Tage oder zwei Jahre betragen.

Sehr zur Sorge der Polizei und Regierung häuften sich in einigen Städten Kundgebungen von Neonazis, auf denen die Demonstranten schwarze Armbinden trugen. Sie wurden zwar rasch aufgelöst, doch gegen die Blumen und Karten, die für Otto Tobisch und seinen Sohn im Krankenhaus eintrafen und vielfach ein Hakenkreuz trugen, war nichts zu machen.

Mit Adolfs Einverständnis wurden Zeit und Ort der Beerdigung seines Vaters geheimgehalten. Ottos Leiche wurde eingeäschert und an einem anonymen Ort beigesetzt.

Allein Gabi hatte Adolf es zu verdanken, daß er die Zeit nach dem Tod seines Vaters überstand. Sie saß an seinem Bett und brachte ihn dazu, über die Alpträume zu sprechen, die ihn verfolgten.

Was sie ihm nicht aus reden konnte, war, daß seine Mutter und die Albers ihn über seinen Vater belogen hatten. »Warum haben sie mir nichts gesagt?« fragte er wieder und wieder. »Warum haben sie mich in dem Glauben gelassen, er sei ein großer Mann?«

»Wahrscheinlich meinten sie es gut mit dir«, erklärte Gabi.

»Hätten sie mir doch nur die Wahrheit gesagt.«

Adolf ging nicht nach Bergtal zurück. Nach seiner Entlassung aus dem Krankenhaus zogen er und Gabi mit der Hilfe ihrer Eltern nach Frankfurt, wo eine kleine Werkstatt zum Verkauf stand. Gabis Vater übernahm als Geschenk zu ihrer Hochzeit im September die Miete. Über dem Eingang wurde ein neues Schild angebracht: A. FELDMANN – AUTOREPARATUREN. Feldmann war ein gängiger Name, und keiner der Nachbarn oder Kunden konnte den Besitzer mit dem berüchtigten Otto Tobisch in Verbindung bringen.

Adolf gewöhnte sich nur schwer an das Stadtleben. Gabi fiel die Umstellung viel leichter. Sie hatte Freundinnen in Frankfurt und war den Lärm, die Hektik und den Verkehr gewohnt. Bergtal war für sie bald nur noch ein kurzes, flüchtiges Zwischenspiel. Sie war wieder zu Hause.

Adolf spürte, er würde sich in Frankfurt nie zu Hause fühlen. Ihm waren die Stadt und auch die Menschen fremd. Jeder wollte alles möglichst schnell und möglichst billig. Im Dorf hatte es nur eine einzige Werkstatt gegeben, hier war seine eine unter vielen. Aber er kämpfte, arbeitete hart und bemühte sich, sich einen Ruf als zuverlässiger Mechaniker zu schaffen, finanziell klarzukommen und vor allem, die traumatischen Ereignisse seines Lebens abzuschütteln.

Weihnachten eröffnete Gabi ihm, daß sie schwanger sei, und schenkte ihrem Mann im Sommer 1964 einen Sohn, das erste von drei Kindern, die sie insgesamt bekommen sollten.

Über Otto sprachen sie nie mehr, und Gabi hoffte, daß Adolf mit ihm fertig war. Doch die Zeit, die er und sein Vater gemeinsam verbracht hatten, und die grauenvollen Enthüllungen seines Vaters waren Adolf auf ewig eingeprägt und fraßen an ihm wie ein Krebsgeschwür.

17

Im Frühsommer 1963 wurde bekannt, daß Präsident Kennedy die Bundesrepublik besuchen werde, unter anderem Frankfurt und Berlin. Beide Jochum-Hotels wurden mit Reservierungswünschen von Geschäftsleuten, Politikern und Journalisten aus aller Welt überhäuft.

Nachdem Viktoria die Mitarbeiter in Berlin in höchste Alarmbereitschaft versetzt hatte, flog sie nach Frankfurt. Es war bald klar, daß sie sich um das Jochum-Frankfurt keine Sorgen zu machen brauchte; es war auf den Ansturm der bedeutenden Gäste während des Präsidentenbesuchs vorbereitet. Eduard lieferte ihr trocken die Erklärung: »Wir rechnen ständig mit Ihrem unangekündigten Besuch, Frau Jochum. Deshalb sind wir immer in Hochform.«

»Und die Personalsituation?« fragte Viktoria.

Viele Angestellte der Jochum-Hotels, Putzfrauen, Zimmermädchen und Küchenhilfen, waren inzwischen Gastarbeiter, überwiegend Italiener, aber auch Türken und Griechen, die nach Deutschland strömten, wo sie mehr verdienten, als in ihrer Heimat jemals möglich war. Seit die Berliner Mauer den Zustrom von Flüchtlingen aus der DDR gestoppt hatte, mußten die Arbeitskräfte woanders herkommen.

Eduard zuckte die Schultern. »Die Gastarbeiter machen ihre Sache schon gut. Aber die meisten sind nur daran interessiert, möglichst schnell möglichst viel Geld zu verdienen, das sie dann sofort nach Hause schicken.«

Viktoria seufzte. Es war überall das gleiche.

Am Tag darauf kam Mortimer. Viktoria hatte vor wenigen Tagen ihren neunundsechzigsten Geburtstag gehabt, und er brachte einen großen Strauß roter Rosen mit. »Als Zeichen meiner nie endenden Liebe und Bewunderung«, sagte er, als er sie ihr überreichte.

Sie erwiderte seinen Kuß mit aufrichtiger Zuneigung. Auch wenn sie ihn manchmal jahrelang nicht sah, änderte das an ihrer Freundschaft nichts. Und welchen Belastungen sie auch ausgesetzt war, sie blieb stark wie eh und je.

Am Abend, beim Essen, bemerkte er: »Ja, und dein alter Freund Tobisch hat sich also der irdischen Mühen auf ziemlich unbefriedigende Weise entzogen.«

»Ja, und da ist etwas ganz Komisches. In einer Zeitung war ein Foto von ihm in Syrien. Ich habe mir tagelang den Kopf zerbrochen, wo ich es zuvor gesehen habe. Und dann wußte ich es plötzlich wieder. Ich hatte nicht das Foto gesehen, sondern den Mann selbst. Nur hat er sich nicht Tobisch genannt, sondern Tobler. Er war Polier beim Bau des Jochum-Hamburg. Kannst du dir das vorstellen, Mortimer? Er hat an meinem Hotel mitgearbeitet! Ich erinnere mich genau an ihn, weil er einen Balken auf die Stelle fallen ließ, wo ich Sekunden vorher noch gestanden hatte. Hätte ich mich nicht bewegt, hätte der Balken mich ohne weiteres erschlagen können.«

»Wenn es Tobisch war, war das wahrscheinlich auch seine Absicht.«

»Ich glaube schon. Er war am nächsten Tag verschwunden,

und kein Mensch hat ihn mehr gesehen.« Sie hielt inne. »Ich weiß noch, daß Norbert mir erzählt hat, er sei mit irgendeiner Empfehlung von Werner nach Lübeck gekommen.«

»Werner hat die Krausschen Stahlwerke geleitet, die direkt neben dem Lager von Tobisch lagen. Sie waren Partner. Nach dem Krieg haben sich Leute wie die geholfen. Auf diese Weise sind viele Nazis entkommen. Wenn Werner Otto Tobisch wirklich geholfen hat, müßte er es seither oft bereut haben, vor allem bei dem wachsenden Zulauf für die neonazistische Bewegung.«

»Ich glaube das ganze Gerede über den Neonazismus einfach nicht«, warf Viktoria ein. »Die Nazis werden in Deutschland nie mehr hochkommen.«

Mortimer seufzte tief auf. »Ich weiß nicht. Man hört ungute Geschichten, daß Flüchtlinge aus der Sowjetzone wie Menschen zweiter Klasse behandelt werden, und neuerdings auch die Gastarbeiter. So hat Hitler auch einmal angefangen, Viktoria. Manchmal fürchte ich, daß die Geschichte nach nur dreißig Jahren schon wieder dabei ist, sich zu wiederholen.«

Am nächsten Abend trafen Werner Kraus und Dr. Schulte im Hotel ein, um an einem Treffen von Bankiers, Geschäftsleuten und Wirtschaftsjournalisten teilzunehmen, die Bruno von der Eschenbach zu einem Diner in einem privaten Bankettsaal eingeladen hatte. Werner, inzwischen sechsundvierzig, war bereits stark gelichtet und beinahe fett geworden, wenn der Maßanzug das auch etwas verschleierte. Er begrüßte Viktoria herablassend und Mortimer mit kühler Höflichkeit. Er hatte weder vergessen noch vergeben, daß der Amerikaner vor vielen Jahren Zeuge seiner demütigenden Verhaftung auf Schloß Waldesruh gewesen war.

Als Bruno von der Eschenbach Mortimer und Viktoria zum Aperitif einlud, blieb Werner allerdings nichts anderes übrig, als eine etwas freundlichere Haltung anzunehmen. Mortimer

Allens gelegentliche, sehr scharfsinnige Artikel in Blättern wie der Londoner *Times* und den *New York News* genossen in deutschen Wirtschaftskreisen einen ausgezeichneten Ruf, und es wäre unklug gewesen, sich mit ihm anzulegen oder ihn zu brüskieren.

Das Gespräch kam sofort auf den Kennedy-Besuch, wobei die Anwesenden sehr unterschiedlicher Meinung über den amerikanischen Präsidenten waren. »Mich beunruhigt das zunehmende amerikanische Engagement in Vietnam«, erklärte Dr. Schulte. »Ich habe das Gefühl, die Amerikaner hoffen, Erfolg zu haben, wo die Franzosen gescheitert sind – und wenn sie ihn haben, haben wir eine potentiell noch bedrohlichere Situation am Hals als im Koreakrieg oder während der Kubakrise letzten Herbst.«

»Entscheidungen dieser Tragweite sollten nicht einem so jungen Mann wie Kennedy überlassen werden«, meinte ein anderer.

»Da bin ich anderer Meinung«, sagte Werner. »Intelligenz, diplomatisches Geschick und politische Befähigung sind kein Vorrecht des Alters. Die Welt wird von zu vielen alten Männern regiert, nicht zuletzt von Chruschtschow, Adenauer und de Gaulle.«

Dr. Schulte lachte. »Wenn ich recht habe, ist Kennedy so alt wie du, Werner, oder? Aber damit du's weißt, es ist kein großer Unterschied zwischen meinem und Chruschtschows Alter, und ich halte mich gewiß für noch nicht zu alt.«

»Es ist aber doch etwas dran an dem, was Herr Kraus sagt«, warf Mortimer unerwartet ein. »Ich bin siebzig und muß gestehen, daß es Momente gibt, wo ich mein Alter spüre. Ich bin nicht mehr so tolerant oder flexibel wie früher, und ich reagiere bestimmt nicht mehr so schnell.«

»Tolerant ist ein Wort, mit dem ich Sie nicht charakterisieren würde, Herr Allen«, bemerkte Bruno mit einem Lächeln, das seinen Worten den Stachel nahm.

Mortimer grinste verständnisvoll. »Aber ohne alte Männer wie Adenauer und de Gaulle, denen es, was immer man von ihnen halten mag, nicht an Mut fehlte, sähe nicht nur Europa, sondern die ganze Welt anders aus, und nicht unbedingt besser«, sagte er und setzte damit ein gelungenes Schlußwort, denn der Oberkellner erschien und verkündete, daß angerichtet sei.

Die europäische und transatlantische Einheit standen im Vordergrund, als Präsident Kennedy zu den Menschen in Frankfurt sprach. Er forderte eine atlantische Partnerschaft, in der Lasten und Entscheidungen gemeinsam getragen werden könnten. Und er betonte die Notwendigkeit einer demokratischen europäischen Gemeinschaft.

Aber Höhepunkt der Kennedy-Reise war der 26. Juni in Berlin. Die Kinder hatten schulfrei, und viele Läden, Büros und Fabriken blieben geschlossen. Zusammen mit Bundeskanzler Adenauer und dem Regierenden Bürgermeister Brandt fuhr Kennedy im offenen Wagen durch die Stadt und nahm die Huldigungen und den Dank mehrerer hunderttausend Berliner entgegen, die an den Straßen standen, um ihm zuzujubeln. Am Checkpoint Charlie und am Brandenburger Tor machte die Kolonne an der Mauer halt. Dann ging es weiter zum Rathaus Schöneberg, wo, wie Mortimer Viktoria später erzählte, über eine Million Menschen versammelt waren und den Ausspruch hörten, mit dem Kennedy für immer die Herzen der Berliner eroberte: »Alle freien Menschen, wo immer sie leben, sind Bürger Berlins. Und deshalb bin ich als freier Mensch stolz auf die Worte: ›Ich bin ein Berliner.‹«

Als knapp fünf Monate später, am 22. November 1963, in einer Sondermeldung die Ermordung Kennedys bekanntgegeben wurde, blieb Viktoria regungslos in ihrem Schlafzimmer stehen, wo sie sich gerade zum Essen umzog, und sank dann langsam in einen Sessel. Kennedy, der junge Mann, der alle Menschen mit solcher Hoffnung beflügelt hatte, war tot.

Der Mord ließ alles verblassen, was sich in den letzten Monaten ereignet hatte: Viktorias und Mortimers gemeinsame Tage in Berlin nach dem Kennedy-Besuch; Adenauers unfreiwilligen Rücktritt und die Nachfolge durch Erhard; den Rücktritt des britischen Premierministers Macmillan nach dem Profumo-Skandal. All das, was seinerzeit so wichtig gewesen war, wurde angesichts des Todes von John F. Kennedy unbedeutend.

Tausende von Studenten zogen an jenem Abend zum Rathaus von Berlin und trauerten um den Mann, mit dem sie sich so sehr identifiziert hatten. Überall in den Fenstern der Stadt brannten Kerzen.

Der Platz vor dem Schöneberger Rathaus wurde in John-F.-Kennedy-Platz umbenannt.

Im Dezember wurden die Beschränkungen zwischen Ost und West plötzlich und deutlich gelockert. Zum erstenmal seit dem Mauerbau vor achtundzwanzig Monaten durften Westberliner Verwandte in Ost-Berlin besuchen. Dr. Vogel kam wieder nach West-Berlin, und Holger Busko traf sich mit ihm in Dr. Stanges Kanzlei in der Bundesallee und setzte sich für Stefan ein.

Der Ostberliner Anwalt erklärte, Nachforschungen hätten ergeben, daß die DDR-Regierung bereit sein könnte, seine Freilassung gegen ein angemessenes Lösegeld zu erwägen. Der tragische Mord an Kennedy trat bei Viktoria in den Hintergrund, und sie bereitete sich mit so viel Hoffnung auf das Weihnachtsfest vor wie seit zehn Jahren nicht mehr.

Inzwischen hatte Senta im Jochum-Frankfurt ihre Arbeit aufgenommen. Sie hatte ihr Examen zwar mit sehr guten Noten bestanden, aber Viktoria war entschlossen, nicht noch einmal den gleichen Fehler wie bei Lili zu machen, und gab Eduard für sie genaue Anweisungen. Im ersten Jahr sollte Senta alle Abteilungen durchlaufen, damit sie mit allen Bereichen des

Hotels vertraut wurde. Würde sie diese Probezeit bestehen, konnte sie als Managementpraktikantin anfangen, wozu sie am geeignetsten erschien. Sie gehörte zwar zur Familie, sollte aber keine Vorzugsbehandlung erhalten.

So reinigte Senta Zimmer, machte Betten, schälte Kartoffeln, lernte Silber putzen, die Telefonzentrale bedienen und durfte schließlich dem Empfangschef helfen. Obwohl es sich im Hotel im Nu herumsprach, daß sie Frau Jochums Enkelin war, erlaubte sie sich keine Allüren und arbeitete soviel wie alle andern, wenn nicht mehr. Für die Gäste war sie einer der namenlosen dienstbaren Geister, die für ihr Wohl sorgten.

Die Monate vergingen, Senta und Eduard sahen sich täglich im Hotel, und sie fand ihn von Mal zu Mal sympathischer. Oft hatten sie zur gleichen Zeit Mittagspause und aßen zusammen, wenn die übrigen Mitarbeiter fertig waren.

Da kannte sie die Geschichte von Eduards Flucht aus Ostpreußen und dem Tod seiner Eltern schon. Er hatte keine Familie mehr und offenbar keine Freunde. Sie wußte nicht, warum er mit dreiunddreißig noch nicht verheiratet war. Er sah gut aus und hatte ein ruhiges, angenehmes Wesen. »Er war, glaub' ich, mal unglücklich verliebt«, erzählte eine der Telefonistinnen ihr. »Er hat nie ein Rendezvous. Eigentlich geht er kaum aus dem Haus.« Eduard allerdings machte nie eine Andeutung über das Mädchen, das ihm das Herz gebrochen hatte.

Senta war sicher, daß er sich sehr einsam fühlte. Als Geschäftsführer konnte er mit seinen Kollegen nicht zu persönlich werden. Aber da sie eine Jochum war, glaubte er, ihr in gewisser Hinsicht vertrauen zu können.

Eduard hatte weit mehr ein Auge für Sentas äußere Vorzüge, als sie merkte. Sie war nicht so flatterhaft wie Lili, weit weniger ihren Gefühlen ausgeliefert, und er fand es einfacher, mit ihr zusammen zu sein, auch wenn sie nicht den gleichen Zauber auf ihn ausübte. Mit Senta konnte er über Dinge reden, die

Lili gelangweilt hätten. Senta nahm schon jetzt alles sehr ernst, was im Hotel vor sich ging. Lili wäre, wie er sich eingestehen mußte, ihrer Arbeit längst überdrüssig geworden, aber Senta klagte nie. Sie fand im Gegenteil jede neue Erfahrung interessant und lohnend. In seinen Berichten an Viktoria hatte er nur Positives über sie zu schreiben.

Manchmal spielte Eduard mit dem Gedanken, mit ihr auszugehen. Aber er konnte Lili nicht vergessen. Seit er erfahren hatte, daß ihre Ehe mit Norbert zerbrochen war, klammerte er sich an die Hoffnung, daß sie zurückkommen und erkennen werde, wie sehr er sie liebte.

Lili brachte die Sache selbst ins Rollen. Sie schrieb Senta, daß sie Weihnachten nichts vorhabe, und Senta lud sie nach Frankfurt ins Hotel ein.

Nach eineinhalb Jahren im Kleinen Walsertal ließ der Reiz des Neuen in Lilis Dasein merklich nach. Sie hatte sich im Sommer mit einem Bergführer angefreundet, einem kräftigen, sonnengebräunten Mann, der wie sie gerne wanderte und sie in die Kunst des Kletterns eingeweiht hatte. Irgendwann hatte er angefangen, sie nach Hause zu begleiten, und am Ende verbrachte er die Nächte bei ihr. Als die Sommersaison vorüber war, hatte er sie verlassen.

Obwohl Lili hellwach und ohne den Gedanken an eine dauerhafte Beziehung diese Affäre angefangen hatte, war sie doch betroffen, als er ging. Und als die Berge dann Tag für Tag in Wolken gehüllt waren und der erste Schnee fiel, erkannte sie, daß Senta recht gehabt hatte. Sie würde die Berge immer lieben, aber dort leben wollte sie nicht länger. Selbst die vor der Tür stehende Wintersaison reizte sie kaum. Sie war sechsundzwanzig, ein Alter, in dem die meisten ihrer Altersgenossinnen entweder Karriere gemacht oder Familie und Kinder hatten. Aber Lili hatte nichts. Sie war jung, hübsch, sehr einsam und langweilte sich schrecklich.

Heiligabend kam sie im Jochum-Frankfurt an. Durch sein Bürofenster sah Eduard sie vorfahren, atmete tief durch und ging hinaus, um sie zu begrüßen. Über sieben Jahre hatten sie sich nicht mehr gesehen, seit ihre verhängnisvolle Liebschaft mit Volker Busko in die Brüche gegangen war und Viktoria sie nach Hamburg geschickt hatte.

Lili sah ihn in der Tür stehen, in einem dunkelgrauen Nadelstreifenanzug, sein förmlicher Aufzug jedoch durch ein Lächeln gemildert. Sie lief auf ihn zu, wie er sie früher auf Norbert hatte zulaufen sehen. Dann war sie in seinen Armen. »Eduard! Es ist eine Ewigkeit her!« rief sie. »Ich hab' auf dem Weg hierher versucht herauszufinden, wie lange. Fünf Jahre?«

Bevor er antworten konnte, erschien Senta, und Lili ließ ihn los, um sie zu umarmen. »Komm rein«, sagte Senta. »Hier draußen ist es kalt. Hattest du eine gute Fahrt? Wie schön, dich wiederzusehen! Du warst noch nie hier, oder? Wir haben dich in Großmutters Zimmer untergebracht. Ich zeig' dir den Weg. Dein Gepäck bringt einer von den Pagen.«

Eduard blickte ihnen nach: Lili in einem dreiviertellangen Pelzmantel mit dickem, flauschigem Kragen, die Haare ganz modern hochtoupiert, so daß ihr herzförmiges Gesicht und die großen, dunkelbewimperten Augen betont wurden; Senta etwas kleiner, kräftiger gebaut, das Gesicht nicht so fein, die Haare zu einem Pferdeschwanz gebunden und bei weitem nicht so teuer und modisch gekleidet.

Bis auf das Aussehen hatte Lili sich kaum verändert. Sie konnte sich noch immer über einfache Dinge freuen und war begeistert, als Eduard sie bat, die Weihnachtsbäume im Restaurant und Ballsaal zu schmücken und die Tischdekoration vorzunehmen, wofür sie immer wieder seine Zustimmung suchte. Sie hatte schön verpackte Geschenke mitgebracht und sah aufgeregt zu, als sie sie auspackten, um festzustellen, ob sie ihnen gefielen.

»Sie erinnert mich etwas an Peter Pan«, meinte Senta hinterher liebevoll. »Ich glaube, sie wird nie erwachsen.«

Diese Feststellung, dachte Eduard, beschrieb Lili vielleicht am besten. Bei allem Luxus blieb sie doch entwaffnend naiv und ungekünstelt.

Vielleicht, so versuchte er sich einzureden, war sie sich deshalb nicht der Tiefe seiner Gefühle für sie bewußt. Sie neckte ihn, hängte sich bei ihm ein und gab ihm hin und wieder einen zärtlichen flüchtigen Kuß, aber all das tat sie, wie sie es immer getan hatte, als wäre er ihr Bruder. Noch schlimmer war, daß sie ihm ziemlich viel über ihre Beziehung zu Jeremy und die Ehe mit Norbert erzählte, offenbar völlig ahnungslos, wie sehr ihn diese Einzelheiten quälten. Als er sie zaghaft nach ihren Zukunftsplänen fragte, zuckte sie nur die Schultern. Er sehnte sich danach, sie in die Arme zu nehmen und ihr seine Liebe zu gestehen, aber jedesmal hielt etwas ihn zurück.

Am Silvesterabend kamen Monika und Hans aus Worms zum Ball. Da Senta sich kaum um sie kümmern konnte, nahm Lili sie unter ihre Fittiche, saß beim Essen bei ihnen und später im Ballsaal. Es war nicht gerade einfach, sich mit ihnen zu unterhalten. Beide hatten eine altmodische Einstellung und standen dem Leben in der Bundesrepublik immer noch sehr kritisch gegenüber, das bei Vergleichen mit ihren Erinnerungen an Fürstenmark schlecht abschnitt. Schon nach kurzer Zeit fand Lili das Gespräch mit ihnen höchst mühsam.

Die Band begann mit dem Beatles-Song *I want to hold your hand.* Lili unterdrückte ein Gähnen. Sie wußte, daß sie gut aussah an diesem Abend in ihrem modisch-schlichten, cremefarbenen Kleid, mit dazu passenden Handschuhen und Schuhen und einer kurzen Perlenkette. Von den vielen Gästen würde sie sicher jemand zum Tanzen auffordern.

In dem Augenblick merkte sie, daß jemand neben ihr stand. Sie sah auf und erblickte einen vornehmen, makellos gekleideten Mann mit leicht gebräuntem Teint und dunklem, an den

Schläfen ergrautem Haar. Es war ein Gesicht, das sie hätte wiedererkennen müssen, wie sie wußte, aber sie konnte es nicht einordnen. »Sie erinnern sich nicht an mich, Lili?«

Sie schüttelte den Kopf. »Es tut mir leid.«

»Bruno von der Eschenbach«, stellte er sich vor und hob ihre Finger an die Lippen.

Natürlich . . . »Bitte, entschuldigen Sie.«

»Das macht doch nichts. Es ist lange her, daß wir uns gesehen haben. Ich bin bei modernen Schritten zwar nicht auf dem neuesten Stand, aber möchten Sie trotzdem tanzen?«

Sie hatte sich Erlösung vielleicht nicht gerade in Gestalt von Tante Vickis Geschäftspartner gewünscht, doch um Sentas Eltern zu entfliehen, war ihr alles recht. Sie nahm seinen Arm und ließ sich zur Tanzfläche führen, wo er seine Worte Lügen strafte und sich als ausgezeichneter Tänzer erwies.

Nach drei Stücken war sie etwas außer Atem, doch Bruno von der Eschenbach war noch in Hochform. Obwohl er beträchtlich älter war als sie, besaß er offenbar die Ausdauer eines jungen Mannes.

»Wie wär's mit einer kleinen Erfrischung?« schlug er vor und führte sie, die Hand leicht an ihrem Rücken, zu einem Tisch auf der entgegengesetzten Seite des Saals.

Als beide ein Glas Champagner vor sich stehen hatten, gestand er: »Ich habe Sie eine ganze Weile beobachtet, bevor ich das Gefühl hatte, Ihnen zu Hilfe kommen zu müssen. Ich erinnere mich nicht, jemals eine so hübsche junge Dame so gelangweilt gesehen zu haben.«

Lili hatte Bruno von der Eschenbach schon bei ihrem ersten Zusammentreffen gemocht, und jetzt fühlte sie sich erneut zu ihm hingezogen, aber auf ganz andere Art. Damals war sie eine neunzehnjährige Schülerin gewesen und hatte Bruno in die Altersklasse ihrer Tante eingereiht. Jetzt war sie eine reife Frau.

Wieder schenkte er ihr dieses entwaffnende Lächeln. »Wohnen Sie immer noch in München?«

»Hat Ihnen Tante Vicki das nicht erzählt?«

Er schüttelte den Kopf. »Die Beziehung zwischen Ihrer Tante und mir ist rein geschäftlich. Wir sprechen selten über persönliche Dinge. Ich weiß, daß Sie nicht mehr mit Norbert Kraus verheiratet sind, aber auch nur weil ich in einer Zeitung etwas über Ihre Scheidung gelesen habe.«

»Ich habe im Kleinen Walsertal gewohnt. Kennen Sie es?«

Eduard stand am Eingang zum Ballsaal, als schaute er danach, ob die Gäste sich vergnügten und die Angestellten spurten. Aber er sah nur Lili, die Bruno von der Eschenbach in die Augen blickte. Mit schwerem Herzen drehte er sich um und ging.

Am nächsten Abend ging Bruno von der Eschenbach mit Lili außerhalb der Stadt essen. Der Chauffeur fuhr sie in Brunos Bentley hin. »Ich habe mich gefragt, ob Sie nach Ihrer Scheidung nicht doch in die Hotelbranche einsteigen«, sagte Bruno, als sie durch das winterliche Land fuhren. »Wenn ich mich richtig erinnere, haben Sie nach der Schule im Hotel in Hamburg gearbeitet.«

Lili konnte es immer noch nicht glauben, daß Tante Vicki nicht mit ihm über sie gesprochen hatte. »Das lief nicht so gut. Ich bin nach ein paar Monaten nach England gegangen.«

»Tatsächlich? Das wußte ich gar nicht. Was haben Sie dort gemacht?«

Er hatte offenbar die Wahrheit gesprochen, als er sagte, daß er sich mit Viktoria selten über private Dinge unterhielt. Er wußte nichts über ihre Londoner Zeit oder ihren kurzen Ruhm als Model. »Sie hatten bestimmt viel Erfolg«, sagte er. »Sie haben das Gesicht und die Figur dafür. Warum haben Sie damit aufgehört?«

Bruno hatte etwas Vertrauenerweckendes an sich. Lili war

selbst erstaunt, als sie ihm von Jeremy und Major Harrison-Browne erzählte. In der Zwischenzeit hatten sie das Restaurant erreicht und bestellten bei einem servilen Oberkellner, der Bruno bei jeder Gelegenheit mit »Herr Graf« anredete.

Lili schilderte ihm ausführlich ihren Empfang im Herrenhaus von Tilbridge und ihren Schock über die Enthüllungen von Joyce Allen, insbesondere was die Beteiligung ihres Vaters an Angriffen der Luftwaffe betraf. Als sie fertig war, schwieg Bruno lange. Dann sagte er: »Ich war auch bei der Luftwaffe. Ich habe Ihren Vater gekannt. Natürlich war ich um einiges jünger als er, aber zur Zeit der Schlacht um England waren wir beide in Frankreich stationiert. Ich habe Ihren Vater grenzenlos bewundert, und sein Tod hat mich tief getroffen. Das Ministerium erklärte, es sei ein Unfall gewesen, aber wir alle waren sicher, daß es Selbstmord war. Göring hat ihn dazu getrieben. Ihr Vater und Göring waren im Ersten Weltkrieg beide in der Richthofen-Staffel, doch Göring vergaß alte Freunde, als er an die Macht kam.« Er sah sie seltsam an. »Ich denke, Sie werden sich an Ihren Vater kaum erinnern.«

Lili schüttelte den Kopf. »Ich war vier, als er starb.«

»Er war ein Held, ein sehr mutiger Mann, der den Tod der Schande vorzog.«

»Aber er war an der Zerstörung von Warschau, Rotterdam und London beteiligt.«

»Er war ein strikter Gegner von Luftangriffen auf zivile Ziele. Das war einer der Hauptgründe für sein Zerwürfnis mit Göring. Josef Nowak war ein Jagdflieger. Vor allem aber war er ein Flieger.« Eschenbach erzählte ihr, was er über ihren Vater wußte, und langsam begann Lili, sich ein neues Bild von ihm zu machen: ein schmächtiger Mann mit schrägen, lachenden Augen, der sich der Fliegerei verschrieben hatte und unter mysteriösen Umständen an der russischen Front gefallen war.

»Ich glaube, sein Tod hat mir richtig die Augen geöffnet«, sagte Bruno. »Bis dahin hatte ich, wie viele andere, Hitlers Befehle blind befolgt. Plötzlich wurde mir klar, daß jemand handeln, ihn stoppen mußte. Leider hatten wir keinen Erfolg.«

»Sie waren am Anschlag auf Hitler beteiligt?«

»Ich habe nur eine kleine Rolle dabei gespielt«, sagte er abwehrend.

Als sie wieder beim Jochum vorfuhren, hatte Lili das Gefühl, als ob die Tür zur Vergangenheit, die Viktoria so fest vor ihr verschlossen hatte, endgültig aufgestoßen worden sei. Zum erstenmal war ihr Vater ihr nahegebracht worden, und zwar als ein Mann, an den sie mit Achtung und Liebe denken konnte.

Bruno von der Eschenbach blieb zehn Tage im Jochum-Frankfurt. Tagsüber hatte er geschäftlich in der City zu tun. Abends ging er mit Lili essen, und bei ihren Gesprächen wurden Lili nach und nach auch andere Seiten der Vergangenheit klar.

Lili begriff vor allem allmählich den Hintergrund ihrer Kindheit. »Versetzen Sie sich in Viktorias Lage«, sagte Bruno. »Wäre Ihnen die Sicherheit und Gesundheit Ihrer kleinen Nichte nicht auch am wichtigsten gewesen?«

»Aber ich habe es nicht so erlebt«, seufzte Lili. »Warum hat sie mir das nicht erklärt?«

»Sie waren noch ein Kind. Selbst wenn sie es hätte erklären können, hätten Sie es nicht verstanden.«

»Als sie mich nach Hamburg schickte, war ich kein Kind mehr.«

»Sie müssen heute zugeben, daß Viktoria mit Volker Busko recht hatte.«

Lili sah erstaunt auf. »Woher wissen Sie ...?«

»Vielleicht erinnern Sie sich, daß Sie mich überredet haben, eins seiner Bilder zu kaufen«, sagte Bruno lächelnd. »Ich weiß nicht, ob Sie seinen Lebensweg verfolgt haben; er ging nach Amerika, wo er inzwischen einen recht guten Namen hat. Dieses Bild ist unter Umständen eine echte Geldanlage.«

»Sie haben es noch?«

»Selbstverständlich. Ich habe es gekauft, weil es mir gefiel. Es hängt in meinem Arbeitszimmer auf Burg Eschenbach. Wenn Sie kommen, können Sie es sich ansehen.«

Auch Lili war sich sicher, daß sie Burg Eschenbach einmal besuchen würde. Sie wußte bereits, daß ihnen mehr als nur eine flüchtige Freundschaft bestimmt war.

Am letzten Abend seines Aufenthalts speisten sie im Restaurant eines Hotels in Königstein im Taunus und gingen nach dem Essen Arm in Arm durch den Hotelpark. Die winterliche Nacht ringsum war ganz still. »Wenn jemand mich vor ein paar Wochen gefragt hätte, ob ich mich noch einmal verlieben würde, hätte ich ihn ausgelacht«, sagte Bruno. »Ich hätte gesagt, daß ich siebenundfünfzig bin, viel zu alt, erfahren und ernüchtert. Aber ich hätte mich geirrt.« Er blieb stehen, wandte sich Lili zu und legte die Hände auf ihre Schultern. »In den letzten Tagen hast du mein Herz gefangen.«

Und du meins, wollte Lili antworten, doch er ließ ihr keine Zeit dazu. Statt dessen küßte er sie zärtlich auf den Mund. Dann nahm er ihre Hand und sagte: »Gehen wir zum Wagen. Ich möchte nicht, daß du dich erkältest.«

Auf der Fahrt zurück zum Hotel schwiegen sie. Für die Blikke des Chauffeurs nicht zu sehen, blieben ihre Hände ineinander verschlungen. Von Zeit zu Zeit spürte Lili, wie Bruno kurz zu ihr herübersah und der Druck seiner Hand zunahm.

Sie wußte, was geschehen würde, wenn sie ins Hotel kämen. Er würde sie mit auf sein Zimmer nehmen, und sie würden sich lieben. Ganz kurz erwog sie den Gedanken, nein zu sagen, doch sie wußte, daß sie es nicht tun würde.

Wie viele Frauen, fragte sie sich, hatte er wohl schon mit den gleichen einschmeichelnden Worten verführt? Betrachtete er sie als flüchtige Eroberung, als Intermezzo in seinem hektischen Leben? Aber sie war sich eigentlich sicher, daß zwischen ihnen etwas Ernsteres bestand. Sie hatte irgendwie das Gefühl, ihn schon seit Jahren zu kennen. Trotz des Altersunterschieds hatten sie soviel gemeinsam. Sie hatten den gleichen Geschmack, liebten die gleichen Bücher, Bilder und Musik und lachten über die gleichen Dinge. Die gegenseitige Anziehung war nicht nur körperlich, sie war auch geistig.

Vor dem Hotel öffnete der Chauffeur die Wagentür und ließ Lili aussteigen, lief dann um den Wagen auf Eschenbachs Seite. Bruno griff mit der Hand unter ihren Ellbogen, lächelte sie kurz und fragend an und nickte dann.

In seinem Schlafzimmer half Bruno Lili aus dem Mantel. Dann sagte er mit rauher Stimme: »Ich liebe dich, Lili Nowak.«

Und mit einem Mal war sie sicher, daß er meinte, was er sagte, daß es keine leeren Worte waren, sondern daß er sie wirklich liebte. Seine Arme umfingen sie, hielten sie fest, und sie preßte sich an ihn, ließ ihren Körper ihm sagen, daß sie ihn liebte und genauso begehrte wie er sie.

Er war anders als alle Männer bisher. Vielleicht weil er älter war, hielt er es nicht für notwendig sich zu behaupten oder zu beweisen, sondern empfand Lust, indem er ihr Lust schenkte und sie in solche Höhen führte, daß sie meinte zu fliegen, und wie in reiner Ekstase lachte und schluchzte.

Am Morgen erwachte sie zur Musik von Mozart. Bruno hatte sich bereits angekleidet und saß in einem Morgenmantel auf dem Bettrand. »Wenn du schläfst, bist du noch hübscher«, sagte er, ihr vom Tisch neben dem Bett ein Glas Champagner reichend. »Ich muß heute nach Hamburg. Ich werde eine Woche weg sein. Während ich fort bin, möchte ich, daß du über deine Gefühle für mich nachdenkst. Wenn du zu dem Schluß kommst, daß du mich liebst, möchte ich dich bitten, meine Frau zu werden.«

Bevor sie etwas sagen konnte, fuhr er fort: »Du weißt ja, es gibt in keiner Ehe eine Garantie für Glück, und ganz sicher nicht, wenn ein Partner dreißig Jahre älter ist. Du mußt daran denken, was du in zehn, zwanzig Jahren empfinden wirst, wenn ich wirklich alt bin und du in der Blüte des Lebens stehst. Aber ich hoffe, es gibt einen Ausgleich. Wenn meine Söhne Konstantin und Leonhard sich stärker um das Geschäft kümmern, werde ich mehr Zeit für dich haben. Ich kann dir ein Leben bieten, das dir, glaube ich, zusagt, ein schönes Zuhause, einen guten Namen, Reisen, Kunst – und Liebe.«

Lili öffnete den Mund, aber er legte ihr einen Finger auf die Lippen. »Nein, sag jetzt nichts, mein Liebes. Aber denk über meinen Vorschlag nach, während ich weg bin, und gib mir deine Antwort, wenn ich zurückkomme.«

Es gab nichts zu überdenken; wenn sie mit Bruno zusammen war, fühlte sie sich glücklich und erfüllt, so wie sie es bei keinem Mann vorher empfunden hatte, nicht einmal bei Norbert in den ersten Tagen ihrer Ehe. Doch wie die Woche verging und sie nichts von ihm hörte, fing sie an, sich zu fragen, ob ihre gemeinsame Zeit nur ein Traum gewesen war. Sie sehnte sich nach einem Zeichen, einem Anruf, einem Brief, einem Blumenstrauß, irgend etwas, das ihr Gewißheit gab, daß die letzten Tage Wirklichkeit gewesen waren. Doch Bruno hielt sich an sein Wort und unternahm keinen Versuch, sie zu beeinflussen.

Schließlich vermochte Lili ihr Geheimnis nicht länger für sich zu behalten und weihte Senta und Eduard eines Abends beim Essen ein. Eduard wurde bleich, während Senta ungläubig fragte: »Er will dich heiraten?« Und dann: »Ich verstehe, wie dir zumute ist. Es kam alles so plötzlich. Es scheint zu schön, um wahr zu sein, oder?«

»Ja«, gestand Lili. »Ich glaube, das ist es.«

»Aber du bist so ein Mensch, Lili. Du ziehst das Ungewöhnliche an. Ich kann mir dich nicht vorstellen in einer Wohnung mit Einkaufen, Wäschewaschen, Hausarbeit, zwei Kindern und einem Ehemann, der jeden Morgen zur gleichen Zeit zur Arbeit geht.«

»Ich auch nicht. Aber eigentlich gefällt mir gerade das. Ich wäre gern mit einem so normalen Mann wie Eduard verheiratet, der absolut sicher und zuverlässig ist.« Sie drehte sich zu ihm um und lächelte ihn wehmütig an. »Aber ich weiß, das würde nie gutgehen. Ich mag dich sehr, Eduard, aber wir würden uns nach ein paar Wochen schon auf die Nerven gehen. Dich würde meine Ruhelosigkeit verrückt machen – und mich würde deine Normalität in Rage bringen. Und irgendwann würde ich ein Verhältnis mit jemandem wie Bruno anfangen – und du würdest die Scheidung wollen.«

Das bißchen Farbe, das in Eduards Gesicht geblieben war, wich vollends, aber Lili merkte es gar nicht. »Ich glaube, es macht nichts, daß Bruno soviel älter ist als ich. Er sieht nicht so alt aus und verhält sich vor allem auch nicht so.«

»Wichtig ist allein, ob ihr euch liebt«, meinte Senta.

»Ja«, sagte Lili leise. »Ich liebe Bruno. Und er liebt mich.«

Mit ungewöhnlich scharfer Stimme sagte Eduard: »Dann ist es am besten, du heiratest ihn.«

Aufgeschreckt blickte Senta ihn an, und plötzlich fügte sich alles zusammen. Die Tatsache, daß er nie geheiratet hatte. Die fröhliche Aufgeräumtheit, die sie seit Lilis Ankunft bei ihm bemerkt hatte. Sie spürte einen plötzlichen Stich in der Brust und gleich darauf tiefes Mitleid. Wie mußte Eduard gelitten haben in all den Jahren seiner Liebe zu Lili, und wie mußte er jetzt leiden, mit der endgültigen Gewißheit, daß seine Gefühle nie erwidert würden.

Lili und Bruno wurden im April 1964 in der Privatkapelle von Burg Eschenbach getraut. Lili hatte sich schon beim ersten Anblick in die alte Burg verliebt. Der schöne mittelalterliche Bau mit den hohen, steilen Dächern und halb in Fachwerk ausgeführten Mauern, die einen Innenhof voller Blumen umschlossen, mit alten, angenehmen Zimmern und dem antiken Mobiliar, strahlte Tradition und Ruhe aus. Anders als viele alte Gemäuer war Burg Eschenbach kein Museum, sondern lebendig und voll Atmosphäre. Alles hier schien sie zu begrüßen und anzusprechen.

Das taten auch die beiden Söhne Brunos, die, wie Lili befürchtete, die Heirat vielleicht mißbilligten, obwohl Bruno ihr das Gegenteil versichert und erklärt hatte, es brauche sie nicht zu beunruhigen. Beide waren verheiratet und hatten Kinder. Konstantin wohnte in Frankfurt und Leonhard in München. Um allen Befürchtungen entgegenzutreten, daß ihr Erbe bedroht sein könnte, hatte Brunos Anwalt einen Ehevertrag aufgesetzt, der Lili für den Fall von Brunos Tod durch Viktorias Erbe und Brunos eigenen Anteil an den Jochum-Hotels gut absicherte, aber garantierte, daß das Eschenbach-Vermögen an die Kinder ging.

Die zweite Seite, von der Lili Widerstand erwartet hatte, war Viktoria. Da sie gegen ihre früheren Romanzen und auch gegen ihre Ehe mit Norbert gewesen war, würde es ihrer Tante bestimmt nicht gefallen, daß sie einen Witwer heiratete, der mehr als doppelt so alt wie sie war, selbst wenn die Heirat ihren geschäftlichen Interessen entgegenkam.

Doch da schätzte Lili sie falsch ein. Viktoria, die wegen des Altersunterschieds zwar gewisse Bedenken hatte, schätzte Bruno sehr. Sie beantwortete Lilis Brief mit der Hochzeitsanzeige umgehend und wünschte ihnen alles Glück. Gemeinsam mit Senta, Brunos Söhnen und deren Familien nahm sie an der Hochzeit teil und war glücklich, daß Lili offensichtlich endlich gefunden, was sie ihr ganzes Leben gesucht hatte.

Lilis so schonungslos offene und so unmißverständlich abweisende Worte – »ein so normaler Mann, der absolut sicher und zuverlässig ist« – hatten Eduard zutiefst verletzt. Aber er wußte jetzt wenigstens, woran er war. Und er hatte den geringen Trost, sich nicht zum Narren gemacht zu haben.

Die nächsten Tage waren schwer gewesen. Bruno war aus Hamburg zurückgekommen. Stolz hatte Lili ihren Verlobungsring gezeigt. Dann waren die beiden abgereist – wohin, wollte Eduard nicht wissen –, und er war wieder allein gewesen und mußte mit seinem Schicksal fertig werden. Lili mochte ihn sehr, aber heiraten tat sie Bruno von der Eschenbach.

Natürlich war es denkbar, daß Bruno starb und Lili Witwe wurde, dann würde sie nach ein paar Jahren wieder heiraten können. Vielleicht fand sie dann, daß der liebe, normale, berechenbare Eduard der Mann wäre, mit dem sie den Rest ihres Lebens verbringen wollte.

Vielleicht. Eduard war sich nicht mehr sicher, ob er sie noch wollte. Er liebte sie. Daran würde sich nie etwas ändern. Aber er wollte nicht zweite oder – in Lilis Fall – letzte Wahl sein.

Senta beobachtete, wie er still und würdevoll seinen Schmerz und seine Enttäuschung verbarg. Auf Empfehlung von Eduard hatte ihre Großmutter ihr mehr Verantwortung übertragen, und Senta arbeitete jetzt im Büro als seine Assistentin, was einiges leichter machte, einiges aber auch schwerer. Am liebsten hätte sie ihm gesagt, daß sie sein Geheimnis erraten hatte, doch sie wußte, daß das falsch gewesen wäre. Eduard war, genau wie sie, sehr zurückhaltend; er brauchte Zeit, um sich von dem herben Schlag zu erholen, den Lili ihm versetzt hatte. Aber wenn er ihn einmal überwunden hatte, würde sie noch da sein.

Sie war allerdings so klug, ihr Leben nicht nur auf Eduard und das Hotel auszurichten. Sie arbeitete viel und hatte nicht allzuviel freie Zeit, doch die nutzte sie für lange Spaziergänge im Wald, oder um in die Stadt zu fahren und sich einfach nur die Geschäfte anzusehen oder ins Kino, Theater oder Museum zu gehen. Oft war sie mit einer Kollegin zusammen, manchmal auch mit Dino Cattani, einem schwarzhaarigen Neapolitaner Mitte Zwanzig, der in der Küche arbeitete und zu dem Senta ein distanziert-freundschaftliches Verhältnis hatte.

Dino, der nie ein Hehl aus seiner Verehrung für Senta gemacht hatte, sprach gut Deutsch, und Senta hatte sich dafür eingesetzt, daß er von der Küche ins Restaurant aufstieg. Inzwischen träumte Dino nicht mehr von einer eigenen Eisdiele, sondern davon, Restaurantmanager in einem Jochum-Hotel zu werden. Senta wußte zwar, daß er bis dahin noch einen weiten Weg vor sich hatte, sagte aber nichts, was ihn hätte entmutigen können, im Gegenteil, sie ermunterte ihn.

Nachdem es mehrere Tage geschneit hatte, entdeckte sie Dino an einem kalten, sonnigen Nachmittag auf dem Rasen, wo er einen Schneemann baute. »Es ist herrlich«, rief er. »In Neapel gibt es keinen Schnee!« Angesteckt von seiner Begeisterung, machte sie mit, besorgte eine Mohrrübe für die Nase und Kohlen für die Augen und schlang dem Schneemann schließlich ihren Schal um den Hals.

Als sie wieder ins Haus kam, sagte Eduard: »Ich glaube, es ist besser, wenn Sie sich nicht zu sehr mit den Gastarbeitern abgeben. Das Management sollte etwas Distanz zu den Mitarbeitern halten.«

Senta hatte schon eine Erwiderung auf den Lippen, schwieg dann aber doch. Wenigstens war es ihm aufgefallen. Danach fing er an, ihr die eine oder andere kleine Aufmerksamkeit zu erweisen, lieh ihr Bücher, begleitete sie gelegentlich auf ihren Spaziergängen und ging sogar hin und wieder mit ihr in die Stadt.

Dann kam die Hochzeit, und danach begleitete Lili Bruno bei seinen Aufenthalten in Frankfurt. Spätestens eine halbe Stunde, nachdem Bruno ins Büro gefahren war, kam sie ins Büro, setzte sich auf den Tisch, ließ die langen Beine baumeln und erzählte Eduard, Senta und jedem, der in der Nähe war, von ihrem Glück, der Burg Eschenbach und all den aufregenden Dingen, die sie erlebte.

Es konnte so nicht weitergehen. Eduard war gereizt, fuhr ganz gegen seine Art die Mitarbeiter an und war sogar zu Senta grob. Auch Senta spürte die Anspannung. Sie wußte, daß Lili sich nichts dabei dachte; wahrscheinlich fühlte sie sich einsam, wenn Bruno unterwegs war, und suchte Gesellschaft. Aber Lili hatte schon genug Schaden angerichtet, und Senta würde nun nicht mehr zulassen.

Als sie Lili das nächste Mal im Foyer traf, nahm sie sie beim Arm und führte sie in den Park. »Lili, bitte versteh mich jetzt nicht falsch: Wir freuen uns, wenn wir dich sehen, aber Eduard und ich haben keine Zeit zum Plaudern. Du weißt, wie es in einem Hotel zugeht. Es gibt immer irgend etwas auszubügeln. Und wenn du im Büro bist, werden wir mit unserer Arbeit nicht fertig.«

Lili sah sie bestürzt an. »Das tut mir leid. Ich hätte das merken müssen. Ich nehme an, das ist die Gefahr, wenn man selbst nicht arbeitet.«

Sie liefen ein paar Schritte, dann sagte Senta: »Ich weiß, daß du mit Bruno sehr glücklich bist, aber du solltest selbst auch etwas tun. Gibt es denn keine Möglichkeit, bei ihm zu arbeiten? Dann könntest du ganz an seinem Leben teilhaben.«

Zu ihrer Überraschung nickte Lili nachdenklich. »Ich habe auch daran gedacht.«

Es war in Wirklichkeit so, daß Bruno sich zwar bemühte, Geschäft und Privatleben aufeinander abzustimmen und sein Versprechen zu halten, soviel Zeit wie möglich mit ihr zu verbringen, aber das war leichter gesagt als getan. Konstantin und Leonhard besorgten das Alltagsgeschäft von Eschenbach-Grundbesitz, aber Bruno hielt die Zügel noch fest in der Hand und engagierte sich nach wie vor im karitativen Bereich. Meistens hielt er sich drei Tage pro Woche in Frankfurt auf. Einmal im Monat fuhr er nach München, wo Leonhard die Brauerei leitete, und ansonsten gab es Sitzungen, Reden auf Veranstaltungen und Besuche verschiedener Einrichtungen in anderen Teilen des Landes. Lili hatte sehr viel freie Zeit zur Verfügung.

Schneller als Senta zu hoffen gewagt hatte, trug ihre Anregung Früchte. Schon die Woche darauf blieb Lili nicht im Hotel, sondern fuhr mit Bruno in die Stadt und war den ganzen Tag in seinem Büro. Am Abend nahmen sie gemeinsam an einem Wohltätigkeitskonzert teil.

Bruno war hocherfreut, als Lili fragte, ob sie bei ihm arbeiten könnte. Er hatte es gehofft, aber nicht selbst vorschlagen wollen. Sie erwies sich nicht nur als gute Privatsekretärin, sondern auch als ausgezeichnete Gastgeberin. Noch wichtiger aber war, daß sie durch die gemeinsame Arbeit das Gefühl bekam, Teil seines Lebens zu sein. Mit großer Befriedigung sah er, wie sie aufblühte und selbstsicherer wurde. Er empfand Freude und Stolz, ihr dabei helfen und ihr vor allem jenes so wichtige Gefühl der Sicherheit geben zu können, das ihr immer gefehlt hatte. Er war nicht nur Ehemann und Geliebter, sondern auch eine Vaterfigur, eine Rolle, die er ganz bewußt betont hatte, damit sie spürte, daß sie sich auf ihn absolut verlassen konnte.

Lili bedauerte nur eins. Sie sehnte sich danach, Bruno ein Kind zu schenken. Doch als Monat um Monat verstrich, mußte sie die bittere Wahrheit hinnehmen, daß sie keine Kinder bekommen würde. Aber es gab soviel, womit sie ihre Zeit ausfüllen konnte, und sie liebte Bruno so, daß ihre Kinderlosigkeit immer weniger zählte.

Als Norberts Ehe mit Lili gescheitert war, hatte Reinhild gesagt: »Ich wußte, daß das nicht gutgehen würde. Sie war viel zu jung für ihn.« Reinhild war unersättlich, was Skandale ihres Exehemanns anging, und mißbilligte alles, was er tat, während die Kinder Norberts zweite Heirat und die nachfolgende Scheidung kaum zur Kenntnis genommen hatten. Sie hatten ihn in München nie besucht. Er war gelegentlich geschäftlich nach Hamburg gekommen und am Nachmittag mit ihnen zusammengewesen, aber immer ohne Lili.

Als Lili Bruno von der Eschenbach heiratete, hatte Reinhild zusätzlich die Befriedigung festzustellen: »Sie ist eine kleine

Raffke. Erst hat sie Norbert reingelegt und eine dicke Abfindung von ihm kassiert. Jetzt hat sie sich einen der reichsten Männer Deutschlands geangelt. Wahrscheinlich hofft sie, daß er bald abtritt und ihr das ganze Vermögen vermacht. Wenn ich daran denke, daß sie mir einmal leid getan hat! Da sieht man mal, wie man sich täuschen kann.«

Aber die Aufregung um Lili und Bruno war kaum abgeklungen, da kehrte Norbert mit seiner dritten Heirat in die Schlagzeilen zurück, nicht mit der britischen Schönheit Jill Grenville, wegen der er Lili verlassen hatte, sondern mit einem zwanzigjährigen französischen Filmsternchen namens Désirée Daudet, die einen Schlafzimmerblick, Schmollmund und eine umwerfende Figur hatte.

»Ich weiß nicht, was die gemeinsam haben. Die können sich ja nicht mal unterhalten«, sagte Reinhild, angewidert auf ein Foto von Désirée in *Bild* blickend, das sie in einem Minibikini zeigte. »Was kann man nur an so einer Frau finden?«

Kris, der inzwischen achtzehn war und, ohne daß die Mutter etwas ahnte, längst seine ersten Erfahrungen hinter sich hatte, pfiff anerkennend. »Ich dachte, das wäre klar.«

»Tristan!« Reinhild nannte ihn immer so, wenn er sie ärgerte. »Sei nicht so geschmacklos.«

Kleo verzog das Gesicht. Auch sie hatte ihre Unschuld schon verloren. Als Dieter sie das letzte Mal besuchte, waren sie plötzlich allein im Haus gewesen und hatten die Gelegenheit benutzt, miteinander ins Bett zu gehen. Trotzdem war ihr der Gedanke, daß ihr Vater und Désirée Daudet das gleiche taten wie sie und Dieter, irgendwie widerwärtig. Aber sie war fair. »Du weißt ja, wie diese Zeitungen sind. Wahrscheinlich haben sie das Foto genommen, weil es reißerisch ist, und in Wirklichkeit ist sie eine nette, anständige junge Frau. Ich hoffe es jedenfalls.« Zu schaffen machte ihr die Tatsache, daß die dritte Frau ihres Vaters nur drei Jahre älter als sie selbst war.

»Ich versteh gar nicht, warum ihr alle so ein Theater darum

macht«, bemerkte Helena. »Vater könnte sich kaum weniger für uns interessieren. Warum sollen wir uns dann für ihn interessieren?«

»Natürlich interessiert er sich für uns«, widersprach Kleo. Reinhild sagte immer, und damit hatte sie, wie Kleo glaubte, auch recht, daß Norberts Weggang Helena am meisten getroffen hatte.

Dabei zeigte ihr Vater bei den wenigen Gelegenheiten, wo sie ihn sahen, unmißverständlich, daß er Kris und Kleo Helena vorzog. Unglücklicherweise unternahm Helena nichts dagegen. Während Kris die Größe und das schiefe Grinsen seines Vaters geerbt hatte und Kleo mit ihren dunklen Locken und dem lebhaften Lächeln sehr hübsch war, sah Helena nicht besonders attraktiv aus. Ihr mittelbraunes Haar war glatt, die Augenbrauen ungewöhnlich dicht und die Nase zu lang für das ziemlich eckige Gesicht. Von Natur aus ernst, wirkte sie immer nachdenklich, obwohl ihr Gesicht, wenn sie lächelte, einen gewissen Charme ausstrahlte.

Mit fünfzehn hatte sie »das schwierige Alter« erreicht, wie Reinhild es nannte. Sie hatte eigene, ganz feste Vorstellungen über praktisch alles und jedes, Vorstellungen, die denen ihrer Mutter natürlich total zuwiderliefen. Sie war Mitglied bei Amnesty International, war Vegetarierin geworden und machte jedesmal eine Riesenszene, wenn ihre Mutter die geliebte Robbenjacke anzog; und natürlich war sie für die atomare Abrüstung.

Während Kris mit dem Vater über Autos sprach und Kleo irgendein allgemeines Thema fand, gelang es Helena immer, irgendeine umstrittene Frage aufzuwerfen. Ihr Lieblingsthema damals war, daß die Habgier der Kapitalisten in den Industrieländern Not und Hunger in der dritten Welt verursache, und sie gab sich keine Mühe zu verbergen, daß sie ihren Vater dafür persönlich mitverantwortlich hielt.

Wenn Norbert über ihre Anschuldigungen lachte und ihr

vorhielt, zu ernst zu sein, war sie sofort eingeschnappt und beteiligte sich nicht mehr an der Unterhaltung.

Vielleicht hätte Norbert sie besser verstanden, wenn er öfter mit ihr zusammengewesen wäre. Aber so sagte er nur: »Ich werde aus dem Mädchen nicht schlau.«

Zum achtzehnten Geburtstag bekam Kris von Norbert die Fahrschule bezahlt. Obwohl er sich kaum je an Geschwindigkeitsbegrenzungen hielt, bestand Kris zur Überraschung seines Fahrlehrers die Prüfung gleich beim erstenmal. Norbert kaufte ihm einen Mercedes Roadster. Am selben Tag, als Kris ihn bekam, fuhr er ihn an einer Verkehrsinsel zu Schrott. Es war ein Totalschaden, aber Kris kam bis auf ein paar Schrammen unverletzt davon, und auch sein Selbstvertrauen hatte nicht gelitten. Norbert ermahnte ihn, in Zukunft vorsichtiger zu sein, und kaufte ihm einen neuen Wagen.

Reinhild war außer sich. »Er hätte umkommen können«, zeterte sie Norbert am Telefon an.

»Er wird den gleichen Fehler nicht noch einmal machen«, beruhigte Norbert sie.

Kris selbst war unbeeindruckt. »Ich bin zu schnell in die Kurve gefahren, das ist alles. Wenn ich erst Rennen fahre, wird mir das nicht mehr passieren.«

Er war im letzten Schuljahr und konnte das Ende kaum erwarten. Norbert hatte versprochen, ihn nach England zu einem Rennfahrerkurs zu schicken – sein Geschenk zum neunzehnten Geburtstag –, und ihm einen eigenen Rennwagen zu kaufen, wenn er dort gut abschnitt. Reinhild fand die Idee schrecklich, aber sie konnte nichts machen, außer Norbert zu beschuldigen, daß er ihn auch noch ermunterte.

Kleo hatte ganz andere Ziele. So lange sie denken konnte, hatte sie den Wunsch gehabt, Ärztin zu werden. Ihre Mutter versuchte, ihr das auszureden. »Als ich jung war, hat ein hübsches Mädchen nicht an den Beruf gedacht. Wir wollten heiraten.« Sie konnte nicht begreifen, daß einem Mädchen der Beruf wichtiger sein konnte als Liebe und Heirat. Und es war ihr unverständlich, warum ihre Tochter einen Männerberuf ergreifen wollte. Doch Kleo war davon überzeugt, daß sie zur Ärztin berufen war.

Trotzdem spielte die Ehe in ihren Plänen eine Rolle, aber sie und Dieter waren beide entschlossen, es erst beruflich zu etwas zu bringen, bevor sie an Ehe und Familie auch nur denken wollten.

Dieter tat alles, um sie anzuspornen. Ihr Vater auch, der ihr moralische und finanzielle Unterstützung zusagte, als sie ihr Studium begann, und ihr teure Medizinbücher schickte, die sich sonst kaum ein Student leisten konnte.

Nur für Helena konnte Norbert kaum etwas tun. Bot er ihr Kleidung oder Schmuck an, rümpfte sie die Nase. Schenkte er ihr Bücher, waren es die falschen. So schickte er ihr zum Geburtstag und zu Weihnachten Schecks, die Reinhild auf ein Sparkonto einzahlte.

Nachdem Eduard merkte, daß der unerträgliche emotionale Druck von Lilis fast ständiger Gegenwart nachgelassen hatte, wurde er lockerer. Eines Nachmittags fragte er Senta mit gespielter Beiläufigkeit: »Da wir heute abend beide freihaben, würden Sie mit mir essen kommen?«

Sie gingen in ein Restaurant in Sachsenhausen und schlenderten anschließend am Main entlang. Es war ein milder Maiabend, und die Kastanien standen in voller Blüte. »Waren Sie schon mal in Paris?« fragte Eduard.

Senta schüttelte den Kopf.

»Es ist eine Stadt, wo ich schon immer hinwollte.«

»Ich auch.«

Sie blieben stehen und blickten auf den Fluß. Schließlich brach Eduard das Schweigen. »Ich weiß nicht genau, wie ich es sagen soll, seien Sie also nachsichtig mit mir, Senta. Ich habe lange geglaubt, jemanden zu lieben, aber jetzt weiß ich, daß sie nicht die war, für die ich sie gehalten habe.«

Senta hielt den Atem an.

»Ich war in mehr als einer Hinsicht ein Dummkopf. Ich habe mir wegen dieser Frau nicht nur was vorgemacht, sondern bin auch Gefahr gelaufen, den einen Menschen zu verlieren, der mich glücklich machen könnte, der mir aber so nah war, daß ich ihn für selbstverständlich hielt.« Er drehte sich zu ihr um und sah sie an. »Wissen Sie, was ich sagen will?«

»Ja«, erwiderte sie leise, »ich glaube schon.«

Zögernd tastete er nach ihrer Hand, die sie ihm nicht entzog. Lange sahen sie sich an, dann nahm er sie in die Arme und küßte sie. »Senta, ich liebe dich.«

»Ich dich auch, Eduard.«

Schweigend fuhren sie zum Hotel zurück, erfüllt von erwartungsvoller Erregung. Nachdem er den Wagen geparkt hatte, fragte er. »Kommst du mit zu mir?«

Sie nickte, weil sie nicht zu sprechen wagte.

In der langen Liebesnacht gestand Eduard ihr schließlich, daß Lili die Frau gewesen war, in die er verliebt gewesen war. Senta sagte ihm nicht, daß sie es gewußt hatte.

Der Wandel bei Eduard, nachdem er und Senta sich ihre Liebe gestanden hatten, war bemerkenswert. Das Klima im Hause, das unter seinen Launen gelitten hatte, verbesserte sich merklich, wenngleich er und Senta so diskret waren, daß niemand den Grund seiner Aufgeräumtheit ahnte.

Nur Dino sagte zu Senta: »Ich glaube, Herr Wild ist verliebt.« Und dabei sah er sie so an, daß sie rot wurde.

Sie gaben ihre Verlobung an Viktorias siebzigstem Geburtstag im Juni bekannt. Keine Nachricht, außer der von Stefans Freilassung, hätte ihr mehr Freude bereiten können. Schon oft hatte sie sich Gedanken gemacht, wer die Hotels weiterführen sollte, wenn sie nicht mehr dazu in der Lage wäre. Jetzt war sie beruhigt.

Die Hochzeit fand am 10. September 1964 statt, an Sentas

vierundzwanzigstem Geburtstag, mit anschließender Hochzeitsreise nach Paris.

18

Völlig unerwartet und ohne jede Vorankündigung ging Stefans Haft zu Ende. Ein Wärter brachte ihn in den Raum, wo er so viele Stunden verhört worden war. Diesmal gab es keine Fragen. Nur die sachliche Mitteilung, daß die DDR-Regierung seine zwanzigjährige Haftstrafe überprüft und entschieden habe, ihn freizulassen. Dann zeigte man ihm ein Foto.

Es zeigte einen Mann und eine Frau Arm in Arm vor einem Haus. Der Mann war wohl Ende Fünfzig, Anfang Sechzig und trug eine Nelke im Knopfloch. Die Frau hatte einen kleinen Blumenstrauß im Arm. Es war Erika. Etwas älter und plumper, als Stefan sie in Erinnerung hatte, aber dennoch unverkennbar.

Stefan blickte stumm auf das Foto. Es war, als hätte ihre Liebe sich in einem anderen Leben ereignet. Er hatte Erika den Verrat an ihm längst verziehen.

»Ihre Freundin hat vor zwei Jahren ihren Nachbarn, Karsten Schwidinski, geheiratet«, sagte die Stimme. »Die beiden sind offenbar glücklich. Sollten Sie jedoch etwas Verleumderisches über die DDR schreiben oder über die Umstände Ihrer Zeit hier preisgeben, könnte das dieses Glück sehr beeinträchtigen.«

Man nahm Stefan das Foto wieder ab und händigte ihm dafür die Kleidung aus, die er im November 1953 bei seiner Entführung getragen hatte.

Draußen war es dunkel, als er aus dem Gefängnis geführt und in einen Wagen gesetzt wurde. Man verband ihm die Augen. Sie fuhren stundenlang, wie ihm schien. Dann hielt der Wagen, und die Binde wurde ihm abgenommen. Der Wagen fuhr auf eine Brücke und hielt erneut in gleißendem Scheinwerferlicht. Bewaffnete Soldaten umringten sie. Von der anderen Seite näherte sich ebenfalls ein Auto, und ein Mann mit einer Aktentasche stieg aus. Stefans Bewacher öffnete die Wagentür. »Aussteigen«, befahl er barsch. Die Aktentasche wechselte den Besitzer. Arme packten Stefan und zogen ihn rasch auf den Hintersitz des anderen Wagens. Dann preschten sie fort, den hellen Lichtern West-Berlins entgegen. Vom Beifahrersitz streckte ihm ein Mann die Hand hin. »Gratuliere, Herr Jochum. Sie sind frei.«

Die Wochen nach Stefans Rückkehr waren hart für Viktoria. Sie hatte erwartet, daß er glücklich sein würde, wieder bei seiner Familie, den Freunden und vor allem bei seiner Mutter zu sein, so wie sie sich gefreut hatte, ihn wiederzusehen. Doch sie irrte sich. Er hatte kein Interesse an ihrem Leben. Er war so mit sich und seinen Gedanken beschäftigt, daß er nicht das Bedürfnis nach anderen Menschen hatte.

Ein paar Tage lang wurde er im Hauptquartier der Amerikaner in Dahlem befragt. Dann konnte er gehen, frei, ein neues Leben zu beginnen.

Er war schlanker als früher, aber nach Auskunft des amerikanischen Militärarztes in bemerkenswert guter gesundheitlicher Verfassung. Selbst seine Zähne waren gut behandelt worden. Natürlich war er sehr blaß, und sein Haar war eher grau als braun. Die lange Haft schien ihn weniger mitgenommen zu haben, als Viktoria befürchtet hatte.

»Jeder reagiert anders, wenn er rauskommt«, hatte der amerikanische Arzt ihr erklärt. »Einige wollen ihre Ruhe, um wieder Tritt zu fassen. Andere sind hyperaktiv. Ich schätze, Ihr Sohn gehört zu letzteren. Er war neununddreißig, als die

Ostdeutschen ihn schnappten. Jetzt ist er fünfzig. Er hat elf entscheidende Jahre seines Lebens verloren.«

Er behielt recht. Stefan war sich der verlorenen Jahre schrecklich bewußt. Als Viktoria vorschlug, einige Zeit auf dem Land zu verbringen, damit er sich erholen könne, lehnte er das ungeduldig ab. »Ich habe elf Jahre hinter mir, in denen ich nichts getan habe. Ich will wieder arbeiten.«

Er wollte auch West-Berlin nicht verlassen. Nach einer Nacht im Jochum-Berlin kehrte er in seine Wohnung in Wilmersdorf zurück. Es war noch alles so, wie er es verlassen hatte, die Bücher und Zeitschriften am selben Platz. Viktoria hatte das veranlaßt, die Miete weitergezahlt und eine Putzfrau beauftragt, zu lüften und sauberzumachen.

Das Wochenende darauf kam Mortimer aus London. Inzwischen hatte Stefan auch den Grund für seine plötzliche Freilassung erfahren. Er wußte jetzt, was in der Aktentasche gewesen war, die auf der Glienicker Brücke übergeben worden war. Aber statt dankbar zu sein, daß die Regierung ein Lösegeld für ihn gezahlt hatte, war er aufs äußerste verbittert. »Sie hätten mich nicht freikaufen dürfen«, schimpfte er. »Hätte ich das gewußt, hätte ich mich geweigert zu gehen. Lieber hätte ich die ganze Strafe abgesessen.«

»Niemand wußte, wie es dir geht«, erklärte Mortimer. »Bis zuletzt wußten wir nicht einmal, ob du noch lebst.«

»Aber für meine Freilassung zu zahlen! Damit arbeitet man den Kommunisten doch nur in die Hände. Und Abertausende, die keinen Handelswert haben, bleiben im Gefängnis.«

Mortimers Gedanken gingen über dreißig Jahre zurück, als sie sich zum erstenmal begegnet waren. Damals war Stefan Student und voll tollkühner Widerstandspläne gegen die Nazis gewesen. Jetzt war er fünfzig und hatte sich trotz Erfahrungen, die manch stärkeren Mann in die Knie gezwungen hätten, nicht geändert. Er war, dachte Mortimer etwas schmerzlich, ganz der Sohn seiner Mutter. Aber während Viktoria praktische und realisierbare Ziele verfolgte, war es offensichtlich Stefans Schicksal, sein Leben hehren, letztlich aber wohl unrealistischen Idealen zu widmen.

»Diese Regierung ist käuflich!« wetterte Stefan weiter. »Ich hatte gehofft, daß sich in meiner Abwesenheit etwas geändert hätte, aber Pustekuchen.«

Mortimer seufzte auf und steckte sich eine Zigarette an. Er fühlte sich plötzlich alt und ziemlich erschöpft. Es hatte ein glückliches Ereignis werden sollen, aber nichts da. Ein französisches Sprichwort kam ihm in den Sinn: *Plus ça change, plus c'est la même chose.* Je mehr sich ändert, desto mehr bleibt beim alten. Das war wohl in vieler Hinsicht die Geschichte Berlins.

Viktoria ihrerseits zwang sich zu dem Eingeständnis, daß sie zuviel von Stefan erwartet hatte. Das Wichtigste war, daß er gesund zurückgekommen war. Es war eigensüchtig von ihr, mehr zu verlangen. Er war sein eigener Herr. Er war so lange ohne sie gewesen, es war lächerlich, daß er sie plötzlich brauchen sollte. Daß er ihr Sohn war und sie ihn über alles liebte, war schön und gleichzeitig unerheblich. Liebe durfte nicht von Bedürfnissen abhängen. Liebe war kein Tauschobjekt. Entweder liebte man einen Menschen oder nicht. Es war ganz cinfach.

Die gleiche innere Stärke, die Stefan während seiner langen Haft Halt gegeben hatte, half ihm auch in den Monaten nach seiner Freilassung, in denen er sich mit Enttäuschungen arrangieren mußte. Im Gefängnis hatte ihn vor allem die Hoffnung durchhalten lassen – die Hoffnung, daß sich in dieser Zeit eine neue, nachsichtigere, fürsorglichere Gesellschaft entwickeln würde. Statt dessen hing seine Familie mehr denn je an materiellen Dingen. Der kalte Krieg hatte sich verschärft, Deutschland war durch eine Mauer geteilt, und ein neuer Menschenhandel war entstanden, in dem auch Stefan, wenngleich ohne es zu wollen, Ware und Tauschobjekt gewesen war.

Es gab jedoch auch Tröstliches. Udo Fabian hatte das Niveau von *Aktuell* gehalten, und die Zahl der Leser hatte beträchtlich zugenommen.

Am meisten Trost bezog Stefan durch Holger Busko. Er erfuhr, daß der junge sozialistische Anwalt sich nicht nur unermüdlich für seine Freilassung eingesetzt, sondern auch viele seiner Anliegen weiterverfolgt hatte, nicht in der Presse, sondern unter Studenten und bei der Regierung. Holger brachte Stefan schließlich auch dazu, die Umstände seiner Befreiung hintanzusetzen und sich der Zukunft zuzuwenden.

Die beiden Männer diskutierten in Stefans Wohnung oft bis tief in die Nacht. Durch Holger erfuhr Stefan von Geschehnissen, die sich während seiner Inhaftierung abgespielt hatten, und er erklärte ihm den Hintergrund aktueller Ereignisse.

Er erfuhr von der Konfrontation zwischen Chruschtschow und Kennedy, von Kennedys Tod und seinem Nachfolger Johnson sowie von Chruschtschows Entmachtung.

Der Vietnamkrieg war die bedrohlichste Wolke, die in jenem Winter den Himmel verdunkelte. Holger war entschieden gegen ein Eingreifen der Amerikaner und mißbilligte, daß Bonn die Vereinigten Staaten unterstützte.

An den Diskussionen von Stefan und Holger beteiligten sich häufig auch Studenten der FU, unter ihnen Dieter Duschek und Matthias Scheer. Sie sahen in Stefan und Holger Vorkämpfer ihrer Anti-Bonn- und Anti-Amerika-Kampagne. Der um sich greifende Studentenprotest war, wie Stefan fand, eines der erfreulichsten Zeichen für die Zukunft. Die Nachkriegsgeneration war entschlossen, nicht die Fehler ihrer Eltern zu wiederholen, sondern für eine neue Welt zu kämpfen.

Neben dem ständig eskalierenden Vietnamkrieg, von dem schreckliche Berichte und Bilder übermittelt wurden, flammte im April 1965 der Bürgerkrieg in der Dominikanischen Republik auf, in den die USA ebenfalls eingriffen. Wieder demonstrierten deutsche Studenten. Wieder war Stefan an ihrer Seite, auf der Straße und in *Aktuell.*

Das einzig positive Ereignis im Mai 1965 war der Besuch von Königin Elisabeth und Prinz Philip in der Bundesrepublik, der erste Besuch eines britischen Monarchen, seit Eduard VII. vor sechsundfünfzig Jahren seinen Vetter Wilhelm II. besucht hatte. Genau zwanzig Jahre nach dem Ende des Zweiten Weltkriegs war dies der endgültige Beweis, daß Großbritannien seine Beziehungen zu Deutschland normalisieren wollte.

Im Sommer 1965 begann Kris Kraus seine Laufbahn als Rennfahrer. Seine Krankengeschichte, vor allem die angegriffene Lunge und sein Aufenthalt in einem Schweizer Sanatorium, bewirkten, daß er keinen Wehrdienst leisten mußte. Er hatte die Schule mit schlechten Noten abgeschlossen, und da er keine »anständige Arbeit« fand, wie seine Mutter sich ausdrückte, hatte er seinen Vater gebeten, sein Versprechen zu halten und ihn nach England auf die Rennfahrerschule Jim Russells zu schicken. Dort bewies er sein Naturtalent als Fahrer, schnelle Reflexe und jegliches Fehlen von Angst. »Wenn der Junge sich nicht umbringt, hat er das Zeug zum Champion«, lautete das Urteil seines Lehrers, als Kris zurückging.

Von seinen drei Kindern identifizierte Norbert sich mit Kris am meisten. Sein Sohn hatte seine Respektlosigkeit vor Konventionen geerbt, war beim anderen Geschlecht beliebt und hatte eine unbekümmerte Einstellung zum Leben. Als Kris aus England zurückkam, schenkte Norbert ihm eine eigene Landgut-Wohnung in Hamburg, wo er bald ein zufriedenes Junggesellenleben führte. Außerdem kaufte er ihm einen silbergrauen, einsitzigen Cooper und erklärte sich bereit, für den Transport des Cooper zu den Rennen, die Startgebühren seines Sohnes und zwei Mechaniker aufzukommen.

Einen der Mechaniker kannte Norbert schon lange: Egon Weber, Service-Manager bei Mercedes-Benz in Stuttgart, ein

Mittfünfziger, der früher selbst Rennen gefahren war, bis ein Unfall seine Karriere beendet hatte. Dann kam Norberts Anfrage, ob er Kris betreuen wolle, und Egon ergriff die Chance.

Bei seinem ersten Rennen, dem Eifelrennen, war Kris Schnellster seiner Klasse und unterbot den bestehenden Rundenrekord beträchtlich. Norbert und Désirée waren gekommen, um seinen Triumph mitzuerleben. Norbert beglückwünschte ihn, und Désirée, in einem engen Pullover und superkurzen Minirock, umarmte ihn auf ganz unstiefmütterliche Art.

Sie hatten Zimmer in einem Hotel in der Nähe und feierten den Sieg von Kris, wobei der Sekt in Strömen floß und Désirée mit ihrem Stiefsohn flirtete. Egon trank wenig, aber alle anderen langten kräftig zu. Als sie auf ihre Zimmer gingen, war Norberts Gesicht gerötet, und er schwankte leicht.

Mitten in der Nacht wurde Kris durch ein Klopfen geweckt. Er warf sich den Morgenmantel über und machte die Tür auf, vor der Désirée in einem Spitzennegligé stand. Sie wedelte vielsagend mit den Händen und schmollte: »Ich kann nicht schlafen.«

Kris schloß hinter ihr ab und ließ seinen Morgenmantel zu Boden gleiten, um der Frau seines Vaters zu zeigen, daß der Sohn der Lage jederzeit gewachsen war, falls der Vater einmal versagte.

Kris' nächste Verpflichtung war ein kleineres Rennen im französischen Clermont-Ferrand, zu dem sein Vater und Désirée aus geschäftlichen Gründen nicht kommen konnten. Im Gefühl des sicheren Sieges mißachtete er Egons Anweisung, früh zu Bett zu gehen, machte eine Tour durch die Nachtlokale der Stadt und kam erst beim Morgengrauen ins Hotel. Statt Erster, wie er gehofft hatte, wurde er Fünfter.

Er fand in jener Nacht Trost in den Armen einer grazilen Französin. Als er am nächsten Morgen schließlich aufstand, fühlte er sich zwar gerädert, aber sein Selbstvertrauen war wiederhergestellt.

Egon sah ihn mitleidig an, als er das Restaurant betrat, und reichte ihm eine Tasse schwarzen Kaffee. »Es ist ein Jammer«, sagte er. »Du bist ein guter Fahrer, aber du wirst nie ganz nach oben kommen, wenn du so weitermachst. Du kannst Caracciola werden oder Casanova. Aber nicht beides. Du mußt dich entscheiden.«

Kris nippte am Kaffee und grinste. »Wie wär's mit einem Kompromiß, Egon? Vor dem Rennen machen wir's auf deine Art. Aber nach dem Rennen entscheide ich, wie ich die Nacht verbringe.«

Als Kris zu Hause auszog, hinterließ er eine große Lücke im Leben seiner Mutter und Schwestern. Bei aller Faulheit und Rücksichtslosigkeit war doch ein Mann im Haus gewesen. Und Kris war meist lustig und umgänglich gewesen. Reinhild hatte ihm die Aufmerksamkeit geschenkt, die sie ihrem Mann nie gewährt hatte, und Kleo und Helena hatten ihn als älteren Bruder bewundert.

Nachdem er weg war, gingen sie sich in dem reinen Frauenhaushalt bald gegenseitig auf die Nerven. Reinhild war jetzt Anfang Vierzig, und der Auszug ihres Sohnes aus dem mütterlichen Nest und Norberts dritte Ehe mit einer Frau, die kaum älter als seine Kinder war, hatte sie verbittert. Sie vernachlässigte ihr Äußeres, bildete sich ein Dutzend Krankheiten ein und hatte ständig etwas an ihren Töchtern auszusetzen, besonders an Helena.

Helena hatte in diesem Sommer gebannt den sogenannten Auschwitzprozeß in Frankfurt verfolgt, der im August zu Ende gegangen war.

Reinhild weigerte sich, etwas darüber zu lesen. Sie war der ständigen Erinnerung an die Vergangenheit überdrüssig.

Helena verschlang dagegen jede Zeile. »Wie konntest du so

etwas zulassen?« fragte sie ihre Mutter anklagend. »Warum hast du nichts unternommen?«

Reinhild versuchte zu erklären, daß sie nichts von den Konzentrationslagern gewußt hatte, geschweige denn von den Greueln, die dort passiert waren.

Aber Helena glaubte ihr nicht. Und da entdeckte sie einen Grund für die Ablehnung, die sie so lange gegen ihre Eltern, die Lehrer, ja, alle Angehörigen dieser Generation empfunden hatte. Sie hatten die Schrecken von Auschwitz ermöglicht. Sie waren der Feind. Solche Menschen waren zu allem fähig. Sie hatten die Juden in die Gaskammern geschickt und nichts dabei empfunden.

Sie fing an, sich mit den Opfern des Holocaust zu identifizieren. Von ihrem Vater verlassen, von ihrer Mutter nicht geliebt und von ihren Lehrern nicht verstanden, sah sie sich als von der Gesellschaft Ausgestoßene.

Kleo ließ der ständige Streit zwischen Helena und ihrer Mutter kalt. Sie war entschlossen, ihr Leben nach ihren eigenen Vorstellungen zu gestalten, und ging konsequent daran, die selbstgesteckten Ziele zu erreichen.

Dieter studierte im letzten Semester an der FU in Berlin und wollte nach dem Examen am liebsten in der Kanzlei von Holger Busko arbeiten.

Holger war zu einem beherrschenden Faktor in Dieters Leben geworden. Obwohl er wegen seiner zeitlichen Beanspruchung durch die Politik kaum noch Vorlesungen an der FU halten konnte, engagierte er sich noch immer in der studentischen Protestbewegung. Es ging wesentlich auf ihn zurück, daß Dieter ein führendes Mitglied im SDS wurde, dem Sozialistischen Deutschen Studentenbund.

Reinhilds tägliche Zeitungslektüre beschränkte sich auf die *Bildzeitung,* deren konservative rechtslastige Ansichten sie uneingeschränkt teilte. So glaubte sie auch, daß die Studenten kommunistische Agitatoren wären und die Vereinigten Staaten zu Recht in der Dominikanischen Republik und Vietnam intervenierten, um ein Vordringen des Kommunismus zu verhindern.

Helena verachtete die Springer-Presse. Wann immer Reinhild die *Bildzeitung* zitierte, widersprach Helena, wetterte gegen Springer, sein Verlagsimperium, seinen Reichtum und die Medienmacht, die er besaß, und stellte alles, was in seinen Zeitungen geschrieben wurde, als perfide Lügen hin. Und darüber hinaus ärgerte sie ihre Mutter, indem sie immer wieder in voller Lautstärke den Hit der Rolling Stones *I can't get no satisfaction* spielte.

Die Stones waren in Helenas Augen *das* musikalische Phänomen der 60er Jahre. Sie drückten Gefühle aus, die sie schon lange empfand, aber nie hatte artikulieren können. Kleo zog die Beatles vor, aber Helena konnte nichts Besonderes an Ohrwürmern wie *She loves me, yeah, yeah, yeah* oder *I want to hold your hand* finden. Die Beatles waren brave, nette Jungs, die beinahe noch ihre Mutter gut fand. Die Stones dagegen waren provozierend in ihrem Äußeren, mit langen Haaren und engen Jeans, und dem wilden, eindringlichen Rhythmus ihrer Musik. Der aufsässige Text und die Musik von *No satisfaction* drückten all das aus, was Helena über sich und ihre Umwelt empfand.

Im September gaben die Stones ein Konzert in der Berliner Waldbühne, für dessen Besuch Helena alles gegeben hätte. Die Gruppe kam nur bis zu *No Satisfaction,* dann gerieten Publikum und Polizei aneinander. Bevor der Abend vorüber war, war die Waldbühne ein Trümmerfeld, siebzehn S-Bahn-Wagen waren zerstört und über hundert Jugendliche festgenommen.

Überall auf der Welt wurde in diesem Winter gegen den Vietnamkrieg demonstriert. In Berlin klebten Studenten Plakate mit der Aufforderung »Amis raus aus Vietnam« an die Wände des Amerikahauses, rissen die amerikanische Flagge herunter und veranstalteten ein Sit-in, auf dem sie die *Interna-*

tionale sangen und »Ho-Chi-Minh« skandierten. Helena beteiligte sich an den Protesten gegen den Vietnamkrieg, zog »Ho-Ho-Ho-Chi-Minh« rufend um das Gebäude und trug Anstecker gegen die Atombombe und mit dem Bild Mao Tsetungs.

Weihnachten sagte Dieter zu Kleo: »Ich weiß, du wolltest eigentlich auf die Hamburger Uni, aber wenn du mit mir zusammensein willst, mußt du nach Berlin kommen. Ich bleibe zum einen in Berlin, um nicht eingezogen zu werden. Zum andern hat Holger Busko mir eine Stelle zugesagt.«

Reinhild sprach ein Machtwort, als Kleo ihr davon erzählte. »Ich verbiete dir, nach Berlin zu gehen. Ich will nicht, daß du in diese ganzen Studentenkrawalle reingezogen wirst.«

Doch Kleo besaß bei aller Freundlichkeit und Umgänglichkeit eine verborgene rebellische Ader, die der Helenas in nichts nachstand. Kris war mit achtzehn ohne Widerspruch der Eltern von Hamburg weggegangen, und sie sah nicht, warum sie nicht das gleiche tun sollte. Als ihre Mutter nicht nachgab, wandte Kleo sich an ihren Vater, der daraufhin mit seiner Exfrau telefonierte: »In Gottes Namen, Reinhild, du kannst das Mädchen doch nicht ewig an der Leine halten.«

Es folgten vierzehn stürmische Tage, nach denen Reinhild, von ihrem Exmann und beiden Töchtern überstimmt, schließlich unter Tränen und Anschuldigungen nachgab. Im Frühjahr 1966 ging Kleo nach Berlin, um an der FU Medizin zu studieren.

Als Norbert erfuhr, daß Kleo im Mai ihr Studium an der FU beginnen würde, schickte er ihr einen großzügigen Scheck und bot ihr an, im Haus in Heiligensee zu wohnen. Doch Kleo wollte nicht fernab im Luxus leben, sondern am Universitätsleben teilhaben. Sie bedankte sich bei ihrem Vater, brachte den Scheck zur Bank und zog in ein Zimmer in einem Studentenwohnheim.

Schon bald nach ihrem Studienbeginn kam Norbert nach Berlin. Sie saßen auf der Veranda des Hauses in Heiligensee, blickten über den Garten auf den See, tranken Tee und plauderten miteinander. Irgendwann fragte Norbert: »Bist du noch mit dem jungen Duschek zusammen?«

»Ja, natürlich. Aber er ist gerade in Frankfurt auf einem Vietnamkongreß des SDS.«

»Ich dachte, er hat jetzt eine Stelle bei diesem Busko?«

»Er ist immer noch sehr in der Studentenbewegung engagiert.«

Norbert seufzte. »Als ich jung war, habe ich mich für ein angenehmes Leben interessiert, nicht für Politik. Macht er so was oft, nach Frankfurt fahren und dich allein lassen?«

»Wie ich sehe, bist du auch ohne Désirée nach Berlin gekommen«, konterte Kleo.

»Ja, hm . . . Um ehrlich zu sein, zwischen uns steht es nicht allzugut. Das heißt, wir haben uns getrennt. Sie hat einen jungen, aufstrebenden französischen Filmregisseur kennengelernt, der ihr eine Rolle angeboten hat, und da ist sie nach Frankreich zurückgekehrt.«

Kleo blickte ihn an und sah ihn plötzlich, wie er wirklich war: ein teuer gekleideter Mann mittleren Alters mit beginnenden Geheimratsecken und Bauch. Armer Papa, dachte sie. Er hat drei Ehen hinter sich, aber noch immer nicht das Glück gefunden. Ob er es je finden wird?

»Weißt du, was Désirée mir erzählt hat, bevor sie gegangen ist?« fuhr er fort. »Nach Kris' erstem Rennen hat sie mit ihm geschlafen. Um ehrlich zu sein, das hat mich mehr getroffen als die Nachricht, daß sie mich verlassen wollte.«

»Was hat Kris gemacht?« Kleo war entgeistert. »Nach allem, was du für ihn getan hast, ist er mit Désirée ins Bett gehüpft?«

»Ja, das hat mich am meisten geschmerzt. Ich mag ja ein meist abwesender Vater gewesen sein, aber ich habe mich bemüht, mein Bestes für Kris zu tun, wie für euch alle. Aber mein Geld genügte nicht, er mußte auch noch meine Frau haben.« Er holte tief Luft, dann zwang er sich zu einem Lächeln.

Später aßen sie in einem alten Dorfgasthof, und Kleo erzählte ihrem Vater vom Studium, ihren Kommilitonen und den Vorlesungen und versuchte dabei, unbeschwert und lustig zu sein, um seine gedrückte Stimmung zu heben.

Sie sprachen über Reinhild und Helena. Sie unterhielten sich über den Vietnamkrieg, China, Rußland, Kuba und Amerika, und Kleo räumte einige Zweifel an Dieters Rolle in der Studentenbewegung ein. »Nach den Vietnamdemonstrationen hat der Senat der Uni alle politischen Vereinigungen und Veranstaltungen auf dem Universitätsgelände verboten. Das ist sicher falsch. Es ist ein Hohn auf die Freie Universität. Aber ich muß mich doch manchmal fragen, ob Dieter nicht Gefahr läuft, seine Berufsziele zugunsten seiner politischen Ideale zu vernachlässigen.«

Norbert war beeindruckt. Es schien, daß seine älteste Tochter eine Menge gesunden Menschenverstand besaß. »Ich höre, Stefan macht bei der Studentenbewegung auch mit. Siehst du ihn überhaupt?«

»Ich nicht, aber Dieter. Er bewundert ihn maßlos. Er sieht Stefan und *Aktuell* vor allem als Bollwerk gegen die Springer-Presse.« Sie machte eine Pause. »Tante Viktoria tut mir leid. Sie hat zwar nie was gesagt, aber ich glaube, sie ist sehr enttäuscht von Stefan. Er ignoriert sie richtiggehend. Und Monika kommt auch selten. Es ist ziemlich traurig. Aber sie hat wenigstens Senta. Kennst du sie überhaupt? Sie ist die Tochter von Monika. Sie und ihr Mann, Eduard, leiten das Jochum-Frankfurt. Sie haben gerade ein Mädchen bekommen. Tante Viktoria ist ganz aus dem Häuschen. Es ist ihr erstes Urenkelkind.« Nach einer Pause sagte sie: »Aber das weißt du ja wahrscheinlich alles.«

Etwas betreten gestand Norbert, daß er Viktoria lange nicht

gesehen hatte. »Sie war sehr aufgebracht, als Lili und ich geschieden wurden. Irgendwie . . .«

»Vater! Wenn Tante Vicki aufgebracht war, hat sie dir bestimmt inzwischen verziehen.«

Arm in Arm liefen sie später zum Haus zurück. »Ich werde Tante Vicki morgen besuchen«, versprach Norbert.

Kleo streckte sich und gab ihm einen Kuß. »Danke. Und danke, daß du gekommen bist. Es ist komisch, aber ich habe zum erstenmal im Leben das Gefühl, als würde ich anfangen, dich kennenzulernen.«

Nach Kleos Auszug verschlechterte sich das Verhältnis zwischen Reinhild und Helena zusehends. Reinhild versuchte, sich nicht mit ihrer Tochter anzulegen, versuchte, nichts zu sagen, was sie hätte verärgern können. Aber wie behutsam sie auch war, Helena suchte ständig Streit.

»Kinder haben so schwierige Phasen. Keine Angst, das legt sich wieder«, tröstete ihre Schwägerin Else sie, als Reinhild am Telefon ihr Herz ausschüttete.

»Sie ist aber schon in dieser schwierigen Phase, solange ich denken kann«, meinte Reinhild ratlos. »Und statt sich zu bessern, wird es immer schlimmer. Else, ich weiß nicht mehr weiter. Ich weiß nicht, was ich mit ihr machen soll. Sie schließt sich stundenlang in ihrem Zimmer ein und hört diese schreckliche Musik.« Aus Helenas Zimmer drang der neueste Song der Rolling Stones, *Paint it, black*. »Sie raucht, sie trinkt, und sie lernt nicht. Ich höre schlimme Klagen aus der Schule.«

Else murmelte etwas Tröstliches.

»Und ihre Klamotten solltest du mal sehen! Ich weiß nicht, wann ich sie zum letztenmal in einem Kleid gesehen habe. Sie läuft nur noch in Jeans rum, die sie in der Badewanne eingehen läßt. Und schlabbrige Pullover bis über den Hintern. Und die Haare! Der Pony geht ihr fast über die Augen. Sie sieht wirklich schlimm aus.« Reinhild dämpfte die Stimme etwas.

Nicht daß sie wirklich gefürchtet hätte, Helena könnte bei dem Lärm, den die Stones machten, etwas hören, aber das Mädchen hatte ein Talent dafür, in den unpassendsten Augenblikken plötzlich dazustehen. »Und dann ihre Freundinnen. Sie kommen her und laufen an mir vorbei, als wäre ich Luft. Ich weiß nicht, wo sie die kennenlernt, aber sie sind vollkommen unerzogen. Schlampig, dreckig, mit langen Haaren.«

Durch das Telefon hörte Reinhild Mädchenstimmen. »Entschuldige mich einen Moment«, sagte Else. Reinhild hörte, wie sie fragte: »Ja, Margarete, was ist denn? Mein Gott! Ist es schon so spät?« Dann meldete sie sich wieder. »Reinhild, es tut mir leid, aber ich muß die Kinder zum Ballettunterricht bringen. Brigitta, wo sind deine Schuhe? Ah, da sind sie ja. Reinhild, ich hoffe sehr, daß es mit Helena bald besser wird. Hoffentlich wird's bei meinen beiden nicht so schlimm, aber das weiß man ja nie.«

Sie ging zur Anrichte, wo sie sich einen Cognac einschenkte. Das war eine Gewohnheit geworden, seit Kleo nicht mehr da war. Sie hatte nie viel getrunken, doch jetzt merkte sie, daß ein paar Drinks am Abend und einer direkt vor dem Schlafengehen sie beruhigten und festen Schlaf garantierten.

Aus Helenas Zimmer kamen die schneidenden, rauhen Stimmen der Stones, die beharrten, *Get off, get off* . . .

Reinhild wußte höchstens die Hälfte. Auf jeden Fall wußte sie nichts von Hartmut Senger. Darauf hatte Helena geachtet. Ihr war der Gedanke unerträglich, daß Reinhild Hartmut kritisierte. Und nicht ertragen konnte sie auch den Gedanken, daß Hartmut ihre bürgerliche Wohnung sah.

Helena hatte Hartmut Senger beim letzten Ostermarsch kennengelernt. Sie war mit ihrem Plakat durch Hamburg gelaufen, hatte »Amis raus aus Vietnam«, »Mao Tse-tung« und »Ho-Chi-Minh« gerufen, als der Marschierer vor ihr plötzlich stehengeblieben war und sie ihn buchstäblich umgerannt und ihm mit ihrem Plakat einen heftigen Schlag auf den Kopf gegeben hatte. Sie hatte sich hingekniet, um zu sehen, ob bei ihm alles in Ordnung war, und damit einen Stau hinter sich hervorgerufen. Die Polizisten am Straßenrand, die auf den geringsten Anlaß als Vorwand zum Einschreiten warteten, waren vorwärtsgestürmt. »Faschistenschweine!« murmelte Helena.

Der Umgerannte hatte sich wieder aufgerappelt. »Fordere sie nicht heraus«, sagte er.

»Warum nicht? Sie provozieren uns.«

Vorsichtig faßte er sich an den Hinterkopf, hob ihr Plakat auf und lief weiter. »Weil es Energieverschwendung ist.«

»Ich wollte dich nicht umrennen. Ich hab' dir hoffentlich nicht weh getan.«

»Es war meine Schuld. Ich hab' geschlafen.«

»Soll ich das Plakat wieder nehmen?«

»Nein, das trage ich. Ich will nicht noch mal was auf die Birne kriegen.«

Bei jedem anderen hätte Helena wahrscheinlich wütend das Plakat an sich gerissen und wäre davongeeilt. Sie haßte Kritik, auch wenn sie nur indirekt war. Doch der junge Mann mit dem langen, dunklen, in der Mitte gescheitelten Haar, dem blassen, schönen Gesicht und den weit auseinanderstehenden braunen Augen hatte etwas an sich, das sie davon abhielt. Sie fiel kurz in die Sprechchöre »Amis raus aus Vietnam!« ein. Dann schluckte sie ihren Stolz herunter und sagte: »Ich heiße Helena Kraus.«

»Ich bin Hartmut Senger.«

Danach schien er wieder in Gedanken zu versinken. Anders als Helena rief er keine Slogans, sondern lief nur schweigend mit. Ein- oder zweimal versuchte Helena, ihn etwas zu fragen, aber er hörte sie nicht. Selbst bei den abschließenden Reden beachtete er sie kaum, scheinbar ganz von den aufrüttelnden Worten der Redner mitgerissen. Dann, als die Versammlung auseinanderging, fragte er Helena: »Hast du Lust auf einen Kaffee?«

»Warum bist du eigentlich mitmarschiert, wenn du kein Interesse hast?« wollte Helena wissen, als sie auf der Terrasse eines Cafés saßen.

»Weil ich für die Sache bin. Aber ich werde das Gefühl nicht los, daß Worte allein für einen Wandel nicht ausreichen. Es müssen Taten folgen.«

»Was für Taten?«

»Darüber habe ich nachgedacht. Es muß etwas sein, das den Menschen klarmacht, was es heißt, in Vietnam zu sein, im amerikanischen Bombenhagel zu leben, etwas Wirksameres als Worte und Fotos.«

»Gerade die Deutschen müßten doch wissen, wie es ist, bombardiert zu werden.«

»Müßten, aber die vergessen lieber. Sprechen deine Eltern jemals über den Krieg?«

»Nein«, antwortete Helena. »Wenn ich bei meiner Mutter mal den Krieg erwähne, wechselt sie sofort das Thema. Was mit meinem Vater ist, weiß ich kaum. Meine Eltern sind nämlich geschieden.«

»Ich kenne meinen Vater gar nicht. Er ist bei Kriegsende gefallen, kurz vor meiner Geburt.«

Sie hatten also beide keinen Vater. Allmählich wurde er Helena sympathisch. »Tut mir leid«, sagte sie.

Er zuckte die Schultern. »Nicht nötig. Mir nicht. Das hat er sich selbst zuzuschreiben. Er war Soldat. Er hat bei dem Krieg mitgemacht.« Er faßte in die Tasche, holte einen Beutel Tabak und Zigarettenpapier heraus und drehte sich eine Zigarette. »Rauchst du?« fragte er.

»Ist es eine normale Zigarette?«

Er blickte sich um, sah, daß sie unbeobachtet waren, und sagte: »Es ist Hasch.«

»Ich hab' noch nie Hasch geraucht.«

»Dann fängst du am besten gar nicht an. Manchmal wirkt es beim erstenmal etwas eigenartig.« Er zündete die Zigarette an, inhalierte tief, hielt den Atem lange an und blies den Rauch dann langsam, die Augen halb geschlossen, wieder aus.

Helena steckte sich eine von ihren eigenen Zigaretten an, und sie unterhielten sich einige Zeit über ihre Familien. Die Verwandten ihrer Mutter waren alle tot, erzählte Helena, aber ihr Vater war Norbert Kraus, Chef der Landgut AG und Enkel des berüchtigten Baron von Kraus. Sie verabscheute die Familie Kraus aus tiefstem Herzen. Als sie noch jünger war, hatte ihre Mutter sie zu den Familienfeiern geschickt, doch inzwischen wollte sie nichts mehr mit ihnen zu tun haben. »Die denken nur an Geld!« sagte sie verächtlich.

»Du darfst dich nicht so aufregen«, meinte Hartmut. »Aufregung ist Vergeuden von Emotionen. Außerdem siehst du dann häßlich aus, ganz anders als vorhin während der Demo, da hast du kämpferisch und richtig hübsch ausgesehen.«

Noch nie hatte jemand Helena gesagt, daß sie hübsch aussehe. Das machte sie völlig sprachlos.

Hartmut lächelte. »Meine Mutter wohnt in Hamburg«, sagte er. »Im Gegensatz zu deiner Mutter hat sie wieder geheiratet. Ihr Mann ist Erwin Senger. Vielleicht hast du schon von ihm gehört, ihm gehört Elektro-Senger. Meine beiden älteren Brüder arbeiten in der Firma. Die Familie wollte, daß ich auch einsteige, als ich mit der Schule fertig war, aber ich habe keine Lust, mein restliches Leben mit der Montage von Radios und Fernsehern und Waschmaschinen zuzubringen. Ich bin stattdessen auf die Uni. Ich bin an der Freien Universität in Berlin.«

»Meine Schwester ist an der FU. Kennst du sie zufällig? Kleo Kraus. Sie studiert Medizin. Ihr Freund ist Dieter Duschek. Er hat Jura studiert.«

»Ziemlich ernster Typ, dunkelhaarig, mit Brille? Ja, den kenn' ich. Ist irgendwas Großes im AStA. Ich bin zu den SDS gegangen, als ich an der FU anfing, aber jetzt habe ich kaum noch was damit zu tun. Ich mag keine Vereine. Sobald Leute sich zusammenschließen, verlieren sie ihre Identität und auch jedes individuelle Denken. Ich glaube an die Spontaneität.«

»Was studierst du eigentlich?« fragte Helena.

»Soziologie und politische Wissenschaften. Aber vielleicht höre ich auf. Es ist reine Zeitverschwendung. Kein Mensch will die Notwendigkeit sozialer Veränderungen einsehen. Solange wir aber weiter etablierten, traditionellen, kapitalistischen Gesellschaftsordnungen folgen, wird die Gesellschaft immer mehr zugrunde gehen.«

»Wie meinst du das?«

»Die kapitalistische Gesellschaft gründet auf dem Besitz. *Mein* Geld, *mein* Haus, *mein* Auto, *mein* Mann, *meine* Frau, *meine* Kinder. Vom Augenblick unserer Geburt an gehören wir irgend jemandem, sind wir Gefangene. Ich lehne den ganzen bürgerlichen Mist ab. Nimm deine Familie als Beispiel. Weil deine Mutter einen Kraus geheiratet hat, bist du an Leute gebunden, mit denen du nichts gemeinsam hast. Du bist erfüllt von Schuld, Spannungen und Ängsten, die du nicht selbst zu verantworten hast. Du sitzt in einer Falle, der du nicht entkommen kannst, nur weil dein Vater einmal deine Mutter geheiratet hat. Mann und Frau sind von Natur aus nicht monogam veranlagt, unser Recht hat es vielmehr so vorgeschrieben. Dein Vater ist bestimmt nicht monogam. Aber er ist reich. Er kann sich eine Scheidung leisten. Die meisten Männer und Frauen können das nicht. Sie können die Anwalts- und Unterhaltskosten nicht bezahlen. Sie müssen leiden – und ihre Kinder müssen leiden –, ihr ganzes Leben lang.«

»Und was gibt es für eine Alternative?« fragte Helena.

»Wie ich und meine Freunde in einer Kommune leben, wo alles geteilt wird, Besitz und Verantwortung, wo nichts einem allein gehört, auch die Kinder nicht. Das ist wahrer Kommunismus.«

Es war, als hätte Hartmut Senger Helena die Augen für eine völlig neue Daseinsmöglichkeit geöffnet. »So hab' ich das noch nie gesehen. Ich habe Kommunismus immer für etwas rein Politisches gehalten.«

Helena traf sich einige Male mit Hartmut, bevor er nach Berlin zurückging, aber sie war nie bei ihm oder er bei ihr zu Hause. Beim letztenmal nahm er sie in die Arme und zog sie fest an sich. »Überleg dir mal, ob du zu uns in die Kommune kommen willst. Du kannst ja einfach mal vorbeikommen.«

Helenas Schulleistungen ließen noch weiter nach, da sie sich mit den sozialen und politischen Problemen beschäftigte, die Deutschland zu überrollen drohten. Auf einer uralten Schreibmaschine vom Dachboden schrieb sie mehrere Artikel, die sie verschiedenen Zeitungen und Zeitschriften anbot. Ein oder zwei wurden auch von linksextremen Blättern abgedruckt, die meisten jedoch abgelehnt, so auch die, die sie an *Aktuell* geschickt hatte. Ein Redakteur des Blattes hatte ihr zurückgeschrieben: »Wenn Sie in *Aktuell* veröffentlicht werden möchten, müssen Sie sich mehr auf Fakten konzentrieren und weniger auf Propaganda.«

Helena ließ sich durch die Ablehnungen nicht entmutigen. Im Gegenteil. Sie tat Udo Fabian und seine Redaktion als alte Knacker ab, die nicht bereit waren, sich mit der Meinung der Jugend auseinanderzusetzen.

Eines Tages Mitte Juni fand Reinhild einen angefangenen Artikel in Helenas Schreibmaschine, daneben ein Buch von Herbert Marcuse, *Der eindimensionale Mensch.* Helena hatte ihr verboten, ihr Zimmer zu betreten, aber Reinhild konnte es nicht lassen, ihr nachzuspionieren, wenn Helena außer Hause war.

Helena war so verschlossen, daß Reinhild bei dieser Gelegenheit zum erstenmal etwas von ihren journalistischen Versuchen erfuhr. »Es ist unsere Aufgabe, die Arbeiterklasse im revolutionären Kampf zu führen«, hatte sie begonnen. »Die

Fabrikbosse glauben, sie können die Arbeiter mit Geld kaufen. Die Eltern glauben, sie könnten ihre Kinder mit Wohlstand abspeisen und damit die Vergangenheit vergessen machen . . .«

Reinhild zog das Blatt aus der Maschine und ging damit zum Fenster, um es noch einmal zu lesen und zu verstehen. So traf Helena sie an, als sie in ihr Zimmer stürmte. Ihre grauen Augen funkelten vor Zorn: »Was fällt dir ein, in mein Zimmer einzudringen? Was fällt dir ein, in meinen Sachen herumzuschnüffeln?«

Reinhild war durch das, was sie gelesen hatte, zu verwirrt und beunruhigt, um eingeschüchtert zu sein. »Was soll das alles – revolutionärer Kampf?« fragte sie. »Und was bedeutet das über die Eltern?«

Die Abneigung gegen ihre Mutter, die lange in Helena geschwelt hatte, steigerte sich in diesem Augenblick zu Haß. »Es bedeutet das, was da steht«, erwiderte sie verächtlich. »Du glaubst, wenn du uns alles gibst, was wir brauchen, kannst du unsere Liebe und Vergebung kaufen.«

Reinhild schüttelte den Kopf. »Ich habe nie versucht, deine Liebe zu ›kaufen‹, und ganz bestimmt nicht deine Vergebung, was immer du damit meinst. Ich habe nur immer das Beste gewollt für dich, für euch alle.«

»Das Beste!« höhnte Helena. »Das Beste wäre gewesen, mir die Wahrheit über dich und Vater und die Vergangenheit zu erzählen. Das Beste wäre gewesen, das Unrecht der Vergangenheit wiedergutmachen zu wollen, anstatt so zu tun, als wäre es nie geschehen. Das Beste wäre gewesen, uns Liebe zu schenken, statt sich Gedanken darüber zu machen, was die Nachbarn denken könnten.«

»Helena, was meinst du damit?«

»Selbst wenn ich es dir erklärte, würdest du es nicht verstehen. Gott, wie ich euch verachte.«

Reinhild spürte Tränen aufsteigen, Tränen des Schmerzes,

des Unverständnisses und des Selbstmitleids. Sie verließ das Zimmer.

Als Reinhild am nächsten Morgen aufstand, war Helenas Zimmertür offen. Sie trat näher und merkte, daß einige Sachen aus Helenas Schrank fehlten, auch ein paar Bücher aus dem Regal, und die Schreibmaschine war vom Schreibtisch verschwunden. An ihrer Stelle lag ein Zettel: »Ich bin nach Berlin gegangen. Erwarte mich nicht zurück – nie mehr.«

Reinhild vermutete, daß Helena zu Kleo gegangen sei, aber als sie ihre älteste Tochter schließlich abends am Telefon hatte, sagte Kleo, sie habe seit Wochen nichts von Helena gehört oder gesehen. Reinhild bekam Angst. Sie rief Norbert an und verlangte, daß er nach Berlin fahre und Helena suche. Aber nachdem er Reinhild das Eingeständnis entlockt hatte, daß sie und Helena sich gestritten hatten, erklärte er, Helena sei alt genug, selbst auf sich aufzupassen, und werde wahrscheinlich in ein paar Tagen wieder da sein. In ihrer Verzweiflung rief Reinhild Viktoria an und bat sie um Hilfe. Viktoria, seit je praktisch veranlagt, erbot sich, Helenas Verschwinden der Polizei zu melden.

Doch das war das letzte, was Reinhild wollte, die Polizei einschalten und aufdringlichen Fremden alle möglichen persönlichen Dinge enthüllen zu müssen.

Am 22. Juni hatte der Senat der FU Berlin eine Sitzung. Während der Rektor und die Professoren im Senatszimmer saßen, versammelten sich vor den Fenstern etwa dreitausend Studenten und forderten die Professoren zu einer öffentlichen Diskussion auf. Als der Rektor und seine Kollegen sich weigerten, sich an einer solchen Diskussion zu beteiligen, zogen die Studenten in das Universitätsgebäude, besetzten die Aula und veranstalteten ein Teach-in. Gegen Abend erschienen einige

Professoren und Außenstehende, unter ihnen auch Holger Busko und Stefan Jochum, die auf der Seite der Studenten standen.

Während Stefan Jochum sprach, entdeckte Dieter, der vorne im Saal saß, Helena. Sie hockte, das Kinn in die Hand gestützt, im Schneidersitz auf dem Boden neben einem Soziologiestudenten, in dem Dieter Hartmut Senger erkannte. Es war eine Gruppe von etwa einem Dutzend Leuten, die vor einiger Zeit in einem großen Haus an der Kaiser-Friedrich-Straße im vornehmen Charlottenburg eine Kommune gegründet hatten, sehr zum Mißfallen der übrigen Bewohner, die in der örtlichen Presse und bei der Stadtregierung lautstark protestiert hatten.

Als das Teach-in gegen Mitternacht zu Ende ging und die meisten Studenten sich auf den Heimweg machten, traf Dieter Kleo. »Da drüben ist Helena«, sagte er finster. Gemeinsam drängten sie sich durch die Menge.

Er packte Helena am Arm: »Was denkst du dir eigentlich, du dumme Gans? Deine Familie macht sich die größten Sorgen.«

Helena war nicht im geringsten betroffen. »Hallo, Dieter. Hallo, Kleo. Wie schön, daß ich so vermißt werde.«

Dieter holte tief Luft. »Würdest du die Güte haben, dich mit deiner Mutter und deinem Vater in Verbindung zu setzen, und ihnen sagen, daß es dir gutgeht?«

»Hi.« Hartmut Senger war dazugekommen und legte den Arm um Helenas Schultern.

Helena sah Kleo und Dieter verächtlich an. »Da ihr mich jetzt gesehen habt, könnt ihr ihnen ja sagen, daß es mir gutgeht.«

»Komm, Helena«, sagte Hartmut Senger.

»Wo wohnst du?« fragte Kleo.

»Bei Hartmut«, antwortete Helena. »Besucht mich mal. Die Adresse findet ihr in jeder Zeitung.« Bevor Kleo noch etwas sagen konnte, hatte sie sich umgedreht und war gegangen.

Gleich am nächsten Morgen suchte Kleo Helena auf. Ein ziemlich schmuddliges kleines Mädchen mit Latzhose und Essensflecken auf dem Latz kam an die Tür. Kleo fragte nach Helena. »Die sind da drin«, sagte sie.

Etwa ein Dutzend Personen saß an einem großen, runden Tisch, der mit Frühstücksresten und Zeitungen übersät war. »Hier, das ist auch gut«, rief Helena erheitert. »Da steht, die Kommune feiert jede Nacht wilde Sexorgien – bei voller Beleuchtung und offenen Vorhängen!«

»Helena«, sagte Kleo ruhig, »ist es möglich, mit dir allein zu reden?«

Helena blickte auf. »Ach, du bist's, Kleo. Du kannst hier mit mir reden. Wir haben keine Geheimnisse voreinander. Wir teilen alles.«

Hartmut Senger schaltete sich ein. »Uns macht es nichts. Geh mit deiner Schwester ins Schlafzimmer und rede da mit ihr.«

Ungehalten schnaubte Helena und erhob sich. Sie führte Kleo in ein großes Zimmer, in dem es nach abgestandenem Zigarettenrauch roch und dem süßlichen Duft, den Kleo als Haschisch erkannte. Die einzigen Einrichtungsgegenstände waren ein alter Sessel und zwei große Doppelmatratzen auf dem Boden. An einer Wand, die mit Postern von Stalin, Ho Chi Minh, Ché Guevara und Mao Tse-tung geschmückt war, hing eine Gitarre. Auf dem Boden lagen überquellende Aschenbecher, ein unordentlicher Stapel Bücher und mehrere leere Bierdosen. Helena ging zum Plattenspieler in der Ecke. Bob Dylans Stimme tönte aus dem Lautsprecher: *The times they are a-changing* . . .

Während Kleo sich in den Sessel setzte, fläzte Helena sich auf eine der Matratzen. »Wenn du gekommen bist, um mich zur Rückkehr zu bewegen, kannst du dir jedes weitere Wort sparen«, sagte sie. »Ich gehe nicht zurück.«

»Ist es dir eigentlich egal, daß du den Eltern und uns Sorgen und Aufregung bereitet hast?«

»Kein Mensch hat sich vorher um meine Gefühle gekümmert. Warum sollte ich mich jetzt um ihre kümmern?«

»Du hast doch nicht etwa vor, hier zu bleiben?«

»Warum nicht? Was ist daran nicht in Ordnung?«

In Kleos Augen war alles daran nicht in Ordnung, nicht zuletzt, daß Männer und Frauen wild zusammenlebten. Aber sie sagte nur: »Es ist nicht besonders sauber hier.«

Helena steckte sich eine Zigarette an, blies das Streichholz aus und warf es auf den Teppich. »Ich habe es bis hier, in einer sterilen Atmosphäre zu leben, wo jedes Stäubchen weggewischt wird, bevor es sich richtig niederlassen kann, wo alles seinen bestimmten Platz hat. So eine bürgerliche Existenz gefällt dir vielleicht, Kleo, aber ich kann sie nicht länger ertragen.« Sie blies einen Rauchring zur Decke, dann sagte sie: »Gib's doch zu, Kleo. Es ist nicht so sehr die Unordnung, die dich stört, sondern was wir machen. Du bist genau wie alle andern. Du willst nur wissen, wie wir leben!«

»Nun, em . . .«

»Nun, ich werd's dir sagen. Hartmut und ich schlafen hier und Astrid und Thomas da.« Sie deutete auf die zweite Matratze. »Zumindest ist das im Moment so. Aber wie gesagt, wir teilen alles. Wenn jemand mit einem andern schlafen will, tut er es einfach.«

Kleo wußte, daß Helena sie schockieren wollte, hatte aber nicht die Absicht, sich anmerken zu lassen, daß ihr das auch gelang. »Hoffentlich tust du irgendwas zur Verhütung«, bemerkte sie trocken.

»Wir sind dafür, der Natur ihren Lauf zu lassen«, erwiderte Helena unbekümmert. »Kinder haben ist hier ganz einfach. Alle kümmern sich um sie. Es gibt eine gemeinsame Verantwortung.«

Dem Äußeren des kleinen Mädchens nach zu urteilen, das die Tür geöffnet hatte, bewältigte die Kommune ihre Aufgabe nicht gerade beispielhaft, fand Kleo.

»Ich nehme an, es ist unerläßlich, daß du nicht nur mit Hartmut oder anderen schläfst, trinkst und rauchst, sondern auch Drogen nimmst.«

Helena zuckte die Schultern. »Hin und wieder mal einen Joint.«

Kleo beließ es dabei. »Aber was hast du für Pläne? Du kannst nicht auf die Uni, wenn du kein Abi machst.«

»Ich hab' nicht vor, auf die Uni zu gehen.«

»Du bist noch keine siebzehn. Noch haben die Eltern die Verantwortung.«

»Dann können sie ja nach mir sehen«, erwiderte Helena spitz.

»Warum sollten sie, so wie du sie behandelst?«

»Hartmuts Mutter gibt ihm einen Zuschuß. Ich werde Vater bitten, mir auch einen zu geben. Schließlich unterstützt er Kris und dich ja auch. Es ist nicht mehr als recht und billig.«

»Warum sollte Vater dir Geld geben fürs Rumlungern und Nichtstun? Ich denke, er wird darauf bestehen, daß du nach Hamburg zurückgehst und die Schule zu Ende machst.«

»Wer sagt denn, daß ich nichts tue? Ich will Journalistin werden. Ich habe schon ein paar Artikel geschrieben.«

»Das wußte ich nicht.«

»Du weißt vieles nicht.«

Eine weitere halbe Stunde versuchte Kleo, ihre Schwester dazu zu bringen, Vernunft anzunehmen, aber sie hätte ebensogut an eine Wand reden können. Helena hatte sich entschieden. Daran war nichts mehr zu ändern.

An jenem Abend glühten die Telefonleitungen zwischen Berlin, Hamburg und München. Dieter hatte die Schultern gezuckt, als Kleo ihm von der Kommune erzählt hatte. »Der Reiz des Neuen wird bald vorbei sein«, sagte er. »Ich rate euch, sie in Ruhe zu lassen, bis sie von allein wieder zur Vernunft kommt.«

»Mutter wird Einzelheiten wissen wollen.«

»Sag ihr, daß Hartmuts Mutter von Elektro-Senger ist. Sag deiner Mutter, sie soll sich mit ihr treffen. Sie können dann das Problem ihrer abtrünnigen Kinder gemeinsam anpacken.«

Schließlich berichtete Kleo ihrer Mutter, daß es Helena offenbar gutgehe und es ihrer Meinung nach keinen Sinn hätte, sie unter Zwang zurückzuholen, da sie wahrscheinlich sofort wieder weglaufen würde. Sie vermied es, die Kommune zu erwähnen, erzählte aber von Hartmut. Reinhilds Haltung änderte sich schlagartig. »Seine Mutter ist Helga Senger! Warum hat Helena das denn nicht gesagt? Die Sengers sind sehr angesehen und sehr reich.«

Nach dem Gespräch mit ihrer Mutter rief Kleo ihren Vater an.

Norbert atmete erleichtert auf, als er hörte, daß man Helena gefunden hatte. Kleos Anruf bedeutete, daß er nicht nach Berlin fahren mußte, wie Reinhild verlangt hatte. »Du hast mir ja erzählt, daß Helena eine schwierige Phase durchmacht«, sagte er. »Von zu Hause weggehen ist wahrscheinlich das beste, was sie tun konnte. Gib mir ihre Adresse. Ich schicke ihr morgen einen Scheck.«

Zum Schluß rief Kleo Viktoria an, um ihr zu sagen, daß Helena wohlauf sei. »Dank dir, meine Liebe, daß du mich angerufen hast«, sagte Viktoria. »Ich habe mir schon Sorgen gemacht. Ich weiß, was für schreckliche Dinge in Berlin passieren können, und Helena ist noch so jung und unerfahren. Sie hat ein sehr behütetes Leben gehabt. Aber jetzt, da du weißt, wo sie ist, kannst du ja ein Auge auf sie haben.«

Am liebsten hätte Kleo ihrer Schwester den Hals umgedreht, wie sie sich eingestand, nachdem sie aufgelegt und versprochen hatte, die alte Tante bald zu besuchen. Aber als sie nachdachte, kam sie zu dem Schluß, daß ihre Eltern nicht sehr viel besser dastanden. Bei aller vermeintlichen Sorge hatte es keiner von ihnen für nötig gehalten, nach Berlin zu kommen und selbst nach Helena zu sehen.

Helena machte sich nicht die Mühe, ihrem Vater für den großzügigen Scheck zu danken, der einige Tage nach Kleos Besuch eintraf. Sie löste ihn sofort bei der Bank ein. Die Hälfte des Geldes wanderte in ihr Portemonnaie. Etwas davon würde sie der Kommune geben für ihren Unterhalt. Die andere Hälfte zahlte sie jedoch auf ein neues Konto ein, das sie unter ihrem Namen eröffnete. Helena hatte den Eindruck, daß das Teilen, wovon die Kommune permanent sprach, sich vor allem auch auf ihr Geld bezog.

Dann machte sie einen Einkaufsbummel. In einem Kaufhaus am Tauentzien kaufte sie sich mehrere Jeans, einige baumwollene Rollkragenpullis, eine schwarze Lederjacke und einen breiten Ledergürtel. Nachdem sie ihre Garderobe aufgefrischt hatte, ging sie zum Friseur. Während sie darauf wartete, daß die Haare trockneten, erlaubte sie sich den Spaß, ihr Äußeres völlig verändern zu lassen. Als sie wieder auf die Straße trat, hatte sie schwarze Lidstriche und tiefschwarzes Haar. Von Zeit zu Zeit warf sie einen kurzen prüfenden Blick auf ihr Spiegelbild im Schaufenster.

Als sie nach Hause in die Kaiser-Friedrich-Straße kam, betrachtete Hartmut sie anerkennend. Seine Stimme war rauh vor Verlangen, und Helena spürte ein inzwischen vertrautes Kribbeln im Körper. Sie hatte bei sich einen unersättlichen Appetit auf Sex entdeckt.

Die ersten Wochen in der Kommune vergingen Helena wie im Flug. Die Kommune lebte ziellos in den Tag hinein und verbrachte endlose Stunden mit theoretischen Diskussionen über die neue Lebensform und die Gesellschaft, die entstehen sollte.

Die Hausarbeit sollte von allen gleichermaßen erledigt werden, aber in Wirklichkeit machte Katharina das meiste, eine kräftige, mütterliche junge Frau mit langen, goldblonden Haaren und sanften, braunen Augen, die wallende Kleider trug, Sandalen und Perlenketten; sie war auch die Mutter der beiden Kinder in der Kommune, deren leiblichen Vater allerdings niemand kannte. Wenn Hartmut zur Universität fuhr, ging auch Helena meistens aus dem Haus: Sie war nicht zu Hause weggegangen, um zu putzen, Wäsche zu waschen und für andere zu kochen.

Die Abende genoß Helena am meisten. Dann füllte sich der Wohnraum mit Besuchern. Die Luft wurde blau vor Rauch. Katharina kochte einen Kessel Suppe. Sie tranken Dosenbier. Joints machten die Runde. Und sie saßen und diskutierten bis tief in die Nacht über ihre revolutionären Ziele.

Unter den Besuchern waren schon jetzt legendäre Leute wie Fritz Teufel, bärtig, zottelhaarig, bebrillt, der Schöpfer der sogenannten satirischen Happenings, die in anderen Ländern als Studentenulk durchgegangen wären, Teufel jedoch den Unmut des Universitätssenats und das Mißfallen der Presse eintrugen; Rainer Langhans mit seinem unbändigen, an Struwwelpeter erinnernden Haarschopf; Rudi Dutschke mit seinen durchdringenden Augen und auffällig gestreiften Pullovern, er war wie Dieter Duschek Mitglied des SDS; Matthias Scheer, der Enkel von Pastor Scheer, der Spaß daran hatte, sich als Atheist zu bezeichnen, und die ausgefallensten Moden mitmachte; und Dieter, äußerlich konventionell, aber innerlich alles andere als ein Konformist, wie Helena bald merkte. Kleo begleitete ihn einmal, ordentlich und gesittet, aber nachdem Helena sie nicht beachtete, kam sie nicht mehr.

Nach dem ersten Sit-in an der Freien Universität gab es zahlreiche weitere derartige Demonstrationen, aber obwohl Hartmut an allen teilnahm, war Helena bald angeödet. Da sie selbst nicht studierte, fand sie studentische Themen banal im Vergleich zu den weit wichtigeren Fragen, um die es draußen in der Welt ging. Sie hielt auch die Art, wie die Studenten mit den Universitätsbehörden umgingen, für zu brav. Sit-ins, Teach-ins und Flugblätter schienen ihr kein besonders vielversprechendes Mittel, um revolutionäre Ziele zu erreichen.

Geduld war nicht Helenas starke Seite. Sie wollte Taten sehen. Aber wenn sie Hartmut das sagte, lächelte er nur verträumt und meinte: »Alles zu seiner Zeit. Revolutionen müssen sich langsam entfalten. Mit der Gründung der Kommune haben wir einen großen Schritt getan.«

»Als ich dich das erste Mal getroffen habe, Hartmut, hast du gesagt, daß Action notwendig sei, um den Deutschen klarzumachen, was in Vietnam passiert.«

»Ja, ich erinnere mich. Wir haben über die Bomben in Vietnam gesprochen. Aber was willst du, Helena – daß wir Berlin bombardieren?«

»Mir kommen alle so verdammt unfähig vor. Alle reden pausenlos – und tun nichts.«

Er lachte. »Meine kleine Aufwieglerin.« Und er knöpfte ihr das Hemd auf. »Komm ins Bett, da gibt es Action.«

Helena konnte ihm, wie immer, nicht widerstehen. Er beherrschte sie körperlich nach Belieben. Doch geistig hatte sie sich von ihm entfernt. Sie wollte mehr, als er ihr bieten konnte. Sie hatte das Gefühl, daß das Leben irgendwo weiterging, ohne sie.

19

Die Sommerferien kamen und gingen. Obwohl Hartmut davon gesprochen hatte, das Studium aufzugeben, machte er im Herbst weiter, und Helena erfuhr, daß seine Mutter ihm gedroht hatte, den monatlichen Zuschuß zu streichen, falls er nicht weiterstudiere. Hartmut sank in ihrer Achtung, wobei sie großzügig darüber hinwegsah, daß sie selbst auch von ihrem Vater unterstützt wurde.

1966 war das Jahr der großen Koalition in Bonn. Bundeskanzler Ludwig Erhard trat im November zurück, sein Nachfolger wurde Kurt Georg Kiesinger, ehemaliges Mitglied der NSDAP. Franz-Josef Strauß, der frühere Verteidigungsminister und einer der Hauptverfechter der Wiederaufrüstung und atomaren Abschreckung, dessen politisches Ende alle Sozialdemokraten mit der Spiegel-Affäre 1962 erhofft hatten, zog als neuer Finanzminister in das Kabinett ein. Willy Brandt, Berlins ehemaliger Regierender Bürgermeister und Vorsitzender der Sozialdemokraten, wurde Außenminister.

Helena brauchte keinen weiteren Beweis für die Verlogenheit aller Politiker. Besonders empört war sie über Willy Brandts Überlaufen nach rechts, wie sie das nannte. Das war in ihren Augen Verrat gemeinster Art.

Ihre persönliche Enttäuschung über Hartmut und die politische Ernüchterung ließen sie in eine tiefe Depression verfallen. Sie hatte keinen Appetit mehr, hockte verwahrlost in der Wohnung herum, ging nicht auf Hartmuts Aufmerksamkeiten ein und drehte ihm im Bett den Rücken zu.

Im Unterbewußtsein hoffte sie natürlich, Aufmerksamkeit und Mitgefühl zu erwecken. Doch der Zeitpunkt war ungünstig. Thomas und Astrid waren gerade auseinandergegangen, und Thomas schlief jetzt mit Eva, einer neuen Kommunardin. Statt den Versuch zu machen, Helena aus ihrem Tief zu locken, ging Hartmut einfach mit Astrid ins Bett. Nacht für Nacht weinte Helena sich in den Schlaf, zog sich das Kissen über den Kopf, um das Keuchen und Stöhnen von nebenan nicht zu hören. Astrid meinte es gut mit ihr und fragte: »Warum machst du nicht einfach mit, Helena?« Aber Helena war enttäuscht von Hartmut, und mit einer anderen wollte sie ihn schon gar nicht teilen. Sie versank immer tiefer in Selbstmitleid, wurde sich plötzlich ihrer Umgebung bewußt und sah sie, wie sie wirklich war: ziemlich verwahrlost und unwohnlich. Was ihre Mitbewohner betraf, hatten auch sie an Glanz verloren. Mit den abendlichen Besuchern war es etwas anders: Sie brachten frischen Wind ins Haus. Aber die Kommunarden selbst waren uninteressant geworden.

Kurze Zeit später jedoch tauchte Marko auf. Er stand eines Abends in der Wohnung und überflog den Raum, der wie immer voller Leute war, die tranken, rauchten, redeten, stritten, Flugblätter entwarfen, Demonstrationen organisierten, über Sit-ins und Streiks sprachen, die neuesten Meldungen aus Vietnam beklagten oder über die Amerikaner, die Regierung und die Welt allgemein schimpften.

Marko bahnte sich einen Weg zu Helena, die, ganz in Schwarz gekleidet, in einer Ecke saß. »Hallo«, sagte er, »ich bin Maximilian Markovic. Die Leute nennen mich Marko. Ich bin gerade aus Nürnberg gekommen.« Er war groß und sehr schlank, hatte einen strohblonden Haarschopf, einen breiten Mund und vergißmeinnichtblaue Augen unter beneidenswert langen Wimpern. Er holte eine Tabakdose aus der Tasche und setzte sich neben Helena auf den Boden. »Lust auf 'n Joint?« fragte er.

»Ja«, erwiderte sie.

Er beugte sich zu ihr und gab ihr Feuer. »Mach nicht so 'n tragisches Gesicht«, sagte er. »So schlimm kann's doch nicht sein.«

Als das Haschisch zu wirken anfing, sah die Welt plötzlich nicht mehr so traurig aus.

»Wohnst du hier?« fragte Marko.

»Ja, seit etwa sechs Monaten. Aber ich werde wahrscheinlich ausziehen. Ich – ich passe nicht so recht hierher.«

»Das seh ich. Was hast du vor?«

»Ich weiß noch nicht.«

»Ich wohne im Moment im Studio von einem Freund, solange ich noch kein eigenes Zimmer habe. Komm doch zu mir.«

Das Angebot überraschte sie nicht. Sie spürte, daß ihre Begegnung etwas Vorherbestimmtes hatte. Er war quer durch den Raum auf sie zugesteuert, hatte niemanden sonst beachtet. Sie fühlte sich sofort zu ihm hingezogen. »Macht das deinem Freund nichts aus?« fragte sie.

»Sie ist gerade in Paris.«

»Sie?«

Seine blauen Augen blickten sie lachend an. »Sie ist Mitte Vierzig, zu alt für mich, aber sie ist richtig unkonventionell. Sie ist Künstlerin. Du wirst sie mögen. Na, was meinst du?«

»Okay«, sagte Helena nur.

Marko war im April 1945 geboren, vier Monate nachdem sein Vater, ein Manager in einer Nürnberger Kugellagerfabrik, bei einem Großangriff der Air Force ums Leben gekommen war. Seine Mutter, Johanna Markovic, hatte sich damals auf dem Bauernhof ihrer Schwester außerhalb der Stadt aufgehalten. Nach dem Tod ihres Mannes war sie dort geblieben, und Maximilian, der nach seinem Vater genannt war, wuchs auf dem Land auf, bis er siebzehn war. Dann, als die Wohnungssituation sich besserte und die Stellenangebote zunahmen, zogen Mutter und Sohn in die Stadt. Johanna bekam eine Stelle als Sekretärin, Maximilian ging zur Schule.

Als einziges Kind wurde er von seiner Mutter, seinen Tanten und Großeltern maßlos verwöhnt. Er war von Natur aus flatterhaft und in der Schule nicht besonders gut. Alles, was etwas Anstrengung erforderte, langweilte ihn schnell, aber während die Lehrer seinen Mangel an Konzentration beklagten, verteidigte seine Familie ihn. Er war ein so liebenswerter Bursche mit einem so gewinnenden Lächeln, daß man ihm unmöglich böse sein konnte.

Er war sportlich, und Angst schien ihm vollkommen fremd zu sein. Wenn andere Kinder vor Fremden das Gesicht in der Schürze der Mutter versteckten, blickte Maximilian ihnen gerade in die Augen und lächelte sie entwaffnend an.

Die Familie Markovic war zwar alles andere als wohlhabend, trotzdem bekam Maximilian alles, was er brauchte, und er besaß auch eine ansehnliche Spielzeugsammlung. Er gab gerne von seinen Sachen ab. Johanna stellte tatsächlich häufig fest, daß er offenbar gar kein richtiges Gefühl für Besitz hatte. Immer wieder entdeckte sie, daß er das neueste Spielzeug, das sie ihm gekauft hatte, einem anderen Kind geschenkt hatte. Was sie nicht merkte, war, daß er es gegen etwas anderes, noch Begehrenswerteres und meistens auch Teureres eingetauscht hatte.

Obwohl Maximilian in der Schule weiterhin nicht glänzte, zeigte er – zumindest in den Augen seiner Familie – beachtliche musische Begabungen. Er las gern Abenteuergeschichten und unterhielt seine Familie mit lustigen Sketchen, in denen er sich als Pirat, Cowboy oder Weltraumfahrer verkleidete. Eine Zeitlang hoffte seine Mutter, er würde Schauspieler werden. Das gute Aussehen dafür hatte er. Aber er lernte nicht gerne Texte auswendig. Als er bald darauf mit Landschaftsskizzen anfing, sah seine Mutter ihn bereits als berühmten Maler und beschloß, ihn Kunst studieren zu lassen.

Obwohl er das Abitur nicht schaffte, hatte er so viel Begabung, daß er an der Kunstakademie in Nürnberg angenommen wurde, wo er sich jedoch mehr dem Studium der Mädchen, vor allem der aus reichem Haus, als dem der Kunst widmete.

Maximilian hatte bereits sehr früh erkannt, daß er mit einem koketten Blick oder einem gewinnenden Lächeln erreichen konnte, was andere, die weniger Charme besaßen, nie schafften. Warum arbeiten, sagte er sich, wenn es nicht unbedingt notwendig war?

Dann wurde eine seiner Freundinnen schwanger. Dummerweise war sie erst fünfzehn, auch wenn sie älter ausgesehen hatte. Ihr Vater stellte Maximilian ein Ultimatum. Entweder er verließ die Akademie und die Stadt und ging zum Militär, oder er würde ihn anzeigen, und Maximilian käme ins Gefängnis. Maximilian entschied sich für das Militär.

Es folgte die unerfreulichste Zeit seines Lebens, in der er knochenharten Drill erdulden mußte, so daß er abends völlig k. o. ins Bett sank; Disziplin, wie er sie noch nie erlebt hatte, und ständige Demütigungen durch seine Vorgesetzten. Nach sechs Monaten setzte er sich ab und floh nach Berlin.

Er wußte jetzt, wie man mit Schußwaffen umgeht und Handgranaten wirft.

Binnen vierzehn Tagen hatte Maximilian, der sich jetzt Marko nannte, eine Stelle in einer Cafeteria – was ihm ermöglichte, in Berlin zu bleiben –, kannte die einschlägigen Kneipen, besuchte Partys und wußte, wo das studentische Leben pulsierte. Als er von der Kommune in der Kaiser-Friedrich-Straße hörte, beschloß er, mal vorbeizuschauen.

In dem Augenblick, als er Helena sah, sagte ihm sein Instinkt, daß er heute abend Glück hatte. Sie trug die übliche Studentenkluft, nur etwas teurere Marken. Sie war nicht hübsch, aber eigenartig attraktiv mit dem blassen, hageren Gesicht, dem schwarzen Haar und den drängenden Brüsten in dem engen Pullover, und das Glimmen in den grauen Augen verhieß ein sinnliches und leidenschaftliches Wesen. Armes reiches Mädchen, dachte Marko bei sich, sie verdient etwas Glück im Leben.

Marko war all das, wonach Helena im Unterbewußtsein ihr ganzes Leben lang gesucht hatte. Er war liebenswert, hübsch, hilflos und sehr gut im Bett. Er war so, wie sie sich Hartmut gewünscht hatte. Nur große Ideen, wie die Welt zu verändern wäre, hatte Marko nicht. Die überließ er gern Helena.

Im Bett war Helena alles, was Marko sich erhofft hatte, und mehr. Was er jedoch nicht vorausgeahnt hatte, als er sie in dem vollen Raum in der Kaiser-Friedrich-Straße hatte sitzen sehen, war, daß sie auch voll unbändiger Ideen zum Umsturz der Welt steckte.

Das hatte ihn überrascht. Aber Helena argumentierte so leidenschaftlich und überzeugend, daß Marko plötzlich in sich einen ganz neuen Idealismus entdeckte, von dem er bis dahin nichts geahnt hatte. Oder vielleicht war er schon immer ein Rebell gewesen, mit dem Wunsch zu schockieren und seine Intelligenz gegen die Obrigkeit aufzubieten. Als Kind hatte er sich gern verkleidet und großtuerische Rollen gespielt. Jetzt sah er eine Möglichkeit, es auch im wirklichen Leben zu tun.

»Wir sind Revolutionäre«, sagte Helena ihm ernst.

Der Gedanke gefiel Marko, er versprach ihm endlich eine angemessene Rolle.

Von Anfang an war Helena entschlossen, bei Marko nicht den gleichen Fehler zu machen wie bei Hartmut. Ihn würde sie nicht mit einer anderen Frau teilen. Als die »Künstlerin« aus Paris zurückkam, rief Helena ihren Vater an und fragte, ob sie in das Haus in Heiligensee ziehen könne.

Da Norbert selten in Berlin war und Viktoria das Haus kaum nutzte, hielt er es für eine ausgezeichnete Idee, wenn seine Tochter dort wohnte. Er schickte ihr einen dicken Scheck obendrein.

Marko war der Gedanke zunächst etwas unangenehm, vom Geld des Vaters seiner Freundin zu leben, und er befürchtete Probleme, wenn Norbert Kraus entdeckte, daß seine Tochter einen arbeitslosen Kunststudenten aushielt, doch Helena hatte keine derartigen Skrupel. »Das Geld meines Vaters ist unredlich verdient«, erklärte sie. »Es ist nur recht und billig, wenn es jetzt an das Volk zurückgegeben wird. Er und seine Generation sind die Schweine, die Auschwitz verbrochen haben. Er und seine Generation sind die Schweine, die Kiesinger und Strauß gewählt haben. Jetzt sollen sie zahlen.«

Marko bezweifelte zwar, daß irgendein Kraus damit einverstanden gewesen wäre, beschloß aber, sich darüber keine weiteren Gedanken zu machen. Näher betrachtet, versprach es recht lustig zu werden, Helena dabei zu helfen, das Kraus-

Geld »dem Volk« zurückzugeben, vor allem, da sie dabei offenbar nicht würden darben müssen.

Heiligensee war zwar beschwerlich weit vom Stadtzentrum entfernt, so daß Freunde zunächst nur widerstrebend zu Besuch kamen. Aber nachdem sie den Luxus entdeckt hatten, war die Entfernung nicht mehr so wichtig. Norbert hatte zwar nicht viel Zeit im Haus verbracht, aber er hatte viel Geld hineingesteckt, seit er es vor zwanzig Jahren gekauft hatte. Und in der Garage stand ein fast neuer Volkswagen.

Schon bald zog eine ständige Prozession von Besuchern nach Heiligensee, von denen einige nur für einen Abend kamen, auf einen Drink, einen Joint und ein Gespräch; andere, wie Matthias Scheer und Heinz-Georg Lindner, zogen einfach in die leeren Schlafzimmer. Heinz-Georg war Chemiestudent und hatte kürzlich die Spezialeffekte für eine Studentenaufführung von Shakespeares *Heinrich V.* geliefert, ein herrliches Feuerwerk, das wie echtes Kanonenfeuer gewirkt und Marko besonders beeindruckt hatte.

Kurz vor Weihnachten nahmen alle an vom SDS organisierten Demonstrationen zur »Vietnamwoche« teil. Für Marko war dies der erste Protestmarsch, und er genoß das Gefühl, mit einem Plakat zum Amerikahaus zu marschieren und »Ho-Ho-Ho-Chi-Minh!«, »Amis raus aus Vietnam!« und »John-son Mör-der!« zu skandieren. Selbst als die Polizei einschritt und schreiende Studenten in wartende Polizeiwagen gezerrt wurden, fand Marko das Ganze immer noch recht aufregend.

Der Abend versprach sogar noch besser zu werden. Sie versammelten sich auf dem Kudamm beim Hotel Jochum und stellten einen Christbaum auf, den sie mit der amerikanischen Flagge verhüllten und rechts und links mit Pappmachéköpfen von Johnson und Ulbricht dekorierten. Ein paar Journalisten standen herum.

Marko, der zu Hause noch einen Joint geraucht hatte, kam das alles wie Karneval vor. Sicher, Helena und die anderen nahmen die Sache sehr ernst, versuchten, Passanten von der Bedeutung der Demonstration zu überzeugen und sie zum Mitmachen zu bewegen, aber Marko konnte nicht glauben, daß so eine Revolution gemacht würde. Die meisten Passanten blickten ziemlich konsterniert, vor allem als die Studenten den Baum und die Köpfe anzünden wollten. Aber sie brannten nicht – das war für Marko das Lustigste. Der Baum war frisch geschlagen. Die Nadeln knisterten nur, fingen aber kein Feuer. Auch die Pappmachéköpfe waren zu feucht. Nur der Kopf von Johnson brannte. Die Blitzlichter der Reporter flammten auf. Die Zuschauer kicherten, buhten und jubelten. Was als hochdramatisch gedacht war, wurde zur Posse.

Bis die Polizei kam. Auf ihren Gesichtern war kein Lächeln, als sie drohend anmarschierten und wahllos jeden griffen, der wie ein Student aussah.

Marko hatte sich instinktiv in einen Ladeneingang zurückgezogen, als er die Polizei anrücken sah. Aber Helena stieß immer noch Beschimpfungen gegen die Regierung und die Amerikaner aus, tobte gegen den Mord an Unschuldigen in Vietnam und schrie weiter, als die Polizisten sie packten und zu einem der Bereitschaftswagen schleppten. Wieder flammten Blitzlichter auf.

Helena war eine von über hundert Demonstranten – und zum Teil unschuldigen Zuschauern –, die diese Nacht in einer Polizeizelle verbrachten.

»Ich glaube, ich spüre so langsam mein Alter«, sagte Viktoria zu Stefan. »Ich werde mit diesen Dingen nicht mehr fertig. Ich fühle mich müde – und ziemlich deprimiert. Ich habe zugesehen, wie sie den Weihnachtsbaum aufgestellt haben. Sie haben nichts angestellt. Es war ein Studentenulk. Etwas geschmacklos, wie ich meine – ich finde es so erbärmlich, wie alle die Amerikaner für alles verantwortlich machen –, aber doch nur ein Ulk. Dann marschierte die Polizei auf, und plötzlich wurde die Lage ernst.« Sie lehnte sich im Sessel zurück und nippte an ihrem Whiskey-Soda; sie erschien Stefan plötzlich kleiner als sonst, und gebrechlicher.

»Mein Vertrauen in die Polizei ist seit langem zerstört, und nichts hat es seitdem wiederherstellen können«, sagte Stefan ernst. »Ganz sicher nicht die Ereignisse der letzten Tage. Keine dieser Vietnamdemonstrationen war gewalttätig. Die Studenten sind nur herum gelaufen, haben Plakate und Fahnen getragen und Slogans gerufen. Aber man hat ihnen das Demonstrationsrecht verwehrt, es hat Hunderte von Festnahmen gegeben. Ich bin heute auf dem Weg hierher selbst um ein Haar festgenommen worden. Nur weil ich stehengeblieben bin, um ein Flugblatt aufzuheben. Bevor ich wußte, was los war, hatte mich ein Polizist am Kragen gepackt! Und ein junger Mann neben mir wurde festgenommen, nur weil er – und das schwöre ich – Jeans und eine Lederjacke trug und ziemlich lange Haare hatte. Es ist wieder wie in den 30er Jahren! Soviel über das Recht auf freie Meinungsäußerung und öffentlichen Protest!«

»Ich habe gesehen, wie Helena festgenommen wurde«, sagte Viktoria. »Ich habe sie zuerst gar nicht erkannt. Sie sieht ganz anders aus mit den schwarzen Haaren. Mir wurde erst klar, daß sie es war, als ich ihren Namen in der Zeitung gelesen habe. Die Presse müßte sich doch eigentlich auf sie stürzen. Alles, was mit Kraus zu tun hat, ist doch eine Schlagzeile wert. Reinhild ist in einer schrecklichen Verfassung. Sie hat mich mehrfach angerufen und gefragt, was sie machen soll. Anscheinend weigert Helena sich, mit ihr zu reden. Sie wohnt jetzt mit einem Marko noch was in Heiligensee. Norbert bezahlt natürlich alles.«

Viktoria holte tief Luft. »Das schlimme ist, daß Norbert sich seiner Verantwortung entzieht. Von den Kindern ist nur aus Kleo was geworden. Schließlich habe ich Reinhild vorgeschlagen, Weihnachten herzukommen. Hans und Monika sind da,

Senta, Eduard und die kleine Gisela auch. Kleo und Dieter habe ich auch eingeladen und ihnen gesagt, daß auch Kris willkommen ist, aber ich nehme an, er wird in der Schweiz Ski laufen.«

Stefan seufzte. »Mama, du solltest dich da gar nicht einmischen. Was aus Norberts Familie wird, muß dich doch nicht kümmern.«

Das Wiedersehen zu Weihnachten erwies sich als sehr harmonisch. Reinhild hatte immer etwas Angst vor Viktoria gehabt, aber jetzt merkte sie, daß Viktoria sich echte Sorgen um Helena machte, und vertraute sich ihr an.

Senta und Eduards einjähriges Mädchen, die pummelige, rothaarige Gisela, kollerte fröhlich durch das weihnachtliche Geschehen und gewann im Nu Reinhilds Herz, die mit Monika um die Aufmerksamkeit des kleinen Mädchens wetteiferte.

Weder Viktoria noch Stefan konnte irgend etwas Gemeinsames mit Monika entdecken. Sie war behäbig geworden, inzwischen in mittleren Jahren, interessierte sich kaum noch für etwas außerhalb der eigenen vier Wände und ging ganz in der neuen Rolle als Großmutter auf.

Obwohl Stefan älter war als seine Schwester Monika, fühlte er sich im Herzen jünger und war die meiste Zeit mit Kleo und Dieter zusammen. Heiligabend, als die übrige Familie schon schlief, führten er und Dieter ein langes Gespräch. »Meine Tätigkeit wirft viele Fragen auf, die mich beunruhigen«, gestand Dieter, als sie sich noch einen Cognac und eine Zigarre genehmigten. »Erstens, das Weihnachtshappening und die Ansammlung waren nicht gesetzwidrig, und Holger Busko erwägt, von der Staatsanwaltschaft eine Untersuchung gegen die Polizisten zu verlangen, die Helena und die anderen festgenommen haben. Die Polizei hat ihre Befugnisse überschritten.

Zweitens, wenn Polizei und Presse so weitermachen, bringen sie automatisch die militanteren Studenten zu weit gewalttätigeren Formen des Protests. Als ich Helena nach ihrer Freilassung getroffen habe, hat sie geschworen, ›Gewalt mit Gewalt zu vergelten‹. Sogar Matthias spricht von ›dauerndem Aufstand‹. Wenn es dazu kommt, büßen wir alles ein, was wir bisher gewonnen haben. Keiner wird sich mehr die Mühe machen, zwischen jenen Heißspornen zu unterscheiden, die für Gewalt sind, und jenen wirklich pazifistischen Studenten, die dagegen sind.

Schließlich lenkt das Verhalten der Presse, insbesondere von Springer, gerade von den wichtigen Punkten ab, auf die wir bei unseren Protesten hinweisen. Mit dem Versuch, die Studentenaktionen zu diskreditieren, macht Springer die Öffentlichkeit blind dafür, daß wirklich Bedarf an Hochschulreformen besteht – und daß die Amerikaner, so dankbar wir ihnen für das sein sollten, was sie für uns getan haben, in Vietnam Unrecht begehen.«

»*Aktuell* tut, was es kann«, erklärte Stefan.

»Das erkenne ich auch an. Aber ich möchte dich bitten, noch mehr zu tun. Würdest du beispielsweise, sagen wir, Rudi Dutschke interviewen?«

»Sehr gerne.« Stefan dachte einen Augenblick nach. »Wir könnten wahrscheinlich auch eine Berichterstattung in der internationalen Presse erreichen. Das wäre etwas für Mortimer Allen. Als ich das letzte Mal mit ihm gesprochen habe, sagte er, er bekomme von der BBC eine eigene Fernsehsendung über Aktuelles.«

Stefans Interview mit Rudi Dutschke, das im Januar 1967 in *Aktuell* erschien, wurde nicht annähernd von so vielen Menschen gelesen wie die Springer-Blätter, doch es erreichte einen kleinen, nachdenklichen Teil der Bevölkerung, der nach der Lektüre sehr viel klarere Vorstellungen von den Zielen der sogenannten außerparlamentarischen Opposition hatte.

Durch dieses Interview und andere, die Dutschke noch gab, wurde der Führer des SDS allmählich zu einer Medienpersönlichkeit. Die Springer-Presse machte sich zwar weiter über seine Ideen lustig, doch vor allem junge Menschen, nicht nur in der Bundesrepublik, sondern in ganz Europa, sahen in Rudi Dutschke schließlich ihren Helden und Mitstreiter.

Ostermontag 1967 nahmen Helena und Marko am Ostermarsch teil. Mit Plastikbeuteln voller Farbe marschierten sie über den Kudamm zum Amerikahaus und warfen ihre »Ostereier« gegen das Gebäude und, als die Polizei anrückte, gegen die Ordnungshüter.

Am Abend des 22. Mai erfuhr die Weltöffentlichkeit mit Entsetzen von einem Großbrand in einem Brüsseler Kaufhaus, der mehrere hundert Tote gefordert haben sollte.

Ein paar Tage später kursierte in Berlin ein Flugblatt, das der belgischen prochinesischen Gruppe »Aktion für Frieden und Freundschaft« den Brand zuschrieb und erklärte, das Kaufhaus habe zu dem Zeitpunkt für amerikanische Waren geworben.

»Wenn es irgendwo brennt in der nächsten Zeit, wenn irgendwo eine Kaserne in die Luft geht, wenn irgendwo in einem Stadion die Tribüne einstürzt, seid bitte nicht überrascht. Genausowenig wie beim Überschreiten der Demarkationslinie durch die Amis, der Bombardierung des Stadtzentrums von Hanoi, dem Einmarsch der Marines nach China. Brüssel hat uns die einzige Antwort darauf gegeben: *burn, warehouse, burn!*«

Man unterstellte Fritz Teufel und der Kommune 1, das Flugblatt verfaßt zu haben, und in der Öffentlichkeit wuchs der Unmut gegen die Studenten. Helena war es egal, wer der Verfasser war. Wer immer es gewesen war, er hatte ihr aus dem Herzen gesprochen. Es mußte gehandelt werden.

Am 2. Juni 1967 besuchten der Schah von Persien und Kaiserin Farah Diba Berlin. Angeregt durch Schilderungen des verschwenderischen Lebensstils des Schahs in der Regenbogenpresse, warteten viele Berliner gespannt auf den illustren

Besuch. Aber nicht alle. Helena, Marko, Matthias, Dieter und Kleo waren unter den Hunderten vorwiegend junger Leute, die am Tag vor der Ankunft des persischen Kaisers ein Teach-in in der FU besuchten, bei dem Gegner des Schahs über die Kehrseite des Schahregimes berichteten: über die mehr als zwanzigtausend politischen Häftlinge in persischen Gefängnissen; über den Hunger und die Armut, in denen das persische Volk lebte; über die Tatsache, daß neunzig Prozent der Bevölkerung Analphabeten waren; über die ungeheuren Summen, die der Schah für die Rüstung ausgab.

Obwohl Tausende von Anhängern und jubelnden Menschen die Straßen säumten, als der Schah und Farah Diba in einem kugelsicheren Wagen vom Flughafen Tempelhof zum Rathaus Schöneberg fuhren, sorgte die protestierende Jugend dafür, daß auch die andere Seite des Empfangs sichtbar wurde. Plakate wurden geschwenkt, Slogans gerufen und Eier geworfen. Zwischen den beiden Blöcken kam es zu ersten Auseinandersetzungen. Die Polizei schritt ein. Mehrere schahfeindliche Demonstranten wurden festgenommen.

Am Abend wurde zu Ehren des Kaiserpaars in der Oper in der Bismarckstraße »Die Zauberflöte« aufgeführt. Lange bevor der Autokonvoi mit dem Schah und der Kaiserin, mit Bundespräsident Lübke, Außenminister Brandt, ihren Frauen und anderen Würdenträgern erschien, hatten sich Anhänger und Demonstranten versammelt, von der Polizei schön voneinander getrennt. Es waren so viele Polizisten aufgeboten worden, daß die Szene einem Truppenaufmarsch glich. Um die Menge unter Kontrolle zu halten, war gegenüber der Oper ein hoher Holzzaun errichtet worden.

Kleo verspürte Panik, als sie mit den anderen hinter den Zaun gezwängt wurde. Viele Demonstranten – zu Kleos Entsetzen auch Helena, Marko und Matthias – waren mit Stökken, Steinen und Flaschen bewaffnet gekommen.

Nachdem die Gäste in der Oper verschwunden waren, zerstreute sich die Menge allmählich. Was dann geschah, konnte Kleo nie genau rekonstruieren. Einige Studenten in ihrer Nähe versuchten, über die Barrikaden zu klettern. Dann stürmte die Polizei vorwärts, und ein Tumult brach los. »Hinsetzen!« schrie jemand. Aber es war gar kein Platz. Die Polizei durchbrach die Barrikaden, rechts und links sausten die Gummiknüppel nieder. Kleo sah, wie Helena mit einer abgebrochenen Flasche auf einen Polizisten losging. Zwei seiner Kollegen drehten ihr die Arme auf den Rücken. Auch Marko und Matthias rangen mit einigen uniformierten Gegnern.

Dieter ergriff Kleos Hand. »Komm!« rief er und zog sie weiter in die stoßende, schreiende Menge. Sie stolperte hinter ihm her, bis sie schließlich die Krumme Straße erreichten, wo sich das Gewühl etwas lichtete. »Lauf!« befahl Dieter.

Kleo wollte laufen, doch ihre Beine gaben vor Aufregung nach, und sie taumelte und stürzte zu Boden. Schwere Stiefel dröhnten auf dem Pflaster hinter ihr und hätten sie überrannt, wenn Dieter sie nicht in den Schutz eines Hauseingangs gezogen hätte. Ein Wasserwerfer fuhr an ihnen vorbei und zielte auf die fliehenden Studenten. Dann hörten sie durch den Lärm der in Panik davonrennenden Menschen von weiter unten in der Straße einen Schuß.

Dieter begleitete Kleo nach Hause und ging später am Abend noch ins SDS-Büro am Kurfürstendamm. Dort erfuhren er, Rudi und die wenigen anderen SDSler, die nicht festgenommen worden waren, daß in der Krummen Straße ein Student namens Benno Ohnesorg von einem Polizisten erschossen worden war.

In einer Sondersendung des SFB erklärte der Regierende Bürgermeister am nächsten Tag: ». . . Wir werden uns nicht länger von einer Minderheit terrorisieren lassen. Was in den letzten vierundzwanzig Stunden passiert ist, hatte absolut nichts mit dem Recht auf freie Meinungsäußerung zu tun. Die Geduld der Berliner ist am Ende. Sicherheit und Ordnung müssen in dieser Stadt garantiert sein. Aus diesem Grund hat der Senat der Stadt alle öffentlichen Demonstrationen bis auf weiteres verboten . . .« In einer Pressemitteilung wurde erklärt, daß der Polizist, der den tödlichen Schuß auf den Studenten Benno Ohnesorg abgegeben habe, in Notwehr gehandelt hätte.

Diese Erklärungen wurden von den Springer-Blättern unterstützt, die die Vorkommnisse nach eigenem Gutdünken darstellten und die Studenten beschuldigten, den Polizisten als erste mit Messern angegriffen zu haben. Leider konnte Stefans besonnener Bericht über die Berliner Ereignisse nicht Titelgeschichte in *Aktuell* werden. Anders als die Springer-Presse, die sich in sensationeller Aufmachung ganz auf die inländischen Ereignisse konzentrierte, war *Aktuell* stets ein internationales Blatt gewesen, und in dieser Woche war in der Welt auch noch anderes geschehen.

Den ganzen Mai waren an den israelischen Grenzen arabische Truppen zusammengezogen worden. Am 5. Juni startete Israel gleichzeitig Überraschungsangriffe auf Flugplätze in Syrien, Ägypten, Jordanien und dem Irak und zerstörte die Luftwaffe dieser Länder praktisch am Boden. Binnen zweier Tage hatten israelische Streitkräfte die ägyptischen Panzer im Sinai und am Suezkanal vernichtet und das Westufer des Jordan überrannt. Verglichen mit dieser brisanten Situation im Nahen Osten waren eine weitere Studentendemonstration in Berlin und selbst der Tod eines Studenten relativ nebensächlich.

Marko schien seinen kurzen Aufenthalt in Polizeigewahrsam eher amüsant zu finden und prahlte damit, nun vorbestraft zu sein. Helena und Matthias waren nach dieser Erfahrung und dem Tod Benno Ohnesorgs jedoch entschlossen, Gewalt mit Gewalt zu beantworten. Dieter und Holger versuchten verzweifelt, sie von diesem Weg abzubringen, aber sie hörten nicht auf sie. »Wenn die Schweine auf uns schießen, schießen wir zurück«, erklärte Helena, bei der sich die jahrelang angestaute Wut mit einem Mal entlud. »Malcolm X hat in Amerika gesagt, daß die Tage des gewaltfreien Widerstands vorbei sind.«

Holger betrachtete ihr blasses, hageres Gesicht und den verhärmten Zug um die Lippen und hatte plötzlich eine schreckliche Vorahnung. Zu Matthias gewandt, sagte er: »Pastor Scheer würde mir zustimmen, wenn er noch lebte. Er hat sein Leben dem Frieden gewidmet.«

Bleich vor Wut fuhr Matthias ihn an: »Das ganze Leben hat man mir meinen Großvater als Vorbild vorgehalten. Ich will dir was sagen: unzählige Male, wenn ich mit ihm auf einer Friedensdemonstration war, habe ich mir gewünscht, eine Knarre zu haben und all den Typen, die mich anstarrten, in die Fresse zu schießen!«

Traurig blickte Holger von einem zum andern; er wußte, daß es zwecklos war, weiter zu argumentieren.

Als sie fort waren, sagte Dieter noch immer betroffen: »Ich kenne Matthias seit über zehn Jahren, aber ich ahnte nicht, wie er über seinen Großvater denkt.«

Holger atmete tief durch. »Wahrscheinlich hat er es selbst auch nicht gewußt. Aber wenn du's dir überlegst, ist es verständlich. Er rebelliert, genau wie Helena, genau wie du und ich übrigens, gegen seine Familie und gegen die Vergangenheit. Deshalb bist du auf den Sozialismus geflogen, Dieter, in direktem Widerspruch zu den kapitalistischen Überzeugungen deines Vaters. Wir reagieren alle gegen Vorbilder, die man uns eingetrichtert hat.«

»Aber wir befürworten nicht alle die Gewalt«, widersprach Dieter.

»Nein, Gott sei Dank nicht.«

Danach trennten sich ihre Wege, obwohl sie nach wie vor in derselben Stadt lebten und viele gemeinsame Bekannte hatten. Holger, Dieter und Kleo blieben gute Freunde, aber Helena, Marko und Matthias verkehrten in anderen Kreisen.

In den folgenden Monaten war es in Berlin einigermaßen ruhig. Im November wurde der Polizeibeamte, der Benno Ohnesorg erschossen hatte, von der Anklage des Totschlags freigesprochen. Als Teufel und Langhans im gleichen Monat vor Gericht standen, demonstrierten tausend Studenten vor dem Moabiter Gefängnis und wurden von berittener Polizei und Wasserwerfern auseinandergetrieben. Im Dezember wurden Teufel und Langhans aus der Haft entlassen, aber die Anklagen gegen sie, auch die wegen Anstiftung zur Brandstiftung – im Zusammenhang mit dem Brüsseler Kaufhausbrand –, wurden aufrechterhalten, die Gerichtsverfahren fortgesetzt.

Heiligabend, als vor der Kaiser-Wilhelm-Gedächtniskirche Studenten demonstrierten, unterbrach Rudi Dutschke den Gottesdienst mit einer leidenschaftlichen Fürbitte gegen die Greuel des Vietnamkriegs, in dem inzwischen über eine halbe Million Soldaten kämpften. Zur Freude der Springer-Reporter schlug einer der Kirchgänger Dutschke zu Boden, als er die Kirche verlassen wollte, und andere legten sich draußen mit den Studenten an.

Helena, Marko und Matthias verbrachten Weihnachten in Heiligensee, so bewußt unchristlich und unfestlich wie möglich. »Worte, Worte, Worte«, rief Helena fassungslos, als im Radio über Dutschkes Provokation in der Kirche berichtet wurde. »Mir stehn diese Stadt und diese Leute bis hier. Wann tut endlich mal jemand etwas?«

». . . Ich fürchte, das ist es, Mortimer. Wir können versuchen zu operieren, aber im Gegensatz zu anderen Gehirntumoren gelingt die komplette Entfernung eines Glioms selten.« Die tiefliegenden Augen Dr. David Roper-Wilkinsons blickten mitfühlend über den Rand der Lesebrille auf seinen Patienten, der ihm an dem alten Mahagonischreibtisch gegenübersaß. »Ich wünschte, ich könnte Ihnen etwas Besseres mitteilen, vor allem zu Weihnachten.«

Mortimer Allen fuhr sich mit der Hand durchs Haar. Dann griff er in die Tasche nach den Zigaretten. »Nach dem, was Sie mir gesagt haben, macht eine von denen hier sicher keinen Unterschied mehr.«

»Ich würde sicher in den Wind reden, wenn ich Sie jetzt auffordern würde aufzuhören. Wie lange rauchen Sie schon?«

»Ich habe ungefähr mit fünfzehn angefangen. Also sechzig Jahre. Wenn ich denn Glück habe, bleiben mir noch sechs Monate? Und wenn nicht, kann ich auch schon morgen sterben?«

»Um es ohne Umschweife zu sagen, ja.«

»Aber ich kann weiter arbeiten?«

»Solange Sie sich gut fühlen, aber Sie sollten es nicht übertreiben. Die Symptome, die Sie geschildert haben – Kopfschmerzen und Sehstörungen –, werden zunehmen, aber Ihre geistigen Fähigkeiten sollten eigentlich nicht leiden, zumindest nicht unmittelbar.«

Mortimer lächelte bekümmert. »Danke, David, daß Sie ehrlich zu mir sind. Das ist anerkennenswert. Aber ich kann doch auf Ihre ärztliche Verschwiegenheit rechnen, daß Sie es niemandem sagen? Auch nicht Joyce und Libby?«

»Selbstverständlich respektiere ich Ihren Wunsch, Mortimer. Aber sind Sie sicher, daß das klug ist? Joyce hat ein Recht . . .«

»Wenn sie wüßte, daß ich krank bin, würde sie mich wie eine Henne ihre Küken umsorgen. Ich möchte die letzten Monate meines Lebens nicht als verhätschelter Invalide verbringen.«

David Roper-Wilkinson schwieg einen Moment, dann fragte er: »Was wollen Sie jetzt machen, Mortimer?«

»Weiterleben, natürlich. Was haben Sie denn gedacht?«

Der Krieg zwischen dem Springer-Verlag und den Studenten verschärfte sich im Verlauf des Winters. Mitte Februar 1968 fand in der TU Berlin der Internationale Vietnamkongreß statt. In einem plötzlichen Sinneswandel erlaubte der Senat eine Demonstration, und etwa zwölftausend Anti-Vietnam-Demonstranten marschierten durch die Stadt, sangen die *Internationale,* skandierten »Ho-Ho-Ho-Chi-Minh«, »Amis raus aus Vietnam!« und schwenkten die rote Fahne, Transparente und Plakate des Vietkongführers, von Rosa Luxemburg und Ché Guevara.

Stefan schrieb in *Aktuell:* »Wer sagt, dies sei eine kleine Minderheit? Wenn zwölftausend Erwachsene durch Berlin marschieren, müßte die Regierung das zur Kenntnis nehmen. Ist es ein Grund, nicht auf die Studenten zu hören, nur weil sie jung sind? Oder sind wir, die ältere Generation, schon so selbstzufrieden geworden . . .?«

Die Antwort kam rasch und heftig. Fünf Tage später organisierten der Berliner Senat, der Deutsche Gewerkschaftsbund und die Springer-Presse eine Gegendemonstration, an der über sechzigtausend Menschen teilnahmen. Auf vielen Transparenten stand: »Dutschke raus aus Berlin« und »Dutschke Staatsfeind Nummer eins«.

In England arbeitete Mortimer unterdessen an einem Drehbuch für eine Fernsehsendung über die Tschechoslowakei, wo Alexander Dubcek für weitgehende Reformen eintrat. *Frühling in Prag?* hatte der Regisseur den Beitrag überschrieben.

Was in Prag geschah, war äußerst wichtig, aber was sich in Deutschland tat, vor allem in Berlin, bedeutete Mortimer persönlich weit mehr. Er blickte aus dem Fenster in den Garten. Die Knospen an den Bäumen sprangen auf. Krokusse und erste Narzissen schmückten den Rasen. Eben kamen Joyce und Julie um die Ecke am Haus, Joyce mit einer Schubkarre, Julie hochschwanger. Seine Enkelin war jetzt dreiundzwanzig und verheiratet. Ob er seinen Urenkel noch erleben würde? Sechs Monate, hatte David Roper-Wilkinson gesagt. Fast vier Monate waren bereits um.

Und plötzlich wußte Mortimer, daß er vor seinem Tod noch einmal nach Berlin mußte.

Mortimer traf am 6. April 1968 in Berlin ein, das Wochenende vor Ostern. Am letzten Dienstag waren in zwei Frankfurter Warenhäusern Brandbomben hochgegangen und hatten beträchtlichen Sachschaden angerichtet. Binnen weniger Tage hatte man vier Studenten festgenommen. Am Donnerstag war der schwarze Bürgerrechtler Martin Luther King in Amerika ermordet worden.

Aber Berlin war ruhig, als er ankam. Er speiste mit Viktoria und Stefan ausgiebig im »Glashaus« des Jochum-Berlin.

»Ich kann kaum glauben, daß wir uns schon über fünfunddreißig Jahre kennen«, sagte Viktoria. »Das Bemerkenswerteste an unserer Freundschaft ist, daß wir offenbar immer da weitermachen können,wo wir das letzte Mal aufgehört haben. Weißt du, daß du vier Jahre nicht mehr hier warst? Aber jetzt, wo du wieder da bist, ist es so, als wärst du nie weg gewesen.« Sie sah ihn kritisch an. »Außer daß du irgendwie anders aussiehst, Mortimer.«

»Wahrscheinlich weil ich müde bin«, erwiderte Mortimer. »Ich mußte heute morgen früh raus, um das Flugzeug zu kriegen.«

»Dann solltest du dich jetzt ausruhen. Ich lege mich oft nach dem Essen etwas hin. Selbst ich muß zugeben, daß ich nicht mehr so wie früher kann.«

In den folgenden Tagen war Mortimer viel mit Stefan zusammen. Am frühen Abend trank er meist mit Viktoria einen Aperitif an der Bar, sie tauschten Erinnerungen aus und sprachen über die Gegenwart. Doch die ganze Zeit lastete ein Gefühl drohenden Unheils auf ihm.

Dann, am Gründonnerstag, als Rudi Dutschke mit dem Fahrrad über den Kudamm fuhr, feuerte ein junger Mann vor dem SDS-Büro drei Schüsse auf ihn ab. Niemand im Jochum-

Berlin bemerkte es, doch die Nachricht verbreitete sich in Windeseile, und Mortimer war sogleich am Tatort und blickte, zusammen mit zahllosen anderen Passanten, auf Dutschkes am Boden liegendes Fahrrad und seinen Schuh, der auf der Fahrbahn lag.

Dutschke war in lebensbedrohlichem Zustand ins Westendkrankenhaus gebracht worden, wo eine Notoperation vorgenommen wurde. Josef Bachmann, der junge Mann, der auf ihn geschossen hatte, wurde festgenommen und verhört. Er gab an, aus Haß auf die Kommunisten auf Dutschke geschossen zu haben; die Ermordung Martin Luther Kings habe ihn dazu angeregt. Es gab kaum einen Zweifel, daß er auch durch die systematische Kampagne der Springer-Presse gegen Dutschke angeregt worden war.

Am Abend jenes Tages marschierten mehrere tausend Studenten zum Springer-Gebäude in der Kochstraße. Sie skandierten »Ru-di Dutschke«, »Sprin-ger Mör-der« und »Brenn, Sprin-ger, brenn!«. Als sie zum Springer-Gebäude kamen, war es von bewaffneten Springer-Wachen, Polizeikordons und Wasserwerfern abgeriegelt.

Sie stürmten vorwärts, Steine, Stöcke und Flaschen in den Händen, warfen sich gegen die Polizeikette, schleuderten ihre Geschosse gegen das Gebäude, jubelten, wenn Scheiben zu Bruch gingen, traten, trommelten und schlugen auf die Polizisten und Wachposten ein, prügelten sie mit Latten und attakkierten sie mit abgeschlagenen Flaschenhälsen. Ein paar Pkw und Auslieferungswagen standen herum. Studenten brachen die Türen auf, zerrten die für die Auslieferung fertigen Zeitungen heraus, verstreuten sie und zündeten sie an. Andere versuchten, die Wagen umzustürzen.

Helena, Marko, Matthias und Heinz-Georg waren mit Norberts VW unterwegs. Sie parkten so nah wie möglich beim Springer-Gebäude und schlossen sich dem Ende der

Demonstration an. »Wir kommen nie nah genug ran«, murmelte Helena.

»Ans Gebäude nicht«, pflichtete Matthias bei. »Aber an die Lieferwagen.«

Sie liefen zu ihrem Wagen zurück und holten die Molotowcocktails, die Heinz-Georg gebastelt hatte. Die Benzinbomben in ihren Manteltaschen verborgen, eilten sie wieder zum Springer-Gebäude. Ein paar Fahrzeuge waren umgekippt worden. »Geht zurück!« rief Heinz-Georg, zündete den ölgetränkten Lumpendocht an und warf die Flasche gegen einen der Lieferwagen. Er explodierte und entzündete das auslaufende Benzin.

Matthias, Marko und Helena folgten seinem Beispiel. Wie gebannt stand Helena da, lauschte den ohrenbetäubenden Explosionen, betrachtete die hoch auflodernden Flammen und empfand eine tiefe Genugtuung. Das waren keine Happenings mehr. Das war echt. Und im gleichen Augenblick wußte sie, daß massiver Terror und Gewalt der einzige Weg zu einer erfolgreichen Revolution waren.

»Brenn, Springer, brenn!« schrie sie, und in ihren dunklen Augen spiegelten sich gelb und rot die Flammen der brennenden Lieferwagen.

Später jedoch, als die Polizei die Studenten zerstreut, viele von ihnen festgenommen hatte, als die Flammen erloschen waren und die Aktion vorbei, empfand Helena ein Gefühl der Leere. Sie hatten riesiges Glück gehabt, daß sie nicht gefaßt worden waren.

Das Springer-Gebäude in Berlin war nicht das einzige, das an jenem Abend angegriffen wurde. In ganz Deutschland zogen Tausende von Studenten zu Springer-Büros, warfen Fensterscheiben ein, steckten Fahrzeuge in Brand und lieferten sich erbitterte Straßenschlachten mit der Polizei.

Am Karfreitag hielten die gewalttätigen Demonstrationen

an, nicht nur gegen Springer, auch vor dem Amerikahaus, vor amerikanischen Militärstützpunkten und der griechischen Botschaft als Protest gegen die rechts gerichtete Militärjunta, die die Macht in Griechenland an sich gerissen hatte. Der Kurfürstendamm wurde zu einem regelrechten Schlachtfeld, als Tausende junger Männer und Frauen sich mit der Polizei prügelten.

Von einem Fenster im ersten Stock des Hotels Jochum beobachtete Mortimer die Studenten, wie sie, beinahe im Laufschritt, die breite, von Polizisten gesäumte Straße entlangzogen auf die gestaffelten Polizeiketten zu, die die Fahrbahn blokkierten.

Er sah lange zu. Stefan hatte sich den Studenten am gestrigen Abend angeschlossen, aber Viktoria hatte Mortimer dazu bewegt, nicht mitzugehen. »Es bringt dir höchstens Verletzungen ein«, hatte sie gesagt. Aber Mortimer war es nicht gewohnt, Ereignisse als passiver Zuschauer zu verfolgen. Er war keiner von den Thekenjournalisten, die aus der komfortablen Hotellounge per Telefon vom Hörensagen berichteten. Er hatte immer mitten im Schlachtengetümmel gestanden. Alles, was er berichtet hatte, hatte er selbst recherchiert.

Mortimer schlug nach einer Weile Viktorias Einwände in den Wind und ging an den Sicherheitsposten vorbei auf die Straße. Mehrere Minuten stand er da, ungeachtet der Rufe, Schreie und höhnischen Lacher, der Wut und der Gewalt. Und plötzlich kam er sich alt und ziemlich gebrechlich vor. Viktoria hatte recht. Was wollte er hier?

Aus einer Seitenstraße kam ein Trupp junger Männer und einige Mädchen, in Dufflecoats und dicken Jacken, Seite an Seite mit Transparenten und den studentischen Schlachtruf »Ho-Ho-Ho-Chi-Minh« auf den Lippen. In der Mitte der ersten Reihe marschierten ein Mädchen mit pechschwarzen Haaren und ein großer junger Mann mit schulterlangem, blondem Haar.

Sie hatten kaum den Kurfürstendamm erreicht, da gingen mehrere Polizisten mit Gummiknüppeln auf sie los. Fassungslos beobachtete Mortimer, wie das schwarzhaarige Mädchen ohne jeden Grund einen Schlag mitten ins Gesicht bekam und zu Boden stürzte.

In dem Augenblick rastete bei Mortimer etwas aus. Ohne auf die eigene Sicherheit zu achten, drängte er sich durch die Polizisten. »Was fällt euch ein, ihr Schweinehunde?« schrie er. »Sie hat überhaupt nichts getan! Laßt sie in Ruhe!«

Mit einer Kraft, die er sich gar nicht mehr zugetraut hatte, packte er das Mädchen an den Schultern und versuchte, es auf den Gehweg zu ziehen. Zur gleichen Zeit fielen ihre Freunde über die Polizisten her und ließen dabei erkennen, daß sie selbst auch über ein Arsenal tödlicher Waffen verfügten. Im nachfolgenden Tumult spürte Mortimer plötzlich einen gewaltigen Schlag auf den Hinterkopf und fiel bewußtlos in den Rinnstein. Der Kampf ringsum tobte weiter.

Als schließlich ein Krankenwagen durchkommen konnte, um ihn ins Krankenhaus zu bringen, war Mortimer Sydney Allen bereits tot.

Nach einer Autopsie wurde Mortimers Leiche zur Beerdigung nach Oxford geflogen. Die Osterdemonstrationen hatten zwei weitere Todesopfer und Hunderte von Verletzten gefordert, aber der Tod eines Amerikaners, der dazu international so angesehen war wie Mortimer Allen, ließ sich nicht vertuschen oder übergehen. Justizminister Heinemann ordnete eine Untersuchung der Todesumstände an.

Die Presse hatte die wichtigsten Einzelheiten schon enthüllt. Das Mädchen, dem Mortimer zu Hilfe geeilt war, war als Helena Kraus identifiziert worden. Fotos, wie sie nach dem »Weihnachtshappening« 1966 von der Polizei weggetragen worden war, wurden abgedruckt mit Aussagen von ihr, daß Gewalt mit Gewalt beantwortet werden müsse.

Was Viktorias und Stefans Gefühle betraf, würde keine Untersuchung weiterhelfen. Für Stefan war Mortimer wie ein zweiter Vater gewesen.

Stefan flog zum Gedenkgottesdienst, der in der Kapelle von Mortimers einstiger Universität stattfand, nach Oxford, Viktoria aber blieb in Berlin. Zu der Stunde, als der Gottesdienst abgehalten wurde, ließ sie sich vom Hotelchauffeur nach Heiligensee fahren, wo sie vor über dreißig Jahren ihre schönsten Stunden mit Mortimer verbracht hatte.

Es war niemand im Haus. Die Rolläden waren geschlossen. Das Garagentor stand offen, die Garage selbst war leer. Viktoria ging hinunter zum Fluß und setzte sich auf einen umgestürzten Baumstamm.

Allein am See sitzend, trauerte sie um den Mann, der ihr mehr bedeutet hatte als jeder andere in ihrem Leben, ihr Sohn ausgenommen, und nach dessen Tod die Welt so unendlich leer sein würde.

20

Im Sommer 1968 kam es weltweit zu Unruhen, Demonstrationen und Streiks; in Italien, Spanien, Holland, Belgien, Großbritannien, Amerika, Japan, selbst in der friedlichen Schweiz, dem sozialistischen Schweden und dem kommunistischen Jugoslawien.

In Paris, wo das Universitätssystem so veraltet war wie in Deutschland, besetzten Studenten die Sorbonne und einen großen Teil des Quartier Latin. Anders als in Deutschland veranstalteten die französischen Arbeiter Sympathiestreiks, und wochenlang tobten Straßenkämpfe, bei denen Tausende verletzt wurden.

Nach dem Mordversuch an Rudi Dutschke, der noch immer unter seinen Kopfverletzungen litt, war die studentische Bewegung plötzlich ohne ihre zentrale Figur. Aber der vielleicht vernichtendste Schlag für die sozialistischen Studentenideale war das Ende des »Prager Frühlings«: die Invasion der Tschechoslowakei im August 1968 durch Truppen der Warschauer-Pakt-Länder einschließlich der DDR.

Im Oktober starb Klara Scheer. Matthias hatte sich in ein stürmisches Liebesabenteuer mit einer Angelika gestürzt. Die beiden beschlossen, von Heiligensee in die Wohnung der Scheers in Schmargendorf zu ziehen. »Eines Tages kommen meine Eltern vielleicht aus dem tiefsten Afrika zurück und wollen die Wohnung haben«, sagte Matthias. »Aber bis dahin kann ich sie ja benutzen.«

Im selben Monat begann der Prozeß gegen die wegen Brandstiftung in einem Frankfurter Warenhaus im Frühjahr angeklagten Gudrun Ensslin, Andreas Baader, Thorwald Proll und Horst Söhnlein. Der Prozeß fand in den Medien große Beachtung, nicht zuletzt wegen des ungewöhnlichen Verhaltens und Auftretens der Angeklagten, ihrer Verteidiger und der Zeugen. Das Urteil lautete schließlich auf drei Jahre Haft.

In einer Grußbotschaft an den Frankfurter SDS, die in der Presse weidlich breitgetreten wurde, sagte Fritz Teufel: »Es ist besser, ein Warenhaus anzustecken, als eins zu leiten.«

»Hauen wir ab aus Berlin«, sagte Helena zu Marko. »Ich find es langweilig hier. Gehn wir nach Frankfurt.«

Marko sah sich schon wieder in der Bundeswehr, doch Helena tat seine Bedenken mit einem Schulterzucken ab. »Es braucht doch niemand zu wissen, wo wir sind. Mein Vater verschafft mir schon eine Wohnung.«

Genauso einfach war es dann auch. Dem Stimmengemurmel und der Musik im Hintergrund nach zu urteilen hatte Norbert Gäste, als Helena anrief. Er reagierte ungeduldig und ungehalten, als Helena ihm einige erfundene Geschichten erzählte, weswegen sie Berlin verlassen wolle, und meinte schließlich, Landgut habe tatsächlich eine leere Wohnung in der Beethovenstraße, in die sie einziehen könne. Helena hob alles Geld von der Bank ab, sie und Marko packten jeder einen großen Koffer und reisten aus Berlin ab.

Helena und Marko brauchten nicht lange, in Frankfurt Gleichgesinnte zu finden. Über den SDS wurden sie in den Club Voltaire in der Nähe der Oper eingeführt, wo sich anarchistische Studenten und Revolutionäre aus der ganzen Welt trafen. Kurz nach ihrer Ankunft nahmen sie an einer von Dany Cohn-Bendit geleiteten Demonstration teil gegen die Verleihung des Friedenspreises des deutschen Buchhandels an den senegalesischen Präsidenten, Leopold Senghor. Die Demonstranten verursachten erhebliche Störungen auf der Buchmesse und im Stadtzentrum und bewarfen Senghor und seinen Gastgeber Willy Brandt mit Steinen und anderen Wurfgeschossen.

Sie hatten auch rasch Kontakte ins Bahnhofsviertel und verkehrten im »Mephisto«, von wo »der Doktor«, eine zwielichtige Gestalt aus der Unterwelt, die teuersten Prostituierten der Stadt steuerte und einen schwunghaften Drogenhandel betrieb. Der Doktor verfügte über ein ausgezeichnetes Kommunikationsnetz und wußte gleich, wer Helena und Marko waren, als sie das »Mephisto« betraten. Schon bald nachdem er sie kennenlernte, sagte er: »Egal, was ihr braucht, Drogen, eine Abtreibung, Visa, Waffen, sagt's mir, ich kann es besorgen – gegen Bezahlung, versteht sich.«

Helenas und Markos Bekanntenkreis wuchs rasch. Er umfaßte nicht nur Studenten und alte Bekannte aus Berlin, sondern auch Leute aus anderen Bereichen wie linke Journalisten, Rundfunkredakteure, Filmregisseure, Leute aus Werbeagenturen, Anwälte und andere Profis, die vom unkonventionellen Lebensstil des jungen Paars, dem großzügigen Angebot an

Drogen und Alkohol in der Beethovenstraße, der tollen Musik und dem Reiz, mit Anarchisten zusammenzusein, angezogen wurden.

Helena bemühte sich nicht, ihre familiäre Herkunft zu verleugnen. Es bereitete ihr im Gegenteil ein abgründiges Vergnügen, ihre Verwandtschaft zu schmähen. Ihre Freunde bewunderten, daß sie die Annehmlichkeiten ihres wohlhabenden Zuhauses aufgegeben hatte, um sich dem Sozialismus zu verschreiben und der Sache der Entrechteten und Unterdrückten zu widmen.

Schon bald nach ihrem Umzug nach Frankfurt merkte Helena, daß sie schwanger war. Sie nahm jedoch nicht die Dienste des »Doktors« in Anspruch; sie und Marko waren glücklich bei dem Gedanken, bald ein Baby zu haben. Es würde ein echtes Kind der Revolution werden.

Norbert hätte Helena und ihren Problemen vielleicht mehr Beachtung geschenkt, wenn er nicht dauernd an Ursula Metzner hätte denken müssen, die neue Liebe seines Lebens. Norbert hatte Ursula auf einer Party bei Freunden in Zürich kennengelernt und war am Abend darauf mit ihr essen gegangen. Um elf Uhr hatte sie gesagt: »Ich muß leider gehen, denn ich habe es mir zur Regel gemacht, nie nach Mitternacht schlafen zu gehen. Ich fange um acht an zu arbeiten. Wenn ich nicht genug Schlaf habe, kann ich nichts Richtiges leisten.«

Als Norbert ihr anbot, sie nach Hause zu fahren, sagte sie: »Danke, aber ich habe meinen Wagen hier.« Es war ein silbergrauer Porsche.

Ursula war sechsundvierzig, nur wenige Jahre jünger als er. Sie hatte eine schlanke, gute Figur, schulterlange blonde Haare. Ihr Mann hatte die Leo Metzner Werbung gegründet, und Ursula hatte die Agentur nach seinem tragischen Tod bei einem Autounfall vor zehn Jahren weitergeführt.

»Ich bin ausgebildete Grafikdesignerin und habe Leo über

meinen Beruf kennengelernt«, erklärte sie. »Ich habe mich um eine Stelle beworben und den Chef geheiratet. Das ist zwanzig Jahre her. Als Leo starb, stand ich vor der Wahl, die Agentur zu verkaufen oder sie selbst zu führen. Eigentlich gab es gar keine Entscheidung, oder?«

Die meisten Frauen, denen Norbert in seinem Leben nahegestanden hatte, hätten das ganz anders gesehen. Aber Ursula war anders. Sie hatte nie Kinder gehabt und ihre Kinderlosigkeit auch nie bereut. »Ich wäre eine schreckliche Mutter gewesen«, sagte sie einmal, als sie sich über Familien unterhielten und Norbert einige der Schwierigkeiten geschildert hatte, die er mit seiner Familie hatte. »Ich werde viel besser mit dem geschäftlichen Auf und Ab fertig als mit dem Gewirr menschlicher Beziehungen. Ich habe wohl eine männliche Veranlagung.«

Sie war eine der weiblichsten Frauen, die Norbert je begegnet war.

Bis Weihnachten hatte Norbert noch nicht einmal versuchsweise seine üblichen Vorstöße bei Ursula unternommen. Ursula hatte inzwischen nicht nur Einfluß auf seine Gefühle, sondern auch auf seine geschäftlichen Aktivitäten. Land gut faszinierte sie, und sie war voller Bewunderung für Norberts Einsatz in den harten Nachkriegsjahren. Daß er das Geschäft in den letzten Jahren vernachlässigt hatte und die Firma unter der Aufsicht seines Geschäftsführers Oskar Stallkamp und seines Wirtschaftsprüfers Erwin Hoffmann praktisch sich selbst überlassen hatte, beeindruckte sie weit weniger. »Ich kann mir nicht vorstellen, daß Ihr Bruder so nachlässig handeln würde«, bemerkte sie trocken.

Norbert konnte sich nicht vorstellen, daß Werner geschäftliche Dinge mit einer Frau besprach.

»Sie sind ziemlich faul, stimmt's?« Ursula milderte die Schärfe ihrer Worte durch ein leichtes Lächeln etwas ab.

»Ich höre lieber, daß ich nicht habgierig bin.«

»Aber Sie könnten doch die jüngste Aufwertung der Mark nutzen und auf ausländischen Märkten expandieren. Zum Beispiel Ferienwohnungen in Spanien und Italien.«

»Das könnte ich. Aber ich brauche es nicht. Ich brauche wirklich nicht mehr Geld.«

»Dann sind Sie entweder sehr ungewöhnlich, oder Sie machen sich etwas vor.«

Wehmütig dachte Norbert an die Ansprüche, die Reinhild, Helena und Kris an sein Konto stellten, und fragte sich, ob sie nicht vielleicht doch recht hatte.

Als Norbert Ursula im Februar einlud, zum Fasching nach München zu kommen, rümpfte sie unwillig die Nase und schlug vor, die Stadt sich selbst und dem Karneval zu überlassen und lieber die Landgut-Immobilien in der Bundesrepublik zu besichtigen. Aber wenn er gehofft hatte, die Liebe würde sich auf dieser Reise einstellen, hatte er sich getäuscht. Ursula bestand in den Hotels auf Einzelzimmern, und in jeder Stadt hatten sie um acht Uhr gefrühstückt und waren um halb neun unterwegs. Verdrossen stellte Norbert fest, daß viele Gebäude, insbesondere die, die nach dem Krieg mit minderwertigem Material gebaut worden waren, sich in einem ziemlich baufälligen Zustand befanden.

Auf Ursulas Veranlassung versuchten sie, als sie in Frankfurt waren, sich mit Helena zu treffen, doch es kam niemand an die Tür, und obwohl sie Nachricht hinterließen, rief Helena nicht im Jochum an, wo sie abgestiegen waren.

Nach ihrer Ankunft in Hamburg einige Tage später unternahmen sie den Versuch, sich bei Kris zu melden, aber auch dort ohne Erfolg. Kris, erklärte Egon Weber ihnen mürrisch, sei in Lech zum Skilaufen.

Die Karriere von Kris wies steil nach oben. Nicht daß Norbert jemals bei einem Rennen dabei war; daß sein Sohn ihn mit Désirée hintergangen hatte, nagte noch immer an ihm. Aber er las die Berichte in den Zeitungen, wonach Kris sich in der Formel III offenbar einen Namen machte. Manchmal war er auf einem Foto zu sehen, an den Boxen nach einem Rennen, umschwirrt von ihn anhimmelnden, langbeinigen Mädchen in Miniröcken, und Norbert mußte wehmütig lächeln. Was immer er Kris vorzuwerfen hatte, er verstand ihn wenigstens, was er bei Helena nicht behaupten konnte.

Kris' Mechaniker bastelten gerade an seinem neuen Lotus, als Norbert und Ursula bei Kris Kraus Automobile ankamen, dem Autohaus für neue und gebrauchte Sportwagen und Kfz-Werkstatt in einem Vorort von Hamburg, für das Norbert das Kapital beigesteuert hatte und aus dessen Gewinn Kris seine Rennen finanzieren wollte. Kris kümmerte sich allerdings kaum um den Betrieb, und es war Egon Weber überlassen, den Laden zu schmeißen, wie er auch sonst vieles im Leben von Kris regelte.

»Der Apfel fällt nicht weit vom Stamm«, bemerkte Ursula, als sie ins Stadtzentrum zurückfuhren. Norbert grinste verlegen.

Bei dem langen Gespräch, das er mit Oskar Stallkamp hatte, verteidigte sich der Geschäftsführer vehement dagegen, seine Pflichten vernachlässigt zu haben, und warf Norbert vor, sich nicht genügend um das Unternehmen zu kümmern.

Am nächsten Tag saßen Norbert und Ursula mit Erwin Hoffmann zusammen, der eine interessante Frage aufwarf. »Da Sie bereits ein Haus in Berlin haben, sollten Sie sich überlegen, die Verwaltung von Landgut dorthin zu verlegen und die Aktivitäten in Berlin zu verstärken.«

»Solange die politische Lage so bleibt, wie sie ist, hat Berlin doch keine Zukunft«, wandte Norbert ein.

»Das ist schon richtig, aber Verluste dort können von den Gewinnen abgesetzt werden, die Sie in der Bundesrepublik machen. Der Berliner Senat fördert Investitionen in der Stadt mit großzügigen Abschreibungsmöglichkeiten und äußerst günstigen Steuersätzen im Vergleich zur Bundesrepublik.«

Die Folge dieses Gesprächs war, daß ihre Rundreise in Berlin endete, wo Ursula schließlich zwei Mitglieder aus Norberts Familie kennenlernte, Kleo und Viktoria. Sie mochte beide auf Anhieb, die solide, eifrige Kleo, die inzwischen im sechsten Semester war, und Viktoria, eine würdevolle, elegante alte Dame.

»Was glaubst du wohl, weswegen die Jochum-Hotels von Berlin aus geführt werden?« fragte Viktoria, als Norbert erklärte, was er von Erwin Hoffmann erfahren hatte. »Das Jochum-Berlin macht noch immer Verluste, aber dank der Abschreibungsmöglichkeiten und des Berliner Steuersystems kann ich es zumindest weiterbetreiben. Und sollte die Mauer jemals fallen und Deutschland wiedervereinigt werden . . .«

»Tante Vicki, die Mauer wird nie fallen.«

»Was aufgebaut worden ist, kann auch abgerissen werden.« Norbert lächelte ihr freundlich und ungläubig zu.

Mit Ursula sah er sich das Gelände der alten Kraus-Chemie im Wedding an, auf dem sich jetzt mehrere kleine Fabriken, ein Parkplatz und ein Markt befanden, noch immer umgeben von düsteren Mietskasernen aus dem 19. Jahrhundert. »Wenn man hier neue Wohnungen bauen würde, könnte man diese schrecklichen Häuser abreißen. Das könnte hier ein richtiges Viertel werden«, meinte Ursula bestimmt.

Viktoria war von dem Gedanken begeistert. »Berlin wird zu einer Stadt von alten Leuten und Gastarbeitern«, seufzte sie. »Alles, was Arbeit bringt, ist gut. Und preiswerte, moderne Wohnungen würden hoffentlich jüngere Leute anlocken. Man könnte auch Läden, Parkplätze und einen Spielplatz mit einbeziehen.«

Bevor sie Berlin verließen, fragte Viktoria Ursula, ob sie je daran gedacht habe, noch einmal zu heiraten. »Nach Leos Tod konnte ich es mir zunächst überhaupt nicht vorstellen«, antwortete Ursula nachdenklich. »Aber das Leben kann sehr einsam sein, wenn man auf sich selbst gestellt ist. Man merkt, daß man viele Bekannte hat, aber sehr wenige Freunde.«

Viktoria nickte. »Ich weiß.«

»Manchmal denke ich wirklich, daß es schön wäre, jemanden zu haben, dem man sich nach einem langen, anstrengenden Tag anvertrauen, oder mit dem man einen Scherz machen könnte«, fuhr Ursula fort. »Aber andererseits bin ich mit den Jahren selbstsüchtig geworden. Ich genieße das Ungestörtsein. Ich weiß nicht, wie ich damit fertig würde, die Sachen eines anderen in meiner Wohnung zu haben, mein Bad teilen zu müssen – oder auch mein Bett.«

Sie bot eine sehr nüchterne Sicht einer Beziehung. »Aber wenn man jemanden liebt, möchte man doch mit ihm teilen«, warf Norbert etwas zögernd ein.

»Ich weiß nicht, ob ich noch an die Liebe glaube, bestimmt nicht an das romantische Bild davon, und ganz bestimmt nicht für eine Frau meines Alters. Ich habe Leo sehr geliebt und vermisse ihn noch immer sehr, aber unsere Ehe war nicht nur Harmonie. Die meiste Zeit war sie reine Schwerstarbeit.«

Am Abend, nachdem Ursula sich auf ihr Zimmer zurückgezogen hatte, sagte Viktoria zu Norbert: »Sie hat recht. Sie sieht gut aus und hat etwas im Kopf. Sie ist genau die Frau, die du brauchst. Hoffentlich begehst du keine Dummheit und läßt dir diese Chance entgehen, Norbert.«

Helenas Sohn wurde am 21. Juli 1969 in Frankfurt geboren. Alle Welt nahm Anteil an der Apollo-11-Mission, nur sie nicht. Als Helenas Wehen einsetzten, saß Marko, wie die meisten Menschen auf der Welt, gebannt vor einem Fernseher in einem Wartezimmer und sah, wie Neil Armstrong in seinem klobigen Raumanzug aus der Mondlandefähre *Eagle* auf die Oberfläche des Mondes trat und sagte: »Für einen Menschen ist es ein kleiner Schritt, für die Menschheit ein gewaltiger Sprung.«

Das Baby wurde als Ho Che Markovic Kraus registriert, aber Marko nannte ihn nur Mondkind.

Mutter zu sein war ganz anders, als sie gedacht hatte. Das Baby verlangte ständige Aufmerksamkeit. Es gab Augenblikke, etwa wenn er trank oder nach dem Trinken schlief, in denen sie einen Strom von Zärtlichkeit spürte, einen Sturm von Empfindungen, die man wohl als Mutterliebe bezeichnete, doch meistens war sie nur unendlich müde und ausgelaugt, so als hätte sie ihr eigenes Leben nicht mehr in der Hand.

Wenn sie morgens nach einer weiteren gestörten Nacht aufstand, brauchte sie erst einmal einen Joint, um sich dem Tag zu stellen, und vor dem Schlafengehen gewöhnte sie es sich an, etwas zu trinken, in der Hoffnung, das Schreien von Mondkind nicht zu hören.

Marko versuchte zwar zu helfen, doch seine tolpatschigen Bemühungen bewirkten nur, daß Helena noch gereizter wurde, und führten zu ihren ersten echten Auseinandersetzungen. Marko wollte keinen Streit und fand Ausreden, aus dem Haus zu gehen und sich woanders mit seinen Freunden zu treffen. Sexuell lief zwischen ihnen fast nichts mehr. Helenas größte Angst war, Marko zu verlieren, und sie kam zu der Überzeugung, daß er eine andere hatte.

Sie sah nur einen Weg, ihn zu halten. Sie war nicht zu Hause gewesen, als ihr Vater sie im Winter in der Wohnung angerufen hatte, und sie hatte sich auch nicht die Mühe gemacht, auf seine Nachricht zu antworten. Jetzt rief sie ihn an und gestand ihr Geheimnis, und heuchelte Schuldgefühle über ihr uneheliches Kind, die sie gar nicht empfand. Wie üblich erhöhte Norbert den Zuschuß und schickte zusätzlich einen großen Scheck, mit dem sie Marko den silbernen Audi kaufte, auf den er schon so lange ein Auge geworfen hatte.

Diese Art der Bestechung wirkte. Falls es in Markos Leben eine andere Frau gegeben hatte, war sie augenblicklich durch den Wagen verdrängt. Was Technik betraf, war Marko ein hoffnungsloser Fall, aber einen schicken Wagen fahren, das war etwas anderes.

Helenas Anruf bei ihrem Vater hatte noch ein weiteres, nicht erwartetes Ergebnis. Eine Woche später rief ihre Mutter an. »Ich habe gerade mit deinem Vater gesprochen. Er sagt, du hast ein Baby. Warum hast du mir nichts davon gesagt?«

Unter anderen Umständen, und da Helena wußte, daß kaum Geld aus ihrer Mutter herauszuholen war, hätte sie ihr wahrscheinlich gesagt, daß sie das einen Dreck angehe. Doch sie machte eine schwierige Zeit durch, und Mondkind hatte plötzlich einen Ausschlag bekommen, weshalb er sehr quengelig war.

»Ist alles in Ordnung?« fragte Reinhild. »Wie geht es dem Baby?«

»Uns geht es nicht gut«, sagte Helena wahrheitsgemäß.

Zwei Tage später war Reinhild in Frankfurt. Sie stieg im Jochum ab und fuhr dann mit einem Taxi zur Beethovenstraße. Ein langhaariger junger Mann in engen Jeans und einem T-Shirt, der eine seltsam riechende Zigarette rauchte, kam an die Tür. »Ich bin Helenas Mutter«, erklärte sie. »Ist Helena da?«

Er zog an der Zigarette, stieß langsam den Rauch aus und blickte über sie hinweg, aus Augen, die sich offenbar nicht richtig konzentrieren konnten. Aus der Wohnung drang das Geräusch von Stimmen, das vor der hämmernden Popmusik anschwoll und abebbte. »Ja«, sagte er. »Sie ist im Bett.«

Ein zweiter blonder junger Mann erschien im Korridor, ein schreiendes, nacktes Baby auf dem Arm. Als er Reinhild sah, sagte er: »Hi, ich bin Marko. Wissen Sie, wie man eine Windel anlegt?«

Tief einatmend nahm Reinhild ihr Enkelkind auf den Arm und folgte ihm in die Küche, in der schmutziges Geschirr herumstand, und wo er ihr eine feuchte Stoffwindel gab. Das Baby hatte tatsächlich einen schlimmen Ausschlag und war zwischen den Beinen ganz wund. »Haben Sie irgendwo Babypuder?« fragte sie.

»Schauen Sie mal im Bad nach«, sagte Marko und verschwand.

Nachdem sie das Baby gepudert und frisch gewickelt hatte, schmiegte sie es an sich, damit ihm warm wurde, und machte sich auf die Suche nach Kleidung und seinem Bettchen. Im ersten Zimmer, in das sie kam, lag Helena im Bett, in einer Hand ein Buch, in der anderen ein Glas und auf der zerknitterten Daunendecke ein überquellender Aschenbecher. »Ich habe gar nicht mit dir gerechnet«, sagte sie.

Reinhild war mit der Bereitschaft gekommen, zu vergeben und zu vergessen, Vergangenes vergangen sein zu lassen und ihr vorzuschlagen, zurück nach Hamburg zu kommen, wo sie gemeinsam das Baby hätten großziehen können. Statt dessen fragte sie patzig: »Wo sind seine Sachen und sein Bettchen? Und wann hat er zuletzt was zu essen bekommen? Muß er seine Flasche haben?«

»Wahrscheinlich. Er schreit, scheißt und frißt ununterbrochen.«

Reinhild war entsetzt und zutiefst angewidert. Sie umging das Wohnzimmer, in dem mehrere ungepflegte, ungewaschene junge Leute offenbar irgendeine Party feierten, und machte sich daran, die übrige Wohnung zu putzen. Im Flur fand sie eine schmuddlige Kindertragetasche, die sie säuberte, mit einer Decke auslegte und dann das Baby hineinlegte.

Dann nahm sie sich die Küche vor, spülte und putzte Arbeitsflächen und Boden. Als Helena endlich aus dem Schlafzimmer kam, hatte Reinhild bereits die Teppiche gesaugt und mehrere Ladungen schmutzige Bettwäsche und einen Haufen dreckige Windeln und Babysachen gewaschen.

»Was machst du da?« fragte Helena, die in der Tür lehnte, barfuß, in verblichenen Jeans und einem ungewaschenen T-Shirt mit Antikriegsslogan.

Spitz erwiderte Reinhild: »Ich versuche, Ordnung zu schaffen, damit hier ein Baby leben kann.«

Helena zuckte die Schultern. »Was soll's? Mondkind ist daran gewöhnt.«

Als Reinhild am Abend ins Jochum zurückfuhr, war sie erschöpft, aber so müde sie war, sie fand kaum Schlaf. Sie war wütend auf ihre Tochter und besorgt über die Verhältnisse, in denen Mondkind leben mußte. Nicht daß sie ihn so genannt hätte. Der Name gefiel ihr genausowenig wie Ho Che. In ihrer romantischen Art sehnte sie sich nach einem klassischeren, würdigeren Namen für ihren Enkel und entschied sich für Alexander.

Am nächsten Morgen erschien sie, bepackt mit Desinfektionsmitteln, Babypuder, Wegwerfwindeln, Milchpulver und Babynahrung in Gläschen und Dosen, neuen Babysachen, Rasseln, Spielzeug, einem Kinderwagen und einem Bettchen, in der Wohnung.

Nach mehrmaligem Klingeln machte ihr ein verschleiert blickender Marko auf und ließ sie mit ihren Paketen ein. »Hey«, begrüßte er sie, »fühlen Sie sich wie zu Hause. Ich geh' wieder ins Bett.« Reinhild folgte ihm ins Schlafzimmer, wo Helena noch schlief und der kleine Alexander in seiner Tragetasche schrie.

Bald war er gebadet, angezogen, gefüttert und lag, ein zufriedenes Lächeln auf dem pausbäckigen Gesichtchen, in seinem neuen Bett. »Armer Kleiner, was haben sie mit dir gemacht?« gurrte Reinhild.

Zunächst war Helena erbost, daß ihre Mutter in ihr Leben eindrang, aber schon bald erkannte sie die Vorteile, wenn jemand anders sich um Mondkind kümmerte. Solange Reinhild sich nicht in ihr übriges Leben einmischte, war es Helena egal.

So blieb Reinhild im Jochum, erschien früh jeden Morgen in der Wohnung, um sich ihres Enkels anzunehmen, und Helena lebte weiter ihr altes Leben. Allmählich überwand sie ihre Krise, und ihre Beziehung fand zu ihrer ursprünglichen Leidenschaft zurück.

Das Jahr 1969 hatte weitreichende Veränderungen gebracht. Im März war Gustav Heinemann zum Bundespräsidenten gewählt worden. Nach einer hartumkämpften Wahl im September verfehlte Kiesingers CDU die erwartete Mehrheit, die große Koalition endete, und Willy Brandt wurde erster sozialdemokratischer Kanzler der Bundesrepublik und Chef einer neuen SPD-FDP-Regierung.

Helena war nicht so naiv, den Umschwung der öffentlichen Meinung für eine plötzliche Wende hin zu sozialistischen Idealen oder für den Endsieg der Arbeiterklasse zu halten. In ganz Europa war der Sozialismus bei der wohlhabenden Mittel- und Oberschicht, oder »schicken Linken«, wie Ulrike Meinhof sie verächtlich bezeichnete, plötzlich in.

Ulrike Meinhof war eine von Helenas neuen Freundinnen oder Genossinnen, wie sie sich nannten, alle älter als Helena und erfahrener im revolutionären Umgang. Zu ihnen gehörten auch die Helden des Kaufhausbrandes, die vor kurzem nach Verbüßen von vierzehn Monaten ihrer dreijährigen Haftstrafe entlassen worden waren und den Ausgang einer Berufung abwarteten, über die im November entschieden werden sollte. Sie engagierten sich inzwischen sozial in Heimen für uneheliche, ausgesetzte und straffällige Jugendliche, eine Arbeit, mit der Helena sich identifizieren konnte, da sie in diesen Kindern Opfer der Gesellschaft sah.

In Gudrun Ensslin entdeckte sie eine Gleichgesinnte, die, wie Helena, der Worte überdrüssig war und Taten verlangte; Marko, träge, rebellisch und versessen auf Abenteuer, fand Gefallen an Andreas Baader und ließ sich von ihm inspirieren. »Er will die Insassen sämtlicher Heime im Land befreien«, erzählte er Helena strahlend. »Das wäre eine ganze Armee!«

Willy Brandt stellte ein weitreichendes Programm sozialer, rechtlicher und bildungspolitischer Reformen vor, die bei den Studenten und der Linken gut ankamen, Extremisten wie Gudrun, Ulrike und Helena aber nicht weit genug gingen und die konservativen Wähler aufbrachten, die erkannten, daß dieser neue Sozialismus sie viel Geld kosten würde.

Überzeugt, daß trotz der sowjetischen Invasion in die Tschechoslowakei eine Annäherung an die Sowjetunion besser sei als die Konfrontation der letzten zwanzig Jahre, verfolgte Brandt eine eigenständige neue Friedenspolitik, seine »Ostpolitik«. Während Mitarbeiter des Außenministeriums in Moskau und Warschau Gespräche führten, arrangierte Brandt ein Treffen mit dem Ministerpräsidenten der DDR, Willi Stoph, in Erfurt. Das historische Treffen am 19. März 1970 markierte eine neue Ära in den Beziehungen zwischen den beiden deutschen Teilstaaten. »Aber es ist immer noch keine Anerkennung der DDR als selbständiger Staat«, kommentierte Helena mißmutig.

Inzwischen hatte sich auch ihr Leben drastisch geändert. Der Bundesgerichtshof hatte die Berufung von Gudrun Ensslin und Andreas Baader abgelehnt, und statt die Reststrafe abzusitzen, war das Paar außer Landes geflohen, zuerst nach Paris, dann in die Schweiz. Helena war eine der Genossinnen, die ihnen regelmäßig Geld zukommen ließ. Norbert schickte ihr nämlich nach wie vor den monatlichen Scheck, obwohl Mondkind nicht mehr bei ihr in Frankfurt lebte.

Als das Baby eine schwere Erkältung bekam, ergriff Reinhild die Gelegenheit und regte an, das Kind mit nach Hamburg zu nehmen. Helena war einverstanden, froh, Mondkind während seiner Krankheit nicht pflegen zu müssen. Reinhild fuhr schon nach kurzer Zeit mit ihm nach Frankfurt zurück, damit es seine Eltern sehen konnte, aber es war niemand da, obwohl sie sich telefonisch angemeldet hatte.

»Sie sind vor ein paar Tagen weggefahren«, berichtete ihr eine Nachbarin. »Sie haben nicht gesagt, wohin sie wollten, und ich habe nicht gefragt. Ich genieße allerdings die Ruhe, die nun hier wieder herrscht.«

Reinhild sah Helena und Marko erst Weihnachten wieder,

als sie sie in Hamburg besuchten. Tage vorher hatte sie gekocht und gebacken, die Wohnung geschmückt und einen Baum aufgestellt, unter dem die Geschenke für Alexander lagen, doch Marko und Helena hatten für den Geist der Feiertage wenig übrig.

»Ich verstehe das nicht«, klagte Reinhild bekümmert. »Es ist das erste Weihnachten für euer Kind. Ist euch das egal?«

Ihre Tochter zuckte die Schultern. »Wozu das ganze Theater? Er ist viel zu klein, um zu begreifen, was los ist.«

»Ich nehme an, ihr wollt ihn wieder mit nach Frankfurt nehmen?«

In den ersten Stunden des Wiedersehens mit ihrem Sohn hatte Helena eine gewisse Zärtlichkeit für ihn gespürt. Dann war er lästig geworden, und erleichtert hatte sie ihn Reinhild wieder überlassen. Sie war froh, als ihre Mutter sich anerbot, ihn zunächst weiterhin bei sich zu behalten.

»Wie du willst«, sagte sie.

Im März kamen Gudrun Ensslin und Andreas Baader wieder nach Deutschland. Helena und Marko, die durch Ulrike Meinhof davon hörten, fuhren nach West-Berlin, um sie zu treffen. Widerstrebend erklärte sich Kleo damit einverstanden, daß sie eine Nacht bei ihr schliefen. »Wenn der Hauswart rauskriegt, daß ihr hier seid, bekomme ich Ärger. Wir dürfen niemand übernachten lassen. Warum geht ihr nicht in ein Hotel oder nach Heiligensee?« fragte sie mürrisch. »Vater ist im Haus. Ihr könntet auch dort bleiben.«

Helena konnte ihr nicht erzählen, daß sie und Marko nur in Berlin waren, um zwei der meistgesuchten Personen des Landes zu treffen, deren Steckbrief mittlerweile in jedem öffentlichen Gebäude hing.

Nach einer Nacht bei Kleo gingen sie zu Dieter, der sich widerwillig von Kleo überreden ließ, sie aufzunehmen. Dieter war kaum wiederzuerkennen als der Studentenführer, der vor nur wenigen Jahren einmal der Kopf von Demonstrationen,

Streiks und Sit-ins gewesen war. Er hatte die Jeans gegen Anzug und Krawatte getauscht. »Nicht daß ich meine Ansichten zu den wichtigen Fragen geändert hätte, für die wir eingetreten sind«, beteuerte er Helena, »aber ich glaube wirklich, daß wir in einer neuen Zeit leben, wo politische Entscheidungen ruhig der Regierung überlassen werden können. Das meint Holger auch.«

Mit der Übernahme der Regierung durch die Sozialdemokraten stand Holger Buskos politische Karriere endgültig fest. Holger, Mitte Dreißig, verheiratet und Vater von drei Kindern, hatte sich einen Namen als geschickter Politiker gemacht und wurde überall schon als Mitarbeiter im Justizministerium gehandelt. Wie Dieter erzählte, verbrachte er drei Tage pro Woche in Bonn, wo er eine Wohnung hatte; er kam jeweils donnerstags abends zurück nach Berlin und war freitags und montags in seinem Büro in der Knesebeckstraße; das Wochenende verbrachte er in seinem Haus in Charlottenburg. Dieter hatte von Holgers häufiger Abwesenheit profitiert und war jüngst zum Juniorpartner der Kanzlei aufgestiegen.

Helena war angewidert von diesem Bild gutbürgerlicher Ehrbarkeit und Heuchelei, aber glücklicherweise sahen sie kaum etwas von Dieter. Sie waren die meiste Zeit des Tages und auch der Nacht mit Ulrike, Andreas, Gudrun, Astrid Proll, Horst Mahler und einigen anderen zuverlässigen Genossen zusammen und planten den nächsten Schritt der Revolution. Auf Vorschlag von Mahler nannten sie sich nach der neuformierten japanischen »Roten Armee« Rote-Armee-Fraktion, was ihnen das Gefühl gab, einer internationalen Organisation anzugehören. Die Waffe ihrer künftigen Aktionen sollte der Terror sein, die Mittel nicht Worte, sondern Schußwaffen.

Dazu brauchten sie Geld, und obwohl alle sicher waren, auf eine gewisse Unterstützung der »schicken Linken« bauen zu können, sahen sie doch in Banküberfällen das beste Mittel zur

Geldbeschaffung; diesen Gedanken fand besonders Marko reizvoll, der sich schon als bewaffneter Gangster sah.

Ihre Pläne wurden durch einen unglücklichen Zwischenfall beeinträchtigt. Andreas war mit dem Wagen von Astrid Proll wegen zu schnellen Fahrens von einer Polizeistreife angehalten worden.

»Erstaunlicherweise erkannte die Polizei ihn nicht«, erzählte Dieter abends Helena und Marko. »Der Wagen hatte eine Frankfurter Nummer, und sie dachten, er wäre gestohlen. Erst nach der Festnahme am nächsten Tag erkannten sie, wer er war. Und jetzt sitzt er im Tegeler Gefängnis.«

»Ich glaube nicht, daß er lange dort sein wird«, sagte Helena ruhig.

Dieter starrte sie an, dann atmete er lang und tief aus. »Erzähl mir nur nicht, daß du da mit drinhängst.«

Helena zuckte die Schultern. Jetzt, wo die Polizei Andreas geschnappt hatte, brauchte sie ihre Verbindung nicht länger zu leugnen.

»Du dumme Gans. Siehst du nicht, wie gefährlich das ist? Und in welche Gefahr du andere bringst, auch Kleo und mich? Es tut mir leid, aber ihr könnt hier nicht länger bleiben.«

Helena machte das nichts aus. Ihr Besuch in Berlin war vielleicht nicht so wie erwartet verlaufen, hatte aber etwas sehr Wichtiges gebracht. Endlich hatte sie einen Aktionsplan im Kopf. Sie war heilfroh, Berlin verlassen und wieder in die Bundesrepublik zurückkehren zu können.

In einem wagemutigen bewaffneten Handstreich, der weltweit für Schlagzeilen sorgte, gelang es Ulrike Meinhof und einigen Freunden, Andreas Baader Anfang Mai aus dem Gefängnis zu befreien.

Durch ein Telefonat mit Gudrun nach der Befreiung von Andreas erfuhr Helena, daß die ostdeutsche Regierung ihnen Hilfe für die Flucht nach Jordanien zugesagt hatte, wo sie sich G. Habaschs Volksfront zur Befreiung Palästinas anschließen wollten. Sie und Marko hätten mitgehen können, doch da sie nicht in die Flucht von Andreas verwickelt waren, bestand für sie keine Notwendigkeit sich abzusetzen. Es war besser, sie blieben in Deutschland, bauten eine Basis für die Rote-Armee-Fraktion auf und brachten die Revolution voran.

Ende Juni 1970 tauchte plötzlich Heinz-Georg Lindner, der ehemalige Chemiestudent, wieder in Frankfurt auf, braungebrannt und mit rückenlangen Haaren. Er war, wie sich herausstellte, die letzten zwei Jahre in Marbella gewesen. Jetzt war ihm das Geld ausgegangen. Helena und Marko überließen ihm das freie Zimmer.

Kurz darauf erschien Matthias Scheer mit einer schweren BMW. »Angelika ist auf dem religiösen Trip«, erklärte er. »Muß mit der Umgebung zu tun haben. Sie wollte, daß ich wieder auf die Uni gehe, Theologie studiere und Pfarrer werde! Da bin ich abgehauen. Kann ich bei euch 'ne Zeit pennen?«

Die Idee, eine Bank auszurauben, sagte ihm und Heinz-Georg auf Anhieb zu.

Als erstes beschafften sie sich Schußwaffen, kleinkalibrige Maschinenpistolen, die der »Doktor« ihnen gern besorgte, wenn auch zu einem exorbitant hohen Preis.

Marko, der als einziger gedient hatte, war ihr Lehrer, wenngleich er selbst alles andere als ein guter Schütze war und ständig die Blechdosen verfehlte, auf die sie zielten. Heinz-Georg und Matthias waren schon bald besser, während Helena am besten schoß, nachdem sie heraushatte, wie sie die Waffe handhaben mußte.

Sie suchten sich eine Bank in Darmstadt aus, die sie systematisch auskundschafteten. Die Bank lag zu ebener Erde, hatte niedrige Schalter und offenbar nur einen Eingang. Der Spätnachmittag war eindeutig die beste Zeit für einen Überfall. Nicht nur, daß die Kasse voll war, die Angestellten achteten auch mehr auf die Tagesabrechnungen als auf die letzten Kunden. Und man konnte direkt vor der Bank parken.

Das einzige Problem war das Fluchtfahrzeug. Ihr eigener Audi oder das Motorrad von Matthias schieden von vornherein aus. Es lag auf der Hand, einen Wagen zu klauen, aber obwohl Marko prahlte, jeder Idiot könne ein Auto mit einem Stück Draht knacken, scheiterte er kläglich, als er ihnen zeigen wollte, wie es gemacht wird.

Das Schicksal kam ihnen zu Hilfe. Eines Nachmittags blieb der Audi auf der Rückfahrt von Darmstadt stehen. Als Marko unter die Motorhaube blickte, rief Helena ungeduldig: »Das bringt doch nichts, da reinzuglotzen. Hol jemand, der das reparieren kann.«

Marko trottete fort und kam nach zehn Minuten in einem Lieferwagen zurück. Der Fahrer machte sich kurz am Motor zu schaffen, versuchte zu starten und brummte dann: »Wir müssen ihn in die Werkstatt schleppen.«

Die Werkstatt lag abseits der Straße, am Ende einer mit Schlaglöchern übersäten Zufahrt und durch hohe Mauern von den Häusern auf beiden Seiten abgeschirmt. Auf dem Schild darüber stand A. FELDMANN – KFZ-REPARATUREN. »Gehört die Werkstatt Ihnen?« fragte Marko.

»Ja. Ich bin Adolf Feldmann.« Es war fast etwas Abwehrendes in der Stimme des Mechanikers, als er sich vorstellte.

»Ich bin Marko. Das ist Helena.«

Feldmann nickte und sah sich den Audi an. Er brauchte etwa zehn Minuten, um den Wagen wieder in Gang zu bekommen. »Wann haben Sie ihn zuletzt durchsehen lassen?« fragte er.

»Noch nie«, gab Marko zu.

»Ein schöner Wagen. Er hat nur einen Schönheitsfehler: Er ist zu leicht zu knacken.«

Marko bot ihm eine Zigarette an. »Sie liegen ein bißchen ab vom Schuß hier. Haben Sie denn genug zu tun?«

»Es geht so, aber es könnte schon besser sein, ein paar mehr solche Wagen wie Ihrer. Wenigstens läuft das meiste bar, so daß die Steuer nicht viel sieht. Mit Frau und drei Kindern kann ich mir so was nicht leisten. Ich dachte, bei einer sozialdemokratischen Regierung würde es besser, aber ich hab mich geirrt. Alles wird teurer.«

Marko verstand den Wink und zog die Brieftasche heraus. »Wir zahlen natürlich bar, und eine Rechnung brauchen wir auch nicht.«

Feldmann wischte die Hände an der verschmierten Hose ab. »Vielen Dank.«

Helena hatte ihn aufmerksam beobachtet. Er war etwa dreißig, hatte blondes Haar, hellblaue Augen und ein etwas mürrisches Gesicht, als hätte das Leben es nicht zu gut mit ihm gemeint. Aber wie er den Wagen repariert hatte, zeigte, daß er etwas von der Arbeit verstand, und offensichtlich verstand er auch etwas vom Autoklauen. »Wir gehören zu einer politischen Gruppe und denken ganz ähnlich wie Sie über die Regierung«, sagte sie, »nicht nur über die Sozialdemokraten, sondern alle Regierungen. Wir wollen einen Umsturz der Gesellschaft und ein neues System, in dem die Reichen an die Armen abgeben.«

Feldmann schluckte. »Seid ihr Faschisten – Neonazis?«

In Helenas Augen blitzte blanker Haß auf. »Neonazis?« zischte sie. »Die Nazis sind unsere größten Feinde. Wir wollen das Land von allen Spuren der Nazivergangenheit befreien.«

Feldmann war lange still. Dann fragte er: »Warum erzählt ihr mir das?«

»Wir brauchen jemand, der was von Autos versteht.«

»Ich bin seit fünfzehn Jahren Mechaniker. Ich kenne fast jede Art von Auto.«

»Würden Sie bei uns mitmachen wollen?«

»Was hätte ich da zu tun?« fragte er vorsichtig.

»Bevor ich das sage, zeigen Sie uns, wie Sie unsern Wagen knacken würden«, sagte Helena.

Adolf Feldmann zeigte es ihnen. Er brauchte dazu zwei Minuten und zehn Sekunden.

Wären Marko und Helena normale Autodiebe gewesen, hätte Adolf sich ihnen nicht angeschlossen, aber das waren sie nicht. Sie wollten kein Geld mit den Autos machen, die sie stahlen: Sie brauchten sie lediglich als Transportmittel. »Du darfst es dir überhaupt nicht als Klauen denken«, sagte Marko. »Betrachte es als eine Leihgabe. Wenn wir den Wagen nicht mehr brauchen, kriegt der Besitzer ihn zurück. Und du wirst gut bezahlt.«

Adolfs finanzielle Lage war trostloser, als er zugegeben hatte. Die Werkstatt war nie so gelaufen, wie er sich das erhofft hatte. Gabi war keineswegs verschwenderisch, doch jede Woche schien sie mehr Haushaltsgeld zu brauchen. Es verschlang viel Geld, eine Frau und drei heranwachsende Kinder zu ernähren und zu kleiden, die Miete für die Wohnung und die Werkstatt zu zahlen, die Versicherungsprämien und die Raten für den neuen Lieferwagen.

»Wir vertreten die Unterdrückten, die Verfolgten, die Entrechteten«, sagte Helena ernst. »Weißt du, was die Nazis im Krieg mit den Juden gemacht haben?«

Adolfs Hände zitterten. »Ja«, antwortete er kaum hörbar.

»Wir sind die Juden von heute. Aber im Gegensatz zu ihnen werden wir mit allen Mitteln zurückschlagen, die uns zu Gebote stehen.«

Als sie sprach, sah Adolf endlich eine Möglichkeit, den Tod der abertausend Menschen zu rächen, die sein Vater umgebracht hatte.

Der Bankraub erwies sich als fast enttäuschend einfach. Sie fuhren nach der Mittagszeit nach Darmstadt, Adolf am Steuer des dunkelblauen Mercedes, den er am Tag zuvor auf einem Parkplatz in Frankfurt entwendet hatte. Alle waren sie abenteuerlich verkleidet. Helena hatte sich die Haare rot gefärbt und trug einen Minirock sowie eine überdimensionale Sonnenbrille. Heinz-Georg hatte sich von ihr die Haare auf Schulterlänge kürzen und sich einen Schnauzbart wachsen lassen. Die auffälligen hellblonden Haare von Matthias waren schwarz gefärbt worden, und sofort wieder auswaschbar, wie Helena ihm versichert hatte, und auch die Augenbrauen und Wimpern waren dunkler. Marko hatte sich die Kopfhaare abrasiert, Adolf trug eine Kappe und eine Brille mit Fensterglas.

Der Wagen hatte über Nacht in seiner Werkstatt gestanden, wo sie ihn völlig ausgeräumt und andere Nummernschilder montiert hatten. Für den Fall, daß die Polizei sie anhalten sollte, wollten sie fahren wie der Teufel, den Wagen so schnell wie möglich abstellen, sich trennen und einzeln nach Frankfurt zurückfahren.

Aber es ging nichts schief. Der Wagen wurde nicht angehalten. Adolf fand einen Parkplatz gleich um die Ecke bei der Bank. Kein Mensch beachtete sie.

Marko, der eine abgenutzte Aktentasche trug, führte die anderen in die Bank. Beim Betreten des Gebäudes stülpten sie Skimützen über und zogen die Pistolen. »Dies ist ein Überfall!« rief Marko drohend. »Hände hoch! Wer sich bewegt, wird erschossen!«

Es waren nur drei Kunden in der Bank, die gleich die Hände über den Kopf hoben. Keiner der Angestellten drückte den Alarmknopf. Während Helena und Matthias sie in Schach hielten und Heinz-Georg die Tür bewachte, sprang Marko behend über den Schaltertisch und stopfte den Kasseninhalt in die Aktentasche. Dann eilte er zurück auf die Kundenseite und, unfähig, der überzogenen Geste zu widerstehen, verbeugte er sich tief und erklärte: »Grämen Sie sich nicht, es wird alles einer guten Sache zugeführt.«

Dann waren sie wieder auf der Straße, rannten zum Wagen, dessen Motor Adolf schon gestartet hatte, und fuhren aus Darmstadt heraus zurück zu Adolfs Werkstatt.

Dort, wo der Wagen vor allen Blicken sicher war, zählten sie ihre Beute. Sie war nicht so groß wie erhofft, aber für das erste Mal nicht schlecht: etwas über fünfzigtausend Mark. Jeder nahm sich tausend Mark, der Rest kam in den revolutionären Fonds.

Noch am gleichen Abend stellte Adolf den Wagen, mit dem richtigen Nummernschild und von allen Fingerabdrücken gereinigt, in einer kleinen Straße am anderen Ende der Stadt wieder ab.

An jenem Abend verließ Bruno von der Eschenbach sein Büro spät. Er und Viktoria waren dabei, ein weiteres Hotel zu erwerben, das Prinz Luitpold, eines der ältesten Hotels in München.

München würde 1972 die Olympischen Spiele veranstalten, zu denen Millionen Besucher aus der ganzen Welt erwartet wurden. In der Stadt hatten die Arbeiten am Olympiagelände und an einem kompletten U-Bahn-Netz begonnen. München war auf dem Weg zur Boomstadt, weshalb Bruno angeregt hatte, dort ein viertes Jochum-Hotel zu eröffnen.

Viktoria hatte die Verhandlungen Bruno überlassen. Obwohl sie im Juni sechsundsiebzig geworden war, besaß sie noch die Energie einer zwanzig Jahre jüngeren Frau. Sie hörte ausgezeichnet, eine Brille brauchte sie nur zum Lesen, und im Kopf war sie so hell wie eh und je. Bis auf gelegentliche rheumatische Beschwerden, Folgen der im Keller des Cafés Jochum verbrachten Nachkriegsjahre, war sie gesundheitlich in erstaunlich guter Verfassung. »Ich hatte nie Zeit, krank zu sein«, meinte sie dazu.

Doch bei manchen Dingen machte sich ihr Alter bemerkbar. Sie fuhr nicht mehr selbst Auto, sondern ließ sich von ihrem Chauffeur fahren. Sie war nie gern gereist. Jetzt verließ sie Berlin nur noch, wenn es unbedingt erforderlich war.

An diesem Abend hatte Brunos Anwalt angerufen und mitgeteilt, daß sein letztes Angebot für das Luitpold angenommen worden sei, woraufhin Bruno Viktoria angerufen und dann noch mit Konstantin Einzelheiten besprochen hatte.

Die Straße draußen war dunkel, als er das mehrstöckige Parkhaus hinter dem Eschenbach-Büro an der Zeil betrat. Der Nachtwächter war über seiner Zeitung eingenickt, und das Parkhaus war nur schwach beleuchtet. Brunos Schritte hallten dumpf wider, als er die Treppe in das fünfte Geschoß hinaufging, dann die mit Betonpfeilern gesäumte Fahrbahn an leeren Parkbuchten entlang zum reservierten Doppelparkplatz, wo sein Ferrari stand.

Er schloß die Tür auf, stieg ein, drehte den Schlüssel im Zündschloß und ließ den Motor einige Sekunden warmlaufen. Er wünschte sich, Lili wäre bei ihm gewesen, um gemeinsam mit ihm nach Hause zu fahren. Normalerweise hätte sie ihn begleitet, und sie hätten im Jochum übernachtet, doch Lili hatte sich erkältet und war zu Hause geblieben.

Der Motor lief warm, er fuhr ins Erdgeschoß, am eingenickten Wächter vorbei und auf die Straße. Der Nachrichtensender seines Autoradios meldete: ». . . Um drei Uhr heute nachmittag überfielen bewaffnete Banditen eine Darmstädter Bank und erbeuteten etwa fünfzigtausend Mark . . .« Er drehte am Radio, bis er einen Sender mit klassischer Musik fand.

Am Deutschherrnufer hatte die Polizei eine Straßensperre errichtet, wahrscheinlich wegen des Darmstädter Bankraubs, aber man winkte ihn durch. Vielleicht war es ein Gefühl der Leere nach den langwierigen Verhandlungen um das Prinz Luitpold, das ihn an diesem Abend seltsam niedergeschlagen stimmte. Bruchs zweites Violinkonzert konnte daran auch nichts ändern. Obwohl es eins seiner Lieblingsstücke war, machte es ihn melancholisch, vor allem der zweite langsame

Satz, dessen tragisches Thema ihn immer an den Tod erinnerte. Und der Tod war etwas, dessen sich Bruno mit vierundsechzig Jahren immer häufiger bewußt wurde.

Er stellte das Radio leiser und zwang sich, an etwas Positives zu denken. Er fragte sich, ob Lili wohl die Inneneinrichtung des Prinz Luitpold überwachen würde. Erst kürzlich hatte sie mit viel Geschmack Burg Eschenbach neu einrichten lassen und dabei ein überraschendes Gespür für alte Gebäude gezeigt. Und er würde Viktoria vorschlagen, Eduard und Senta die Leitung des Hotels zu übertragen, sobald es fertig war. Er schätzte das junge Paar, und auch Lili mochte beide sehr. Senta hatte vor kurzem ihr zweites Kind bekommen, einen Jungen, der nach seinem Urgroßvater Karl hieß. Lili war ganz vernarrt in die beiden Kinder, die vierjährige, rothaarige Gisela, die die gleichen grünen Augen hatte wie sie, und den kleinen blonden Karl.

Lili erwartete ihn, als er Burg Eschenbach erreichte. »Ich habe mir schon Sorgen gemacht«, sagte sie, legte die Arme um ihn und küßte ihn.

Seine Niedergeschlagenheit verflog, und er lachte. »Ich habe mich an die Geschwindigkeitsbegrenzung gehalten. Wahrscheinlich bin ich deswegen etwas spät dran.« In ihrer lebensprühenden, jugendlichen Gegenwart war es unmöglich, an den Tod zu denken.

21

Über ein Jahr hatte Norbert seine Zeit zwischen München, Zürich und Berlin aufgeteilt und Oskar Stallkamp zu seinen Immobilien in der ganzen Bundesrepublik begleitet, um die dringend nötigen Renovierungen zu veranlassen und zu überwachen. Es war ermüdend und eintönig und etwas, auf das Norbert sich, wie er selbst als erster zugegeben hätte, nicht im Traum eingelassen hätte, wäre Ursulas Einfluß nicht gewesen.

Oskar hatte sich geweigert, nach Berlin zu gehen, und war im Hamburger Büro geblieben. Aber Erwin Hoffmann, der neue zweite Geschäftspartner, hatte die Gelegenheit ergriffen, den Umzug des neuen Büros der Landgut AG zu leiten, mit den Finanzbehörden in Bonn und Berlin zu verhandeln und die notwendige Infrastruktur aufzubauen.

Das Ergebnis war, daß alles, was Erwin und Ursula geplant hatten, erreicht wurde: Der Wert der Landgut-Immobilien stieg; die Steuerverpflichtungen des Unternehmens sanken; und auf dem Gelände der Kraus-Chemie wurde ein neues Projekt hochgezogen, von dem schon zwei Wohnblocks fertig waren und bewohnt wurden.

Wenn Norbert in Berlin war, hatte er anfangs in Heiligensee gewohnt, aber wie Ursula bald festgestellt hatte, war das Haus von der City aus schlecht zu erreichen. »Ich weiß nicht, warum du das Haus behältst«, sagte sie. »Helena war die einzige, die jemals länger dort gewohnt hat. Ich an deiner Stelle würde es verkaufen.«

Das war typisch Ursula, immer praktisch denkend. Doch in diesem einen Fall gab Norbert nicht nach. Der einzige Mensch, dem er das Haus in Heiligensee jemals verkauft hätte, wäre Viktoria gewesen, aber obwohl sie gelegentlich am Wochenende dorthin fuhr, wollte sie es, wie sie sagte, nicht zurückhaben.

So wurde auf Ursulas Anregung im obersten Stockwerk eines Wohnblocks im Wedding eine Penthouse-Wohnung mit eigenem Lift und Eingang gebaut, in die auch das neue Landgut-Büro integriert wurde.

Norbert überraschte Ursula immer wieder, und sie hatte inzwischen erkannt, daß er nicht einfach nur reich war, sondern auch viele Eigenschaften besaß, die sie mehr und mehr schätzenlernte. Was sie ursprünglich für Faulheit gehalten hatte, erkannte sie jetzt als etwas, das ihr gefehlt hatte. Norbert hatte eine ungeheure Fähigkeit zu leben. Wie voll sein Terminkalender auch sein mochte, er fand zwischendurch doch immer wieder Zeit, ins Theater oder die Oper zu gehen, sich einen neuen Film anzusehen, ein neues Buch zu lesen, eine Kunstausstellung zu besuchen oder ein neues Bild zu kaufen. Wenn sie geschäftlich unterwegs waren, fuhr er oft von der Autobahn ab, um abseits in einem Gasthof oder Restaurant zu essen, das ihm jemand empfohlen hatte.

Wenn Ursula sich beklagte, daß sie wegen des Abstechers zu spät zu einem Termin kamen, oder daß sie wegen eines außerplanmäßigen Essens nach einer Abendveranstaltung am Morgen verschlafen hatte, lachte Norbert über ihre »eingebaute Schweizer Kuckucksuhr« und die »schweizerische Arbeitsmoral«, wie er es nannte.

Manchmal verbrachten sie das Wochenende in ihrer Wohnung in Zürich oder seinem Haus bei München, und obwohl Ursula das Haus nie lieben würde – für sie spukten dort die Geister der anderen Frauen aus seinem Leben –, entdeckte sie sich dabei, daß sie es jetzt mit ihrer eigenen Wohnung verglich, auf die sie immer so stolz gewesen war, die ihr jedoch plötzlich steril und ohne Atmosphäre vorkam.

Als der Sommer zu Ende ging, entdeckten sie auf einem Hügel über Lugano eine leerstehende Villa mit Blick auf den See. Nachfragen ergaben, daß sie zum Verkauf stand, und der Makler fuhr mit ihnen zu einer Besichtigung hin. Es war ein kleiner Palazzo mit hohen Räumen, Marmorböden und hohen Fenstern mit Läden; es gab eine Terrasse mit Säulenportal und einen Garten mit Statuen und einem leeren Swimmingpool im Stil eines römischen Bades.

Während Norbert mit dem Makler über technische Einzelheiten sprach, schlenderte Ursula über das Grundstück, bis sie zu einem sonnenüberfluteten Hof und einem verfallenen Gewächshaus mit Stapeln von Tontöpfen und einer mit Wein bewachsenen Südwand kam. Sie setzte sich auf eine Steinbank und streckte ihr Gesicht in die Sonne.

Noch nie zuvor hatte sie ein Haus gesehen, bei dem sie sofort gewußt hatte, daß sie dort glücklich sein könnte, in Gesellschaft des einzigen Mannes der Welt, mit dem sie den Rest ihres Lebens verbringen wollte. Sicher, das Haus mußte unbedingt renoviert werden und würde ein Vermögen an Unterhalt kosten. Und was das Grundstück anging, so hatte sie nie mehr als ihren Balkon gepflegt und verstand nichts von Gartenarbeit.

Schließlich hörte sie Norbert rufen. Er trat auf den Hof, setzte sich zu ihr und legte den Arm um ihre Schultern. »Warum versteckst du dich hier? Gefällt es dir nicht?«

»Im Gegenteil. Ich finde es absolut einmalig.«

»Ursula, ich liebe dich – und ich denke, daß du mich liebst. Werde meine Frau, dann können wir gemeinsam hier einziehen und ein neues Leben beginnen.«

Lange saß sie da und versuchte sich klarzuwerden, daß der Traum, den er ihr bot, Wirklichkeit werden könnte. Doch im Innersten ihres Herzens wußte sie, daß es eine Illusion war. Sie liebten sich seit langem: als ihrer beider Leben sich immer enger verwoben hatten, war es unmöglich gewesen, die kühle Distanz zu wahren. Sie hatte sich ihm hingegeben, nicht nur körperlich, auch mit dem Herzen, wenn er es vielleicht auch nicht bemerkt hatte. Aber ihn heiraten bedeutete, ihm alles zu geben.

War er bereit, sich ebenso zu binden? Sie kannte die Antwort schon. Nach ein oder zwei Jahren würde er ihrer überdrüssig werden, wie so oft schon in seinen früheren Beziehungen. Er würde ihr vielleicht die Villa lassen, aber er selbst wäre nicht mehr da.

»Nein«, sagte sie, »ich möchte lieber mit dir befreundet bleiben, als die vierte Exfrau von Norbert Kraus werden.«

Nach dem leichten Erfolg von Darmstadt verübte Helenas Gruppe noch mehrere Banküberfälle, die jedesmal mehr einbrachten als der erste.

Im Herbst kamen überraschend Ulrike Meinhof, Andreas Baader, Gudrun Ensslin, Horst Mahler und die anderen aus dem Nahen Osten in die Bundesrepublik zurück. Nach einigen Monaten in Berlin, in denen sie mehrere Banken überfielen und einige Mitglieder der Bande festgenommen wurden, tauchten sie in Frankfurt auf.

Helena setzte große Hoffnungen in dieses Wiedersehen, wurde aber schnell enttäuscht. Die Mitglieder der Berliner Gruppe sprachen viel über die Taktik der Stadtguerilla, unternahmen aber wenig, ihre vielgerühmte Revolution in Angriff zu nehmen. Ein Großteil ihrer Zeit schien für Streitgespräche und die Regelung ihrer komplizierten persönlichen Beziehungen draufzugehen. Weil sie immer noch gesucht wurden, trugen sie falsche Namen, hatten gefälschte Papiere und verkleideten sich. Aus Bemerkungen, die fielen, wurde klar, daß sie in Berlin verraten worden waren, wahrscheinlich von jemand aus den eigenen Reihen.

Helena befürchtete, daß sie bald alle die Polizei auf dem Hals haben würden. Matthias spottete offen über die »Baader-Meinhof-Bande«. »Sie reden von Revolution, aber sie tun nichts.«

Marko steckte sich einen Joint an und blickte dem aufsteigenden Rauch nach. »Was soll'n wir denn tun, Mann?«

»Wir sollten mehr tun, als nur Banken ausrauben. Wir sollten das System angreifen.«

»Banküberfälle greifen das kapitalistische System an«, erklärte Marko.

»Ich weiß, was Matthias meint«, sagte Helena. »Die Banküberfälle sollen die Revolution finanzieren, sie sollen kein Selbstzweck werden.«

Nach und nach rückten sie von der Baader-Meinhof-Bande

ab und bildeten ihre eigene Splittergruppe, die sie »Bewegung Schwarzes Kommando« nannte. Sie trugen vorzugsweise schwarze Hose, schwarze Stiefel und schwarze Lederjacke.

In der Beethovenstraße wurde lange Abende darüber diskutiert, wie die Ziele des Schwarzen Kommandos erreicht werden könnten. Adolf war selten dabei. Marko sagte: »Er ist einer der unterdrückten Arbeiter, die wir befreien werden. Er versteht nicht genug, um sich selbst zu helfen.« In Wirklichkeit war es so, daß keiner von ihnen sich in Adolfs Gegenwart wohl fühlte. Zum einen war er noch sehr provinziell. Er rauchte nicht, trank nicht und nahm keine Drogen. Ihre Musik gefiel ihm auch nicht. Das einzige, wofür er sich interessierte, waren seine Familie und Autos. Aber aus irgendeinem unerklärlichen Grund identifizierte er sich mit ihrer Sache.

Meistens waren Helena, Marko, Matthias und Heinz-Georg jedoch mit Bekannten aus Frankfurt zusammen, Leuten, die nichts von den Banküberfällen wußten, aber ihre politischen Vorstellungen teilten, und, wenn sie high waren, die verrücktesten Sachen vorschlugen, die dann alle ohne weiteres machbar schienen. An solchen Abenden erwogen sie die Ermordung von Bundeskanzler Brandt oder Bundespräsident Heinemann; sie diskutierten die Entführung eines Spitzenpolitikers wie Franz-Josef Strauß, oder überlegten, wie man eine Bombe in das Hauptquartier der NATO oder der Army schmuggeln könnte.

Aber bei Tage betrachtet waren sie gezwungen, diese Gedanken als völlig undurchführbar abzutun. Die meisten wichtigen Personen waren streng abgesichert. Ein Entführter mußte irgendwo untergebracht werden. Man konnte nicht einfach in ein militärisches Hauptquartier hineinspazieren und eine Bombe ablegen. Sie brauchten Sonderausweise, Uniformen, Fluchtfahrzeuge, Funkgeräte, Waffen, Munition, Sprengstoff, Zünder . . . Vor allem aber brauchten sie Geld, und die Mittel des Schwarzen Kommandos nahmen bereits ab. Sie befanden sich in einer schwierigen Lage. »Mann, das ist viel zu mühsam«, sagte Marko.

So verlegten sie sich im Winter wieder auf Banküberfälle in weit auseinanderliegenden Städten, in München und Lübeck, Hannover und Stuttgart, Kiel und Köln. Sie wurden reich, schwammen im Geld. Adolf gab seine Werkstatt auf und widmete sich ganz dem Stehlen und Frisieren von Autos. Marko fand immer ausgefallenere Verkleidungen. Matthias überredete ihre Freunde, ihnen Schlüssel für ihre Wohnungen und Ferienhäuser zu überlassen, damit das Schwarze Kommando im ganzen Land Stützpunkte hatte.

Dann, im Frühsommer 1971, schlug das Schicksal zu. Sie überfielen eine Bank in Essen und erbeuteten nicht nur das Geld aus der Kasse, sondern auch das aus dem Safe. Helena, Marko und Matthias, die Mützen noch über dem Kopf, hatten das Gebäude bereits verlassen und sprangen in den gestohlenen BMW, mit dem Adolf am Bordstein wartete, als Heinz-Georg, der die Angestellten und Kunden in Schach gehalten hatte und als letzter aus der Bank kam, stolperte und hinfiel.

Ein Passant warf sich auf ihn und hielt ihn am Boden fest. Matthias schoß mit der Maschinenpistole wild um sich. Von überall liefen schreiend und kreischend Menschen zusammen. Ein Wagen versuchte, den BMW zu rammen, und Helena feuerte auf die Reifen, so daß er ins Schleudern geriet und mit einem entgegenkommenden Auto zusammenstieß. Adolf drückte das Gaspedal durch und raste mit quietschenden Reifen die Straße hinunter, fuhr Slalom durch den Verkehr, über rote Ampeln und Zebrastreifen.

Weit hinter sich hörten sie das Heulen von Sirenen. »Wir müssen umsteigen«, sagte Matthias. »Fahr die nächste links rein. Jetzt die nächste. Langsam.« Sie waren in einer Wohngegend in der Nähe einer Schule, wo Eltern gerade ihre Kinder abholten. Auf der anderen Straßenseite stand ein Mercedes mit laufendem Motor, die Fahrertür nur angelehnt, während eine Mutter ihre Kleinen über die Straße führte. »Halt!« rief Matthias. »Ich fahre, Marko, Adolf, nehmt die Säcke und die Pistolen.«

Blitzschnell sprang Matthias aus dem BMW in den Mercedes. Helena, Marko und Adolf warfen sich auf den Hintersitz. Dann waren sie fort, preschten an der sprachlosen Mercedes-Besitzerin vorbei Richtung Autobahn.

Sie ließen den Mercedes beim Hauptbahnhof in Köln stehen und fuhren, jeder in einem anderen Abteil, mit dem Zug nach Frankfurt.

In den Fernsehnachrichten am Abend sagte der Sprecher: »Ein Mann wurde nach dem Überfall auf eine Bank in Essen, bei der es zu einer Schießerei kam, festgenommen, die vier Mittäter entkamen in einem gestohlenen Wagen. Der Festgenommene, dessen Name die Polizei mit Heinz-Georg Lindner aus West-Berlin angibt, wurde durch das beherzte Eingreifen eines Passanten gefaßt.«

Helena drehte sich einen Joint, zündete ihn an und sog den Rauch tief ein. »Das ist die Gelegenheit, auf die wir gewartet haben«, sagte sie langsam. »Benutzen wir Heinz-Georg, um die Welt auf das Schwarze Kommando aufmerksam zu machen.«

Heinz-Georg kannte seine Rechte und wußte, daß er einen Anwalt verlangen konnte. Der einzige, den er kannte, war Dieter Duschek.

Dieter war zwar überrascht, einen Anruf von Heinz-Georg Lindner vom Polizeirevier in Essen zu erhalten, fühlte sich aber doch geschmcichelt, daß man sich an ihn erinnerte, und sagte sein Kommen zu, um den Fall zu besprechen.

Gleich beim Zusammentreffen mit seinem Klienten wünschte er, er hätte den Fall sofort abgelehnt. Als erstes fragte Heinz-Georg nach Haschisch, und als Dieter das als unmöglich zurückwies, wurde er mißgelaunt und unkooperativ; er weigerte sich strikt, seine Komplizen zu nennen. Als Adresse gab er einen Westberliner Wohnblock an, der seit längerem abgerissen war, und bezeichnete sich selbst als Student, obwohl er den Unterlagen zufolge vor drei Jahren von der Universität abgegangen war. Die Polizei spürte schließlich Heinz-Georgs Mutter auf, aber sie hatte nach eigenen Angaben seit Jahren keinen Kontakt mehr mit ihrem Sohn gehabt.

Dieter wollte Lindner schon raten, sich einen anderen Anwalt zu suchen, als er mit der Post ein fotokopiertes, maschinengeschriebenes Blatt bekam, das sich »Manifest des Schwarzen Kommandos« nannte. Es war eine Liste mit politischen Forderungen, die Dieter zum Teil unterstützte, wie die Abschaffung der Atomwaffen und Atomkraftwerke, der Rückzug der amerikanischen Truppen aus Vietnam und die Anerkennung der DDR; einige andere waren ausgesprochener Blödsinn, etwa den Parlamentarismus in der Bundesrepublik durch eine Diktatur des Proletariats zu ersetzen. Seine besondere Aufmerksamkeit weckte jedoch die deutlich hervorgehobene Botschaft unten auf der Seite, die lautete: HEINZ-GEORG LINDNER IST UNSCHULDIG!

Als er Stefan anrief, erfuhr er, daß *Aktuell* ein gleichlautendes Manifest erhalten hatte. Im Verlauf der nächsten Tage wurde bekannt, daß Politiker, Richter, Zeitschriften, Rundfunk- und Fernsehsender im ganzen Land ebenfalls Kopien bekommen hatten, die an verschiedenen Tagen in verschiedenen Städten abgestempelt waren.

Dieter fuhr erneut nach Essen, zeigte Lindner das sogenannte Manifest und fragte ihn nach dem Schwarzen Kommando. Heinz-Georg zuckte die Schultern. »So wie es da steht, Mann. Es ist eine revolutionäre Friedensbewegung. Wir haben die Bank geknackt, um Geld anzuschaffen.«

Als Dieter ihn fragte, warum er als Verfechter des Friedens mit einer Maschinenpistole bewaffnet gewesen sei, antwortete Lindner, er und seine Genossen seien bereit, notfalls für den Frieden zu töten.

»Und wer sind deine Genossen?« wollte Dieter wissen. »Gehören sie zur Baader-Meinhof-Gruppe?«

»Nein, Scheiße, Mann. Das sind reine Amateure.« Aber mehr zu sagen, weigerte Lindner sich standhaft.

Holger Busko, der vehement dafür eintrat, jeder habe als unschuldig zu gelten, solange er nicht schuldig gesprochen sei, überzeugte Dieter davon, daß sie den Fall übernehmen sollten. »Laß das Schwarze Kommando im Moment mal völlig beiseite«, sagte er, als er am Freitag nach seinen drei Tagen Bonn in das Büro in der Berliner Knesebeckstraße kam. »Betrachte mal nur den Tatbestand. Lindner hat an einem Banküberfall teilgenommen, selbst aber gar nichts gestohlen. Er wurde im Besitz einer Pistole festgenommen, hat aber nicht geschossen.«

»Wir können das Schwarze Kommando nicht außer acht lassen«, wandte Dieter ein. »Es würde bei dem ganzen Fall zum zentralen Thema werden.«

»Nein. Lindner ist wegen Raubes angeklagt, nicht wegen Zugehörigkeit zu einer kriminellen Vereinigung. Seine Beweggründe für das Verbrechen sind nur von Belang, wenn sie für den Nachweis mildernder Umstände in Frage kommen, wie das im Strafrecht zum Beispiel auch im Falle verminderter Zurechnungsfähigkeit gilt.«

»Dieser Nachsatz beunruhigt mich. Da steckt eine Drohung drin. Wir können unser Bestes tun, um ihm einen fairen Prozeß zu garantieren, aber wir können nicht das Recht beugen. Lindner ist schuldig, wenn nicht wegen bewaffnetem Raub, dann wegen Beihilfe. Und wenn das Urteil gefällt wird, was macht das Schwarze Kommando dann? Ich denke, die wollen das Recht in die eigene Hand nehmen.«

Holger schüttelte den Kopf. »Dieter, laß dir raten, konzentriere dich auf den eigentlichen Fall.«

Doch als Dieter gegangen war, sinnierte Holger weiter über

ihr Gespräch, und ganz unvermittelt tauchte aus dem hintersten Winkel seines Gedächtnisses ein Bild von Matthias Scheer auf, wie er hier im Büro gestanden hatte nach der Entlassung aus dem Polizeigewahrsam nach den Unruhen anläßlich des Schahbesuchs in Berlin, an dem Tag, als Benno Ohnesorg erschossen worden war. Er konnte sich fast noch wörtlich an Matthias' Tirade gegen seinen Großvater und sein Eingeständnis erinnern, daß es bei den Friedensdemonstrationen Augenblicke gegeben habe, in denen er am liebsten mit einer Pistole in die Menge gefeuert hätte.

Und er hatte auch noch Helena Kraus' Worte im Ohr: »Wenn die Schweine auf uns schießen, schießen wir zurück. Die Tage des gewaltfreien Widerstands sind vorbei!«

Und Lindner hatte Dieter gesagt: »Wir sind bereit, notfalls für den Frieden zu töten.«

Es konnte Zufall sein. Doch alle drei waren zur gleichen Zeit in Berlin gewesen. Es war möglich, daß sie Verbindung zueinander gehabt hatten.

Holger erzählte jedoch niemandem etwas von seinem Verdacht. Er konnte nichts beweisen. Es war eine reine Vermutung.

Im Sommer 1971 war Kris auf dem Höhepunkt seiner Rennkarriere. Es war »seine Zeit« gewesen, und er hatte Rennen auf Rennen gewonnen. Die Fachpresse prophezeite ihm den baldigen Sprung in die Formel 1. Mit seiner neuen Freundin Juliette Marvaux, einer temperamentvollen Sängerin, fuhr er in einem neuen Lotus Elite nach Monaco.

Das Training in Monaco lief jedoch nicht nach Plan. Kris fuhr nur die zweitschnellste Zeit hinter seinem schärfsten Konkurrenten, Tomi Pedersen in einem Cooper. Als er an die Boxen kam, schimpfte er mit den Mechanikern Egon und Rolf. »Der Motor bringt nicht die volle Leistung. Ich bin in den Kurven und Schikanen schneller als Tomi, aber nicht so schnell auf den Geraden. Bringt das verdammte Ding auf Vordermann.«

Egon sah ihm nach, wie er, den Arm um Juliettes Taille, davonging. »Vielleicht solltest du mal fahren lernen«, murmelte er. Dann wandte er sich dem Lotus zu. »Die Einstellung möchte ich nicht ändern«, sagte er zu Rolf. »Wir könnten es mit einer neuen Benzinpumpe versuchen. Vielleicht ist der Druck eine Idee zu niedrig.«

Eine Stunde später, als die Benzinpumpe ausgewechselt war, warf er einen Blick auf die Uhr und sagte zu Rolf: »Es ist gerade noch Zeit für ein paar Runden, bevor die Strecke gesperrt wird.« Er wandte sich an einen der jüngeren Mechaniker. »Schau mal, wo Kris ist. Versuch's zuerst an der Bar.«

Aber Kris war nirgendwo zu sehen. »Bumst wahrscheinlich wieder«, knurrte Egon wütend. »Ich bring' ihn noch mal um.«

Egon sah Kris erst am nächsten Morgen beim Frühstück wieder. »Wo, zum Teufel, bist du gewesen?« fauchte er.

»In den Bergen. Juliette . . .«

»Dieses Flittchen. Wir haben nach deinem Training gestern noch die Benzinpumpe ausgewechselt. Und dann warst du nicht da, um den Wagen zu testen!«

Kris wußte, daß Egon recht hatte, aber er wollte es nicht zugeben. Als sie gestern die Boxen verlassen hatten, bat Juliette ihn inständig, mit ihr in die Berge zu fahren, wo sie ihm eröffnete, sie sei schwanger, er sei der Vater und müsse sie heiraten. Als er das abgelehnt hatte, hatte sie seinen Wagen genommen und war davongefahren. Er hatte kilometerweit laufen müssen, bis ein Bauer sich schließlich seiner erbarmt und ihn hinten auf seinem Gefährt mitgenommen hatte.

Der Tag begann schlecht. Kris startete aus der zweiten Position, erwischte aber einen schlechten Start und lag nach der ersten Runde auf Platz fünf.

Egon an den Boxen war blaß und angespannt. »Was ist bloß in ihn gefahren?« sagte er kopfschüttelnd.

Als ob Kris ihn gehört hätte, legte er zu und hatte ein paar Runden später die drei Wagen zwischen sich und Tomi Pedersen überholt, dem er jetzt am Hinterrad klebte.

»Er überdreht. Er macht den Motor hin!« tobte Egon und gab Kris hektisch Zeichen. Aber falls Kris ihn sah, achtete er nicht auf ihn.

Kris verlor nur selten die Beherrschung, aber Juliettes Szene, die Entwendung seines Wagens, Egons Rüffel und jetzt Pedersen, das war zuviel. In der zehnten Runde erkannte und ergriff er die Gelegenheit, den Schweden zu überholen. Ihre Räder berührten sich, und nur Glück und fahrerisches Können verhinderten, daß Pedersen von der Bahn flog. Als Führender griff Kris jetzt zu allen Tricks, um Pedersen nicht vorbeizulassen.

»Was, zum Teufel, macht der nur?« murmelte Egon, als Kris mit seinem Lotus an den Boxen vorbeiröhrte, Pedersen so dicht dahinter, daß sich die beiden Wagen fast berührten. Der kleinste Fehler, und beide würden sich das Genick brechen.

Ein Rennkommissar kam zu Egon geeilt. »Monsieur Weber, Sie sollten wissen, daß die Rennkommission erwägt, Ihrem Fahrer wegen gefährlichen Fahrens die schwarze Flagge zu zeigen.«

Egon atmete tief durch. »Pedersen fährt gefährlich. Er fährt zu dicht auf.«

»Ihr Fahrer hat überholt.«

Kris konnte sich heute nicht hundertprozentig auf das Fahren konzentrieren. Beim Übergang von der schnellen Geraden in die langsame Haarnadelkurve am Gaswerk schaltete er zu spät – und Pedersen zog vorbei. Kris knirschte mit den Zähnen und trat das Gaspedal durch. Er mußte das Rennen gewinnen!

Bei Tempo 225 km/h schob er sich, den Motor überdrehend, neben Pedersen. Kopf an Kopf rasten sie nebeneinander her, und keiner von ihnen war bereit nachzugeben. Die Kurve kam näher. Mit qualmenden Bremsen drosselten sie das Tempo, dann, direkt nach dem Markierungszeichen, siegte Pedersens Vernunft, und er ließ den Lotus vor. Aber zu spät. Er selbst war noch viel zu schnell und prallte nach mehreren Drehern in die Strohballen.

Gott allein wußte wie, aber Kris schaffte die Kurve. Doch als er den Fuß von der Bremse nahm, um wieder Gas zu geben, blockierten die überhitzten Bremsen, und der Lotus schoß geradeaus in die Strohballen und das Armco-Hindernis, dann überschlug er sich zweimal, bevor er auf den Rädern zum Stehen kam. Als die Streckenposten zum Wagen rannten, schoß eine Stichflamme aus dem Hinterteil.

Ein Krankenwagen brachte Kris ins Krankenhaus. Er hatte schwerste Verbrennungen erlitten, und beide Beine, das Schlüsselbein und zwei Rippen waren gebrochen. Kris selbst wußte jedoch von alldem nichts: nichts von den Stunden im Operationssaal, von den Presseleuten, die das Krankenhaus belagerten, nichts davon, daß Tomi Pedersen das Rennen beendet und ins Ziel geschlichen war, daß man ihm selbst die schwarze Flagge gezeigt hatte und daß die Rennkommission beriet, ihn von weiteren Rennen auszuschließen. Die Röntgenbilder zeigten zwar, daß er wie durch ein Wunder keinen Schädelbruch erlitten hatte, aber dennoch kam er nach dem Unfall nicht wieder zu Bewußtsein.

Es war an Egon, Kris' Familie zu benachrichtigen. Er rief zuerst Norbert an, aber es bedurfte mehrerer Anrufe in München, Hamburg, Berlin, Zürich und schließlich Lugano, bis er ihn erreichte. Dann informierte Egon Reinhild, die einen Nervenzusammenbruch erlitt.

Norbert war zuerst da und wurde augenblicklich ganz klein, als er Kris im Bett liegen sah, mit vergipsten Beinen, die Rippen mit einem Heftpflasterverband versehen, den Kopf bandagiert und an verschiedene Schläuche angeschlossen. Er bemühte sich, sein Entsetzen zu verbergen, setzte sich und versuchte, ganz normal mit seinem Sohn zu sprechen, wie der Arzt ihn gebeten hatte. Aber es fiel ihm schwer, mit jemandem zu sprechen, zu dem er keinen Kontakt mehr hatte und der nicht einmal mit einem Wimperzucken oder Händedruck reagierte.

Reinhild traf kurze Zeit später ein. Sie betrat das Zimmer, warf einen Blick auf Kris, stieß einen Schrei aus und wurde von einer Schwester eiligst wieder hinausgeführt. Als sie zurückkam, hielt sie Norbert vor: »Wann machst du mal was Vernünftiges? Es ist allein deine Schuld, daß er in diesem Zustand ist. Ich habe mich bemüht, ihn großzuziehen, aber du bist mir in den Rücken gefallen. Du hast ihm den ersten Wagen gekauft. Du hast ihn immer in seinen verrückten Ideen bekräftigt. Ohne dich wäre er jetzt nicht hier.«

Der Arzt erkannte schnell, daß die Anwesenheit der Eltern die Genesung des Patienten eher behindern als fördern würde, und empfahl ihnen, wieder nach Hause zu fahren. Er versprach ihnen, sie sofort zu unterrichten, wenn sich der Zustand ihres Sohnes ändern würde.

Woche für Woche harrte Egon am Bett von Kris aus und verließ das Krankenhaus nur zum Schlafen in einer nahen Pension. Er erinnerte sich seiner Worte am Tag vor dem Rennen: *Ich bring' ihn noch mal um.* Er hatte es nicht so gemeint. Er hatte Kris nach und nach in sein Herz geschlossen, so verzogen und großspurig der Bursche auch war. Im Lauf der Jahre hatte er in ihm fast so etwas wie einen Sohn gesehen. Kris war der einzige wirklich begabte deutsche Rennfahrer weit und breit, und er hatte das Zeug zum Sieger.

Die Brandwunden verheilten allmählich. Die Brüche wuchsen langsam zusammen. Jeden Tag sprach Egon laut mit ihm. »Nun komm schon, Junge«, drängte er. »Wir müssen sehen, daß du deine Muskeln wieder trainieren kannst. Du bringst es im Rennen nicht, wenn du deine Arme und Beine nicht gebrauchen kannst.«

Dann plötzlich, eines Tages, als Egon die Hoffnung fast schon aufgegeben hatte, daß er je wieder zu Bewußtsein käme, öffnete Kris die Augen, drehte den Kopf und fragte: »Wo bin ich?«

Egon mußte mit den Tränen kämpfen, und er spürte ein Würgen in der Kehle, doch es gelang ihm zu antworten: »Im Krankenhaus, du dummer Kerl.«

Kris' Unfall und die Erkenntnis, daß Egon Erfolg gehabt hatte, wo beide Eltern versagt hatten, wirkten läuternd auf Norbert. Er war in diesem Jahr einundfünfzig geworden und blickte zum erstenmal auf sein Leben zurück, doch statt eines materiellen und finanziellen Triumphs sah er nur ein persönliches und moralisches Scheitern.

Seine Kinder waren ihm entglitten. Selbst Kleo machte deutlich, daß sie das Gefühl hatte, ihren Erfolg einzig den eigenen Anstrengungen und Dieters Unterstützung zu verdanken, nicht etwa dem väterlichen Einfluß Norberts.

Er hatte drei Ehen hinter sich und keine seiner Frauen glücklich gemacht. Seit drei Jahren umwarb er Ursula, und noch immer schien es unwahrscheinlich, daß sie ihn heiraten würde.

Mit einem ganz ungewohnten Gefühl der Reue fragte er sich, wo sein Leben in die falsche Bahn geraten war.

Ursula ließ ihm Zeit, seine verwirrten Gedanken zu ordnen. Sie hoffte, er würde selbst herausfinden, wo er den falschen Weg eingeschlagen hatte.

»Egon Weber hat Kris in seiner Karriere Mut gemacht. Wochenlang hat er im Krankenhaus an seinem Bett gesessen«, sagte Norbert. »Zeit, das ist es, was er Kris geschenkt hat, während ich ihm nichts als Geld gegeben habe. Ich war immer so darauf bedacht, mein eigenes Leben zu leben, daß ich es nicht fertigbrachte, meinen Kindern von meiner Zeit zu schenken. Ich habe versucht, mir ihre Zuneigung mit Geld zu sichern.

Geld war mir nie wichtig, jedenfalls nicht so wie bei Werner. Wenn Werner für Scheidungsregelungen hätte aufkommen und die Rechnung für die Fehler seiner Kinder bezahlen müssen, hätte er auf der Stelle eine kritische Selbstanalyse vorgenommen. Aber es war ja so einfach, einen Scheck auszustellen. Das war, glaube ich, das schlimmste, was ich tun konnte, oder?«

Er stöhnte auf. »Ich kann die Vergangenheit nicht zurückholen. Ich kann all die Fehler, die ich gemacht habe, nicht rückgängig machen. Ich kann höchstens versuchen, die gleichen Fehler nicht noch einmal zu begehen.«

Ursula wagte nicht, etwas zu sagen.

»Ich habe mich unter anderem deshalb dazu entschlossen, Landgut zu verkaufen.«

»Du kannst doch Landgut nicht verkaufen!« Die Worte waren ihr unwillkürlich entschlüpft.

»Warum nicht? Wenn ich ehrlich bin, ist die Firma für mich schon lange nur noch eine Geldquelle. Als ich das Geschäft aufgebaut habe, war es eine Herausforderung. Aber als ich erreicht hatte, was ich wollte, hat es mich gelangweilt und wäre wahrscheinlich vor die Hunde gegangen, wenn du nicht gewesen wärst, Ursula. Dank dir und Erwin bin ich jetzt in einer sehr guten Verkaufsposition.«

»Aber was willst du dann machen?«

»Meine ganze Kraft der Villa Salvatore widmen, die noch zu haben ist. Und, so hoffe ich, oft und viel mit dir zusammensein.«

Ursula blickte auf ihre Fingernägel, dann zu ihm auf. »Wieso glaubst du, daß ich so anders als irgend etwas oder jemand in deiner Vergangenheit bin, daß du mich nicht leid wirst?«

Die Spur eines Lächelns erschien auf Norberts Lippen. »Weil du das Unerreichbare in meinem Leben bist. Du hast bewiesen, daß ich dich weder gewinnen noch kaufen kann. Du bist das, was ich mir am meisten wünsche und doch nie besitzen werde. Ich liebe dich, Ursula, und möchte dich glücklich machen.«

»Ich liebe dich auch.«

»Willst du mich heiraten?«

Nach einer langen Pause sagte sie: »Ja, Norbert.«

Bei ihrem nächsten Besuch in Berlin luden Norbert und Ursula Kleo und Dieter ein, mit ihnen, Viktoria und Stefan im Jochum zu essen. Kleo stand kurz vor dem Abschluß und bereitete sich auf das Examen vor.

»Wie sieht's bei dir aus, Dieter?« fragte Norbert. »Halten die Verbrecherkreise dich immer noch auf Trab?«

»Dieter hat mit dem Fall Lindner zu tun«, erklärte Kleo.

»Lindner? Na, den kennen wir ja alle. Wo man auch hinkommt, haben sie an die Mauern gemalt ›Heinz-Georg Lindner ist unschuldig‹. Ist er das?«

»Jeder ist unschuldig, solange er nicht rechtskräftig verurteilt ist«, erwiderte Dieter

»Aber wenn ich mich richtig erinnere«, sagte Norbert, »gehört er irgendeiner Vereinigung an, die alles abschaffen will, aber nicht weiß, was sie an dessen Stelle setzen soll, und eine Bank in Essen überfallen hat, um an Geld zu kommen.«

Stefan lachte grimmig. »So ungefähr. Aber das Schwarze Kommando hat noch eine andere, dunkle Seite. Sie sind offenbar bereit, für den Frieden zu töten.«

Ursula schüttelte den Kopf. »Meinen die wirklich, was sie sagen?«

Ihre Teller wurden abgetragen, und der nächste Gang wurde serviert. Norbert nutzte die Pause, um das Thema zu wechseln. »Jetzt zum eigentlichen Zweck dieses Essens. Ich möchte, daß ihr es als erste erfahrt: Ursula und ich werden heiraten – und ich werde Landgut verkaufen.«

Kleo, die den zweiten Teil der Ankündigung kaum wahrgenommen hatte, sprang von ihrem Stuhl auf, lief um den Tisch und umarmte beide. »Oh, wie schön! Ich freue mich so!«

Ursulas Wangen färbten sich vor Freude. »Danke, Kleo. Ich würde verstehen, wenn du etwas gegen mich hättest.«

»Gegen dich? Es ist doch nicht deine Schuld, daß Vater bisher so dumm war! Aber ich bin froh, daß du ihn zur Vernunft gebracht hast.«

Viktoria und Stefan lachten, und Norbert räusperte sich verlegen.

Dieter schüttelte ihnen die Hand und wünschte ihnen alles Gute. Dann sagte er: »Sie wollen Landgut verkaufen, Herr Kraus? Darf ich fragen, warum?«

Norbert legte seine Gründe dar und fuhr dann fort: »Außerdem habe ich einen Käufer. Ich verkaufe die Firma an meinen Bruder.«

»An die Werner Kraus Holding?« Dieters Gesicht wurde ernst. Viktoria blickte erstaunt, und Stefans Mund wurde schmal.

Norbert lächelte schwach. »Es gab auch andere Interessenten, aber am Ende schien mir das doch die beste Lösung.« Mit wenigen Worten schilderte er die Umstände, unter denen er 1951 seinen Anteil an den Kraus-Werken gegen Werners Anteil an Landgut getauscht hatte.

»Als ich Werner höflichkeitshalber mitteilte, daß ich Landgut verkaufen wolle, hat er sofort Ihren Vater gebeten« – Norbert sah Dieter an –, »mich aufzusuchen. Joachim erklärte mir, ich hätte nicht das Recht, Landgut zu verkaufen. Er leugnete, daß es einen Tausch zwischen uns gegeben habe, und behauptete, noch immer einen fünfzigprozentigen Anteil an Landgut zu besitzen.«

»Hieße das nicht auch, daß Sie Anrecht auf die halbe Werner Kraus Holding hätten?«

»Schwer zu beweisen. Ich war kein Aktionär der Werner Kraus Holding, sondern der Kraus-Werke, die nicht mehr existieren.«

Dieter machte ein finsteres Gesicht. »Bitte, entschuldigen Sie, wenn ich das sage, aber mein Vater und Ihr Bruder sind zwei ganz miese, skrupellose Typen! Werner Kraus hat fünf Jahre im Gefängnis gesessen, weil er ein Kriegsverbrecher war. Und was ist er jetzt? Einer der reichsten Männer Deutschlands! Und wer hat ihm dabei geholfen? Mein Vater!«

»Ich stimme Ihnen zu. Aber Joachim hat mich wissen lassen,

daß mein Bruder gerichtlich gegen mich vorgehen werde, wenn ich Landgut öffentlich anbiete.«

»Wehren Sie sich«, drängte Dieter. »Wir vertreten Sie. Das wäre ein Fall, der auch Holger gefallen würde!«

»Ihnen vielleicht, aber mir nicht. Ich möchte nicht, daß meine Hochzeit von früheren Kraus-Skandalen überschattet wird. Wenn Sie die Machenschaften der Werner Kraus Holding ans Licht bringen wollen, müssen Sie einen anderen Einstieg wählen. Ich habe sehr gut von Landgut gelebt, und der Preis, dem Werner zugestimmt hat, reicht mehr als aus, damit Ursula und ich den Rest unseres Lebens ohne jede Not verbringen und Kleo, Kris und Helena auch noch etwas hinterlassen können. Das ist mein Hauptanliegen. Allerdings muß ich zugeben, daß es mich mit Genugtuung erfüllen würde, wenn Werner irgendwann seinen gerechten Lohn bekäme.«

Stefan hatte während des ganzen Gesprächs geschwiegen und alles genau registriert. Niemand am Tisch wußte es, doch es bestand durchaus die Möglichkeit, daß Norberts Hoffnung schneller in Erfüllung ging, als er dachte.

Während der Baron keiner Gelegenheit hatte widerstehen können, sich aufzuspielen, versteckte sich Werner hinter einer »Wand aus Schweigen«, wie es Stefan einmal in einem *Aktuell*-Artikel formuliert hatte. Obwohl Werner Firmen kontrollierte, die Gebrauchsartikel wie Kühlschränke, Herde, Kaffeemaschinen, Bügeleisen, Badewannen, Traktoren und Automobilzubehör herstellten, trug keines dieser Produkte seinen Namen.

Seit langem hatte Stefan den Verdacht, die Werner Kraus Holding besitze zumindest eine Firma, die weit weniger harmlose Produkte herstelle, aber bisher hatte er nichts nachweisen können. Aber das könnte sich bald ändern. Und dann würde das Glück Werner Kraus den Rücken kehren.

Die Hochzeit von Norbert und Ursula fand im November 1971 statt. Der Verkauf von Landgut war noch nicht abgeschlossen, doch die Anwälte beider Seiten kamen gut voran. Der Kauf der Villa Salvatore war vordringlicher gewesen, und das Ehepaar war bereits im Besitz seines neuen Heims.

Nach Norberts rigoroser Entscheidung, die Brücken hinter sich abzubrechen, hatte auch Ursula sich gezwungen gesehen, ihre Position in der eigenen Firma zu überdenken. Der Gedanke, auf jegliche Beteiligung an der Agentur zu verzichten, war ihr unerträglich. Nach eingehender Gewissensprüfung und langen Gesprächen mit ihren Kollegen war sie schließlich zu einem Kompromiß bereit. Ihre Topmanager sollten in den nächsten fünf Jahren ihre Firmenanteile übernehmen, und sie würde Präsidentin bleiben.

Nachdem sie sich zu dieser Entscheidung durchgerungen hatte, empfand sie statt Trauer seltsamerweise ein Gefühl der Erleichterung, als ob ihr eine Last von den Schultern genommen worden wäre. Erst da merkte sie, wie schwer die Verantwortung in all den Jahren seit Leos Tod auf ihr gelastet hatte.

Sie folgte dem Beispiel Norberts, der sein Haus in München verkaufte, und gab gleichfalls ihre Wohnung auf.

Die Hochzeit fand in Lugano statt. Viktoria, Kleo, Dieter und auch Kris nahmen daran teil, der sich, endlich aus dem Krankenhaus entlassen, von seinem Unfall recht gut erholt zu haben schien.

Norbert war nicht der einzige, der durch den Unfall geläutert worden war. Kris räumte selbst ein, daß er ein Schwachkopf gewesen sei, so riskant zu fahren, und hatte sich bei Egon Weber und Tomi Pedersen entschuldigt. Die Rennkommission hatte sich angesichts der Umstände entschlossen, ihm eine letzte Chance zu geben. Überraschend bescheiden sagte Kris: »Ich habe erkannt, daß es nicht nur ums Gewinnen geht, sondern darum, wie man gewinnt.«

So sehr Kris sich gewandelt haben mochte, den etwas frechen Humor, den er von seinem Vater geerbt hatte, hatte er nicht verloren. Als sie nach der Trauung in einem Restaurant am See saßen, sagte er: »Ich war auch auf allen anderen Hochzeiten dabei, sogar bei der, die stattfand, bevor ich geboren wurde, und da habe ich mir gedacht, daß ich auch zu der hier kommen könnte.«

Norbert lachte. »Mach das Beste draus. Es gibt nämlich keine mehr.«

»Ich hoffe sehr. Du mußt auch noch ein paar Frauen für uns lassen.«

Ursula nahm ihm den Scherz nicht übel und konterte mit einer eigenen Parade. »Hast du denn vor zu heiraten, Kris?«

»Nicht so, wie Vater es gemacht hat.«

»Ich glaube nicht, daß allzu viele ihn haben wollen«, meinte Norbert. »Er entspricht doch kaum dem Bild des tollen Rennfahrers, oder?«

»Keine Angst, nächste Saison fahre ich wieder Rennen.«

»Ich komme gerne und sehe zu«, versprach Ursula.

»Im Gegensatz zu Kris wollen Dieter und ich uns jedoch ein Beispiel an dir nehmen«, sagte Kleo, stolz einen Verlobungsring präsentierend.

Erneut wurden Küsse getauscht, Trinksprüche ausgebracht. »Wir wollen im Frühjahr heiraten, wenn ich mein Examen habe«, sagte Kleo. »Wir wollen uns kirchlich trauen lassen und möchten gern im Jochum feiern.«

Viktoria strahlte, und Norbert sagte: »Glückwunsch euch beiden. Ihr verdient es, glücklich zu werden.«

Viktoria verbrachte ein verlängertes Wochenende in Lugano und nutzte dann die Gelegenheit, da sie schon einmal im Süden war, auf dem Rückweg in München Station zu machen und nach den Fortschritten des Prinz Luitpold zu sehen. Sie hatte sich bei diesem Projekt bewußt zurückgehalten, weil sie es für klüger hielt, sich nicht in Lilis offensichtliche Domäne einzumischen. Das Hotel war fast fertig und würde, wie geplant, im Dezember feierlich eröffnet werden.

Die Verwandlung, die Lili bewirkt hatte, übertraf alle Erwartungen Viktorias. Mehr als alle anderen Jochum-Hotels hatte es den Stil des alten Quadriga, so daß Viktoria bei ihrem Rundgang das Gefühl hatte, einen Schritt zurück in die Vergangenheit zu tun. Eduard und Senta, denen Viktoria auf Brunos Anraten die Leitung des Hotels übertragen wollte, meinten ebenfalls, es würde der Juwel in der Jochum-Krone werden.

Auch Lili hatte sich in den letzten Jahren gewandelt. Es war seltsam, dachte Viktoria, welche Wirkung ein seelenloses Gebäude auf einen Menschen haben konnte. Ihr ganzes Leben hatte sie selbst sich weit mehr mit ihren Hotels als mit Menschen identifiziert und ihr Vertrauen in sie gesetzt. War das Glück, das Lili ausstrahlte, ganz einfach nur die Folge einer glücklichen Ehe mit einem attraktiven, liebevollen Mann? Oder kam es nicht doch aus einem Gefühl innerer Erfüllung, etwas Eigenes geschaffen zu haben und ihre Ideen reifen zu sehen?

Was immer der Grund war, Lili war an dem Tag sehr warmherzig und liebevoll, und das Gefühl von Harmonie und Zufriedenheit, das Viktoria aus Lugano mitgebracht hatte, hielt den kurzen Aufenthalt über an.

Während ihrer Arbeit am Hotel teilte Lili sich die Zeit zwischen Burg Eschenbach und München auf und blieb in einem Appartement der Eschenbachs, wo Bruno so oft wie möglich bei ihr war.

An diesem Dienstagabend kam Bruno zeitig zum Essen aus Frankfurt, einem kleinen Abendessen mit etwas Räucherlachs, dunklem Brot, Salat und einer Flasche Weißwein.

Anschließend begaben sie sich in das Wohnzimmer. Lili saß auf der Couch, den Kopf an Brunos Schulter, und Viktoria erzählte von der Hochzeit. »Das von Ursula hört sich gut an«, lachte Lili. »Sie wird sich von Norbert keine Mätzchen bieten lassen. Ich freue mich, daß er endlich sein Glück gefunden hat. Es ist schön, wenn am Ende alles gut ausgeht.«

»Du bist ja richtig romantisch«, neckte Bruno sie. »Ich glaube, du hast als kleines Mädchen gern Märchen gelesen, weil da am Ende alle glücklich und zufrieden lebten.«

»Ich mag sie auch jetzt als großes Mädchen noch.« Sie bog den Kopf zu ihm zurück, und er beugte sich vor und küßte sie. »Bei uns ist es doch auch wie im Märchen, oder nicht? Ich war das Aschenputtel und du der Märchenprinz.«

»Ja, ich glaube, wir haben uns auf einem Ball kennengelernt.«

»Weißt du, daß wir schon über sieben Jahre verheiratet sind, Tante Vicki? Es scheint fast nicht möglich, oder?«

Es war ein Abend, der Viktoria bis an ihr Lebensende im Gedächtnis bleiben würde, einer jener wenigen glücklichen Momente, wo alles auf der Welt seine Richtigkeit zu haben schien.

22

Trotz Dieter Duscheks engagiertem Plädoyer, das Gericht möge Nachsicht üben, wurde Heinz-Georg Lindner des bewaffneten Raubes für schuldig befunden und zu sechs Jahren Haft verurteilt.

In Frankfurt bereitete sich das Schwarze Kommando auf Vergeltungsaktionen vor.

Monatelang hatten sie darüber diskutiert, was sie in diesem Fall tun sollten. Helena wollte an ihrem ursprünglichen Plan festhalten, einen Spitzenpolitiker zu entführen, nur daß man jetzt kein Lösegeld, sondern die Freilassung von Heinz-Georg fordern würde. Doch das Vorhaben war mit zu vielen Schwierigkeiten behaftet. So fragte Marko: »Was ist, wenn kein Mensch den zurückhaben will? Dann haben wir ihn am Hals.«

»Ich meine, der beste Weg, damit alle uns ernst nehmen, wäre, den Typ umzulegen«, erklärte Matthias. »Dann wissen sie, daß wir uns nicht verarschen lassen.«

»Muß es unbedingt ein Politiker sein?« fragte Marko.

»Wen schlägst du vor?«

Marko lag auf der Couch, einen Joint in der einen Hand, die Zeitung in der anderen baumelnd. »Wie wär's mit deinem Onkel Werner? Den kennen doch alle.«

»Du hast wohl 'n Vogel«, sagte Matthias. »Es wäre leichter, Brandt zu schnappen als ihn. Ich bin vor kurzem an der Kraus-Villa vorbeigekommen. Wie in Fort Knox. Überall Wachen. Und in seinem Büro das gleiche.«

»Und Bruno Graf von der Eschenbach? Hier steht was über ihn. ». . . gibt im Dezember ein Fest zur Eröffnung des Prinz-Luitpold-Hotels in München.« Bla-bla-bla. ›Der Umbau soll mehrere Millionen gekostet haben, doch für jemanden in der Lage Bruno von der Eschenbachs, einen DM-Milliardär, auf dem Bild unten mit . . . ‹ Mensch! Kuckt euch den Ferrari an! Das muß man dem Typ lassen. Er hat wenigstens Stil.«

Adolf schaute Marko über die Schulter auf das Foto. »Ach, dem gehört der! Den hab' ich schon oft in der Zeil gesehen.«

»Warum nicht?« sagte Helena langsam. »Eschenbach verkörpert die verabscheuungswürdigsten Seiten der kapitalistischen Gesellschaft. Und im Krieg war er ein General oder irgendein hoher Offizier. Bestimmt mit der SS in Verbindung. Sein Geld hat er wahrscheinlich von Hitler.«

Adolfs Augen verengten sich.

»Der ist so gut wie jeder andere«, stimmte Matthias zu. »Weißt du, wo er den Wagen parkt, Adolf?«

»Dürfte nicht schwer sein, das rauszufinden.«

»Dann bringen wir eine kleine Bombe an. Die kann uns der Doktor besorgen. Adolf kann sie montieren. Und wenn Eschenbach startet – peng!«

»Du willst den Wagen sprengen?« fragte Marko ehrlich entsetzt. »Können wir Eschenbach nicht einfach erschießen und den Ferrari klauen?«

Es war ein feuchter, diesiger Dienstagmorgen Mitte Dezember, und wie immer, wenn das Wetter schlecht war, floß der Verkehr äußerst zäh. Eine Stunde später als üblich erreichte Bruno schließlich das Frankfurter Stadtzentrum und bog endlich in die Einfahrt zum Parkhaus. Der Parkwächter, ein junger Italiener namens Giuseppe, der den Ferrari jedesmal verzückt bewunderte, kam aus seinem kleinen Büro, hob die Schranke und grüßte freundlich: »Guten Morgen, Herr Graf.«

»Ein ziemlich scheußlicher, wenn Sie mich fragen«, erwiderte Bruno fröhlicher, als ihm zumute war.

»Möchten der Herr Graf, daß ich den Wagen wasche, wenn ich heute nachmittag freihabe?«

Es war eigentlich nicht nötig. Auf der Fahrt nach München heute abend würde er bestimmt wieder dreckig werden. Aber Giuseppe war ein netter, gewissenhafter Junge.

»Wenn der Herr Graf mir die Schlüssel gibt, mache ich auch innen sauber«, sagte Giuseppe eifrig.

»Also gut. Komm nachher hoch und hol sie dir von Fräulein Hanstein ab.« Dann hob Bruno den Finger. »Aber nicht fahren. *Capito*?«

Der junge Italiener machte ein erschrockenes Gesicht. »Natürlich nicht, Herr Graf.«

Giuseppe blickte dem Ferrari nach, der die Rampe hoch in den fünften Stock fuhr, und träumte von dem Tag, an dem der Graf zu ihm sagen würde: »Mein Chauffeur verläßt mich. Möchtest du seine Stelle haben, Giuseppe?«

Er träumte immer noch, als das Telefon klingelte, und eine weibliche Stimme sagte: »Hier ist das Büro von Bruno Graf von der Eschenbach, Fräulein Hanstein am Apparat.«

Fräulein Hanstein war die Privatsekretärin des Grafen, eine sehr tüchtige Dame mittleren Alters, vor der Giuseppe insgeheim ziemlich viel Respekt hatte.

»Um elf Uhr kommt ein Mechaniker, um nach einem elektrischen Defekt am Wagen des Herrn Grafen zu schauen. Er heißt

Johann Schmidt. Sie brauchen ihm nur zu sagen, wo der Wagen steht. Verstanden?«

»Ja, Fräulein Hanstein, ich verstehe.«

In dem kleinen Büro in Adolf Feldmanns Werkstatt legte Helena triumphierend den Hörer auf. Es war kein Problem gewesen, Fräulein Hansteins Namen an der Tafel im Eschenbach-Gebäude zu finden, schon eher, sich dem Parkwächter gegenüber als die Sekretärin des Grafen auszugeben. »Es ist, glaub' ich, ein Ausländer. Auf jeden Fall hat er mich für sie gehalten.«

»Solange er nicht mit zum Wagen kommt«, murmelte Adolf.

»Das wird er nicht«, beruhigte Matthias ihn.

»Vielleicht ruft er im Büro von Eschenbach an und sagt, daß ich da bin.«

»Ach, hör auf zu spinnen und zieh dich an«, fuhr Helena ihn ungeduldig an.

Mit zitternden Fingern steckte Adolf sich eine Zigarette an und ging aus dem Büro, um sich zu verkleiden.

»Er scheißt sich vor Angst in die Hose«, stellte Marko fest.

»Lampenfieber«, erklärte Matthias aus Erfahrung. »Sobald die Sache läuft, ist alles o. k.« Er faßte in einen Matchbeutel, holte etwas heraus, das wie ein Klumpen graue Knetmasse aussah, warf es in die Luft und fing es grinsend wieder auf.

»Das ist doch nicht etwa die Bombe, oder?« fragte Marko ängstlich.

»Natürlich ist sie das. Aber keine Angst, Kleiner. Die kann nicht von allein hochgehen.«

»Bist du sicher, daß Adolf weiß, wie er sie anbringen muß?« wollte Helena wissen.

»Klar. Das ist kinderleicht.«

Als Adolf zurückkam, sah er völlig anders aus. Alle hatten sie zu seiner Verkleidung beigetragen. Da sie nicht an Ferrari-Overalls herangekommen waren, hatte Matthias vorgeschlagen, neue weite Jeans zu nehmen und sie mit etwas Öl anzuschmieren.

Marko hatte Ferrari-Aufnäher besorgt, die Helena sorgfältig auf einen Anorak und eine Baseballmütze genäht hatte; außerdem waren auf Adolfs neuem Werkzeugkasten überall Aufkleber. Adolf selbst trug einen Schnauzbart, und Helena hatte ihm eine schulterlange Perücke und eine große Sonnenbrille mit Metallgestell gekauft.

Adolf schien inzwischen etwas zuversichtlicher zu sein. »Selbst meine Frau würde mich so nicht erkennen«, sagte er. Aber er hatte immer noch Angst. Autos klauen, die Truppe herumfahren und Banken ausrauben war eine Sache. Wenn, wie sie ihm erzählt hatten, Bruno von der Eschenbach nicht ein ehemaliger Nazi gewesen wäre, in der SS und vielleicht sogar ein Kumpan seines Vaters, hätte er sich geweigert mitzumachen.

Tatsächlich ging alles wie am Schnürchen. Adolf fuhr zu dem Parkhaus mit dem weißen Lieferwagen, den er vor einer Woche gestohlen, in der Zwischenzeit ausgeräumt, umgebaut, mit anderen Nummernschildern und einem neuen Schriftzug versehen hatte: Johann Schmidt, Reparaturen – Ferrari, Maserati, Alfa Romeo.

Bemüht, das Zittern der Hände zu meistern, zeigte er dem Parkwächter seinen Ausweis und fuhr, wie angewiesen, zum fünften Stock, wo er den Ferrari abseits der übrigen Fahrzeuge geparkt fand. Er setzte den Lieferwagen rückwärts neben den Ferrari, ließ die Fahrertür angelehnt und den Zündschlüssel stekken, falls er sich aus dem Staub machen mußte. Dann öffnete er Türen, Motorhaube und Kofferraum des Wagens und prüfte einen Augenblick die Kabel, als suchte er tatsächlich nach einem elektrischen Defekt. Das Parkdeck lag wie ausgestorben da. Kein Schritt war zu hören.

Nachdem er den Teppich im Kofferraum entfernt hatte, drückte er den Plastiksprengstoff an den Benzintank des Ferraris und bohrte dann mit dem Finger ein Loch hinein. Er holte den Zünder aus der Styroporpackung, setzte ihn in das Loch, das er gebohrt hatte, und drückte den Plastiksprengstoff rings um den

Zünder fest, so daß nur noch das Ende herausschaute. Dann brachte er zwei kurze Kabel am Zünder an, und die Arbeit war getan. Sobald die Bremse betätigt wurde, würde die Bombe hochgehen.

Zum Schluß legte er den Teppich an seinen alten Platz, damit Eschenbach nichts bemerkte, wenn er am Abend seine Aktentasche in den Kofferraum legte. Dann schlug er den Kofferraum zu, verstaute sein Werkzeug im Lieferwagen und machte, daß er aus dem Parkhaus kam.

Der Parkwächter grüßte, als Adolf rausfuhr, doch Adolf reagierte nicht. Er zitterte am ganzen Körper. Als er auf der Straße war, blickte er auf die Uhr. Die ganze Sache hatte fünfundzwanzig Minuten gedauert.

Am frühen Nachmittag desselben Tages warf ein Motorradfahrer in schwarzer Ledermontur und Helm, der sein Gesicht verdeckte, zwei Briefe ein, die an die *Frankfurter Allgemeine Zeitung* und die *Frankfurter Rundschau* adressiert waren. Auf Maschine und in Großbuchstaben geschrieben, lauteten sie: »DIE HEUTIGE BOMBE IST EINE WARNUNG DES SCHWARZEN KOMMANDOS. WENN HEINZ-GEORG LINDNER NICHT FREIGELASSEN WIRD, WERDEN WEITERE MITGLIEDER DER AUSBEUTERKLASSE STERBEN. WEITERE NAZIS WERDEN GETÖTET.«

Um drei Uhr hatte Giuseppe Feierabend. »Ich komme gleich noch mal wieder, um den Ferrari des Grafen zu putzen«, sagte er seiner Ablösung Hermann, einem älteren Mann, der Giuseppes Leidenschaft für Autos nicht teilte.

»Hoffentlich gibt er dir ein anständiges Trinkgeld«, brummte Hermann und schlug die Kreuzworträtselseite seiner Zeitung auf.

Fräulein Hanstein hämmerte auf ihrer Schreibmaschine, als Giuseppe das Büro betrat. »Die Schlüssel liegen da drüben«, sagte sie, auf die Ecke ihres Schreibtisches deutend. »Vergiß nicht, sie wiederzubringen.«

»Nein, Fräulein Hanstein.« Giuseppe überlegte, ob er den Mechaniker erwähnen sollte, doch in dem Moment klingelte das Telefon.

Er putzte den Ferrari mit Hingabe, polierte ihn, bis die rote Karosserie funkelte wie neu und der Chrom blinkte wie ein Spiegel, wienerte die Räder und den Innenraum und saugte Staub. Als er fertig war, konnte er nicht widerstehen, sich hinter das Lenkrad zu setzen.

Was mußte es für ein Gefühl sein, einen solchen Wagen zu fahren? Er stellte sich vor, wie er die Autostrada heim zu seinen Eltern nach Bari preschte, verfolgt von den neidischen Blicken der anderen Autofahrer, und wie die Mädchen zusammenlaufen würden.

Er steckte den Schlüssel ins Zündschloß und drehte ihn. Der Motor gab ein sattes, heiseres Röhren von sich.

Giuseppes Hand lag auf dem Schaltknüppel. Er wußte, er hatte dem Grafen versprochen, nicht zu fahren, aber was konnte schon dabei sein, einmal rückwärts aus der Parkbucht zu setzen und dann wieder hinein? Er löste die Handbremse und stieß zurück. Nach ein paar Metern trat er auf die Bremse.

Es war das letzte, was Giuseppe in seinem Leben tat. Binnen weniger Sekunden war von ihm und dem Ferrari nur noch ein kokelndes, zerfetztes Chassis inmitten eines Chaos aus Trümmern übrig.

Bruno von der Eschenbach blickte immer wieder auf das Bild der Verwüstung, auf die Polizeifotografen und Gerichtsmediziner, dann wandte er sich ab, Tränen in den Augen und die Lunge voll beißendem Rauch.

»Ich hätte ihm die Schlüssel nicht geben dürfen«, sagte er. »Ich hätte es wissen müssen. Er war ein Autonarr.«

Der Polizeikommissar tröstete ihn. »Sie brauchen sich keine Vorwürfe zu machen. Die Bombe galt nicht ihm. Es besteht kein Zweifel, daß man es auf Sie abgesehen hatte.«

»Aber warum? Was hofften sie, damit zu erreichen? Was nützt es diesem Bankräuber, wenn mein Ferrari in die Luft gejagt wird, was nützt es, mich umzubringen? Ich weiß nichts von ihm. Ich habe nichts mit ihm zu tun. Warum ich?«

»Kein besonderer Grund, denke ich, außer daß Sie eine bekannte Persönlichkeit sind.«

»Haben Sie irgendeine Ahnung, wer hinter diesem Schwarzen Kommando steckt?«

»Ich fürchte, nein. Aber wir werden sie finden.«

»Lindner kommt doch nicht frei, oder?«

»Nein, der wird seine Strafe absitzen.«

Mit schweren Schritten ging Bruno in sein Büro zurück und rief Lili in München an. Er wollte ihr die Nachricht selbst mitteilen, bevor sie irgendwelche Gerüchte hörte. Nachdem er mit ihr gesprochen hatte, bat er Fräulein Hanstein, sofort seinen Chauffeur mit dem Bentley herzubeordern, damit er nach München fahren konnte.

Als er am Abend schließlich bei Lili war, ging der Anschlag durch Rundfunk und Fernsehen, und die Meldung war auf den Titelseiten aller Abendzeitungen. Lili erwartete ihn vor der Haustür und warf sich ihm in die Arme, als er aus dem Wagen stieg. Ihr Gesicht war totenbleich, und sie zitterte.

Er legte den Arm um ihre Schultern und führte sie die Treppe hinauf. »Mir fehlt absolut nichts«, versicherte er ihr.

Aber es dauerte lange, bis Lili sich beruhigt hatte. Daß Bruno nur knapp dem Tod entronnen war, hatte in ihr schreckliche Erinnerungen an den Krieg und all die Menschen geweckt, die sie verloren hatte. Sie hatte geglaubt, endlich vor Bomben, Tod und Zerstörung sicher zu sein, doch ihre Illusionen waren an diesem Tag zerstoben. In der Nacht klammerte sie sich an Bruno und weinte, als würde ihr das Herz brechen, voller Angst, das Glück und die Geborgenheit, die sie schon für selbstverständlich gehalten hatte, würden ihr wieder genommen.

In der Wohnung in der Beethovenstraße starrten Helena, Marko, Matthias und Adolf ungläubig auf den Bildschirm. Ein Polizist sagte gerade: »Es wird angenommen, daß eine Bombe explodierte, als der Parkwächter den Wagen in Bewegung setzte. Experten untersuchen das Wrack. Ein Bekennerschreiben einer Organisation, die sich Schwarzes Kommando nennt, ist heute bei zwei Frankfurter Zeitungen eingegangen.«

Einige Augenblicke danach zeigte die Kamera das Eschenbach-Gebäude, vor dem Bruno von der Eschenbach sich einen Weg durch die Reporter und Kameraleute bahnte. Sein Gesicht war ernst, doch er wirkte gefaßt. »Meine Gedanken sind bei dem unschuldigen Opfer dieser Tragödie«, sagte er.

»Werden Sie trotzdem an der Eröffnungsfeier des Prinz Luitpold in München am Samstag teilnehmen?« fragte ein Journalist.

»Selbstverständlich. Wenn Sie mich jetzt bitte entschuldigen würden.« Eschenbach ging auf einen Wagen mit Chauffeur zu, der am Straßenrand auf ihn wartete.

»Wir könnten eine Bombe im Hotel deponieren«, schlug Marko vor.

Matthias schüttelte den Kopf. »Da kommen wir nicht ran. Da wird es von Bullen wimmeln.«

Später am selben Abend verurteilte Holger Busko im Fernsehen vehement den terroristischen Anschlag. »Ich bin unter dem Terror der Nazis aufgewachsen und vor dem Terror der stalinistischen Diktatur geflohen«, sagte er. »Ich habe den vielleicht naiven, aber trotzdem unerschütterlichen Glauben, daß es für die Staaten dieser Erde möglich ist, in Frieden und Eintracht miteinander zu leben. Ich habe für multilaterale Abrüstung gekämpft und werde es weiter tun. Aber Frieden kann nur mit friedlichen Mitteln erreicht werden. Gewalt schafft nur neue Gewalt.

In einer Warnung, die erst nach der Explosion gegeben wurde, erklären die Mörder, wenn eines ihrer Mitglieder nicht aus dem Gefängnis entlassen werde, würden weitere Angehörige der ›Ausbeuterklasse‹ und weitere ›Nazis‹ sterben. Diese Hinweise auf Graf von der Eschenbach wären lachhaft, wenn die Folgen des Anschlags des Schwarzen Kommandos nicht so tragisch wären. Bruno von der Eschenbach hat maßgeblich zum Wohlstand und zur Freiheit dieses Landes beigetragen. Er war kein Nazi, sondern ein Angehöriger des Widerstands, der versucht hat, Deutschland vor dem Naziterror zu bewahren, und deshalb viele Monate in einem Konzentrationslager gesessen hat. Jetzt wurde er erneut dem Terror im Stil der Nazis ausgesetzt.

Einer der Menschen, der mein Leben mit am stärksten beeinflußt hat, war Pastor Bernhard Scheer, auch ein couragierter Mann, der unter den Nazis unsäglich gelitten hat. Er hat mir einmal gesagt, ich solle bei allen Entscheidungen, die ich treffe, nicht an mich denken, sondern an die nächste Generation. ›Denk an meinen Enkel Matthias und die Tausende von Kindern wie ihn‹, sagte er.

Es muß hart durchgegriffen werden, um diesen neuen Terror zu stoppen, bevor er sich weiter ausbreitet, nicht nur um unsertwillen, sondern auch für die Generation, die nach uns kommt.«

»Er weiß Bescheid!« knurrte Matthias.

»Ach, quatsch doch nicht, Mann«, widersprach Marko. »Das ist ein Zufall. Er sülzt irgendwas von Frieden, und da erwähnt er deinen Großvater.«

Helena saß auf dem Boden, die Arme um die Knie geschlungen. »Das ist Propaganda, der Scheiß, den Goebbels abgesondert hat. Und Holger beschuldigt uns, Nazimethoden anzuwenden. Er beschuldigt uns des Verrats an unserer Sache, aber er ist ein weit schlimmerer Verräter. Durch sein Eintreten für Eschenbach hat er die sozialistische Sache verraten. Er ist zu den Rechten übergelaufen. So ein Scheiß!«

»Und was willst du jetzt tun?« fragte Marko. »Ihn ausschalten?«

Adolf erhob sich, das Gesicht kreidebleich. »Nein! Keine Bomben mehr! Keine Morde mehr!«

»He, was ist denn mit dir los?«

»Ist das wahr, was er gesagt hat, daß Eschenbach gar kein Nazi war? Daß er im Konzentrationslager gesessen hat?«

Marko zuckte die Schultern. »Weiß ich nicht. Wen interessiert das?«

Adolf interessierte es, sehr sogar. »Es stimmt, nicht wahr? Ihr habt mich angelogen. Ihr habt mir gesagt, er wäre in der SS gewesen.«

»Wen juckt das denn?«

»Mich«, murmelte Adolf. Er stand ein paar Sekunden da, sah sie an, verletzt und verwirrt, dann sagte er: »Ich will nichts mehr mit euch zu tun haben. Ich will aussteigen.«

»Helena, hast du das gehört? Adolf will aufhören.«

»Ja, ich hab's gehört.« Helenas Körper war wie eine Sprungfeder gespannt, bereit, jeden Augenblick vor ohnmächtiger, enttäuschter Wut loszuschnellen. Sie sprang auf und stellte sich vor Adolf hin. »Es ist deine Schuld!« schrie sie. »Du hast den Falschen erwischt! Du bist zu nichts zu gebrauchen! Hau ab!« Sie stieß ihn zur Tür und hinaus auf den Treppenabsatz. Er taumelte die Treppe hinunter, verfolgt von ihrer sich überschlagenden Stimme. »Du hast es vermasselt!«

Adolf ging an diesem Abend nicht nach Hause. Lange irrte er ziellos durch die Straßen, versuchte zu begreifen, daß er zum Mörder geworden war. Aber er konnte keinen klaren Gedanken fassen. Er wußte nur, daß er nach dem, was geschehen war, nicht weiterleben wollte.

Er ging in seine Werkstatt, in der der weiße Lieferwagen abgestellt war. Er verriegelte die Werkstattüren sorgfältig, hantierte für geraume Zeit mit einem langen Stück Schlauch an dem Kombi.

Schließlich stieg er ein, ließ den Motor an und lehnte sich in den Sitz zurück.

Gabi hatte sich an Adolfs verrückte Arbeitszeiten gewöhnt, aber die ganze Nacht war er noch nie weggeblieben, ohne ihr vorher etwas zu sagen. Als er am Morgen immer noch nicht da war, ließ sie die Kinder bei einer Nachbarin und ging zur Werkstatt. Der Motor des Lieferwagens lief nicht mehr, als sie kam, aber das Kohlenmonoxyd aus den Abgasen hatte seine Wirkung getan. Adolf hing zusammengesunken auf dem Fahrersitz – tot.

Hintereinander fuhren sie nach Berlin, Matthias auf seiner BMW, Marko und Helena im silbernen Audi. Diesmal hielt Marko sich strikt an die Geschwindigkeitsbegrenzung, und sie fielen nicht auf, als sie sich auf der Autobahn dem Grenzübergang Herleshausen-Wartha näherten. Bevor sie über die Grenze in die DDR fuhren, tankten sie voll und setzten dann ihre Fahrt fort, zwei Fahrzeuge unter den vielen in der langen Schlange, die an jenem Sonntag die beschwerliche Reise über das flache, verschneite Land antraten.

Es war Abend, als sie in Berlin ankamen. Sie fuhren direkt nach Schmargendorf, und während Matthias die Scheer-Wohnung aufschloß, holten Marko und Helena das Gepäck aus dem Kofferraum. Die beiden ersten Koffer, die sie in die Wohnung trugen, waren die wichtigsten: Im einen befanden sich große Banknoten, der andere enthielt Kleidung, doch unter einem doppelten Boden lagen zwei Maschinenpistolen, mehrere Pistolen, Munition und ein größerer Vorrat an Marihuana und LSD.

In der Kirche nebenan, wo Pastor Scheer einst mutig gegen die Nazis gepredigt hatte, feierten die Gläubigen die Abendandacht.

Am nächsten Sonntag brachte Holger Busko seine Kinder Franz und Petra zu den Schwiegereltern nach Grunewald. Normalerweise wäre Erna mitgekommen, doch sie war stark erkältet und blieb zu Hause.

Es war schon dunkel und zudem glatt, als Holger am Abend mit den Kindern zurückfuhr, und so achtete er nicht auf den Lieferwagen, der ihm folgte, und nahm auch keine Notiz von dem

Motorrad, das an ihm vorbeizog, als er nach Charlottenburg abbog. Plötzlich überholte der Lieferwagen ihn, bog in die schwach beleuchtete Straße ein, in der die Buskos wohnten und die auf beiden Seiten mit Autos vollgeparkt war. Er blieb abrupt stehen, so daß die Straße blockiert war. Holger stieg auf die Bremse.

Hinter einem geparkten Wagen kam ein Motorrad hervor, hielt neben ihm, und der Fahrer, der einen Helm trug, eine schwarze Lederjacke, schwarze Hose und schwarze Stiefel, zeigte gestikulierend auf den Lieferwagen. Holger kurbelte sein Fenster herunter.

Er hatte das ungute Gefühl, daß etwas nicht stimmte, aber es war zu spät, etwas zu unternehmen. Das Motorrad fuhr ein Stück vor, und Holger sah sich einem ähnlich vermummten Sozius gegenüber, der eine Maschinenpistole aus seiner Jacke zog und eine ohrenzerreißende, tödliche Salve in den Wagen feuerte.

Eine der ersten Kugeln tötete Holger auf der Stelle, zerschmetterte seine Stirn und drang ins Gehirn ein. Eine andere traf Franz in die Brust, eine weitere Petra in die Schulter. Sie schrien in Panik auf, doch die Geschoßmündung schwenkte gnadenlos hin und her, durchsiebte den Wagen, traf Holger und die Kinder wieder und wieder, bis das Magazin leer war. Dann ließ der Motorradfahrer die Maschine aufheulen, der Lieferwagen fuhr los, und beide Fahrzeuge verschwanden in der Nacht.

Helena kehrte mit einem ungeheuren Glücksgefühl nach Schmargendorf zurück. Diesmal hatte es keine Panne gegeben. Diesmal war der Richtige getötet worden.

Nach den intensiven Vorbereitungen der letzten Woche, in der sie Holger abwechselnd in der ganzen Stadt beschattet, einen Lieferwagen gemietet und ein falsches Nummernschild für Matthias' Motorrad besorgt hatten, waren ihre Bemühungen belohnt worden. Außerdem konnte niemand sie identifizieren. Marko, mit Brille, war ganz seriös mit Mantel, Hut und Lederschuhen aufgetreten, als er den Lieferwagen gemietet und gefahren hatte.

Er hatte eine Kaution hinterlegt und ihre alte Frankfurter Adresse angegeben. Er war Holger allein nach Grunewald gefolgt und hatte Matthias und Helena angerufen, um ihnen mitzuteilen, wo er war. In ihrer Motorradkluft waren beide nicht zu erkennen gewesen, mit Sicherheit auch nicht, daß Helena eine Frau war.

Nach der Schießerei hatte Marko den Lieferwagen vor der Autovermietung abgestellt, auf einer öffentlichen Toilette wieder Jeans und Pullover angezogen und war mit der U-Bahn nach Schmargendorf gefahren, während Matthias und Helena zu einem abgelegenen Platz am Rand des Tiergartens gefahren waren, wo sie das falsche Nummernschild des Motorrads abmontiert, in die Spree geschmissen und das richtige wieder angebracht hatten.

Wieder in der Scheer-Wohnung, wählte Marko die Nummern der Berliner Redaktionsbüros des *Tagesspiegel* und der *Welt.* Er hielt ein Taschentuch über die Sprechmuschel und verlas die kurze Mitteilung, die sie vorbereitet hatten: »Holger Busko wurde hingerichtet. Wenn die Forderungen des Schwarzen Kommandos nicht erfüllt werden, werden weitere Verräter sterben. Heinz-Georg Lindner ist unschuldig und muß freigelassen werden!«

Die Zentralheizung war voll aufgedreht, die Beleuchtung gedämpft. In einer äußerst angespannten Stimmung genehmigten sie sich einen LSD-Trip. Das Gefühl grenzenloser Macht, das Helena empfunden hatte, als sie mit der Maschinenpistole in Holger Buskos bleiches Gesicht und den halbdunklen Innenraum des Wagens gefeuert hatte, verstärkte sich auf diesem Trip.

Sie hatte das Gefühl, neben sich zu stehen, sich aber ihres Körpers ganz bewußt zu sein. Diese junge Frau, Helena genannt, die sie plötzlich sah, war nicht nur stark und vollkommen furchtlos, sondern auch schön und äußerst begehrenswert. In ihrer langen Freundschaft hatte Matthias Helena stets nur als Genossin und als zugehörig gesehen, doch jetzt war sie sich plötzlich sicher, daß er sie begehrte.

Die Stunden, die folgten, waren betörend schön. Zu dritt entdeckten sie eine neue Dimension des Lebens, eine Dimension, in der auch die letzten Hemmungen fielen. Jede Seite ihrer Körper wurde erforscht und alle Sinne so intensiv angeregt, daß es fast nicht zu ertragen war. Aber das Erlebnis schien eher geistig als sinnlich zu sein. Irgendwann, verausgabt und erschöpft, schliefen sie ein.

Als Helena erwachte, lag sie im Bett, den Kopf auf Matthias' behaarter Brust, die Beine um die von Marko geschlungen. Sie fühlte sich matt und angenehm träge. Die Enttäuschung, die sich nach dem gescheiterten Anschlag auf Bruno von der Eschenbach in ihr angestaut hatte, war verschwunden. Marko rührte sich, befreite sich aus ihrer Umklammerung, stand auf, blickte auf die nackten Körper von Helena und Matthias, rieb sich die Augen, grinste und schlurfte zur Toilette.

Helena änderte ihre Lage so, daß ihr Kopf an Matthias' Schulter lag und ihr Körper sich fest an seinen preßte. Die Bewegung störte Matthias, der ebenfalls erwachte, und er schob sie weg, rollte sich zur Seite und starrte die Wand an. Dann stand er abrupt auf und stapfte aus dem Zimmer.

Das warme, wollüstige Gefühl, mit dem Helena aufgewacht war, war mit einem Schlag weg. Sie fühlte sich ausgelaugt und deprimiert, als müßte sie jeden Augenblick in Tränen ausbrechen.

Am anderen Flurende wurde die Tür zu Matthias' Schlafzimmer geschlossen und ein paar Minuten später wieder geöffnet. Dann schlug die Wohnungstür. Helena drehte sich um und vergrub das Gesicht im Kissen.

Als sie schließlich aufstand, duschte, sich anzog und in die Küche ging, machte Marko gerade einen Pulverkaffee, und Matthias saß an dem mit Zeitungen bedeckten Tisch. Sie spürte die Erregung von gestern abend neu aufleben. »Was schreiben sie?« fragte sie.

Statt zu antworten, schob Matthias ihr eine Zeitung hin. SCHWARZES KOMMANDO MORDET WEITER, stand auf der Titelseite und darunter: »Terroristen erschießen Berliner Abgeordneten und seine beiden Kinder.« Ein Foto zeigte den überfallenen Wagen und, Mitleid heischend, daneben in einer Pfütze liegend einen nassen Teddybär.

»Wir sind auf der ersten Seite!« stieß Helena triumphierend hervor.

Mit wachsbleichem Gesicht fragte Matthias Marko: »Wußtest du, daß die Kinder im Wagen waren?«

»Er war zwanzig Meter weiter weg geparkt, Mann. Es war dunkel.«

»Als sie am Morgen weggefahren sind, war es nicht dunkel. Du mußt doch gesehen haben, wie sie eingestiegen sind. Du hättest uns das sagen können, als du angerufen hast. Wir hätten die Aktion auf einen andern Tag verschieben können.«

Marko zuckte die Schultern, unfähig zu begreifen, warum Matthias so einen Aufstand machte.

Matthias wandte sich an Helena. »Du mußt sie doch gesehen haben, bevor du geschossen hast. Warum um alles in der Welt hast du geschossen? Zwei kleine Kinder!«

Sie hatte sie nicht gesehen. Sie hatte nichts außer dem hellen, schemenhaften Gesicht Holgers gesehen, das ihr durch das Fenster entgegengestarrt hatte. Sie hatte die Pistole schon im Anschlag gehabt, den Finger bereits am Abzug. Aber selbst wenn sie sie gesehen hätte, hätte sie nicht stoppen können.

»Reg dich wieder ab, Mann«, sagte Marko. »Sie haben nichts gemerkt. In den Zeitungen steht, sie seien sofort tot gewesen. Sie hatten keine Ahnung, was passiert. Was machen schon zwei Kinder mehr oder weniger? Die Welt ist eh überbevölkert. Die Chinesen dürfen nur noch ein Kind haben . . .«

Bevor Marko wußte, was geschah, war Matthias aufgesprungen, mit einem Satz bei ihm und packte ihn am Hals. »Halt die Fresse! Halt die Fresse, oder ich bring dich um, du mieser, gefühlloser Penner!«

Helena war einen Augenblick so überrascht, daß sie nicht reagierte. Dann warf sie sich auf Matthias und versuchte, ihn zurückzuziehen. »Verdammt noch mal, Matthias, mach keinen Scheiß. Laß ihn los.«

Doch Matthias ließ nicht von Marko ab. Die Augen weit aufgerissen, die Knöchel weiß, hielt er Marko weiter im Würgegriff.

Helena merkte, daß es todernst war. Seit dem gestrigen Abend hatte Matthias sich verändert. Irgend etwas war bei ihm ausgerastet. Vielleicht lag es an den Kindern, aber wahrscheinlich waren sie nur ein Vorwand. »Marko tun die Kinder leid. Und mir auch. Aber wir haben Holger erwischt. Und das allein zählt.«

Lange rührte Matthias sich nicht, dann ließ er die Hände sinken. Hastig rückte Marko von ihm ab und rieb sich den Hals.

Helena nahm Matthias' Arm und zog ihn zum Tisch zurück, in der Hoffnung, die Innigkeit der letzten Nacht neu zu beleben. »Du weißt, wie es war. Es war dunkel. Und es war ein großer Wagen. Die Kinder saßen hinten. Du hast sie ja auch nicht gesehen.«

Stockend, als spräche er mit sich selbst, sagte Matthias: »Was war ich für ein absoluter, bescheuerter Idiot! Aber du wirktest ja so überzeugend. Gewalt muß mit Gewalt beantwortet werden, sagtest du. Und ich konnte die Leute nicht mehr hören, die friedliche Demonstrationen predigten, während die Behörden mit faschistischen Polizeimethoden gegen uns vorgingen. Aber wir hatten unrecht, und Holger hatte recht. Unschuldige Kinder umbringen war genau das, was auch die Nazis gemacht haben . . .«

»Himmel Arsch, Matthias, werd nicht melodramatisch! Es war ein Unfall!«

»Es hätte für dich doch gar keinen Unterschied gemacht, wenn du gewußt hättest, daß sie im Wagen sind, oder? Für dich haben doch andere nie gezählt, nur du selbst. Dir sind diese Kinder doch scheißegal, genauso wie dein eigenes. In deinen Augen ist jeder entbehrlich, auch dein eigenes Fleisch und Blut. Du benutzt die Menschen nur. Leben ist für dich nur ein Spiel. Du machst doch alles, es muß nur Kick bringen.«

Helena überging seine Anspielung auf ihr Kind und hakte bei dem ein, was er zuletzt gesagt hatte. »Du hast es nötig, über Kicks zu reden. Bei unserm Spielchen heute nacht warst du jedenfalls schnell dabei. Ich weiß, was in Wirklichkeit mit dir los ist. Du bist eifersüchtig auf Marko. Nicht Holgers Kinder machen dir zu schaffen, sondern daß du mich nicht allein für dich haben kannst.«

Aus Matthias' Gesicht wich auch die letzte Farbe. »Du Schlampe! Du verkommene kleine Hure! Du bist doch kaputt bis in die Knochen.« Er schlug ihr mitten ins Gesicht.

Sie zuckte zusammen, wich aber nicht zurück oder schrie auf, als der Schlag sie traf, sondern sah ihn nur voller Verachtung an. Dann, als sie sicher war, daß er nicht noch einmal zuschlagen würde, drehte sie sich zu Marko um und sagte: »Komm, bloß raus hier.«

Marko ging zur Tür, wobei er darauf achtete, nicht in Reichweite von Matthias zu kommen. »Du hast recht. Hier stinkt's.«

Als sie ihre Sachen zusammenpackten, fragte er: »Was machen wir mit ihm?«

Helenas Wange war feuerrot und brannte. Sie griff in das Geheimfach des Koffers und nahm die Pistole heraus.

Während Marko ihre Koffer nach unten zum Wagen trug und sie im Kofferraum verstaute, ging sie noch einmal zurück in die Küche. Die Zeitungen lagen auf dem Boden. Matthias saß am Tisch, das Gesicht in den Händen vergraben. Sie entsicherte die Pistole. »Versuch ja nicht, uns an die Schweine zu verpfeifen.«

Er blickte nicht auf. »Los, schieß schon. Dann bist du sicher, und ich hab' meine Ruhe.«

Sie hatte nicht vor, ihn zu erschießen. Sie wollte ihm nur Angst einjagen. So sehr sie ihn im Augenblick haßte, ihr nüchterner Verstand hatte sie nicht verlassen. Holger auf einer dunklen, einsamen Straße umzulegen, wo ihre Flucht gesichert war, war eins gewesen. Matthias in einer Wohnung zu erschießen, wo ringsum Menschen wohnten, war etwas anderes. »Nein, du sollst ruhig leiden. Aber wenn du uns verpfeifst, eine zweite Chance kriegst du nicht.«

Sie steckte die Pistole in das Schulterhalfter zurück, verließ die Wohnung und ging hinunter zu Marko, der im Wagen bei laufendem Motor auf sie wartete.

»Ich hab' gar keinen Schuß gehört«, sagte Marko.

»Es wäre schade um die Kugel gewesen. Fahr los.«

Erleichterung durchströmte Marko. Matthias war trotz allem ihr Kumpel. »Wohin fahren wir?«

»Hör auf, so dämlich zu fragen«, schnauzte Helena ihn an. »Fahr.«

Breschinskis waren nicht erbaut, als Helena unangekündigt vor ihrer Tür stand und die Schlüssel für das Haus in Heiligensee verlangte. »Warum hat Ihr Vater nicht angerufen und uns Bescheid gesagt?« beschwerte Waltraud sich. »Das Haus ist kalt. Es ist nichts zu essen da. Die Betten sind nicht gelüftet.«

»Das macht nichts«, erwiderte Helena ungeduldig. »Das können wir alles selbst regeln. Geben Sie mir nur die Schlüssel.«

»Wenn Sie meinen«, sagte Waltraud. »Alfons kann mitkommen und die Heizung anmachen.«

»Ist schon gut«, wimmelte Helena sie gereizt ab.

»Ich möchte wissen, ob Herr Kraus überhaupt weiß, daß sie hier ist«, meinte Alfons mürrisch, als sie sie zum Wagen zurückgehen sahen.

Doch Helena kam den Breschinskis zuvor. Sie konnte immer noch klar genug denken, um sich und Marko zu decken. Noch am selben Abend rief sie ihren Vater in Lugano an und erzählte ihm in weinerlichem Kleinmädchenton, so daß er sie kaum erkannte: »Ich hoffe, du hast nichts dagegen, aber ich bin in Heiligensee. In Frankfurt ist was schiefgelaufen, ich möchte jetzt nicht darüber reden, aber ich hatte eine Art Zusammenbruch. Kann ich einige Zeit hierbleiben?«

»Ich denke schon«, begann Norbert.

»Mit Geld bin ich noch versorgt«, unterbrach sie ihn. »Ich brauche keins, nur Zeit, um wieder zu mir zu kommen.«

Sie konnte sich sein erstauntes Gesicht vorstellen. »Ja, natürlich. Hmm, möchtest du, daß Kleo dich besucht?«

»Nein, Vater. Am liebsten wäre mir, du würdest niemandem sagen, wo ich bin.«

Helena und Marko lebten sehr zurückgezogen. Im Gegensatz zu früher wurde Heiligensee nicht Tag und Nacht von Horden junger Leute in Autos und auf Motorrädern heimgesucht, es gab keine ausschweifenden Partys, keine laute Musik. Hätten die beiden nicht gelegentlich in den Läden eingekauft oder wären mit dem Auto ins Stadtzentrum gefahren, die Bewohner von Heiligensee und die Breschinskis hätten ihre Anwesenheit überhaupt nicht bemerkt.

Willy Brandt war unter den Trauergästen, die an jenem frühen Wintertag des Jahres 1972 zur Beerdigung von Holger, Franz und Petra Busko kamen. Es waren so viele, daß die Kirche sie nicht alle aufnehmen konnte und der Trauergottesdienst über Lautsprecher nach draußen übertragen wurde für die Tausende, die auf dem Kirchplatz und in den anliegenden Straßen standen.

Strenge Sicherheitsvorkehrungen waren getroffen worden. Polizei stand rings um die Kirche, und Zivilbeamte hatten sich unter die Menschen gemischt. Erna Busko, ihre Eltern und Holgers Bruder, der berühmte Künstler Volker Busko, der aus New York gekommen war, wurden getrennt in Polizeiwagen zur Kirche gefahren. Bundeskanzler Brandt kam in einem gepanzerten Wagen, begleitet von Leibwächtern und einer Polizeieskorte. Anderen Politikern und Persönlichkeiten, sogar Dieter, Stefan und Viktoria, war ein Bewacher zugeteilt worden.

»Ich weiß noch, wie ich Holger kennengelernt habe«, sagte Viktoria, als sie nach Charlottenburg gefahren wurden. »Er war jung und ungekämmt und voll unbändiger Ideen, aber er hatte schon damals etwas Zwingendes an sich. Ich glaube, er hätte es in der Politik weit bringen können.«

Stefan nickte, unfähig, seine Trauer in Worten auszudrücken. Er stand für immer in Holgers Schuld für dessen unermüdliches Eintreten für seine Freilassung aus ostdeutscher Haft. Holger und Mortimer. Ohne diese beiden Männer wäre er vielleicht schon tot. Jetzt hatte beide ein gewalttätiges und tragisches Ende ereilt.

»Und die Kinder«, fuhr Viktoria fort, Worte wiederholend, die von Hunderten und Tausenden schon gesagt wurden und noch würden, »keine Strafe reicht für diese Bestien aus, die sie getötet haben.«

Nur Familienangehörige und enge Freunde wohnten der eigentlichen Beerdigung bei, und während sie durch den Polizeikordon zum Grab schritten, bemerkte Stefan Matthias in der Menge. Das Gesicht des jungen Mannes war sehr blaß und ausgemergelt. Natürlich, dachte Stefan, dem Holgers Fernsehsendung einfiel, Holger hatte die Scheers kennengelernt, als Matthias noch ein kleiner Junge war.

Als Stefan am Abend nach Hause kam, griff er zu Mortimers Buch *Rückkehr nach Berlin,* um noch einmal Mortimers Wiedersehen mit Pastor Scheer im Jahr 1945 nachzulesen. »Was werden diese Kinder denken, wenn sie alt genug sind, die Dummheit und Blindheit ihrer Eltern und Großeltern zu erkennen?« hatte der Pastor gefragt. »Werden wir jemals überzeugend die Gründe erklären können, warum wir solche Greuel haben geschehen lassen? Wir hinterlassen ihnen ein schreckliches Erbe, denn sie müssen die Hauptlast unserer Schande tragen. Wir alle tragen eine furchtbare Bürde, eine Schuld, die zu tilgen Generationen dauern wird.« Und dann die Worte, die Holger wiederholt hatte. »Was immer Sie von jetzt an tun, fragen Sie sich nur, ob es das Richtige für Matthias und die Tausende von Kindern ist wie er.«

Stefan klappte das Buch zu, zog die Vorhänge vor und goß sich einen kräftigen Schluck ein. Die Polizei war bei Mutmaßungen über die Identität des Schwarzen Kommandos verständlicherweise zurückhaltend, glaubte aber, daß es ehemalige Studenten sein könnten, Kommilitonen von Heinz-Georg Lindner. In dem Fall, dachte Stefan, würden sie etwa im Alter von Matthias sein, der Generation, von der der Pastor gesprochen hatte. *Wir hinterlassen ihnen ein schreckliches Erbe,* hatte der Pastor gesagt. Aber er hätte von allen am allerwenigsten geglaubt, daß sie die Greuel der Vergangenheit dadurch auszutreiben versuchten, daß sie selbst neuen Terror ausübten.

In Heiligensee war Helena in der angespannten, ruhelosen Verfassung, in der sie sich seit der Trennung von Matthias in Schmargendorf befand, und lief im Wohnzimmer auf und ab. »Alles, woran sie denken können, sind diese verdammten Kinder!« murmelte sie wütend zum x-tenmal, seit sie die Fernsehnachrichten abgeschaltet hatte. »Ein kurzer Hinweis auf das Schwarze Kommando, aber nichts über unsere Ziele und Forderungen, und nichts über Heinz-Georg.«

Marko lag auf der Couch und blickte dem Rauch nach, der von seinem Joint zur Decke stieg. Sie hatten ihr Manifest vor so langer Zeit verfaßt, daß er sich gar nicht mehr erinnern konnte, was drin stand. Und Heinz-Georg war längst zu einer undeutlichen Gestalt geworden, die der Vergangenheit angehörte.

»Beim nächstenmal wird es keine Fehler geben«, sagte Helena. »Beim nächstenmal werden sie uns beachten müssen.«

Mitte Februar 1972 war der Verkauf von Landgut an die Werner Kraus Holding abgeschlossen, und Tausende von Mietern in der ganzen Bundesrepublik hatten einen neuen Vermieter. Was Werner betraf, bedeutete ihm der Erwerb kaum etwas, außer einem persönlichen Triumph über seinen Bruder. Durch den Kauf des Unternehmens zum halben Marktpreis war eine alte Rechnung beglichen worden. Joachim Duschek wurde nach Berlin geschickt, um das Unternehmen zu durchleuchten.

Am letzten Abend seines Aufenthalts in Berlin kamen Dieter und Kleo zu ihm zum Essen. Joachim selbst hatte kein großes Verlangen, Dieter zu treffen. Er und sein Sohn hatten sich nicht mehr gesehen, seit Dieter an die Freie Universität gegangen war und sich mit Studentenfragen beschäftigte. Aber er wußte, daß Annelies ihm eine Szene machen würde, wenn er nach Frankfurt zurückkäme, ohne Dieter getroffen zu haben.

Der Abend begann besser, als Joachim erwartet hatte, was hauptsächlich Kleo zu verdanken war, die die Unterhaltung geschickt um mögliche Klippen wie Holgers Tod oder die Umstände des Erwerbs von Landgut durch Werner Kraus lenkte, Themen, die wahrscheinlich ihren Verlobten und seinen Vater auf die Palme gebracht hätten. Die meiste Zeit plauderte sie über die Hochzeit. »Dieses Wochenende verschicke ich die Einladungen«, sagte sie. »Ich hoffe so, daß auch Onkel Werner, Tante Else und die Kinder kommen. Ich habe Brigitta und Margarete so lange nicht mehr gesehen. Eigentlich haben wir schon sehr lange kein richtiges Familienfest mehr gehabt.«

Dieter hatte eine Flasche Steinhäger mitgebracht. Kleo schenkte Joachim von Zeit zu Zeit unauffällig nach, und als sie nach dem Essen ins Wohnzimmer wechselten, stellte sie die inzwischen halbleere Flasche auf das Beistelltischchen neben seinem Sessel, bevor sie in die Küche ging, um Kaffee zu kochen.

Joachim fühlte sich mittlerweile angenehm gelöst. Da er seinen Sohn kannte, hatte er einen langatmigen Vortrag über Holger Buskos Eigenschaften und eine Schimpfkanonade darüber erwartet, wie die Werner Kraus Holding Landgut erworben hatte. Statt dessen hatte Dieter Kleo den Großteil der Unterhaltung bestreiten lassen. Jetzt saß er auf der Couch und war in eine alte Zeitschrift vertieft.

Kleo kam mit einem Tablett zurück. »Wirst du in Zukunft öfter in Berlin sein?« fragte sie, während sie Kaffee eingoß, Joachim die Tasse reichte und dann ihm gegenüber Platz nahm.

»Ich habe mich schon gefragt, ob Onkel Werner daran gedacht hat, seine Zentrale nach Berlin zu verlegen, wie Vater es gemacht hat.«

»Ein solcher Schritt muß im Gesamtrahmen aller Unternehmensaktivitäten gesehen werden«, erwiderte Joachim.

Kleo sah ihn unter langen dunklen Wimpern an. »Du führst sicher ein sehr interessantes Leben. Onkel Werner ist offenbar mit so vielen Dingen beschäftigt. Er muß dir ungeheuer vertrauen.«

Er goß sich noch einen Steinhäger ein. »Das kann man wohl sagen. Landgut ist nur eins von vielen Projekten, an denen ich im letzten Jahr gearbeitet habe. Bevor ich nach Hause fahre, muß ich noch in Mainz Zwischenstation machen wegen einer anderen Sache, die mich sehr in Anspruch genommen hat.«

Fürsorglich goß Kleo ihm Kaffee und Steinhäger nach. »Was mit Immobilien?«

Joachim empfand mit einem Mal einen unbeherrschbaren Drang, Eindruck zu machen. »Nein, das hat mit einem neuen Elektrizitätswerk zu tun, das von der Firma Krafft entwickelt wird, einem der vielen Unternehmen, die dein Onkel leitet. Stromversorgung ist ein Gebiet, auf dem die Kraus-Werke sehr viel Erfahrung haben. Du weißt es wahrscheinlich nicht, aber schon in den 90er Jahren des vorigen Jahrhunderts wurde Baron von Kraus vom Kaiser vertraglich zugesichert, die erste Stromversorgung für Berlin aufzubauen.«

»Das wußte ich nicht«, murmelte Kleo. »Wie interessant.«

Aus der Richtung der Couch kam ein Rascheln. Joachim blickte kurz hinüber und sah, daß Dieter offenbar über der Zeitschrift eingenickt war. Wie anders wäre sein Leben doch verlaufen, dachte er, wäre ihm eine Tochter wie Kleo beschert worden statt eines Sohns wie Dieter. Aber sobald sie und Dieter heirateten, würde sie ja seine Tochter werden. Sie war ja ohnehin Werners Nichte und gehörte damit schon fast zur Familie.

»Seither haben sich die Dinge natürlich fortentwickelt«, sagte er. Seine Stimme klang etwas belegt, und seine Augen machten einen verschwommenen Eindruck, als könnten sie sich nicht mehr richtig konzentrieren. Er wußte, daß er etwas zu viel getrunken hatte. Normalerweise trank er kaum, aber normalerweise unterhielt er sich ja auch nicht mit einem hübschen Mädchen mit lustigen Locken und großen, braunen, bewundernden Augen. Meistens befand er sich in der dominierenden Gesellschaft von Werner Kraus oder nüchterner Manager wie Erwin Hoffmann. Selten wurde ihm die Achtung zuteil, die er verdiente. Die meisten Menschen, auch Annelies, wußten gar nicht mehr, was sie an ihm hatten.

»Jetzt reden wir über Atomstrom.«

Kleos Augen weiteten sich.

»Ich weiß schon, was du jetzt denkst, meine Liebe«, sagte Joachim beruhigend. »Du machst den gleichen Fehler wie viele andere. Du denkst an Hiroshima und Nagasaki und an das Bikiniatoll. Doch Kernkraftwerke sind sehr sicher. Es besteht keine Gefahr, daß sie wie eine Atombombe in die Luft fliegen.« Unter dem Einfluß von Werner und der Wissenschaftler, die die Pläne für das neue Werk bei Mainz erarbeiteten, war Joachim zu einem eifrigen Verfechter der Atomenergie geworden. Ungefähr eine Viertelstunde breitete er sein neuerworbenes Wissen über Atomreaktoren aus. Von Zeit zu Zeit füllte er sein Glas aus der sich rasch leerenden Flasche nach.

Kleo schien fasziniert zu sein, stellte intelligente Fragen über Sicherheit, Strahlung und Abfall, die Joachim alle beantworten konnte.

Dann rührte Dieter sich, legte die Zeitschrift zur Seite, die ihm auf die Brust gefallen war, und Kleo lachte hell auf. »Dieter hat offenbar zuviel getrunken. Ich glaube, wir brechen so langsam auf.«

Dieter gähnte und blickte auf die Uhr. »Tut mir leid. Ich wollte nicht wegtreten. Besteht noch die Chance auf einen Kaffee, bevor wir gehen?«

»Natürlich, Schatz. Ich mache eine frische Kanne.«

Sie ging in die Küche, und Joachim sagte zu seinem Sohn: »Deine Mutter und ich waren von Anfang an mit Kleo einverstanden, aber heute hatte ich zum erstenmal Gelegenheit, mich ausführlich mit ihr zu unterhalten. Ich wußte ja, daß sie eine attraktive junge Frau ist, aber sie ist auch intelligent, Dieter, sehr intelligent.«

Eine halbe Stunde später verabschiedeten Kleo und Dieter sich. Als sie im Wagen saßen, sagte Dieter: »Als ich dich gebeten habe, ihn zum Plaudern zu bringen, hatte ich bestenfalls auf einen Hinweis gehofft, was mit Landgut wird. Großer Gott, ein Kernkraftwerk!« Er schüttelte ungläubig den Kopf. »Was meinst du, wenn Stefan das erfährt.«

Kleo wandte sich bittend an ihn. »Mußt du es Stefan sofort sagen? Hat das nicht Zeit bis nach der Hochzeit?«

»Dann könnte es schon zu spät sein«, erwiderte Dieter ernst. »Tut mir leid, Liebling. Wir können etwas so Wichtiges nicht für uns behalten.«

In der nächsten Ausgabe von *Aktuell* berichtete Stefan über die Beteiligung der Werner Kraus Holding an bislang unbekannten Plänen zum Bau eines Kernkraftwerks in Rheinland-Pfalz, dem Bundesland, wo Helmut Kohl, einer der kommenden Männer der CDU, Ministerpräsident war.

Werner Kraus war außer sich vor Wut, als er Stefans Artikel las. Die Zahl derer, die wußten, daß Krafft ein Kernkraftwerk, kein herkömmliches Kraftwerk, bei Mainz errichten wollte, ließ sich an einer Hand abzählen. Er bestellte Eckhardt Jurisch und Joachim Duschek in sein Büro und wollte wissen: »Wie zum Teufel ist diese Information nach draußen gelangt?«

»Ich werde das untersuchen, aber ich bin sicher, daß die undichte Stelle nicht hier zu finden ist«, sagte Eckhardt.

Joachim stand mit weißem Gesicht dabei und schüttelte nur den Kopf.

»Setzen Sie eine Verleumdungsklage auf!« schäumte Werner. »Erwirken Sie eine einstweilige Verfügung und verhindern Sie, daß noch mehr von diesen verdammten Artikeln erscheinen.«

»Wir sind in einer ziemlich schwierigen Lage«, entgegnete Eckhardt ruhig. »Die Geschichte stimmt zufälligerweise.«

Es kam noch schlimmer. In Mainz und Frankfurt kam es zu Protestdemonstrationen, die sich rasch auf andere Städte ausweiteten. Demonstranten versammelten sich vor Rathäusern und Militärstützpunkten, schwenkten Plakate, riefen Slogans, warfen mit Steinen und Flaschen und verursachten Verkehrsstaus. Die gewalttätigste Menge kam vor dem Verwaltungsgebäude der Werner Kraus Holding zusammen, wo Menschen in dem Gebäude eingesperrt wurden, während die Polizei die Straßen ringsum absperrte und Wasserwerfer auffahren ließ.

Der Einsatzleiter bot Werner für die nächsten Tage Polizeischutz an, riet ihm aber in Anbetracht des Anschlags auf Bruno von der Eschenbach hier in Frankfurt und des Mordes an Holger Busko in Berlin, die privaten Sicherheitsmaßnahmen zu verschärfen.

Als Werner am Abend in seine Villa am Rand von Frankfurt kam, erwarteten Else und die Kinder ihn im Empfangszimmer in jener geschlossenen weiblichen Formation, die, wie Werner wußte, das sichere Anzeichen für ein Ultimatum war. Else versammelte ihre Streitkräfte immer um sich, wenn sie Unterstützung gegen ihren Mann brauchte. Ihre Wangen wiesen hektische rote Flecken auf, und die Augen von Brigitta und Margarete blickten ihn aus aufgesetzt lächelnden, rundlichen Gesichtern an.

»Wir haben eine Einladung zu Kleos Hochzeit bekommen«, berichtete Else ihm, als er zur Bar ging. »Die ganze Familie wird dort sein. Wir können sie nicht versetzen.«

Werners Hände zitterten vor ohnmächtiger Wut, als er sich einen Whiskey eingoß. Ein unvermittelter, vertrauter stechender Schmerz schnürte ihm die Brust ein. Er kippte das halbe Glas herunter, dann drehte er sich zu ihr um. »Hast du keine Nachrichten gehört? Weißt du nicht, was los ist? Chaoten haben mein Büro gestürmt. Mein Leben war in Gefahr. Und du hast nichts anderes im Kopf als eine blöde Hochzeit!«

Die Zwillinge drängten sich dichter an ihre Mutter. Mit ihren sechzehn Jahren waren sie fast so groß wie sie. »Nein«, sagte Else, »wir haben nicht den ganzen Tag Radio gehört. Aber was auch passiert ist, ich bin sicher, du hast es verdient.«

Werner umklammerte das Glas ganz fest, um zu verhindern, daß er es nach ihr warf. Dann machte er auf dem Absatz kehrt und stürmte, die Tür zuknallend, aus dem Zimmer.

»Also, Kinder«, sagte Else, »er hat nicht nein gesagt. Ich schreibe Kleo morgen, daß wir kommen. Dann gehen wir einkaufen. Ich möchte nicht, daß ihr in Berlin wie arme Schlucker auftreten müßt.«

In der Abgeschiedenheit seines Arbeitszimmers schob Werner eine Tablette unter die Zunge. Niemand außer seinem Arzt wußte von seinem hohen Blutdruck und den anfallartigen Herzkrämpfen. Der Arzt hatte gesagt, die Symptome seien typisch für Männer seines Alters, die ein aufreibendes Leben führten, doch für Werner waren sie ein Zeichen der Schwäche. Er hatte die Tabletten immer bei sich, nahm sie aber nie in Gegenwart anderer ein.

Als der Schmerz nachgelassen hatte, zwang er sich, sich auf das jetzt Wichtigste zu konzentrieren. Das Mainzer Kraftwerksprojekt war kein Geheimnis mehr. Daran war nichts mehr zu ändern. Aber das Problem seiner eigenen Sicherheit blieb. Als erstes mußten natürlich alle denkbaren Vorsichtsmaßnahmen zu seinem Schutz getroffen werden. Aber genauso wichtig war der Schutz seines Unternehmens. So wie die Dinge gegenwärtig lagen, ging sein gesamtes Vermögen einschließlich der Werner Kraus Holding im Fall seines Todes an Else. Das mußte geändert werden.

Lange dachte er schweigend nach. Dann griff er zum Telefon und rief Eckhardt Jurisch an. »Kommen Sie sofort zu mir. Ich möchte ein neues Testament aufsetzen.«

Marko brachte von seiner Fahrt nach Tegel, wo er Zigaretten und Bier eingekauft hatte, die neueste Ausgabe von *Aktuell* mit. »Dein Onkel ist ein ganz Feiner, stimmt's?« sagte er zu Helena, öffnete eine Flasche und trank direkt daraus.

Helena setzte sich an den Küchentisch und las den Artikel mit gespannter Erregung.

Am nächsten Morgen brachte der Briefträger eine Einladung

zu Dieters und Kleos Hochzeit. In einem Begleitbrief hatte Kleo geschrieben: »Liebe Helena, Vater hat mir erzählt, daß Du hier bist, aber ich wollte Dich nicht stören. Es wäre schön, wenn Du auch zur Hochzeit kämst. Ungeachtet unserer Differenzen in der Vergangenheit bin ich immer noch Deine Dich liebende Schwester Kleo.«

Den Rest des Tages lief Helena mit einem abwesenden Gesichtsausdruck herum.

Am Samstag der Hochzeit zeigte sich der April von seiner strahlendsten Seite. Familienmitglieder und Freunde kamen nach Berlin, um das Ereignis zu feiern. Reinhild brachte Alexander mit, ein reizendes, pausbäckiges Kerlchen, das inzwischen fast drei Jahre alt war.

Reinhild hatte sich zu Alexander inzwischen eine Geschichte zurechtgelegt, daß nämlich Helena das Unglück gehabt habe, plötzlich in anderen Umständen zu sein, und ihr Freund habe sie im Stich gelassen, als er erfuhr, daß sie schwanger war. Sie gab eine Nähe zu Helena vor, die überhaupt nicht bestand, und stellte sich als verständnisvolle Mutter und liebevolle Großmutter hin.

Viktoria war eine der wenigen außerhalb von Reinhilds engstem Verwandtenkreis, die nicht nur wußte, daß Helena und Marko noch zusammen waren, sondern auch, daß Reinhild Helena nicht mehr gesehen hatte, seit sie Alexander zu sich genommen hatte. Aber Viktoria konnte man fast alles anvertrauen, ohne sie zu schockieren, und sie hätte dieses Vertrauen auch nie mißbraucht.

Glücklicherweise waren die meisten anderen Gäste zu sehr mit sich selbst beschäftigt, als daß sie Reinhilds Erklärungen intensiver nachgegangen wären. Norbert hatte keine Lust, sich mit seiner Exfrau zu streiten, und Ursula war nicht an der Enthüllung irgendwelcher Familiengeheimnisse interessiert. Kris war ganz mit seiner neuesten Freundin beschäftigt, einer atemberaubend hübschen Italienerin mit hüftlangem, schwarzem Haar und unglaublich langen, falschen Wimpern. Über einem schwarzen Spitzenminikleid trug sie einen scharlachroten Maximantel.

Joachim Duschek litt immer noch darunter, wie Dieter und Kleo seine Gastfreundschaft mißbraucht hatten, und lebte in ständiger Angst, daß Werner seine Rolle beim *Aktuell*-Artikel entdekken könnte. Werner und seine Familie nahmen zur Überraschung aller an der Hochzeit teil, wohnten allerdings nicht im Jochum, sondern in der Penthousewohnung von Landgut.

Stefan hielt sich diplomatisch zurück, nachdem Viktoria ihn ermahnt hatte, Kleos Freudentag nicht zu verderben.

Werners Wagen hielt direkt vor Viktoria und Stefan. »Wer ist denn das um Himmels willen?« fragte Stefan und blickte auf den schweren Mercedes mit den getönten Scheiben.

Ein großer, massiger Mann stieg an der Beifahrerseite aus und überflog, die Hand im geöffneten Jackett, die Umgebung. Dann nickte er dem Chauffeur zu, der zur hinteren Wagentür ging, sie öffnete und zurücktrat, um seinen Fahrgast aussteigen zu lassen.

Sekunden später fuhr ein zweiter Wagen vor, aus dem Else und die Zwillinge stiegen. Sie hatten keine Leibwächter.

Über hundert Gäste waren zum Empfang gekommen, darunter viele Studien- und Berufskollegen von Kleo und Dieter. Norbert war ein gewandter und herzlicher Gastgeber, der die unterschwelligen Spannungen nicht zu bemerken schien. Ursula an seiner Seite, mischte er sich unter die Gäste, strahlte Herzlichkeit aus, sogar seinem Bruder und Reinhild gegenüber. Kleo und Dieter zogen von Tisch zu Tisch, begrüßten entfernte Verwandte und plauderten mit guten Freunden.

Die Reden und Trinksprüche waren gerade gehalten, als Helena erschien.

Sie betrat den Saal, ganz anders aussehend, als alle sie in Erinnerung hatten. Nichts mehr von den langen, schwarzen Haaren, dem aufdringlichen Make-up, den Jeans und der Lederjacke. Ihr Haar hatte vielmehr seine ursprüngliche Farbe und fiel in einem Zopf über eine Schulter. Sie trug zwar Hosen, aber modisch geschnitten und aus braunem Samt, einen Gürtel und eine cremefarbene Satinbluse mit Puffärmeln.

»Tut mir leid, daß ich zu spät komme«, sagte sie mit leiser Stimme, die gar keine Ähnlichkeit mit derjenigen hatte, die einmal »Brenn, Springer, brenn!« geschrien hatte.

»Helena!« Kleo lief, so schnell ihr langes Kleid das zuließ, durch den Saal. »Wie schön, dich zu sehen. Danke, daß du gekommen bist.«

»Ich habe draußen gestanden und versucht, Mut zu fassen, um reinzukommen.«

Kleo umarmte sie. »Du kannst dir gar nicht vorstellen, welche Freude du mir machst!«

Norbert eilte quer durch den Saal, und Helena legte die Arme um seinen Hals. Mit gefühlserstickter Stimme murmelte sie: »Tut mir leid. Ich war so dumm.« Dann traten Reinhild und Alexander zu ihnen. Helena hob ihren kleinen Sohn hoch und bedeckte ihn mit Küssen. »Oh, Mondkind, Liebling.«

Danach machte Helena, Alexander an der Hand und ihre Mutter und Kleo im dienstbereiten Schlepp, ihre Runde unter den Hochzeitsgästen, entwaffnend liebenswert und bemüht zu gefallen. Besonders nett war sie zu Else und den Zwillingen. Alexander auf den Knien wiegend, machte sie ihnen Komplimente über ihre Kleider und erzählte ihnen, daß sie eine Zeitlang in Frankfurt gewohnt habe und es bedaure, sie nicht besucht zu haben. »Aber wenn ihr länger in Berlin bleibt, können wir das ja vielleicht nachholen«, regte sie an.

Es war etwas ganz Neues für die Zwillinge, eine große Kusine zu haben, die sich für sie interessierte. Bittend sahen sie ihre Mutter an.

Else versuchte, die Situation in aller Eile abzuklären. Einerseits wußte sie nicht recht, ob sie für ihre Kinder den Umgang mit der Mutter eines unehelichen Kindes gutheißen konnte. Andererseits schien Helena nicht die Lasterhaftigkeit in Person zu sein, und sie war ihre Kusine. »Ja, vielleicht«, sagte sie. »Wenn euer Vater nichts dagegen hat.«

Helena wandte sich an Werner, ohne auf die finster blickenden Leibwächter zu achten, die argwöhnisch hinter ihm standen. »Onkel Werner, du bleibst sicher geschäftlich noch eine Weile in Berlin. Ich möchte gern mehr von Margarete und Brigitta sehen. Kleo macht ja ihre Hochzeitsreise, aber ich könnte ihnen doch die Stadt zeigen. Sie könnten raus nach Heiligensee kommen. Es ist herrlich dort.«

Sie spürte, wie er innerlich das Für und Wider abwog. Sie wußte, daß er am liebsten nein sagen würde, aber wie sie war auch er sich der Umsitzenden bewußt, die ihn erwartungsvoll ansahen. Wenn er nein sagte, erwies er sich, nicht nur gegenüber seiner Frau und allen anderen gespannt Zusehenden, als das Scheusal, als das die Presse ihn hinstellte. »In Ordnung«, sagte er widerwillig, »wir bleiben noch ein paar Tage.«

Noch nie hatte Reinhild sich emotional in so viele verschiedene Richtungen gezogen gefühlt wie an diesem Tag. Da waren die Freude und die Trauer darüber, daß Kleo heiratete, die Erkenntnis, daß ihre älteste Tochter jetzt endgültig ihr eigenes Leben führen würde. Da war die eigenartige Situation, im selben Raum wie Norbert zu sein, neben ihm für ein Foto zu posieren, Kleos Mutter zu sein, aber nicht Norberts Frau. Da war der Schock, Helena wiederzusehen und eine Weile zu glauben, sie hätte sich geändert. Und da war die Angst, Helena könnte Alexander zurückhaben wollen.

Dann, am Ende des Tages, als Kleo und Dieter zum Flughafen gefahren waren, um nach Teneriffa zu fliegen, war der schwerste Schlag gekommen. Auf Reinhilds Frage, ob sie Alexander baden und zu Bett bringen wolle, hatte Helena geantwortet: »Nein, danke. Ich habe Besseres zu tun.« Als Reinhild vorsichtig vorgefühlt hatte, ob sie nicht mit ihr und Alexander nach Hamburg kommen wolle, hatte Helena höhnisch erwidert: »Was sollte ich denn da?«

»Ich begreife das nicht«, klagte Reinhild Viktoria später ihr Leid. »Zuerst war sie so lieb zu Alexander, und plötzlich war es so, als wäre er ihr völlig egal.« Sie seufzte. »Wenigstens hat er bei mir ein gutes Zuhause.«

23

Während der nächsten Tage gewöhnte sich Wilfried Thomas, der Sicherheitsposten in der Tiefgarage im Haus, in dem sich die Penthousewohnung der Krauses befand, an den Anblick von Helena. Als sie das erste Mal erschien, hielt er sie an und telefonierte ins Penthouse hoch, aber danach hob er nur noch die Schranke und winkte sie durch. Sie parkte ihren Wagen und wechselte dann ein paar Worte mit ihm, bevor sie mit dem Privataufzug nach oben fuhr. Sie und ihre jüngeren Kusinen waren eine richtige Augenweide, fand er, wenn die drei zu einem Ausflug oder Einkaufsbummel aufbrachen. Helena eingerahmt von den Zwillingen, untergehakt, plaudernd und lachend.

An einem Abend kam Helena jedoch, kurz nachdem Frau Kraus und die Zwillinge das Haus verlassen hatten. Das Landgut-Büro hatte bereits Feierabend, und die Angestellten waren schon gegangen. Nur Werners Mercedes stand am reservierten Platz. Thomas lehnte sich aus seiner Koje. »Sie sind vor zehn Minuten gegangen, Fräulein Kraus.«

»Aber wir wollten doch ins Theater und uns hier treffen.« Helena zögerte, dann seufzte sie. »Wahrscheinlich haben sie mich falsch verstanden und meinen, wir treffen uns am Theater.« Auf dem Beifahrersitz lag ein Blumenstrauß. »Oh, wie schade. Die Blumen gehen kaputt, wenn ich sie mitnehme.« Sie blickte zu Werners Mercedes hinüber. »Ist mein Onkel oben?«

»Ja, er ist in die Wohnung gegangen, nachdem Frau Kraus und die jungen Damen das Haus verlassen haben.«

»Dann lass' ich die Blumen bei ihm.« Sie stellte den Wagen auf den nächsten Parkplatz, ließ den Motor laufen und stieg aus. Sie sah sehr elegant aus in ihrem Hosenanzug aus silbernem Lurex, dazu passenden langen Handschuhen und einem Mohairschal um die Schultern. »Herr Thomas«, rief sie, »mein Wagen hat beim Fahren so komisch geklungen. So eine Art Klopfgeräusch.«

Er öffnete die Kojentür und ging zu ihr herüber. »Hört sich eigentlich normal an, aber wenn Sie die Motorhaube entriegeln, schau ich mal schnell nach.«

Er war so mit dem Motor beschäftigt, daß er gar nicht merkte, wie Marko die Einfahrt hinuntersprintete. Er merkte es erst, als ein Arm sich um seinen Hals legte und eine Hand ihm einen mit Chloroform getränkten Gazebausch auf Mund und Nase preßte. Ein paar Sekunden spürte er ein Brennen, dann sackte er auf die Knie und fiel bewußtlos zu Boden.

Marko öffnete den Kofferraum von Helenas Wagen und holte Schnur heraus, mit der er Hand- und Fußgelenke des Mannes fesselte. Dann knebelte er ihn mit einem Stück Stoff. Er packte Thomas unter den Armen, Helena faßte die Füße, und gemeinsam legten sie ihn in den Kofferraum. Leicht keuchend schloß Marko den Kofferraumdeckel. Helena nahm ihre Handtasche und die Blumen, und sie liefen zum Lift. Während der Fahrt nach oben holte Helena eine Pistole aus ihrer Tasche.

Der Lift führte nicht direkt in die Wohnung, sondern auf einen kleinen L-förmigen Flur, von dem ein Notausgang zu einer Feuerleiter ging. Marko trat um die Ecke und drückte sich an die Wand, während Helena klingelte. Kurz darauf hörte sie Werners gereizte Stimme über die Sprechanlage. »Wer ist da?«

»Ich bin's, Helena.«

»Ich dachte, du bist im Theater.«

»Kann ich etwas hier lassen?«

Dann das Geräusch von Schritten, als Werner durch den Korridor kam. Sie spürte, wie er durch den Spion blickte. Schließlich sagte er: »In Ordnung. Komm rein.« Die Tür öffnete sich, und sie trat ein.

Sie drängte ihm die Blumen in die Hand und richtete die Beretta auf ihn. »Leg die Hände über den Kopf und stell dich an die Wand!« Das freundliche Lächeln war verschwunden. Ihr Mund war ein schmaler, harter Strich, die Augen eiskalt.

Werner war überrumpelt, aber eigentlich nicht überrascht. Es war der Überfall, der irgendwann hatte kommen müssen, nur daß er nicht in der eigenen Wohnung damit gerechnet hatte, oder daß er von Helena kam. »Junge Frauen wie du sollten nicht mit Waffen spielen«, sagte er, wechselte den störenden Blumenstrauß in die linke Hand und versuchte, die rechte unauffällig zum Colt zu führen, den er in einem Halfter unter der Jacke trug.

Ein großer, blonder junger Mann tauchte hinter Helena in der Tür auf. Auch er hatte eine Pistole. »Das würde ich nicht tun«, sagte er. Es klickte, als er die Waffe entsicherte. »Wir sind das Schwarze Kommando. Wir spielen nicht rum. Wir töten.«

Die beiden Pistolen zeigten genau auf sein Herz, und Werner spürte einen echten Angstschauder. »Hände hoch«, wiederholte Helena. »An die Wand.«

Diesmal gehorchte er gleich. »Durchsuch ihn, Marko!« Der junge Mann löste das Pistolenhalfer und warf es Helena zu, dann filzte er ihn in Gangstermanier. In der Brusttasche von Werners Jacke fand er zwei kleine Pillenfläschchen. »He, was ist denn das? Purple Hearts?«

»Es ist ein verschreibungspflichtiges Medikament«, sagte Werner. »Damit können Sie nichts anfangen.«

Marko ließ sie in seine Tasche gleiten.

Dann forderte Helena Werner auf: »Dreh dich um. Und jetzt mitkommen.«

»Macht keinen Quatsch«, polterte Werner los. »Was wollt ihr? Geld? Wenn, dann hol' ich meine Aktentasche.«

»Versuch nicht, uns reinzulegen, Kraus«, sagte Marko. »Tu, was sie sagt. Wenn nicht, legen wir dich um.«

Obwohl Werner um einiges größer als die beiden war, hatte er keine Chance, sie zu überwältigen, da sie bewaffnet waren. Wenn er am Leben bleiben wollte, war es wohl am vernünftigsten, zu tun, was sie verlangten.

Helena nahm die Blumen, und dann fuhren sie mit ihm im Aufzug nach unten in die Tiefgarage, wo sie ihn auf die Rückbank des Wagens zwangen. Helena fuhr, Marko saß neben Werner und hatte die Pistole in seine Rippen gebohrt. »Wohin bringt ihr mich?« wollte Werner wissen. Marko grinste nur. Es war fast dunkel, doch Werner kannte Berlin gut genug, um zu erkennen, daß sie nach Tegel fuhren. Dann ging es durch den Wald in das alte Dorf Heiligensee und in die Einfahrt zu Norberts Haus, wo Helena auf dem kiesbestreuten Hof hielt.

Sie schloß die Haustür auf und führte ihn, immer noch mit vorgehaltener Waffe, durch den Flur zu einer offenen Tür. Marko gab ihm von hinten einen Tritt, und Werner taumelte eine steile Steintreppe hinunter in die Finsternis. Hinter ihm wurde die Tür zugeschlagen, ein Riegel vorgeschoben und ein Schlüssel gedreht.

Irgendwie gelang es ihm, nicht zu fallen, und er stand einige Augenblicke an die Kellerwand gelehnt. Die Angina pectoris machte ihm wieder zu schaffen, und er griff nach den Pillen. Aber die beiden Fläschchen waren nicht mehr da.

Nachdem Werner im Keller sicher untergebracht war, gingen Helena und Marko zum Auto zurück. Helena öffnete den Kofferraum. Der Wachposten war inzwischen wieder bei Bewußtsein und versuchte verzweifelt, sich von seinen Fesseln zu befreien.

»Was machen wir mit ihm?« fragte Marko.

Bis zu dem Augenblick hatten sich Helenas Gedanken allein um die Entführung von Werner Kraus gedreht, sie hatte überhaupt nicht daran gedacht, was sie mit Thomas machen sollten, nur, daß er nicht im Haus bleiben durfte, damit er der Polizei nichts von ihrem Besuch erzählen konnte. Aber jetzt, wo sie vor der Entscheidung stand, war die Lösung ganz einfach. »Gib ihm noch eine Dosis Chloroform. Und dann hol die Schubkarre aus dem Schuppen.«

Wind war aufgekommen. Schwere Wolken jagten über den

Himmel und verdunkelten zeitweise den Mond. Sie zerrten Thomas' Körper aus dem Kofferraum, was anstrengender war, als ihn hineinzulegen, packten ihn auf die Schubkarre und schoben ihn hinunter zum Landungssteg. Dann lief Helena zum Bootshaus, um den Anker von Viktorias und Bennos altem Segelboot zu holen.

Sie kam zurück und befestigte den Anker an Thomas' Beinen. Dann kippten sie die Schubkarre seitlich. Der Körper glitt klatschend ins Wasser. Eine Schlammwolke stieg vom Grund auf.

Else und die Zwillinge waren überrascht, als Helena nicht wie verabredet am Theater erschien. Als sie auch nach der ersten Pause noch nicht aufgetaucht war, hatte Else von einem Münzfernsprecher im Foyer in Heiligensee angerufen. Mit seltsamer, etwas behutsamer Stimme erklärte Helena, sie habe eine Reifenpanne gehabt. Else führte den Ton auf die erklärliche Verärgerung zurück, sagte: »Mach dir nichts draus. Hoffentlich kannst du es morgen reparieren lassen.« Dann war sie zu ihrem Platz zurückgegangen, zum zweiten Akt.

Der Fahrer wartete vor dem Theater auf sie, als sie herauskamen, und fuhr sie zurück in den Wedding. »Komisch«, murmelte er, als sie in die Tiefgarage fuhren und feststellten, daß die Schranke offen und die Koje leer war. »Ist eigentlich nicht Thomas' Art, seinen Posten zu verlassen.«

Er parkte den Wagen neben dem von Werner und begleitete die Damen im Aufzug bis zur Wohnung. Dort wurde alles noch geheimnisvoller. Die Wohnungstür stand weit offen, und von Werner fehlte jede Spur.

»Wahrscheinlich ist er unerwartet weggerufen worden«, meinte Else, doch noch während sie die Worte sprach, empfand sie einen heimlichen Zweifel. Werner war so neurotisch geworden, was seine Sicherheit betraf, daß er bestimmt nicht aus der Wohnung gegangen wäre und die Tür aufgelassen hätte. Außerdem lag seine Aktentasche, die er überallhin mitnahm, auf dem Schreibtisch im Arbeitszimmer, die Schlüssel daneben.

Else stand unschlüssig da, die Zwillinge dicht bei ihr, und wußte nicht, was sie tun sollte. »Ich geh' mal runter ins Büro«, sagte der Fahrer, nahm Werners Schlüsselbund, kam aber bald zurück und sagte, daß niemand im Büro sei. Dann rief er Werners Leibwächter an, der in einem der benachbarten Häuserblocks untergebracht war, doch der berichtete, daß Werner und Dr. Duschek bis halb acht konferiert hätten, Dr. Duschek dann ins Jochum-Berlin zurückgefahren sei und er seinen Arbeitgeber bis zum Penthouse begleitet habe. Wie üblich habe er die Wohnung durchsucht, bevor Werner sie betrat.

»Ich glaube, Sie sollten die Polizei benachrichtigen«, empfahl er Else.

Kurz darauf erschienen zwei Polizeibeamte. Als sie erfuhren, um wen es sich handelte, und vom Leibwächter und Chauffeur entsprechende Bestätigungen bekamen, gab der ältere der beiden Polizisten eine Meldung an die Zentrale durch, und kurze Zeit später erschienen Inspektor Schneider und sein Assistent von der Kriminalpolizei, die den Fall sehr ernst nahmen. Eine Beschreibung von Werner Kraus und Wilfried Thomas ging an alle Westberliner Polizeireviere, und die Streifenwagen wurden angewiesen, nach den beiden Gesuchten Ausschau zu halten. Man rief im Jochum-Berlin an und bat Joachim Duschek, unverzüglich in den Wedding zu kommen.

Während seine Kollegen die anderen Hausbewohner befragten, bat der Inspektor die Anwesenden, alles noch einmal durchzugehen, was sie seit ihrer Ankunft in Berlin gemacht hatten, sich insbesondere an das zu erinnern, was ihnen ungewöhnlich oder verdächtig vorgekommen sei.

Aufgrund der Ausflüge mit Helena hatten Else und die Zwillinge in den letzten Tagen kaum etwas von Werner gesehen, außer abends, aber auch da hatte er sich meistens in sein Arbeitszimmer zurückgezogen, und sie hatten ferngesehen. Bis auf Kleos und Dieters Hochzeit hatte Werner Kraus das Landgut-Büro kaum verlassen.

Schließlich gingen Schneider und sein Assistent wieder, aber der Inspektor bestand darauf, daß ein Beamter bei ihnen in der Wohnung blieb. »Was, glauben Sie, ist mit meinem Mann passiert?« fragte Else.

»Ich weiß es nicht«, antwortete Schneider. »Aber ich hoffe sehr, daß er gesund wiederauftaucht, bevor die Nacht vorbei ist.«

Joachim, der mit Unbehagen an seinen letzten Besuch im Penthouse zurückdachte, blieb noch einige Zeit bei Else, war aber erleichtert, als sie sagte: »Sie brauchen nicht zu bleiben. Wir kommen schon zurecht.«

Nachdem er gegangen war, schickte sie die Mädchen mit einer heißen Milch ins Bett, ließ den Polizisten auf seinem Wachposten und zog sich in ihr Zimmer zurück. Aber obwohl sie sich auszog und ins Bett legte, konnte sie nicht schlafen – zu widersprüchlich waren die Gefühle, die sie bestürmten.

Die Wahrheit war, daß es ihr egal war, ob sie Werner jemals wiedersah. Hätte er ihr eine Nachricht hinterlassen, daß er sich entschlossen habe, sie zu verlassen, hätte sie nichts als grenzenlose Erleichterung empfunden. Wenn er Selbstmord begangen hätte oder ermordet worden wäre, hätte sie Schmerz vortäuschen können, aber gewußt, daß aller Ärger endlich vorüber war. So aber wußte sie nicht, was mit ihm war, und diese Ungewißheit war schlimmer als ein möglicher Verlust. Hinzu kam die Erkenntnis, daß sie, weil sie so etwas gedacht hatte, eine schwere Sünde begangen hatte, die sie würde beichten müssen.

Gegen Morgen fiel sie in einen unruhigen Schlaf, doch sie träumte schlecht und war froh, als Margarete und Brigitta in ihr Zimmer kamen und sich zu ihr aufs Bett setzten. »Gibt es was Neues von Vater?« fragte Brigitta.

Als ihre Mutter den Kopf schüttelte, sagte Margarete: »Mir ist heute nicht danach zumute, etwas mit Helena zu unternehmen.«

Auch Else verspürte nicht den Wunsch, Helena zu sehen. Sie wollte niemanden sehen. »Ich rufe sie an und sage ab«, sagte sie. »Sie hat sicher Verständnis dafür.«

Helena hatte das Telefon kaum aufgelegt, da hatte sie Else und die Zwillinge schon wieder vergessen. Sie hatte die gemeinsamen Ausflüge langweilig und ihre Gesellschaft höchst anstrengend gefunden, aber es hatte schließlich den Zweck erfüllt, Zugang zu Werner zu bekommen.

Von der Sekunde an, in der sie die Einladung zu Kleos Hochzeit erhalten hatte, hatte sie Werners Entführung geplant, entschlossen, daß diesmal nichts schiefgehen würde. Der Keller, der während des Krieges als Luftschutzkeller gedient hatte, eignete sich ideal als Gefängnis.

Am ersten Tag seiner Gefangenschaft ließen sie Werner völlig allein. Ein Lichtstreifen unter der Kellertür zeigte, daß er den Lichtschalter gefunden hatte. Hin und wieder schlug er gegen die Tür und rief, aber Helena beachtete ihn nicht und befahl Marko, es genauso zu machen.

Den Tag verbrachte sie damit, den Erpresserbrief vorzubereiten, in dem stand, daß Werner Kraus sein Imperium mit illegalen Mitteln aufgebaut habe. Es würde verlangt, daß alle von ihm beherrschten Unternehmen den Arbeitern übergeben werden sollten. Alle Firmen, die mit der Produktion von Waffen zu tun hatten, hätten den Betrieb einzustellen. Der Bau des geplanten Kernkraftwerks bei Mainz sei zu unterlassen. Alle Wohnungen der Landgut seien den Mietern zu übereignen.

Zum Schluß kam auch noch das Geld. Ohne Geldforderung war kein Erpresserbrief vollständig. Eine Million? Das schien kümmerlich für jemanden in Werners Position. Fünf Millionen schienen angemessener.

Abschließend schrieb sie, daß, wenn nicht innerhalb von drei Tagen via Anzeige in *Die Welt* auf die Forderungen des Schwarzen Kommandos eingegangen werde, Werner gefoltert und verhungern werde, genauso, wie er im Krieg die Juden behandelt hatte. Nachdem sie den Text ausgefeilt hatte, schnitt sie in mühevoller Kleinarbeit Wörter und Buchstaben aus Zeitungen aus und klebte sie auf ein Blatt; den Umschlag an Else adressierte sie auf die gleiche Art.

Bevor sie Marko losschickte, den Brief an einem Hauptpostamt einzuwerfen, ließ sie Werner die handgeschriebene Version sehen. Während Marko mit der Maschinenpistole im Anschlag oben an der Kellertreppe Posten stand, trat Helena zu ihrem Onkel. Sie richtete die Pistole auf seinen Kopf, zwang ihn, sich auf den Boden zu setzen, und warf ihm dann das Blatt zu. »Wenn du dich einverstanden erklärst und unterschreibst, könntest du binnen weniger Tage frei sein«, sagte sie. »Wenn nicht, bleibst du hier, bis jemand für dich zusagt.«

Seine Wut unterdrückend las Werner langsam die Mitteilung. »Ich werde dem niemals zustimmen, und niemand sonst hat die Vollmacht, dem in meinem Namen zuzustimmen.«

»Wir meinen, was wir sagen.«

»Ich auch.«

Lange bohrten sich ihre Blicke ineinander, dann zuckte Helena die Schultern. »Du hast deine Chance gehabt.«

»Vorausgesetzt, daß ihr mich als lebende Geisel wollt, müßt ihr mir was zu essen und zu trinken geben«, sagte Werner. »Und meine Pillen.«

»Unterschreib das Papier, dann kannst du haben, was du willst.«

Doch etwa eine Stunde, nachdem sie gegangen waren, öffnete sich die Kellertür erneut, und ein Teller mit altem Brot und ein Krug Wasser wurden oben an die Treppe gestellt. Werners Pillen waren allerdings nicht dabei.

Im Sitzungssaal der Landgut AG saßen Kommissar Wolfgang Berg, Einsatzleiter des Sonderkommandos Terrorismus, und sein Assistent im Gespräch mit Else Kraus, Joachim Duschek und Eckhardt Jurisch, der sofort nach Berlin gekommen war, als er von Werners Verschwinden gehört hatte. Der Fall war, nachdem weitere Einzelheiten bekanntgeworden waren, dem So-Ko Terrorismus übertragen worden. Jeder der Anwesenden hatte eine Kopie des Erpresserschreibens vor sich. Das Original wurde in der Polizeizentrale kriminaltechnisch untersucht.

Kommissar Berg holte eine Pfeife aus der Brusttasche seines Jacketts und stopfte sie. »Wir wissen also, daß er gekidnappt worden ist. Das erklärt auch das Verschwinden des Wachpostens in der Parkgarage. Die Kidnapper konnten nicht riskieren, identifiziert zu werden, also haben sie ihn gleich mitgenommen.« Er zündete mehrere Streichhölzer an, bis die Pfeife schließlich brannte, und blies einige Rauchwolken in die Luft. »Aber sie mußten Herrn Kraus immer noch dazu bringen, die Wohnungstür zu öffnen. Sie müssen ihm also bekannt gewesen sein, sonst hätte er sie nicht eingelassen.«

»Die einzige, die einem da sofort einfällt, ist Helena Kraus«, sagte Eckhardt Jurisch. »Das Mädchen hat ständig Ärger gemacht. Bei den 68er Studentenunruhen war sie immer in den Schlagzeilen.«

»Das waren viele andere junge Leute auch«, entgegnete Berg ruhig, »unter anderem Dr. Duscheks Sohn. Viele von ihnen sind inzwischen angesehene Mitglieder der Gesellschaft. Ich werde Helena Kraus selbstverständlich befragen, aber ich halte es für unwahrscheinlich, daß sie beteiligt ist. Es ist durchaus möglich, daß sie die Ansichten des Schwarzen Kommandos über die Aktivitäten der Werner Kraus Holding teilt, aber selbst damit steht sie nicht allein. Viele andere Deutsche empfinden offenbar ebenso, wahrscheinlich sogar viele Kraus-Angestellte.« Sein Ton ließ vermuten, daß auch er es tat.

Eckhardt Jurisch sah ihn über den Tisch giftig an. »Sie schlagen hoffentlich nicht vor, daß wir den Forderungen der Kidnapper nachgeben.«

»Natürlich nicht. Leider haben wir mit Entführungen sehr viel Erfahrung, vor allem im Zusammenhang mit unseren Freunden jenseits der Mauer. Drohungen und Erpressung nachzugeben, würden wir nur als letztes Mittel in Betracht ziehen.«

»Könnte das Schwarze Kommando eine DDR-Organisation sein?« fragte Joachim.

»Unwahrscheinlich. Denken Sie an die Banküberfälle, den

Bombenanschlag in Frankfurt und den Mord an Holger Busko. Nein, wir haben es mit Westdeutschen zu tun, wenn auch nicht notwendigerweise mit Westberlinern.«

Zum erstenmal sagte Else etwas. »Was ist mit der Anzeige in der *Welt?* Was antworten wir da?« Sie war blaß und angespannt, aber bemerkenswert gefaßt.

»Ich kann Ihnen nur empfehlen, was Sie tun sollten, Frau Kraus. Die endgültige Entscheidung liegt bei Ihnen. An Ihrer Stelle würde ich ihnen nichts anbieten, nicht einmal das Geld, wenngleich fünf Millionen sie vielleicht ihre übrigen Forderungen vergessen lassen würden. Uns liegt daran, mit ihnen ins Gespräch zu kommen und sie hervorzulocken. Bis jetzt haben wir den Fall noch nicht an die Presse gegeben. Jetzt würden wir gern an die Öffentlichkeit gehen. Aber während das Ihrem Mann vielleicht hilft, bedeutet es für Sie und Ihre Töchter ziemlich unangenehmen Rummel.«

Else nickte. »Ich werde tun, was Sie mir raten, Herr Kommissar.«

Die vier Männer atmeten innerlich erleichtert auf. Else Kraus war aus härterem Holz, als sie zu hoffen gewagt hatten.

Nach einem Tag Gefangenschaft erkannte Werner, daß es sinnlos war, mit Rufen und Klopfen jemanden auf sich aufmerksam machen zu wollen. Er hatte sich dabei nur verausgabt. Das Haus lag so abgeschieden, daß keiner der Nachbarn etwas hören konnte, und es war unwahrscheinlich, daß Helena und Marko Besuch bekommen würden – außer hoffentlich von der Polizei.

Er überlegtc, daß die Suche nach ihm inzwischen begonnen haben mußte und daß Helena bestimmt auf der Liste der Verdächtigen stand, denn Else mußte doch bemerkt haben, daß hinter ihrer plötzlichen Freundschaft andere Gründe steckten. Wenn das Haus in Heiligensee dann durchsucht würde, würde man ihn finden.

Doch wenn er an die ungewöhnliche Kette von Ereignissen

dachte, die ihn hierher gebracht hatten, mußte er zugeben, daß Else Helenas Doppelspiel vielleicht doch nicht durchschaute. Sie hatte so glaubwürdig gewirkt, selbst Werner war von ihr eingenommen gewesen. Es hatte absolut keinen Grund gegeben, sie für eine potentielle Kidnapperin zu halten. Also konnte es Tage, wenn nicht Wochen dauern, bis die Polizei nach Heiligensee kam, und da war er vielleicht schon tot.

Da die Schmerzen in der Brust immer schlimmer wurden, stieg Werners Angst. Er hatte angenommen, daß der Angriff auf ihn in der Art wie bei Bruno von der Eschenbach und Holger Busko erfolgen würde. Er hatte nie gedacht, sein Leben könnte dadurch gefährdet werden, daß man ihm die lebensnotwendigen Pillen wegnahm.

Um Kraft zu sparen und sein Herz nicht unnötig zu belasten, lag er die meiste Zeit auf dem Feldbett und hatte sich mit einer Decke zugedeckt. Jedesmal, wenn seine Entführer erschienen, bat er um die Pillen, wobei er nicht zu verheimlichen suchte, daß er sterben werde, wenn er sie nicht einnehme; er setzte dabei darauf, daß ihnen klar war, daß eine tote Geisel für sie wertlos war und sie ihr Faustpfand verloren, wenn er starb.

Es überraschte ihn, daß Marko seinen Bitten geneigter schien als Helena. »Ich weiß, wie Sie sich fühlen, Mann«, sagte er einmal, als Werners Schmerzen fast unerträglich wurden. »Sie brauchen einen Schuß.«

»Er braucht nur zu unterschreiben«, sagte Helena ungerührt.

Marko blieb noch im Keller, als sie gegangen war, saß auf der Treppe, die Maschinenpistole auf den Knien und betrachtete Werner voller Neugier, als wäre er eine seltene Tierart. »Warum geben Sie nicht nach, Mann? Sie würden nicht nur sich, sondern der ganzen Welt etwas Gutes tun. Wenn Sie aufhören würden, den Planeten atomar zu ruinieren, könnten Sie nach Hause gehen – und nachts ruhig schlafen.«

Werner erkannte die möglichen Vorteile, mit ihm ins Gespräch zu kommen. »Wenn meine Firma ihre Aktivitäten einstellen würde, käme die nächste.«

»Vielleicht. Aber würden Sie sich nicht wohler fühlen?«

»Was ist mit Ihnen?« fragte Werner. »Sie sind ein freiheitsliebender Mensch. Wie rechtfertigen Sie vor sich, daß Sie mich gefangenhalten?«

»Wie Helena sagt, wenn Sie unterschreiben, könnten Sie frei sein.«

»Machen Sie immer, was Helena sagt?«

»So ist das nicht. Wir sind Partner.«

»Haben Sie schon mal überlegt, was nachher mit Ihnen passiert? Sie sind gezeichnet, immer auf der Flucht.«

Markos Augen wurden schmal. »Warum machen Sie sich um mich Sorgen? Sie haben doch die Probleme.«

Eines Tages wurde die Kellertür aufgerissen, und Marko erschien allein. Er band Werner ein Tuch um das Gesicht und bohrte ihm die Maschinenpistole in die Rippen. »Einen einzigen Mucks, und du bist ein toter Mann!«

Über ihnen konnte Werner Schritte hören, das Rücken von Stühlen und ein schwaches Stimmengemurmel. Ob Marko wirklich schießen würde, wenn er schrie? Werner bewegte sich, und sofort drückte sich der Pistolenlauf in seinen Brustkorb. »Himmel Arsch, Mann, hast du nicht gehört, was ich gesagt hab'?« zischte Marko. In seinen Augen war ein wilder, fast ängstlicher Blick, und Werner war klar, daß er das Risiko nicht eingehen durfte. Vielleicht wollte Marko ihn nicht töten, aber er war fähig dazu.

Nach einer Ewigkeit, wie es schien, rückten oben erneut Stühle, und Schritte entfernten sich. Kurz darauf kam Helena in den Keller. Spöttisch sah sie Werner an. »Das war die Polizei. Sie wollten wissen, ob ich eine Ahnung hätte, wer meinen lieben Onkel gekidnappt haben könnte.«

Am nächsten Tag, als sie ihm seine Ration Brot und Wasser gaben, legten sie auch ein Exemplar der *Welt* bei. »Schon wieder in den Schlagzeilen, Mann«, sagte Marko. »Und das Schwarze Kommando auch. Ist das nicht Spitze?«

»Sie wollen eine unterzeichnete, handgeschriebene Notiz als Beweis, daß du noch lebst«, sagte Helena. »Hier hast du ein Stück Papier und einen Stift. Setz dich und schreib irgendwas.«

Werner blieb liegen. »Gib mir meine Pillen.«

Ihre Augen verengten sich, und sie richtete die Pistole auf seine Stirn. »Setz dich hin!«

Noch immer rührte Werner sich nicht.

Sie schlug ihm mit der Pistole ins Gesicht. »Du möchtest wohl lieber sterben, was? Tut mir leid, Onkel Werner, aber der Tod ist ein zu gütiges Schicksal für dich. Wir meinen das, was wir in dem Schreiben gesagt haben. Erst werden wir dir antun, was du anderen angetan hast. Marko, bind ihn fest.«

Bei dem heftigen Schlag war Werner ein so stechender Schmerz in die Brust, den linken Arm und nach oben in den Hals gefahren, daß er nur daliegen konnte, die Augen geschlossen und einen stummen Schrei auf den Lippen.

Marko zog ihm die Decke weg, holte ein Knäuel Nylonschnur aus seiner Tasche und band Werners Beine am Bettgestell fest. Dann umwickelte er auch seine Brust und die Arme. »Zieh ihm die Schuhe und Strümpfe aus«, befahl Helena, während sie sich eine Zigarette ansteckte. Sie blies sie einige Male an, bis die Spitze rot glühte, und hielt sie ihrer Geisel, dann an die rechte Fußsohle.

Das war endgültig zuviel für Werners Herz. Ein paar Augenblicke versuchte es krampfhaft weiterzuschlagen. Dann setzte es aus.

Ein feuchter Fleck erschien auf Werners Hose, und ein ekelhafter Geruch mischte sich mit dem beißenden Gestank verbrannten Fleischs. Marko verzog angewidert das Gesicht.

Werner bewegte sich nicht. Er lag einfach auf dem Feldbett, den Mund leicht geöffnet, die Augen geschlossen. Helena drückte die Zigarette auf die andere Fußsohle. Der Fuß zuckte nicht einmal zurück. Sie faßte Werners Handgelenk und fühlte den Puls. Nichts. Sie schlug ihm ins Gesicht. Sie schüttete ihm Wasser über den Kopf. Vergebens.

Lange stand sie nur da und starrte ihn völlig ungläubig an. Dann schrie sie los. »Nein, das ist nicht möglich! Es kann nicht sein! Er kann nicht tot sein!«

Marko stand starr daneben. Er hatte noch nie jemanden wirklich sterben sehen. Selbst Thomas hatte noch gelebt, als sie ihn ins Wasser geworfen hatten, wenn er auch bewußtlos gewesen war.

Helena wandte sich ab, wankte die Kellertreppe hoch, durch den Flur und nach draußen an die frische Luft und den frühlingshaften Sonnenschein. Sie sank auf die Stufen der Terrasse und starrte blicklos in den Garten. Wochen an Vorbereitung waren in dieses Unternehmen gegangen. Nichts war dem Zufall überlassen worden wie bei der Eschenbach-Pleite. Und nun war das einzige passiert, was sie nicht bedacht hatte. Werner war gestorben. Und sie wußte, sie hatte sich selbst die Schuld zu geben. Ein leiser, durchdringender Schrei entrang sich ihr, und Tränen liefen ihr über die Wangen. »Ich hätte ihm seine verdammten Pillen lassen sollen.«

Marko, der sich neben sie gesetzt hatte, zuckte mitfühlend die Schultern. »Was soll's? Das konntest du ja nicht wissen.«

Sie lehnte den Kopf an seine Schulter, und die Tränen liefen noch stärker über ihr Gesicht.

Marko griff in die Tasche, holte die Tabakdose heraus, drehte einen Joint und hielt ihn ihr an die Lippen. »Hier, mach mal 'n Zug.«

Das Marihuana beruhigte sie etwas, nahm ihr die unmittelbare Panik, konnte aber nicht das Gefühl der Verlassenheit, der Verzweiflung und vor allem des Versagens dämpfen. »Ich habe es so gut gemeint«, schluckte sie. »Ich wollte all dem sinnlosen Entsetzen ein Ende machen. Aber ich schaff' es nicht. Es wird so weitergehen. Die Kriege, das Töten, die Bomben. Nichts wird sich ändern.«

Den ganzen Nachmittag bis in den Abend hinein blieb Helena auf den Terrassenstufen sitzen. Marko versuchte, sie dazu zu bringen, etwas zu essen und zu trinken, aber sie weigerte sich. Am schlimmsten war, daß sie nicht wußte, was sie als nächstes tun sollten. Bisher hatte immer sie über ihr weiteres Vorgehen entschieden. Jetzt erwartete sie zum erstenmal in ihrer Beziehung, daß Marko die Anweisungen gab.

Mit wachsender Panik erinnerte Marko sich an Werners Worte, daß er tot wertlos für sie sei und die Polizei sie jagen werde. Helena war überzeugt, daß niemand sie verdächtigte, aber Marko war da nicht so sicher. Wenn alle anderen Spuren sich als falsch erwiesen, würde die Polizei erneut nach Heiligensee kommen.

Wenn man Werners Leiche im Keller fand, würden sie nicht nur wegen Entführung belangt, sondern auch wegen Mord. Dann war da noch Matthias. Wenn er sie verpfiff, würde die ganze Geschichte mit Eschenbach und Holger ans Licht kommen, und dann würden er und Helena für den Rest ihres Lebens hinter Gitter gehen.

Als erstes, entschied Marko, mußten sie Werner loswerden, und das ging am besten, wenn sie ihn wie Thomas in den See schmissen. Aber das war gar nicht so einfach. Sie konnten ihn zwar bis zum Fuß der Kellertreppe schleppen, aber ihn die Treppe hinaufzubringen, erwies sich als unmöglich. Mit einem Mann als Hilfe hätte Marko es vielleicht geschafft, aber mit Helena ging es nicht.

»Komm, wir lassen ihn, wo er ist, und hauen ab in die Bundesrepublik«, sagte er schließlich, den Fuß gegen Werners Leiche stoßend. »Selbst wenn sie ihn finden, uns finden sie nicht. Los, wir verschwinden hier.«

Die Angst beflügelte Marko, und eine Stunde später waren sie unterwegs, den Koffer mit dem doppelten Boden und den Waffen und dem anderen, in dem sie unter ihren Kleidern das restliche Geld und die Drogen versteckt hatten, im Kofferraum verstaut, ihre übrigen Sachen hastig daraufgeworfen. Marko fuhr, Helena saß kettenrauchend daneben. An der letzten Tankstelle vor der Grenze tankte er voll. Am Kontrollpunkt wurden sie wie die anderen Reisenden flüchtig kontrolliert, die Papiere überprüft, ein Transitvisum ausgestellt, und dann verließen sie Berlin.

Mitternacht war längst vorbei, als sie bei Helmstedt-Marienborn über die Grenze in die Bundesrepublik fuhren. Helena war eingeschlafen. Marko fuhr von der Autobahn ab und suchte einen günstigen Platz zum Anhalten. Er war nicht etwa müde; dazu waren seine Nerven zu angespannt. Aber er brauchte Zeit zum Nachdenken und Entscheiden, was jetzt zu tun war.

Er fand einen Rastplatz und parkte unauffällig zwischen einigen Lkw. Sie mußten den Wagen loswerden, überlegte er. Das war vorrangig. Aber selbst mit einem anderen Auto konnten sie nicht endlos herumfahren und auf Rastplätzen schlafen. Nach Frankfurt konnten sie nicht: Dort würde man zuerst nach ihnen suchen. Sie konnten natürlich zu Freunden gehen, aber wie viele Freunde waren verläßlich und würden Wochen, Monate oder gar Jahre ein gesuchtes Verbrecherpaar verstecken? Vielleicht sollten sie sich ins Ausland absetzen, nach Spanien, Marrakesch, in die Türkei oder nach Indien, doch dazu mußten sie internationale Grenzen überschreiten. Sie brauchten gefälschte Ausweise. Irgendwann fiel Marko über den ungelösten Problemen in unruhigen Schlaf.

Als er am Morgen aufwachte, waren die Lkw fort, und der Audi stand wie auf dem Präsentierteller da. Er fuhr los Richtung Süden und stellte das Radio an. Ein paar Minuten später kamen die stündlichen Nachrichten. Zu seiner großen Erleichterung wurde Werner nur kurz erwähnt. Es bestand also kein Grund anzunehmen, daß man seine Leiche gefunden hatte. »Die Suche nach dem entführten fünfundfünfzigjährigen Unternehmer Werner Kraus geht heute in Berlin weiter. Die Polizei glaubt nicht, daß Kraus aus der Stadt gebracht worden ist. Und jetzt die Wettervorhersage: Heute wird es sonnig und trocken . . .« Helena saß regungslos da und blickte geradeaus durch die Windschutzscheibe, die Hände fest im Schoß verschränkt.

Der Instinkt sagte Marko, daß es ratsam wäre, die Autobahn zu meiden. Hinter Fulda gelangten sie in die sanft geschwungenen Berge der Rhön. Marko fuhr langsam und bog bei der ersten Gelegenheit in einen ausgefahrenen Feldweg ein, der zu einem Kiefernwald führte. Nach etwa einem Kilometer kam er an eine Lichtung, wo offensichtlich Waldarbeiter vor einiger Zeit gearbeitet hatten. Er hatte auf irgendeine Hütte gehofft, aber es gab keine.

Er parkte, stieg aus, streckte sich und setzte sich auf einen gefällten Baum. Nach einer Weile gesellte Helena sich zu ihm. Sie schwieg noch immer, saß einfach mit angezogenen Knien da und starrte abwesend in den Wald.

»Du hast doch bestimmt darüber nachgedacht, was wir machen sollen, nachdem wir Kraus liegengelassen haben«, sagte er. »Du hast doch bestimmt irgendeinen Plan.«

Sie schüttelte den Kopf. Sie hatte sich ganz auf die Entführung konzentriert und einfach angenommen, daß sie sich mit dem Lösegeld die Bedingungen für den sicheren Weg in die Freiheit schaffen könnten.

Sie lehnte sich zurück und schloß die Augen in der Hoffnung, eine Wirklichkeit auszuschließen, über die nachzudenken sie nicht ertragen konnte. Seit Monaten war sie nervös, gereizt, angespannt; jetzt war sie völlig ausgepumpt und erschöpft und absolut unfähig, etwas zu denken oder zu tun. Wenige Augenblicke später war sie eingeschlafen.

Auch Marko mußte eingenickt sein, denn das Geräusch eines auf die Lichtung fahrenden Kombis ließ ihn hochschrecken; Türen schlugen, und eine männliche Stimme sagte mit eigenartigem Akzent auf englisch: »Machen wir ein Feuer, Irma. Ich hol' etwas Holz.«

Marko rüttelte Helena wach.

Ein sonnengebräunter, blonder junger Mann in Shorts und

T-Shirt tauchte zwischen den Büschen auf. »Oh, tut mir leid. Hab' zwar einen Wagen gesehen, aber nicht gemerkt, daß Sie hier sind. Wir haben Sie hoffentlich nicht gestört.«

Vorsichtig erwiderte Marko auf englisch: »Das macht nichts.«

»Sie sprechen Englisch? Wunderbar. Wir machen gleich Wasser heiß. Trinken Sie eine Tasse Tee mit?« Er streckte ihnen die Hand hin. »Ich bin Sam McKuen. Das ist meine Freundin Irma Flanders. Wir sind Australier.«

Marko dachte blitzschnell nach, während er sich erhob. »Ich bin Max. Das ist Else. Ihr war nicht ganz wohl, deshalb haben wir eine Pause eingelegt.«

»Oh, tut mir leid. Ist hoffentlich nichts Ernstes.«

»Nein, nein, nur vom Autofahren.«

Sam ging zurück auf die Lichtung und rief: »Irma, wir haben Gäste!«

»Bist du verrückt?« zischte Helena. »Wir können uns die doch nicht auf den Hals laden!«

Marko sah zum Kombi der Australier hinüber. »Du hast nicht gesehen, was sie fahren«, erwiderte er mit einem Gefühl wachsender Erregung. »Sie haben einen VW-Campingbus – mit australischer Nummer.« Mit einem Mal sah er einen herrlich einfachen Ausweg aus ihrer verfahrenen Lage.

Gastfreundlicher hätten die beiden Australier gar nicht sein können. Sie spendierten nicht nur Tee, sondern boten ihren neuen Freunden aus Deutschland auch ein Abendessen an, über dem Lagerfeuer gegrillte Würstchen und gebackene Bohnen, die sie mit einigen Bierchen runterspülten. Stolz zeigten sie ihren komfortablen Camper. Helena sagte wenig, was Marko damit entschuldigte, daß sie nicht gut Englisch spreche. Als es dunkel wurde und Marko erklärte, sie hätten es nicht eilig, irgendwohin zu kommen, schlug Sam vor, sie sollten im Camper schlafen; er und Irma würden draußen im Zelt bleiben.

»Warum hast du ja gesagt?« fragte Helena, als sie zu ihrem Wagen gingen, um etwas für die Nacht zu holen.

Marko öffnete den Kofferraum. »Liegt das nicht auf der Hand? Wir schaffen sie beiseite und kriegen so eine neue Identität. Keine Angst. Du brauchst nichts zu tun. Überlaß das mir.« Binnen vierundzwanzig Stunden hatten sich ihre Rollen total vertauscht. Er hatte jetzt alles fest im Griff.

Beim ersten Morgengrauen schlich Marko sich aus dem Campingbus und holte seine Pistole. Sam und Irma lagen aneinandergeschmiegt in ihrem Schlafsack, als er den Zelteingang aufschlug und eine Salve aus der Maschinenpistole auf sie feuerte, die sie tötete, bevor sie auch nur ahnten, was geschah.

Dann packte er alle ihre Sachen in den Camper. Er holte den kleinen Rucksack mit Sams und Irmas Pässen, Travellerschecks und anderen Papieren heraus, baute das Zelt ab und zerrte es mitsamt den Leichen, die zusammen leichter waren als die von Werner, zu ihrem eigenen Wagen, schob Sam hinter das Lenkrad und Irma auf den Beifahrersitz. Nachdem er den Campingbus zum Weg gefahren hatte, ging er zurück, schüttete Benzin aus dem Reservekanister ins Innere und schob den Wagen über das noch glühende Lagerfeuer. Dann zündete er ein Stück Zeitungspapier an und warf es hinein.

Als sie die Straße erreichten, hielt er an und blickte zurück. Es gab eine dumpfe Explosion, die durch den Wald gedämpft wurde, dann stieg eine schwarze Rauchsäule in den Himmel.

Als Alfons Breschinski am nächsten Samstag zum Haus in Heiligensee kam, um den Rasen zu mähen, war die Garagentür offen, aber kein Wagen im Hof. Er läutete an der Haustür, aber es meldete sich niemand. Er ging zum Schuppen, um den Mäher und die Schubkarre zu holen. Der Rasenmäher stand zwar dort, wo er sein sollte, aber die Schubkarre fand Alfons erst unten am Bootshaus. »Wer hat die denn dahin gestellt?« murmelte er. »Von allein ist sie jedenfalls nicht hergekommen. Wenn sie wenigstens was im Garten gearbeitet hätten, würde ich das ja noch verstehen, aber die haben doch keinen Finger gerührt. Man braucht sich nur das Unkraut anzusehen.«

Als er mit dem Rasen schließlich fertig war, hatte er sich richtig in Rage gearbeitet. Er packte den Rasenmäher und die Schubkarre weg und blickte böse zum Haus hinüber. In was für einem Zustand das wohl wieder war? Bestimmt ein richtiger Saustall. Er hatte den Ersatzschlüssel bei sich. Wenn sie zurückkämen und ihn im Haus fänden, würde er ihnen ein paar passende Worte sagen.

Im Moment, als er die Tür öffnete, drang ihm der Gestank in die Nase, der um so stärker wurde, je weiter er in den Flur trat. Als er schließlich die Kellertür öffnete, wich er zurück, so unerträglich war es. Das Taschentuch vor das Gesicht gepreßt, schaltete er das Licht ein und spähte nach unten. Der Anblick, der sich ihm bot, ließ ihn würgend zum Telefon rennen.

Auf den Titelseiten der Zeitungen, im Rundfunk und Fernsehen wurde die Nachricht von Werner Kraus' Tod verbreitet, und mit ihr die Fotos des Pärchens, das wegen Mord gesucht wurde; es wurde auch des Mordes an Holger Busko und einem italienischen Parkwächter in Frankfurt verdächtigt. Die Suche nach einem Sicherheitsposten, der in Berlin vermißt wurde, dauerte nach Aussage der Polizei noch an.

Die Presse mußte sich mit alten Fotos von Helena und Marko begnügen, auf denen sie noch gefärbte schwarze Haare hatte und er eine schulterlange Mähne, und mit Beschreibungen von Personen, die die beiden in letzter Zeit gesehen hatten.

Nach der Autopsie und einer gerichtlichen Untersuchung, bei der auf Tod durch Herzversagen unter ungeklärten Umständen erkannt wurde, wurden die sterblichen Überreste von Werner Kraus nach Frankfurt geflogen. Der Trauergottesdienst fand in der katholischen Kirche statt, in der Werner und Else getraut worden waren. Der Beerdigung wohnten Minister, Finanz- und Industriebosse und Vertreter des öffentlichen Lebens bei. Ganz in Schwarz gekleidet, boten Else und ihre beiden Töchter einen erschütternden Anblick. Den Fotografen gelangen einige ergreifende Bilder der drei Frauen zusammen mit Werners Bruder Norbert, dem Mann, dessen Tochter verdächtigt wurde, für seinen Tod verantwortlich zu sein.

Helena und Marko hatten inzwischen das Fichtelgebirge erreicht und übernachteten auf einem abgelegenen Feld an einem Fluß am Rand eines Dorfs nordöstlich von Bayreuth. »Ich will nicht mehr fahren. Ich möchte ein paar Tage hierbleiben«, sagte Helena beim Frühstück mit frischem Brot, Butter und Eiern, die ihnen der Bauer geschenkt hatte, auf dessen Grundstück sie kampierten und der sich gefreut hatte, seine paar Brocken Englisch anbringen zu können.

»Du bist verrückt!« erwiderte Marko. »Wir sind Australier, vergiß das nicht. Australier bleiben nicht irgendwo. Sie fahren herum. Helena, wir haben australische Pässe und Visa, einen australischen Camper mit australischer Zulassung und Versicherung und eine grüne Versicherungskarte. Wir können fast überallhin in der Welt.«

»Das kannst du ja machen, wenn du willst, Marko. Ich bleibe hier.«

Marko seufzte auf. Er konnte nicht verstehen, was sie an diesem gottverlorenen Flecken reizte, aber er wollte sich jetzt nicht mit ihr streiten. »Also gut. Aber wir sollten den Bauern irgendwas erzählen.«

»Sag ihnen, ich schreibe ein Buch.«

Vielleicht sollte sie das wirklich, dachte Helena. Wenn sie ihre innere Verwirrung zu Papier brachte, würde sie sich vielleicht allmählich verstehen und wissen, wie es mit ihrem Leben weitergehen sollte. Bis zu Werners Tod war alles ganz klar gewesen. Jetzt war plötzlich nichts mehr da. Sie glaubte an gar nichts mehr. Nicht einmal mehr an Marko.

Es war fast so, als ob sie, die bisher im Mittelpunkt gestanden hatte, draußen stände und zusähe. So war es gewesen, als Marko die Australier getötet und den Wagen angesteckt hatte. Sie hatte im Campingbus gesessen, zugesehen, nichts empfunden, kein Mitleid, keine Reue, keine Angst. Davor war immer etwas gewesen – Enttäuschung, Erregung, Zufriedenheit, sogar Angst und, im Fall von Thomas, Bedauern. Aber bei den Australiern nichts. Nichts hatte mehr die Kraft, sie noch zu bewegen, nicht einmal der Tod.

Am Abend vor Werners Beerdigung, als die übrigen Familienmitglieder und guten Geschäftsfreunde gegangen waren, die Else noch in die Frankfurter Villa eingeladen hatte, bat Eckhardt Jurisch Else, Joachim Duschek und Hannelore Hahn in das Arbeitszimmer. Dort, am Schreibtisch seines verstorbenen Arbeitgebers, wo Werner ihm vor knapp vier Monaten eben dieses Dokument diktiert hatte, setzte Eckhardt sie vom Inhalt des Testaments in Kenntnis, zu dessen Vollstrecker und Treuhänder er und Joachim bestellt worden waren.

Es gab zwei Erbteile. Einmal die Villa samt Inventar sowie Werners Mobiliargut, die an Else gingen. Zum andern fünfzig stimmberechtigte Vorzugsanteile an der Werner Kraus Holding, die er »meiner treuen Sekretärin Hannelore Hahn« vermachte.

»Ich möchte den Rest des Testaments zuerst zusammenfassen«, sagte Eckhardt Jurisch. »Danach beauftragt Herr Kraus Dr. Duschek und mich, sein gesamtes übriges Vermögen zu verkaufen, auch die Anteile der Werner Kraus Holding, mit Ausnahme derjenigen von Fräulein Hahn. Herr Kraus möchte mit anderen Worten, daß das Unternehmen in eine Aktiengesellschaft umgewandelt wird. Vom Verkaufserlös sollen zwanzig Millionen Mark treuhänderisch für Frau Kraus und ihre Töchter verwaltet werden; das daraus fließende Kapital und Einkommen soll den Nutznießern nach Gutdünken der Treuhänder zukommen. Vom übrigen Erlös soll ein Institut für Kernforschung und -entwicklung gegründet werden, das den Namen von Herrn Kraus trägt.«

Lange herrschte Schweigen im Raum. Dann fragte Else: »Haben Sie eine Vorstellung vom Gesamtwert der Anteile der Werner Kraus Holding?«

»Nicht den aktuellen Wert. Allerdings kann ich Ihnen als Ansatz sagen, daß die Werner Kraus Holding laut letztem Geschäftsbericht einen Wert von gut drei Milliarden Mark hat.«

»Wovon ich nur zwanzig Millionen bekomme?«

Eckhardt Jurisch holte tief Luft. »Diese Summe steht nicht zu Ihrer freien Verfügung, Frau Kraus. Sie wird treuhänderisch für Sie verwaltet. Es erübrigt sich festzustellen, daß Dr. Duschek und ich dafür sorgen werden, daß Sie und Ihre Töchter keine Not leiden. Ich darf Ihnen versichern, daß Sie von dem Einkommen ein äußerst angenehmes Leben werden führen können.«

»Und Hannelores Anteile? Was sind die wert – ungefähr?«

Bevor Eckhardt antworten konnte, sagte Hannelore: »Ich verspreche Ihnen, Frau Kraus, daß ich meine Anteile nicht verkaufen werde. Sie bedeuten für mich weit mehr als alles Geld, das sie vielleicht wert sind.«

Seit sie 1927, vor fünfundvierzig Jahren, die Schule verlassen hatte, hatte Hannelore Hahn für Kraus gearbeitet, zuerst für die Kraus-Werke, dann für Landgut und schließlich für die Werner Kraus Holding. Vom bescheidenen Anfang als Schreibmaschinenkraft bis zur jetzigen Stellung als Chefsekretärin des alleinigen Gesellschafters hatte sie ihr ganzes Leben der Familie Kraus gedient und ihren Arbeitgebern, insbesondere Werner, dem sie am nächsten gestanden hatte. Sie hatte gegeben, was nur wenige Frauen ihren Männern geben: Gehorsam, völlige Hingabe an die Arbeit, Respekt und, auf eine etwas eigene Art, sogar Liebe.

Jetzt wußte sie, daß ihre Treue und Hingabe belohnt worden waren. Als Werner sich entschlossen hatte, sein Imperium nicht seiner Frau zu hinterlassen, sondern in eine Aktiengesellschaft umzuwandeln, hatte er jemanden gebraucht, der sicherstellte, daß das Unternehmen in der bisherigen Weise weitergeführt würde. Und es gab nur einen Menschen, in den er dieses absolute Vertrauen setzte: sie, Hannelore Hahn.

Sie würde vielleicht nie Geschäftsführerin eines der zur Kraus-Gruppe gehörenden Unternehmen werden oder gar Vorsitzende der Holdinggesellschaft. Aber aufgrund jener fünfzig Vorzugsanteile würde sie immer die Stimmenmehrheit haben. Werner Kraus war tot, doch in Hannelore Hahn lebte sein Geist weiter.

In Heiligensee wurde im Wasser eine Leiche gefunden und als der vermißte Wachposten Wilfried Thomas identifiziert. In der Rhön entdeckte man ein ausgebranntes Auto mit zwei Toten. Die Untersuchungen ergaben, daß es der Wagen von Helena und Marko gewesen war, und kurze Zeit spekulierte die Presse, die beiden Terroristen hätten Selbstmord begangen. Doch dann ergab ein pathologischer Befund, daß es sich bei dem toten Paar um Ausländer gehandelt haben mußte: Ihre Zahnbehandlung war nicht in Deutschland erfolgt.

Als Marko in den Nachrichten davon erfuhr, wurde er wieder unruhig, und sein Zustand verschlimmerte sich noch, als bald darauf sein Marihuanavorrat erschöpft war. So abgelegen ihr Versteck war, er fühlte sich schrecklich verwundbar und wäre viel lieber mit Helena in einer Stadt untergetaucht. Doch Helena wollte sich nicht vom Fleck rühren.

Dann, an einem herrlichen Morgen Mitte Mai wußte Helena plötzlich, wo ihr Leben die falsche Wende genommen hatte. Es hatte nichts mit Werners Tod zu tun. Das war lediglich ein Zeichen dafür gewesen, daß sie das Ende eines bestimmten Weges erreicht hatte, daß die Revolution, an die sie so fest geglaubt hatte, nicht durch Tod und Zerstörung erreicht werden konnte.

Nein, ihren Fehler hatte sie lange vorher begangen. Sie hatte ihn begangen, als sie ihren Sohn geboren hatte, als sie die Chance bekommen hatte, ein neues Leben zu hegen und zu pflegen und beim Aufbau einer neuen Welt zu helfen – und diese Gelegenheit vertan hatte. Ihr Fehler war gewesen, Mondkind wegzugeben.

Sie dachte an Mondkind, wie sie ihn zuletzt auf Kleos Hochzeit gesehen hatte, an das runde, unschuldige kleine Gesicht, das zu ihr hochgeschaut hatte, an seine Hand, die zutraulich nach ihr gegriffen hatte. Ein Kind der Revolution hatten sie und Marko ihn genannt, noch bevor er geboren war. Sie erinnerte sich noch, wie Matthias ihr vorgeworfen hatte, daß ihr alle egal seien, selbst ihr eigenes Kind. »In deinen Augen«, hatte er gesagt, »ist jeder entbehrlich, auch dein eigenes Fleisch und Blut.« Er hatte recht gehabt. Sie hatte Tod und Blut an den Händen, mit denen sie das Leben hätte schützen müssen. Sie hatte zerstört, wo sie hätte aufbauen sollen. Sie war so versessen darauf gewesen, die Welt zu beeinflussen, daß sie den wichtigsten Menschen auf Erden übersehen hatte.

»Du willst was?« fragte Marko ungläubig.

»Ich will Mondkind zurückhaben.«

»Du bist total übergeschnappt! Was sollen wir denn mit einem Baby?«

»Er ist kein Baby mehr. Er ist drei Jahre alt.«

Marko holte tief Luft. »Die Polizei wird wahrscheinlich das Haus deiner Mutter bewachen.«

»Das bezweifle ich. Ich bin, seit ich von zu Hause weg bin, nicht mehr dort gewesen. Das ist der letzte Ort, wo mich jemand vermuten würde.«

»Und was ist, wenn sie die Bullen holt?«

»Das wird sie nicht. Sie wird ihre eigene Tochter nicht verraten.« Jetzt, da Helena ihr Problem analysiert und die Lösung gefunden hatte, war sie sich plötzlich wieder sehr sicher.

»Und wenn sie sich weigert, dir Mondkind zurückzugeben?«

»Sie hat keine Chance«, erklärte Helena drohend. »Marko, sie hat mir mein Kind gestohlen. Wenn nötig, wende ich Gewalt an, um es wiederzubekommen.«

Reinhild hatte an jenem Mittwochmorgen gerade ein Blech mit Gebäck in den Ofen geschoben, als das Telefon klingelte. Sie ließ Alexander, der damit beschäftigt war, den restlichen Teig mit einem Holzlöffel auszukratzen, in der Küche und ging in den Flur, um den Hörer abzunehmen. Sie war vollkommen unvorbereitet auf die Stimme, die sie am anderen Ende der Leitung hörte.

»Mutter, ich bin's, Helena. Ich muß dich sehen. Ich brauche Hilfe.«

Reinhild versuchte, ihre wirren Gedanken zu ordnen. »Wo bist du?«

»In einer Telefonzelle. Hör zu, wir kommen heute abend. Und sag um Gottes willen niemandem ein Wort.«

»Helena, hast du Werner entführt? Hast du diese anderen Leute umgebracht?«

»Natürlich nicht. Das sind alles Lügen.«

»Warum gehst du dann nicht zur Polizei und sagst es ihnen?«

»Das ist jetzt zu kompliziert zu erklären.«

Alexander erschien im Flur, die Rührschüssel an die Brust gedrückt und die Pausbacken mit Teig beschmiert. »Oma, wer ist das?«

Wäre der Junge nicht aufgetaucht, hätte Reinhild von Helena vielleicht auf der Stelle eine ausführlichere Erklärung verlangt, aber sie wollte Alexander nicht verunsichern.

»Ist das Mondkind?« fragte Helena, und selbst durchs Telefon war in ihrer Stimme eine ungewohnte Zärtlichkeit zu spüren.

»Ja«, erwiderte Reinhild schwach. »Wir backen Plätzchen.«

Alexander war in dem Alter, wo er gern mit Leuten am Telefon sprach. Er streckte die verklebten Hände zum Hörer hoch.

»Das Geld ist gleich alle«, sagte Helena. »Bis später also. Und denk dran, sag keinem, daß wir kommen.«

Sie hatte eingehängt. Mit zitternden Fingern legte Reinhild den Hörer auf. Alexander ließ den Rührlöffel auf den Teppich fallen und wischte die klebrigen Hände an der Schüssel ab, wobei er sie herausfordernd ansah und offensichtlich auf eine Strafpredigt wartete. Doch diesmal beachtete seine Großmutter ihn nicht.

Sie ging wieder in die Küche und stellte sich, während sie Wasser für einen dringend nötigen Kaffee aufsetzte, die eine Frage, die sie beschäftigte, seit Werners Leiche gefunden worden war und die Polizei sie verhört hatte. Helena war immer aufsässig gewesen, aber war sie wirklich eine Mörderin? Die Beweise schienen unanfechtbar, dennoch konnte sie nicht glauben, daß ihre Tochter die entsetzlichen Verbrechen begangen haben sollte, die ihr zur Last gelegt wurden.

Aber jetzt tauchte eine weitere, noch unmittelbarere Frage auf. Warum wollte Helena sie plötzlich sehen? Sie hatte gesagt, sie brauche Hilfe. Hoffte sie etwa, ihre Mutter würde sie und Marko eine Zeitlang aufnehmen, sie verstecken, während die Jagd der Polizei weiterging? Wenn das der Fall wäre, was würde sie tun? So sehr Helena sie in der Vergangenheit auch verletzt haben mochte, sie konnte ihrer eigenen Tochter in der Stunde der Not nicht die Tür weisen. Aber wenn sie und Marko schuldig waren? Wenn sie verantwortlich für den Tod von acht Menschen waren, darunter zwei kleine Kinder . . .?

Das Wasser kochte. Vom Herd kam der warme, behagliche Duft des Gebäcks. Alexander zupfte an ihrer Schürze. »Oma, guck mal, wie sauber die Schüssel ist. Du brauchst sie gar nicht spülen.«

Reinhild blickte nach unten in sein strahlendes, zutrauliches Gesichtchen, und eine Woge der Liebe zu ihm überkam sie, die weit stärker war als alles, was sie je für Helena empfunden hatte. Und da wurde ihr klar, daß sie, ungeachtet der Wahrheit, nichts unternehmen durfte, was das Leben ihres Enkels gefährden konnte. Nichts, nicht einmal um die eigene Tochter zu schützen.

Auf der Küchenuhr verstrichen unerbittlich tickend die Minuten. Es war schon fast Mittag. Bevor sie es sich anders überlegen konnte, ging Reinhild wieder zum Telefon.

Eine halbe Stunde später brachte ein neutraler Polizeiwagen sie und Alexander zum Flughafen. Eine Polizeibeamtin in Zivil begleitete sie auf dem Flug nach Berlin. Und am Flughafen Tempelhof wartete ein anderes Polizeifahrzeug auf sie, um sie zum Hotel Jochum zu bringen.

Es wurde ein langer Abend mit Warten, mit Abhören der Nachrichtensendungen im Radio und Fernsehen, und dem ein ums andere Mal wiederholten Bericht über ihr Telefonat mit Helena und der Frage, ob es richtig gewesen war, die Polizei zu verständigen.

»Du hast das einzig Richtige gemacht, als du deiner und Alexanders Sicherheit den Vorrang gegeben hast«, bestätigte Viktoria ihr zum x-tenmal. »Und es war sehr vernünftig von dir, nach Berlin zu kommen. Hierher werden sie dir nicht zu folgen wagen.«

»Ich möchte nur wissen, warum sie mich sehen wollte. Ich hätte ihr die Möglichkeit lassen müssen, es mir zu erklären, aber da ist Alexander aus der Küche gekommen, und ich wollte nicht, daß er irgend etwas Beunruhigendes hört.«

Alexander lag längst in einem Bettchen in einer Ecke des Zimmers beim Fenster. Er war nach dem unerwarteten Abenteuer des Flugs nach Berlin müde gewesen und schlief fest.

»Er ist noch zu klein, um zu verstehen, was vor sich geht«, beruhigte Kleo ihre Mutter.

»Eines Tages wird er es erfahren«, seufzte Reinhild. »Je länger ich darüber nachdenke, desto sicherer bin ich, daß ich hätte bleiben sollen. Ich kann nicht glauben, daß Helena eine Terroristin ist.«

»Es deutet aber alles darauf hin«, entgegnete Dieter ruhig.

»Vielleicht zeigt sie sich ja gar nicht«, sagte Reinhild. »Vielleicht hat sie es sich anders überlegt.«

Marko fuhr an den imposanten Häusern am Alsterufer vorbei

und bog in eine ruhige Wohnstraße ein. »Da ist es«, sagte Helena. Er verringerte das Tempo. Sie sahen mehrere Garagen, die von einem großen Baum überragt wurden, dann ein paar Büsche, zwischen denen ein Weg zum Eingang des Hauses führte. Ein Mann führte seinen Hund aus. Ein Pärchen schlenderte Arm in Arm an ihnen vorbei. Keiner von ihnen beachtete den Campingbus auch nur mit einem Blick.

Trotzdem fühlte sich Marko unbehaglich, wahrscheinlich weil er überhaupt nicht hier sein wollte. Er wollte die Verantwortung für Mondkind nicht. Er wollte weg aus Deutschland, nach Süden, aufbrechen zu einer neuen, sorgenfreien Existenz. Revolutionär zu sein war anfangs ganz lustig gewesen, aber seit er und Helena auf der Flucht waren, hatte es seinen Reiz verloren.

Er wußte, er hätte Helena gegenüber hart bleiben und sich weigern sollen, sich auf diesen verrückten Plan einzulassen, aber wenn sie sich einmal etwas in den Kopf gesetzt hatte, war es unmöglich, sie davon abzubringen. Natürlich hätte er einfach abhauen können, aber das war etwas, woran er noch nicht einmal gedacht hatte. Das Leben mit Helena mochte schwierig sein – ein Leben ohne Helena war undenkbar.

Er fuhr die Straße hoch, bog rechts ab, dann wieder rechts auf die Uferstraße und dann zurück in die Straße, wo Reinhild wohnte. Er parkte den Campingbus vor ihrem Haus. Das Pärchen und der Mann mit dem Hund waren verschwunden. Die Gegend schien ganz ruhig.

Er nahm die Pistole aus dem Handschuhfach, entsicherte sie, steckte sie in den Bund seiner Jeans und stieg aus dem Wagen. Helena stieg auf der Beifahrerseite aus, die Pistole in der Tasche. Sie gingen an den Garagen vorbei den Weg zwischen den Büschen entlang, ohne mit ihren Gummisohlen ein Geräusch auf dem Steinbelag zu machen. Es war ein ruhiger Abend, Neumond, und kein Hauch bewegte die Blätter.

Sie hatten die Eingangstür fast erreicht, als der ganze Bereich plötzlich taghell erleuchtet wurde. Aus einem Lautsprecher erscholl eine Stimme: »Hier spricht die Polizei. Sie sind umstellt. Werfen Sie Ihre Waffen weg. Nehmen Sie die Hände über den Kopf.« Zwischen den Büschen regten sich schemenhaft Gestalten. Marko warf einen kurzen Blick nach hinten. Am Ende des Weges sah er die Silhouetten von Polizisten, ihre Waffen waren im Licht einer Straßenlampe gut zu erkennen.

Einige Sekunden herrschte angespannte Stille, in der die Polizei darauf wartete, daß die beiden die Aussichtslosigkeit ihrer Lage einsahen und sich ergaben. Helena tat einen kleinen Schritt nach vorn, und durch die klare Abendluft drang ein rasches, vielfaches, eindeutiges Klicken zu ihr. Die Polizisten kamen langsam näher.

Helenas Stimme ertönte, hoch und voll höhnischer Verachtung: »Los! Schießt schon! Das ist doch eure Taktik! So haben es die Nazis gemacht! Und so macht es die deutsche Polente immer noch! Nur so könnt ihr sicher sein, daß wir nicht vor Gericht kommen und als unschuldig befunden werden. Los! Schießt auf eine Mutter, die ihren kleinen Sohn besuchen will! Raubt einem unschuldigen Kind die Eltern!«

Wenn sie ihre Maschinenpistolen bei sich gehabt hätten, hätten sie sich vielleicht den Weg aus dem Hinterhalt freischießen können, dachte Marko verzweifelt. In einem Kugelhagel hätten sie sich vielleicht zum Campingbus und in die Freiheit durchkämpfen können. Doch mit Pistolen waren sie bei dem gegen sie aufgebotenen Arsenal ohne Chance.

Aus dem Lautsprecher dröhnte die Stimme: »Es passiert Ihnen nichts, wenn Sie sich ergeben. Nehmen Sie die Hände über den Kopf.«

An der Haustür bewegte sich etwas. Licht blinkte ganz kurz auf dem Lauf eines Gewehrs, das genau auf Helena gerichtet war. Blitzschnell riß sie die Pistole aus ihrer Tasche und feuerte.

Fast gleichzeitig wurde das Feuer erwidert und ihr die Pistole aus der Hand geschlagen. Eine weitere Kugel traf sie ins Bein, und sie fiel schreiend zu Boden.

In wilder Panik zog Marko die Pistole aus dem Hosenbund und feuerte wahllos um sich. Wäre er dort geblieben, wo er stand, hätten die Kugeln der Polizei ihn, wie Helena, in die Beine getroffen. Doch er drehte sich um und rannte los, und der Schuß traf ihn zwischen die Schulterblätter. Der Treffer ließ ihn die Arme hochwerfen, und die Pistole wurde ihm aus der Hand geschleudert. Er torkelte noch ein paar Schritte vorwärts, dann gaben die Beine unter ihm nach, und er fiel vornüber auf den Weg.

Die Polizisten stürmten heran. Helena wollte sich aufrappeln, doch die Schmerzen im Bein vereitelten das. Kräftige Hände packten sie an den Schultern. Sie wand und sträubte sich, biß und trat nach ihren Häschern, aber sie waren übermächtig. Handschellen schlossen sich um ihre Handgelenke. »Ihr habt kein Recht, das zu tun!« tobte sie. »Ich wollte nur meinen Sohn holen. Ich wollte nur mein Kind zurück. Was ist daran auszusetzen? Er gehört mir! Man hat ihn mir gestohlen!«

In der Ferne hörte man das Heulen von Sirenen, und Krankenwagen fuhren am Ort des Geschehens vor. Sanitäter mit Bahren eilten herbei. Ein Unfallarzt kniete neben Marko nieder, fühlte seinen Puls, schob die Augenlider hoch, horchte an seiner Brust, sagte etwas zu seinen Kollegen, die ihn auf eine Bahre legten und mit einer Decke zudeckten.

Im grellen Licht konnte Helena sehen, was sie taten, und der Ungerechtigkeit ihrer Festnahme und den Schmerzen in ihrem Bein wurde eine weitere, noch entsetzlichere Qual hinzugefügt. »Ihr habt ihn umgebracht!« schrie sie. »Ihr habt Marko umgebracht!« Ihre erschütterten Schreie gellten durch die Nacht.

Sie schrie immer noch wie von Sinnen, als man sie auf eine Bahre band und zu einem Krankenwagen trug, der sie unter Polizeibegleitung zum nächsten Krankenhaus fuhr.

Es war Mitternacht, als das Telefon in Viktorias Suite klingelte und der Angestellte am Empfang Kommissar Berg meldete.

Dieter ließ den Kommissar eintreten, der in der Tür einen

Moment stehenblieb, die kalte Pfeife zwischen den Zähnen. Dann nahm er sie aus dem Mund, drückte den Tabak mit dem Finger fest, steckte die Pfeife in die Brusttasche und sah Reinhild an. »Wir haben eben Nachricht aus Hamburg bekommen. Es ist gut, daß Sie nicht dort waren, Frau Kraus. Sie sind beide aufgetaucht. Und beide waren sie bewaffnet.« Er machte eine kurze Pause, dann fuhr er fort. »Als Ihre Tochter erkannte, daß die Polizei da war, schoß sie auf die Beamten. Unsere Männer hatten keine andere Wahl als zurückzuschießen.«

»Sie meinen, Helena ist ...«

»Sie wurde nur leicht verletzt. Ihr Freund allerdings versuchte zu fliehen und wurde in den Rücken geschossen. Er war offenbar sofort tot.«

Reinhild schüttelte fassungslos den Kopf. Kleo trat zu ihrer Mutter und legte ihr den Arm um die Schultern.

»Hat Helena zugegeben, dem Schwarzen Kommando anzugehören?« fragte Dieter.

Der Kommissar verzog das Gesicht. »Offensichtlich hat sie gar keine Anstalten gemacht, das zu leugnen. Sie hat im Gegenteil sogar behauptet, das Schwarze Kommando würde sich an der Polizei für den Mord an ihrem Freund und an der Gesellschaft für den Diebstahl ihres Kindes rächen. Aber wie Sie wissen, wurde sie nach dem üblichen Vorgehen der Polizei darauf hingewiesen, keine Aussagen zu machen, ohne vorher einen Anwalt zu konsultieren.«

Kleo sah besorgt zu ihrem Mann hinüber, und Dieter wußte, daß sie hoffte, er würde sich bereit erklären, Helena als Anwalt zu vertreten, doch er wich ihrem Blick aus, starrte auf einen Punkt mitten im Zimmer und versuchte gleichzeitig, die Ironie seiner Lage zu begreifen. Durch sein eigenes Handeln hatte er immer danach gestrebt, die Fehler und Verbrechen der Generation seines Vaters wiedergutzumachen und die abscheulichen Verbrechen der Nazis zu rächen. In dieser, wie in so vieler anderer Hinsicht war er einer Meinung mit Helena gewesen. Doch sie, die die Nazis so verabscheut hatte, hatte den gleichen Terror ausgeübt, dem sie ablehnend gegenüberstand. Auf ihr und Markos Konto ging der Tod von mindestens acht Menschen, einschließlich dem seines Freundes und Mentors, Holger Busko. Konnte er sich dazu durchringen, sie zu verteidigen, weil sie seine Schwägerin war?

Er schien in einem wirren Netz aus Verstrickungen und persönlichen Umständen gefangen, seit er die Verteidigung von Heinz-Georg Lindner übernommen hatte. Aber wären die Ereignisse anders verlaufen, wenn er den Fall damals nicht angenommen hätte? Das Schwarze Kommando hätte seine terroristischen Aktivitäten trotzdem fortgesetzt. Aber als er jetzt darüber nachdachte, fragte er sich, ob er nicht indirekt für wenigstens einen der Vorfälle selbst verantwortlich war. Denn schließlich hatte er Kleo überredet, seinem Vater Informationen zu entlocken, was dazu geführt hatte, daß Stefan jenen Artikel über Werner Kraus in *Aktuell* geschrieben hatte.

Seufzend wandte er sich an den Kommissar. »Danke, daß Sie uns persönlich unterrichtet haben, Herr Kommissar. Würden Sie Ihren Kollegen in Hamburg bitte mitteilen, daß ich morgen mit der ersten Maschine komme?«

»Heißt das, daß Sie aus beruflichen Gründen dort sein werden, Dr. Duschek?«

»Ja«, erwiderte Dieter schweren Herzens. »Ich werde Helena verteidigen.«

EPILOG

Donnerstag, 25. Juni 1992

Viktoria Jochum empfängt mich in ihrem Zimmer im ersten Stock des Hotels Jochum-Berlin in einem hohen, geschwungenen Sessel, der an einem geöffneten Fenster mit Blick auf den Kurfürstendamm steht. Mein erster Gedanke ist, daß sie kleiner ist, als ich mir vorgestellt habe. Doch dann fällt mir ein, daß sie ja bereits achtundneunzig ist. Sie sieht jünger aus, obwohl ihr Gesicht von tiefen Furchen durchzogen ist. Ihr silberweißes Haar ist makellos gewellt. Sie trägt eine schwarze Hose, eine schwarze Samtjacke und eine hochgeschlossene, cremefarbene Seidenbluse, dazu am Hals eine alte Goldbrosche.

Senta stellt mich vor, und Viktoria betrachtet mich aus leicht zusammengekniffenen, scharfen blauen Augen. Dann lächelt sie und streckt mir eine Hand entgegen, die von Arthritis gekrümmt ist, und entschuldigt sich, daß sie nicht aufsteht.

Sie spricht Englisch, aber ich versichere ihr, daß ich gern die Gelegenheit nutze, mein Deutsch zu üben. »Dann kommen Sie also in mehr als einer Hinsicht nach Ihrem Großvater«, bemerkt sie wohlwollend. »Sie sprechen Deutsch. Sie sind Journalistin. Sie sehen sogar wie Mortimer aus.« Ein abwesender Blick kommt in ihre Augen. »Ich weiß noch, wie . . . Aber lassen wir das. Ich will Sie nicht mit den Erinnerungen einer alten Frau langweilen.«

»Aber deswegen bin ich doch hier«, erkläre ich ihr freudig. Ich bereite gerade eine Artikelserie über europäische Geschäftsfrauen für eine Londoner Zeitung vor. Als ich die deutsche Liste zusammengestellt habe, sind mir Viktoria Jochum und ihre Enkelin Senta als erste eingefallen. Obwohl ich sie noch nie gesehen habe, habe ich viel über sie gehört, von meinem Großvater und von Lili, mit der ich in Verbindung bin, seit sie vor rund fünfunddreißig Jahren als mein Kindermädchen nach England gekommen ist.

Lili lachte immer über ihre Ähnlichkeit mit Senta, und diese Ähnlichkeit ist immer noch da, obwohl Senta inzwischen Anfang Fünfzig ist. Ihr rotgoldenes Haar hat nur ein paar graue Strähnen. Aber das Auffallendste an ihr sind die grünblauen Augen und ihr Lächeln – Zeichen einer starken, warmherzigen Persönlichkeit. Ich mag sie vom ersten Augenblick an.

Wir trinken Kaffee aus Meißener Porzellan, und ich erkundige mich nach Lili, die eine sehr unzuverlässige Briefschreiberin ist.

»Lili selbst geht es sehr gut«, sagt Senta. »Leider ist ihr Mann, Bruno, der Anfang Achtzig ist, sehr gebrechlich, so daß sie Burg Eschenbach selten verlassen. Aber sie sind glücklich zusammen.«

»Vielleicht können Sie sie besuchen, solange Sie in Deutschland sind«, regt Viktoria an. »Ich bin sicher, Lili würde sich sehr freuen.«

»Das habe ich vor.« Dann schlage ich meinen Stenoblock auf. »Vielleicht sollten wir mit unserm Interview anfangen. Aber ich möchte Sie nicht strapazieren, Frau Jochum.«

»Sie strapazieren mich nicht. Aber mein Gedächtnis ist nicht mehr so gut wie früher. Es wäre daher am besten, Sie fragen meine Enkelin.«

Senta wirft ihr einen liebevollen Blick zu, und ich spüre das starke Band zwischen den beiden Frauen. Dann fragt sie mich: »Was möchten Sie denn gerne wissen?«

Wir sprechen zuerst über die Jochum-Hotels. Senta erzählt mir, wie die Kette im Laufe der Jahre gewachsen ist und daß es inzwischen acht Hotels in verschiedenen deutschen Städten sind. Die Leitung liegt heute in den Händen von Senta und ihrem Mann, Eduard. Stolz berichtet sie mir, daß ihre Kinder ebenfalls im Geschäft sind. »Gisela arbeitet im Jochum-Stuttgart, und Karl ist hier in Berlin.«

»Sie haben ihn Karl genannt, nach meinem Vater«, erklärt Viktoria stolz. »Wie sehr würde sich mein Vater freuen, wenn er wüßte, daß fast ein Jahrhundert, nachdem er das Quadriga aufgebaut hat, ein Karl in der vierten Generation der Jochums in seine Fußstapfen getreten ist.«

»Bestehen Pläne, weitere Hotels zu eröffnen?« frage ich, die Seite in meinem Block umblätternd. »In Ostdeutschland vielleicht?«

»Zur rechten Zeit«, antwortet Senta, »aber wahrscheinlicher ist, daß wir vorher ein weiteres Hotel hier in Berlin bauen.«

Viktoria blickt auf ein gerahmtes, vergilbtes Foto auf dem Tisch, das eine breite, baumbestandene Straße zeigt, die von prachtvollen Gebäuden gesäumt wird. Im Vordergrund sieht man ein viergeschossiges Gebäude mit Säulengang, das ich als das Hotel Quadriga erkenne. »Es war immer mein Traum, ein zweites Quadriga zu bauen. Jetzt, wo die Mauer gefallen ist und Berlin wieder Hauptstadt wird, wird das hoffentlich möglich sein.«

Jetzt, wo die Mauer gefallen ist . . . Wir sprechen über die Ereignisse, die zu jenem denkwürdigen Abend am 9. November 1989 geführt haben, als die DDR-Behörden den Übergang Bornholmer Straße öffneten und Zehntausende von Ostberlinern nach West-Berlin strömten.

Wie die übrige Welt habe ich die Bilder im Fernsehen gesehen, und in den Zeitungen Fotos der Menschen, die durch die Breschen in der Mauer drangen, und der Schlangen von Trabis, die darauf warteten, in den Westen zu fahren. Ich war damals in London, aber ich habe die Euphorie des Augenblicks doch deutlich gespürt.

»Das war einer der glücklichsten Momente meines Lebens«, sagt Viktoria. »Ich habe immer gesagt, die Mauer würde fallen, aber wenn ich ehrlich bin, habe ich nie wirklich daran geglaubt.

Ich konnte in jener Nacht nicht schlafen. Keiner von uns konnte schlafen. Senta, Eduard und Karl sind zur Mauer gegangen, und ich habe hier gesessen und den Menschen zugesehen, die auf dem Kudamm gefeiert haben.

Es war herrlich. Wildfremde Menschen sind sich um den Hals gefallen, haben Sekt getrunken, gesungen und getanzt. Drei Tage und Nächte ist das so gegangen, ein einziges großes Straßenfest.

Später haben Senta und Eduard mich dann mit nach Ost-Berlin genommen. Wir sind zum Brandenburger Tor gefahren und dann die Linden runter, an der Stelle vorbei, wo das Hotel Quadriga gestanden hat. Natürlich sieht heute alles ganz anders aus.«

Viktoria macht eine Pause, dann fährt sie mit etwas stockender Stimme fort: »Ich wünschte nur, mein Sohn Stefan hätte das noch erleben können. Er ist in jenem Sommer gestorben. Er war kein junger Mann mehr, sicher – er war vierundsiebzig –, aber es kam so plötzlich. Ein Herzinfarkt.«

Ich murmele einige anteilnehmende Worte, und Senta sagt tröstend: »Vielleicht war es am besten so, wenn man den Ärger bedenkt, den es seither gibt.« Sie dreht sich zu mir um. »Wir hatten damals keine Ahnung, was danach kommen würde. Der Fehler war, glaube ich, daß alles so schnell gegangen ist. Die Menschen in der DDR wollten frei reisen, wählen, ihr Land selbst regieren. Aber Kohl sah seine Möglichkeit, Geschichte zu machen, und versprach die Wiedervereinigung zu schnell. Es schien ein phantastischer Plan, aber er berücksichtigte nicht die Tatsache, daß sich in über vierzig Jahren zwei verschiedene Staaten entwickelt hatten, die außer einer gemeinsamen Sprache kaum noch etwas gemeinsam hatten . . .

Dann kamen Enttäuschung und Not auf, als Millionen ehemaliger DDR-Bewohner erkannten, daß das Leben in der Bundesrepublik nicht so einfach und toll war, wie sie gedacht hatten, und als die Arbeitslosigkeit stieg, als Waren, die es bis dahin für sie noch nie gegeben hatte, ohne weiteres zu haben waren, aber sie kein Geld hatten, sie zu kaufen. Und natürlich sind auch die Flüchtlinge in Scharen gekommen.« Sie seufzt tief auf. »Das alles sind riesige Probleme.«

»Haben Sie noch Verwandte in Ostdeutschland?« frage ich.

»Mein Bruder Heinrich ist drüben geblieben, als meine Eltern und ich geflohen sind. Anfang dieses Jahres bin ich mit meinen Eltern nach Fürstenmark gefahren, wo wir einmal gelebt haben. Auf dieser Reise haben wir Heinrich wiedergesehen. Wir hatten uns seit 1958 nicht mehr gesehen und waren uns völlig fremd geworden. Er ist verheiratet und hat zwei Kinder um die achtzehn. Mir tun sie nur leid. Heinrich war ein ranghoher Offizier in der Volksarmee. Und jetzt?« Senta zuckt vielsagend die Schultern.

Ihre Geschichte leitet nahtlos zu einer anderen Frage über, denn die Zeitungen waren voll von Berichten über die Festnahme führender DDR-Politiker, auch von Basilius Meyer, der Minister und Mitglied des Politbüros war. Mein Großvater hatte mir im Zusammenhang mit der Familie Jochum auch über ihn erzählt. »Bin ich richtig in der Annahme, daß Basilius Meyer mit Ihnen verwandt ist?«

»Nur entfernt. Seine Mutter, Olga Meyer, war eine Kusine meiner Großmutter. Der Kontakt riß ab, als Olga Anfang der 50er Jahre nach Moskau ging.« Sentas Gesichtsausdruck wird hart. »Aber Basilius hat trotzdem viel Einfluß auf unsere Familie genommen. Stefan hat stets behauptet, daß Basilius hinter der Verhaftung seiner Verlobten und ihres Vaters und auch seiner Entführung in den 50er Jahren gesteckt hat. Vielleicht haben Sie das Interview gelesen, das Helena Kraus *Aktuell* vor einiger Zeit gegeben hat, aber daraus geht hervor, daß er mit dafür verantwortlich war, daß Helena in der DDR Zuflucht gewährt wurde, nachdem sie 1976 aus dem Gefängnis ausgebrochen war.«

»Ja, das habe ich gelesen. Ich habe mich oft gefragt, wo sie sein könnte. Jetzt ist sie wieder in Haft. Was, glauben Sie, wird mit ihr?«

»Ich nehme an, sie wird ihre Haftstrafe absitzen müssen. Wie

Sie vielleicht noch wissen, argumentierte Dieter Duschek damals vor Gericht, daß sie unter dem Einfluß ihres Freundes gestanden habe; er holte damit eine nur zehnjährige Haftstrafe für sie heraus, statt des Lebenslänglich, das alle erwartet hatten. Sie hat nur vier Jahre abgesessen, bevor sie ausbrach. Inzwischen hat sie ungefähr fünfzehn Jahre in der DDR gelebt. Sie behauptet, dort glücklich gewesen zu sein, aber . . .«

Obwohl ich diese Leute nie kennengelernt habe, sind ihre Namen mir alle vertraut. »Dieter Duschek, ist das nicht . . .?«

»Ja«, schaltet Viktoria sich ein, »er ist mit Helenas Schwester Kleo verheiratet. Sie ist eine sehr gute Kinderärztin. Sie und Dieter haben selbst zwei Kinder, einen Jungen und ein Mädchen. Oskar fängt im nächsten Semester mit dem Studium an.«

Senta lächelt. »Ich denke, Sie haben eher an Dieter Duscheks politische Karriere gedacht.«

»Ja, ist er nicht nach Helenas Prozeß in die Politik gegangen? Und wurde er nicht beschuldigt, mit den Terroristen zu sympathisieren, weil er Helena verteidigt hat?«

»Das stimmt. Es war eine richtige Schlammschlacht. Dieter war Mitglied der Grünen und hat sich durch seine Kampagnen gegen Kernkraftwerke einen Namen gemacht.«

»Ist er denn jetzt nicht mehr bei den Grünen?«

Mit einem schmerzlichen Lächeln erwidert Senta: »Nein. Die Grünen haben ihn abgewählt. Er ist jetzt bei den Sozialdemokraten.«

»Um noch einmal auf Werner Kraus zurückzukommen, war da nicht irgend etwas mit seinem Testament? Hat er nicht seine Frau und Kinder enterbt und die Firmenanteile seiner Sekretärin hinterlassen?«

Viktoria schnauft etwas ungehalten auf, und Senta sagt: »Nicht ganz. Er hat Else und seinen beiden Töchtern genug Geld für ein sehr angenehmes Leben hinterlassen. Else scheint jetzt die meiste Zeit im Ausland zu sein. Sie hat eine Villa auf den Kanarischen Inseln und eine Wohnung in Florida. Aber einige seiner Anteile sind tatsächlich an Hannelore Hahn gegangen, und als sie gestorben ist, hat sie sie wieder den beiden Töchtern vermacht. Eine ist mit einem Banker verheiratet, die andere mit einem Direktor des Unternehmens. Obwohl das Unternehmen in eine Aktiengesellschaft umgewandelt wurde, ist die Macht letztlich doch in den Händen der Familie Kraus geblieben, und die Firmenpolitik hat sich nicht geändert.«

Was für ein faszinierendes Panorama von Menschen diese Familie bietet, geht es mir durch den Kopf, während ich wie wild schreibe. »Was ist aus Norbert geworden, Lilis erstem Mann?« frage ich. »War er nicht der Vater von Helena und der Bruder von Werner?«

»Norbert lebt inzwischen ganz zurückgezogen«, antwortet Viktoria. »Er und seine Frau Ursula haben eine Villa am Luganer See.« Sie schüttelt traurig den Kopf. »Wissen Sie, daß sein Sohn gestorben ist? Er war Rennfahrer, Kris Kraus, aber der Unfall ereignete sich nicht auf der Rennstrecke. Kris ist mit dem eigenen Flugzeug bei einem Gewitter abgestürzt. Norbert war zutiefst erschüttert. Er und Kris hatten ein sehr gutes Verhältnis zueinander. Norbert und Ursula waren bei jedem Rennen dabei.«

Ich warte einen Moment, bevor ich frage: »Hatte Helena nicht einen Sohn?«

»Ja, Alexander«, sagt Senta, »oder Mondkind, wie Helena ihn nannte. Ihre Mutter hat ihn in Hamburg großgezogen, und als Reinhild starb, kam er nach Berlin zu Kleo und Dieter. Jetzt ist er im Sudan, arbeitet mit Matthias Scheer für das Rote Kreuz und hilft den äthiopischen Flüchtlingen.«

Viktoria blickt aus dem Fenster, das Gesicht klar im Profil, energisch und ausdrucksstark. »Manchmal kann ich die Nachrichten im Fernsehen nicht mehr ertragen. Ich komme mir so hilflos vor und bin enttäuscht. Vor allem diese Neonazis bringen mich auf, diese Rüpel mit ihren Hakenkreuzen und dem Hitlergruß und den Angriffen auf Ausländer und Asylantenheime. Die

Leute haben offenbar nichts aus der Vergangenheit gelernt – die Geschichte scheint sich zu wiederholen. Und dann denke ich an Mondkind.« Ihre Stimme ist plötzlich ganz hart. »Wer hätte voraussagen können, daß er sich so entwickeln würde? Er trug das Kainsmal. Vielleicht hat er Erfolg, wo ich und meine Generation und die Generation, die nach mir kam, so kläglich versagt haben – vielleicht kann er dabei helfen, der Welt Liebe und Frieden zu bringen statt Haß, Gewalt und Blutvergießen.«

Sie schaut hinaus auf den Kurfürstendamm, aber ich bin sicher, daß sie das Lärmen des Verkehrs, den Geruch des heißen Asphalts und der Autoabgase gar nicht wahrnimmt. Sie blickt voraus in eine Zukunft, die sie nicht erleben wird. »Ja«, sagt sie bestimmt, »meine Hoffnung ruht auf Mondkind . . .«

Stammbaum der Familie Kraus-Jochum

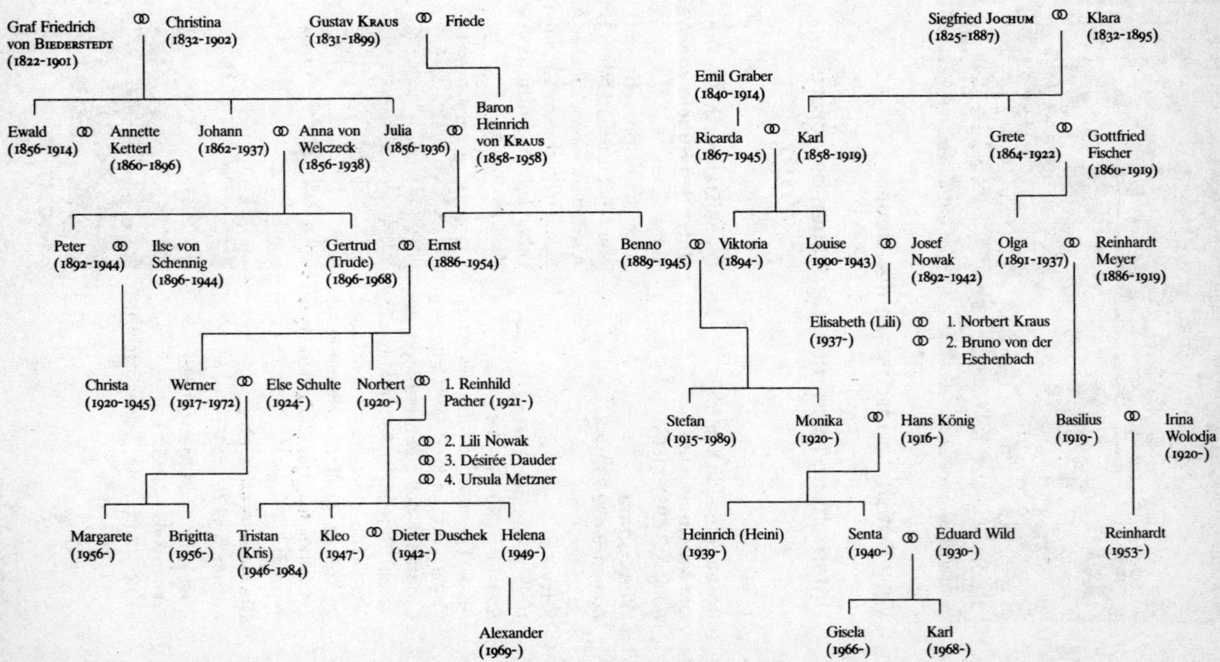

Very British: Landschaften der Liebe

Unterhaltung (nicht nur) für Frauen bei rororo

Rosamunde Pilcher
Die Muschelsucher
Roman. 3-499-13180-3

Wintersonne
Roman. 3-499-23212-X

Kitty Ray
Nells geheimer Garten
Roman. 3-499-23238-3
Als die Literaturdozentin Ellis in das kleine Cottage ihrer verstorbenen Großtante Nell zieht, entdeckt sie deren Tagebuch. Es erzählt die Geschichte einer tragischen Liebe und eines großen Geheimnisses. Ein Geheimnis, das Ellis einen Weg in die Zukunft weist.

Die Gabe einer Liebe
Roman. 3-499-22851-3

Rückkehr nach Manor Hall
Roman 3-499-22852-1
«Eine charmante Liebesgeschichte.» (The Times)

Diana Stainforth
Unter den Hügeln von Wales
Roman
Alex Stapleton lebt mit ihrem Mann Robert glücklich in London. Als Robert, ein bekannter Arzt, in Bosnien durch eine Landmine ums Leben kommt, bricht für Alex eine Welt zusammen.

3-499-23436-X